FUTU.RE

DMITRY GLUKHOVSKY

FUTU.RE

z rosyjskiego przełożył

Paweł Podmiotko

insignis

Tytuł oryginału
Будущее

Przekład
Paweł Podmiotko

Redakcja i korekta
Piotr Mocniak, Tomasz Brzozowski
oraz Pracownia 12A | www.pracownia12a.pl

Skład, przygotowanie do druku i liternictwo polskiej okładki
Tomasz Brzozowski

Projekt oryginalnej okładki

Ilustracje

ISBN 978-83-63944-48-3

Insignis Media
ul. Szlak 77/228–229, 31-153 Kraków
telefon/fax +48 12 636 01 90
biuro@insignis.pl, www.insignis.pl
facebook.com/Wydawnictwo.Insignis
twitter.com/insignis_media
instagram.com/insignis_media

Druk i oprawa
Drukarnia Pozkal, www.pozkal.eu

Wyłączna dystrybucja

Firma Księgarska Olesiejuk, www.olesiejuk.pl

Wydrukowano na papierze Creamy 60 g/m², wol. 2,0
dostarczonym przez firmę

www.paperlinx.com.pl

SPIS TREŚCI

Rozdział 1

HORYZONTY

Winda, powtarzam sobie, to świetna rzecz. Jest mnóstwo powodów, by się nimi zachwycać.

Podróżując w poziomie, zawsze wiesz, dokąd trafisz.

Przemieszczając się w pionie, możesz znaleźć się gdziekolwiek.

Kierunki są niby tylko dwa, dół i góra, ale nigdy nie wiadomo, co zobaczysz, kiedy drzwi windy się otworzą. Bezkresne biurowe zoo z urzędnikami w klatkach, sielankowy pejzaż z beztroskimi pastuszkami, fermy szarańczy, hangar z samotną, zmurszałą katedrą Notre-Dame, śmierdzące slumsy, w których na jedną osobę przypada tysiąc centymetrów kwadratowych powierzchni mieszkalnej, basen na brzegu Morza Śródziemnego czy zwykła plątanina ciasnych korytarzy technicznych. Pewne poziomy są dostępne dla wszystkich, na innych windy nie otwierają swoich drzwi przypadkowym pasażerom, o jeszcze innych nie wie nikt prócz projektantów wieżowców.

Wieżowce są wystarczająco wysokie, by przebić się ponad chmury, a ich sięgające głęboko pod ziemię korzenie są jeszcze dłuższe. Chrześcijanie przekonują, że w wieżowcu, który wybudowano na miejscu Watykanu, istnieją windy kursujące do piekła i z powrotem oraz takie, które wożą bogobojnych prosto do raju. Tu przycisnąłem jednego księżulka i spytałem, po co w tak beznadziejnej sytuacji dalej tumanić ludzi. Wciskanie komuś, że dusza jest nieśmiertelna, jest w dzisiejszych czasach skazane na porażkę. Przecież już od dawna nikt tej duszy nie używa! Chrześcijański raj to zapewne taka sama posępna dziura jak Bazylika Świętego Piotra: zero ludzi i wszędzie gruba na palec warstwa kurzu. Księżulo zaczął się miotać, zapiszczał coś o sposobach na dotarcie do masowego odbiorcy – że niby należy mówić do wiernych ich językiem. Trzeba było połamać palce temu szarlatanowi, żeby nie mógł już tak łatwo się żegnać.

Szybkobieżne windy wyjeżdżają na kilometrowe wysokości dosłownie w ciągu minut. Większości ludzi czas ten wystarczy, żeby obejrzeć spot reklamowy, poprawić fryzurę albo upewnić się, że nic nie utkwiło im między zębami. Większość ludzi nie zwraca uwagi ani na wnętrze, ani na rozmiar kabiny. Większość ludzi nawet nie zdaje sobie sprawy, że winda dokądś zmierza, chociaż przyśpieszenie ściska wnętrzności i zwoje mózgowe.

Zgodnie z prawami fizyki powinno też choć odrobinę skracać czas. Tymczasem przeciwnie – każda chwila, którą spędzam w kabinie windy, pęcznieje, puchnie...

Po raz trzeci patrzę na zegarek. Ta cholerna minuta w ogóle nie chce się skończyć! Nienawidzę ludzi, którzy zachwycają się windami, i nienawidzę ludzi zdolnych jakby nigdy nic wpatrywać się w kabinach we własne odbicie. Nienawidzę wind i tego, kto je wymyślił. Co za szatański pomysł – zawiesić nad przepaścią ciasne pudełko, wepchnąć do środka żywego człowieka i pozwolić tej skrzynce decydować, jak długo trzymać go w zamknięciu i kiedy wypuścić na wolność!

Drzwi wciąż ani myślą się otworzyć; co gorsza, kabina nawet nie ma zamiaru zwalniać. Tak wysoko nie byłem jeszcze chyba w żadnej wieży.

Ale wysokość mi zwisa, nie mam żadnych problemów z wysokością. Mogę sobie stać na jednej nodze na szczycie Everestu, byle tylko wypuścili mnie z tej przeklętej trumny.

Nie wolno o tym myśleć, bo zabraknie mi powietrza! Jakim sposobem znów pogrążyłem się w tych grząskich refleksjach? Przecież tak przyjemnie rozmyślało mi się o porzuconej Bazylice Świętego Piotra, o szmaragdowych toskańskich wzgórzach wczesnym latem... Zamknąć oczy, wyobrazić sobie siebie wśród wysokiej trawy... Stoję w niej po pas... Wszystko jak w poradniku... Wdech... Wydech... Zaraz się uspokoję... Zaraz...

Tylko skąd ja mam wiedzieć, jak to jest stać po pas w jakiejś pieprzonej trawie!? Nigdy nie widziałem jej bliżej niż z odległości dziesięciu kroków, nie licząc oczywiście syntetycznych trawników!

Po co zgodziłem się wjeżdżać tak wysoko? Po co przyjąłem zaproszenie?

Chociaż trudno to nazwać zaproszeniem.

Żyjesz sobie frontowym życiem karalucha: biegasz transzejami szpar w podłodze i ścianach. Alarmuje cię każdy szmer i zamierasz, spodziewając się, że zaraz ktoś cię rozdepcze. Aż pewnego razu wchodzisz w obręb światła i dokądś wpadasz, tyle że zamiast zachrzęścić i zginąć, wciąż żyjesz; bo oto ktoś nagle ściska cię mocno w palcach i lecisz gdzieś w górę, gdzie będą ci się przyglądać.

Winda wciąż się wznosi. Zajmujący całą ścianę ekran wyświetla reklamę: wypacykowana panienka łyka pigułkę szczęścia. Pozostałe ściany są beżowe, miękkie, wykończone tak, żeby nie irytować pasażerów i by nie pozwolić im rozwalić sobie głowy w ataku paniki; o tak, mnóstwo jest powodów, by zachwycać się windami!

Wentylacja szumi. Czuję, że jestem mokry. Krople spadają na beżową sprężystą podłogę. Gardło nie przepuszcza powietrza, jakby ściskała je potężna mechaniczna dłoń. Dziewczyna spogląda mi w oczy i uśmiecha się. Pozostał we mnie jeden mały otwór, przez który z ledwością wciągam w siebie tyle tlenu, by nie stracić przytomności. Beżowe ściany powoli, prawie niedostrzegalnie, zamykają się wokół mnie, chcąc mnie zmiażdżyć.

Wypuśćcie mnie!

Dłonią zasłaniam dziewczynie uśmiechające się czerwone usta. Zdaje się, że nawet się jej to podoba. Potem obraz znika i ekran zamienia się w lustro.

Patrzę na swoje odbicie. Uśmiecham się.

Odwracam się, żeby walnąć pięścią w drzwi.

I wtedy winda się zatrzymuje.

Drzwi się rozsuwają.

Stalowe palce na mojej tchawicy niechętnie zwalniają uścisk.

Wypadam z kabiny do holu. Podłoga jest wyłożona jakby jakimś kamieniem, ściany – czymś przypominającym drewno. Wieczorne oświetlenie, za prostym kontuarem siedzi opalony, życzliwy portier w swobodnym stroju. Żadnych napisów, żadnej ochrony; ci, którzy mają dostęp do tego miejsca, wiedzą, gdzie się znaleźli, i rozumieją, jaką cenę przyjdzie im zapłacić za jakikolwiek wybryk.

Chcę się przedstawić, ale portier przyjaźnie macha na to ręką.

– Proszę wejść! Tu za kontuarem jest druga winda.

– Jeszcze jedna!?

– Zawiezie pana prosto na dach, dosłownie w kilka sekund!

Na dach?

Nigdy wcześniej nie zdarzyło mi się być na dachu. Życie mija mi w zamkniętych pomieszczeniach, boksach i tubach – jak każdemu. Czasem trafia się na zewnątrz – goni się kogoś, różnie bywa. Niewiele tam roboty. Ale dachy to inna sprawa.

Byle jak przyklejam do spoconej twarzy grzeczny uśmiech, zbieram się w sobie i ruszam w stronę ukrytej windy.

Żadnych ekranów, żadnego sterowania. Nabieram powietrza, wchodzę do środka. Na podłodze parkiet z rosyjskiego drewna – rarytas. Zapominając na chwilę o strachu, kucam i dotykam go. To nie żaden kompozyt, nie... To najprawdziwsza rzecz.

Właśnie w takiej idiotycznej pozycji, w kucki – jak stadium pośrednie słynnego rysunku ilustrującego ewolucję od małpy do człowieka – zastaje mnie ona, kiedy drzwi nagle się rozsuwają. Nie wydaje się zdziwiona tym, w jakiej pozie jeżdżę windami. Wychowanie.

– Jestem...

– Wiem, kim pan jest. Mój mąż trochę się spóźni, poprosił, żebym dotrzymała panu towarzystwa. Proszę mnie uważać za jego straż przednią. Mam na imię Helen.

– Korzystając z okazji... – Nie podnosząc się z kolan, uśmiecham się i całuję ją w rękę.

– Zdaje się, że jest panu trochę za gorąco. – Zabiera dłoń.

Jej głos jest chłodny i spokojny, a oczy skrywają się za ogromnymi okrągłymi szkłami ciemnych okularów. Szerokie rondo eleganckiego kapelusza – biegną wokół niego na przemian brązowe i beżowe paski – opuszcza na jej twarz woal cienia. Widzę tylko usta – szminka ma kolor wiśni – i doskonale wycyzelowane, równe i białe jak kokaina zęby. Może to obietnica uśmiechu? A może chce jednym lekkim ruchem warg skłonić mężczyznę do budowania łechcących ego hipotez? Ot tak, dla sportu.

– Jest mi trochę ciasno – przyznaję.

– W takim razie proszę pójść za mną, pokażę panu nasz dom.

Wstaję i okazuje się, że jesteśmy tego samego wzrostu, ale zdaje mi się, że zza szkieł swoich okularów wciąż patrzy na mnie z góry.

Proponuje, żebym nazywał ją Helen, ale to wszystko to tylko zabawy w demokrację. Pani Schreyer – oto jak powinienem się do niej zwracać, biorąc pod uwagę to, kim jestem ja i czyją żoną jest ona.

Nie mam pojęcia, do czego potrzebuje mnie jej mąż, a już całkiem nie umiem sobie wyobrazić, po co miałby wpuszczać mnie do swojego domu. Na jego miejscu bym się brzydził.

Z jasnego przedpokoju – wejście do windy udaje zwykłe drzwi wejściowe – przechodzę przez ciąg przestronnych pokojów. Helen idzie przodem, pokazując drogę, nie odwracając się do mnie. No i świetnie – bo rozglądam się wszędzie jak jakiś wieśniak. Bywam w najrozmaitszych mieszkaniach – moja profesja, jak niegdyś profesja staruchy z kosą, nie pozwala mi rozróżniać biednych i bogatych. Ale takich wnętrz nie widziałem jeszcze nigdy.

Na pana Schreyera i jego małżonkę przypada więcej powierzchni mieszkalnej niż na wszystkich mieszkańców kilku kwartałów dziesiątków innych pięter poniżej.

I nie trzeba chodzić na czworakach, żeby mieć pewność: wszystko w tym domu jest naturalne. Niedokładnie spasowane i wytarte bejcowane deski podłogi, mosiężne wentylatory leniwie obracające się pod sufitem, ciemnobrązowe azjatyckie meble i wypolerowane dotykiem palców klamki drzwi – to wszystko to oczywiście stylizacja. Trzewia tego domu są ultranowoczesne, choć kryją się za najprawdziwszym mosiądzem i najprawdziwszym drewnem. Z mojego punktu widzenia jest to niepraktyczne i nazbyt kosztowne; kompozyt jest kilkadziesiąt razy tańszy, a do tego wieczny.

Mroczne pokoje są puste. Nie ma tu służby; czasem z cienia wyłoni się ludzki kształt, ale zaraz okazuje się rzeźbą – to z pozieleniałego brązu pokrytego jasnym nalotem patyny, kiedy indziej z czarnego lakierowanego drewna. Skądś dobiega cicha, staroświecka muzyka i na jej dźwiękach, kołysząc się hipnotycznie, pani Schreyer płynie przez swoje włości.

Sukienka, którą ma na sobie, to prostokąt z tkaniny w kolorze kawy. Jest ostentacyjnie szeroka w ramionach, a dekolt – zwykły okrągły otwór – sprawia wrażenie aż nazbyt ascetycznego. Odsłaniając na górze tylko szyję – długą, arystokratyczną – sukienka zakrywa ciało na całej swojej długości, lecz nagle, tuż na początku ud, kończy się, zakreślając linię. I za tą linią jest jeszcze cień. Piękno kocha cień, bo w cieniu rodzi się pokusa.

Zakręt, łuk drzwi – i nagle sufit znika.

Nade mną rozpościera się niebo. Zastygam na progu.

Cholera! Wiedziałem, że to nastąpi, ale mimo wszystko nie byłem na coś takiego gotowy.

Kobieta odwraca się, uśmiecha się do mnie pobłażliwie.

– Nie bywa pan na dachach?

Plebejusz – to ma na myśli.

– W pracy znacznie częściej muszę przeciskać się przez slumsy, Helen. Nie bywa pani w slumsach?

– Ach tak... Pańska praca... W końcu zabija pan ludzi czy coś w tym rodzaju?...

Po zadaniu pytania raczej nie czeka na odpowiedź – odwraca się i rusza dalej, pociągając mnie za sobą. A ja nie odpowiadam. Przetrawiam w końcu widok nieba, odklejam się od futryny – i zaczynam rozumieć, dokąd przywiozła mnie winda.

Do prawdziwego raju. Nie do przesłodzonego chrześcijańskiego erzacu, lecz do mojego osobistego edenu, którego nigdy nie widziałem, ale o którym, jak się okazuje, marzyłem przez całe życie.

Wokół mnie nie ma ścian! Ani jednej. Stoję na progu dużego bungalowu zajmującego środek obszernej piaszczystej polany w sercu zdziczałego tropikalnego ogrodu; w różne strony wychodzą stąd alejki i żadna z nich nie ma widocznego końca. Drzewa owocowe i palmy, nieznane mi krzewy z ogromnymi mięsistymi liśćmi, miękka zielona trawa – cała tutejsza roślinność, choć jaskrawa niczym z plastiku, jest bez wątpienia prawdziwa.

Po raz pierwszy od diabli wiedzą jak dawna czuję, że łatwo mi się oddycha. Zupełnie jakby przez całe życie siedziała mi na piersi jakaś brudna tłuściocha, gniotąc mi żebra i zatruwając oddech, a teraz zwaliłem ją z siebie i wreszcie poczułem swobodę. Dawno – może nigdy? – czegoś takiego nie czułem.

Podążając wyłożoną deskami ścieżką za wyniosłą, posągową wręcz panią Schreyer, odkrywam dla siebie miejsce, które powinno było być moim domem. Tropikalna wyspa – tak wygląda rezydencja jej męża. Sztuczna – ale to widać dopiero po jej regularnym kształcie.

Ma formę idealnego koła o średnicy co najmniej kilometra. Okala ją równa obwódka plaży.

Kiedy pani Schreyer wyprowadza mnie na plażę, samokontrola w końcu mnie zawodzi. Schylam się, nabieram garść drobniutkiego, delikatnego białego piasku. Można by pomyśleć, że jesteśmy na atolu zagubionym gdzieś na bezkresnym morzu, gdyby nie to, że zamiast spienioną wodną krawędzią plaża kończy się przeźroczystą ścianą. Za nią jest przepaść, a dalej, jakieś dziesięć metrów niżej, rozciągają się chmury. Niemal niedostrzegalna nawet z odległości kilku kroków ściana wznosi się w górę i przechodzi w ogromną kopułę, która przykrywa całą wyspę. Kopuła jest podzielona na sektory i każdy z nich może się przesuwać, wystawiając plażę i ogród na słońce.

Po jednej stronie między plażą a szklaną ścianą pluska błękitna woda: niewielki basen stara się być dla pani Schreyer kawałkiem oceanu. Na jego piaszczystym brzegu stoją dwa leżaki.

Gospodyni sadowi się na jednym z nich.

– Proszę zwrócić uwagę – mówi pani Schreyer – że chmury zawsze pozostają w dole, dlatego u nas łatwo można się opalać.

Widziałem słońce nie raz i nie dwa, znam jednak mnóstwo ludzi z dolnych pięter, którym z braku tego prawdziwego muszą wystarczyć zdjęcia. Ale widocznie, kiedy długo obcuje się z cudem, cud powszednieje i próbuje się wymyślić dla niego jakieś praktyczne zastosowanie. Słońce? Ach tak, daje taką naturalną opaleniznę...

Drugi leżak jest oczywiście przeznaczony dla jej męża; już sobie wyobrażam, jak ci niebianie patrzą wieczorami ze swego Olimpu na świat, który uważają za im poddany.

Siadam kilka kroków od niej, wprost na piasku, i wpatruję się w dal.

– I jak się panu u nas podoba? – Uśmiecha się protekcjonalnie.

Wokół, dokąd tylko sięga wzrok, rozpościera się morze kłębiących się obłoków – a nad nim unoszą się setki, tysiące latających wysp. To dachy innych wieżowców, siedziby najbogatszych i najpotężniejszych – bo w świecie złożonym z milionów klastrów, z milionów zamkniętych komórek, nie ma nic cenniejszego niż otwarta przestrzeń. Większość dachów zamieniono w ogrody i zagajniki. Żyjąc w niebiosach, ich mieszkańcy kokieteryjnie tęsknią za ziemią.

Tam, gdzie latające wyspy rozpływają się w mgiełce, świat opasuje pierścień horyzontu. Po raz pierwszy widzę tę ledwie dostrzegalną cienką linię oddzielającą ziemię od nieba. Kiedy wychodzi się na zewnątrz na dolnych lub średnich poziomach, perspektywa praktycznie nie istnieje: wszystko, co widać między wieżowcami, to inne wieżowce

Horyzont widziany na żywo niezbyt różni się od tego, który pokazują nam na ściennych ekranach. Oczywiście wewnątrz zawsze wiesz, że widzisz przed sobą zwykłe zdjęcie lub projekcję, że prawdziwy horyzont jest zbyt cennym zasobem, że z oryginałem obcują wyłącznie ci, których stać, by za niego zapłacić, a pozostałym muszą wystarczyć reprodukcje z kieszonkowego kalendarzyka.

Nabieram garść drobnego białego piasku. Jest tak delikatny, że mam ochotę przyłożyć do niego usta.

– Nie odpowiada pan na moje pytania – upomina mnie.

– Przepraszam. O co pani pytała?

Dopóki skrywa się za swoimi okularami ważki, zupełnie nie da się określić, czy rzeczywiście interesuje ją moja opinia, czy po prostu sumiennie mnie zabawia, jak polecił jej mąż.

Jej opalone łydki, oplecione złotymi rzemykami wysokich sandałów, lśnią słonecznymi refleksami. Lakier na paznokciach u nóg ma kolor kości słoniowej.

– Jak się panu podoba?

Mam gotową odpowiedź.

Ja też powinienem był urodzić się jako beztroski obibok w tym rajskim ogrodzie, przyjmować promienie słońca, zupełnie jakby mi się należały, nie widzieć ścian i nie bać się ich, żyć na wolności, oddychać pełną piersią! A zamiast tego... Popełniłem jeden jedyny błąd – wylazłem nie z tej matki, co trzeba, i teraz przez całe swoje nieskończone życie muszę za to płacić!

Milczę. Uśmiecham się.

Potrafię się uśmiechać.

– Mają tu państwo coś w rodzaju ogromnej klepsydry. – Uśmiecham się szeroko do pani Schreyer, przesiewając przez palce białe ziarenka i mrużąc oczy w słońcu, które zawisło w zenicie dokładnie nad szklaną kopułą.

– Widzę, że dla pana czas wciąż jeszcze płynie. – Patrzy zapewne na sypiący się spomiędzy moich palców piasek. – Dla nas już dawno się zatrzymał.

– O! Nawet czas jest bezsilny w obliczu bogów.

– Ale przecież to wy nazywacie siebie Nieśmiertelnymi. Tymczasem ja jestem zwykłym człowiekiem z krwi i kości – zaprzecza, nie wyczuwając szyderstwa.

– Mam jednak znacznie większe szanse, by umrzeć, niż pani – zauważam.

– Ale przecież pan sam wybrał tę pracę!

– Myli się pani – uśmiecham się. – Można powiedzieć, że to praca wybrała mnie.

– A więc zabijanie ludzi to pana powołanie?

– Nikogo nie zabijam.

– Słyszałam co innego.

– Oni sami dokonują wyboru. Ja zawsze postępuję zgodnie z przepisami. Oczywiście, technicznie rzecz biorąc...

– Jakie to nudne.

– Nudne?

– Myślałam, że jest pan zabójcą, a pan jest biurokratą.

Mam ochotę zerwać z niej kapelusz i nawinąć sobie jej włosy na pięść.

– Za to teraz patrzy pan na mnie jak zabójca. Jest pan pewien, że zawsze postępuje zgodnie z przepisami?

Zgina jedną nogę w kolanie, cień zagarnia więcej miejsca, lej się rozszerza, teraz jestem na samym jego skraju, czuję ssanie w sercu, w piersi mam próżnię, jeszcze chwila i żebra zaczną łamać się do środka... Jak ta rozpieszczona, nikczemna kobieta może robić ze mną coś takiego?

– Przepisy zwalniają z odpowiedzialności – mówię beznamiętnie.

– Boi się pan odpowiedzialności? – unosi brwi. – Czyżby jednak żal panu było wszystkich tych biedaków, których pan...

– Proszę posłuchać – mówię. – Czy naprawdę nigdy pani nie przyszło do głowy, że nie wszyscy mieszkają w takich warunkach jak pani? Być może pani nie wie, że cztery metry kwadratowe na osobę to norma nawet na przyzwoitych piętrach? A wie pani, ile kosztuje litr wody? Kilowat energii? Zwykli ludzie z krwi i kości odpowiedzą na te pytania bez chwili zastanowienia. Wiedzą, dlaczego woda, energia i przestrzeń są tyle warte. I to za sprawą tych pani biedaków, którzy – jeśli się ich nie upilnuje – w końcu rozwalą i gospodarkę, i wieżowce. Razem z tą pani wieżą z kości słoniowej.

– Bardzo pan elokwentny jak na zbira. Chociaż poznaję w pańskiej płomiennej przemowie całe ustępy z wystąpień mojego męża. Mam nadzieję, że nie zapomniał pan, iż pańska przyszłość jest w jego rękach? – pyta chłodno.

– W mojej pracy człowiek przyzwyczaja się, by wyżej cenić teraźniejszość.

– No tak... Kiedy codziennie odbiera się przyszłość innym ludziom... Widocznie wtedy można się nią znudzić...

Podnoszę się. Suka pana Schreyera jakby wyjęła z zanadrza zestaw igieł i wbija je we mnie, jedną po drugiej, starając się odnaleźć wszystkie moje czułe miejsca. Ale nie zamierzam znosić tej jej kurewskiej akupunktury.

– Co się pan tak uśmiecha? – metalicznie dźwięczy jej głos.

– Myślę, że czas na mnie. Proszę przekazać panu Schreyerowi, że...

– Znów panu gorąco? Czy ciasno? Niech pan się postawi na miejscu tych ludzi. Przecież karzecie ich tylko za to...

– Nie mogę się postawić na ich miejscu.

– Ach tak, te wasze zakonne śluby...

– Nie w tym rzecz! Po prostu rozumiem, jaką cenę płacimy wszyscy tylko dlatego, że ktoś nie potrafi się powstrzymać! Sam ją płacę! Ja, nie pani!

– Niech się pan nie okłamuje! Po prostu nie potrafi pan zrozumieć tych ludzi, bo jest pan kastratem!

– Co takiego!?

– No przecież nie potrzebuje pan kobiet! Zastępuje je pan tymi swoimi tabletkami! Może nie?

– Co!? Koniec, starczy tego! Moje uszanowanie...

– Przecież pan jest taki sam jak oni wszyscy! Ideowy impotent! Proszę, niech się pan śmieje! Dobrze pan wie, że mówię prawdę!

– Potrzeba ci, żebym...

– Co pan!?... Proszę mnie puścić!

– Chcesz, żebym...

– Puszczaj! Tu wszędzie są kamery... Ja... Nie waż się!

– Helen! – dudni w głębi ogrodu aksamitny baryton. – Moja droga, gdzie jesteście?

– Na plaży! – Nie od razu udaje się jej pozbyć chrypki i po chwili musi zawołać ponownie: – Tu jesteśmy, Erich, na plaży!

Pani Schreyer poprawia pomięta sukienkę w kolorze kawy i na chwilę przed wyłonieniem się jej męża z zarośli zdąża wymierzyć mi policzek – ostry, prawdziwy. Teraz jestem jej zakładnikiem; czego mam się spodziewać po tej dziwce? Dlaczego tak nagle się na mnie wściekła? Co się w ogóle przed chwilą między nami wydarzyło? Nie dojrzałem w końcu jej oczu, chociaż zrzucony kapelusz leży na piasku. Miodowe włosy na ramieniu...

– A... Tu jesteście!

Wygląda zupełnie tak jak jego projekcje w wiadomościach – doskonale. Od czasów rzymskich patrycjuszy taka szlachetność rysów powróciła na ziemski padół tylko raz – w Hollywood w latach pięćdziesiątych dwudziestego wieku, aby potem znów zniknąć na długie stulecia. I oto widzę jej nowe wcielenie. A zarazem ostatnie, bo Erich Schreyer nigdy nie umrze.

– Helen... Nawet nie zaproponowałaś naszemu gościowi koktajli?

Spoglądam obok niej – na piasek: wokół leżaków jest zryty jak arena walk byków.

– Panie senatorze... – pochylam głowę.

Z jego zielonych oczu emanuje spokojna życzliwość übermenscha i chłodna ciekawość entomologa. Wygląda na to, że pan Schreyer nie zwrócił uwagi ani na porzucony kapelusz, ani na ślady na piasku. Pewnie w ogóle rzadko patrzy pod nogi.

– To niepotrzebne... Proszę się do mnie zwracać po imieniu. Przecież jest pan u mnie w domu, a w domu jestem po prostu Erich.

Kiwam głową w milczeniu, nie nazywając go wcale.

– Ostatecznie senator to przecież tylko jedna z ról, które odgrywam, prawda? I to wcale nie najważniejsza. Wracając do domu, zdejmuję ją z siebie – jak garnitur – i wieszam w przedpokoju. Każdy z nas gra swoje role i każdego z nas niekiedy uwiera kostium...

– Przepraszam – nie wytrzymuję. – Ja w żaden sposób nie mogę zdjąć swojego. Obawiam się, że to moja skóra.

– Proszę się nie obawiać. Skórę zawsze można zrzucić. – Schreyer mruga do mnie przyjaźnie, podnosząc zrzucony kapelusz. – Zdążył się pan rozejrzeć po moich włościach?

– Nie... Rozmawiałem z pańską małżonką...

Pani Schreyer w ogóle na mnie nie patrzy. Chyba jeszcze nie zdecydowała: wysłać mnie na szafot czy oszczędzić.

– Nie posiadam niczego cenniejszego – śmieje się senator, podając jej pasiasty kapelusz. – Koktajle, Helen. Dla mnie Za Horyzont, a... dla pana?

– Tequilę – mówię. – Potrzebuję czegoś orzeźwiającego.

– O! Nieśmiertelny trunek... Tequilę, Helen.

Ta kłania się ulegle.

Jest to oczywiście znak szczególnych względów, podobnie jak to, że Schreyer poprosił swoją żonę, żeby mnie powitała. Względów, na które nie zasłużyłem, i nie jestem pewien, czy potrafię zasłużyć. W ogóle jestem przeciwnikiem życia na kredyt. Zyskujesz coś, co nie powinno do ciebie należeć, a płacisz tym, że nie należysz już sam do siebie. Idiotyczna koncepcja.

– Nad czym się pan zastanawia? – zaczepia mnie Schreyer.

– Próbuję zrozumieć, po co mnie pan wezwał.

– Wezwał!? Słyszałaś to, Helen!? Zaprosiłem pana. Żeby pana poznać.

– Po co?

– Z ciekawości. Ciekawią mnie tacy ludzie jak pan.

– Takich ludzi jak ja jest sto dwadzieścia miliardów w samej tylko Europie. Przyjmuje pan po jednym dziennie? Zdaję sobie sprawę, że nie jest pan ograniczony czasowo, ale jednak...

– Zdaje się, że jest pan rozdrażniony. Zmęczył się pan? – Boże, cały jest teraz troską i współczuciem. – Zbyt długo pan do nas jechał?

Mówi teraz o windach. Czytał moją kartotekę. Tracił czas.

– Zaraz mi przejdzie. – Opróżniam podwójny shot tequili.

Kwaśny żółty ogień i roztopiony bursztyn drapią moje gardło papierem ściernym. Cudowne. Dziwny smak. Nie przypomina syntetyku.

Nie przypomina w ogóle niczego, co znam, i to mnie niepokoi. Uważałem się przecież za znawcę.

– Cóż to? La Tortuga? – próbuję odgadnąć.

– Nie, co też pan... – uśmiecha się lekko.

Podaje mi cząstkę cytryny. Jest nadskakująco grzeczny. Kręcę głową. Dla tych, co nie lubią ognia i papieru ściernego, jest koktajl Za Horyzont i inne przyjemności.

– Czytał pan moją kartotekę? – Na spękanych wargach czuję pieczenie alkoholu. Oblizuję je, żeby szczypało dłużej. – Jestem zaszczycony.

– Sytuacja mnie do tego zobowiązuje – rozkłada ręce jej mąż. – Wie pan przecież, że Nieśmiertelni znajdują się pod moją nieformalną opieką.

– Opieką? Jeszcze wczoraj słyszałem w wiadomościach, jak obiecał pan rozwiązać Falangę, jeśli tylko naród wyrazi taką wolę.

Helen obraca okulary w moją stronę.

– Czasem zarzuca mi się brak zasad – mruga do mnie jej mąż. – Ale mam jedną, żelazną: mówię każdemu to, co chce ode mnie usłyszeć.

Wesołek.

– Nie każdemu – oponuje pani Schreyer.

– Ja o polityce, kochanie – uśmiecha się do niej promiennie. – W polityce inaczej się nie pociągnie. A rodzina to jedyna cicha przystań, w której możemy być sobą. Gdzie, jeśli nie w rodzinie, możemy i powinniśmy być szczerzy?

– Brzmi to pięknie – wtrąca Helen.

– W takim razie, jeśli pozwolisz, będę mówił dalej – mruczy. – Więc tak. Ludzie, którzy wierzą programom informacyjnym, zwykle chcą też wierzyć, że państwo się o nich troszczy. Ale kiedy się im opowie, jak konkretnie państwo się o nich troszczy – poczują się nieswojo. Wszystko, co chcą usłyszeć, sprowadza się do jednego: „Nie denerwujcie się, mamy wszystko pod kontrolą, w tym Nieśmiertelnych".

– Tych szturmowców, którzy zerwali się z łańcucha – cytuję.

– Oni po prostu chcą, żebym ich uspokoił. Zapewnił, że w Europie opartej na wiekowych filarach demokracji i poszanowania praw człowieka Nieśmiertelni są po prostu wymuszonym, tymczasowym zjawiskiem.

– Potrafi pan wzbudzić wiarę w pomyślne jutro. – Czuję, jak otwiera się we mnie śluza i tequila wlewa się wprost do krwi. – Wie pan, w końcu my też oglądamy wiadomości. Ludzie wykrzykują pod pana adresem, że Nieśmiertelni to bojówkarze, z którymi najwyższy czas skończyć, a pan tylko się uśmiecha. Jakbyście nie mieli z nami żadnego związku.

– Bardzo celnie pan to sformułował. Jakbyśmy nie mieli z Falangą żadnego związku. Ale w rzeczywistości dajemy wam *carte blanche*.

– I oznajmiacie, że jesteśmy całkowicie niesterowalni.

– Rozumie pan przecież... Nasze państwo opiera się na zasadach humanitaryzmu! Prawo każdej osoby do życia jest święte, podobnie jak prawo do nieśmiertelności! Europa odrzuciła karę śmierci setki lat temu i nigdy do niej nie wrócimy, pod żadnym pretekstem!

– A teraz poznaję pańskie drugie ja, to z wiadomości.

– Nie sądziłem, że jest pan aż tak naiwny. Z taką pracą...

– Naiwny? Wie pan... Kiedy człowiek wykonuje taką pracę jak ja, często ma ochotę porozmawiać z ludźmi pokazywanymi w wiadomościach – z tymi, którzy umoczyli nas w tym łajnie. I oto nadarza się rzadka okazja.

– Nie sądzę, żeby udało się panu ze mną pokłócić – uśmiecha się Schreyer. – Pamięta pan? Przecież zawsze mówię to, co ludzie chcą ode mnie usłyszeć.

– I co, według pana, chcę usłyszeć?

Schreyer sączy przez słomkę swój fosforyzujący gogusiowaty koktajl z kulistego kieliszka, którego nie da się odstawić bez wcześniejszego opróżnienia.

– W pańskiej kartotece figuruje, że jest pan gorliwy i ambitny. Że ma pan odpowiednią motywację. Są podane przykłady pańskiego zachowania podczas akcji. Całkiem nieźle to wszystko wygląda. Można wręcz odnieść wrażenie, że czeka pana świetlana przyszłość. Tymczasem... Jakby utknął pan na szczeblach służbowej kariery...

Jestem pewny, że w mojej kartotece jest też niemało rzeczy, o których pan Schreyer woli nie wspominać – być może tylko na razie.

– Dlatego przypuszczam, że chciałby pan usłyszeć o awansie.

Gryzę się w policzek; milczę, starając się nie zdradzić.

– A ponieważ zawsze przestrzegam swojej zasady – znów ten przyjacielski uśmiech – to właśnie o tym zamierzam z panem rozmawiać.

– Dlaczego pan? Nominacje leżą w kompetencji dowódcy Falangi. Czy to nie on…

– Oczywiście, że on! Stary, dobry Riccardo, oczywiście. To on odpowiada za nominacje! A ja po prostu z nim rozmawiam. – Schreyer macha ręką. – Jest pan teraz prawą ręką dowódcy oddziału. Tak? Jest pan rekomendowany do awansu na dowódcę brygady.

– Dziesięć oddziałów? Pod moim dowództwem? Rekomendowany przez kogo?

Krew pomieszana z tequilą uderza mi do głowy. To awans o dwa stopnie. Prostuję plecy. O mało co nie przeleciałem mu żony i nie obiłem mordy. Cudownie.

– Jest pan rekomendowany – kiwa głową pan Schreyer. – I co pan powie?

Dowodzić brygadą to znaczy skończyć z osobistym deptaniem buciorami ludzkich losów. Dowodzić brygadą to znaczy wydostać się ze swojej żałosnej klitki i przenieść do przestronniejszego lokum… Nie mam zielonego pojęcia, kto mógł mnie rekomendować.

– Sądzę, że na to nie zasłużyłem. – Słowa przychodzą mi z trudem.

– Sądzi pan, że zasłużył pan na to już dawno temu – mówi pan Schreyer. – Jeszcze tequili? Wygląda pan na nieco rozkojarzonego.

– Mam wrażenie, że ktoś zamierza mi wcisnąć dożywotni kredyt – kręcę nabrzmiałą głową.

– A pan kredytów nie lubi – podchwytuje Schreyer. – Tak napisano w pańskiej kartotece. Ale to nie kredyt, proszę się nie martwić. Płaci się z góry.

– Nie wyobrażam sobie, jak mógłbym się panu wypłacić.

– Mnie? Pański dług nie dotyczy jakiegoś tam senatora. To dług wobec społeczeństwa. Wobec Europy. Dobrze, kończmy preludium. Helen, idź do domu.

Ta nie sprzeciwia się, wręczając mi na pożegnanie jeszcze jednego podwójnego shota. Schreyer odprowadza ją dziwnym spojrzeniem. Uśmiech odkleił się i spełzł z jego ust, i przez krótką chwilę senator zapomina przybrać inny wyraz swojej pięknej twarzy. Przez ułamek sekundy widzę jego prawdziwe puste ja. Ale odwracając się do mnie, znów cały wręcz promienieje.

– Nazwisko Rocamora jest panu pewnie znajome?

– Aktywista Partii Życia – kiwam głową. – Jeden z przywódców...

– Terrorysta – poprawia mnie Schreyer.

– Poszukiwany od trzydziestu lat...

– Znaleźliśmy go.

– Został aresztowany?

– Nie! Oczywiście, że nie. Proszę sobie wyobrazić: akcja policji, mnóstwo kamer, Rocamora oczywiście się poddaje i nagle pojawia się we wszystkich serwisach. Zaczyna się proces, jesteśmy zmuszeni otworzyć go dla mediów, wszystkie najgorsze papugi chcą go bronić za darmo tylko po to, żeby się popisać przed kamerą, facet wykorzystuje sąd jako trybunę, staje się gwiazdą... Jakbym zjadł za dużo na noc i miał koszmary. Zgodzi się pan?

Wzruszam ramionami.

– Rocamora to drugi najważniejszy człowiek w Partii Życia, zaraz po Clausewitzu – kontynuuje Schreyer. – Oni i ich ludzie próbują podkopać fundamenty naszej państwowości. Zachwiać kruchą równowagę... Obalić wieżę cywilizacji europejskiej. Ale możemy jeszcze zadać prewencyjny cios. Pan może.

– Ja? W jaki sposób?

– Podsunął go nam system ostrzegawczy. Jego partnerka spodziewa się dziecka. Rocamora jest przy niej. Najwyraźniej nie zamierzają niczego deklarować. To dla pana doskonała okazja, by spróbować swoich sił w roli dowódcy oddziału.

– Dobrze... – zastanawiam się. – Ale co możemy zrobić z naszej strony? Nawet jeśli dokona wyboru... Zwykła neutralizacja. Po zastrzyku przeżyje jeszcze kilka lat, może nawet dziesięć...

– Jeśli wszystko odbędzie się zgodnie z przepisami. Ale podczas polowania na tak grubego zwierza trzeba być przygotowanym na niespodzianki. To niebezpieczna operacja, sam pan rozumie. Może się zdarzyć cokolwiek... Wszystko! – Schreyer kładzie mi rękę na ramieniu. – Chyba mnie pan rozumie... Sprawa jest delikatna... Partnerka w czwartym miesiącu... Sytuacja jest napięta, facet jest nieswój... Nagłe wtargnięcie oddziału Nieśmiertelnych... Odważnie rzuca się, by bronić ukochanej... Chaos... Nie zdąży pan zauważyć, jak to się wszystko stało. A świadków, poza samymi Nieśmiertelnymi, już nie ma.

– Ale przecież to samo może zrobić policja, czyż nie?

– Policja? Wyobraża pan sobie ten skandal? Gorzej byłoby już tylko powiesić tego gada w celi. Nieśmiertelni to co innego.

– Kompletnie niesterowalni – kiwam głową.

– Bojówkarze, z którymi już czas najwyższy skończyć. – Przykłada usta do kieliszka. – Co pan na to?

– Nie jestem zabójcą, cokolwiek pan mówił swojej żonie.

– Zdumiewające... – mruczy dobrodusznie. – Tak wnikliwie analizowałem pańską kartotekę. Jest tam wiele informacji o pańskich zaletach, ale ani słowa o drażliwości. Być może to coś nowego. Chyba sam ją uzupełnię.

– Jak pan będzie to robił, proszę mnie nazwać „porządnym człowiekiem". – Patrzę mu w oczy.

– Chyba nawet „porządnickim".

– Nieśmiertelni muszą postępować zgodnie z kodeksem.

– Szeregowi. Proste reguły są dla prostych ludzi. Ci, którzy dowodzą, powinni przejawiać elastyczność i inicjatywę. Tak jak i ci, którzy chcieliby dowodzić.

– A ta jego partnerka? Ma jakieś związki z Partią Życia?

– Nie mam pojęcia. Nie wszystko panu jedno?

– Ją też trzeba?

– Dziewczynę? Tak, oczywiście. Inaczej wasza wersja przebiegu wypadków może zostać zakwestionowana.

Kiwam głową, przytakując – nie jemu, lecz sobie.

– Mam podjąć decyzję teraz?

– Nie, ma pan kilka dni. Ale chciałbym, żeby pan wiedział, że mamy też innego kandydata do awansu.

Prowokuje mnie, a ja nie mogę się powstrzymać:

– Kogo?

– No, no... Niechże pan nie będzie zazdrosny! Może go pan pamiętać pod numerem osobistym. Pięćset Trzy.

Uśmiecham się i opróżniam podwójnego shota jednym haustem.

– Fajnie, że ma pan takie przyjemne wspomnienia o tym człowieku – uśmiecha się w odpowiedzi Schreyer. – Widać w dzieciństwie wszystko zdaje nam się znacznie przyjemniejsze, niż jest w rzeczywistości.

– To Pięćset Trzeci jest w Falandze? – Robi mi się ciasno nawet tu, na ich pieprzonej latającej wyspie. – Przecież według zasad...

– Od zasad zawsze bywają wyjątki – z grzecznym uśmiechem przerywa mi Schreyer. – Tak więc będzie pan miał miłego kompana.

– Podejmę się tego zadania – mówię.

– No i pięknie! – Nawet nie udaje zdziwienia. – Dobrze, że znalazłem w panu człowieka, z którym można rozmawiać rzeczowo i otwarcie. Nie z każdym pozwalam sobie na taką szczerość. Jeszcze tequili?

– Poproszę.

Podchodzi do przenośnego plażowego barku, z napoczętej butelki nalewa mi do kwadratowej szklanki ognia na dwa palce. Przez otwarty sektor kopuły wpada chłodny wiatr i mierzwi plastikowojaskrawe korony drzew. Słońce zaczyna się staczać pod ziemię. Moją głowę ściska stalowa obręcz.

– Wie pan – mówi do mnie pan Schreyer, podając mi szklankę – wieczne życie i nieśmiertelność to jednak nie to samo. Wieczne życie jest tu. – Dotyka swojej piersi. – A nieśmiertelność – tu. – Przykłada palec do skroni. – Wieczne życie – uśmiecha się krzywo – jest wliczone w podstawowy pakiet socjalny. A nieśmiertelność jest dostępna tyko dla wybranych. I myślę... Myślę, że mógłby pan ją osiągnąć.

– Osiągnąć? Czyżbym nie był już jednym z Nieśmiertelnych? – żartuję.

– Różnica jest taka jak między człowiekiem a zwierzęciem. – Nagle znów pokazuje mi swoją pustą twarz. – Widoczna dla człowieka i niewidoczna dla zwierzęcia.

– Czyli czeka mnie jeszcze ewolucja?

– Niestety nic nie dzieje się samo z siebie – oponuje pan Schreyer. – Zwierzę trzeba w sobie ujarzmić. *À propos*, bierze pan pigułki błogości?

– Nie. Obecnie nie.

– Zupełnie niepotrzebnie – gani mnie dobrodusznie. – Nic tak nie uwzniośla człowieka jak one. Radzę panu znów spróbować. To co... wypijemy bruderszaft?

Trącamy się kieliszkami.

– Za twój rozwój! – Schreyer wysysa zawartość swojej kulki, kładzie ją na piasku. – Dziękuję, że przyszedłeś.

– Dziękuję za wezwanie – uśmiecham się.

Kiedy bóg rozmawia serdecznie z rzeźnikiem, dla tego ostatniego prędzej oznacza to nadciągającą egzekucję niż zaproszenie do grona apostołów. Któż inny mógłby to rozumieć lepiej, jak nie rzeźnik, który sam bawi się w boga z bydłem?

– Co to w końcu jest? Francisco de Orellana? – wpuszczam do pustej szklanki promienie zachodzącego słońca, przyglądam się odbłyskom.

– Quetzalcoatl. Ma jakieś sto lat, bo już jej nie produkują. Nie piję, ale smak ma podobno wyszukany.

– Czy ja wiem... – wzruszam ramionami. – Najważniejsze, żeby był efekt.

– No tak. I jeszcze jedno, tak na wszelki wypadek... Gdybyś nagle zaczął się wahać. Pięćset Trzeciego też tam wyślemy. Jeśli się nie zjawisz, to on będzie musiał cię zastąpić. – Wzdycha, jakby pokazując, jak bardzo nieprzyjemny byłby dla niego ten wariant. – Helen cię odprowadzi. Helen!

Podaje mi rękę na pożegnanie. Ma mocny uścisk i przyjemną dłoń – silną, suchą i gładką. W jego zawodzie to pewnie przydatne, chociaż zupełnie o niczym nie świadczy. Wiem o tym z kolei z własnej pracy – a przez moje ręce też przechodzi niemało ludzkich dłoni.

Senator zostaje na plaży, a pani Schreyer – bez kapelusza – eskortuje mnie do windy. A nawet holuje – biorąc pod uwagę mój stan i to, że ona, jak poprzednio, żegluje z przodu, a ja wiosłuję w jej kilwaterze.

– Nie ma pan nic do powiedzenia? – pytają jej plecy.

Wszystko, co się dzisiaj ze mną dzieje, zdecydowanie nie przypomina rzeczywistości, co dodaje mi niezdrowej lekkomyślności.

– Mam.

Jesteśmy już w domu. Pokój o ciemnoczerwonych ścianach. Na jednej z nich – ogromna złota twarz Buddy, wypukła, cała w pajęczynie pęknięć, oczy zamknięte, powieki napuchły od nagromadzonych przez tysiąc lat snów. Pod Buddą – szeroki tapczan obity wytartą czarną skórą.

Helen odwraca się.

– Co takiego?

– Nie na darmo tu pani mieszka. Pod tą waszą kopułą. Opalenizna jest rzeczywiście bardzo... – wodzę wzrokiem po jej nogach, od sandałów po brzeg sukienki – bardzo, bardzo równa. Bardzo.

Helen milczy, ale widzę, jak pod tkaniną w kolorze kawy falują jej piersi.

– Zdaje się, że jest pani nieco gorąco – zauważam.

– Jest mi trochę ciasno. – Poprawia sobie sukienkę przy szyi.

– Pani mąż poradził mi przyjmować pigułki błogości. Uważa, że należy ujarzmić we mnie zwierzę.

Pani Schreyer powoli, jakby z wahaniem, podnosi rękę, chwyta za oprawki i zdejmuje okulary. Jej oczy są zielone, z piwną obwódką, ale robią wrażenie matowych, niczym szmaragdy, które zbyt długo przeleżały na wystawie bez niczyjego zainteresowania. Wysoko osadzone kości policzkowe, wolne od zmarszczek czoło, wąska nasada nosa... Bez okularów, jak bez pancerza, wydaje się całkiem krucha – tą zachęcającą, wyzywającą kobiecą kruchością, którą mężczyzna chciałby podrzeć, rozszarpać, zadeptać.

Podchodzę do niej.

– Niepotrzebnie – mówi.

Łapię ją za przegub – mocniej, niż trzeba – i nie wiedzieć czemu ciągnę w dół. Nie wiem, czy chcę, żeby było jej przyjemnie, czy żeby bolało.

– Boli! – Próbuje się uwolnić.

Puszczam ją. Robi krok w tył.

– Niech już pan idzie.

Przez całą drogę do windy Helen milczy, a ja obserwuję tył jej głowy, podziwiając falowanie i lśnienie miodowych włosów. Czuję, jak przez moją niezgrabność, fałszywy ruch, słabnie spontaniczna siła przyciągania, która, mimo woli, niemal zetknęła nas w przestrzeni kosmicznej; jak trajektorie naszych losów za moment oddalą nas od siebie na setki lat świetlnych.

Ale zbieram myśli dopiero wtedy, kiedy stoję już w windzie.

– Co niepotrzebnie?

Helen lekko mruży oczy. Nie dopytuje. Pamięta swoje słowa, zastanawia się nad nimi.

– Niech pan zostawi to swoje zwierzę w spokoju – mówi. – Nie trzeba go ujarzmiać.

Drzwi się zamykają.

Rozdział 2
WIR

Nie powinienem tu być. Zbyt podekscytowany, żeby iść do domu, i zbyt pijany, żeby się powstrzymać – oto dlaczego jednak tu jestem.

W parku wodnym Źródło.

Stąd, z mojej misy, wydaje się, że pływalnia zajmuje cały świat.

Setki dużych i małych basenów Źródła wachlarzami kaskad wznoszą się ku ciepłemu wieczornemu niebu. Misy basenów połączono przeźroczystymi rurami. Winda z przebieralni wjeżdża na sam szczyt konstrukcji stumetrowym szklanym szybem, na którym opiera się cała ta fantasmagoria, i zatrzymuje się w obszernym basenie. A z niego wśród potoków spienionej wody można już spływać rozchodzącymi się na wszystkie strony rurami, od jednej misy do drugiej, aż znajdzie się taką, w której ma się ochotę zostać.

Każda wypełniona morską wodą misa pulsuje innym kolorem, w rytm muzyki rozlegającej się w jej wnętrzu. Nie ma tu jednak kakofonii: tysiące mis gra niczym ogromna orkiestra kierowana przez jednego dyrygenta i z tego wielogłosu wypływa symfonia. Zarówno misy, jak i rury są przeźroczyste i kiedy patrzy się na nie z góry, wyglądają jak girlandy kwiatów na gałęziach drzewa wszechświata; gdy zaś spojrzeć z dołu – niczym chmary tęczowych baniek mydlanych unoszonych przez wiatr w stronę granatowego wieczornego nieba. Ich wielobarwne migotanie również jest zgodne, zsynchronizowane: okiście wiszących w pustce basenów, odwróconych szklanych kopuł, to przybierają ten sam odcień, to poprzez rury zaczynają sobie nawzajem przekazywać najpierw jeden, potem drugi kolor – jakby ogień biegł w górę po łączącym niebo i ziemię kryształowym baobabie.

Stoi on pośrodku zielonego górskiego płaskowyżu otoczonego ośnieżonymi łańcuchami górskimi; słońce niby dopiero co skryło się za najdalszym z nich. Oczywiście zarówno białe szczyty, otaczające pokrytą dywanem mchu wyżynę, jak i ciemniejące niebo to po prostu projekcje. Tego wszystkiego nie ma, jest tylko gigantyczny sześcienny boks, pośrodku którego postawiono hydromechaniczną konstrukcję z udającego szkło przeźroczystego kompozytu.

Imitację dostrzegam jednak tylko ja, ponieważ dziś widziałem prawdziwe niebo i prawdziwy horyzont. Pozostali, rzecz jasna, nie mają obiekcji. Rozdzielczość i rozmiary ekranów są takie, że ludzkie oko nie jest zdolne odróżnić imitacji od rzeczywistości już z kilkudziesięciu metrów. A ludzie nie zaglądają za misterne płoty wyznaczające granice wygodnego samooszukiwania się.

Sam chcę uwierzyć w te góry i to niebo; i mam w sobie dość tequili, żeby granica między projekcją i rzeczywistością zaczęła się rozmywać.

Kąpiący się w jaskrawych szmatkach zaznają przyjemności w misach basenów, podobni do sennych tropikalnych rybek w akwariach. Źródło to uczta dla oczu, ogrody świeżości, piękna i pożądania, świątynia wiecznej młodości.

Nie ma tu ani jednego starca i ani jednego dziecka – klienci Źródła nie powinni doświadczać najmniejszego moralnego i estetycznego dyskomfortu. Niech tamci mieszkają w swoich rezerwatach, gdzie nikogo nie kłopoczą ich odstępstwa od normy; szklane ogrody mają pozostać otwarte wyłącznie dla tych, którzy zachowują młodość i siłę.

Dziewczyny i młodzieńcy przychodzą tu samotnie, parami i w większych grupach; każde z nich, ślizgając się rurami, może wybrać sobie misę wedle gustu. Z muzyką, która współbrzmi z nastrojem. O rozmiarach sprzyjających chwili samotności, miłosnym uściskom, zabawom z przyjaciółmi. Z sąsiadami, którzy będą milczeć, nie zdradzając żadnego zainteresowania innymi, lub którzy przyszli tu w poszukiwaniu przygód i elektryzują swoim nastrojem całą misę.

Gałęzie kryształowego baobabu to chaotyczny labirynt i można w nim trafić w takie zakątki, w których nikt nie będzie nas niepokoił. Ale nie wszystkich krępują cudze spojrzenia – zdarzają się i łowcy wrażeń, którzy, gdy tylko między nimi zaiskrzy, splatają się w lubieżny węzeł o krok od przypadkowych świadków, trącając ich niechcący w miłosnych spazmach. Ich rwane westchnienia i zdławione jęki jednym każą się odwrócić, innych zaś przyciągają.

Dla zwykłych ludzi park wodny to supermarket rozkoszy, fabryka szczęścia, jeden z ulubionych sposobów spędzania wieczności.

Ale dla takich jak ja to miejsce występne – i zakazane.

Półleżę w niewielkiej misie mniej więcej pośrodku tego malowanego świata; połowa szklanych baniek unosi się wysoko nad moją głową, połowa rozpościera się w dole. Powietrze przenika ciężka, zmysłowa woń aromatycznych olejków. Powłoka mojego basenu rozbłyskuje właśnie przytłumionym fioletem, nagłośnienie wprost przez skórę przekazuje moim wnętrznościom ciche, choć przenikliwe basy; muzyka jest spokojna i powolna, lecz zamiast usypiać, pobudza wyobraźnię.

Przez szkło widzę misę w dole – rozłożyły się w niej jak rozgwiazdy dwie młode dziewczyny, trzymając się za ręce – zaledwie palcami wskazującymi – sprawiają wrażenie, jakby unosiły się w powietrzu.

U jednej, śniadej, przez fluorescencyjnożółty materiał kostiumu kąpielowego widać brązowe plamki sutków. Druga, ruda o mlecznobiałej skórze, zasłania obnażone piersi ręką; długie włosy rozrzucone po powierzchni wody otaczają jej pociągłą, nieco dziecinną twarz ciemniejszą aureolą. Spogląda w górę, na wznoszące się ku niebu migoczące szklane kule i w którymś momencie nasze oczy się spotykają. I zamiast oderwać wzrok, dziewczyna powoli się do mnie uśmiecha.

Odpowiadam jej uśmiechem i odwracam się, zamykam powieki. Lekko kołysze mnie prąd słonej wody, tequila szumi w moich uszach niczym morskie fale. Wiem, że mogę teraz ześlizgnąć się rurą w dół i po chwili też trzymać rudowłosą dziewczynę za rękę – wiem, że nie wycofa się ze swojej bezgłośnej obietnicy. Basen to miejsce, do którego przychodzimy po pieszczoty fal i ludzi; kiedyś w tym samym celu odwiedzaliśmy nocne kluby. W przejrzystych misach topimy swoją samotność, rozcieńczamy ją przelotnymi znajomościami, gwałtownymi, gorączkowymi spazmami; tyle że nagła bliskość sprawia, że czujemy się niezręcznie i uciekamy od tej niezręczności, od siebie nawzajem – jak najdalej w dół, szklanymi rurami.

My? Zaliczyłem siebie w ich poczet. Nie, nie my, tylko oni.

Nam, Nieśmiertelnym, wstępu do parków wodnych zabrania kodeks honorowy. Źródło zepsucia – oto jak nazywają je w przepisach.

Oczywiście nie w tym rzecz, że możemy być narażeni na przelotny zawrót głowy, rzecz nie w krótkim, szaleńczym kontakcie genitaliów, lecz w tym, jakie ów kontakt może mieć konsekwencje. Ostatecznie polecenie, by Nieśmiertelni brali pigułki błogości, to na razie tylko usilna rekomendacja. Zwierzęca natura, którą stara się ujarzmić w nas senator i pozostali patroni Falangi, źle je znosi. Otwarto dla nas specburdele z dziwkami, które zaspokoją każdą zachciankę i zachowają każdą tajemnicę. Jednak poza nimi musimy zachowywać się jak kastraci.

Muszę. Co ja tu robię? Czego tu szukam, Basile?

Bryzgi!

Wybuch śmiechu – dziewczęcego, czystego, dźwięcznego. Tuż obok. W mojej misie, w której chciałem się przed wszystkimi ukryć – i liczyłem, że zostanę odkryty. Kolejna fontanna wody. Cierpliwie milczę, udaję, że śpię.

Szepty. Zastanawiają się, czy ruszać dalej w dół, czy zostać tutaj. Drugi głos, męski. Mówią o mnie. Dziewczyna chichocze.

Udaję, że ich zabawa kompletnie mnie nie interesuje.

Do mojego basenu ześlizgnęły się rurą dwie osoby. Chłopak ma oliwkową cerę, oczy koloru anodowanego aluminium, ręce dyskobola i kruczoczarną czuprynę; dziewczyna jest zgrabną Murzynką. Jej krótko ostrzyżona główka, jak u wokalistki jazzowej, wieńczy długą szyję. Szczupłe ramiona. Piersi podobne do jabłek. Przez falującą wodę jej umięśniony brzuch i wąskie biodra drgają, fałdują się, jakby zostały dopiero co odlane z ebonitowego kompozytu i nie zdążyły jeszcze przyjąć ostatecznego kształtu.

Przyciskają się do brzegu z mojej strony misy, choć przeciwległa nie jest przez nikogo zajęta. Dochodzę do wniosku, że zrobili tak, żebym nie mógł ich obserwować. I dobrze. Myślę nawet o tym, żeby popłynąć dalej, zostawić ich samych, ale... Zostaję. Zamykam oczy, rozpuszczam w morskiej wodzie minutę życia, potem kolejną. To nic trudnego: ciepła słona woda potrafi skonsumować nieskończenie wiele czasu. Może to dlatego – mimo wysokich cen – wszystkie parki wodne przez okrągłą dobę pełne są ludzi.

Znów śmiech Murzynki – teraz brzmi inaczej: jest przytłumiony, zakłopotany. Plaśnięcie w wodę – żartobliwe zapasy. Szloch. Okrzyk. Cisza. Co tam się dzieje?

Na wodzie unosi się strzęp tkaniny, góra od jej kostiumu – nieprzyzwoicie szkarłatna – i szkarłatnym kolorem podniecająco pulsuje cała misa. Szmatka dopływa do końca rury, zatrzymuje się na sekundę jak na skraju wodospadu – i rusza w dół.

Właścicielka nie dostrzega straty. Rozpostarta, przyciśnięta przez partnera do brzegu basenu, powoli się przed nim otwiera. Widzę, jak jej napięte ramiona stopniowo się rozluźniają, ustępują, jak przyjmuje jego napór. Woda się kotłuje. Na powierzchnię wypływają kolejne strzępki materiału. Mężczyzna odwraca ją plecami – i nie wiedzieć czemu twarzą do mnie. Jej oczy są na wpół przymknięte, zamglone. Słodycz zębów za wydatnymi afrykańskimi wargami.

– Ach...

Z początku szukam jej wzroku, a kiedy w końcu go spotykam, ogarnia mnie zakłopotanie. Oliwkowy atleta popycha ją w moim kierunku – znowu i znowu, coraz bardziej rytmicznie. Ta nie ma się czego chwycić i przesuwa się coraz bliżej mnie; powinienem był stąd odejść, nie wolno mi, ale zostaję, serce mi łomoce.

Teraz zagląda mi w oczy – chce nawiązać kontakt. Źrenice błądzą po mojej twarzy, patrzy na moje usta... Odwracam się.

Tu wszędzie są kamery, mówię sobie w myślach. Stój. Wszystkich tu obserwują. Wypatrzą cię. Nie powinieneś tu nawet być, a skoro już jesteś...

W nowym świecie ludzie nie wstydzą się swojej natury, są gotowi się eksponować, intymność stała się publiczna. Nie mają czego kryć ani przed kim. Po wprowadzeniu ustawy o wyborze rodzina straciła sens. Jest jak ząb, w którym dentysta uśmiercił nerw: po pewnym czasie sama zmurszała i się rozpadła.

Koniec. Czas na mnie, póki nie jest za późno. Idę stąd. Odpływam.

– No... – szepcze. – No, proszę... No...

Rzucam jej spojrzenie. Tylko jedno.

Pchnięcie... Pchnięcie... Jest o krok ode mnie. Zbyt blisko, żeby się nie ześlizgnąć... Jestem na samym skraju... Przechyla się w moim kierunku... Wyciąga szyję... Nie może dosięgnąć.

– No...

Poddaję się. Wychodzę jej na spotkanie.

Pachnie owocową gumą do żucia. Usta ma miękkie jak płatek ucha.

Całuję ją, dostępną, błagającą. Chwytam ją za tył głowy. Jej palce zbiegają w dół po mojej piersi, po brzuchu, niepewnie – i drapią mnie tam. Dosięga ją ból, słony i słodki, i chce się nim ze mną podzielić. Jej urywany, bełkotliwy szept zagłusza zgodny śpiew tysiąca basenów. Jeszcze chwila i przepadłem.

I wtedy gdzieś z góry dobiega wrzask. Rozpaczliwy, przeszywający – nigdy takiego nie słyszałem, może kiedyś w pracy. Burzy harmonię muzyki, a jego miotające się echo nie pozwala jej przywrócić. Po pierwszym wrzasku prawie natychmiast słychać kolejny, a wkrótce – cały chór przerażonych krzyków.

Nasze trio rozpada się. Murzynka wtula się z zakłopotaniem w dyskobola, ja wpatruję się w górę, obserwując dziwną szarpaninę, która rozgrywa się w jednym z basenów nad naszymi głowami. Ludzie popychają się nawzajem, krzyczą coś – ale nie da się rozróżnić słów. Potem wrzucają do rury coś białego, ciężkiego – i to coś powoli zjeżdża do misy basenu o poziom niżej. Po chwili ci, którzy się w niej relaksowali, zarażają się paniką. Scena się powtarza: piski kobiet, okrzyki obrzydzenia, rwetes. Potem miotające się ciała nagle nieruchomieją, jak sparaliżowane.

Dzieje się tam coś dziwnego i strasznego, ale w żaden sposób nie mogę dojść, w czym rzecz. Wygląda to tak, jakby do parku wodnego trafiło jakieś odrażające zwierzę; monstrum, które powoli ześlizguje się rurami do nas, po drodze zarażając obłędem wszystkich, którzy na nie spojrzą.

Znów hałaśliwe odgłosy walki – i znów coś opuszcza kotłującą się misę i spływa dalej. Przez moment zdaje mi się, że to człowiek... Ale teraz rusza... To coś ociężale plusnęło do basenu nad nami. Co to może być? Powłoka basenu migocze na granatowo, niemal nie przepuszcza światła i znów nie udaje mi się rozpoznać, co do nas płynie. Nawet przebywający tam ludzie nie od razu zdają sobie sprawę, co widzą przed sobą. Dotykają...

– Boże... Przecież to...

– Zabierz to! Zabierz to stąd!

– Ale to jest...

– Nie dotykaj go! Proszę! Nie dotykaj!

– Co teraz!? Co mamy z tym zrobić!?

– Weźcie to stąd! Szybko!

W końcu wypychają dziwnego stwora ze swojej misy i ten nieśpiesznie zbliża się do nas. Zasłaniam plecami wystrzyżoną dziewczynę i jej dyskobola; są mocno zmieszani, choć chłopak kozakuje. Cokolwiek do nas płynie, na spotkanie jestem przygotowany lepiej od nich obojga.

– Cholera...

W końcu udaje mi się go porządnie obejrzeć. Ciężki, nabity worek, głowa dynda, jakby była przyszyta, nienaturalnie wykręcone kończyny to poruszają się, to jakby czegoś się czepiają, krótko mówiąc, robią, na co mają ochotę – jedna niezależnie od drugiej. Nic dziwnego, że sieje wokół taką panikę.

To trup.

Właśnie wpływa do mojego basenu – zanurza się wraz z głową, twarzą w dół, i tkwi pod wodą. Jego ręce zawisają na wysokości piersi i połączone nićmi krążących w parku wodnym prądów, ledwie dostrzegalnie poruszają się: tam i z powrotem, tam i z powrotem. Trup sprawia wrażenie, jakby to on dyrygował tutejszym bezdusznym chórem. Oczy ma otwarte.

– Co to?... – mamrocze zaskoczony dyskobol. – Co on?...

– On nie żyje... Nie żyje, tak!? – jego partnerka wpada w histerię. – On nie żyje, Claudio! Nie żyje!

Dziewczyna zauważa, że nieboszczyk patrzy – w nicość, kontemplacyjnie, ale ma wrażenie, że bezwstydnie przygląda się pod wodą jej wdziękom. Najpierw zasłania łono dłońmi, a potem nie wytrzymuje i rzuca się rurą w dół – goła jak ją Pan Bóg stworzył, byle tylko uciec od koszmarnego towarzystwa. Dyskobol się trzyma – nie chce wyjść na tchórza, ale i on jest wstrząśnięty.

Naturalnie. Przecież oni nigdy nie mieli do czynienia ze śmiercią. Podobnie jak wszyscy ci, którzy wcześniej wypychali trupa ze swoich basenów. Nie wiedzą, co robić w obliczu śmierci. Uważają ją za okropny przeżytek, wiedzą o niej z filmów historycznych albo z telewizyjnych wiadomości z jakiejś tam Rosji, ale nikt z ich bliższych czy dalszych znajomych nigdy nie umarł. Śmierć została unieważniona stulecia temu, pokonano ją, tak jak wcześniej czarną ospę czy dżumę; i w ich pojęciu śmierć – zupełnie jak czarna ospa – występuje gdzieś w zamkniętych rezerwatach, w laboratoriach, których nigdy nie opuści – jeśli sami jej nie przywołają. Jeśli tylko będą żyć, nie łamiąc prawa.

Tymczasem ona wydostaje się stamtąd, jakby przenikając przez ściany, i zjawia się nieproszona w ich ogrodach wiecznej młodości. Obojętny, a zarazem straszny Tanatos wdziera się do królestwa marzeń Erosa, sadowi się w samym środku niczym gospodarz i spogląda martwymi oczami na młodych kochanków, na ich rozpalone podnieceniem genitalia, w jednej chwili więdnące pod jego spojrzeniem. W bliskości zmarłego żywi tracą nagle pewność, że sami nigdy nie umrą. Próbują odtrącić go od siebie, wypychają go – i tym samym pomagają mu kontynuować jego pochód. Posłaniec dżumy odpływa dalej.

Nie przeganiam go. Zahipnotyzowany patrzę Tanatosowi w twarz. Mija zaledwie kilka sekund, ale w pobliżu umarłego czas zamarza, gęstnieje.

– Co robić? – mamrocze Claudio; wciąż jeszcze tu jest, chociaż z oliwkowego zrobił się szary.

Podpływam do ciała, przyglądam się mu. Blondyn, przy kości, przerażona twarz, podniesione powieki, półotwarte usta; żadnych widocznych ran. Biorę go pod pachy, podnoszę nad powierzchnię. Zwiesza głowę, z ust i nosa wypływa mu woda. Łyknął wody i utonął, ot i cała diagnoza. Takie rzeczy prawie nigdy się nie zdarzają: tu nie sprzedaje się alkoholu i narkotyków, a bez nich niełatwo jest utonąć, kiedy woda sięga do piersi.

Nagle zdaję sobie sprawę, że wiem, jak postępować – z materiałów szkoleniowych, z praktyki w internacie. Topielców jeszcze po jakichś dziesięciu minutach, a czasem i po półgodzinie, można wyciągnąć z tamtego świata. Sztuczne oddychanie, pośredni masaż serca. Cholera, a myślałem, że dawno zapomniałem te słowa, że usunąłem je z pamięci jako zbyteczne!

Tequila dodaje wiary w moje własne siły.

Obejmuję ciało i ciągnę je do brzegu misy – jest tam występ, rodzaj ławeczki. Ono jednak się sprzeciwia, prosi się z powrotem pod wodę, wręcz aż się rwie, żeby zsunąć się z siedzenia. Claudio utkwił we mnie osłupiały wzrok.

Dobrze... Płuca ma teraz wypełnione wodą, zgadza się? Moje zadanie to je opróżnić. Zastąpić wodę powietrzem. Potem spróbować uruchomić serce i znów zrobić sztuczne oddychanie. I znowu serce. I nie przerywać, aż się uda. Musi się udać, choć nigdy tego nie robiłem.

Pochylam się nad topielcem. Ma sine wargi, jego oczy płaczą morską wodą, słoną jak prawdziwe łzy. Patrzy obok mnie, w niebo.

Cholera! Trudno będzie przyłożyć usta do jego ust. Trzeba by go uczłowieczyć. Nadać mu imię czy coś. Niech będzie Fred; z Fredem będzie weselej niż z trupem niezidentyfikowanego mężczyzny.

Nabieram pełne płuca powietrza, obejmuję ustami jego wargi. Są zimne, ale nie tak bardzo, jak myślałem.

– Co ty robisz!? – w głosie poszarzałego Claudia wyczuwam strach i obrzydzenie. – Odbiło ci!?

Zaczynam dmuchać i wtedy jego szczęka odpada; prosto w usta wsuwa mi się jego język – zwiędły kawałek mięsa – dotykając mojego. Wygląda to na pocałunek.

Odsuwam się od topielca i zapominam, jak ma na imię, nie rozumiejąc jeszcze, co się stało – a kiedy zdaję sobie z tego sprawę, o mało nie dostaję torsji.

– Wezwę ochronę!

Ledwo łapię oddech, patrzę na niego, potem na Claudia, którego ciało przybrało teraz odcień zieleni – jego wypielęgnowana skóra odzwierciedla zapewne kolor światła misy.

– Fred – mówię do trupa. – Tak miedzy nami, to staram się tak dla ciebie, więc dawaj brachu, bez takiego pieprzenia.

Biorę zamach i uderzam go, jak młotem, w klatkę piersiową – tam, gdzie, według mojej wiedzy, znajduje się jego serce.

– Ty się nadajesz do psychiatryka! – wrzeszczy na mnie dyskobol.

Fred znów zsunął się na dno. Jeśli dalej tak to będzie wyglądało, nie dam rady go ocucić. Odwracam się do Claudia.

– Chodź tu!

– Ja?

– Szybko! Podnieś go, żeby miał twarz nad wodą!

– Co!?

– Podnieś go, mówię! O, tu, złap go tutaj!

– Nie będę go dotykał! On nie żyje!

– Posłuchaj mnie, debilu! Można go jeszcze uratować! Próbuję go reanimować!

– Nie podejdę do niego!

– Podejdziesz, bydlaku! To rozkaz!

– Ratunku!

Skacze szczupakiem do rury i zostaję sam na sam z Fredem. Przemagam się, przyciskam swoje usta do jego ust, kulę język i wtłaczam powietrze.

Odsuwam twarz, biorę zamach – uderzam go w mostek. I znów wdmuchuję w niego powietrze.

Ucisk! Wydech! Ucisk! Wydech! Ucisk!

Jak poznać, że robię wszystko prawidłowo? Jak poznać, że mam jeszcze szansę? Jak poznać, ile czasu miał w płucach wodę?

Wydech!

Jak poznać, czy jego świadomość skryła się w jakiejś odległej komórce pozbawionego tlenu mózgu i krzyczy do mnie bezgłośnie: „Tu jestem!", czy też facet dawno już zdechł i męczę się z kawałkiem mięsa?

Ucisk!

Wydech!

Podciągam go, podkładam mu rękę pod głowę, żeby woda nie wlewała się z powrotem.

– Przestań się wiercić! Przestań się wiercić, sukinsynu!

Ucisk! Wydech!

Musi ożyć!

– Oddychaj!

Fred nie chce ożyć. Ale im dłużej się nie budzi, tym bardziej się zapalam, tym zacieklej młócę go po sercu, tym wścieklej wtłaczam w niego powietrze. Nie chcę przyznać się przed sobą, że nie mogę go uratować.

Ucisk!

Jak mam mieć pewność, że wszystko robię prawidłowo?

Wydech!

Nie rusza się. Nie mruga, nie odkrztusza, nie rzyga wodą, nie patrzy na mnie z zaskoczeniem, nie wysłuchuje moich wyjaśnień z niedowierzaniem, nie dziękuje za uratowanie życia. Złamałem mu pewnie wszystkie żebra, podziurawiłem płuca, ale on i tak niczego nie czuje.

– Zróbmy tak... Dogadajmy się jakoś...

Ostatni ucisk! Ostatni wdech!

Cud!

No! Cud!?

Lekko się poruszył...

Nie. Znów wędruje pod wodę.

Opuszczam ręce.

Fred patrzy w górę.

Chciałbym mu powiedzieć, że jego dusza jest teraz gdzieś tam, w niebie, po którym błądzi jego wzrok. Tak mówiono o zmarłych pięćset lat temu. Ale nie chcę go okłamywać; Fred, podobnie jak my wszyscy, z duszy nie korzystał, zresztą niebo nad jego dyndającą głową i tak jest tylko namalowane.

– Mięczak! – mówię mu zamiast tego. – Pieprzony mięczak!

Ucisk! Ucisk!

Ucisk!!!

– Proszę się odsunąć – odzywa się za moimi plecami surowy głos. – On nie żyje.

Odwracam się: para w białych piankach do nurkowania z logo Źródła. Security.

– Staram się go reanimować!

Fred zsuwa się z siedzenia, z pluskiem pada twarzą w wodę.

– Proszę się uspokoić – mówi ochroniarz. – Potrzebuje pan pomocy psychologa. Jak pan się nazywa?

Wyciągają skądś podłużny siatkowy worek – biały, z pstrokatymi paskami po bokach, rozkładają go pod wodą i zręcznie wciskają do niego Freda. Zapinają torbę z facetem w środku. Wychodzi z tego coś w rodzaju kolorowej nadmuchiwanej kiełbasy do pływania.

– Pana nazwisko? – powtarza ochroniarz. – Być może będą szukać świadków.

– Ortner. – Uśmiecham się. – Nikolas Ortner 21K.

– Mamy nadzieję, że nie będzie pan rozpowszechniał informacji o tym, co pan widział, panie Ortner – mówi ochroniarz. – Źródło niezwykle troszczy się o swoją reputację i nasi prawnicy...

– Proszę się nie przejmować – odpowiadam. – Więcej o mnie nie usłyszycie.

Jeden z ochroniarzy daje nurka do rury, drugi podnosi Freda-kiełbasę, wysyła go w ostatni rejs, a potem sam zamyka ten żałobny kondukt. Odprowadzam go wzrokiem. W basenie o poziom niżej kolorowy worek budzi jeszcze strach, o dwa poziomy niżej – wstręt, trzy – ciekawość, cztery – nikogo już nie interesuje.

Odrywam wzrok od Freda, opieram się o brzeg misy basenu. Muszę się stąd wynosić, ale zwlekam. Niech ochroniarze doholują go do wyjścia, nie chcę się więcej spotkać ani z nimi, ani z topielcem. Zamykam oczy, próbuję uspokoić oddech.

Czuję się wyprany z sił, głupi, bezradny. Po co to robiłeś? Po co próbowałeś go ocucić? Czemu nie uciekłeś albo nie spławiłeś trupa dalej? Przed kim się chciałeś popisać? Co chciałeś sobie udowodnić!?

Zaraz jak tylko wesoły worek i jego eskorta nikną z pola widzenia, rzucam się w dół. Przypadkowo uderzam nogą o brzeg i cieszę się bólem. Mam ochotę sam się pobić. Rozwalić sobie ten tępy łeb...

W drodze do domu nie mogę się uwolnić od myśli o Fredzie: co go podkusiło, żeby umrzeć? Przy średniej długości życia rzędu siedemdziesięciu lat śmierć nie jest jeszcze tak przykra. Lecz kiedy długość ta dąży do nieskończoności, a statystykę psują tylko tacy oto nieudacznicy jak ten...

Przecież mógłby spokojnie przeżyć jeszcze tysiąc lat, będąc wciąż tak samo młodym, może nawet straciłby parę kilogramów... gdybym zdołał go z tego wyciągnąć.

A gdybym dał mu spokój i odesłał go dalej, moja wizyta w parku wodnym pewnie pozostałaby tajemnicą; teraz będą mnie szukać – w końcu jestem świadkiem – i wcześniej czy później mnie znajdą.

Przeciskam się przez brzęczącą ludzką masę.

Nienawidzę tłumu. Za każdym razem kiedy znajduję się w miejscu nadmiernego nagromadzenia ludzkich ciał, oblepiających mnie, przyciskających się do mnie, niepozwalających mi iść i oddychać, trącających mnie łokciami, depczących mi po butach – zaczyna mną trząść. Mam ochotę krzyknąć, zmieść ich wszystkich naraz, uciec stamtąd, tratując cudze nogi, głowy... Tyle że nie ma dokąd. Ile byśmy nie wybudowali wieżowców, miejsca dla wszystkich nie starczy.

Mam własny sposób pokonywania miejsc publicznych – nazywam go „lodołamaczem". Należy poruszać się nieco bokiem, wystawiając do przodu prawy łokieć z prawą pięścią utkwioną w lewej dłoni: w ten sposób przekształcasz swoje ciało w sztywną konstrukcję ramową. Przenosisz ciężar ciała do przodu, jakbyś się przewracał, i łokciem, niczym klinem, wbijasz się w tłum. Wciskasz go między stłoczonych ludzi i sam wpychasz się za nim. I podczas gdy pozostali obijają się, szturchają, złoszczą i ukradkiem obmacują, zrzucając wszystko na tłok, ja przecinam te miriady ruchów Browna i prę na drugą stronę.

Gdyby nie udało mi się wynaleźć tej metody, dawno bym już sfiksował. Ugrząząłbym pewnie w tłumie i zginął w nim na zawsze.

Z trudem docieram do śluzy. Naciskam komunikator. Wysyłam sygnał, śluza wpuszcza mnie do środka, odcinając całą resztę. W końcu wyrwałem się ze ścisku.

Od podłogi po sufit dwudziestometrowe pomarańczowe ściany podzielone są na identyczne kwadraty, a w każdym z nich znajdują się drzwi. Do ściany przymocowano kratownicowe schody i drabinki – każdy mieszkalny kubik ma osobne wejście z zewnątrz. Mówią, że architekci inspirowali się dawnymi motelami – romantyka i takie tam. Mówią też, że taka otwarta konstrukcja i jej radosne jaskrawe kolory powinny pomóc cierpiącym na klaustrofobię. Niech spadają, mądrale.

Po tym cholernym ścisku mam ochotę iść pod prysznic.

Przy wejściu do bloku jest sklepomat z mydłem i powidłem: proteinowe batoniki, alkohole w kompozytowych butelkach, wszelkie potrzebne pastylki. Obok stoi młodziutka ekspedientka: fryzura *à la* pony, głupiutkie niebieskie oczy, biała bluzka rozpięta do trzeciego guzika.

– Cześć! – mówi do mnie. – Coś podać? Mamy świeże koniki polne!

– Jest cartel?

– Oczywiście! Specjalnie dla pana zawsze trzymamy buteleczkę na zapas.

– To miło. Dawaj. I te koniki polne.

– Słodkie czy solone? Są też o smaku ziemniaków i salami.

– Solone. To chyba wszystko.

– No przecież, że solone! – Dziewczyna zabawnie uderza się dłonią w czoło. – Jak zawsze.

Komunikator na ręce każe mi przyłożyć palec wskazujący do ekranu, żeby autoryzować transakcję. Automat wydaje mi torebkę z zakupami.

– Byłabym zapomniała! Nie chce pan spróbować nowych pigułek szczęścia?

– Pigułek?

– Są bardzo dobre, naprawdę! Fantastyczny efekt! Działają do trzech dni. A potem – żadnego syndromu odstawienia.

– Skąd wiesz?

– Co?

– Skąd wiesz, że efekt jest fantastyczny? Masz jakieś porównanie?

– Co pan ma na myśli?

– To, czy byłaś kiedykolwiek szczęśliwa – drążę. – Chociaż przez chwilę. Co?

– Wie pan przecież, że nie mogę…

– Oczywiście, że nie możesz! Więc po jakie licho…

– Dlaczego pan tak mówi? – W jej głosie słychać tak wyraźną krzywdę, że aż robi mi się niezręcznie

– Dobra, dobra, przepraszam… – Po co ja to mówię? – wyrwało mi się. Miałem ciężki dzień… Długi i bardzo… dziwny.

– Dziwny?

– Zdaje mi się, że zrobiłem mnóstwo rzeczy, których nie chciałem robić. Wiesz, jak to bywa…

Dziewczyna kuli ramiona, trzepoce rzęsami.

– Masz silne postanowienie, żeby czegoś nie robić, a budzisz się, kiedy jesteś już w tym po uszy, właśnie w tym niechcianym czymś, i nie ma już drogi odwrotu – wyjaśniam. – I nie wiadomo, jak to się stało. Nie ma kogo zapytać. Ani z kim o tym porozmawiać.

– Czuje się pan samotny?

Spogląda na mnie przelotnie, z ukosa; i tak kunsztownie jest to zrobione, że zapominam o wszystkim i daję się nabrać.

– Tak jakby… A ty?

– Pomyślałam po prostu, że jeśli czuje się pan samotny, to te nasze nowe pigułki szczęścia mogą być dokładnie tym, czego panu teraz potrzeba… Nie chce pan spróbować?

– Nie chcę twoich pieprzonych pigułek! Szczęścia nie da się zeżreć, rozumiesz!? Przestań mi je ciągle wciskać!

– Ej, ej, wujaszku... Nie podniecaj się tak! – Zza moich pleców dobiega szyderczy chichot. – Orientujesz się, że ona nie jest prawdziwa? Może ją jeszcze przelecisz? Tylko szybko, bo jest kolejka!

– Spadaj! – mówiąc to, odwracam się.

To jakiś ryży bezpłciowy strach na wróble w czerwonej puszystej bluzie z kapturem. Robi krok naprzód, bezczelnie zajmując moje miejsce przy kieszeni zasobnika.

– Dziękuję za dokonany zakup – mówi mi na pożegnanie ekspedientka.

– Dawaj tu Izabelę – nakazuje strach na wróble. – Nie chcę, żeby mnie obsługiwała ta zimna lalka.

Natrętna niebieskooka dziewczyna posłusznie znika, a w jej miejsce pojawia się inna projekcja: kędzierzawa kobieta o południowej urodzie i szerokich biodrach, z potężnym biustem i wyzywającym makijażem.

– I na co się gapisz? Znikaj stąd, frajerze! – kiwa mi strach na wróble. – Cześć, Iza! Co u ciebie?

Na pożegnanie rozbijam mu łuk brwiowy.

Dziwny dzień.

Wracam do domu i wciskam się do swojego kubika. Dopiero teraz uświadamiam sobie, że z całego listka tabletek nasennych została już tylko jedna. Najważniejsze to nie zapomnieć o kupieniu nowych rano, inaczej...

Rozglądam się: idealny porządek, jak zawsze. Łóżko posłane, ubrania na półce wyprasowane i posortowane, mundur – oddzielnie, dwa czyste komplety gotowe, wszystkie buty w pokrowcach, na opuszczanym stoliku – pudełko z pamiątkami, na ścianie stara plastikowa maska Myszki Miki – tania, z tych sprzedawanych niegdyś dzieciom w parkach rozrywki.

Tylko to, co niezbędne, nie lubię niepotrzebnych rzeczy. Ktoś może uznać, że w kubiku o rozmiarach dwa na dwa na dwa metry inaczej się nie da, ale nie zgodzę się z tym. Jeśli człowiek nie ma skłonności do utrzymywania porządku, to nawet w trumnie narobi bajzlu.

Wszystko w porządku. Wszystko w porządku. Wszystko w porządku.

Zanim zdążę poczuć ucisk w skroniach, wydaję mieszkaniu polecenie:

– Okno! Toskania!

Jedna ze ścian – ta naprzeciwko łóżka – zapala się i od podłogi do sufitu zamienia w okno; za nim widać moje ukochane wzgórza, niebo i obłoki. Wszystko to fałszywka, ale wychowałem się na surogacie.

Przechylam butelkę, potem wyciskam z listka ostatnią tabletkę nasenną, wkładam ją do ust, kładę się do łóżka i ssę, głęboko oddychając i nie odrywając oczu od widoku za oknem.

Najważniejsza rzecz to wytrzymać pięć minut. Właśnie tyle potrzeba tabletce, żeby wysłać mnie w nicość. Niech sami żrą swoje pigułki szczęścia i błogości, mnie wystarczą te moje małe krążki. Wyłączają świadomość równo na osiem godzin, a co najważniejsze – gwarantują brak snów. Genialny wynalazek. Błogość i szczęście w jednym.

Czuję na języku przyjemny kwaskowy smak środków nasennych. Zawsze wybieram cytrynowe – dobre do tequili, w końcu nie każdego stać na prawdziwą cytrynę. A na prawdziwą słoneczną Toskanię to w ogóle nikogo. Zresztą, chrzanić ją.

Wyłączam światło, zawijam się w ciemność. Jestem wesołym biało-tęczowym workiem i wciąga mnie przeźroczysta rynna; po jednej stronie misa z morską wodą, po drugiej – niebyt.

Rozdział 3

AKCJA

Dobra, mogę się zgodzić, że zdarzają się porządne windy.

Przedpotopowe, panoramiczne, sunące po zewnętrznych ścianach starych wieżowców – w takich jeszcze mogę postać trochę w zamknięciu, choć wydaje się, że potrzebują wieczności, żeby zjechać z górnych pięter na dół.

Ta winda jest duża, zmieści się w niej swobodnie jakieś trzydzieści osób, teraz zaś jest wypełniona tylko w jednej trzeciej. Z zewnątrz wygląda jak szklana półkula, jedna z dziesiątków, które przywarły do fasady olbrzymiego, jakby wyciosanego z lodu drapacza chmur.

Oprócz mnie w kabinie jest jeszcze dziewięciu ludzi. Najpierw w oczy rzuca się ponury, zagryzający usta dwumetrowy drab. Ma czerwone, załzawione oczy, cieknie mu też z nosa – wygląda jakby płakał. Obok niego stoi dość poważny grubas, w skupieniu drapiący się po głowie. Wygląda jak biznesmen w drodze do swojego biura. Wiecznie uśmiechnięty, o wydatnych wargach, krótko ostrzyżony, rosły i jakiś niezgrabny w ruchach typ szepcze o czymś z kudłatym, piegowatym chłopakiem w pstrokatej koszuli. Drab spogląda na nich z dezaprobatą.

Chudy facecik o zmęczonej, nerwowej twarzy drzemie na stojąco, chociaż tamci chichoczą mu nad samym uchem. Nad nim wisi drągal z chrząstkowatym nosem, smutnymi ciemnymi oczami i imponującymi uszami schowanymi pod burzą starannie umytych włosów. Pomimo dziwnej powierzchowności bije od niego całkowita beztroska – może to w cieniu jego uszu tamten gość uciął sobie drzemkę.

Moją uwagę przykuwa jednak inny pasażer – wątły, wygolony do gołej skóry. Wygląda bardzo młodo, niemal jak nastolatek, w dodatku na oko chuligan. W przyzwoitym boksie wszyscy gapiliby się na niego podejrzliwie; ale tutaj obserwuje go tylko jeden pasażer – przysadzisty, ostrzyżony na zero i wąsaty. Gdybym miał zgadywać, kim jest, powiedziałbym, że policjantem.

Ostatni to prawdziwy bohater romantyczny – proporcjonalny niczym człowiek witruwiański, rysy szlachetne jak u Dawida; kędzierzawy, i do tego rozmarzony. Oto ktoś, myślę sobie, kto zrobiłby furorę w parkach wodnych.

Przyciskam czoło do szyby.

Zjeżdżam tym szklanym słojem coraz niżej; teraz jesteśmy gdzieś pośrodku. Wieżowce zbiegają się ku górze w nieskończonej perspektywie, łącząc się wierzchołkami, tak jak w dole zrastają się podstawami. Płoną miriady świateł. I końca tego miasta nie widać.

Europa. Olbrzymie gigalopolis, miażdżące swoim ciężarem pół kontynentu, depczące ziemię i podpierające niebiosa.

Niegdyś ludzie próbowali zbudować wieżę, która sięgnęłaby obłoków; za pychę Bóg ukarał ich niezgodą, zmuszając do mówienia różnymi językami. Budowla, którą wznosili, runęła. Zadowolony z siebie Bóg uśmiechnął się i zapalił.

Ludzie zrezygnowali z nieba – ale nie na długo. Bóg nie zdążył nawet mrugnąć, nim najpierw się do niego wprowadzili, a potem go wyeksmitowali.

Dziś wieże Babel pokrywają całą Europę, ale tym razem nie jest to przejaw pychy. Zwyczajnie brakuje miejsca do życia.

A chęć rywalizacji z Bogiem już dawno przebrzmiała.

Czasy, kiedy był jedyny, minęły. Teraz jest ledwie jednym ze stu dwudziestu miliardów, a i to pod warunkiem że przypiszemy go wyłącznie do Europy. Bo jest przecież jeszcze Panameryka, Indochiny, Japonia z koloniami, Latynosi, wreszcie Afryka – w sumie prawie bilion mieszkańców. Ciasno nam – nie mamy gdzie stawiać fabryk i zakładów rolnych, biur i stadionów, parków wodnych i imitacji obszarów naturalnych. Staliśmy się zbyt liczni i poprosiliśmy go, żeby się przesunął, to wszystko. Niebo jest bardziej potrzebne nam.

Europa przypomina fantastyczny las deszczowy: wieżowce są jak pnie drzew, wiele ma przeszło kilometr obwodu i kilka kilometrów wysokości, rękawy transportowe i kładki przerzucone między nimi są jak liany. Drapacze chmur wznoszą się nad doliną Renu i doliną Loary, wyrosły w Portugalii i w Czechach. To, co kiedyś było

Barceloną, Marsylią, Hamburgiem, Krakowem, Mediolanem, teraz jest jednym krajem, jednym miastem, zamkniętym światem. Spełniło się odwieczne marzenie wielu i Europa jest naprawdę zjednoczona – przez całą można przemknąć rękawami transportowymi i tunelami podwieszonymi na poziomie setnego piętra.

Miejscami ten rozległy las jaśnieje światłami, gdzie indziej może się wydać surowy i mroczny: nie wszystkie budynki mają okna, wiele rur i przewodów zostało wyprowadzonych na zewnątrz i oplata pnie wieżowców jak pasożytniczy powój. Ale wszystko to, co najcenniejsze, kryje się w środku. Nowa Europa, wzrastając na miejscu starej, połknęła ją: średniowieczne kościoły, zabytkowe rzymskie pałace, brukowane paryskie uliczki z kutymi latarniami, szklana kopuła berlińskiego Bundestagu – wszystko to zostało wciśnięte do wnętrz powstających gigantów, stało się wystrojem dolnych kondygnacji; co nieco trzeba było zburzyć, by stworzyć podpory i postawić ściany, ale bez zmian w rozkładzie ulic nie zbuduje się nowego świata.

A teraz nad dachami domów na starym mieście w Pradze, nad wieżyczkami Baszty Rybackiej w Budapeszcie i nad madryckim Pałacem Królewskim są setki innych dachów – jeden nad drugim; ogrody i slumsy, parki wodne i wielkie przedsiębiorstwa, boksy sypialne i kwatery główne korporacji, stadiony, rzeźnie i wille. Wieża Eiffla, londyńska Tower, katedra w Kolonii – wszystko to pokrywa się kurzem pod sztucznymi obłokami w piwnicach nowych wież, nowych pałaców i nowych katedr, budowli naprawdę wielkich i naprawdę wiecznych.

Bo tylko takie domy są godne nowego człowieka. Człowieka potrafiącego się włamać do własnego ciała, zdolnego uchylić wyrok śmierci zapisany przez brodatego eksperymentatora w ludzkim DNA. Mogącego przeprogramować samego siebie. Przekształcić się z czyjejś nietrwałej zabawki w istotę niepodlegającą rozkładowi, wiecznie młodą – wreszcie niezależną, doskonałą.

Człowieka, który przestał być stworzeniem i stał się stwórcą.

Ludzie marzyli o tym od milionów lat – zwyciężyć śmierć, pozbyć się jej ciężaru, przestać żyć w wiecznym strachu, stać się wolnymi! Ledwo się wyprostowaliśmy, ledwo nasze ręce chwyciły kij, a już myśleliśmy, jak oszukać śmierć. I przez całą naszą historię, a nawet jeszcze wcześniej, kiedy historia była pogrążonym w nieświadomości bezczasem, dążyliśmy tylko do tego. Ludzie pożerali serca i wątroby swoich wrogów, szukali legendarnych źródeł tam, gdzie diabeł mówi dobranoc, zjadali sproszkowane rogi nosorożca i sproszkowane kamienie szlachetne, uprawiali seks z dziewicami, wydawali majątki na alchemików, żarli same węglowodany albo same proteiny zgodnie z zaleceniami gerontologów, uprawiali jogging, wydawali majątki na szarlatanów chirurgii plastycznej, żeby tu i ówdzie podciągnęli im skórę i wygładzili zmarszczki... Wszystko po to, aby pozostać wiecznie młodymi – albo chociaż na takich wyglądać.

Nie jesteśmy już *Homo sapiens*. Jesteśmy *Homo ultimus*.

Nie chcemy być czyimś wytworem. Nie zamierzamy wyczekiwać na rozpatrzenie naszej sprawy przez ślimaczą, biurokratyczną machinę ewolucji. Wreszcie wzięliśmy swój los we własne ręce.

Jesteśmy koroną własnego tworzenia.

A oto nasz pałac – nowa Europa.

Ziemia szczęścia i sprawiedliwości, gdzie każdy rodzi się nieśmiertelny, gdzie prawo do nieśmiertelności jest równie święte i niezbywalne jak prawo do życia. Ziemia ludzi, którzy po raz pierwszy w swej historii uwolnili się od strachu, którzy nie muszą przeżywać każdego dnia, jakby był ich ostatnim. Ludzi, którzy, nieskrępowani przez zew swojego workowatego ciała, mogą myśleć nie w kategoriach dni i lat, lecz w skali godnej wszechświata. Którzy mogą bez końca doskonalić się w wiedzy i umiejętnościach, doskonalić swój świat i samych siebie.

Rywalizacja z Bogiem straciła już sens, bo dawno się z nim zrównaliśmy. Kiedyś wieczny był tylko on, teraz – każdy. Zawędrowaliśmy nawet do nieba, ponieważ bogiem jest teraz każdy z nas, ponieważ teraz słusznie nam się ono należy. Boga nie trzeba było nawet obalać – uciekł sam, w kobiecym przebraniu i zgoliwszy brodę, a teraz błąka się gdzieś pośród nas, mieszkając w kubiku dwa na dwa na dwa i łykając na śniadanie antydepresanty.

Winda zjechała jakieś dwadzieścia pięter niżej; przez mgłę i dym widać podstawy wieżowców. Już niewiele zostało.

– Wiesz, co ci powiem? Żyjesz w najlepszej ze wszystkich epok w historii tej planety. Nie było szczęśliwszych czasów, rozumiesz? – mówi wąsacz i moje myśli wracają do kabiny.

Było to niby skierowane do „chuligana", tego wygolonego nastolatka, ale pozostali pasażerowie windy też odwracają się do niego i słuchają jego słów z poważnymi twarzami.

– Tylko że nie wszyscy to szczęście mają, ot co. Tu u nas, w Europie, tak. A w Rosji co się wyprawia? Sam widziałem w wiadomościach. Albo co się stało z Indiami. Nic dziwnego, że uchodźcy obłażą wszystkie nasze granice jak wszy. Złażą się do nas, bo mamy tu życie za darmochę, jasne? Drugiego takiego miejsca nie ma. Nie pojadą przecież do Ameryki, tak? Kasy na życie by im nie starczyło.

Młodziak marszczy brwi, ale przytakuje. Przyglądam się mu. Nie podoba mi się. Tępa, złośliwa twarz. Co on tu robi? To nie miejsce dla niego.

– Ty się tu, na przykład, urodziłeś. Masz prawo do nieśmiertelności. Udało ci się. I co, myślisz, że zawsze tak będzie? Zamierzasz żyć w nieskończoność, tak? Nie masz na to żadnej gwarancji, tyle ci powiem. Zero. Bo dużo jest łasych na darmochę. A wszystko, co dobre, kiedyś się kończy. Wody ledwo starcza, tak? Filtrujemy i pijemy własny mocz! Ledwo starcza miejsca! Dobrze, jak człowiek ma osiem metrów sześciennych! Żarcie... Słuchasz mnie?

– No słucham, słucham... – burczy wygolony chuligan.

– Żarcie! Energia! Wszystko na granicy możliwości! Na granicy! Każdy z nas powinien być tego świadomy! Sto dwadzieścia miliardów sześćset dwa miliony czterysta osiemdziesiąt jeden tysięcy. Tyle utrzyma Europa. Więcej nie da rady. Jesteśmy w niebezpieczeństwie. Demagodzy bredzą: że niby tysiąc w jedną, tysiąc w drugą... A ja ci powiem: szklanka jest pełna, ot co. Jeszcze kropla i się przeleje. I wszystko szlag trafi.

Kiwam głową: tak właśnie jest.

– I koniec z tą twoją nieśmiertelnością. Jasne? A wszystko przez nich. Jeśli istnieją wrogowie Europy – to są nimi oni. Ścierwa. Chcesz żyć jak zwierzę – wybieraj, wszystko zgodnie z prawem, tak? Ale nie. Oni się chcą wykręcić. Oszukać cię. Żeby ich pomiot zabierał nam nasze powietrze, wypijał całą naszą wodę! I mamy puścić im to wszystko płazem!?

– Chrzanić ich... – ponuro mamrocze nastolatek.

– Po prostu o tym pamiętaj, jasne? To przestępcy. Pasożyty. Powinni za to zapłacić! Robimy wszystko, jak trzeba. Świat, mój przyjacielu, jest bardzo prosto urządzony: czarne albo białe. My albo oni. Jasne!?

– Jasne, jasne...

– Właśnie! Zero litości dla tych gnid!

Wąsacz przygląda się młodziakowi surowo, potem z rozmachem zrzuca plecak, wyciąga z niego białą maskę. Ogląda, jakby widział ją pierwszy raz w życiu i nie pamiętał, skąd się wzięła w jego plecaku. Potem ją zakłada.

Kompozytowy materiał, z którego jest zrobiona, na oko nie różni się od marmuru.

Twarz na masce należała niegdyś do starożytnego posągu Apollina. Wiem to – na własne oczy widziałem rzeźbę w muzeum. Ma puste, pozbawione źrenic oczy – uciekły w głąb albo zaszły bielmem. Twarz jest zimna, beznamiętna, nieruchoma. Bezpłciowa. Zbyt regularne rysy. Modelem był sam bóg albo piękny nieboszczyk. Ludzie – żywi – nie miewają takich twarzy.

Młodziak sięga do swojego plecaka, wyciąga z niego identyczną maskę, zakłada ją i zamiera – jak skręcona sprężyna.

Wtedy pulchny biznesmen też wyjmuje skądś swoją maskę – kopię tych należących do chłopaka i wąsacza. Gorączkowo wyszarpuje twarz Apollina również i chudy facecik; nieśpiesznie przykłada sobie do twarzy marmurową maskę uszaty. W jego ślady idzie drab o dziwnej twarzy i człowiek witruwiański; kudłaty chłopak ściąga swoją pstrokatą hawajską koszulę i wkłada czarny kombinezon – tak jak pozostali zamienia się w boga światła, piękna i młodości; naśladuje go dowcipniś o wydatnych wargach. Teraz cała dziewiątka jest pozbawiona twarzy i ubrana na czarno.

– Śpisz? – odwraca się do mnie ten, który przed chwilą był wąsaczem.

Wyciągam swoją maskę jako ostatni.

Jesteśmy na miejscu.

Ściana, z której wychodzimy, została zamieniona we fresk – całą ogromną powierzchnię zajmuje graffiti. Naiwne, kolorowe, przesłodzone: uśmiechnięci smagli bohaterowie z kwadratowymi podbródkami i czymś w rodzaju baniek mydlanych na głowach, aryjskie samice w srebrnych kombinezonach, śmiejące się dzieci o inteligentnych dorosłych oczach, lekkie przeźroczyste drapacze chmur, a nad nimi – przechodzące w granatowy kosmos bezchmurne niebo, w które wznoszą się dziesiątki białych statków, Albatrosów, gotowych na skok przez przestrzeń międzygwiezdną do innych światów, by je podbić i przerzucić do nich mosty z Ziemi, wypełnionej po brzegi szczęśliwymi ludzikami.

Między niebem a kosmosem wypisano wielometrowymi literami nazwę tej różowej utopii: FUTURE. PRZYSZŁOŚĆ.

Licho wie, kiedy to wszystko nabazgrali. Zapewne dawno, skoro to jeszcze malowali, zamiast rzucić na ścianę projekcję albo zainstalować ekran. Skoro marnowali jeszcze farbę na wizerunki dzieci. Pewnie bardzo dawno, skoro wierzyli jeszcze w zasiedlenie kosmosu. Jest za to zupełnie jasne, że od chwili kiedy ta sielanka powstała, ani razu jej nie czyszczono – graffiti pokrywa brązowawa warstwa sadzy i tłuszczu, jak obrazy średniowiecznych mistrzów. Niebo jakby zaciągnęło się chmurami. Ludzie, zalaminowani tłuszczem, wyglądają na chorych: szczerzą żółte zęby, wytrzeszczają żółte białka oczu i ich wesołość sprawia wrażenie wymuszonej, tak jakby do obozu koncentracyjnego przyjechał propagandowy fotoreporter i kazał się wszystkim uśmiechać.

Ciekawe. Modele, którzy pozowali artyście kilkaset lat temu, pewnie wcale się od tamtej pory nie zmienili. Tymczasem ich wizerunki wyblakły, pokryły się sadzą, spękały. Czas nie służy portretom, dostrzegł to już wiecznie młody Wilde. Ale my czas mamy gdzieś. My na czas nie chorujemy.

Wyjście z windy zbiegło się na ścianie z ostatnim ze statków odlatujących w stronę granatowego kosmosu, co w swojej fantazji wykorzystał autor – drzwi windy to właz międzygalaktycznego pojazdu.

Wygląda to tak, jakbyśmy wkraczali w przestarzałą PRZYSZŁOŚĆ ze statku, który w końcu nie poleciał do dalekich gwiazd. Nawiasem mówiąc – słusznie. Po jaką cholerę tam latać?

A przed nami – teraźniejszość.

Boks, do którego trafiliśmy, ma jakieś pięćdziesiąt metrów wysokości oraz może nawet pół kilometra długości i tyleż szerokości;

nie da się tego określić dokładniej, bo trudno dojrzeć drugi koniec. Od podłogi do sufitu piętrzą się tu poskręcane z kompozytowych ram konstrukcje, przypominające magazyn jakiegoś megamarketu i jego niekończące się regały i antresole. I ten złożony ze słupów i półek szkielet stał się rafą koralową zamieszkaną przez najcudaczniejsze organizmy.

Każda półka ma półtora metra wysokości, nie można się nawet wyprostować. Niektóre są ogrodzone kruchymi płotkami, inne obudowane cienkimi różnobarwnymi ściankami z najrozmaitszych rupieci, jeszcze inne pozostały gołe. I na tych półkach, których jest tu chyba milion, leży milion ludzkich losów. Każda komórka jest czyimś domkiem, sklepikiem, noclegownią albo jadłodajnią. W powietrzu wisi ostro woniejąca mgła: ludzkie oddechy wymieszane z oparami gotowanego jedzenia, pot zmieszany z przyprawami, odór moczu pomieszany z egzotycznymi aromatami.

Stelaże stoją gęsto, z rozpędu można przeskoczyć z jednego na drugi. Nawet na wysokości jakichś trzydziestu karłowatych pięterek można skakać bez obaw: między regałami przerzucono mnóstwo kładek, mostków linowych, jakichś sznurków z suszącą się bielizną – więc nawet jeśli się potkniesz, to, spadając, na pewno na czymś zawiśniesz.

Na kompozytowej rafie oblepionej miriadami zamieszkałych muszli roi się od ludzi. Pstrokaty tłum wypełnił po brzegi dolną kondygnację, „poziom gruntu" – chociaż do tego prawdziwego brakuje tu jakichś trzystu metrów – i zajął wszystkie pozostałe. Przez galerie przelewają się, nie wylewając, ludzkie twarze, ktoś pędzi po trzymających się na słowo honoru kładkach – wygląda to tak, jakby ludzie kręcili się w powietrzu. Okratowane klatki schodowe przepompowują od podłogi po daleki sufit mieszającą się bezustannie gęstą ludzką masę. Kolejne dziesięć tysięcy małych dostawianych schodków biegnie z piętra na piętro w miejscach, gdzie akurat ktoś uznał za stosowne je postawić. W dół i w górę suną też podejrzanie chybotliwe platformy małych wind, zawożąc odważnych pasażerów i ich dziwne ładunki dokładnie w ten punkt owego piekielnego bałaganu, który z jakichś powodów obrali za swój cel.

A przy tym cała ta konstrukcja jest jakaś... nie tyle przeźroczysta, ile dziurawa, bo widać przez nią – przez kraty, ścianki, korytarzyki, balkoniki, suszące się pranie – pokrywający cały sufit rysunek kosmosu z gwiazdami i koślawymi Saturnami, Plutonami, Jowiszami... Tak, sufit jest kontynuacją tego gigantycznego graffiti, z którego wyszliśmy, i dumni astronauci z bańkami na głowach swoimi mądrymi i dobrymi (choć nieco żółtawymi) oczami patrzą z naściennego malowidła na odbywające się w dole bachanalia – wyraźnie osłupiali i wyraźnie zastanawiając się, czy nie lepiej im jednak będzie spieprzyć w kosmos.

Cześć, ludzie PRZYSZŁOŚCI. Witamy w fawelach.

Panuje tu nieznośny harmider. Milion osób mówi naraz – każdy w swoim języku: nucą na głos popowe przeboje, które wpadły im w ucho, jęczą, krzyczą, śmieją się, szepcą, przysięgają, płaczą.

Czuję się, jakbym został wciśnięty do mikrofalówki.

Zdaje się, że nie przebiłbym się przez ten tłok nawet sam, nawet swoim autorskim sposobem. A jeszcze w dziesięciu, i to tak, żeby nie pogubić się po drodze...

– Klin – mówi do mnie spod maski Apollina dowódca oddziału, Al – ten wąsaty, który pouczał młodziaka.

Nawet nie słyszę jego głosu; czytam z ruchu warg.

– Klin!

Daniel, zakatarzony gigant, ustawia się jako pierwszy. Za nim staje Al i pulchny, podobny do biznesmena Anton, w trzecim rzędzie jest promieniujący spokojem Benedict i drab, którego imienia nawet nie zamierzam zapamiętywać, oraz drobniutki, nerwowy Alex. Ostatnia linia to Bernard o wydatnych ustach, kudłaty Viktor, witruwiański Josef i ja.

– Naprzód – rozkazuje dowódca z pewnością.

– Naprzód! – powtarzam, drąc się na całe gardło.

Mam ochotę roztrącać tłum łokciami, gonić tych próżniaków precz, dusić ich, lecz zamiast tego duszę własną wściekłość – patrzę na Ala, na Daniela, udziela mi się ich zimna krew. Jestem częścią oddziału. Otaczają mnie moi towarzysze broni. Razem jesteśmy jednym mechanizmem, jednym organizmem. Gdyby tylko był tu Basile... Gdyby tylko zamiast tego małoletniego wampira był tu Basile. Ale Basile sam jest sobie winien. Sam. Sam!

Nigdzie się już nie wyrywam. Maszeruję.

Nasza kolumna sunie naprzód jak czołg.

Na początku jest trudno: w tym diabelskim kotle nie od razu daje się nas zauważyć. Ale najpierw czyjeś spojrzenie potyka się o czarne szczeliny w naszych maskach, potem ktoś inny natrafia wzrokiem na gładkie marmurowe czoła i zastygłe marmurowe kędziory, na zamknięte usta i doskonale proste, wyciosane z kamienia nosy.

W tłumie rozchodzi się szept: „Nieśmiertelni... Nieśmiertelni...".

I tłum się zatrzymuje.

Kiedy woda ostygnie do zera stopni, może jeszcze nie zamarznąć. Ale jeśli umieścić w niej drobinę lodu, proces uruchomi się natychmiast i wokół zaburzenia zacznie się rozprzestrzeniać skuwający powierzchnię lodowy pancerz.

Podobnie wokół nas rozpełza się chłód, mrożąc bezdomnych, przekupniów, robotników, piratów, dilerów handlujących czym tylko popadnie, złodziei; wszystkich tych nieudaczników. Najpierw przestają się kręcić, zamierają, potem kulą się i odsuwają od nas na wszystkie strony; jakimś cudem zbijają się jeszcze bardziej, chociaż wydawało się, że już nie można zbić się ciaśniej.

Tymczasem my przyśpieszamy, rozcinając tłum na dwie części – za nami pozostaje ślad, który długo jeszcze się nie zrasta, zupełnie jakby ludzie bali się stanąć tam, gdzie przed chwilą kroczyliśmy.

„Nieśmiertelni..." – szemrzą za naszymi plecami.

W ich szepcie słychać uniżoność i strach, ale i nienawiść, i pogardę. Niech idą do diabła.

Zamierają rozmowy w maleńkich brudnych jadłodajniach na parterze, gdzie bardziej fartowni klienci siedzą sobie na głowach, a pozostali zwisają niczym winogrona z balkonów, cudem utrzymując równowagę, i chłepczą z obtłuczonych rynienek jakąś nienazwaną organiczną breję. W przytwierdzonych do rafy skorupach – nędznych chałupkach i chałupinach – pojawia się coraz więcej wytrzeszczonych oczu: wszyscy mieszkańcy wypełzają, wysypują się na galeryjki i kładki, żeby zobaczyć nas na własne oczy. Odprowadzają nasz oddział przestraszonymi spojrzeniami i nie mogą oderwać wzroku: każdy z nich musi wiedzieć, dokąd idziemy.

Każdy chce wiedzieć, po kogo przyszliśmy.

– W lewo – nakazuje Al, spoglądając na swój komunikator.

– W lewo!

Skręcamy w stronę schodków wciśniętych między gabinet pionowego masażu a salon wirtualnego seksu. Drogę zachodzi nam jakiś drab ze spłaszczonym nosem, ale Daniel odpycha go na bok, tamten pada na ziemię i już się nie podnosi.

– Czternaste piętro – mówi Al.

Szept wzlatuje na czternasty poziom znacznie szybciej, niż udaje nam się wgramolić po skrzypiących schodach, które chwieją się tak, jakby nic ich nie trzymało. Tam, na górze, wybucha już pożar paniki. To nic, niech wybucha.

Po wejściu biegniemy gęsiego wąziutkimi podwieszonymi balkonami, mijając miriady komórek, chatek, klitek. Ludzie rozpierzchają się na boki. Spychamy z drogi tych, którzy się zagapili lub zamarli ze strachu.

– Szybciej! – krzyczy Al. – Szybciej!

Wyskakuje nam na spotkanie rozczochrana dziewczyna. Rzuca się na nas, jakoś tak głupio wystawiając ręce przed siebie. Dłonie ma wysmarowane czymś żółtym.

– Idźcie stąd! Idźcie stąd! Nie wolno! Nie puszczę was!

– Spadaj stąd, głupia! Co ty robisz!? – wrzeszczy na nią jakiś chłopak, ciągnąc ją za sukienkę i próbując od nas odciągnąć. – Co ty robisz!? Ty tylko...

– Z drogi! – ryczy Daniel.

– Potrzebujemy jej – decyduje dowódca. – Trzymajcie ją!

Anton wyciąga paralizator i przytyka go dziewczynie do brzucha; ta pada jak ścięta i nie jest już w stanie mówić. Chłopak gapi się na nią z niedowierzaniem, potem nagle obiema rękami popycha Antona, tak że ten przełamuje rachityczną balustradę balkonu i leci w przepaść.

– Tutaj... To gdzieś tutaj! – wrzeszczy dowódca.

Po wypchnięciu Antona chłopak przechodzi w prostrację – natychmiast dostaje paralizatorem w ucho i wali się na ziemię jak worek. Wyglądam z balkonu: Anton wylądował kilka pięter niżej na jakimś mostku. Pokazuje mi skierowany w górę kciuk.

Zatrzymujemy się przy miniaturowym azjatyckim barze: sprzedawca mieści się w swoim lokalu tylko na siedząco, gdzieś za nim przycupnął kucharz, wzdłuż lady jak dla karzełków stoi rząd taboretów z przyciętymi nogami, na końcu wisi zasłonka – wychodek. Cała knajpa ma rozmiary kiosku. Wszyscy na widoku. Nie ma gdzie się schować. Na ścianie przy kasie wisi hologram: facet w różowym lateksowym stroju opinającym dobrze zarysowaną muskulaturę. Ma umalowane oczy, w ustach trzyma liliowe cygaro. Cygaro dymi i w zależności od punktu widzenia zmienia kąt nachylenia i niedwuznacznie się unosi. Zaraz mnie zemdli.

Na brązowej łysinie przysadzistego kucharza wytatuowano na biało: „Weź mnie". Sprzedawca też jest odstawiony: cały uszminkowany, język ma przekłuty luminescencyjnym prętem. Spogląda na Daniela, powoli wodzi migoczącym kolczykiem po umalowanych wargach. Zdaje się, że to nie ten adres.

– Możesz nawet nie zdejmować maski – mówi. – Lubię anonimowość. Glany też zostaw... Są takie brutalne.

– Tutaj? – odwraca się do Ala Daniel. – Dziwne miejsce na squat.

– Był sygnał. – Dowódca oddziału marszczy brwi, wpatrując się w komunikator. – I ta baba...

I wtedy za uniesioną zasłonką dostrzegam czyjeś okrągłe oczy, słyszę stłumiony pisk, szept... Odsuwam Daniela, który zasłania całe przejście, zginam się w paragraf – i mijam zaintrygowanych pedziów z ich stygnącym makaronem, docieram do kibla...

– Ej! – krzyczy do mnie sprzedawca. – Ej, ej!

Odsłaniam szmatkę. Pusto.

W kabince można się zmieścić tylko w kucki. Całą ściankę za sedesem pokrywają propozycje szybkiego i anonimowego seksu wraz z danymi metrykalnymi – z pewnością podrasowanymi. Po lewej jakiś artysta ludowy wydrapał wiarygodny anatomicznie członek, otaczając go, niczym herb rodowy, wstęgami; widnieją na nich przechodzące wszelkie pojęcie bezeceństwami. Tam gdzie zaczyna się słowo „cmokając", widzę miniaturowy czytnik linii papilarnych. Pomysłowe.

Robię krok do tyłu i wbijam but w ściankę. Rozrywa się, jakby była z papieru: za nią widać studzienkę z drabinką prowadzącą w dół.

– Tutaj! – Wskakuję jako pierwszy.

Już lądując, słyszę pisk i jestem pewny, że znalazłem. Sygnał był prawidłowy. Nie zdążyli uciec, nie zdążyli. Żyły wypełniają mi się adrenaliną. To jest to, polowanie.

Teraz nigdzie się już nie schowacie, bękarty.

Maleńki, pogrążony w półmroku pokoik, na podłodze jakieś plastikowe meble, kupa szmat, zwinięta postać... Czuję, jak ogarniają mnie mdłości. Nim zdążę porządnie wszystko obejrzeć, pokój rozświetla błysk i wylatuję, koziołkując, przed oczami mam ogniste kręgi, zapiera mi dech. Natychmiast się cofam i rzucam na niego na oślep, palcami odnajduję szyję, potem oczy – i wgniatam je do środka. Krzyk.

Zdążyłem namacać swój paralizator – chwytam czyjąś śliską rękę, która sięga w tym samym kierunku – wyszarpuję go i przytykam urządzenie do jego ciała.

Zzz... Trzymam długo. Bardzo długo. Poleżysz sobie, bydlaku.

Zrzucam z siebie sflaczałe ciało, zmęczony kopię je.

Gdzie się podziali wszyscy nasi?

Rozrzucam służące za fotele worki, wyżywając się na nich zamiast na ciałach.

W rogu pokoiku, za kanapą, znajduję przejście.

– Gdzie jesteście!?

Z góry słychać przekleństwa i odgłosy szarpaniny. Zdaje się, że u nich też jest teraz gorąco. Ale nie ma dla mnie drogi powrotnej. Muszą poradzić sobie sami. Dobiega mnie zduszony cienki pisk. Czuję, że jeszcze chwila i znajdę gniazdo.

Za tym wejściem może być wszystko. Przestępcy bywają dobrze uzbrojeni. Nie można się teraz ociągać. Liczy się każda sekunda. Jeśli zdążą ewakuować squat, cały nasz rajd na nic.

Podnoszę z ziemi bezwładnego niczym worek człowieka i popycham go do wejścia przed sobą. Z wnętrza słychać krzyk. Człowiekiem workiem coś szarpie – nieprzyjemnie, konwulsyjnie. Uspokaja się. Wciągają go do środka. Jeszcze jeden krzyk – tym razem pełen rozpaczy.

– Maxim!

Aha, zdali sobie sprawę, że załatwili swojego.

Wciąż jeszcze ciężko mi się oddycha. Kłuje mnie w piersiach. Sprawdzam paralizator. Cicho brzęczy. Maksymalne dozwolone napięcie. Przejście jest ciasne jak żołądek pytona. Trzeba przemknąć przez to wąskie gardło! Nim się zaciśnie i mnie zdusi...

Robię przewrót i wpadam do środka, zanim zdążą sobie uświadomić, że jestem po prostu człowiekiem.

Na chybił trafił wymierzam ciosy rozmazanym sylwetkom, które mnie otaczają. Padają, odzyskując ostre kontury. Piskliwy płacz.

– Nie bij!

– Nie ruszać się! Wszyscy stać, sukinsyny! – I w końcu wyrzucam nasze żarliwe: – Zapomnij o śmierci!

I tymi słowami, jak prawdziwym rozpalonym żelazem, piętnuję, pieczętuję, paraliżuję ich wszystkich. Kto wierzgał, ten się uspokaja. Kto wrzeszczał – teraz skomle. Wiedzą: to koniec.

Włączam światło. I!?

Pomieszczenie pomalowano w krzykliwe kolory – jedna ściana jest jaskrawożółta, druga jaskrawoniebieska; wszystkie pokreślone jakimiś gryzmołami, jakby swoim wizjom dawał upust jakiś imbecyl z zaburzoną koordynacją. Wieżowce, ludzie trzymający się za ręce, chmurki i słońce.

Jedyne meble to materace. Ubogi wystrój. I tak mało miejsca, że nie ma czym oddychać! Jak się tu tylu pomieściło?

Na ziemi leżą dwa babsztyle i facet. Mężczyzna dotyka nosem mojego buta. Głowę jednej z kobiet otacza, jak aureola, kałuża zielonej, śmierdzącej cieczy. Czuję, jak podchodzi mi do gardła piekąca wnętrzności treść żołądka.

Do ścian tulą się jeszcze trzy dziewczyny. Jedna z nich, niebieskooka i w krótkiej granatowej sukience, trzyma na rękach kwilące zawiniątko. Druga – skośnooka farbowana blondynka – wciąż jeszcze zatyka dłonią usta półtorarocznej dziewczynce o rzadkich czarnych włoskach wystających spod różowej czapeczki. Dziewczynka bełkocze coś obrażonym głosem i próbuje się wykręcić, ale nie może – ręce matki zaklinowały się, jakby złapał ją skurcz. Z całej twarzy widać tylko oczy – takie same szparki jak u mamy. Ostatnia zatrzymana, ruda z setkami malutkich warkoczyków, chowa za plecami mniej więcej trzyletniego płowowłosego chłopczyka. Chłopiec wystawił w moją stronę głupawą łysą lalkę bobasa z urwaną nogą i trzyma ją, jakby to była broń. Lalka, no jasne... Skąd oni ją wytrzasnęli – z pchlego targu czy antykwariatu? Lalka próbuje skierować na mnie niepokojąco rozumny wzrok i domaga się:

– Pobawmy się w berka. Tylko muszę dostać z powrotem swoją nogę! Inaczej jak będę przed tobą uciekać? Oddaj mi nogę i bawmy się! Chcesz?

Pozostali milczą. Wtedy znów się odzywam:

– Sprawdzamy zgłoszenie. Jesteście podejrzani o ukrywanie nielegalnych narodzin. Przeprowadzimy test DNA. Jeśli dzieci są zarejestrowane, nie macie się czego obawiać.

Mówię „my", chociaż wciąż jeszcze jestem tu sam.

– Mamo! Wszystko w porządku, trzymam go na muszce! – oznajmia chłopczyk, wychodząc naprzód.

Kobieta zaczyna wyć:

– Nie trzeba... Nie trzeba...

– Nie ma się pani czego obawiać – mówię z uśmiechem.

Spoglądam na nich i wiem, że kłamię. Powinni się wręcz trząść ze strachu – ponieważ są winni. Test tylko potwierdzi to, co i tak widać w ich oczach.

Spośród nich wszystkich nie boi się tylko chłopiec. Dlaczego? Czyżby nie straszyli go Nieśmiertelnymi?

– Poproszę panią. – Kiwam na potarganą niebieskooką dziewczynę w granatowej sukience, z niemowlęciem na ręku. – Tutaj.

– Pobawimy się w berka? Tylko oddaj mi moją nogę... Inaczej jak będę biegać? – marudzi lalka, spoglądając na mnie z ukosa.

Blokuję jedyne wyjście; nie ma już stąd drogi ucieczki – ani dla nich, ani dla bobasa, ani dla mnie; a przecież chcę wydostać się z tej ciasnej puszki równie rozpaczliwie jak oni!

Dziewczyna w granatowej sukience, jak zahipnotyzowana, posłusznie robi krok do przodu. W jej niebieskich oczach można utonąć. Dziecko ucisza się – być może zasnęło.

– Ręka.

Niezgrabnie przytrzymując głośno oddychające niemowlę, rozprostowuje dłoń i wyciąga ją do mnie – jakoś nieśmiało, jakby miała na coś nadzieję. Chwytam ją jak przy powitaniu. Lekko wyginam jej nadgarstek, odsłaniając tętnicę. Wyjmuję skaner, przyciskam. Cichy melodyjny sygnał. Ton „Dzwoneczek". Sam wybierałem z katalogu dźwięków. Zwykle rozluźnia atmosferę.

– Rejestracja ciąży?

Dziewczyna jakby się spostrzegła, próbuje zabrać rękę. Jakbym złapał jakieś zwierzątko – ciepłe i zwinne; zaufało mi z głupoty, a ja trzymam je mocno i zaraz skręcę mu kark; miota się, czując, że już po nim, ale nie może wyrwać się z mojego uścisku.

„Elisabeth Duris 183A. Ciąży nie zarejestrowano" – donosi skaner po połączeniu z bazą.

– To pani dziecko? – Patrzę na dziewczynę, nie puszczając jej ręki.

– Nie... Tak, moje... Ono... To ona... Dziewczynka... – plącze się i zacina.

– Proszę mi ją podać.

– Co?

– Potrzebny mi jej nadgarstek.

– Nie dam!

Przyciągam ją do siebie, rozwijam zawiniątko. W środku jest podobny do nagiej, pomarszczonej małpki czerwony człowieczek. Rzeczywiście dziewczynka. Cała upaćkana czymś żółtym. Ma miesiąc, nie więcej. Niedługo udało jej się przed nami ukrywać.

– Nie! Nie!

Sukienka Elisabeth Duris przemaka – na jej piersiach pojawiają się ciemne plamy. Mleko. Rzeczywiście jak zwierzę. Puszczam ją. Chwytam małpkę za łapkę i przykładam do niej skaner.

Ding-dong! Dzwoneczek. Niektórzy z naszych ustawiają sobie na zakończenie skanowania DNA sygnał „Gilotyna". Żartownisie.

„Sprawdzam, czy dziecko jest zarejestrowane".

– Chcę bawić się w berka! – marudzi jednonoga lalka.

„Dziecko nie jest zarejestrowane" – oznajmia skaner.

– Mamo, chodźmy stąd, dobra? Chodźmy na spacer!

– Cicho... Cicho, synku...

„Ustalanie pokrewieństwa z poprzednim badanym".

„Bezpośrednie pokrewieństwo rodzic–dziecko".

– On mi się nie podoba!

– Dziękuję za współpracę. – Kiwam głową dziewczynie w granatowej sukience. – Teraz pani. – Odwracam się do rudej.

Ta cofa się, kręcąc głową i cicho jęcząc. Chwytam więc za rękę jej dzieciaka.

– Puść mnie! Puszczaj natychmiast!

– Pobawimy się w berka? – niepokoi się bobas.

I wtedy ten mały śmieć nagle wykręca się i wpija mi zęby w palec!

– Odczep się od nas! – krzyczy do mnie chłopczyk. – Idź sobie!

Do krwi, nieźle. Wyrywam mu lalkę, rzucam nią z rozmachem o ziemię. Odpada jej głowa.

– To boli. Nie wolno tak mi robić – mówi z irytacją głowa głosem bardzo starego człowieka; coś się stało z głośnikiem.

– Nie! Czemu to zrobiłeś!? – krzyczy chłopczyk i wyciąga brudne paznokcie w stronę mojej twarzy z nadzieją, że uda mu się mnie podrapać.

Unoszę go za kark i potrząsam nim w powietrzu.

– Nie waż się! Nie waż się! – wrzeszczy ruda. – Nie waż się go tknąć, bydlaku!

Trzymając wijącego się chłopca w powietrzu, odpycham ją drugą ręką.

– Do tyłu!

Dzwoneczek.

„Sprawdzanie, czy dziecko jest zarejestrowane!"

„Dziecko nie jest zarejestrowane".

– Oddaj go! Oddaj mojego syna, łajdaku!

– Uprzedzam... Będę zmuszony... Stać!

– Oddaj mi mojego syna, zwyrodnialcu! Bydlaku! Bydlaku bez rodziny!

– Coś ty powiedziała!?

– Łajdaku bez rodziny!

– Powtórz!

– Sieroto...

Zzzzzz. Zzz.

Jej mięśnie i kości jakby zamieniły się w wodę i kobieta pada na ziemię jak tłumok.

Ding-dong!

– Przepraszam pana... A my... Możemy już iść? – Dziewczyna z niebieskimi oczami nagle jakby przychodzi do siebie.

– Nie. Ustalanie pokrewieństwa z poprzednim badanym.

– Ale przecież powiedział pan...

– Powiedziałem, że nie! Ustalanie! Pokrewieństwa!

– Co ty zrobiłeś mojej mamie!?

– Nie zbliżaj się do mnie, gówniarzu!

– Mamo! Mamusiu!

„Bezpośrednie pokrewieństwo dziecko–rodzic".

– To boli. Ja tylko chciałem pobawić się w berka.

– Ale dlaczego? Nie rozumiem dlaczego – mówi dziewczyna w sukience.

– Musi pani zaczekać na przybycie dowódcy naszego oddziału.

– Dlaczego? Po co? – Jest kompletnie zagubiona. Dotyka swojej piersi, ogląda dłoń. – Przepraszam... Chyba cieknie mi mleko... Tak mi głupio. Powinnam się przebrać... Cała jestem...

– Złamała pani przepisy ustawy o wyborze. Według drugiego artykułu ustawy jest pani nieodpowiedzialnym rodzicem, a pani dziecko zostaje uznane za urodzone bezprawnie.

– Ale przecież ona jest jeszcze zupełnie malutka... Chciałam... Po prostu nie zdążyłam!

– Proszę się nie ruszać. Musimy zaczekać na przybycie dowódcy mojego oddziału. Zgodnie z prawem tylko on jest upoważniony do zrobienia pani iniekcji.

– Iniekcji? Chcecie zrobić mi zastrzyk? Zarazić mnie starością!?

– Pani wina została stwierdzona. Proszę się nie wydzierać! Pani wina została stwierdzona!

– Ale ja... Ale... Ale przecież...

I wtedy farbowana Azjatka, która przez cały ten czas stała nieruchomo, jakby ktoś wyjął z niej baterie, wywija numer, którego się po niej nie spodziewałem: bierze krótki rozbieg, po czym wbija się ramieniem w jedną ze ścian i rozwala ją w drzazgi, wylatując razem z nimi w zadymioną otchłań. Jej córka nic nie rozumie – podobnie jak ja. Kuśtyka na swoich krótkich nóżkach nad brzeg przepaści i mamrocze:

– Mama? Mama?

Uśmiecham się szeroko.

Dziewczynka opada na czworaki, potem na brzuszek, chcąc zsunąć się w pustkę tyłem, jakby zsuwała się z kanapy. Ledwie zdążam ją złapać. Dziewczynka płacze.

– Niech pan nas wypuści...

– To boli. Ja tylko chciałem...

– Zamknij się!

Przyciskając do siebie wykręcającą się dziewczynkę, kopię urwaną głowę lalki jak piłkę – i ta znika z pola widzenia. Chłopaczek patrzy na mnie, jakbym był wcielonym diabłem. To jeszcze nic, dzieciak nawet nie wie, co go czeka.

– Ale ten pana szef jeszcze nie przyszedł, prawda? Niech pan nas wypuści! Bardzo pana proszę! My nie powiemy, nikomu nie powiemy, słowo honoru.

– Złamała! Pani! Przepisy! Ustawy! O! Wyborze! Pani!

– Mama? – pyta mnie maleńka; różowa czapeczka zsunęła jej się na oczy.

– Błagam pana... Co ja mogę?...

– Urodziła! Pani! Nielegalne! Dziecko! To! Tutaj!

– Wszystko, co pan chce... Jak pan chce, to ja...

– Zatem! Zostanie! Pani! Wykonana! Przepisowa! Iniekcja!

– Niech pan popatrzy...

– A! Pani! Dziecko! Zostanie! Skonfiskowane!

– Ale ja po prostu nie zdążyłam! Chciałam, tylko nie zdążyłam!

– Nie interesuje mnie to!

– Błagam! Dla niej... Dla mojej dziewczynki... Choć dla niej! Niech pan tylko na nią popatrzy!

– Słuchaj! W dupie mam ciebie i tego twojego koczkodana, jasne!? Złamałaś przepisy ustawy! Niczego więcej nie wiem i nie chcę wiedzieć! Nie mogłaś wytrzymać – trzeba było żreć pigułki! Czego ci brakowało!? No czego!? Po co ci dziecko!? Jesteś młoda! Na zawsze! Zdrowa! Na zawsze! Pracować! Wychodzić z tego łajna! Żyć normalnym życiem! Cały świat przed tobą! Wszyscy faceci twoi! Po co ci ta małpa!?

– Niech pan tak nie mówi, proszę tak nie mówić!

– Ale skoro nie chcesz żyć jak człowiek, to żyj jak bydlę! A bydlęta się starzeją! Bydlęta zdychają!

– Proszę pana!

– Mam-ma!?

– Nie masz o co prosić! Nie masz! Przez takie jak ty ginie Europa! Nie rozumiesz!? Nie zapomniałaś się zarejestrować. Nie zamierzałaś tego robić. Myślałaś, że cię nie znajdziemy. Co, sądziłaś, że wciśniesz się do tej wylęgarni pluskiew i uda ci się przesiedzieć w niej całe życie!? Tymczasem proszę – znaleźliśmy cię! Wcześniej czy później wszystkich znajdziemy. Wszystkich was. Wszystkich!

Ona nic już nie mówi, tylko bezgłośnie łka.

Spoglądam na nią i czuję, jak grymas powoli schodzi mi z twarzy.

– Co będzie z moją dziewczynką? Z moim dzieciątkiem... – pyta nie mnie, tylko samą siebie.

– O! Upolowałeś!

Głos Ala. Odwracam się.

W wejściu widać twarz Apollina. Dowódca oddziału otrząsa się i wchodzi do pomieszczenia. Za nim przeciska się ktoś jeszcze, zdaje się, że Bernard.

– A my tam mieliśmy niezłą kołomyję! Ledwo z tego wyszliśmy. Co my tu mamy?

– Proszę... Troje dzieci, dwoje ewidentnie nielegalnych... Z dorosłych: dwóch przestępców... Tych jeszcze nie zdążyłem... Stawiali opór. Trzeba jeszcze sprawdzić. Aha, jedna wyskoczyła.

Al ostrożnie podchodzi do rozwalonej ściany, zagląda w otchłań.

– Nie widać trupów. Czyli żyje. Znajdziemy ją. Wezwę tu oddział specjalny, niech zabiorą smarkaczy. A dorosłych sprawdzimy jeszcze raz w bazie, dla pewności przejedziemy im ultradźwiękami po brzuchach – a potem po zastrzyku i do widzenia. Przytrzymasz ich, żeby się nie rzucali? Bernard, pilnuj szczeniaków!

Kiwam głową. Chcę jednego – wydostać się wreszcie z tej klitki, nie wbijać już głowy w sufit, a ramion w ściany. Ale potwierdzam skinieniem.

Al zadziera sukienkę rozpostartej na podłodze rudej z warkoczykami, przykłada jej skaner USG: na ekranie widać jakąś amebę. O, ta jest do tego w ciąży. Czyli tatuś też będzie miał przechlapane. Przygotowujemy list gończy i puszczamy w obieg.

Przekazuję dziewczynkę („Mama? Mama?") Bernardowi, ten łapie za kark wściekłego chłopaczka, zatyka ręką usta skośnookiej. Ma zapewne rację – nie ma sensu się z nimi certolić.

Teraz zastrzyki. Lekko trzęsą mi się ręce i żeby stłumić to drżenie, ze wszystkich sił, powodując wręcz siniaki, zaciskam je na przegubach dziewczyny w przemoczonej sukience. Ale ta chyba nawet tego nie czuje.

– Bo to pan jest szefem, tak? – Niebieskie oczy spoglądają błagalnie w puste oczodoły Ala, kiedy przykłada jej do nadgarstka iniektor i naciska spust. – Niech pan powie, że nic pan nie zrobi mojej dziewczynce... Proszę mi to powiedzieć...

Dowódca naszego oddziału tylko chrząka.

Rozdział 4

SNY

Za oknem toskańskie wzgórza, z pewnością dawno zrównane z ziemią i zabudowane, w ręku napoczęta butelka, w uszach – jej krzyk. „Dokąd ją zabieracie!? Dokąd ją zabieracie!? Dokąd ją zabieracie!?" Niech licho porwie tę babę. Powtórzyła to chyba ze trzysta razy. Niepotrzebnie. Nikt nie powie jej prawdy.

Dzisiaj było jakoś nerwowo.

Pociągam duży łyk i zamykam oczy. Chcę zobaczyć tę suczkę w szerokim pasiastym kapeluszu, wyobrazić sobie, jak ściągam, zrywam z niej ten kawowy prostokąt, jak zasłania się, krzyżując ręce na piersi… Zamiast tego widzę ciemne plamy na krótkiej granatowej sukience, przesiąkające przez tkaninę białe krople.

Zapomnieć. Usnąć.

Czołgam się po zbawienne tabletki. Nikogo już nie chcę widzieć. Znajduję środki nasenne, otwieram opakowanie…

Pusto.

Tak. Tak, tak. Tak, tak, tak!

Jak to się mogło stać?

Ocieram z czoła zimny pot.

To wszystko przez wczorajszą kłótnię z projekcją sprzedawczyni w kiosku… Odbyłem szczerą pogawędkę o życiu z interfejsem automatu z jedzeniem. Kretyn. Zwierzyłem się hologramowi. Dobrze, że go jeszcze nie przeleciałem.

Dobra. Dobra! Trzeba po prostu tam pobiec i kupić nowe opakowanie.

Podjąłem decyzję – ale nigdzie nie idę. Wlewam w siebie kolejny łyk tequili i zostaję w miejscu ze wzrokiem utkwionym w zielone wzgórza i kłębiaste obłoki. Nogi mam miękkie jak sflaczałe baloniki, głowa się chwieje.

Nawet jeśli zamiast wczorajszej wystrzyżonej jałówki przywołam w sklepomacie tamtą biodrzastą Włoszkę z kręconymi włosami, niczego to nie zmieni: to po prostu różne nakładki, różne skórki tego samego programu. Włoszka dokładnie tak samo będzie mi wciskać pigułki szczęścia: „A może dzisiaj?". Chociaż ona też będzie dobrze wiedzieć, że przychodzę tam po coś zupełnie innego: „Zawsze trzymamy dla pana buteleczkę na zapas".

Nigdzie nie pójdę. Lepiej się jeszcze napiję. Wyłączę sobie bezpieczniki. Jak łyknę trochę więcej, fala meksykańskiej wódki porwie mnie z tej dusznej klitki, w której utknąłem, i utonę w błogiej pustce.

Pigułki to współczesny trend. Do wyboru, do koloru. Pigułki szczęścia, błogości, sensu... Nasza Ziemia trzyma się na trzech słoniach, te na skorupie ogromnego żółwia, żółw na grzbiecie niewyobrażalnych rozmiarów wieloryba, a wszystko to – na pigułkach.

Ale ja nie potrzebuję żadnych poza tymi na sen. Wszystkie pozostałe może i naprawiają mózgi, ale działają w dość osobliwy sposób. Wrażenie jest takie, jakby dokwaterowali ci do głowy kogoś obcego. Innym to może odpowiada, ale mnie drażni: już samemu ciasno mi we własnej czaszce, nie potrzebuję współlokatorów.

Próbowałem skończyć z pigułkami nasennymi.

Miałem nadzieję, że kiedyś w końcu mnie uwolnią, że przestanę do niego wracać każdej nocy, kiedy nie otumaniam się środkami nasennymi. Przecież musi kiedyś zatrzeć się w pamięci, zblednąć, zniknąć... Nie może chyba siedzieć we mnie – a ja w nim – całą wieczność!

Do dna! Do końca!

Tequila kręci światem wokół mnie, rozpętuje tornado, które wciąga mnie do swojego leja, odrywa od ziemi, unosi w powietrze lekko, jakbym nie był dziewięćdziesięciokilogramowym bykiem, lecz małą Dorotką; rozpaczliwie czepiam się wzrokiem niby-sielanki za niby-oknem i błagam huragan, żeby rzucił mnie razem z moim pieprzonym domkiem do czarodziejskiej, nieistniejącej Toskanii.

Ale z huraganem nie sposób się dogadać.

Zamykam oczy.

– Ucieknę stąd – słyszę w ciemności szept.

– Cicho bądź i śpij. Stąd nie da się uciec – oponuje ktoś inny, też szeptem.

– A ja ucieknę.

– Nie mów tak. Przecież wiesz, że jak nas usłyszą...

– Niech słuchają. Mam to gdzieś.

– Co z tobą!? Już zapomniałeś, co zrobili z Dziewięćset Szóstym!? Jak zamknęli go w grobowcu!?

Grobowiec. Od tego zakurzonego słowa, przestarzałego już od stuleci, niepasującego do lśniącego kompozytowego świata, wieje czymś tak strasznym, że pocą mi się dłonie. Nigdy więcej nie słyszałem tego słowa – tylko wtedy.

– No i? – W pierwszym głosie wyraźnie ubyło pewności.

– I od tamtej pory już go stamtąd nie wypuścili... A ile to czasu minęło!

Grobowiec znajduje się gdzieś indziej niż ciąg pokojów rozmów, ale gdzie dokładnie – tego nie wie nikt. Drzwi do grobowca są nie do odróżnienia od pozostałych, nie ma na nich żadnych oznaczeń. W sumie to logiczne: bramy piekieł też powinny były wyglądać jak wejście do składziku. A grobowiec to właśnie filia piekła.

Ściany pokojów rozmów wykonane są z wodoodpornego materiału, a podłogi wyposażone w odpływy. Wychowanków obowiązuje zakaz opowiadania o tym, co się w nich dzieje, ale mimo to gadają; kiedy uświadamiasz sobie, po co tam są te odpływy, trudno milczeć. Jednak cokolwiek by ci tam robili, ani na sekundę nie zapominasz: tych, których nie udaje im się złamać w pokojach rozmów, zabierają do grobowca – i ból blednie w cieniu strachu.

Ci, którzy wyszli z grobowca, nigdy o nim nie opowiadają – ponoć nie potrafią sobie niczego przypomnieć, nawet tego, gdzie się znajduje. Wracają stamtąd całkowicie odmienieni, niektórzy nie wracają wcale. Nikt nie śmie pytać, co się stało z tymi drugimi – ciekawskich od razu biorą do pokoju rozmów.

– Dziewięćset Szósty nie zamierzał nigdzie uciekać! – wtrąca się trzeci głos. – To za coś innego! On opowiadał o rodzicach. Sam słyszałem.

Milczenie.

– I co mówił? – rozlega się w końcu czyjś piskliwy głos.

– Zamknij się, Dwieście Dwadzieścia! Co za różnica, co on gadał!?

– Nie zamknę się. Nie zamknę.

– Wszystkich nas wystawiasz, gnido! – syczy mu ktoś wprost do ucha. – Starczy w ogóle gadania o rodzicach!

– A ty co, nie chcesz wiedzieć, gdzie teraz są? – nalega tamten. – Co u nich?

– Ani trochę! – znów pierwszy. – Po prostu chcę stąd uciec, i tyle. A wy wszyscy gnijcie tu dalej! I przez całe życie sikajcie w łóżka ze strachu!

Poznaję ten głos – stanowczy, wysoki, dziecięcy.

Należy do mnie.

Zdejmuję z oczu opaskę i jestem w małej salce. Czteropiętrowe stelaże z pryczami wzdłuż białych ścian; w łóżkach upchnięto równo dziewięćdziesiąt osiem dziecięcych ciał. Chłopcy. Wszyscy albo śpią, albo udają. Każdy ma opaskę na oczach. Całe pomieszczenie tonie w oślepiająco jasnym świetle. Nie da się odgadnąć, skąd się ono bierze, wydaje się, że świeci powietrze. Z łatwością przenika przez zamknięte powieki, co najwyżej zabarwiając się szkarłatem naczyń krwionośnych. Trzeba być piekielnie wymęczonym, by móc zasnąć w tym koktajlu światła i krwi. Oświetlenie nie gaśnie ani na chwilę: wszyscy zawsze muszą być na widoku i nie ma kołder ani poduszek, żeby się schować albo chociaż przykryć.

– Śpijmy, co? – prosi ktoś. – Do pobudki i tak zostało już tyle co nic!

Odwracam się do Trzydziestego Ósmego, chłopca o filmowej urodzie – on też ściągnął z oczu opaskę i wydął usteczka.

– No właśnie. Zamknij się już, Siedemset Siedemnasty! A jeśli oni naprawdę wszystko słyszą? – przytakuje mu pryszczaty, obdarzony odstającymi uszami Pięćset Osiemdziesiąty Czwarty, na wszelki wypadek nie zdejmując opaski.

– Sam się zamknij! Cykor! A nie boisz się, że zobaczą, jak trzepiesz swojego...

I wtedy otwierają się drzwi.

Trzydziesty Ósmy pada na łóżko jak ścięty, twarzą w dół. Zaczynam już naciągać opaskę – ale nie zdążam. Robi mi się zimno, nieruchomieję, przyciskam się do ściany, nie wiedzieć czemu mrużę oczy. Moja prycza jest na dole, w samym rogu, od wejścia mnie nie widać, ale jeśli wykonam teraz gwałtowny ruch, na pewno zauważą, że coś jest nie tak.

Spodziewam się wychowawców – ale te kroki są zupełnie inne. Drobne, lekkie i jakieś nieregularne – szurające, nierówne. To nie oni... Czyżby Dziewięćset Szóstego w końcu wypuścili z grobowca!?

Ostrożnie wychylam się ze swojego legowiska.

Napotykam wzrok przygarbionego, wygolonego chłopaka. Pod oczami ma czarne cienie, jedną ręką delikatnie przytrzymuje drugą, dziwnie wygiętą.

– Sześć-Pięć-Cztery? – pytam rozczarowany. – Wypisali cię ze szpitala? A my myśleliśmy, że całkiem cię wykończyli na rozmowie...

Jego zapadłe oczy robią się okrągłe, bezgłośnie porusza wargami, jakby próbował coś mi powiedzieć, ale...

Pochylam się do przodu, żeby go usłyszeć, i widzę...

...zastygłą w drzwiach postać.

Dwa razy wyższą i cztery razy cięższą od najpotężniejszego chłopaka w naszej sali. Biały płaszcz, kaptur naciągnięty na głowę, zamiast własnej – twarz Zeusa. Maska z czarnymi wycięciami. Wstrzymuję oddech i powolutku wsuwam się z powrotem do swojej wnęki. Nie wiem, czy mnie zauważył... Bo jeśli tak...

Drzwi się zatrzaskują.

Sześćset Pięćdziesiąty Czwarty stara się wleźć na swój materac – trzeci od dołu – bezskutecznie. Ma chyba złamaną rękę. Patrzę, jak krzywiąc się z bólu, próbuje raz, potem drugi. Nikt się nie wtrąca. Wszyscy leżą spokojnie, zaślepieni opaskami. Wszyscy śpią. Wszyscy kłamią. We śnie ludzie chrapią, pojękują, a najbardziej nieostrożni mówią. Tymczasem w sali panuje dławiąca cisza, w której jedynym dźwiękiem jest rozpaczliwe sapanie Sześćset Pięćdziesiątego Czwartego próbującego wdrapać się na swoje miejsce. Prawie mu się udaje, chce zarzucić nogę na łóżko, ale zawodzi go złamany nadgarstek; krzyczy z bólu i pada na ziemię.

– Chodź tutaj – mówię nie wiadomo po co. – Połóż się na moim łóżku, a ja pośpię na twoim.

– Nie – gwałtownie kręci głową. – To nie moje miejsce. Nie mogę. To niezgodne z przepisami.

Dalej się wdrapuje. Po chwili blady i spocony siada w skupieniu na podłodze.

– Powiedzieli ci, za co to było? – pytam.

– Za to, co u wszystkich – krzywo wzrusza ramionami.

Wyje sygnał „Pobudka".

Dziewięćdziesięciu ośmiu chłopców zrywa z siebie opaski i wysypuje się z prycz na podłogę.

– Kąpiel!

Wszyscy zdejmują z siebie piżamy z numerami, zgniatają je, wrzucają na swoje półki, ustawiają się w trójszeregu i kryjąc w dłoniach przyrodzenie, kulą się z zimna w oczekiwaniu na otwarcie drzwi – a potem jak blada gąsienica ruszają przez blok sanitarny.

Trójkami przechodzimy pod łukiem prysznica i mokrzy, nadzy, przestępując z nogi na nogę, ustawiamy się w sali. Jest tu nasza niekompletna setka i jeszcze dwie starsze grupy.

Wzdłuż naszego trójszeregu przechadza się ciężkim krokiem naczelny wychowawca. Jego oczy są tak głęboko osadzone w zeusowych oczodołach, że wydaje się, jakby wcale ich tam nie było, jakby maska kryła pustkę. Jest niewysoki, ale głowę ma tak szeroką, ogromną, że nawet maska Zeusa z trudem ją zasłania; głos, którym miota, jest niski, tubalny, straszny.

– Śmiecie! – drze się. – Jesteście żałosnymi śmieciami! Diabelskie nasienie! Wasze szczęście, że mieszkamy w najbardziej humanitarnym z państw, inaczej dawno by was wszystkich zadusili! W takich Indochinach z takimi przestępcami jak wy nikt się nie patyczkuje! Tylko tutaj się was toleruje!

Wpija się czeluściami swoich nieistniejących oczu w nasze rozbiegane źrenice i biada temu, czyj wzrok napotka.

– Każdy Europejczyk ma prawo do nieśmiertelności! – ryczy. – Tylko dlatego jeszcze żyjecie, bękarty! Ale zgotowaliśmy wam coś straszniejszego od śmierci! Będziecie tu tkwić wiecznie, będziecie tu siedzieć przez całe wasze niekończące się bękarcie życie! Nie odkupicie swojej winy, wyrodki! Bo każdego dnia, który tu spędzacie, zdążacie narozrabiać tyle, żeby siedzieć tu kolejne dwa!

Oczy jak przyssawki przesuwają się z jednego wychowanka na drugiego. Za przełożonym kroczą jeszcze dwaj wychowawcy, nie do odróżnienia od niego, gdyby nie wzrost.

– Sześć-Dziewięć-Jeden – odzywa się naczelny wychowawca, zatrzymując się nagle jakieś dziesięć kroków ode mnie. – Na zabiegi wychowawcze.

– Tak jest. – Sześćset Dziewięćdziesiąty Pierwszy pochyla się. Swoją uległością może zasłużyć na odrobinę wyrozumiałości w pokojach rozmów – albo i nie. To loteria, tak jak i to, że do zabiegów wychowawczych wybrali teraz właśnie Sześćset Dziewięćdziesiątego Pierwszego.

Wychowawca odbiera meldunki o wszystkich naszych grzechach i grzeszkach i kiedy raz o nich usłyszy, nie zapomni żadnego z nich, nigdy. Sześćset Dziewięćdziesiątego Pierwszego może teraz karać za przewinienie, którego dopuścił się zeszłej nocy, albo za błąd popełniony rok temu. Albo za coś, czego Sześćset Dziewięćdziesiąty Pierwszy jeszcze nie zrobił. Wszyscy jesteśmy z góry winni, wychowawcy nie muszą trudzić się wyszukiwaniem powodów, by nas karać.

– Marsz do pokoju A – mówi naczelny.

I Sześćset Dziewięćdziesiąty Pierwszy posłusznie wlecze się do sali tortur – sam, bez asysty.

Naczelny wychowawca zbliża się do mnie; poprzedza go taka fala strachu, że moim sąsiadom zaczynają trząść się kolana. Naprawdę: wpadają w najprawdziwszy dygot. Ciekawe, czy wie, co mówiłem dziś w sali?

Ja też cały drżę. Czuję, jak stają mi włoski na karku. Chciałbym się ukryć przed naczelnym, gdzieś się schować, lecz nie mogę.

Naprzeciw nas stoi jeszcze jeden szereg wychowanków. To piętnastolatkowie – pryszczaci, kanciaści, z rozrosłymi mięśniami i kręgosłupami, które błyskawicznie wystrzeliły w górę, z ohydnym mchem kręconych włosków między nogami.

Dokładnie przede mną stoi on.

Pięćset Trzeci.

Niewysoki przy swoich kolegach dryblasach, ale cały spleciony z poskręcanych muskułów i żył, stoi nieco na uboczu: jego sąsiedzi tulą się do pozostałych, żeby tylko trzymać się jak najdalej od niego. Jak gdyby Pięćset Trzeciego otaczało pole siłowe odpychające innych ludzi.

Duże zielone oczy, lekko spłaszczony nos, szerokie usta i sztywne czarne włosy – w jego wyglądzie nie ma nic odrażającego, stronią od niego nie ze względu na brzydotę. Trzeba mu się dobrze przyjrzeć, żeby pojąć przyczynę. Ma przymknięte oczy, a mimo to widać, że tli się w nich szaleństwo. Nos połamany w bójkach – Pięćset Trzeci nie chce go korygować. Jego usta są duże, lubieżne, wargi poranione od zagryzania. Włosy krótko ostrzyżone, tak by nie dało się za nie złapać. Ma spadziste ramiona – i trzyma je demonstracyjnie nisko w charakterystycznej zwierzęcej postawie. Przestępuje z nogi na nogę w ciągłym napięciu, jakby nerwowy supeł, w jaki zwinęło się jego ciało, przez cały czas chciał się rozwiązać, rozprostować, wybuchnąć.

– Co się gapisz, szczeniaczku? – mruga do mnie. – Namyśliłeś się?

Nie słyszę jego głosu, ale wiem, co mówi. Chłód ustępuje gorącu. Krew zaczyna mi huczeć w uszach. Odrywam od niego wzrok – i natykam się na naczelnego wychowawcę.

– Przestępcy! – wrzeszczy naczelny, przysuwając się do mnie. – Zdechnąć – oto na co wszyscy zasługujecie!

Pięćset Trzeci wcześniej czy później dobierze się do mnie. A wtedy to już naprawdę lepiej będzie zdechnąć.

– Spodoba ci się... – szepcze Pięćset Trzeci zza pleców naczelnego wychowawcy.

– Ale zamiast was powybijać, marnujemy na was jedzenie, wodę, powietrze! Dajemy wam wykształcenie! Uczymy was, jak przetrwać! Bić się! Znosić ból! Wbijamy w wasze puste głowy wiedzę! Po co!?

Zatrzymuje się wprost nade mną. Czarne szczeliny kierują się na mnie – nie tego mnie, który stoi w sali, drżąc, zakrywając się dłońmi, patrząc gdzieś w splot słoneczny wychowawcy, lecz na tego, który siedzi skulony wewnątrz tego biednego chłopca i patrzy przez jego źrenice jak przez wizjer w drzwiach.

– Po co!? – huczy mi w uszach. – Po co, Siedemset Siedemnasty!?

Nie od razu zdaję sobie sprawę, że żąda odpowiedzi właśnie ode mnie. A więc ktoś doniósł... Ledwo udaje mi się przełknąć ślinę – mam sucho w ustach, nasada języka trze o krtań.

– Żebyśmy... kiedyś... mogli... odpłacić... za wszystko – wyduszam słowo za słowem. – Odkupić... winy...

Naczelny wychowawca milczy, z cichym świstem wciągając powietrze przez otwory w masce. Twarz Zeusa jest sparaliżowana, jakby w chwili napadu szału właściciel miał atak apopleksji.

– Szszszczeniaczku... – jak wąż syczy zza jego pleców Pięćset Trzeci, ale naczelny wychowawca nie wiedzieć czemu tego nie słyszy.

– A po co masz w ogóle odkupywać swoje winy? – pyta mnie naczelny.

Pot ścieka mi z czoła, pot spływa mi po plecach.

– Żeby...

– Szszszszsz...

Nie wolno skarżyć się wychowawcom. Ten, kto się skarży, tylko opóźnia brutalną rozprawę, ale przez ten wytargowany czas narastają mu odsetki bólu i poniżenia. Kątem oka widzę, jak naczelny na chwilę się ode mnie odwraca i przesuwa swój wzrok Gorgony po Pięćset Trzecim – paskudne syczenie cichnie. Znów kieruje swoje czarne szczeliny na mnie.

– Żeby!?

– Żeby się stąd wyrwać! Kiedyś stąd uciec! Kiedykolwiek!

Zasłaniam sobie usta.

Czekam na policzek. Na obelgi. Czekam na podanie numeru pokoju rozmów, do którego mam się zgłosić, żeby wybili mi z głowy te brednie – wycisnęli je ze mnie i spuścili do odpływu w podłodze. Ale naczelny nie robi nic.

Cisza się przeciąga. Pot wyżera mi oczy. Nie mogę się wytrzeć: moje ręce są zajęte.

Potem wreszcie się decyduję. Podnoszę podbródek gotów spotkać się ze spojrzeniem jego szczelin...

Naczelny odszedł. Przesunął się dalej. Zostawił mnie w spokoju.

– Brednie! Nikt z was się stąd nie wyrwie, nigdy! Wszystkim wam wiadomo, że jest tylko jeden sposób! Zdać egzaminy! Przejść próby! Zawalicie choć jedną i będziecie tu gnić wiecznie! – jego głos dudni już gdzieś z boku, coraz dalej.

Spoglądam na Pięćset Trzeciego. Uśmiecha się.

Pokazuję mu środkowy palec. Tamten rozciąga pysk jeszcze szerzej.

I nie daje mi spokoju, póki wychowawcy nie kierują naszych grup w różne strony – przebierać się i na zajęcia. Już odchodząc, ogląda się i puszcza mi oczko.

Wybrał mnie tylko dlatego, że na porannym apelu stoję naprzeciw niego.

Przed Pięćset Trzecim nie obroni mnie nikt. Mało tego, że jestem o głowę niższy – Pięćset Trzeci jest też o trzy lata starszy.

A jest to różnica, która według moich obliczeń niewiele ustępuje wieczności.

Wychowawcy nie mieszają się w te sprawy, po prostu wydają tym starszym pigułki błogości – i to wszystko. Gdybym był w normalnej dziesiątce, miałbym jeszcze kogo prosić o pomoc... Chociaż kto by się odważył sprzeciwić Pięćset Trzeciemu i jego upiorom?

Kodeks mówi, że wychowanek nie ma nikogo bliższego od kolegów z dziesiątki – i mieć nie może. Ale Pięćset Trzeci zamiast kolegów woli mieć niewolników i kochanków, zamieniając jednych w drugich i na odwrót. Jego dziesiątka to bicz boży.

Natomiast moja to zbiorowisko kapusiów, mięczaków i przygłupów. Od kiedy tylko pamiętam, zawsze starałem się trzymać jak najdalej od nich. Nie wolno ufać debilom, ale obdarzanie zaufaniem słabych jest jeszcze groźniejsze.

Proszę, oto lista.

Trzydziesty Ósmy – wymuskany przystojniaczek, tchórzliwy kędzierzawy aniołek, grzeczny chłopczyk i asekurant, który za swoją urodę i strachliwość płaci haracz tym ze starszych grup, którzy nie biorą pigułek błogości.

Sto Pięćdziesiąty Piąty – wesołkowaty chuligan o dużych ustach, kablujący na kolegów za dodatkową godzinę w sali kinowej. Przyłapiesz go – zaklina się, że to nie on, przyciśniesz – przysięga, że zmusili go do zdrady torturami. Nieustannie łże. Potrzeba trochę czasu, żeby zrozumieć: dla tego wiecznie uśmiechniętego chłopaka wszyscy ludzie na świecie poza nim są błazeńskimi kukiełkami, którymi należy kręcić dla własnej uciechy.

Trzysta Dziesiąty – poważny, solidnej budowy chłopak z obniżonym progiem bólu, dzielący świat wyłącznie na dwie części: ciemną i jasną. Komuś takiemu nie wolno zdradzać żadnych tajemnic – przecież w tajemnicy trzyma się tylko to, czego lepiej nie wyciągać na światło dzienne. Zresztą nikt inteligentny nie będzie wierzył, że każdą sprawę można włożyć albo do szufladki z napisem „dobro", albo do szufladki z napisem „zło".

Dziewięćsetny – rosły, ponury, milczący grubas. Jest wyższy od nas wszystkich, a nawet od piętnastolatków, ale przy tym okropnie słaby – i do tego wszystkiego strasznie powolny w myśleniu. Nie da się niczego od niego uzyskać, lepiej o nic nie prosić i niczego nie proponować: w najlepszym razie nie zrozumie, w gorszym – zakabluje.

Dwieście Dwudziesty – rudy i cały w piegach, z tak szczerą i dobrą twarzą, że masz ochotę natychmiast mu się zwierzyć. On sam też nie omieszka się podzielić z tobą swoimi sekrecikami, i to takimi, że już samo wysłuchanie ich do końca oznacza złamanie przepisów; potem, kiedy współczująco kiwniesz głową – z pewnością skażesz się na rozmowę wychowawczą. I co dziwne – samego Dwieście Dwudziestego nikt nigdy nie widział z siniakami, chociaż często wzywają go do pokojów rozmów. Natomiast tych, którzy się przed nim otwierali, kara dosięga nieuchronnie, choć nie od razu.

Siódmy – spaślak, tępak i beksa. Nigdy nie rozmawiałem z nim dłużej niż przez minutę: nie starczało mi cierpliwości, żeby czekać na odpowiedź. Kiedy choć trochę nim potrząsnąć – od razu zalewa się łzami.

Pięćset Osiemdziesiąty Czwarty – pryszczaty wstydliwy onanista, cierpiący z powodu przedwczesnej burzy hormonów.

Sto Sześćdziesiąty Trzeci – złośliwy smarkacz, pierwszy do bójki, wiecznie kursujący między pokojami rozmów a szpitalem; nie tyle waleczny, ile strasznie durny i uparty; nie wie, co to strach, ani jak się pisze to słowo.

Siedemset Siedemnasty. No tak, to ja.

Jednego brakuje. Dziewięćset Szóstego.

Tego, którego zabrali do grobowca.

– Ona nie jest przestępcą – mówi mi Dziewięćset Szósty.

– Kto? – pytam.

– Moja matka.

– Zamknij jadaczkę! – Daję mu kuksańca w ramię.

– Sam się zamknij!

– Zamknij się, powiedziałem! – Oglądam się na prowokatora Dwieście Dwudziestego, który podkradł się do nas, nadstawiając swoich odstających uszu.

– Idź stąd!

– Mówię ci... W przepisach...

Odwracam twarz w stronę Dwieście Dwudziestego; ten już się uśmiecha od ucha do ucha w przedsmaku tego, co usłyszy. To nic, niech chociaż wie, że go przyłapałem.

– Słuchaj! – Dwieście Dwudziesty macha na mnie ręką. – Jeśli taka z ciebie baba, że boisz się nawet o tym posłuchać, to spadaj stąd! Co tam mówiłeś, Dziewięćset Szósty?

Siedzimy w sali kinowej. Ostatnią godzinę przed ciszą nocną pozwalają nam przeznaczyć dla siebie. I tylko ta godzina przypomina normalne ludzkie życie. Jedna na dobę. Żyjemy dwadzieścia cztery razy krócej od tych, którzy są na wolności. Chociaż o tym, jak oni tam egzystują i że w ogóle istnieją, możemy się dowiedzieć tylko z filmów obejrzanych w kinie. I oczywiście wszystkie nasze informacje o laskach też biorą się stamtąd.

Mało kto pamięta swoje życie przed internatem, a już na pewno nikt się do tego nie przyznaje.

– Mówię, że moja matka jest dobrym człowiekiem i nie jest niczemu winna! – powtarza Dziewięćset Szósty.

Sala kinowa ma sto miejsc. Sto niewygodnych, twardych foteli i sto malutkich ekranów. Żadnych okularów 3D, żadnej bezpośredniej projekcji w źrenicę. To, co oglądasz, może zobaczyć każdy.

Raz na dziesięć dni przyprowadzają tu naszą setkę przed ciszą nocną, żebyśmy mogli kulturalnie się zrelaksować. Na playliście nie ma filmu, który trwałby krócej niż dwie godziny, więc żeby obejrzeć zakończenie, trzeba czekać dziesięć dni – i nie zanotować przez ten czas ani jednego potknięcia.

Sto ekraników wyświetla sto różnych ruchomych obrazków. Każdy wybiera film według gustu. Ktoś ogląda coś o rycerzach, ktoś inny o kosmosie, jeszcze ktoś – kroniki rewolucji europejskiej z dwudziestego drugiego wieku; większość pochłania filmy sensacyjne, aż im się uszy trzęsą. Każda szmira to u nas rarytas, a sama wyprawa do sali wideo jest małym cudem. To chyba jedyny wybór, jaki nam dają w internacie. Zdecydować, jaki film obejrzysz – zupełnie jakbyś zamawiał sny.

Ale i taki spacer na wolności raz na dziesięć dni jest możliwy tylko na krótkiej smyczy: wychowawcy przechadzają się po sali i zaglądają nam zza pleców w te nasze sny. Więc może nie jest to żaden wybór, lecz kolejna próba lojalności.

Po mojej lewej siedzi Dziewięćset Szósty. Jak zawsze.

Zbieram się, żeby coś mu powiedzieć. Coś wyznać.

„Zamierzam stąd uciec. Nie chciałbyś się przyłączyć?" – powtarzam sobie w duchu.

Rzucam na niego spojrzenie z ukosa i milczę.

„Zmyjmy się stąd... Samemu mi się nie uda, ale we dwóch..."

Gryzę się od środka w policzek. Nie mogę. Chcę mu zaufać i nie mogę.

Odwracam się od niego, wlepiam wzrok w ekran.

Widzę przed sobą dom o płaskim dachu. Składa się z równoległościanów i sześcianów i zupełnie nie przypomina bajkowych domków z lukrowanych dziecięcych kreskówek. Proste, surowe formy, jednobarwne jasnobeżowe ściany... Ale z jakiegoś powodu wydaje mi się strasznie przytulny – być może przez ogromne okna, a może rzecz tkwi w otaczającej go brązowej drewnianej werandzie z daszkiem. Mimo tych linii prostych i kantów nęci mnie swoim łagodnym ciepłem. Ten dom jest zamieszkany – i dlatego żywy. Przed nim widać zadbany trawnik. Na równo przyciętej trawie znajdują się dwa pocieszne jednoosobowe hamaki: owalne plecione fotele podwieszone na długich łukowatych wysięgnikach kołyszą się do taktu. Jeden z nich zajmuje mężczyzna w płóciennych spodniach i lnianej koszuli, lekki powiew mierzwi mu włosy koloru pszenicy, dym ze skręta wije się cienką strużką, rozwiewając się w porywach wiatru. W drugim, z opalonymi, podciągniętymi do góry nogami, siedzi młoda kobieta w zwiewnej białej sukience i sącząc z kieliszka różowe wino, skrobie coś w niewielkim urządzeniu – starym telefonie.

Jest ich w tym małym światku dwoje, ale daje się wyczuć obecność kogoś jeszcze. Uważny widz, zatrzymując obraz podczas przejazdu kamery, zauważy porzucony na trawniku rower, zbyt mały i dla palącego mężczyzny, i dla dziewczyny z telefonem. Po powiększeniu obrazu znajdzie na ganku dziecięce sandały. I jeszcze coś: na wiszącym fotelu obok kobiety siedzi puszysty biały miś. Jeśli się przyjrzeć, na jednym z kadrów można nawet dojrzeć srebrzyste oczka na zdziwionym pyszczku. Miś nie rusza się, to nie żaden ekopet, tylko zwykła pluszowa maskotka. Tym bardziej dziwi, że dziewczyna przesunęła się tak, żeby niedźwiedź też mógł siedzieć w fotelu, że objęła go ręką jak żywe zwierzątko, biorąc go pod swoją opiekę.

Cicho gra jakaś muzyka: smyczki i dzwoneczki. Wiatr przyczesuje trawę niewidzialnymi palcami, buja podobnymi do kokonów fotelami.

To sam początek filmu *Nawet głusi usłyszą*, starego obrazu o europejskiej wojnie domowej w 2297. Jeszcze chwila i dom z klocków zostanie splądrowany, dziewczyna zgwałcona i przybita gwoździami do werandy, a potem wszystko spłonie do szczętu. Mężczyzna, który spóźni się do domu o jeden dzień, w ciągu którego całe jego życie legnie w gruzach, zostanie wciągnięty w wojnę; zacznie zabijać ludzi, póki nie dotrze do tych, którzy zniszczyli jego świat.

Do napisów końcowych „Głuchych" dotrwałem tylko raz, za to pierwsze minuty przeglądałem w nieskończoność. To dla mnie rytuał: każe odwiedziny w sali kinowej nieodmiennie zaczynają się od „Głuchych", dopiero potem wybieram coś innego, żeby się rozerwać.

Zawsze zatrzymuję tej szczęśliwej parze czas na dwie sekundy przed chwilą, w której na końcu alei pojawią się obcy, i na pięć przed wejściem niepokojącej muzyki, zapowiadającej nadchodzącą krwawą scenę. Nie dlatego, że próbuję w ten sposób uratować dziewczynę w białej sukience i jej dom – w końcu mam już dwanaście lat i od dawna wiem, jak jest urządzony świat. Nie. Po prostu dlatego, że to, co następuje dalej, zupełnie mnie nie interesuje: kiedy zamiast smyczków zabrzmi natarczywy nerwowy bit, „Głusi" zamienią się w zwykłą sieczkę jak pan Bóg przykazał, w jeden ze stu tysięcy filmów sensacyjnych, tworzących playlistę naszego kina.

Przyglądam się leżącemu na boku rowerkowi, upewniam się po raz nie wiadomo który, że buty na werandzie mogą należeć tylko do dziecka; staram się zrozumieć, skąd u kobiety w bieli takie nabożeństwo w stosunku do misia maskotki – może dlatego że reprezentuje na tym fotelu kogoś innego, żywego, kochanego? I zdaję sobie sprawę, że z filmu wycięto coś ważnego. Oczywiście domyślam się co.

Prawie wszystkie pozycje z playlisty, oprócz kilku starych kreskówek, opowiadają o bohaterach i walce, o wojnach i rewolucjach. Wychowawcy mówią, że mają nas motywować: w końcu robią z nas tutaj żołnierzy. Ale często bywa tak, że oglądasz film i nagle tracisz wątek, gubisz się w historii. Tak jakby bohaterom przydarzyło się coś, o czym zapomnieli powiedzieć widzom. Nie ja jeden dostrzegam, że z filmów wycięto niektóre sceny, ale wszyscy oglądają dalej.

Ostatecznie przecież najważniejsze – walki, pościgi i przygody, dla których wszyscy przychodzą do sali kinowej – pozostały nietknięte!

Na setce wyświetlaczy wokół mnie pędzą gdzieś samochody policyjne na sygnale, zakute w pancerze konie, zestrzelone samoloty z napędem śmigłowym, motorówki, statki kosmiczne, trąbiące słonie bojowe, mężczyźni w smokingach i zakrwawionych wojskowych mundurach, żaglowce, ślizgacze odrzutowe... Cała historia ludzkości mknie wśród dymu i płomieni znikąd donikąd.

Na moim ekranie stop-klatka. Dom z klocków, fotele jak kokony, dym z papierosa, zwiewna sukienka, biały miś ze srebrzystymi oczami.

A u Dziewięćset Szóstego – porzucony rower leżący w trawie, dziecięce sandały na brązowej werandzie, ogromne okna.

Horyzont mamy wspólny: łuki szmaragdowych toskańskich wzgórz pod lazurowym niebem, wrzecionowate cyprysy, rozsypujące się kapliczki z żółtego kamienia. Beżowy dom z drewnianą werandą pod Florencją czterysta lat temu.

Nie dyskutujemy nad tym, dlaczego raz na dziesięć dni siadamy obok siebie i zanim pilnie zabierzemy się do oglądania filmów o wojnach i rewolucjach, włączamy „Głuchych" i razem śledzimy pierwsze minuty – do momentu, w którym cichną smyczki i dzwoneczki. To nasza zmowa. Wiążą nas śluby milczenia. I oto proszę: „Moja mama jest dobrym człowiekiem i nie jest niczemu winna!". Tak na głos!? Przecież tu wokół są donosiciele! Zdemaskują nas! Wydadzą!

– Zamknij się, powiedziałem! – Szturcham Dziewięćset Szóstego w pierś. – Wszyscy mają za rodziców przestępców, a ty nie!?

– Wy wszyscy mnie nie obchodzicie! Moja matka to uczciwy człowiek!

– Oczywiście! – popiera go gorąco Dwieście Dwudziesty. – I tak jej powiedz!

– A powiem!

– A walcie się wszyscy!

Zrywam się z miejsca i odchodzę, zły na tego nieszczęsnego idiotę. Jak jest taki odważny, to niech otwiera serce przed kapusiem, mam to gdzieś. Zrobiłem, co mogłem – i nie zamierzam narażać się przez jego upór!

Co jeszcze mogę zrobić?

Nic!

– Sam jesteś sobie winien! – krzyczę do Dziewięćset Szóstego, kiedy wychowawcy wloką opierającego się, czerwonego na twarzy chłopca do grobowca. – Debil!

Pozostali patrzą w milczeniu.

Każdego dnia szukam go wzrokiem w stołówce, na apelu. Zatrzymuję się, przechodząc obok pokojów rozmów. Nasłuchuję po nocach – a nuż usłyszę kroki na korytarzu, a nuż go wypuścili? Nie mogę spać.

– Ucieknę stąd! – słyszę któregoś dnia własny głos.

– Cicho bądź i śpij. Stąd nie da się uciec – szepcze mi Trzysta Dziesiąty, osiłek, który widzi wszystko w czerni i bieli.

– A ja ucieknę!

– Nie mów tak. Wiesz przecież, że jak nas usłyszą... – mamrocze cukierkowy cherubinek Trzydziesty Ósmy.

– Niech słuchają. Mam to gdzieś.

– Co z tobą!? Zapomniałeś już, co zrobili z Dziewięćset Szóstym!? Jak zamknęli go w grobowcu!? – Trzydziesty Ósmy zaczął chrypieć ze strachu.

Chcę powiedzieć: „To nie moja wina!", albo: „Ostrzegałem go!", ale zamiast tego mówię coś zupełnie innego:

– No i?

– I od tamtej pory już go stamtąd nie wypuścili... A ile to czasu minęło!

– Dziewięćset Szósty nie zamierzał nigdzie uciekać! – wtrąca się ten łajdak, Dwieście Dwudziesty. – To za coś innego! On opowiadał o rodzicach. Sam słyszałem.

– I co mówił? – daje się skusić ktoś z innej dziesiątki.

– Zamknij się, Dwieście Dwadzieścia! Co za różnica, co on gadał!? – Pięści same mi się zaciskają.

– Nie zamknę się. Nie zamknę.

– Wszystkich nas wystawiasz, gnido! – syczę mu prosto do ucha. – Starczy w ogóle gadania o rodzicach!

– A ty co, nie chcesz wiedzieć, gdzie teraz są? – nalega tamten. – Co u nich?

– Ani trochę! Po prostu chcę stąd uciec, i tyle. A wy wszyscy gnijcie tu dalej! I przez całe życie sikajcie w łóżka ze strachu!

– Śpijmy, co? – prosi pojednawczo Trzydziesty Ósmy. – Do pobudki i tak zostało już tyle co nic!

Dwieście Dwudziesty milknie z zadowoleniem. Moja przemowa w zupełności starczy na tłusty, treściwy donos. Chcę rozbić mu nos, chcę wykręcić mu rękę, chcę, żeby krzyczał i prosił, by go puścić, chcę powybijać mu zęby. Chcę to zrobić od dawna – i nie robię. Cykor.

– No właśnie. Zamknij się już, Siedemset Siedemnasty! A jeśli oni naprawdę wszystko słyszą? – przytakuje mu pryszczaty, obdarzony odstającymi uszami Pięćset Osiemdziesiąty Czwarty, na wszelki wypadek nie zdejmując opaski.

– Sam się zamknij! Cykor! A nie boisz się, że zobaczą, jak trzepiesz swojego...

Otwierają się drzwi. Ze wszystkich sił, niemal na głos, proszę, żeby to był Dziewięćset Szósty.

„Zamierzam stąd uciec. Nie chciałbyś się przyłączyć?"

Korzystam z każdej możliwości. Staram się wymykać z zajęć, udaję chorego, po kilka razy na noc proszę o pozwolenie na wyjście do ubikacji – wszystko po to, żeby przejść się po korytarzach, przyglądając się, nasłuchując.

Gładkie białe ściany, rząd białych drzwi bez klamek, natarczywe białe światło z sufitu. Korytarz nie ma końca – zatacza koło: wyjście wciąż kryje się za zakrętem. Idąc naprzód, trafiasz tam, skąd wyszedłeś. Geometria.

Sufit nie tylko świeci, ale i patrzy. To jeden wielki system monitoringu o tysiącu oczu, choć ich źrenice są niewidoczne – w całości pokrywa je mleczne bielmo. Nigdy nie wiadomo, czy obserwują cię właśnie teraz, dlatego trzeba zachowywać się tak, jakby widzieli cię zawsze.

Nie ma się gdzie ukryć. Nie ma tu ślepych uliczek, nie ma ciemnych kątów – w ogóle żadnych kątów, nie ma zakątków, nawet wąskich przejść, wnęk, w których można by się zaszyć. Nie ma okien. Ani jednego. O oknach wiem z filmów.

Z internatu nie ma wyjścia. To przestrzeń zamknięta, jak jajko.

Są tu tylko trzy piętra połączone windą o trzech przyciskach. I każde z tych pięter wygląda dokładnie tak samo jak to. Na najniższym mieści się żłobek, w którym trzymają najmniejszy drobiazg, na drugim – młodszych, do jedenastego roku włącznie, na trzecim – dorosłych, od dwunastu lat wzwyż.

Wszystkie drzwi w kolistym korytarzu są identyczne i nie ma na nich żadnych napisów. Na trzecim poziomie jest ich trzydzieścioro. Z czasem człowiek uczy się zapamiętywać, gdzie są które.

Cztery sale sypialne, sanitariat, sala zebrań, dziewięć klas, cztery sale sportowe, drzwi do pokojów rozmów, sypialnia wychowawców i gabinet naczelnego, sala kinowa, pięć ringów, stołówka, winda.

Mijam drzwi jedne po drugich, po raz tysięczny licząc je, żeby się upewnić: rzeczywiście jest ich trzydzieścioro, żadnych nie przegapiłem.

Wspominam, jak szukałem stąd wyjścia, kiedy jeszcze byłem całkiem mały; mapę pierwszej kondygnacji mam wypaloną na siatkówce oka, tak często ją rysowałem i studiowałem. Identyczne trzydzieścioro drzwi: trzy sale z łóżkami, sypialnia wychowawców, gabinet naczelnego, sanitariat, sala zebrań, trzy sale sportowe, sala gier, pięć ringów, dziesięć klas do nauki, sala kinowa, drzwi do pokojów rozmów, stołówka, winda.

Żadne drzwi nie prowadzą na zewnątrz. Pamiętam, że jako małe dziecko myślałem, że wyjście z internatu powinno być gdzieś na drugim albo trzecim poziomie. Kiedy podrosłem i przenieśli mnie na drugi, pozostał mi tylko ostatni. Teraz, kiedy mieszkam na trzecim, zdaje mi się, że pewnie źle szukałem na pierwszych dwóch.

Od samego początku przyzwyczajają nas do myśli, że nie ma stąd wyjścia. Ale przecież powinno być wejście! Przecież maluchy skądś się tu biorą!

Cierpliwie mijam jedne drzwi po drugich; na zajęciach badam sale wykładowe i ringi. Wszystkie ściany są gładkie i sterylne; jeśli zbyt natarczywie się o nie ocierać, zaczynają razić prądem.

Wzywają mnie do pokoju rozmów. Interesuje ich, dlaczego tak się zachowuję, i zaabsorbowani konwersacją, łamią mi serdeczny palec lewej ręki. Piekielny ból; palec nienaturalnie odstaje, wygięty w przeciwną stronę. Patrzę na niego i zdaję sobie sprawę, że muszą mnie teraz wysłać do szpitala. Dobrze: w ten sposób uda mi się trafić na drugi poziom i jeszcze raz go sprawdzić.

– Czego szukasz? – pyta mnie wychowawca.

– Wyjścia – mówię.

Wychowawca się śmieje.

Kiedy mieszkałem na pierwszym, dzieciaki szeptały między sobą przed snem, że internat jest zakopany na głębokości kilku kilometrów, że mieści się w bunkrze stworzonym w granitowym masywie. Że tylko my przeżyliśmy wojnę atomową i że jesteśmy nadzieją ludzkości. Inni zarzekali się, że jesteśmy zamknięci na pokładzie statku kosmicznego wystrzelonego poza granice Układu Słonecznego i mamy zostać pierwszymi kolonistami planet układu tau Ceti. Można nam to wybaczyć: mieliśmy po pięć, sześć lat. Wychowawcy już wtedy mówili nam wprost, że jesteśmy wyrzutkami i przestępcami, że wsadzili nas do tego przeklętego jajka, dlatego że nie ma dla nas innego miejsca na ziemi, a kiedy masz sześć lat, każda bajka jest lepsza od takiej prawdy.

W wieku dziesięciu lat nikt już się nie zastanawiał, gdzie mieści się internat, a zanim skończyliśmy dwanaście, wszyscy mieli już w dupie, że nie jest nam pisany żaden chwalebny los i że nie mamy absolutnie żadnej przyszłości. Niezbyt jasne było tylko, po co w ogóle dostajemy tak szczegółowe informacje o świecie zewnętrznym, uczymy się jego geografii, zaznajamiamy z kulturą i prawami fizyki, jeśli nie planuje się nas nigdy do tego świata wypuszczać. Pewnie, żebyśmy wiedzieli, czego nas pozbawiają.

Ale byłbym gotów przesiedzieć tu wieczność, gdybym na porannych apelach nie stał naprzeciw Pięćset Trzeciego. Takie drobnostki czasem psują całą tę pieprzoną kosmiczną harmonię.

Drugi poziom. Te same ślepe ściany, te same niezliczone drzwi.

Gładząc swój złamany palec, mijam jedne po drugich. Ringi, klasy, mediateka, sale; wszystko białe, zresztą jak wszędzie. Niczego tu nie ma.

Docieram do szpitala: lekarz jest chyba na obchodzie. Drzwi do jego gabinetu są na wpół otwarte. Zwykle pacjenci nie mają tu wstępu; takiej szansy nie wolno przepuścić. Waham się sekundę, po czym wślizguję się do środka – i trafiam do przestronnego pomieszczenia: pulpit, łóżko, migocące hologramy organów wewnętrznych na podstawkach. Sterylnie i nudno. Po drugiej stronie pokoju są kolejne drzwi, też otwarte. A tam…

Idę przed siebie, słysząc, jak przyśpiesza mi serce i zwalnia czas. Zza drzwi dochodzą głosy, ale idę dalej, nie bojąc się, że mnie odkryją. Adrenalina sprawia, że widzę wszystko w zwolnionym tempie, jak w filmie.

– Jak to się stało? – słychać czyjś niezadowolony chropawy głos.

– Zapomnieliśmy... – bas naczelnego wychowawcy.

– Zapomnieliście?

– Przetrzymaliśmy go za długo.

Ich rozmowa jest dla mnie niezrozumiała i nieinteresująca. Jedyne, co mnie zajmuje, ukazuje się za otwartymi drzwiami: jest ogromne, zajmuje całą ścianę kolejnego pomieszczenia, w którym rozmawia tamtych dwóch...

Okno.

Jedyne okno w całym internacie.

Wstrzymuję oddech, podkradam się tak blisko do drzwi, jak mogę...

I po raz pierwszy wyglądam na zewnątrz.

Przynajmniej teraz wiem, że nie jesteśmy na pokładzie statku międzygalaktycznego ani w granitowym grobowcu...

Za oknem widzę potężne miasto, miasto miliona ogromnych wieżowców, słupów stojących na nieprawdopodobnie odległej ziemi i wznoszących się w górę do nieskończenie dalekiego nieba. Miasto miliardów mieszkańców.

Wieżowce są dla mnie – karalucha, mikroba – nogami niewyobrażalnie wielkich człekopodobnych stworzeń – Atlasów, którym chmury sięgają do kolan, a na ich plecach trzyma się sklepienie niebieskie. To najwspanialszy widok ze wszystkiego, co istnieje; oczywiście nigdy nie zdołałbym wyobrazić sobie czegoś tak majestatycznego.

Co tam – nigdy nie zdołałbym sobie wyobrazić, że na świecie może być tyle miejsca!

Dokonuję najbardziej niesamowitego odkrycia geograficznego, jakiego dokonano gdziekolwiek i kiedykolwiek.

Dla mnie to ważniejsze, niż dla Galileusza przewidzieć, że Ziemia jest okrągła, a dla Magellana – udowodnić to. Ważniejsze, niż dowiedzieć się, że nie jesteśmy sami we wszechświecie.

Moje odkrycie brzmi: poza internatem naprawdę jest świat! Znalazłem wyjście! Mam dokąd uciec!

– Co, nie zamknąłeś drzwi!?

Wyrywam się – złapali mnie za włosy.

– Dawaj go tu!

Wciągają mnie do środka. Udaje mi się jeszcze zobaczyć stół, na którym leży duży podłużny worek zamykany na suwak (naczelny wychowawca natychmiast go zasłania), mnóstwo instrumentów, naszego lekarza z wyrazem takiego zmęczenia i obrzydzenia na twarzy, że nawet młodość jej nie pomaga, i ramę okienną z klamką.

– Coś tu zgubiłeś, szczeniaku!?

– Szukam doktora... O...

Naczelny wychowawca chwyta mnie za palec, który mu pokazuję, jak przepustkę albo ochronny talizman, i szarpie z taką siłą, że przed oczami widzę gwiazdy. Padam na podłogę, dusząc się z bólu.

– Zapomnij o tym, jasne!? Zapomnij o wszystkim, co tu...

Nie mogę odpowiedzieć – rozpaczliwie staram się zaczerpnąć powietrza.

– Jasne!? Czy to dla ciebie jasne, śmieciu!?

– A co... – Mój ból, jak wrząca cyna, przybiera kształt wściekłości. – A co mi zrobicie!? Co wy mi zrobicie!? – krzyczę mu w odpowiedzi. – Co!?

Czarne oczodoły przepalają mnie na wylot.

– Nie tutaj – mówi doktor.

– Nic mi nie zrobicie! – Wykręcam się jak fryga. – I tak stąd uciekniemy! – Prześlizguję się między nogami naczelnego i wybiegam przez gabinet na korytarz.

Pędzę do windy, wpadam do środka, naciskam wszystkie guziki naraz – przypominam sobie nagle słyszaną sto lat temu, w dzieciństwie, historię, że w internacie jest jeszcze poziom zero, przez który trafiają tu nowi wychowankowie. Że niby jeśli nacisnąć wszystkie przyciski jednocześnie i przytrzymać odpowiednio długo, to dojedziesz na górę, czy też na dół – na to tajne piętro...

Drzwi się zamykają, winda dokądś jedzie. Jeśli poziom zero nie istnieje, mam przechlapane.

Kiedy skrzydła się rozsuwają, nie umiem określić, na którym piętrze się znalazłem. Białe ściany, biały sufit... Na korytarzu nie ma żywej duszy. Potykając się o własne nogi, biegnę naprzód wzdłuż szeregu zamkniętych drzwi, szukając choć jednych, które będą otwarte.

W końcu widzę jakąś szczelinę. Wskakuję w nią, nie zdając sobie jeszcze sprawy, gdzie trafiłem, przyciskam się do ściany, osuwam się na ziemię. Dlaczego nikt mnie nie goni? Naczelny wychowawca za nic nie daruje mi tego wybryku... Nie daruje, że znalazłem okno i patrzyłem przez nie, że dowiedziałem się o wyjściu.

Rozglądam się.

Jestem w kinie; jest całkiem puste, jego wnętrze wypełnia półmrok przygaszonego światła – wszyscy są teraz na zajęciach. Powoli czołgam się między rzędami siedzeń, zaszywam się w najdalszym kącie, wywołuję playlistę, wybieram „Głuchych".

Włączam sam początek.

Przechodzi mnie dreszcz. Żeby się ogrzać, wchodzę na krzesło z butami i chowam podbródek między kolana.

Napisy początkowe.

Siedzę na wygrzanych deskach werandy, obok mnie leży para dziecięcych sandałów; w uchylonym oknie widzę prawdziwego żywego kota – jest gruby, biało-rudy. Lekki powiew kołysze podobnymi do kokonów fotelami, w których plecami do mnie siedzi dwoje ludzi – mężczyzna i kobieta. W powietrzu na ułamek sekundy pojawia się niebieskawa smużka dymu – i natychmiast znika, zdmuchnięta przez wiatr.

Patrzę na rower, który porzuciłem w trawie po tym, jak znudziło mi się jeżdżenie. Po połyskującym chromowanym dzwonku chodzi mrówka. Słońce zachodzi za zielonym wzgórzem zwieńczonym starym kościółkiem i całuje mi ręce na pożegnanie.

Jest mi dobrze, błogo i zadziwiająco spokojnie. Jestem na swoim miejscu.

– Zmyjmy się stąd... Samemu mi się nie uda, ale we dwóch... – mówię do Dziewięćset Szóstego.

Ten nie odpowiada.

Nagle powietrze wokół mnie staje się lepkie, gęste jak woda; nadciągające nieszczęście jak atrament kałamarnicy wylewa się w nie i je mąci. „Głusi" szarpią nerwy niepokojącą muzyką. To samo ujęcie: koniec alei... Nieszczęście zawisa nad domem z sześcianów jak przepełnione wymię, nabrzmiałe strzyki przygniatają siedzących w fotelach; wkrótce wszyscy będziemy pili ich truciznę.

Udaję, że to wszystko nie dzieje się teraz, nie z nimi, nie ze mną. Zatrzymuję film, zatrzymuję czas, żeby odwrócić nieodwracalne.

– No i co, glisto? – słyszę za plecami.

Pięćset Trzeci! To jego głos! Nie muszę się odwracać, żeby zdać sobie sprawę, kto za mną stoi. Dlatego zamiast tracić czas na zbędne ruchy, od razu wyrywam do przodu. I nie zdążam.

Jego łokieć zamyka się na mojej szyi. Ciągnie mnie do tyłu i w górę, wyrywając mnie z mojego gniazda, dusząc i przerzucając do tylnego rzędu. Wiję się, starając się uwolnić – ale jego żylaste ręce są jak skamieniałe, nie mogę rozluźnić uchwytu.

– Nie waż się! Nie waż się! Ja... Ja... Ja im... fffszystko powwieeem...

Majtam nogami – żeby chociaż o coś się zaczepić, znaleźć jakiś punkt oparcia...

– A co ty myślisz... Że oni nie wiedzą?... – mówi Pięćset Trzeci, dmuchając mi w kark.

Śmieje się chrypliwie: „Hhhhh..." – i dalej mnie dusi; czuję jego łaskoczący oddech na potylicy. Próbuję uderzać na oślep do tyłu z nadzieją, że trafię go w jaja, ale ten trzyma mnie tak sprytnie, że za każdym razem pudłuję. Nawet gdybym trafił... Razem z powietrzem uszły ze mnie wszystkie siły, więc cios byłby słaby, jak we śnie.

– Polecili mi... Żebym cię... Ukarał...

Wolną ręką znajduje guzik moich spodni, odrywa go, opuszcza mi je do kolan. Moich pleców dotyka coś małego, twardego, ohydnego. Stanął mu!

Czuję obrzydliwe łaskotanie w dole brzucha. Ja zaraz... Nie mogę, nie... Ja...

– Odwal się! Odwal się! Słyszysz!?

I w tym momencie kolana zalewa mi coś gorącego. Martwieję z przerażenia i wstydu.

– Co ty, zsikałeś się!? Ty gówniarzu! Zsikałeś się!?

Uścisk słabnie. Wykorzystuję to, wykręcam się, uderzam go palcami po oczach, próbuję uciec – ale tamten opanowuje obrzydzenie, powala mnie na ziemię, w przejście między siedzeniami, kładzie się na mnie...

Jego oczy są przymknięte, usta szeroko otwarte, widzę szczeliny między zębami...

– No, dawaj... Spróbuj zwiać... Szczeniaczku...

I wtedy robię jedyne, co mogę zrobić w tej śliskiej, zwierzęcej walce. Rozpaczliwym rzutem wyrywam się w górę i wpijam mu się w ucho. Szoruję zębami po spoconych włosach, po skórze, zaciskam szczękę, gniotę, chrzęści, piecze, drze się!

– Ty szmato! Puszczaj! Śmierdzielu! Aaaa!!!

Pięćset Trzeci, zapominając o całym świecie z bólu i strachu, odpycha mnie, a ja lecę do tyłu z czymś miękkim i gorącym w ustach; tamten zatyka ręką krwawą dziurę na głowie. Usta mam przepełnione, czuję w nich słony smak i coś jeszcze, czego nie znam. Jeszcze chwila i się porzygam. Odczołguję się, zrywam się na nogi, w biegu wyciągam sobie z ust ucho – przeżutą, zaślinioną chrząstkę – nie wiadomo po co ściskam ją w dłoni i zwiewam, zwiewam z tego przeklętego kina ile sił w nogach.

– Szmaaaato! Sukinsyyynu!

Stoję w białym korytarzu bez kątów i bez wyjścia; w ręku trzymam swoje gówniane trofeum, zsunięte portki są mokre. Z sufitu patrzy na mnie ślepo wszechwidzące oko. Kiedy będą mnie zabijać, nawet nie mrugnie.

Ucieknę stąd albo zdechnę.

Ucieknę stąd. Ucieknę.

Rozdział 5

VERTIGO

Komunikator wydaje ledwie słyszalny pisk, mimo to podskakuję pod sufit.

Wezwanie!

Nieważne, czy śpisz, czy jesteś w burdelu, czy na stole operacyjnym – kiedy dostajesz wezwanie na akcję, musisz zerwać się z miejsca w minutę. Minuta w zupełności wystarcza, szczególnie kiedy śpi się w ubraniu.

I jeśli się nie pije przed snem.

Mam uczucie, jakby ktoś odessał mi z głowy wszystkie szare komórki, w to miejsce wpompował gęstą morską wodę, a na koniec wpuścił rybki. Teraz moim zadaniem jest nie rozbić tego pieprzonego akwarium.

Nie wiem, jak długo spałem, ale mojej wątrobie ten czas wyraźnie nie wystarczył. W trzech czwartych składam się z tequili. W ustach mam kwaśny smak. Moja czaszka naprawdę jest jak ze szkła i wszystkie dźwięki rysują po niej niczym gwoździe. Rybki w mojej głowie czują się jakoś nie bardzo, chcą na wolność.

Na dnie akwarium osiada mętna zawiesina niedokończonego koszmaru. Nie pamiętam, co mi się śniło, ale nastrój mam tak paskudny, jak to tylko możliwe.

Gryzę się w rękę, żeby otrzeźwieć.

Spóźnialskich czeka trybunał dyscyplinarny. Ale jakakolwiek by była nałożona przezeń kara, nikt z nas nawet nie pomyśli o odejściu z Falangi. Prawie nikt. Nie chodzi o pieniądze: szeregowych szturmowców jakoś specjalnie pod tym względem nie rozpieszczają. Ale spróbuj znaleźć drugi zawód, który mógłby w takim samym stopniu stać się sensem życia. A w niekończącym się życiu sens stanowi towar szczególnie deficytowy. Na ziemi, rozpychając się łokciami, przeciska się przez wieczność cały bilion ludzi i większość nie może się pochwalić tym, że robi cokolwiek pożytecznego: można uznać, że wszystko, co pożyteczne, zrobiono trzysta lat temu. Natomiast to, czym zajmujemy się my, będzie pożądane zawsze. Nie, czegoś takiego się nie rzuca. Zresztą z tej służby i tak nie zwalniają.

Na ekranie komunikatora wyświetlają się współrzędne miejsca, w którym mamy się znaleźć za godzinę. Wieżowiec Hyperborea. Nigdy nie słyszałem. Czyli gdzieś, gdzie diabeł mówi dobranoc. Żebym tylko zdążył na czas...

Wyciągam z szafy plecak z uniformem, wkładam do niego maskę i paralizator, i już – jestem gotów. Włożę czarny strój, kiedy znajdę się bliżej miejsca akcji, po co przedwcześnie denerwować obywateli.

Z plecaka czuć różami: w pralni z jakiegoś powodu tym świństwem aromatyzują moje ubrania. Przy tym nie każdemu, tylko „wybranym klientom". Jestem wybrany, jasna sprawa: muszę prać u nich codziennie. Zmywać z munduru cudzą krew, mocz, pot, rzygowiny. Tyle razy prosiłem ich, żeby obywali się bez tego różanego odświeżacza, ale z systemem najwyraźniej nie wygrasz. Dlatego na służbie jestem zawsze pachnący jak jakiś pedzio. Dobrze, że Daniel korzysta z takiej samej pralni i też jedzie od niego różyczkami, a z Daniela nikt z naszych nie będzie żartował.

Wlewam się w tysiącgłowe ludzkie stado, które powoli płynie w stronę węzła komunikacyjnego. W wieżowcu Navaja, w którym mieści się moja nora, znajduje się jeden z głównych terminali tuneli ekspresowych. Dlatego właśnie go wybrałem: minuta w windzie i jesteś na dworcu. Jeszcze pół godziny i wstrzykujesz komuś akcelerator. Wszystko zgodnie z harmonogramem.

W ogóle praktyczny ze mnie facet.

Ludzie przeciskają się przez wąską szyjkę głównego wejścia, wypełniają halę odjazdów i tłoczą się tam, aż znajdą swoją bramkę – muszą jeszcze odstać kolejkę do wejścia i w końcu rozsiadają się w wagonach ekspresowych tub, żeby rozjechać się każdy w swoją stronę. Wewnątrz terminalu panuje koszmarny ścisk. Konstrukcja jest wspaniale obmyślana: architekci wyraźnie inspirowali się budową maszynki do mięsa. Z moją miłością do tłumu i uwięzionymi w głowie rybkami to jest właśnie to, czego teraz mi trzeba, żeby ostatecznie odbiła mi palma.

Która bramka jest moja? Która tuba? W jakim kierunku?

Co mi się śniło?

– Daniel! – mówię do komunikatora.

Cisza. Raz, dwa, trzy...

– Czego!? – chrypi wykrzywiona gęba na ekranie. – Jest czwarta w nocy!

– Zaspałeś!? – chrypię w odpowiedzi. – Spójrz na komunikator! Wezwanie!

– Jakie znowu, do kurwy nędzy, wezwanie!?

– Wieżowiec Hyperborea! Pilne!

– Zaczekaj... – sapie w skupieniu, przeglądając otrzymane wiadomości. – O której to dostałeś?

– Piętnaście minut temu!

– Ja nic nie mam.

– To znaczy?

– Nigdzie mnie nie wzywali.

– Żartujesz?

– Mówię ci: nic nie dostałem.

– Dobra. Ja... Dowiem się od Ala. Przepraszam, że cię obudziłem...

Przed rozłączeniem się milczymy jeszcze przez jakiś czas. Daniel patrzy na mnie podejrzliwie z mojego nadgarstka. Żadnej senności w oczach. Ja też ostatecznie się budzę.

Jesteśmy oddziałem. Rodziną. Jednym organizmem. On jest pięścią, Al – mózgiem, ja – gardłem... Pozostali to ręce, nogi, serce, żołądek i tak dalej. Zawsze razem. Na wszystkich rajdach, podczas wszystkich operacji. Skład oddziałów się nie zmienia, chyba że ktoś trafi do szpitala. Chyba że...

Ale Daniel jest w porządku. W porządku! Z jakiego paragrafu mieliby go usuwać? Może nabroił podczas ostatniego rajdu? Skąd mam wiedzieć, co się z nimi działo, kiedy ja zajmowałem się młodymi mamuśkami?

Zresztą nieważne – to jak amputacja. Daniel jest nasz, a my jego. Nie potrzeba nam w oddziale żadnych obcych. Nie chcę, żeby zamiast pięści przyszyli nam czyjegoś fiuta! Wystarczy mi ten pryszczaty wyrostek, który zastąpił Basile'a.

– Al! – wydaję polecenie komunikatorowi.

Dowódca też nie od razu odpowiada.

– Co się tam znowu u ciebie dzieje? – Głos ma niezadowolony, zachrypnięty od snu.

– U mnie wszystko świetnie, oprócz tego, że pojęcia nie mam, gdzie jest ta wasza Hyperborea. Gdzie jest zbiórka? I co z Danielem?

– Co z Danielem? – tępo powtarza Al.

– To ja się pytam! Dlaczego odwołali go z akcji? To coś poważnego?

– Nie mam pojęcia... Rozmawialiśmy jeszcze wieczorem. Zaczekaj... Z jakiej akcji?

– W Hyperborei! Gdzie ty w ogóle jesteś? – próbuję dojrzeć, co jest za Alem.

– Znów się nawaliłeś!? – wrzeszczy nagle tamten.

– Co?

– Pytam, czy znów się nawaliłeś! Jaka znowu Hyperborea!? Jaka, w dupę jeża, akcja!? No i czego się szczerzysz? Kładź się i śpij!

Wyłącza się.

Zatrzymuję się – ale tłum dalej niesie mnie naprzód, w gardziel głównego wejścia. Okej, ulegle wlokę się dalej razem z rzeką ludzkiego farszu – nie mam teraz siły, żeby się sprzeciwiać. Próbuję zrozumieć, czy mogę wykonać rozkaz Ala i zasnąć, a potem obudzić się znów w świecie, w którym nigdzie mnie nie wzywano.

Sprawdzam komunikator. Wiadomość o rajdzie jest na miejscu, współrzędne te same. Rybki w akwarium zaczynają się denerwować. Zdaje się, że sytuacja jest nieco bardziej skomplikowana, niż się zdaje Alowi. Delirką się tu nie wykręcimy.

Tłum z trudem wciska się w gardziel terminalu transportowego. Po przedarciu się do środka, do olbrzymiego pomieszczenia pod ekranem w kształcie kopuły (największy nośnik reklamowy w Europie!), nieprzerwany rwący potok głów dzieli się na setkę strumyczków: każdy kieruje się do swojej bramki. Tuby podchodzą do ścian okrągłej wieży na kilku poziomach po stycznej. Przeźroczyste jak strzykawki pociągi zatrzymują się, wsysają tłum i odlatują w ciemność.

Która bramka jest moja? Dokąd mam jechać? Kto mnie wzywa?

Gra prądów wyrzuca mnie na środek tego morza; trafiam w jakiś martwy punkt, gdzie przestają mnie popychać i trącać, szturchać łokciami i ciągnąć za sobą, gdzie pozostawiają mnie samemu sobie, żebym mógł się guzdrać i leniwie trzeźwieć.

I dopiero wtedy na dobre do mnie dociera: ani Daniela, ani Ala nigdzie nie wzywano. I wszyscy pozostali dalej chrapią w swoich łóżkach.

To moja osobista akcja. Zadanie od pana Schreyera.

Pierwsza operacja, którą mam dowodzić sam.

Szansa, by zostać człowiekiem. Coś takiego trafia się może raz w życiu.

– Czas! – mówię do komunikatora.

Pozostało pół godziny– brzmi odpowiedź.

– Trasa do wieżowca Hyperborea!

Na jednym z rajdów był taki przypadek: kiedy Al przesłuchiwał jakieś mamuśki, ja musiałem uspokajać kompletnie zasmarkaną trzyletnią dziewczynkę. Nie miałem pojęcia, co robić z tym małym koczkodanem. Dobrze, że nawinęła mi się jej gra: mnóstwo poplątanych korytarzy, podobnych do wywalonych flaków, na jednym końcu zając z oklapłymi uszami, na drugim – domek ze światłem wydobywającym się z okienek. „Pomóż zbłąkanemu zajączkowi znaleźć drogę do domu". Labirynt. Trzeba przeciągnąć palcem po ekranie od pieprzonego zająca do pieprzonego domku. Rozrywka taka sobie, gdyby mnie ktoś pytał, ale dziewczynka była wprost zahipnotyzowana i nie przeszkadzała Alowi, kiedy wstrzykiwał jej mamie starość.

Boże, pomóż zbłąkanemu zajączkowi znaleźć drogę z terminalu do wieżowca Hyperborea.

– Bramka siedemdziesiąt jeden, odjazd pociągu za cztery minuty.

Licho wie, jak często jeżdżą. Spóźnię się o cztery minuty – mogę się spóźnić o wieczność.

Rozglądam się dookoła, szukając świecących cyfr „71".

I wtedy mnie ogarnia...

Dopóki patrzyłem w głąb siebie, wszystko było mniej więcej w porządku, ale wystarczyło, żebym wyjrzał na zewnątrz, a w jednej chwili ogarnęła mnie panika.

Na czoło występuje mi zimny pot.

Zgiełk tłumu, który dotąd pobrzmiewał przytłumiony w tle, osiąga pełną siłę – ogromnej, rozstrojonej orkiestry, składającej się ze stu tysięcy instrumentów, z których każdy z uporem egoistycznie gra swoją melodyjkę.

Nad głową ekran w kształcie kopuły. Urodziwy młodzieniec poleca mi implantację komunikatora nowej generacji wprost do mózgu. Jest jedno ale: ekran ma rozmiar boiska futbolowego, a młodzieniec zajmuje całą jego powierzchnię. Jego włosy mają grubość lin, w źrenicę mógłby mu wjechać pociąg. Czuję strach.

– *Stay in touch!* – spoglądając z nieba, mierzy we mnie palcem wskazującym.

To pewnie aluzja do tego fresku, który zdążył się przejeść nawet masowej publiczności, na którym Bóg wyciąga rękę do człowieka; Michał Anioł, zgadza się? Ale mnie się zdaje, że ten pięknolicy archanioł próbuje mnie zgnieść jak pluskwę. Chowam głowę w ramiona, mrużę oczy.

Zmiażdżony, stoję w samym środku półkilometrowego kotła; wokół mnie przesuwa się korowód stu tysięcy ludzi. Cyfry nad bramkami ruszają z miejsca i zaczynają wirować: 71 72 73 77 80 85 89 90 9299 1001239 923364567, lepiąc się do siebie, zamieniając w jedno przedziwne, ciągłe imię nieskończoności.

Muszę zeskoczyć z tej cholernej karuzeli!

Muszę wziąć się w garść! Przebić się przez ten tłum!

– Trzy minuty do odjazdu pociągu.

Ten jest ostatni. Nie mogę się na niego spóźnić.

Zamykam oczy i wyobrażam sobie, że stoję po pas w zielonej trawie.

Wdech... Wydech...

A potem na oślep uderzam kogoś w szczękę, kogoś innego odpycham na bok, łokciem jak klinem wbijam się między ciała – te z początku się naprężają, lecz potem miękną, a ja – przeciwnie: twardnieję, kamienieję, orzę to pole, gniotę, depcę, rozrywam...

– Z drogi, bydlaki!

– Policja!

– Przepuśćcie go, on jest nienormalny...

– Co pan robi!?

– Ja ci pokażę...
– To klaustrofobia! Ma atak, moja żona ma klaustrofobię, znam to...
– Zjeżdżaj! – wrzeszczę na niego.
Z początku po prostu pędzę naprzód, nie zdając sobie sprawy, dokąd idę. W którymś momencie miga mi przed oczami numer „71" i usiłuję skupić się na tych cyfrach, ale ktoś chwyta mnie za kołnierz, próbując zatrzymać, i znów tracę orientację. Kilka sekund później tratuję już jego twarz. Jest miękka.
Jestem małą kulką. Muszę trafić do komórki z cyframi „71", to oznacza wygraną, a gra jest *va banque*, na ten numer postawiłem wszystko. Prawie już znalazłem się w odpowiednim przedziale, ale wtedy ktoś uderza mnie w splot słoneczny i piekielna ruletka kręci się od nowa.
Ludzie oblepiają mnie, wieszają mi się na rękach, czepiają za nogi, zbliżają usta do mojej twarzy, żeby zabrać mi powietrze, ich oczy stykają się z moimi – chcą do tego pocierać się duszami, bo nie da się już bardziej zbliżyć ciał.
– Przepuśćcie mnie! Przepuśćcie! Wypuśćcie mnie! – krzyczę.
Zaciskam powieki i staję na czyichś butach – powoli, jak w basenie, zanurzony po szyję w wodzie.
– Trzydzieści sekund do odjazdu.
Komunikator na pewno mnie ostrzegał, że czas się kończy, jego pisk musiał zginąć w chórze tych, których deptałem po nogach.
Przede mną wyrwa.
Bramka! Jakaś – nieważne już jaka.
Przez szklaną ścianę widać, jak z ciemności wylatuje i zatrzymuje się przy drzwiach pociąg – rozświetlona probówka.
– Z drrrogi!
Szklane pojemniki wagonów wypełniają się ciemną ludzką masą jak rtęcią. Przed drzwiami panuje ścisk. Los zwraca się do mnie uprzejmym mechanicznym głosem:
– Pociąg odjeżdża. Proszę odsunąć się od wagonu.
– Niechże pan nie napiera! Wszyscy i tak się nie zmieszczą! – piszczy jakaś kobieta.
– Zejdź mi z drogi!
Chwytam oburzoną kobietę za rękę, odciągam na bok, a sam rzucam się naprzód, przez zasuwające się już drzwi.

Wpycham się do środka. Cały wagon musi wypuścić powietrze, żeby znalazło się dla mnie trochę miejsca. Pasażerowie znoszą to w milczeniu. Są jeszcze dobrzy ludzie na świecie.

I tak bez powietrza w płucach wyruszamy w pustkę.

Teraz muszę połapać się w swoich narządach wewnętrznych. Rozprostować zgniecione jelita. Rozdzielić sklejone miechy płuc, przywrócić im rytm. Poskromić galopujące serce. To niełatwe: wagon jest pełny po brzegi. Żeby nie pobrudzić wszystkich tych samarytan, opieram się czołem o ciemną szybę i wyglądam na zewnątrz.

Tuba przeźroczystą żyłą przeciska się od pulsującego serca, jakim jest terminal, do kończyn śpiącego tytana i jak kapsułka z wirusem przelatujemy jego naczyniami krwionośnymi, pędzimy zarażać dalekie drapacze chmur swoją formą życia.

Ten obraz mnie uspokaja. Opanowuję oddech i słona ślina przestaje napływać mi do ust. Mdłości ustępują.

Ale dokąd jadę?

Ruletka się zatrzymała. Nie mam jednak pojęcia, w której komórce się znalazłem. Nie wiem, jaki numer wypadł.

– Jaka to trasa? – Odwracam się do sąsiada, trzydziestoletniego brodacza w fioletowej marynarce. – Jaka to była bramka?

Wszyscy wyglądamy na trzydzieści lat, z wyjątkiem tych, którzy się odmładzają.

– Siedemdziesiąta druga – odpowiada tamten.

Ach tak.

Sąsiedni peron. Pomyliłem Orient Express z pociągiem do Auschwitz. Trzeba było słuchać, kiedy los radził mi, żebym odsunął się od wagonu.

Następny przystanek może być gdziekolwiek – dwieście, trzysta kilometrów stąd. Składy są w pełni zautomatyzowane, nie da się ich zatrzymać. Zanim dojadę do następnej stacji, doczekam się następnego pociągu, wrócę do terminalu... Jeśli się spóźnię, zaczną beze mnie. Pamiętam słowa Schreyera: Pięćset Trzeci tam będzie. Nie zjawię się – dowództwo przejmie on i już nie wypuści z rąk szansy. A ja dalej będę odsiadywał dożywocie w swojej jedynce z widokiem na dziecięce marzenie, które przesrałem.

Zdaje się, że znieruchomiałem w chwili, w której usłyszałem, że wsiadłem do niewłaściwego pociągu; zastygłem w stop-klatce – i gapię się z otwartymi ustami na brodacza. Ten z początku próbuje udawać, że wszystko jest w porządku, ale potem traci cierpliwość.

– Chciał pan o coś zapytać?

– Bardzo ładna marynarka – mówię mu z roztargnieniem. – Nie mówiąc już o brodzie.

Tamten unosi brwi.

W tym tempie zanim dotrę do Hyperborei, operacja na pewno już się zakończy; jeśli jest ich tam tylko dwoje, to wątpię, żeby oddział potrzebował więcej niż dziesięciu minut.

W tej historii jest też coś gorszego niż zaprzepaszczona okazja na zrobienie kariery czy wciąż nierozwiązany problem z małym mieszkaniem. Pięćset Trzeci na pewno uzna, że po prostu bałem się z nim spotkać. Że po prostu sfrajerzyłem.

– A ty masz świetną koszulkę. I ładny nos. Taki rzymski garb... – mówi brodacz w zamyśleniu. – Super.

– To po złamaniu – reaguję automatycznie.

Co lepsze? Wydać się zlecającemu tajną misję idiotą czy tchórzem? Niełatwy wybór. Trzeba się zastanowić i podjąć wyważoną decyzję.

Pociąg pędzi przed siebie, przemyka między rozmazanymi wieżowcami. Na wyświetlaczu: 413 km/h.

– Wygląda męsko – fioletowy kiwa głową z szacunkiem. – A ja zrobiłem sobie szramy.

– Szramy?

– Na klacie i na bicepsach. Na razie tyle, chociaż miałem jeszcze kilka pomysłów. Słuchaj, a ile to kosztuje, żeby załatwić sobie taki nos?

– Zrobili mi to za darmo. Po znajomości – żartuję.

– Szczęściarz. Ja wydałem majątek. Wszyscy mi proponowali tatuaż w 3D, ale to już przecież niemodne. A blizny wracają do łask.

– Mam paru znajomych, którym będzie przyjemnie to słyszeć.

– Prawda? Szramy to czysty seks. Są takie pierwotne.

Zadanie tekstowe. Dane: cholerny pociąg zasuwa w niewłaściwym kierunku z prędkością czterystu trzynastu kilometrów na godzinę. Szukane: o ile głębiej zapuściłem się w dupę, podczas gdy brodacz mówił: „Szramy to czysty seks”? Rozwiązanie: należy podzielić czterysta trzynaście przez sześćdziesiąt (obliczamy, jaką drogę pociąg pokonuje w minutę), a potem jeszcze przez dwadzieścia (bo brodacz potrzebował około trzech sekund, żeby wypowiedzieć tę myśl). Wynik: mniej więcej o trzysta metrów. I w czasie, kiedy mówiłem w duchu: „Mniej więcej o trzysta metrów", znalazłem się o kolejne trzysta metrów głębiej.

I nic nie mogę z tym zrobić. Jeszcze trzysta.

– Niewłaściwa trasa – informuje mnie komunikator. Dzień dobry, padalcu.

Ekranik wciąż jeszcze wyświetla wezwanie, mrugając do mnie szyderczo.

Zgniję w swojej klitce.

Określenie „gnić" pozostało jeszcze z dawnych czasów. Teraz wszyscy jesteśmy nafaszerowani konserwantami i nigdy nie zgnijemy. Co gorsza, jeśli gnijesz, to przynajmniej jest nadzieja, że kiedyś to wszystko się skończy.

– Masz po prostu fantastyczne oczy – mówi fioletowy. – Może pojedziemy do mnie?

Uświadamiam sobie, że przez całą naszą rozmowę dotykamy się wszystkimi częściami ciała prócz rąk; jesteśmy już tak blisko, jak koniki polne w paczce. I teraz fioletowy chce ze mną kontynuować tę owadzią miłość.

– Wybacz – mówię niższym głosem. – Jakoś wolę dziewczynki.

– No co ty! Rozczarowujesz mnie! – krzywi się tamten. – Dziewczynki są już niemodne. Mam mnóstwo kumpli, którzy kiedyś ruchali się z laskami, a teraz zmienili front – tamto i tak nie miało sensu. Teraz wszystkim się podoba...

Jego broda łaskocze mnie w ucho.

– Nudzi ci się... Przecież widzę. Inaczej po co byś mnie zagadywał, nie?

Nagle przypominam sobie swój sen.

Pięćset Trzeciego. Salę kinową.

Obracam się wężowym ruchem tak, by stanąć z nim twarzą w twarz, łapię go za brodę, ciągnę w dół i wciskam mu palec w grdykę.

– Posłuchaj no, zboczeńcu – syczę. – To chyba tobie się nudzi. Możesz swoim chorym kumplom masować prostaty, aż cali zsinieją.

Ja jestem normalny. I jeszcze coś: mam w kieszeni paralizator, zaraz ci go wsadzę i parę razy przekręcę, żeby ci się nie nudziło.

– Ej... Co ty, kolego!?

– Was, fioletowych, tak dużo się namnożyło, że jak jeden w ścisku dostanie zawału, to nikt nawet nie zauważy.

– Ja tylko... Myślałem... Ty sam... Zacząłeś... Pierwszy...

– Ja zacząłem? Ja zacząłem, zboczeńcu!?

Jego twarz kolorem upodabnia się do marynarki.

– Co pan robi!? – krzyczy jakaś dziewczyna po mojej lewej.

– Samoobrona – odpowiadam, przestając ściskać mu krtań.

– Zzzwieszę... – charczy tamten, rozcierając sobie szyję.

– I wszystkich was tak trzeba – szepczę mu do ucha – wydusić.

– Wieżowiec Oktaedr – dobiega z głośnika. – Ogrody Eschera. Proszę przygotować się do wyjścia z wagonów.

Pociąg zmniejsza prędkość, pasażerowie składają się w harmonijkę. Przed wyjściem uderzam fioletowego czołem w nos. Będziesz miał, szmaciarzu, swój rzymski garb.

To wszystko, teraz jestem gotowy.

Na peronie posyłam brodaczowi buziaka.

Szklany wagon z wytrzeszczającym oczy fioletowym pedziem znika w ciemności. Niech zgłasza mnie na policję, jeśli chce, nasadzą go na coś więcej niż paralizator. MSW z kilkoma innymi ważnymi ministerstwami jest w kieszeni Partii Nieśmiertelności. Ta uratowała koalicję parlamentarną przed rozpadem i teraz może sobie zażyczyć, czego chce. Pierwsze życzenie było takie: żeby Nieśmiertelni stali się niewidzialni. Abrakadabra! – i zrobione. Nawet w demokratycznym państwie możliwa jest odrobina czarów.

Mam gdzieś, jak bardzo spóźnię do Hyperborei. Mam gdzieś, kogo tam spotkam i kogo będę musiał wykończyć. Oddycham pełną piersią. Adrenalina jak gorący olej spłynęła mi po skręconych wnętrznościach i skurcz zelżał. Ulżyło mi prawie tak jak po zwymiotowaniu.

Kiedy los się do ciebie uśmiecha, trzeba mu odpowiedzieć tym samym.

I ja się uśmiecham.

– Trasa do wieżowca Hyperborea – wydaję polecenie komunikatorowi.

– Należy wrócić do terminalu, potem przejść do bramki numer siedemdziesiąt jeden. Najbliższy pociąg do terminalu przyjedzie za dziewięć minut.

Stracony czas. Stoję w miejscu, ale Hyperborea wciąż oddala się ode mnie z prędkością czterystu trzynastu kilometrów na godzinę. Einstein drapie się po głowie.

Wpatruję się w czubki swoich szturmowych buciorów. Stalowe końcówki są obszyte sztuczną skórą. Ich powierzchnia jest podrapana jak kolana małego chłopca. Grube podeszwy gniotą sprężystą trawę. Zabieram but – i trawa podnosi się, prostuje. Po chwili nie ma już śladu.

Rozglądam się: zabawne miejsce... Ogrody Eschera? Słyszałem o nich wiele razy, ale nigdy wcześniej tu nie byłem.

Pod moimi nogami naprawdę ściele się trawa, miękka, soczysta, prawie jak żywa – ale jest niezniszczalna, absolutnie niewrażliwa na deptanie, nie potrzebuje wody ani słońca i do tego nie brudzi ubrania. We wszystkim jest lepsza od prawdziwej, może oprócz tego, że jest nieprawdziwa.

Ale kogo to obchodzi?

Na trawie wylegują się setki par: gadają, relaksują się, czytają i oglądają wspólnie filmy, ktoś rzuca frisbee. Wszystkim się ta trawa podoba.

A nad naszymi głowami unoszą się drzewa pomarańczowe.

Wyrastają z donic w kształcie białych kul, chropowatych, jakby ulepiono je ręcznie, a każda z nich jest podwieszona na kilku linkach. Tych drzew są tu tysiące i akurat one są prawdziwe. Jedne kwitną, a inne, dla naszej zachcianki, już owocują. Białe płatki wirują i opadają na podróbkę trawy, słodkie pomarańcze wpadają w ręce dziewczyn. Drzewa wiszą nad głowami zachwyconej publiczności jak cyrkowi akrobaci i bez ziemi jest im całkiem dobrze: doprowadzono do nich podwieszone rurki z wodą i nawozami i ta sztuczna karma okazuje się znacznie bardziej pożywna od naturalnej.

Zamiast sztucznego nieba zawieszono tu wielkie lustro. Zajmuje powierzchnię odpowiadającą powierzchni miękkiej trawy na ziemi: tysiące, tysiące metrów kwadratowych, cała kondygnacja wielkiego ośmiościennego drapacza chmur.

I w lustrze widać świat na opak. Regularne korony drzew wiszące w pustce do góry nogami, lecące w górę pomarańcze, spacerujący po suficie śmieszni ludzie rozmiaru much i znów trawa – miękka, zielona, pod żadnym względem nie do odróżnienia od żywej z wyjątkiem tego, że nie żyje.

Ściany też są lustrzane – stąd iluzja, że Ogrody Eschera rozciągają się na cały świat.

Z jakiegoś powodu w tym dziwnym miejscu króluje nieopisany spokój i beztroska. Żadnej twarzy skażonej niepokojem, smutkiem czy złością. Polifonia śmiechu. Aromatyczne pomarańcze w delikatnej trawie.

Podnoszę wzrok – widzę siebie, małego, przyklejonego nogami do sufitu, z głową zwisającą w dół, ze wzrokiem zadartym ku niebu, ale zamiast tego patrzącego pod siebie.

W moją stronę leci jaskrawożółte frisbee.

Łapię je. Podbiega do mnie dziewczyna – niby nieładna, ale za to niezwykle miła. Czarne wijące się włosy do ramion. Brązowe oczy, nieco spuszczone w dół, jednocześnie wesołe i smutne.

– Przepraszam! Pomyłka.

– U mnie to samo. – Oddaję jej talerz.

– A co się stało? – Chwyta frisbee, ale nie zabiera mi go; przez kilka sekund trzymamy je oboje.

– Pomyliłem tuby. Teraz mam czekać dziewięć minut na następną.

– Może zagrasz z nami?

– Jestem spóźniony.

– Ale masz przecież jeszcze dziewięć minut do odjazdu!

– Fakt. Dobra.

I oto, jadąc, by kogoś zabić, idę za nią porzucać frisbee. Jej przyjaciele to sami sympatyczni młodzi ludzie: otwarte twarze, szczere uśmiechy, z ruchów przebija wewnętrzny spokój.

– Jestem Nadja – mówi ta brązowooka.

– Pietro – przedstawia się niewysoki chłopaczek o wydatnym nosie.

– Giulia – podaje mi rękę drobna blondynka; spodnie bojówki w panterkę zwisają jej z chudych bioder, w pępku kolczyk. Ma mocny uścisk.

– Patrick – mówię.

Normalne imię. Ludzkie.

– Zagrajmy dwóch na dwóch! – mówi Nadja. – Patrick, będziesz ze mną?

Nad naszymi głowami chropowate kuliste donice, splot niemal niewidocznych linek, połyskujące zielone czapy liści, powietrze, połyskujące zielone czapy liści, nitkowate linki, chropowate kuliste donice, trawa, szczęśliwi ludzie grający we frisbee. Ogrody Eschera to rezerwat szczęśliwych ludzi.

Dysk leci powoli, ta trójka to ewidentnie żadni sportowcy.

– Ale mocno rzucasz! – W głosie Nadji słychać zachwyt. – Czym się zajmujesz?

– Jestem bezrobotny – odpowiadam. – Na razie.

– A ja jestem projektantką. Pietro jest artystą, pracujemy razem.

– A Giulia?

– Spodobała ci się Giulia?

– Po prostu pytam.

– Spodobała ci się? Powiedz, nie daj się prosić!

– Ty mi się spodobałaś.

– Gramy tutaj co tydzień. Świetne miejsce.

– Świetne – przytakuję.

Nadja patrzy na mnie – najpierw na moje usta, potem przesuwa się wyżej. Niewyraźny półuśmiech.

– Ty też... mi się spodobałeś. Może... odpuścisz sobie ten pociąg? Pojedziemy do mnie?

– Ja... Nie. Nie mogę – mówię. – Jestem spóźniony. Naprawdę.

– W takim razie przyjdź w przyszłym tygodniu. Zwykle gramy w nocy...

Niczego o mnie nie wie, ale wszystko jej jedno. Nie narzuca mi się i nie proponuje mi samej siebie. Gdybym był zwykłym człowiekiem, po prostu zbliżylibyśmy się na kilka minut, a potem rozstali – i zobaczylibyśmy się po tygodniu albo nigdy. Będąc zwykłym człowiekiem, który niczego nie ślubował, nie wymagałbym niczego od kobiet, a kobiety nie wymagałyby niczego ode mnie. Kiedyś ludzie mówili: miłość jest za darmo, ciało można sprzedać; ale przecież od stosunku niczego nie ubywa. Nasze ciała są wieczne, tarcie ich nie zużywa i nie musimy kalkulować, na kogo zmarnować ograniczony zapas ich młodości i piękna.

To naturalny porządek rzeczy: zwykli ludzie są stworzeni do tego, by się rozkoszować. Światem, jedzeniem, sobą nawzajem. Do czego jeszcze? Żeby być szczęśliwymi. A tacy jak ja są stworzeni, żeby ich szczęście chronić.

Nazwałem Ogrody Eschera rezerwatem, ale to nieprawda. Oprócz podwieszonych drzewek pomarańczowych nie ma w tym miejscu niczego wyjątkowego. Ludzie tu są równie beztroscy, weseli, otwarci jak wszędzie. Dokładnie tacy, jacy powinni być obywatele utopijnego państwa.

Bo Europa jest utopią. Znacznie piękniejszą i wspanialszą niż w najśmielszych wyobrażeniach Morusa i Campanelli.

Bo każda utopia ma swoje ciemne strony. U Tomasza Morusa to skazańcy pracowali, by zapewnić byt reszcie społeczeństwa – zupełnie jak u towarzysza Stalina.

To przez tę moją robotę widzę wszystko w ciemniejszych barwach – ciągłe błyskawiczne rajdy, nieustanne wycieczki po podwórkach tej utopii, po jej korytarzach serwisowych – od dawna nie zwracam już uwagi na fasady. A te fasady przecież istnieją, a w przytulnych żółtych okienkach uśmiechnięci ludzie obejmują się i popijają herbatę.

To mój problem. Mój, nie ich.

– Patrick! No rzucaj!

W ręku mam żółty talerz. Nie wiem, jak długo trwa ta stop-klatka. Posyłam frisbee blondynce – za wysoko. Giulia podskakuje – o mało nie spadają jej spodnie – chwyta je i chichocze.

– Co to!? – Nadja zatyka uszy.

Uderza w nas jakieś okropne mechaniczne wycie. Syrena alarmowa!? Pomieszczenie zalewa oślepiające białe światło – jakby pękła zapora, która zatrzymywała blask supernowej.

– Uwaga! Wszyscy odwiedzający park proszeni są o zbiórkę przy zachodnim wyjściu! W budynku wykryto bombę!

I natychmiast z krainy po drugiej stronie lustra wyskakują ludzie w granatowych policyjnych mundurach – kaski, kamizelki kuloodporne, pistolety w dłoniach. Wypuszczają ze skrzynek jakieś przysadziste okrągłe urządzenia podobne do domowych robotów sprzątających, te kręcą się po trawie, prychają, szukają czegoś...

– Prosimy wszystkich, żeby udali się do zachodniego wyjścia! Szybko!

Szczęście i spokój zmięto i zdeptano. Wycie syreny podrywa ludzi za kołnierz, popycha ich w plecy, jak z kuleczek plasteliny ugniata z nich jedną lepką kulę i turla na zachód.

Tyle że ja nie powinienem tam iść. Nie mogę.

Powinienem zostać przy swoim wyjściu – wschodnim. To tutaj zaraz podjedzie mój pociąg!

Nadja i jej przyjaciele giną w wielobarwnej plastelinie, zanim zdążę powiedzieć im: „Na razie!".

– Co się stało!? – pytam policjanta, który popędza tłum.

– Do zachodniej bramy! – krzyczy do mnie tamten.

Twarz pokrywają mu kropelki potu. Widać, że to nie ćwiczenia, on naprawdę się boi.

Wyciągam z plecaka maskę Apollina, podsuwam mu ją przed nos. Nie mamy żadnych legitymacji służbowych, ale maska zastąpi każdą odznakę.

Nikt oprócz Nieśmiertelnego nie odważy się jej nosić. I policjant dobrze o tym wie.

– Ostrzeżenie przed atakiem terrorystycznym... Groźby. Partia Życia... Zwyrodnialcy. Powiedzieli, że rozniosą Ogrody Eschera w pył... Proszę udać się do zachodniego wyjścia... Ewakuacja.

– Jestem w trakcie misji. Muszę tu poczekać na pociąg...

– Pociągi zostały zatrzymane i nie ruszą, dopóki nie znajdziemy bomby. Proszę... W każdej chwili może... Rozumie pan!?

Partia Życia. Przeszli od słów do czynów. Należało się tego spodziewać.

Owczarki w mundurach zagnały już prawie wszystkich w najdalszy kąt. A jeśli terrorysta jest w tłumie? Jeśli to on ma bombę? Co za idiotyzm!

Chcę o tym powiedzieć policjantowi, ale urywam w pół słowa. Nie posłucha mnie, a i tak o niczym nie decyduje. Poza tym ja tu nie ratuję świata, mam swoje sprawy. Skromniejsze.

– Potrzebny mi transport! – Łapię go za kołnierz. – Jakikolwiek!

Nagle dostrzegam otwartą śluzę powietrzną, a za nią podczepiony do zewnętrznej ściany wieżowca policyjny turbolot. To właśnie stamtąd się tu wysypują.

Moja szansa.

– Naprzód – szepczę sobie.

Puszczam policjanta i ruszam w stronę śluzy. Po drodze zakładam na twarz maskę. Nie ma już mnie; jest za to Apollo. Głowa staje się lekka, mięśnie śpiewają z zachwytu, jakbym wstrzyknął sobie sterydy. Niektórzy sądzą, że nosimy maski, by zachować anonimowość. Bzdura. Ze wszystkiego, co nam dają, najważniejsza jest wolność.

Na widok Apollina gliny rozstępują się i jakby kulą. Mamy z nimi skomplikowane stosunki, ale to nie czas na ceremonie.

– Zapomnij o śmierci!

– Czego chcesz? – Na moje spotkanie, podnosząc przyłbicę hełmu, wychodzi potężny chłop. Zapewne dowódca.

– Muszę jak najszybciej dostać się do wieżowca Hyperborea.

– Odmawiam – rzuca ponuro przez wizjer hełmu. – Mamy tu operację specjalną.

– A ja mam misję od ministra. Przez ten wasz bajzel i tak wszystko jest na granicy fiaska.

– Wykluczone.

Wtedy używam fortelu – łapię go za nadgarstek i wtykam mu w rękę skaner.

– Ej!

Dzwoni dzwoneczek.

„Konstantin Reifert 12T – ustala skaner, zanim Konstantin Reifert 12T zdąża wyjść z osłupienia. – Ciąży nie zarejestrowano".

Potężny policjant wyszarpuje rękę i cofa się, blednąc tak gwałtownie, jakbym naciął mu ten jego byczy kark i spuścił całą krew.

– Słuchaj, Reifert – mówię do niego. – Podrzuć mnie do Hyperborei, a ja zapomnę, jak się nazywasz. Stawiaj się dalej i jutro możesz nie przychodzić do pracy.

– Masz wysokie mniemanie o sobie! – warczy tamten. – Wasi ludzie nie będą wiecznie ministrami.

– Wiecznie – zapewniam go. – Jesteśmy przecież nieśmiertelni.

Tamten milczy jeszcze przez chwilę i demonstracyjnie zgrzyta zębami, ale zdaję sobie sprawę, że to kamuflaż, żeby nie było słychać cichego chrzęstu, z jakim złamałem mu kręgosłup.

– Dobra... Tam i z powrotem.

Obok przy ścianie wieżowca wisi jeszcze jedna taka maszyna – rama z czterema turbinami i kapsuła z pasażerami. Ale zamiast policji przez śluzę przeskakuje jakaś laska z napisem „Prasa" ściśle opiętym na wydatnym biuście.

Chowam się do kapsuły. Nie lubię tych zdzir.

– Widzę, że macie tu *show*, a nie operację specjalną!

– Społeczeństwo ma prawo znać prawdę – cudzymi słowami odpowiada Reifert.

Uśmiecham się, ale Apollo mnie nie zdradza.

Reifert też się wciska do środka, drzwi zamykają się z sykiem i turbolot odczepia się od wieżowca. Gliniarz ściąga hełm ze spoconej okrągłej głowy, stawia go na podłodze. Fryzura na marines, świńskie oczka i drugi podbródek. Otłuszczenie mózgu i niekontrolowany podział komórek tkanki mięśniowej.

Przechwytuje moje spojrzenie i odczytuje je. Policyjne odruchy.

– Nie patrz tak na mnie – mówię do Reiferta. – Może uratowałem ci życie.

Nagłe szarpnięcie.

Może za krótką chwilę pomarańcze w trawie, żółte frisbee i dziewczyna o imieniu Nadja odejdą w niebyt tak samo jak toskańskie wzgórza. Dowiemy się z wiadomości.

Oktaedr oddala się niczym ogromna wieża szachowa, inne figury drapaczy chmur wychodzą na pierwszy plan, spychając w tło ośmiościenny wieżowiec z lustrzanymi ogrodami. Turbolot kołysze się lekko i wlatuje w przerwę między gigantycznymi słupami. Reifert sam pilotuje maszynę.

W powietrzu jest pusto. Poza policją i pogotowiem ratunkowym nikomu nie wolno latać. Wszyscy pozostali mają do dyspozycji transport publiczny: tuby i windy – i poruszają się wyłącznie poziomo i pionowo. I tylko dla tych zasrańców świat istnieje w prawdziwym 3D.

– Nie odtwarzacie tu sobie *Cwału Walkirii*? – pytam z zazdrością.

– Spadaj, mądralo... – odgryza się przygłup.

– Ja bym odtwarzał.

– A ja bym ci... – burczy dalej coś niezrozumiałego, prawdopodobnie w prymitywnym koszarowym stylu; wielkodusznie nie dopytuję, co mu leży na sercu.

Na ekranie komunikatora wciąż miga wezwanie. Jestem spóźniony, ale zdaje się, że postanowili nie zaczynać beze mnie. Czuję, że znów znalazłem zgubionego pilota do swojego życia. Wszystko znów jest pod kontrolą. Wszystko jest pod kontrolą.

– Dranie – mamrocze pod nosem Reifert.

– O kim mowa?

– Partia Życia. Jeśli to prawda... Przekraczają wszelkie granice. I to w imię czego!?

– Co ty, nigdy nie widziałeś ich agitek? Życie jest nietykalne, prawo do przedłużenia rodu jest święte, człowiek bez dzieci nie jest człowiekiem, bla bla bla, znieście ustawę o wyborze.

– A przeludnienie?

– Oni się przeludnieniem nie zamartwiają. Gdzieś mają ekonomię, ekologię, energetykę. Chłopców po prostu gumki cisną, a dziewczyny roznosi od hormonów, oto cała historia. Ci ludzie nie chcą myśleć o przyszłości. Dobrze, że my jesteśmy. Pomyślimy za nich.

– Ale żeby atak terrorystyczny!? Przecież życie jest nietykalne!

– Nie zdziwiłbym się – mówię. – Z każdym dniem robią się bardziej śmiali. Jestem przekonany, że mają jakichś teoretyków, którzy raz-dwa dowiodą, że aby uratować miliony ludzi, trzeba poświęcić skromny tysiąc.

– A to ścierwa! – tamten spluwa.

– To nic. Wcześniej czy później dobierzemy się do nich. Zawsze będzie ich za co dorwać.

Reifert milczy, koncentrując się na pilotażu. Po chwili nagle mruczy:

– Słuchaj... Zawsze chciałem zapytać... Jak wy ich znajdujecie? Tych, którzy łamią przepisy ustawy?

Wzruszam ramionami:

– Najlepiej dobrze się prowadź i nie będziesz musiał o tym myśleć.

– Po prostu jestem ciekaw. – Udaje ziewnięcie.

– Oczywiście – mówię i czuję, jak włosy podnoszą mi się na karku. Instynkt myśliwego. Wyczuwam klienta. Ale czasu brak, no i nie mam teraz co z nim zrobić.

– Proszę, pokazała się. – Reifert kiwa w stronę wynurzającej się z nocnej mgły dwukilometrowej kolumny. – Przygotuj się do wyjścia.

Hyperborea wygląda dziwnie; najbardziej przypomina stary blok z wielkiej płyty, który przez jakąś chorobę genetyczną rośnie nieprzerwanie już od kilku stuleci. Z zewnątrz wieżowiec pokrywa coś podobnego do kafelków. Budynek jest w całości podzielony na niziutkie piętra z oknami. Tych pięter ma pewnie z tysiąc. Wygląda pokracznie.

Ściągam maskę i chowam ją do plecaka. Perseusz też nosił głowę meduzy Gorgony w worku. Taką głowę trzeba dozować w odpowiednich dawkach.

– Wyglądasz jak zwykły człowiek... – z rozczarowaniem w głosie mówi policyjna pała.

– Tylko wyglądam.

Turbolot zwalnia; Reifert płynnie podchodzi do Hyperborei i sunie wzdłuż gładkiej ciemnej ściany – szuka doku. Po przycumowaniu przesuwa palcami po klawiaturze.

W półmroku kabiny coś rozbłyskuje i natychmiast gaśnie.

– A to co!?

Na przedniej szybie pojawia się moja trójwymiarowa fotografia.

Czuję się, jakbym grał z diabłem w okręty. Dobry moment, żeby powiedzieć: Trafiony!

– Co ty, kurde, robisz, Reifert!?

– Jak się poznawać, to poznawać. W końcu się nie przedstawiłeś... – szczerzy się tamten. – My też umiemy obsługiwać skanery. Zapytanie do bazy – nakazuje.

„Znaleziony. Obiekt jest poszukiwany" – stwierdza system obojętnym tonem.

– A to co za brednie!?

Trafiony.

– Oho! – Reifert uśmiecha się z zadowoleniem. – Czekaj, czekaj... Może jeszcze gdzieś się przelecimy. Szczegóły!

„Incydent miał miejsce w parku wodnym Źródło. Obiekt jest poszukiwany jako świadek i potencjalny sprawca zajścia ze skutkiem śmiertelnym. Podał fałszywe nazwisko. Prawdziwe dane nie są ustalone".

– Oho ho! – Reifertowi robi się jeszcze weselej. – A cóż to się stało w tym parku wodnym?

– Nic ciekawego. Próbowałem reanimować topielca.

Gdzie w tej przeklętej latającej łajbie jest przycisk otwierania drzwi!?

– No to czad! – Facet cieszy się jak mały chłopiec; uśmiecha się tak szeroko, że prawie nie widać mu oczu. – Myślę, że będziesz musiał odpowiedzieć na kilka pytań.

Gryzę się od środka w policzek.

Też się uśmiecham.

– Zacznę może od tego, które już zadawałeś: jak znajdujemy łamiących ustawę.

Leciutko drga mu jego obwisły jak u buldoga policzek. Cyk! I koniec. Prawie niezauważalnie. Prawie.

– W kanalizacji umieszczone są czujniki. Hormonalne. Kiedy pojawi się gonadotropina, od razu wysyłają nam sygnał. Wiedziałeś o tym?

Tamten kręci głową. Patrzy na mnie, jakby zobaczył Hitlera. Cyk! Cyk!

– Tak więc powiedz swojej, żeby załatwiała małą potrzebę do słoiczka. – Mrugam do niego.

Cyk-cyk-cyk.

Trafiony!

Jeszcze kilka kolejek i ten czteromasztowiec pójdzie na dno.

– Otwieraj drzwi, Konstantinie Reifercie dwanaście-te. Ty masz swoje sprawy, ja swoje. Nie trać czasu na drobnostki. Leć, ratuj świat! – Oddaję mu honory.

Tamten przełyka ślinę: w masywnej szyi jak tłok przesuwa się potężna grdyka. Potem rozsuwają się drzwi. Śluza powietrzna jest otwarta, w środku pali się światło.

Zakładam plecak i wskakuję do doku. Pod nogami przemyka mi kilometrowa przepaść, ale to nie wysokości się boję.

Reifert wciąż wisi w miejscu, wciąż na mnie patrzy.

– Ale tak w ogóle to najczęściej donoszą sąsiedzi – informuję go na pożegnanie. – A przed sąsiadami nie uciekniesz. Tak więc dam ci przyjacielską radę, Reifert: zróbcie aborcję, póki was nie znaleźliśmy.

Rozdział 6

SPOTKANIE

Za chwilę zostanę wypuszczony na arenę z rozwścieczonymi moją niepunktualnością lwami, ale teraz przetrzymują mnie jeszcze w ciasnej klatce piekielnie wolnej windy.

Duchota. Myśli sklejają się od potu.

To nic – mówię sobie w duchu – że namierzyli mnie na basenie. Jestem na debecie, ale nie na długo. Proste reguły są dla prostych ludzi, tak mi powiedział pan Schreyer. Jedno przestępstwo w pełni może odkupić drugie. Dwa minusy dają plus. Wszystko, czego się ode mnie wymaga, to żebym wypełnił jego polecenie. Ukręcił łeb parze łajdaków. I moja historia kredytowa od razu wyraźnie się poprawi. We wszystkich epokach bohaterom puszczano płazem drobne przewinienia w rodzaju grabieży czy gwałtów, a ja przecież tylko próbowałem ocalić człowieka. To oczywiście dla mnie lekcja: trzeba było się nie wtrącać. Należy się zajmować przede wszystkim tym, co ci najlepiej wychodzi. Ukręcaniem łbów. I nie rozpraszać się. Rocamora i jego kobita... Już mnie ręce świerzbią.

W środku też mnie wszystko swędzi. Jakbym szedł na randkę.

Nie widziałem Pięćset Trzeciego od opuszczenia internatu, a przecież wiele z tego, co robiłem od tamtej pory, robiłem przez wzgląd na pamięć o nim. Boks. Zapasy w stylu wolnym. Ciężary. I jeszcze pewne ćwiczenia ducha.

Nie powinienem się go bać! Odkąd widzieliśmy się po raz ostatni, podrosłem i stałem się bestią. A jednak wstrząsa mną dreszcz: pomyśleć o Pięćset Trzecim to jak dostać paralizatorem prosto w ryj.

Nawet atak klaustrofobii mija szybciej. Nienawiść to doskonałe antidotum na strach.

Dzyń! Jestem na miejscu.

Za drzwiami windy widzę recepcję jakiejś nędznej firemki. Sufit jest na wysokości maksymalnie dwa dwadzieścia, więc mam ochotę się schylić. Nieprzyjemnie jaskrawe światło przypomina mi moją sypialnię w internacie. Kontuar sekretarki zdobi pełne patosu i niemożliwe do zapamiętania logo: herby, monogramy, złoto – wszystko wydrukowane na taniej folii samoprzylepnej. Stolik z gazetami, na nim zakurzona ikebana z kompozytu, a wokół wygniecione malutkie kanapy dla gości.

Komplet. Ani jednego wolnego miejsca. Na kanapach, gęsto ściśnięci, siedzą oczekujący. Można by pogratulować firmie – popularności, jaką cieszą się jej nieznane mi usługi! – gdyby jej sekretarka nie leżała pod stolikiem na gazety z jakąś szmatką w ustach. I gdyby goście nie byli podobni do siebie jak bracia bliźniacy. Do siebie i do Apollina Belwederskiego.

Czarne płaszcze, kaptury na głowach. Ciężkie buciory na nogach. Podrapane ręce, niektórzy w rękawiczkach.

Podnosi się na mnie dziewięć par oczu. Ich spojrzenia są zimne, świdrujące. Dwaj podnoszą się żwawo, trzymają ręce w kieszeniach. Widocznie nikt mnie tu nie zna z widzenia... Oprócz jednego. Który to z nich?

Tamtych dwóch zaczyna zachodzić mnie z boków. Zanim dojdzie do nieporozumienia, mówię:

– Zapomnij o śmierci.

Nieruchomieją, czekają.

Wkładam rękę do plecaka, wyciągam swoją maskę, zakładam. Nie jestem z ich oddziału; ale może oni też są z różnych oddziałów i zebrali się tutaj tylko na tę jedyną operację. Kiedy zakładam maskę, rozpoznają mnie. Ale czy będą mnie słuchać?

– Zapomnij o śmierci – dziewięć głosów zlewa się w jeden.

Przechodzą mnie ciarki. Mam uczucie, że jestem ważną częścią, której tej maszynie – niezawodnej, sprawnej, naoliwionej – brakowało. Teraz z soczystym kliknięciem wskoczyłem na swoje miejsce i mechanizm ożył, zaczął działać. Może nie miałem racji, myśląc, że Basile jest nie do zastąpienia. Jestem odciętą głową, którą dopiero co przytknięto do cudzego ciała, a już do niego przyrosła. Wszyscy jesteśmy częściami większej całości, częściami jakiegoś nieskończenie mądrego i nieskończenie potężnego superorganizmu. I wszyscy jesteśmy do zastąpienia. W tym nasza siła.

– Meldujcie – nakazuję surowo, przyglądając się swojemu nowemu oddziałowi.

Jeśli dobrze trafiłem, jeśli to właśnie ta operacja, to oczekują dowódcy. W takim razie zamiast wybuchu śmiechu otrzymam szczegółowy raport.

A skoro tak, to jeden z nich jest moim wrogiem. Organem zaatakowanym przez raka. Ale kto? Bez biopsji się tego nie ustali.

Czy Pięćset Trzeci jest w ogóle zorientowany, na czyjego zastępcę wyznaczono go w tej akcji? Czy czekał na nasze spotkanie tak jak ja? Czy postawili mu ten sam warunek: albo on, albo ja?

A może moje przybycie okazało się dla niego niespodzianką?

Może nie rozpoznał mnie przez te pół minuty, kiedy guzdrałem się z maską?

Ja będę go pamiętał przez całe życie, ale i jemu raczej nie uda się mnie zapomnieć. Zmieniłem się od tamtej pory, jednak każdy z nas spotyka ludzi, których pozna nawet po stu latach, i to w dowolnej charakteryzacji.

– Przybyliśmy na miejsce pół godziny temu – dudni jakiś osiłek. – Rocamora jest na tym piętrze, pół kilometra stąd. Nie zaczynaliśmy bez pana. Mamy tam podgląd. Kamery. Niczego nie podejrzewają.

To nie Pięćset Trzeci. Nie jego wzrost, nie jego intonacja. Nie jego aura.

Kiwam głową. Przynajmniej teraz wiem na pewno, gdzie i po co przyjechałem.

– Dwójkami.

– Dwójkami! – ryczy osiłek.

W naszym oddziale to ja powtarzam komendy Ala, bo jestem jego prawą ręką. Ale Pięćset Trzeci, choć to on miał być moim zastępcą w tym rajdzie, milczy; zamiast niego staje za mną ten potężny typ. Pasowałoby się z nimi poznać, ale nie ma czasu.

Pozostali błyskawicznie formują zwartą kolumnę. Spodziewałem się, że Pięćset Trzeci zdradzi się ociąganiem, demonstracyjną powolnością ruchów – jak ma się czuć, podporządkowując się właśnie mnie? – ale nikt z oddziału niczym się nie wyróżnia.

– Biegiem.

– Biegiem!

Drzwi się otwierają i wdzieramy się do magazynu pełnego niewiadomego pochodzenia towarów w pokrowcach. Komunikator popędza nas, pokazując kierunek. Kolejne drzwi – bum! – i już jesteśmy w jakimś biurze. Dziewczyny w garsonkach odskakują z piskiem. Ochroniarz w uniformie podnosi się ze swojego miejsca – biegnący po mojej prawej osiłek kładzie mu na twarzy dłoń w rękawiczce i rzuca z powrotem na fotel. Docieramy do gabinetu dyrektora. „Naprzód" – mówi pewnie komunikator. Wyłamujemy drzwi, bezceremonialnie wyrzucamy na korytarz gospodarza – tłustego faceta z łupieżem na ramionach. Za jego fotelem wisi zasłona. Za nią znajduje się pokój wypoczynkowy: rozkładana wersalka, kalendarz z trójwymiarowymi cyckami, szafa ścienna.

– Szafa.

Rozbierają ją na części w półtorej sekundy; za wieszakami z obsypanymi łupieżem garniturami są drzwiczki. Kolejny korytarzyk, pusty i ciemny, wieje w nim ciężki, podgniły przeciąg, sufit jest na wysokości dwóch metrów, Daniel by tu utknął. Gdzieś w oddali migoce dioda LED – jedyna w promieniu kilkudziesięciu metrów.

Biegniemy korytarzem – rytmicznie dudniąc buciorami niczym piekielna stonoga – aż komunikator nakazuje zatrzymać się przy stercie rupieci. Drzwi, drzwi, drzwi – każde inne: małe, duże, metalowe, plastikowe, oklejone czyimiś twarzami i plakatami politycznymi.

Ruina roweru treningowego, połamane krzesła, manekin kobiety w kapeluszu. Według komunikatora jesteśmy na miejscu.

– To tu.

Drzwi obite podartą sztuczną skórą. Przycisk dzwonka, wieszak, lustro w rzeźbionej ramie. Jeden z naszych zakleja wizjer w drzwiach czarną taśmą. Ze środka dobiega przytłumione mamrotanie. Od razu czuję w stosunku do mieszkańców tego kubika klasową nienawiść.

– Szturm – szepczę.

Paralizatory gotowe. Włączyć latarki. Oglądam się na swoich ludzi. Szukam wzrokiem zielonych oczu pod maskami. Bezskutecznie: w szczelinach są tylko cienie, tylko pustka. Pod moją własną maską również.

Wyważamy drzwi, wpadamy do środka!

– Zapomnij o śmierci!

– Zapomnij o śmierci!!!

To nie kubik, lecz prawdziwe mieszkanie. Jesteśmy w holu, z którego do różnych pokojów prowadzą kolejne drzwi. Połowę pomieszczenia zajmuje projekcja serwisu informacyjnego: oczami korespondenta widzimy pustkowie, martwą, popękaną ziemię, zgraję brudnych obszarpańców na przedpotopowych gruchotach na kołach. Jakieś czerwone flagi...

– Ci ludzie znaleźli się na krawędzi rozpaczy! – donosi reporter.

Nikt go nie słucha, w holu jest pusto. Oddział rozbiega się po pozostałych pokojach. Ja zostaję przy wejściu.

– Znalazłem!

– Jest!

– Dawać ich tutaj! – krzyczę do nich.

Z ubikacji wywlekają faceta z opuszczonymi spodniami; z sypialni – zaspaną dziewczynę w piżamie; rzeczywiście, widać jej brzuszek – nie rzuca się w oczy, ale zawodowiec zauważy. Rzucają oboje na kolana na środku przedpokoju.

Rocamora nie przypomina terrorysty ani siebie ze zdjęć. Mówią, że zręcznie posługuje się silikonowymi nakładkami i charakteryzacją: w kwadrans potrafi zrobić sobie nową twarz. Dlatego wszystkie systemy rozpoznawania twarzy się na nim potykają. Szatyn, całkiem młody, falujące włosy zaczesane do tyłu, cienki grzbiet nosa, wyrazisty, ale nie ciężki podbródek. Licho wie, czy ma teraz swój nos i swoje usta; ale w jego rysach – pociągających, emanujących silną wolą – widzę coś nieuchwytnie znajomego. Przypomina mi kogoś, kogo znam – jednak nie potrafię powiedzieć kogo i podobieństwo to ostatecznie mi umyka.

Jego dziewczyna ma jasnoblond włosy do ramion, ukośną grzywkę, matową skórę. Jest bardzo szczupła, co eksponuje obcisła piżama. Jasnobrązowe oczy, wąskie, szeroko rozstawione brwi, rozmazany tusz. Pierwsze słowo, które przychodzi do głowy, to kruchość. Takiej dziewczyny aż strach dotknąć – żeby jej nie połamać. Również i ona wydaje mi się – dziwnie, mocno, niespodziewanie – znajoma. Pewnie to po prostu *déjà vu*. Chrzanić to.

Tak.

Teraz trzeba będzie ich jakoś zabić.

– Co się tu dzieje!? – oburza się facet, usiłując podciągnąć sobie spodnie. – To prywatne mieszkanie! Jakim prawem?...

Bardzo naturalne jest to jego oburzenie. Dobry aktor!

Dziewczyna milczy osłupiała, rękami trzyma się za brzuch.

– Wezwę policję! Wzywam...

Jeden z naszych wali go na odlew w twarz i Rocamora urywa, trzymając się za szczękę.

– Nazwisko! – wrzeszczę.

– Wolf... Wolfgang Zwiebel.

Rocamora? Czy komunikator zaprowadził nas nie do tych ludzi? Łapię go za rękę, przeciągam skanerem po skórze. Dzwoneczek.

– Brak wyników w bazie danych – mówi skaner zwyczajnym tonem, jakby nie działo się właśnie coś niezwykłego.

– Kim jesteś? – pytam. – Nie ma cię, skubańcu, w bazie DNA! Jak to zrobiłeś!?

– Wolfgang Zwiebel – powtarza facet z godnością. – Nie mam pojęcia, co jest nie tak z waszym urządzonkiem, ale nie ma to ze mną żadnego związku.

– Dobra! Sprawdzimy twoją *mademoiselle*! – Szturcham skanerem dziewczynę: ding-dong!

„Annelie Wallin Dwadzieścia Jeden Pe – odpowiada przyrząd. – Ciąży nie zarejestrowano".

– Poziom hormonów. – Przechwytuję jej spojrzenie, nie pozwalam jej odwrócić wzroku.

„Podwyższony poziom gonadotropiny kosmówkowej. Podwyższony poziom progesteronu. Podwyższony poziom estrogenu. Wynik pozytywny. Stwierdzona ciąża" – ogłasza werdykt skaner.

Teraz przydałoby się jeszcze USG, ale aparatu nie mam ani ja, ani nikt inny.

Dziewczyna szarpie się, ale przyciskają ją do podłogi.

Podręcznikowo. Działamy jak drużyna, jak jedna całość, jak doskonały mechanizm; może Pięćset Trzeciego tu nie ma? Może po prostu mnie sprowokowali, wiedząc, że nie odstąpię mu niczego – nawet katowskiego kaptura?

– Dlaczego nic mi nie powiedziałaś!? – jęczy ochryple Zwiebel--Rocamora.

– Ja... Ja nie wiedziałam... Myślałam... – bełkocze tamta.

– No! Koniec przedstawienia! – krzyczę na nich. – Z takim brzuchem to myślisz już tak ze trzy miesiące! Złamaliście przepisy ustawy o wyborze i któż jak nie wy miałby lepiej o tym wiedzieć. Zgodnie z ustawą macie wybór, którego możecie dokonać tylko teraz. Jeśli zdecydujecie się zachować dziecko, jedno z was musi zrezygnować z nieśmiertelności. Zastrzyk będzie wykonany natychmiast.

– Mówi pan tak, jakbyśmy byli już na sto procent pewni ojcostwa dziecka – zauważa spokojnie Zwiebel. – Tymczasem jest zupełnie inaczej. Ta kwestia dopiero wymaga wyjaśnienia.

Dziewczyna robi się czerwona, patrzy na niego obrażona, nawet wściekła.

– Nie mamy czasu na analizy DNA płodu... Za to dokładnie wiemy, kto jest matką – oznajmiam. – A skoro nie przyznaje się pan do ojcostwa... Iniektor! – nakazuję osiłkowi.

Ściśle według procedury. Wszystko ściśle według procedury. Udeptaną ścieżką.

Jest tylko jeden problem: wszystko to w żaden sposób nie przybliża mnie do tego, żeby Rocamora i jego przyjaciółka zginęli przy próbie stawiania oporu. Co ja robię? I czego nie robię!?

– Nie mamy iniektora – szepcze mi na ucho osiłek.

– Co to znaczy, że nie macie iniektora!? – Jakby ktoś przeciągnął mi nożem po wnętrznościach. – Jak to, do cholery, nie macie iniektora!? – Popycham go w dalszy kąt.

– Nawiasem mówiąc, ustawa przewiduje też inny wariant – Zwiebla nic nie jest w stanie wytrącić z równowagi; przecież poza wszystkim innym mówi do nas, klęcząc z opuszczonymi gaciami, i bezczelnym głosem adwokata cytuje z pamięci: – Ustawa o wyborze, punkt 10A: „Jeśli przed końcem dwudziestego tygodnia niezarejestrowanej ciąży oboje rodziców zdecyduje się na aborcję i przerwie niezarejestrowaną ciążę w Centrum Planowania Rodziny w Brukseli w obecności przedstawicieli wymiaru sprawiedliwości, Ministerstwa Zdrowia i Falangi, zostaną zwolnieni ze wstrzyknięcia akceleratora". I nawet jeśli zastrzyk został już wykonany, to po aborcji w Centrum można przepisać terapię blokującą akcelerator! O tym mówi punkt 10B – kto jak kto, ale pan powinien to wiedzieć!

Dziewczyna milczy, choć wczepia się obiema rękami w brzuch, zagryza wargi. Mimowolnie przenoszę na nią wzrok. Nie wiadomo dlaczego myślę sobie, że jest piękna, choć ciąża zwykle kobiety szpeci.

– Trzeba będzie po prostu pojechać do Brukseli, dokonać aborcji i zapłacić grzywnę. I tyle – incydent zażegnany.

To jest akurat coś, czego właśnie nie wolno mi robić: zażegnywać incydentu. Muszę jakoś przeprowadzić zagubionego zajączka od majaczącego na horyzoncie idiotycznego happy endu do krwawej łaźni.

– Nie mamy iniektora znaczy, że go nie mamy. Wszystkie te bzdety nosi dowódca – usprawiedliwia się osiłek. – Strzykawki, pastylki, cały ten syf.

Fakt. W naszym oddziale apteczkę ma Al. Ale mnie nikt jej nie wydawał. To pewnie dlatego, że to nie całkiem zwyczajny rajd, tak?

– Jesteś przecież przygotowana na aborcję, Annelie? – pyta ją Zwiebel.

Ta nie odpowiada. Potem z trudem unosi podbródek – i z równym trudem, przemagając się, opuszcza go. Skinienie.

– No i już. Zdaje się, że macie jakieś zastrzyki dla wczesnych stadiów?

– Widzę, że się nieźle orientujesz, co, Zwiebel?

To przecież terrorysta, mówię sobie w duchu. To wcale nie jest nasz drogi Zwiebel, to Jesús Rocamora, nieprzerwanie w pierwszej dziesiątce najbardziej poszukiwanych ludzi w Europie, jeden z filarów Partii Życia. To on i jego koleżkowie zamierzają obrócić w pył Oktaedr razem z lustrzanymi ogrodami, z tamtą trójką – jak im tam było – i w ogóle... No, sprowokuj mnie, mendo! Uderz mnie! Spróbuj uciec! Nie widzisz, że trudno mi będzie udusić cię bez powodu!?

Kopnąć go w twarz? Czytałem gdzieś, że na otwarte rany, na świeżą krew reagują nie tylko rekiny, ale i świnie domowe: wściekają się i atakują swoich panów, szczególnie jeśli są głodne. Ja jestem.

– Jestem prawnikiem – odpowiada ta gnida uprzejmie. – To oczywiste, że orientuję się w ustawodawstwie.

A jeśli to nie oni? Jeśli to pomyłka? Dlaczego nie ma go w bazie!?

Milczę. Zajączek zgubił drogę i wali głową w mur. Dziewczyna pochlipuje, ale nie płacze. Nieśmiertelni patrzą na mnie. Mijają sekundy. Milczę. Niektórzy z chłopaków zaczynają szeptać między sobą, przestępować z nogi na nogę. Zajączek cichnie i siada na ziemi: dotarło do niego, że zabrnął w ślepą uliczkę, ale nie ma pojęcia, jak się z niej wydostać.

– Pora ich załatwić – odzywa się nagle jedna z masek. – Już czas.

– Kto to powiedział?

Cisza.

– Kto to powiedział!?

To tajne zadanie. Wątpię, by Schreyer zapraszał do siebie kolejno wszystkich dziesięciu członków oddziału i starał się oczarować każdego z osobna. Oprócz mnie o tym, czym to wszystko ma się skończyć, wie tylko jeden człowiek. Ten, którego uczynili moim cieniem. Którego zadaniem jest mnie ubezpieczać.

– Sam wiem, jasne!?

– Co to... Co to wszystko ma znaczyć? – Z jakiegoś powodu Zwiebel zaczyna zapinać spodnie. – „Załatwić"? Czy pan rozumie, co pan mówi!?

– Nie trzeba się tak przejmować. – Poklepuję go po ramieniu. – To po prostu żart.

Tamten chyba ostatecznie radzi sobie ze spodniami.

– Wstawaj! – chwytam go pod pachy. – Przejdziemy się.

– Dokąd go pan zabiera!? – krzyczy dziewczyna, próbując wstać z kolan.

Jedna z masek kopie ją buciorem w brzuch i ta dławi się swoimi pytankami. To niepotrzebne, mówię sobie w duchu. Dziewczynę w brzuch?

To niepotrzebne.

– Ja sam wszystko załatwię! – krzyczę do masek. – Nie wtrącajcie się!

Wyprowadzam go na ciemny korytarz, z którego dostaliśmy się do mieszkania. Trzaskam drzwiami wejściowymi, które jakimś cudem po naszym wtargnięciu trzymają się jeszcze na zawiasach.

– Nie może pan! Nie ma pan prawa!

– Pod ścianę! Twarzą do ściany!

– Czemu ma to służyć? To niezgodne z kodeksem – poucza mnie Zwiebel, ale posłusznie odwraca się do ściany.

Tak. Kiedy nie patrzy mu się w oczy, jest jakoś łatwiej.

– Zamknij się! Myślisz, że nie wiem, kim jesteś!? Prawo nie jest dla takich jak ty!

Tamten milczy.

Co teraz? Udusić go? Powalić go na ziemię, zacisnąć mu palce na szyi i dusić, póki nie zmiażdżę mu grdyki, rzucić się na niego całym ciężarem ciała, żeby nie wysunął się spode mnie, kiedy się będzie rzucał i miotał, kiedy będzie wierzgał nogami w konwulsjach?

Spoglądam na swoje ręce.

Uderzam go z rozmachu w ucho. Zwiebel pada na ziemię, potem nie bez trudu podnosi się na kolana, w końcu siada plecami do ściany. Nie podejmuje żadnych prób oporu. Sukinsyn.

– I co ty o mnie wiesz? – mówi w końcu jakimś innym głosem – cudzym, zmęczonym.

– Wszystko, Rocamora. Znaleźliśmy cię.

Patrzy na mnie z dołu – badawczo, z zadumą.

– Chcę się oddać w ręce policji – mówi w końcu spokojnie.

Milczę – sekundę, pięć, dziesięć.

– Żądam, żeby wezwał pan tu policję!

Kręcę głową.

– Przykro mi.

– Jestem poszukiwany. Za schwytanie mnie wyznaczono nagrodę. Każdy, kto zdoła mnie zatrzymać, jest zobowiązany...

– Naprawdę nie rozumiesz? – przerywam mu.

Urywa w pół słowa, wpatruje się we mnie, robi się szary na twarzy.

– Więc... więc to na poważnie? Postanowili mnie sprzątnąć, tak?

Nic nie odpowiadam.

– No i jak... jak zamierzasz to zrobić?

Sam nie wiem.

– To jakiś absurd... – kręci głową i nie wiedzieć czemu uśmiecha się.

Odwzajemniam jego uśmiech.

Lektor wiadomości za drzwiami nagle podnosi głos, zaczyna czytać głośno i wyraźnie.

– Nadzieję na zmiany zabrano im wiele stuleci temu! Ale teraz ludzie zrozumieli, że nie mogą się więcej na to godzić! Stają do walki pod sztandarem, który poprzednio łopotał tu czterysta lat temu!

Głośność jakby narasta z każdym słowem. Co za cholera!? Ogłuchli tam czy co? Co jest ciekawego w tym pieprzonym reportażu z pieprzonego Trzeciego Świata?

– DO TRANSMISJI FILMU DOKUMENTALNEGO O ROSJI WRÓCIMY ZA KILKA MINUT! PILNA WIADOMOŚĆ! – drze się spiker prosto do mojego ucha; tym, którzy są w mieszkaniu, od czegoś takiego muszą pękać bębenki. – POLICJA SZUKA BOMBY W OGRODACH ESCHERA!

Zdaje mi się, że w przerwach między jego słowami dobiega do mnie coś jeszcze... Prawie niesłyszalny odgłos jakiejś szarpaniny... Miauczenie...

– O GROŹBIE WYSADZENIA SŁYNNYCH OGRODÓW WRAZ ZE WSZYSTKIMI GOŚĆMI POINFORMOWANO GODZINĘ TEMU! – Pisk. – DO WIADOMOŚCI DOŁĄCZONO TAK ZWANY MANIFEST ŻYCIA, CO POZWALA OBWINIĆ...

Pisk. Wyraźnie słyszałem pisk.

– Obwinić kozły ofiarne – uśmiecha się Rocamora.

– UGRUPOWANIE TERRORYSTYCZNE „PARTIA ŻYCIA"! – zagłusza go lektor.

– Zamknij się!

– W TEJ CHWILI W OGRODACH ZNAJDUJE SIĘ KILKA TYSIĘCY LUDZI! ROZPOCZĘTO JUŻ EWAKUACJĘ, ALE WIELE OSÓB WCIĄŻ ZNAJDUJE SIĘ W ŚMIERTELNYM NIEBEZPIECZEŃSTWIE!

– Proszę! – Cienki dziewczęcy głosik; a potem urywany szloch. – Pro...

– Słyszałeś!? – podrywa się Rocamora.

– WEDŁUG DONIESIEŃ Z OSTATNIEJ CHWILI, TERRORYŚCI DOMAGAJĄ SIĘ ZNIESIENIA USTAWY O WYBORZE.

Jęk. Stłumiony, niewyraźny. I czyjś rechot.

– Co to!? Co się tam dzieje!? – Rocamora próbuje się podnieść, ale natychmiast dostaje cios w szczękę. – Bandyci! Co wy...

– Siedź, śmieciu! Siedź!

Zostawiam go znokautowanego, szarpię za klamkę drzwi, pociągam do siebie...

Krąg czarnych postaci. W środku – dziewczyna. Naga, blada.

Rzucili ją na kolana. Ręce ma związane na plecach. Jest pochylona do przodu, twarzą dotyka ziemi. Zerwali z niej piżamę i rzucili obok, na materiale widać jaskrawoczerwone plamy. Zaciska zęby na żołnierskim pasku, wciśniętym jak wędzidło w jej otwarte usta. Teraz może tylko bełkotać. I bełkocze – rozpaczliwie, choć nie da się niczego zrozumieć.

– PRZED PAŃSTWEM NAJNOWSZE UJĘCIA Z MIEJSCA ZDARZENIA! NIE STARCZA POCIĄGÓW, KTÓRE ZOSTAŁY PODSTAWIONE W CELU EWAKUACJI! PANUJE WIELKI ŚCISK!

Tłum zapędzony pod wiszące drzewa. Przez moment wydaje mi się, że widzę Giulię, ale od razu przysłaniają ją inne wykrzywione strachem twarze.

– JAK DOTĄD NIE UDAŁO SIĘ ODNALEŹĆ BOMBY! NASZ REPORTER JEST NA MIEJSCU, RYZYKUJĄC ŻYCIEM! W KAŻDEJ CHWILI WSZYSTKO MOŻE SKOŃCZYĆ SIĘ POTWORNĄ TRAGEDIĄ!

Czarny krąg pulsuje, zaciska się wokół dziewczyny.

Dwaj ludzie w kapturach, siedząc przed nią w kucki, trzymają ją za ramiona, zatykają usta rękawicą. Przekładają jej twarz z podłogi na własne kolana, grzebią sobie między nogami... Z tyłu, wyłamując jej ręce, kładąc się prawie na jej nagich plecach, wbijając się w nią brutalnymi pchnięciami, miota się nad nią, za nią trzecia postać. Z każdym uderzeniem dziewczyna próbuje otworzyć usta jeszcze szerzej, rozerwać je, tak jakby gwałciciel przeciskał, przepychał przez nią coś niewidzialnego, ale brudnego, wstrętnego, i ta stara się to wyrzucić na zewnątrz...

Pozostali na razie tylko patrzą, ale ktoś już się rusza, przygotowuje.

– Tak to ona nic nie czuje! Wsadź jej jeszcze pięść!

Dziewczyna wije się jak robak nabity na haczyk.

Gwałciciel, jakby nie wystarczała mu jej reakcja, podnosi wyżej jej wykręcone, chude jak gałązki ręce. Prawą dłoń ma umazaną we krwi. Jego maska jest na miejscu, ale kaptur w ruchu zsunął się do tyłu. Robię krok naprzód.

– Dość tego! – rozkazuję, ale mnie nie słyszą.

– KTO BYŁBY W STANIE POŚWIĘCIĆ TYSIĄCE NIEWINNYCH ISTNIEŃ DLA SZALEŃCZEJ IDEI!?

Jeszcze jeden krok. I jeszcze jeden.

Skroń. Sztywne czarne kędzierzawe włosy. Kołyszą się do taktu. Pod nimi... Nalany krwią zawijas blizny, dziura, strzęp małżowiny... On nie ma ucha.

Zapadam się w tym otworze usznym jak w czarnej dziurze, przelatuję przez przestrzeń, przez czas...

Z tego tunelu wpadam do jajka, z którego nie ma wyjścia, do sali kinowej, między fotele, w zimne i dławiące jak płynny cement uczucie, że za chwilę stanie się z tobą coś obrzydliwego, strasznego, nie do naprawienia...

Mnie udało się wtedy uciec, a jej...

Patrzę jej w oczy... Ten wzrok... Są kanały pokazujące wyłącznie archiwalne filmy o dzikiej przyrodzie. Niektórych to uspokaja. Widziałem na jednym z nich, jak gepard dogania antylopę. Rzuca jej się do szyi, przygniata, wyginą głowę w bok, rozszarpuje kłami arterie... Operator wojerysta robi zbliżenie na umierające zwierzę... Skupia się na oczach... Jest w nich uległość... Taki dziwny widok... Potem gasną, robią się plastikowe...

Ona mnie hipnotyzuje.

Nie mogę oderwać od niej wzroku. Robi mi się gorąco, w uszach walą mi ogromne japońskie bębny, chcę się w to wmieszać, ale nie mogę zrzucić z siebie odrętwienia; z piersi wyrywa mi się jakiś warkot, skrzeczenie... Nie słyszę już ryczącego histerycznie lektora, nie widzę projekcji...

Wtedy jej źrenica przesuwa się w moim kierunku... Jest w niej nie uległość, lecz męczeństwo. Zamyka oczy...

– Przestań! Natychmiast przestań!!! – wrzeszczę.

– TAK JAK NAM WSZYSTKIM, TAK I MNIE BYŁO TRUDNO ODNALEŹĆ SIĘ W TYM ŚWIECIE! – wyznaje jakaś baba. – TAK JAK NAM WSZYSTKIM, TAK I MNIE WYDAWAŁO SIĘ CZASEM, ŻE LOS OKRUTNIE NAS POTRAKTOWAŁ! ŻE MOJA EGZYSTENCJA NIE MA ŻADNEGO SENSU! ALE TERAZ KONIEC Z TYM!

Pamiętam. Pamiętam wszystko. Jak brakowało mi powietrza; jak wbijał mi się od tyłu jego członek; jak puścił mi pęcherz.

Nawet nie podchodzę – po prostu w mgnieniu oka jestem obok nich, łapię go za jego kędzierzawe włosy, szarpię go na bok, zrzucam go z niej.

– Ty... Ty...

– BO TERAZ MAM ILUMINAT! ILUMINAT – PIGUŁKI POWOŁANIA. DOSTĘPNE BEZ RECEPTY!

– Wyłączcie to gówno!

Ktoś wreszcie ścisza głos.

– Co tu się, k-k-kurwa, dzieje!? – brakuje mi tchu – czegoś takiego nie czułem od czasów internatu. – Wy b-b-bydlaki! Co tu?...

– A co!? Laska i tak jest do odstrzału! Co za różnica!? – wścieka się bezuchy, podnosząc się z podłogi. – Szkoda ci jej!? Nie każdego dnia jest takie święto!

– Ani się waż! Ani się waż!!!

– Zająłbyś się lepiej własną robotą... – syczy tamten. – Gdzie polazłaś? Jeszcze z tobą nie skończyłem... – Łapie szlochającą dziewczynę za kostkę. – Poczekaj, spodoba ci się...

– Ty...

– A z tobą jeszcze się rozmówię... – obiecuje mi ten drań.

Ktoś odciął mi powietrze, pozbawił mnie wszystkich słów i wstrzyknął mi wściekłą czarną krew z nadmiarem adrenaliny.

Zzzzzzz... Zzzzz...

– Coś ty zrobił? – pyta mnie w osłupieniu osiłek, moja prawa ręka w tym oddziale. – Coś ty zrobił, co!?

Potraktowałem to ścierwo paralizatorem, raz i drugi – oto co zrobiłem. I jeszcze raz.

Pięćset Trzeci wierzga konwulsyjnie na podłodze. Całą maskę ma w rzygowinach, przez szczeliny widać białka wywróconych oczu. Pierwszy raz od tylu lat znów patrzę mu w twarz – i aż żałuję, że nie może tego odwzajemnić. Kopię go w brzuch.

– Ja tu dowodzę, jasne!? To ja jestem dowódcą oddziału! Ten sukinkot mi się nie podporządkował!

Wciągam i wciągam powietrze do płuc – przepona pracuje mi jak miech. Staram się nabrać tlenu na zapas.

Przypominam sobie, że zostawiłem na zewnątrz Rocamorę z rozwaloną szczęką.

– Nie ruszać babki! Sam się z nią... Jasne!? Sam! Jeszcze tylko...

Rocamora przyszedł do siebie i grzebie w szmatach zwalonych przy wejściu. Nie zwraca nawet na mnie uwagi, kiedy wychodzę na korytarz.

– Czego ty tam szukasz?...

Tamten wyciąga rękę spomiędzy szmat – i natykam się na lufę pistoletu. Proszę, czego to prawnikom nie wolno.

– Co z nią!?

– Spokojnie... Chłopaki trochę narozrabiały, ale teraz wszystko jest pod kontrolą. – Wyciągam przed siebie dłoń i wskazuję na pistolet. – Prawdziwy?

– Milcz – szepcze tamten. – Jeśli jeszcze coś powiesz, koniec z tobą.

Nurkuję pod lufę, chwytam go za przegub, wykręcam – wystrzał!? – nie, cisza; potem żelastwo głucho pada na ziemię. Odtrącam Rocamorę, podnoszę pistolet. Brak nazwy, brak numeru. Wygląda marnie, jak chałupnicza robota. A ten imbecyl nawet go nie odbezpieczył. Brawo.

– Prezent dla ciebie. – Rocamora ciężko dyszy, wstając z podłogi. – Z pistoletem będzie ci łatwiej...

– Co łatwiej?

– Wszystko. Naciskaj spust... Sprzęt dla idioty, nieskomplikowany. Przecież nie chciałeś się brudzić... Odsuń się tylko o parę kroków... Żeby cię nie zabryzgało...

– To nic... – Szczękam bezpiecznikiem. – Ja się mogę pobrudzić, za to świat będzie czystszy.

– Czystszy... Sam w to chociaż wierzysz?... – uśmiecha się gorzko.

– Jesteś zabójcą. Wszyscy jesteście. Twoje łajdaki podłożyły bombę pod Ogrody Eschera... Myślisz, że coś w ten sposób osiągniesz?

– Nie rozśmieszaj mnie! Nie ma żadnej bomby! – Macha na mnie ręką jak na obłąkanego. – Chociaż oczywiście ją znajdą... Ale, rzecz jasna, zdążą ją rozbroić.

– Co!?

– Twoi panowie rozgrywają partię szachów! – Teraz sam się śmieje, ze złością i z wysiłkiem.

– Moi panowie?

– Czyżbyś nie rozumiał? To wszystko z mojego powodu.

– No jasne!

– Nawet jeśli stukną mnie Nieśmiertelni, i tak będzie skandal. Dziennikarze to wywęszą. W wiadomościach pokażą najpierw moje wystąpienia, a potem mnie w czarnym worku. Obrońcy praw człowieka was rozjadą. Wasza partyjka trochę się pomęczy w wyborach. Może nawet trzeba będzie oddać ministerstwo... Będzie kłopot. Trzeba coś z tym zrobić.

– Trzeba – zgadzam się i podnoszę rękę, przystawiając mu lufę pistoletu do czoła.

– I oto Partia Życia sama wam się podkłada! Na parę godzin przed tym, jak trochę was poniosło podczas pewnego rajdu, moi towarzysze – jakby o tym wiedzieli! – podkładają bombę pod te cudowne ogrody. Żeby trafić do tego samego wydania wiadomości, co informacja o mojej przypadkowej śmierci. Dlatego że, po pierwsze, koniec końców wychodzi, że poniekąd na to wszystko zasłużyłem. A po drugie, po co w ogóle żałować tych zwyrodnialców? Jak oni z nami, tak my z nimi! Co nie!?

– Pieprzony paranoik...

– „Paranoja!" – wrzeszczy marionetka, której ktoś opowiedział o teatrze lalek!

Otwierają się drzwi, w korytarzu pojawia się osiłek.

– Wszystko w porządku? Oho...

– Słuchaj – mówię mu, nie opuszczając pistoletu. – Zabieraj pozostałych i do domu. Ja tu wszystko wyczyszczę. To nie wasza sprawa. Nie wiem, co wam nagadał ten bez ucha... Aha, i weźcie to ścierwo ze sobą.

Zza drzwi wygląda jeszcze jedna maska.

– Może cię asekurować? – Osiłek przestępuje z nogi na nogę.

– Powiedziałem, wynocha! – wrzeszczę. – Biegiem! To mój skalp, jasne!? I nikt go sobie nie przywłaszczy, ani ty, ani ten bezuchy śmieć!

– Jaki skalp? Ja się w ogóle na coś takiego nie pisałem – za szerokimi plecami osiłka marudzi kolejny członek oddziału.

– No i dobrze! – wybucha w końcu osiłek. – Wal się! Zabieramy Arturo i spadamy! Niech ten psychopata sam tu wszystko ogarnia!

Wynoszą tego swojego – i mojego – Arturo. Jak ogromny bezwładny kawał mięsa zwisa im z rąk, palce wloką mu się po ziemi, ma rozpięty rozporek, spod maski ciągnie się nitka śliny, czuć kwaśny odór.

Rocamora obserwuje wszystko w milczeniu, nie rusza się. Lufa dotyka jego czoła.

Procesja się oddala, aż ginie za rogiem.

– Po co? – pyta mnie Rocamora.

– Nie mogę, kiedy oni patrzą.

– Słuchaj... To naprawdę nie my. Sam pomyśl... Partia Życia – i masakra... To by nas na zawsze... zdyskredytowało. Ile razy powtarzałem to swoim ludziom... Partia Życia zabija... To nie partia, to oksymoron... Nigdy bym nie... – trajkoce.

– A ja w dupie mam twoją partię. Moja nora to kubik dwa na dwa. Rozumiesz? Wracać tam każdego dnia... Ledwo wytrzymuję w windach, a muszę żyć w takiej krypcie. Wiecznie. A tu taka szansa. Awans. Normalne warunki.

Z kim czujemy się bliżej, swobodniej, z kim jesteśmy bardziej szczerzy – z osobą, z którą dopiero co się przespaliśmy, czy z człowiekiem, nad którym mamy władzę i którego zamierzamy rozstrzelać?

– Nie chcesz tego robić, tak? Przecież porządny z ciebie facet! Tam, pod maską... Przecież masz twarz! Po prostu mnie posłuchaj... Oni coś szykują. Akurat teraz zaczęli na nas polować... Tyle lat działaliśmy... Grozili nam oczywiście, ale... Teraz nas po prostu likwidują... – mówi pośpiesznie.

– I jak przychodzę do tej swojej nory, to bez środków nasennych nie daję rady. Odbija mi. Do tego oczywiście sny... Jak się nie zamroczę, znów to wszystko widzę – przerywam mu.

– A co my zrobiliśmy? Co my wam zrobiliśmy? Ukrywamy tych, którzy nie chcą się rozstawać z dziećmi. Osłaniamy przestępców. Przedstawiacie nas jako terrorystów, a my jesteśmy armią zbawienia! Ty tego oczywiście nie zrozumiesz... Rzecz nawet nie w tym, że oddajesz młodość za swoje dziecko! Rzecz w czym innym! W tym, że umrzesz, zanim ono dorośnie! Że zostawisz je samo... Że będziesz musiał się z nim pożegnać! To tego ludzie się boją! – rozpala się, zapomina o całym świecie.

– A wy tych pieprzonych tchórzy ukrywacie! Sterylizować – ciebie i was wszystkich! I tak zawsze wszystkich znajdujemy! Wcześniej czy później! I ty wiesz, co się dzieje z dziećmi, które konfiskujemy!

Tacy jesteście szlachetni, tak!? Lepiej, żeby te wypierdki w ogóle nie przychodziły na świat, niż żeby tak to miało wyglądać!

– Nie my to wymyśliliśmy! To wasze prawa! Co za kanalia wymyśliła, żeby zmuszać nas do wyboru między własnym życiem a życiem naszych dzieci!?

– Zamknij się!

– To wszystko wina twoich panów! To oni was wypaczają, oni was trują! Im podziękuj! Za swoje dzieciństwo! Za to, że nigdy nie będziesz miał rodziny! Za to, że zaraz zdechnę! Za wszystko!

– Co ty wiesz o moim dzieciństwie!? Nic nie wiesz! Nic!

– Ja!? Ja nic nie wiem!? – wybucha tamten.

– Zamknij się!

Zaciskam powieki.

Naciskam spust.

Ostatnie, co zobaczyłem, to jego oczy. Jakbym już kiedyś krzyżował z nim spojrzenia... Jakbym mu już w nie patrzył... Gdzie? Kiedy?

Suchy trzask. Tłumik.

Z tym jednym pociągnięciem palca wylatuje ze mnie wszystko – wszystko, co nabrzmiewało, gniotło, rozsadzało mnie od środka. Jakbym właśnie szczytował.

Odgłosu padającego ciała nie było.

Pistolet nie wystrzelił?

Niewypał? Pusty magazynek? Nie wiem. Nieważne.

Zużyłem całą złość, wszystkie siły, całą energię, jaką zebrałem, żeby popełnić morderstwo. Wszystko to włożyłem w ten ślepy wystrzał.

Otwieram oczy.

Rocamora stoi przede mną, jego powieki też są zaciśnięte. Na spodniach ma ciemną plamę. Wszyscy odwykliśmy od śmierci – i ofiary, i kaci.

– Zdaje się, niewypał – mówię do niego. – Otwórz oczy. Zrób krok do tyłu.

Słucha.

– Jeszcze jeden.

– Dlaczego?

– Jeszcze.

Odchodzi powoli, tyłem, nie spuszczając oczu z pistoletu, którym wciąż jeszcze celuję w środek jego czoła.

Nie mogę zabić go ponownie. Nie stać mnie na to.

– Spieprzaj.

Rocamora o nic nie pyta, o nic nie prosi. Nie odwraca się do mnie tyłem. Myśli, że starczy mi odwagi, żeby strzelić mu w plecy.

Po chwili znika w ciemności. Z wysiłkiem zginam zdrętwiałą rękę, w której trzymam pistolet, sprawdzam magazynek: naładowany. Podnoszę lufę do skroni. Dziwne uczucie. Przerażająca jest łatwość, z jaką, jak się okazuje, można przerwać swoją nieśmiertelność. Bawię się tym: naprężam palec wskazujący. Przesunąć spust o parę milimetrów – i koniec.

Z mieszkania słychać szloch.

Opuszczam rękę i chwiejnie wchodzę do środka.

Wszystko jest powywracane do góry nogami, każda szuflada nie wiedzieć czemu otwarta. Na ziemi gęstnieją połyskujące plamy. Dziewczyny nigdzie nie ma.

Nie trzeba długo iść po śladach. Siedzi w łazience, wcisnęła się z nogami do kabiny prysznicowej. Próbuje ode mnie odpełznąć, ale natyka się na ścianę. Wszędzie jest czerwono – na kafelkach, w brodziku, na jej rękach, na włosach – pewnie próbowała je przygładzić. Krew z jakichś strasznych strzępów wsiąka w rzucony na posadzkę ręcznik...

Wypatroszony ja, ona, mieszkanie. Pasujemy do siebie.

– K-k-krwawię... Ja... Ja st-traciłam... St-traciłam... Już n-nie... Proszę...

– To nie ja – uspokajam ją kretyńsko. – To naprawdę nie ja. Niczego pani nie zrobię.

Dla niej wszyscy jesteśmy jednakowi, myślę z roztargnieniem. Dopóki nosimy maski, wszyscy jesteśmy tacy sami. A więc to w jakimś stopniu właśnie ja.

Siadam na podłodze. Chcę zedrzeć z siebie twarz Apollina, ale nie mam odwagi.

– W-wolf? On n-nie żyje?

A przecież wszystko nieźle się zaczynało. Wysłali mnie tu, żebym zlikwidował niebezpiecznego terrorystę i sprzątnął świadków tej akcji, oddali mi pod komendę oddział Nieśmiertelnych. Ale terrorysta okazał się marudnym inteligentem, świadkowie – zapłakaną dziewczyną, powierzony mi oddział – bandą niebezpiecznych sadystów, a ja – frajerem i mięczakiem. Terrorysta odszedł zajmować się swoimi sprawami, mój dubler kontroler leży zaśliniony w śpiączce, a świadek nic nie widziała. Do tego właśnie poroniła, więc nie mam żadnych podstaw, żeby robić jej zastrzyk, nie mówiąc już o jej zastrzeleniu. Wyraźnie nie mój dzień.

– Nie.

– Za-a-brali go?

– Wypuściłem go.

– G-gdzie on jest?

– Nie wiem. Poszedł sobie.

– Jak to p-poszedł? – jest skonfundowana. – A ja? Nie w-wróci d-do mnie?

Wzruszam ramionami.

Dziewczyna obejmuje kolana, dygoce. Jest całkiem naga, ale chyba nawet nie zdaje sobie z tego sprawy. Poplątane, sklejone włosy zwisają niczym purpurowe sople. Podrapane ramiona. Zaczerwienione oczy. Annelie. Była ładną dziewczyną, póki nie wpadła pod walec.

– Powinna pani chyba iść do lekarza – mówię.

– A ty nie m-miałeś mnie... Zdaje się... Sprzątnąć?

Zaprzeczam. Annelie kiwa głową.

– Jak m-myślisz – pyta dziewczyna – on p-poważnie mówił o abo... o aborcji?

– Nie mam pojęcia. To sprawa między wami.

– To jego dziecko – nie wiedzieć czemu mówi mi Annelie. – Wolfa.

Staram się nie patrzeć na krwawą miazgę na ręczniku.

– Myśleliśmy, że nas tu nie znajdą. Wolf prawie nie wychodził... Cały czas pisał, czasem nagrywał się na wideo. Cały czas razem... Nigdy nie było mi tak dobrze.

– To terrorysta. Nie nazywa się Wolf.

– Mówił mi, że chce tego dziecka.

Z poszarpanych płatków uszu sączy się z nich stygnąca krew; pewnie miała w nich kolczyki. Patrzę na wydatne kości policzkowe; gdyby nie one, jej twarz byłaby doskonale harmonijna, odlana w precyzyjnej drukarce molekularnej; gdyby nie one, byłaby zbyt regularna. Wąskie, szeroko rozstawione brwi. Dotknąć jej brwi, przesunąć po nich palcem...

Łzy suną po brunatnej skorupie, rozmazuje je wierzchem dłoni.

– Jak masz na imię?

– Theo – odpowiadam. – Theodor.

– Możesz odejść, Theodorze?

– Potrzebujesz lekarza.

– Zostanę tu. On czeka, aż wszyscy odejdziecie. Nie wróci po mnie, dopóki nie odejdziesz.

– Tak... Tak.

Wstaję, ale się ociągam.

– Posłuchaj... Tak naprawdę mam na imię Jan.

– Możesz odejść, Janie?

Na korytarzu po raz pierwszy przypominam sobie, że osiłek mówił mi o podglądzie: wszystkie dojścia do mieszkania są pod obserwacją. Dookoła jest pełno kamer; kiedy dyskutowałem z Rocamorą, czy rozwalić mu łeb, czy nie, ktoś gapił się na *reality show* i zażerał się popcornem.

W tej dziecięcej książeczce zabawce, w której trzeba było przeprowadzić zgubionego zajączka przez labirynt, poszło mi lepiej. Pobłądziłem po wszystkich ślepych uliczkach i zakamarkach, ale jednak doprowadziłem go do domku. Dziewczynka była zachwycona. Nawet mnie pocałowała, ale byłem w masce i niczego nie poczułem. Potem przyjechał po nią oddział specjalny.

Jeśli kamery są tu wszechobecne, to czy nie wszystko jedno, w którą spojrzę?

Dygam, wrzucam maskę do plecaka i odchodzę

Zgaście światło. Przedstawienie skończone.

Rozdział 7

URODZINY

Słońce niemal ostygło i można go dotknąć bez obawy poparzenia. Wiatr jest niewyczuwalny, ale jest: popycha kokony wiszących foteli to w jedną, to w drugą stronę, patrzy na nie w zadumie.

Ciepłe powietrze owiewa mi twarz.

Dom – ogromne okna, firanki powychodziły na zewnątrz, wanilia ścian rozpuszcza się niebu w ustach – oddycha miarowo, żyje. Na bejcowanych deskach werandy wygrzewa się kot. Pejzaż – wypukłości wzgórz z posadowionymi na nich kapliczkami, niczym piersi z piercingiem sutków, ciemne zagłębienia, sztywne, podniecone cyprysy – zanurza się powoli w granatowej nocy.

Postać, która schroniła się w jednym z kokonów, jest lekka; wiatr kołysze nią bez trudu. I chociaż drugi fotel jest pusty, huśtają się w tym samym rytmie. To dziewczyna – piękna, rozmarzona. Czyta z podwiniętymi nogami, miękko otulona jakąś historią, na jej ustach maluje się niewyraźny uśmiech, jak odbicie uśmiechu w falującej wodzie.

Poznaję ją.

Blond włosy do ramion, ukośna grzywka, nadgarstki tak cienkie, że nie pasują do nich żadne kajdanki.

Annelie.

Teraz – świeża, nietknięta – jest zachwycająca.

I moja. Tak jak powinno być.

Zanim do niej podejdę, obchodzę dom dookoła. O ganek ktoś oparł mały rowerek z chromowaną widlastą kierownicą i błyszczącym dzwonkiem. Drzwi nie są zamknięte. Wchodzę po schodkach, przecinam ganek.

Podłoga z ciemnych kamionkowych płytek, medytacyjne abstrakcje na czekoladowych ścianach, proste, eleganckie meble, każdy przedmiot wygląda jak nakreślony jedną linią.

Dom tylko z zewnątrz zestawiono z kątów prostych, w środku nie ma ich wcale. Niska sofa – okrągła, pokryta ciemnomusztardowym filcem – zachęca, by się na niej położyć. Okrągły stół obiadowy z czarnego szkła, trzy drewniane krzesła ze skórzanymi siedzeniami. Zielona herbata w przeźroczystym kubku podobnym do małego dzbanuszka: we wrzątku rozwinął się zasuszony egzotyczny kwiatek.

Coś kłuje mnie w oczy. Zatrzymuję się, wracam...

Na ścianie wisi krucyfiks. Krzyż jest nieduży, wielkości dłoni, z jakiegoś ciemnego materiału, niedoskonały – wykonany koślawo, powierzchnia krzyża i przygwożdżonej do niego figurki nie jest gładka, lecz składa się jakby z tysiąca drobniutkich płaszczyzn. Jakby nie utworzono jej molekuła po molekule z kompozytu, a wycięto – jak w zamierzchłej przeszłości – nożem z jednego kawałka... drewna? Na czole figurki umieszczono wieniec przypominający drut kolczasty, jest pomalowany na złoto. Niesmaczne.

Ale z jakiegoś powodu nie mogę oderwać od niej wzroku; patrzę jak zaczarowany, aż coś trąca mnie w nogę...

Robot zabawka porusza się po znanej tylko sobie trajektorii, odtwarzając jakąś idiotyczną piosenkę. Jego mechaniczna twarz jest zaklejona taśmą z narysowaną wesołą mordką. Robot zahacza o na wpół złożony model międzygalaktycznego „Albatrosa", potyka się o porozrzucane części.

Kto go uruchomił i kto nie skończył składać modelu statku kosmicznego?

W kącie widzę prowadzące na piętro schody: platformy stopni są przymocowane do ściany tylko z jednej strony, patrząc z boku, ma się wrażenie, że wiszą w powietrzu. Z góry dobiega brzęczenie, „pif-paf" zabawnych wystrzałów, śmiech – wysoki, dziecięcy.

Spoglądam w górę, wsłuchuję się w ten śmiech. Mam ochotę wejść po schodach, spotkać bawiącą się tam osobę... Ale wiem, że nie mogę.

Przechodzę na drugą stronę holu i staję pod oknem.

Opieram się czołem o szybę, wpatruję się w kobiecą sylwetkę kołyszącą się na wietrze niczym wahadło.

Uśmiecham się.

Mój uśmiech jest odbiciem odbicia jej uśmiechu w czarnym lustrze.

Nie widzi mnie – zbyt jest pochłonięta czyjąś wymyśloną historią. Kształty liter przesuwają się po ekranie jej czytnika jak ziarnka piasku za szkłem klepsydry. Pojawiają się znikąd i odpływają donikąd, a ona brnie przez te ruchome piaski i nic innego jej nie obchodzi.

Annelie mnie nie widzi, nie widzi też nikogo innego. Nikogo z tych, którzy obserwują ją z ukrycia.

Popycham drzwi prowadzące na werandę.

Wiatr zatrzaskuje je za mną demonstracyjnie głośno – i dopiero teraz dziewczyna mnie dostrzega. Opuszcza nogi.

– Annelie? – wołam ją.

Kuli się.

– Kim pan jest? – Jej głos drży. – Czy my się znamy?

– Widzieliśmy się kiedyś. – Zbliżam się do niej nieśpiesznie. – I od tamtej pory nie mogę pani zapomnieć.

– A ja pana nie pamiętam. – Zsuwa się z fotela jak dziecko z huśtawki.

– Może dlatego, że byłem wtedy w masce? – mówię.

– Teraz też jest pan w masce – Annelie robi krok do tyłu; za jej plecami stoi płot, przez który nie mogłaby się przedostać. – Co pan tu robi? Po co pan przyszedł? – pyta.

– Stęskniłem się.

Ma na sobie wygodną, przyjemną sukienkę – domową, niewyzywającą – do kolan, z rękawami do łokci. Niczego nie odsłania, ale nie musi. Są takie kolana, które same w sobie wystarczą, żeby zrezygnować z całego świata. Szyję ma smukłą, jakby dziecinną... Wyraźnie odznacza się na niej tętnica.

– Boję się pana.

– Niepotrzebnie

– Gdzie jest Nathaniel?

– Kto?

– Nathaniel. Mój syn.

– Pani syn?

Jej oczy drżą z niepokoju. Czyżby niczego nie rozumiała?

Annelie patrzy mi przez ramię na dom. Ja też się odwracam. Ściemnia się, ale światło w oknach na piętrze jeszcze się nie pali. Nie słychać już „pif-paf", ucichło echo śmiechu. Piętro jest puste.

– Nie ma go.

– Co? Co się stało!? – Dziewczyna milknie.

– On... – Zwlekam, nie wiedząc, jak jej to wyjaśnić.

– Niech pan mówi! – Zaciska pięści. – Żądam odpowiedzi, rozumie pan!? Co się z nim stało?

– On się nie urodził.

– Pan... Co to za brednie! Kim pan jest!?

Podnoszę ręce: spokojnie, spokojnie.

– Poroniła pani. W trzecim miesiącu.

– Poroniłam? Jak to możliwe? Co pan wygaduje!?

– Zdarzył się nieszczęśliwy wypadek. Uraz. Nie pamięta pani?

– Co mam niby pamiętać!? Zamilcz! Nathaniel! Gdzie jesteś!?

– Uspokój się, Annelie!

– Kim ty w ogóle jesteś!? Nathaniel!

– Ćśśś...

– Zostaw mnie! Puszczaj!

Ale im bardziej jest rozzłoszczona, im bardziej zrozpaczona, tym bardziej mnie pociąga. Chwytam ją za włosy, przyciskam wargi do jej ust – gryzie mnie w język, czuję na nim słone ciepło, ale tylko mnie to nakręca.

Wlokę ją po trawie w stronę werandy i porzuconego domu.

Dziesiątki oczu obserwują nas przez szczeliny w maskach, niewidoczne w zapadających ciemnościach. Obserwują natarczywie, nie odrywając wzroku. Ich spojrzenia mnie ponaglają. Robię to, co oni wszyscy chcieliby zrobić.

Wciągam ją po schodkach na górę, na werandę, jak na ołtarz ofiarny. Rzucam ją plecami na deski. Nie pozwalam jej się odczołgać, rzucam się na nią z góry. Rozkładam jej ręce na boki, ledwie się powstrzymując, szukam zapięcia na sukience, tracę cierpliwość, rozrywam ją. Tkanina łatwo ustępuje. Nieruchomieję. Przygniatam ją. Wzgórki mięśni pod matową skórą, odstający pępek, jakieś bezbronne sutki.

Stawia mi zaciekły, milczący opór.

– Zaczekaj... – szepczę jej. – No!? Przecież ja cię kocham...

Bawełniane letnie majteczki. Chcę włożyć w nie rękę, ale kiedy tylko puszczam na moment jej nadgarstek, który mieści się cały w bransolecie z mojego kciuka i palca wskazującego, Annelie wpija mi się paznokciami w policzek, wykręca się, próbuje mnie zrzucić, wyślizgnąć się...

Piekący ból w policzku. Dotykam go: zarost, błyskawicznie napuchłe ślady jej paznokci... Nie mam na sobie maski! Co się stało z moją maską? Czy ja w ogóle ją zakładałem?

Ci, którzy patrzą na nas z ciemności, teraz pewnie śmieją się z mojej niezręcznej sytuacji.

– Tak się bawić nie będziemy! – ryczę. – Słyszysz!? Tak się bawić nie będziemy!

Trzeba ją jakoś skrępować... Unieruchomić... Jak!?

I wtedy przypominam sobie, że w plecaku od dawna noszę kilka doskonałych gwoździ i młotek. Oto rozwiązanie.

– Przestań się szarpać! Przestań! Dość! Bo będę musiał...

Dziewczyna nie zamierza mnie słuchać, nadal się wykręca, pełznie po podłodze, mamrocze coś ze złością i skargą w głosie. Rozsypuję gwoździe na werandzie, jeden trzymam w ustach niczym cieśla.

Wybieram odpowiedni moment, przykładam ostrze gwoździa do jej wąskiej dłoni, wbijam go, uderzając z rozmachem, starając się jednocześnie do niej przedrzeć...

– Dobrze ci? Dobrze ci, suczko!? Co!?

– Aaa!!!

W końcu krzyczy – ogłuszająco głośno. To nie pisk, ale gardłowy ryk – niski, ochrypły, męski.

Budzi mnie ten straszny, szatański wrzask.

Mój własny.

– Światło! Światło!

Włącza się oświetlenie sufitowe. Siadam na łóżku.

W spodniach sztywny pal. Serce wali jak młotem. Poduszka przemokła na wylot. Podnoszę dłoń – jest czerwona. Ściany kubiku, nie dając mi odetchnąć, zaczynają się zbiegać, chcąc mnie zetrzeć w pył.

Na stoliku leży napoczęte opakowanie środka nasennego. Kupiłem je, pamiętam przecież, że je kupiłem! Więc jakim, u licha, sposobem...

– Sukinsyny! Chytre dupki!

Tylko po to żrę te pieprzone pastylki, żeby nie widzieć niczego przynajmniej wtedy, kiedy śpię. Gdybym lubił swoje sny – sporo bym zaoszczędził. Płacę za gwarancję, że kiedy zamknę oczy, zapadnie ciemność. I teraz te dranie postanowiły zmniejszyć zawartość orfinormu, żeby co? Żeby zaoszczędzić parę groszy?

Ledwo powstrzymując wściekłość, zaczynam porównywać skład chemiczny na zużytym opakowaniu środków nasennych z etykietką na nowym... Wszystko się zgadza. Zawartość orfinormu jest ta sama co zwykle.

Godzę się w końcu z faktem, że tabletki nie mają z tym nic wspólnego. Chodzi o mnie. Nie wystarcza mi już standardowa dawka. Przyzwyczaiłem się do niej.

Od jutra będę połykał dwie pigułki zamiast jednej. Albo trzy. Choćby i całą paczkę.

Zresztą po co odkładać na jutro to, co można zrobić dziś?

Łykam dwie tabletki.

Ostatnia rzecz, o której udaje mi się pomyśleć, to słowa, które powiedziałem Annelie, zanim przybiłem ją gwoździami do werandy – moje pierwsze wyznanie miłosne.

Dzwoni budzik, szybko go uciszam.

Ci, których planują powiesić wraz z pierwszymi promieniami słońca, też pewnie niechętnie się budzą. Wprawdzie w Europie egzekucje zniesiono jako szczególny przypadek śmierci, ale dzisiejszy dzień i tak nie wróży mi niczego dobrego. Poważnie się zastanawiam, czy nie wcisnąć w siebie na sucho jeszcze paru pigułek na sen i nie przespać doby albo dwóch – aż będę ojczyźnie potrzebny na gwałt i kogoś po mnie przyślą.

Ale wtedy nie wiedzieć czemu zaczynam odczuwać lęk i sen odpływa, zostawiając mnie samego w ciasnym łóżku, mokrego i kipiącego od złości na samego siebie. Zignorowanie rozkazu to jednak skrajnie nieciekawa sytuacja. Wczoraj jak idiota oderwałem się od ziemi, ogarnięty swoim kretyńskim sprawiedliwym gniewem, uskrzydlony swoją idiotyczną wielkodusznością i naładowany adrenaliną. Dziś od przedawkowania tej mieszanki mam kaca.

Widzę więc, jak złote wrota do świata wybrańców zatrzaskują mi się wprost przed nosem. Nad moją głową zbierają się burzowe chmury, na zawsze zasłaniając czarodziejskie latające wyspy; ocalony przez Schreyera od zapomnienia, znów zostanę zapomniany...

I wtedy przypominam sobie, co zrobiłem Pięćset Trzeciemu.

Nie. Czegoś takiego mi nie darują. Podnieść rękę na brata...

To nic, że europejskie sądy są zbyt humanitarne. Nieśmiertelni mają swoją inkwizycję, swoje trybunały. Media trąbią o naszej bezkarności, ale to wszystko bzdury. Ich kary w porównaniu z naszymi to jak ojcowski pas przeciw łożu tortur. Na ludzkie prawo jesteśmy odporni, ale szczepionka na nasz kodeks nie istnieje.

A mimo to... Mimo to cieszę się, że nie musiałem jej zabijać.

Annelie.

Odzywa się komunikator.

O, proszę, już się po mnie zgłaszają.

Całą ścianę wypełnia obraz – nieznany mi chłystek w mieniącym się garniturze. Spogląda na mnie surowo, ale nie boję się. To nikt od nas – nasi nie stroją się jak pedzie – a nikogo innego się nie obawiam.

– Jestem pomocnikiem senatora Schreyera – oznajmia chłystek.

Iluż on ma tych pomocników? Kiwam głową wyczekująco.

– Pan Schreyer chciałby zaprosić dziś pana na kolację. Może pan przyjść?

– Jestem na jego każde wezwanie – odpowiadam.

– Czyli będzie pan – upewnia się tamten. – Wieżowiec Zeppelin, restauracja Das Alte Fachwerkhaus.

Takiej nazwy nie sposób od razu zapamiętać i po tym, jak chłystek się rozłącza, muszę wypytać terminal o wszystkie restauracje Zeppelina. To nic, tak jest nawet lepiej. To odwraca uwagę.

W czasie, gdy prowadzę swoje poszukiwania, przez cały ekran przelatuje napis: „Z ostatniej chwili! Moc ładunku wybuchowego, który policja rozbroiła w Ogrodach Eschera, wystarczyłaby do zniszczenia całego wieżowca Oktaedr". Witaj, Rocamora.

Przeglądam strony restauracji i zastanawiam się, po co wezwał mnie Schreyer. Dlaczego tym razem wybrał restaurację – miejsce publiczne. I o tym, czy nie postawią mnie przed trybunałem, nim jeszcze zdążę cokolwiek zjeść.

Do wieczora ćwiczę w gimnazjonie.

Bieganie, boks, cokolwiek – byleby tylko mieć czysty umysł. A wokół mnie kręci się cała armia ludzi, którzy też chcą wypompować z mózgów wszystkie myśli i zastąpić je świeżą, gorącą krwią. Dwadzieścia tysięcy elektrycznych bieżni, trzy hektary trenażerów siłowych, tysiąc kortów tenisowych, pięćdziesiąt stadionów piłkarskich, milion ćwiczących ciał. I takie coś mieści się pewnie w co trzecim wieżowcu.

Szczepionka uczyniła nas wiecznie młodymi, ale młodość nie oznacza jeszcze siły i piękna; siła dostaje się tym, którzy z niej korzystają, piękno – to niekończąca się wojna z własną brzydotą, w której każdy rozejm oznacza porażkę.

Mieć nadwagę, być wątłym, pokryć się krostami i pryszczami, garbić się albo utykać – to kompromitujące i obrzydliwe. Do tych, którzy się zapuścili, wszyscy odnoszą się jak do trędowatych. Bardziej ohydna i wstydliwa jest tylko starość.

Człowiek stworzył się pięknym zewnętrznie i doskonałym fizycznie. Musimy być godni wieczności. Mówią, że kiedyś piękno było wyjątkiem i przyciągało powszechną uwagę; cóż, teraz to norma. Świat na pewno nie zrobił się od tego gorszy.

Gimnazjony to nie jest zwykła rozrywka.

One pomagają nam pozostać ludźmi.

Zajmuję swoje miejsce na bieżni numer pięć tysięcy trzysta. Trenażery wprawdzie stoją gęsto, ustawione w stronę ściany, ale wszystkie są wyposażone w projekcyjne okulary z dźwiękochłonnymi słuchawkami. To wygodne: każdy zamyka się w swoim światku, nikomu nie jest ciasno i chociaż wszyscy biegną w stronę ściany, każdy trafia do krainy swoich marzeń.

Ja też zakładam okulary. Obejrzymy wiadomości.

Reportaż – znów z Rosji; zdaje się, że właśnie zaczyna się tam niezłe zamieszanie. Kamera kieruje się na trupa. Fajnie: komuś idzie jeszcze gorzej niż mnie. Z początku chcę przełączyć na coś weselszego, ale śmierć wciąga. Pozostaję przy oglądaniu wiadomości. W końcu trzeba się zorientować, co się tam u nich dzieje.

Reportaż – w stylu „na własne oczy", obecnie tak bardzo modnym. Widz staje się jakby uczestnikiem wydarzeń. Wszystko jest filmowane tak, jakbym nie wiedzieć po jaką cholerę osobiście pchał się w te zakazane miejsca, a brodaty korespondent był moim przewodnikiem, który wprowadza mnie w sytuację. Siedzę z nim przy stole zbitym z prostych desek w maleńkim pokoiku ze ścianami z jakiegoś dziwnego materiału – burymi i nierównymi. W powyginanym blaszanym naczyniu pośrodku stołu dymi jakaś dziwna polewka i zarośnięci aż pod oczy barbarzyńcy jedzą ją łyżkami prosto z miski w wymyślnym hierarchicznym porządku. Popatrują na mnie z dezaprobatą, ale nie przerywają opowieści reportera.

„Pamiętasz pewnie, że w Rosji ludność nigdy nie była szczepiona przeciwko śmierci? To dziwne, szczególnie jeśli wziąć pod uwagę, że szczepionkę opracowano właśnie tu. Teraz rzadko się o tym wspomina. Rosjanie sprzedawali ją do Europy i Panameryki, ale z jakiegoś powodu nie wprowadzili jej na rodzimy rynek. Ogłosili, że naród nie jest na nią gotowy, bo następstwa i skutki uboczne miały być rzekomo nieznane, w końcu to inżynieria genetyczna i specyfik najpierw należy przetestować na ochotnikach. Ochotników też zaszczepiono nie wszystkich. Kto konkretnie dostał zastrzyk, pozostało tajemnicą. Doświadczenia na ludziach to nie jest prosta sprawa. Etyka... Opinia publiczna z początku się tym interesowała, ale potem straciła zapał. Mówiono, że eksperyment się nie udał i jest jeszcze zbyt wcześnie, żeby stosować szczepionkę na ludności..."

I nagle: oficerski pasek przewleczony przez rozerwane usta. Zagryzione do krwi wargi. Wytrzeszczone oczy. Wzrok antylopy – przerażenie i uległość. Wykręcone ręce na plecach. Blade pośladki, jaskrawoczerwone smugi od ściskających je palców. Czarna postać, która jakby przyrosła do delikatnego białego ciała, rozrywa je pchnięciami, podnieca się jej bólem, podnosząc jej wykręcone ręce coraz wyżej i wyżej. Niespokojne, rwane, zwierzęce ruchy. Dygot. Rzężenie. Krzyk.

Robię głośniej, żeby zagłuszyć jej krzyk – dokładnie tak, jak wczoraj robił to ten, który ją gwałcił. Głos z ekranu zagłusza moje myśli.

„...Rosja już wtedy była krajem zamkniętym, dokonało się już tak zwane narodowe odłączenie od sieci, a informacje z Zachodu przechodziły przez tak zwany filtr moralny. Ludzie w Rosji nie dowiadywali się o niczym, co tylko władze uznały za »amoralne«. Na przykład o tym, że w Europie już wszyscy są szczepieni... Ani o tym, że szczepionka przeciw starości daje fantastyczne rezultaty. Media w końcu ogłosiły, że rosyjski eksperyment na ochotnikach zakończył się tragedią".

Na zewnątrz słychać jakiś huk, stół podskakuje i z niskiego stropu wprost do naczynia z zupą sypie się pył. Barbarzyńcy zrywają się z miejsc, łapią za zmatowiałe, wyszczerbione szable, jeden z nich otwiera luk w suficie – do środka wpada światło. Reporter mruży oczy, drapie się po niechlujnej brodzie, wyciąga z gęstwiny jakieś żyjątko, rozgniata je paznokciem. Sam zresztą wygląda jak jeden z tych dzikusów. Działa efekt obecności na miejscu. Temu człowiekowi chce się wierzyć.

Ten, który wyjrzał na zewnątrz, macha ręką i wraca do stołu. Brodacz odwraca się do mnie i mówi dalej:

„Kraj eksportował szczepionkę w ogromnych ilościach, ale Rosjanie wciąż starzeli się i umierali. Prawie wszyscy. Po około dwudziestu latach niektórzy zaczęli dostrzegać, że polityczna i finansowa elita Rosji – wąski krąg, kilka tysięcy ludzi – nie tylko nie umiera, ale też nie zdradza żadnych oznak zmian wyglądu naturalnych dla swojego wieku... Prezydent, rząd, tak zwani oligarchowie, dowództwo armii i służb specjalnych... Naoczni świadkowie twierdzili, że jest wręcz przeciwnie i ludzie ci młodnieją. Wśród społeczeństwa rozeszły się słuchy, że ofiary eksperymentu ze szczepionką, których nazwiska były ściśle tajne, wcale nie były ofiarami. Ponoć rosyjskie władze bohatersko przeprowadziły doświadczenie z odmładzaniem na sobie. Państwowe media natychmiast zdementowały te plotki, a ludzie ujrzeli postarzałego prezydenta – tyle że na ekranie. Nie pokazywał się już publicznie na żywo, podobnie jak całe jego najbliższe otoczenie. W ogóle bezpośrednie kontakty z ludnością ograniczono do minimum. Rządzący przestali opuszczać Kreml – twierdzę w centrum Moskwy. Choć formalnie głową państwa był prezydent, we wszystkich przemowach do obywateli rosyjskich zaczął używać formy zbiorowej – »my«, bez precyzowania, kto konkretnie wchodzi w skład decydentów. Ludzie przezwali tę grupę »Wielki Smok«. I tenże »Wielki Smok« dzierży władzę w kraju już od kilku stuleci".

Jeden z barbarzyńców, słysząc znajome słowo, podtyka mi pod nos strzęp flagi: symboliczny wizerunek smoka pożerającego własny ogon. Widocznie zdobyty w walce nieprzyjacielski sztandar. Brodacz pluje na smoka, rzuca go na ziemię i depce, bluzgając w swoim niezdarnym narzeczu straszliwymi przekleństwami składającymi się w całości z „r", „sz" i „cz". Reporter patrzy ze współczuciem na dzikusa, pozwalając mu się wypowiedzieć, a potem znów odwraca się do obiektywu.

„Średnia długość życia w Rosji to obecnie trzydzieści dwa lata. Ale ci ludzie są przekonani, że krajem do tej pory rządzą ci sami przywódcy, co czterysta lat temu" – podsumowuje.

Ciekawe.

Naprawdę ciekawe. Zaczynam już chyba patrzeć na te rosyjskie kroniki jako serial. Jeśli jutro trafię na siłownię, znów włączę tę krwawą rozrywkę.

Do samego końca treningu nie myślę już o Annelie i – co nawet ważniejsze – nie myślę o tym, dlaczego o niej myślałem.

Wieżowiec Zeppelin przypomina wbitą czubkiem w ziemię starą bombę lotniczą na chwilę przed wybuchem.

Nie należy do zbyt wysokich, ma nie więcej niż kilometr, jest za to monochromatyczny, ascetyczny, surowy niczym żelazo i odznaczający się tą nieugiętą germańską powagą – zdaje się środkiem ciężkości jeśli nie świata, to na pewno całej okolicy. Gdzieś tam w dole podobno rozciągał się stary Berlin, a teraz zawisł nad nim wieżowiec Zeppelin, jakby za moment miał zetrzeć to miasto w pył. Na samym szczycie jednego z ogromnych dekoracyjnych stateczników budowli mieści się restauracja Das Alte Fachwerkhaus.

Winda jest ultranowoczesna i przestronna. Jej kabina jest okrągła, a ściana na całej powierzchni to jeden wielki ekran. W czasie, kiedy startuję w górę z przyśpieszeniem 2 g, winda stara się mnie przekonać, że znajduję się w białej gipsowej altance w letnim parku. Dziękuję, to bardzo miłe.

Przy samym wejściu wita mnie hostessa w sukience rodem z przebieranek w bawarskim stylu. Jej dekolt przypomina tacę, na którą wyłożono całą niemiecką gościnność i polecono się nią zachwycać. Tyle że ja przed oczami wciąż mam zwisającego z rąk Nieśmiertelnych człowieka bez ucha. Cienka nitka śliny ciągnąca się z szeroko otwartych ust... No i dobrze, niech idzie do diabła, stwierdzam w końcu. Choćby mnie teraz za to ukrzyżowali, warto było.

Po odszukaniu mojego nazwiska na liście rezerwacji (o, trzeba się tu zapisywać z półtorarocznym wyprzedzeniem!) dekolt odpływa, pociągając mnie za sobą przez szklany tunel, którego ściany i sufit utkano z waty chmur, do skrytego pod kopułą staroświeckiego domku w tradycyjnym niemieckim stylu: białe ściany, krzyżujące się belki z ciemnego drewna, spadzisty dach kryty dachówką. Gdyby nie stał na skraju kilometrowej przepaści, nie byłoby w tym domku niczego szczególnego.

Wewnątrz Fachwerkhausu trwa w najlepsze rozszalała zabawa. Część zgromadzonych wyśpiewuje na całe gardło piosenki, waląc w ciężkie dębowe stoły litrowymi kuflami z piwem, ktoś przerzucił kompana od kieliszka przez bar i teraz obija mu gębę. Lawirując między stołami i długimi ławami, kelner w przedpotopowym stroju – zgaduję, że z dwudziestego wieku – niesie upieczonego prosiaka, a jakiś dobrze odżywiony pan podąża za nim na czworakach. Prosię – oczywiście jeśli to nie atrapa z drukarki 3D – musi kosztować tyle, ile wynosi mój miesięczny czynsz. Jestem spokojniejszy, myśląc, że to atrapa.

Po co tu jestem? Żeby błagać pana Schreyera o wybaczenie, kiedy ten będzie wysysał świńskie uszy? Żeby grać tresowanego niedźwiedzia na łańcuch ku uciesze jego znudzonych towarzyszy?

W zasadzie jestem gotów na wszystko.

Prowadzą mnie przez to pobojowisko do pomieszczeń prywatnych. Drzwi zamykają się za mną z cmoknięciem i staję wprost przed nim.

Półmrok. Przytulny gabinet, niewielki stół. Skórzane fotele, prawdziwe świece. Portrety jakichś napuszonych pudli w surdutach, w szerokich złoconych ramach. Jeden z nich, ten o obwisłych policzkach, to zapewne Bach. Słowem: klasyka.

Trzy ściany pokrywają tapety w tradycyjne wzory, czwarta zaś jest przeźroczysta, widać przez nią salę ogólną. Erich Schreyer spogląda na nią, jakby obserwował bal duchów albo zamierzchły materiał wideo, którego bohaterów dawno już nie ma wśród żywych. *Vis-à-vis* siedzi Helen. Oboje milczą. W pokoju nikogo więcej nie ma.

Jestem zmieszany.

– A, Jan – dochodzi do siebie senator.

Ostrożnie siadam z boku. Helen uśmiecha się do mnie jak do starego znajomego.

Zastanawiam się: mam zacząć się usprawiedliwiać od razu, czy poczekać, aż postawi mi zarzuty?

– Mają tu dobre mięso – mówi mi Schreyer. – I piwo rzecz jasna.

– Ostatnia wieczerza? – nie wytrzymuję.

– To dziwne, że tak swobodnie operujesz chrześcijańskimi kliszami – rozciąga usta w uśmiechu – jak na kogoś w twoim wieku. Garniesz się do Boga?

Kręcę głową i uśmiecham się. Gdybym miał się garnąć do staruszka, to tylko po to, żeby porządnie mu przywalić. Ale Bóg jest hologramem, nie sposób go trafić.

– Kiedyś podobna restauracyjka była w starym Berlinie – Schreyer patrzy przez przeszkloną ścianę. – Nieopodal Hackescher Markt. Nazywała się Zum Wohl. Na Zdrowie. Zawsze obchodziliśmy tam urodziny mojego ojca. Za każdym razem zamawiał rinderbraten, pieczeń wołową, i sałatkę ziemniaczaną. Zawsze to samo. Prosty człowiek. Prawdziwy... Piwo mieli tam własne. Licho wie, kiedy to wszystko było... Połowa dwudziestego pierwszego wieku.

Zdawało mi się, że panuję nad swoją mimiką: jakby co, zawsze mogę schować się za uśmiechem; ale Schreyer natychmiast mnie demaskuje.

– No tak – uśmiecha się. – Wychodzi na to, że mam już dobrze ponad trzysta lat. Jestem w końcu, że tak powiem, jednym z pionierów.

Dotyka swojej twarzy – twarzy tryskającego zdrowiem trzydziestolatka. To nie oszustwo – ta zewnętrzna matrioszka ma naprawdę trzydzieści lat.

– Nie dałbyś mi tyle, co?

Do pokoju puka kelner. Schreyer zamawia rinderbraten i sałatkę ziemniaczaną. Idę w jego ślady. Helen decyduje się na kieliszek czerwonego wina i jakiś deser.

– Mój ojciec swego czasu kierował jednym z wiodących laboratoriów. Zajmował się przedłużaniem życia i pokonywaniem śmierci. Zaraził mnie tą swoją pasją... Tyle że mnie nigdy nie starczało wytrwałości do nauki. Biznes, polityka – oto, co zawsze przychodziło mi łatwo. Ojcu brakowało środków na badania... Wielu uważało jego idee za majaczenia szaleńca. Ładowałem w jego laboratorium wszystko, co miałem.

Przynoszą ogromne kufle piwa z czapami piany, Helen dostaje swoje wino. Schreyer niczego nie tyka.

– Przysięgał, że jest o krok od odkrycia, i z początku mu wierzono. Fotografowano go, pisano o nim, był sławny. Ale lata mijały, a on nie docierał do istoty rzeczy. Na początku go wyśmiewali, potem zaczął odchodzić w zapomnienie. Ale tacy fanatycy jak on pracują nie dla sławy i nie dla pieniędzy. W dniu osiemdziesiątych urodzin na całego międlił mięso w Zum Wohl i zapewniał moją matkę, że do przełomu brakuje mu tylko kilka lat.

Helen upija łyk – sama, nie czekając na nas. Schreyer nie zwraca na nią uwagi. Piana w jego kuflu już opadła.

– Matka umarła rok później. Wtedy przestałem go finansować.

Wiercę się na krześle. Nie to, żebym nie był przyzwyczajony do wysłuchiwania spowiedzi – kiedy ma się w ręku iniektor, wielu od razu wywraca przed człowiekiem duszę na lewą stronę. Ale kiedy obnaża się przed tobą demiurg, czujesz pewną niezręczność.

– Przyjął moją decyzję bardzo godnie. Nie żebrał, nie przeklął mnie, nie przestał nawet ze mną rozmawiać. Po prostu podziękował za wszystkie lata, kiedy go wspierałem, zamknął laboratorium i zwolnił ludzi. Przeniósł najbardziej niezbędny sprzęt do pustego mieszkania i w nim kontynuował pracę. To stało się jego osobistą krucjatą. Próbował wygrać wyścig ze śmiercią. Ręce przestawały go słuchać, głowa pracowała coraz gorzej, przez ostatnie lata nie wstawał z wózka. Parę razy traciłem panowanie nad sobą – krzycząc, wypominałem mu, że zniszczył życie swoje i matki. Pamięć mnie przekonuje, że byłem na tyle szlachetny, iż nigdy nie wypominałem mu pieniędzy, ale mam przecież ponad trzysta lat, a pamięć zawsze stara się uśpić sumienie.

Wnoszą pieczeń i sałatkę ziemniaczaną. Senator nie tyka jedzenia; rinderbraten paruje, stygnąc. Schreyer patrzy na salę i naprawdę widzi tam widma. Bębni palcami w stół.

– Miałem poważny powód: nasza spółka kupowała dotychczasowego konkurenta, liczył się każdy grosz. I zadawałem sobie wtedy pytanie: a co, jeśli jednak mu uwierzysz? Jeśli dalej będziesz opłacał wszystkie rachunki jego laboratorium? A nuż zdąży zrobić ten ostatni skok i... I nie umrzeć? Unieśmiertelnić siebie i jednocześnie nas wszystkich? Tyle że ja już w niego nie wierzyłem. To znaczy chciałem wierzyć, lecz nie mogłem się do tego zmusić.

Schreyer wzdycha. Z sali dobiega śmiech, jakby ujadanie dobermanów.

– Umarł, kiedy miał osiemdziesiąt sześć lat. W dniu swojej śmierci dzwonił do mnie i zaklinał się, że jest o krok od odkrycia. Rosjanie dostali Nagrodę Nobla za wyniki swoich doświadczeń dwa lata później. Ich rozwiązanie nie miało nic wspólnego z pomysłami mojego ojca. Oddawałem potem jego prace do ekspertyzy. Powiedzieli mi, że zabrnął w ślepą uliczkę. A więc wychodzi na to, że miałem rację, odcinając mu dopływ pieniędzy. Ojciec i tak by nie zdążył... Nie zdołałby.

Uśmiecha się, zrzucając z siebie odrętwienie. Podnosi kufel – piana już opadła.

– Dziś są jego urodziny. Nie masz nic przeciwko temu, żebyśmy za niego wypili?

Wzruszam ramionami, stukamy się. Pociągam łyk. Kwaśne.

– Smak prawie taki sam... – zamyka oczy Schreyer. – Może nie do końca, ale jednak...

Helen zamawia u wchodzącego kelnera jeszcze jeden kieliszek. Schreyer wypija swoje piwo małymi łyczkami – długo, nie zatrzymując się, stopniowo osuszając ogromny kufel – z dziwnym wyrazem twarzy – jakby napój nie przynosił mu najmniejszej przyjemności, jakby musiał dopić go do końca, cokolwiek by się działo. Ostatnia ćwiartka przychodzi mu z wyraźnym trudem, ale nie odstawia kufla, póki go nie osuszy. Potem, pobladły, siedzi jeszcze w milczeniu, ze wzrokiem wbitym w resztki piany na dnie. Nie mogę się pozbyć wrażenia, że uczestniczę w jakimś dziwnym rytuale.

– Ten smak jest najbliższy z wszystkiego, czego miałem okazję próbować. Ta knajpka, Zum Wohl, zniknęła dwieście lat temu razem z browarem. Na jej miejscu stoi teraz jedna z podpór wieżowca Progress. A to wszystko... – głaszcze dębowy stół, dotyka świecy – ...to podróbka. Wiesz, jak to bywa? Masz sen o tym, jak byłeś mały.

Poddajesz mu się, zbierasz się i jedziesz. Jako dorosły człowiek wracasz do domu, w którym spędziłeś dzieciństwo, a tam już od dawna mieszkają obcy ludzie. Wszystko urządzili po swojemu, przemalowali ściany i żyją swoim życiem. Więc okazuje się, że do tego domu nie da się wrócić. Rozumiesz?

– Nie. – Uśmiecham się, z trudem przełykając gulę w gardle.

Żeby przepchnąć ją dalej, odkrawam sobie kawałek mięsa. Zdążyło wystygnąć. Na mój gust jest twarde i nieco suche. Wołowina, którą czasem jem, zwykle rozpływa się w ustach. A tę pieczeń trzeba żuć, jakby naprawdę była wcześniej mięśniem zwierzęcia. Cholera, czyżby była prawdziwa?

– Ach... No, tak. Wybacz. I... I tu jest tak samo. Niby podobnie, ale... – Zabiera się do piłowania nożem zimnego rinderbraten; metal zgrzyta o porcelanę. Podnosi zwiędłe mięso do ust, przeżuwa. – Ale to nie to. Niemniej jednak podoba mi się tu. Trudno sobie wyobrazić bardziej absurdalne miejsce na stary Fachwerkhaus niż szczyt kilometrowego wieżowca, prawda? To z jednej strony. A z drugiej... Z drugiej tak jakby... Ta niedorzeczna restauracja jest jakby w niebie. Czyli... jakbym przyszedł odwiedzić ojca. Poświętować.

Sam śmieje się ze swojej głupoty, upija trochę piwa.

– Ja... Nie bardzo rozumiem dlaczego... Dlaczego mnie pan... – wyduszam z siebie, patrząc w talerz. – Dzisiaj.

– Z jakiego powodu zaprosiłem obcego człowieka na rocznicę urodzin swojego ojca? – potakuje mi głową Schreyer, mechanicznymi ruchami krojąc pieczeń na mniejsze kawałki.

– Tak.

Odkłada sztućce. Helen patrzy na mnie uważnie. Na szkle opróżnionego kieliszka do wina widać czerwoną pieczęć jej ust.

– Przychodzę tu co roku, odkąd znalazłem to miejsce. Co roku zamawiam to samo: rinderbraten, sałatkę ziemniaczaną, piwo. Tak, Helen? Tego dnia wypominam sobie, że straciłem wiarę w pracę swojego ojca. Wypominam sobie, że nazywałem go obłąkanym dziwakiem i że zacząłem uważać wieczną młodość za fantastykę. Ponad trzysta lat minęło, odkąd umarł, a ja wciąż obchodzę tę rocznicę. Był z ostatniego pokolenia, które musiało się zestarzeć i umrzeć, czy to nie głupie? Przyszedłby na świat dwadzieścia lat później – i mógłby siedzieć tu z nami.

– Jestem pewien, że...

– Daj mi dokończyć. Nieważne, że mylił się w szczegółach, że praca, której poświęcił całe swoje krótkie życie, nie była warta funta kłaków. Ważne jest to, że w nią wierzył. Wbrew wszystkiemu. Wszystko to okazało się możliwe. Widział przyszłość. Wiedział, że ludzie staną się nieśmiertelni. A ja...

– Chyba nie powinien pan sobie tego wyrzucać, przecież...

– Helen... Czy mogłabyś nas zostawić na minutę? Muszę o czymś powiedzieć Janowi.

Helen wstaje – złota sukienka faluje, włosy opadają na jej obnażone ramiona, zielone oczy pociemniały jej od wina – i zamyka za sobą drzwi. Schreyer nie patrzy na mnie. Milczy, a ja czekam cierpliwie, tworząc w myślach najbardziej niewiarygodne powody, dla których postanowił się przede mną otworzyć.

– Jesteś mięczakiem – zgrzyta zębami Schreyer.

– Co takiego? – Piwo dostaje mi się do tchawicy.

– Bezużytecznym mięczakiem. Żałuję, że ci zaufałem.

– Mówi pan o zadaniu? Rozumiem, że...

– Ten człowiek chce nam odebrać nieśmiertelność. I nieważne, jakimi słowami by się zasłaniał, jak kłamał, by się usprawiedliwić. On pragnie naszej śmierci. Chce odebrać nam największą zdobycz nauki... Albo pogrążyć świat w chaosie. Otumanił cię. Nałgał ci na nasz temat.

– Próbowałem go...

– Widziałem zapis wideo. Po prostu go wypuściłeś. I zostawiłeś świadka.

– Nie miałem podstaw... Ona poroniła...

– Nie potrafię sobie wyobrazić, jak długo będziemy teraz szukać Rocamory. Cofnąłeś nas o dziesięć lat.

– Przecież nie mógł daleko odejść...

– A jednak nigdzie go nie ma! Ten diabeł nie próbował nawet zobaczyć się ze swoją dziewczyną, chociaż ona wciąż siedzi w ich mieszkaniu.

– Mnie wydał się zwykłym mądralą.

– To nie bojownik! To ideolog. Taka jest właśnie natura szatana, kusiciela, rozumiesz!? Po prostu nagiął twoją wolę, zamienił cię w swoją marionetkę!

– Oddział wymknął się spod kontroli. Zgwałcili jego przyjaciółkę! – mówię, uświadamiając sobie w tej samej chwili, że to absolutnie niczego nie usprawiedliwia.

– Domagają się ode mnie, żebym cię ukarał.

– Domagają się? Kto?

– Ale ja chcę dać ci jeszcze jedną szansę. Musisz doprowadzić sprawę do końca.

– Znaleźć Rocamorę?

– Tym zajmują się teraz zawodowcy. A ty… przynajmniej po sobie posprzątaj. Pozbądź się tej panienki. I to szybko, zanim nie dojdzie do siebie i nie zacznie gadać z dziennikarzami.

– Ja?

– Inaczej nie wytłumaczę naszym, dlaczego jeszcze nie stoisz przed trybunałem.

– Ale…

– A niektórzy będą też proponować surowsze środki.

– Rozumiem. I…

– Być może popełniłem błąd, powierzając zadanie właśnie tobie. Ale moim zadaniem jest teraz robić dobrą minę do złej gry i upewnić wszystkich, że to był tylko niewypał.

– Bo to był tylko niewypał!

– No i pięknie. Nie martw się rachunkiem, ja zapłacę.

Rozmowa skończona. Umarlaki w pudlopodobnych perukach spoglądają na mnie z obrzydzeniem. Dla Schreyera już mnie tu nie ma, pokój jest pusty. W zadumie studiuje swój talerz: z rinderbraten zostało tylko parę żyłek. Widocznie to jednak była prawdziwa krowa, mówię do siebie w otępiałych myślach. W zwykłej wołowinie nie ma żył. Po co produkować coś, co się potem wyrzuca?

– I jak mam ją zabić? – pytam.

Tamten patrzy na mnie, jakbym wtargnął w jego szczęśliwy sen o dzieciństwie.

– A skąd ja mam wiedzieć?

Zostawiam niedopite piwo i wychodzę.

Słońce zaszło już za dalekie wieżowce, rozświetliło ich kontury szkarłatnym neonem i zgasło; platforma, na której mieści się stary Fachwerkhaus, przypomina pokład lotniskowca wyrzuconego przez wielki potop na szczyt góry Ararat. Piętrowy biały dom przepasany bandoletem brązowych belek usadowił się na samym skraju urwiska. Okna – teatr cieni – świecą się na żółto. W tle wśród siwego wieczornego smogu widać czarne cienie potężnych filarów świata, gigantyczne wieżowce niemieckich niegdyś firm, które dawno zapomniały o swojej narodowości w gastroenterologicznych powikłaniach korporacyjnej historii.

– Jan? – ktoś mnie woła.

Helen stoi przed wejściem do szklanego tunelu prowadzącego do wind. Trzyma cienkiego czarnego papierosa w cygarniczce. Unoszący się z niego dym też jest czarny. Ma dziwny słodki zapach, nieprzypominający tytoniu.

A to niefortunne spotkanie. Ale nie uda mi się jej ominąć: Helen blokuje jedyną drogę odwrotu.

– Już pan wychodzi?

– Mam robotę.

– Mam nadzieję, że polubił pan rinderbraten. – Zaciąga się; czarny dym sączy się z jej nozdrzy. – Mnie się to jakoś nie udaje.

– Przypomina pani ziejącego ogniem smoka – mówię, myśląc o swoich sprawach.

– Proszę się nie bać – odpowiada, wbijając we mnie złoty widelczyk i wyciągając mnie z mojej skorupy, tak jak wyciąga się ślimaka winniczka, żeby go zjeść.

– Niech się boją szlachetni rycerze w lśniących zbrojach. Co mi do tego? – reaguję, a ona natychmiast obraca widelczykiem, nie dając mi się z niego ześlizgnąć.

– Nie jest pan z mojej bajki?

– W ogóle z żadnej.

– No tak... Przecież pracuje pan w jakiejś antyutopii, tak? – Helen rozchyla usta, jej uśmiech wypuszcza dym. – Chciałabym jeszcze się z panem zobaczyć. – Czarna chmura spowija jej obnażone ramiona jak bolerko. – Zdarza się panu pić kawę?

– Jestem pewien, że pani mężowi bardzo się ten pomysł spodoba.

– Może i spodoba. Zapytam go.

Helen wyciąga do mnie rękę i dotyka swoim komunikatorem – złotą koronką z czerwonymi kamieniami – mojego gumowego paska na rękę. Ciche brzęknięcie. Kontakt.

– To co... będę mogła pana niepokoić? – Nagle bardzo trudno mi wrócić myślami do rozmowy ze Schreyerem.

– Czy naprawdę będzie pani tak zawsze pytać o pozwolenie?

Wytrząsa cygarniczkę i odchodzi bez pożegnania.

Niedopałek papierosa żarzy się jeszcze przez chwilę i czarna dusza uchodzi z niego pośpiesznie, nim węgielek życia zgaśnie w nim na zawsze.

Rozdział 8

ZGODNIE Z PLANEM

Skrępowany kaftanem bezpieczeństwa środków uspokajających, przyjeżdżam tubą do Hyperborei, wsiadając do wagonu przez siedemdziesiątą pierwszą bramkę punktualnie o wyznaczonej godzinie. Wykorzystuję anonimowy bilet dziesięcioprzejazdowy – nie mam swojego komunikatora.

Noc spędziłem w bibliotece publicznej, studiując plany wieżowca i chyba nauczyłem się na pamięć tej jego części, która będzie mi potrzebna. Chyba.

Podbiegam do właściwej windy w ostatniej chwili, kiedy drzwi już się zamykają, i jestem czwartą osobą w kabinie. Poprawiam na nosie lustrzanki.

– Trzysta osiemdziesiąte pierwsze – mówię do windy.

Wszystko musi iść ściśle według planu. Zabójstwo to zbyt poważna sprawa, żeby polegać na moich zdolnościach improwizacji – oto, czego się nauczyłem. To tylko tak się wydaje, że skręcić kark dziewczynie to jak splunąć. A przecież to nie jest najtrudniejsza część zadania.

Pozostała trójka w windzie milczy. Nieprzyjemne gęby: na skórze ledwie dostrzegalne plamy, wyraźnie po przeszczepach, natrętne spojrzenia, spierzchnięte usta. Ubrania mają luźne jak ekshibicjoniści, ręce trzymają w kieszeniach. Po kilku sekundach jeden z tych typów – ziemistoszary, o niezdrowym wyglądzie, z zapadniętym oczami – przechwytuje moje spojrzenie wprost przez lustrzane okulary.

– Mże ci pmóc? – pyta z groźbą w głosie, połykając samogłoski. Dziwny akcent.

– Jakoś sobie poradzę – uśmiecham się do niego. – Dziękuję.

Spokojnie. To po prostu jakieś męty, może reketierzy wyciskający miodek z pszczół drobnego biznesu, który od góry do dołu wypełnia Hyperboreę. I wcale niekoniecznie podesłał ich tu senator.

Niekoniecznie, ale całkiem prawdopodobnie.

Nie wypuściłem Rocamory za darmo. Ja podarowałem mu wolność, on mnie – paranoję. Nierówna wymiana, ale jego dar może mi się teraz przydać.

Schreyer mówił, że tym razem powinienem wszystko zrobić sam – żeby odkupić swoje tchórzostwo, żeby usprawiedliwić się przed kimś potężnym, kto pragnie mnie ukarać za spartaczoną akcję.

Cóż, przyjąłem to wiadomości. Ale mam i drugą wersję, która też może być prawdziwa.

Annelie siedzi w swoim mieszkaniu, które naszpikowano kamerami. Moje odwiedziny nie pozostaną niezauważone. Będę musiał dokonać likwidacji transmitowanej na żywo. To znaczy, że od chwili kiedy zadzwonię do jej drzwi, ostatecznie sprzedam swoją skórę Schreyerowi. Ten naciśnie przycisk na swoim pulpicie i zabije dziewczynę moimi rękoma; kto wie, jakie tam jeszcze ma przyciski?

Być może zabójstwem Annelie – a nawet Rocamory – obciążą mnie dokładnie tak samo, jak niedoszłym atakiem terrorystycznym w Oktaedrze obciążyli Partię Życia. Ostatecznie Rocamora miał rację: do wybuchu nie doszło, bomba została znaleziona...

Jak się nad tym dobrze zastanowić, szkodzenie opinii Nieśmiertelnych, o których Schreyer tak dba, jest niemądre. Po co dawać społeczeństwu dodatkowy powód do nienawiści? Za to gdyby znalazł się jakiś konkretny Nieśmiertelny... Zwyrodnialec, który zagalopował się i złamał kodeks...

Bądź przeklęty, Wolfie Zwieblu. Nie powinienem był cię słuchać. Ale pozwoliłem ci mówić – i twój głos wciąż rozbrzmiewa w mojej głowie.

Jeśli jeden z Nieśmiertelnych zrywa się z łańcucha i zabija Rocamorę albo jego przyjaciółkę, albo oboje – to owszem, takiego wściekłego psa należy zastrzelić na miejscu.

Na przykład policja reaguje na sygnał z kamery wideo. Stawiam opór i... Z jakiejkolwiek strony by na to spojrzeć, efekt jest pozytywny: publice pokazuje się skórę zabitego ludojada, Nieśmiertelni dostają lekcję dyscypliny, a ich protektorzy – możliwość wydania oświadczenia, iż był to jednostkowy obrzydliwy wypadek i że nadużycia Falangi zawsze są surowo karane.

Chociaż dlaczego właściwie policja? Mogli po mnie wysłać również tych trzech z przeszczepioną skórą. A w gruncie rzeczy – kogokolwiek.

Jeszcze ważniejszym pytaniem jest, kogo dziś tak naprawdę zamierzają złożyć w ofierze w twoim, Annelie, mieszkaniu.

Ale, wybacz, nie mogę cię nie zabić.

To jedno potknięcie to dla mnie i tak za dużo. Jestem w Falandze, a Falanga we mnie. Jeśli rozkazali mi zatkać własnym ciałem otwór strzelniczy, to tak właśnie będzie. Nieśmiertelni to nie zawód, lecz zakon. Nie praca, lecz służba. Poza jej granicami nie ma nic. Moje życie bez służby jest puste. A dezertera czeka trybunał.

Muszę tak myśleć. Powinienem.

Ale kiedy siedzę w bibliotece, zajmując swoje płaty czołowe zgłębianiem rozkładu pomieszczeń Hyperborei, móżdżek dorzuca do planu działań swoje trzy grosze. W naszej pracy móżdżek jest u wszystkich przerośnięty, a co do płatów czołowych, to niektórzy nauczyli się zupełnie z nich nie korzystać. Tak prościej i spokojniej.

Potrzebny mi poziom trzysta osiemdziesiąty pierwszy, sektor J, korytarz zachodni, apartamenty LD-12. I muszę je znaleźć samodzielnie. Nie mam przy sobie komunikatora, w ogóle żadnej elektroniki, która pozwoliłaby mnie namierzyć. Moje oczy zasłaniają wielkie lustrzanki: nawet jeśli system rozpoznawania twarzy poradzi sobie i z tym, nie będzie im łatwo udowodnić, że zarejestrowana fizjonomia należy do mnie.

„Poziom trzysta osiemdziesiąt jeden" – mówi winda.

Wysiadam. I tamtych trzech wychodzi za mną.

Cóż za zbieg okoliczności!

Miałem rację: pan Schreyer nie zwykł ufać ludziom.

Od wind we wszystkie strony rozchodzą się korytarze i korytarzyki, każdy z nich na całej długości podziurawiony jest drzwiami. Wygląda to jak istny dom wariatów, ciasne przejścia przypominają uliczki średniowiecznych miast tętniące rozpalonym, gorączkowym życiem.

Ja wiem, dokąd iść, ale tych trzech po wyjściu drepcze w miejscu z nosami wetkniętym w jakieś mapy. Cóż, mam trochę czasu. W tych korytarzach zgubiłby się sam diabeł. Szkoda, że tym razem nie mogę wdzierać się do biur i szturmować cudzych gabinetów, szkoda, że nie maszeruje ze mną oddział Nieśmiertelnych. Trzeba będzie iść naokoło.

Nic dziwnego, że Rocamora uwił sobie tutaj gniazdo. Wieżowiec jest tak stary, że wydaje się, iż zaprojektowano go wtedy, kiedy choroba Alzheimera nie była jeszcze uleczalna i po raz ostatni zaatakowała chyba właśnie architektów Hyperborei. Sploty korytarzy i spiętrzenia kondygnacji są chaotyczne, w ich wzorze nie sposób doszukać się schematu czy jakiejkolwiek prawidłowości. Każde piętro ma swój plan pomieszczeń, nazwy sektorów wydają się wygenerowane przypadkowo, między poziomami mieszkalnymi są nieponumerowane kondygnacje techniczne, a tabliczki z numerami na drzwiach mieszkań były chyba losowane.

W bezładzie następują po sobie zapchane po brzegi mieszkania, ciasne biura jakichś zagadkowych organizacji i sklepiki, w których niewyobrażalny chłam wciąż sprzedają żywi ludzie. Powietrze jest aż tłuste od aromatycznych olejków. Wprost na korytarzu pod pstrokatym szyldem przyjmuje muskularny czarnoskóry kręgarz. Jego rozciągnięty na leżance pacjent jęczy, a stawy nieszczęśnika wydają głośny chrzęst. Za nim widać mieszkanie z trzaskającymi od przeciągu drzwiami, przez które wchodzą i wychodzą niechlujni staruszkowie – śmierdzi tu dawno niemytymi ludzkimi ciałami. Przytułek? Dobrze by było wrócić tu z oddziałem, sprawdzić, czy wszystko jest u nich legalne. Skręcam w prawo i jeszcze raz w prawo. Dalej jest z dziesięć maleńkich gabinetów medycyny tradycyjnej, pokryte jakimiś hieroglifami kontuary umieszczono wprost w otwartych drzwiach, skośnoocy szarlatani osobiście przyjmują tłoczących się w kolejkach chorych. Na rozwidleniu – w lewo.

Zanim skręcę, oglądam się za siebie – w tłumie chyba nie widać żadnej z tamtych trzech zakazanych mord. Urwałem im się? Czy może wcale nie przyszli tu po mnie?

Idę dalej. Tani burdel pod szyldem agencji modelek. Wspólna kwatera gastarbeiterów. Motel z żywymi karaluchami. O pół piętra w dół... Maleńkie drzwi bez wywieszki.

To chyba tu.

Stoję w tym samym ciemnym, niskim korytarzyku, z którego ja i oddział wchodziliśmy do mieszkania Rocamory. Spokojnym krokiem – żeby nie przyciągać uwagi – mijam dziesiątki zawalonych rupieciami zapasowych i ewakuacyjnych wyjść jakichś bezimiennych nędznych światków. Buczenie wentylatorów. Chrobotanie szczurów. Liczę drzwi. Znajduję je – to te. Manekin, rower treningowy, krzesła. No to jesteśmy w domu.

Dzwonek.

– Wolf?

Bose stopy nerwowo przebiegają po podłodze.

Milczę, bojąc się ją spłoszyć. Otwierają się drzwi.

– Dzień dobry. Jestem z opieki społecznej.

Patrzy na mnie z zakłopotaniem, nie rozumie tego, co powiedziałem. Czarny tusz rozmazał się jej na całej twarzy – malowała się, żeby zapomnieć, co się wydarzyło, ale potem i tak sobie przypominała – a wygniecioną męską koszulę włożyła na gołe ciało. Kościste ramiona, chude nogi, ręce skrzyżowane na piersi.

– Pozwoli pani, że wejdę.

– Nie wzywałam opieki społecznej.

Nie mogę zbyt długo zatrzymywać się w polu widzenia kamer. Wciskam się do środka, nim dziewczyna orientuje się, o co chodzi. Na podłodze w przedpokoju leży zwinięta kołdra, obok – opróżniona do połowy butelka jakiegoś paskudztwa.

Włączony projektor: animowane modele dwudziestowiecznych hollywoodzkich aktorów odgrywają jakiś dramat historyczny na tle namalowanych dekoracji. Aktorzy o włos, ale jednak nie dożyli nieśmiertelności. Tak więc jest im już wszystko jedno, natomiast ich potomkowie teraz zarabiają na wypożyczaniu cyfrowych kukieł swoich przodków.

– Nie wzywałam opieki społecznej – mamrocze uparcie Annelie.

– Dostaliśmy sygnał. Mamy obowiązek go sprawdzić – uśmiecham się życzliwie.

Pobieżnie oglądam pomieszczenie. Czy są tu kamery? Drzwi do sypialni zostały uchylone. Wchodzę do środka. Okno z rozsuniętymi zasłonami wychodzi na wewnętrzny dziedziniec. Na łóżku leży zwinięte prześcieradło pokryte mokrymi czerwonymi plamami.

– Tam jest krew. – Odwracam się do niej. – To pani?

Milczy, starając się zogniskować na mnie wzrok.

– Musi pani iść do lekarza. Proszę się zbierać.

Zabrać ją stąd. Zabrać, nim nadciągnie policja, nim mieszkanie znajdzie dublujący mnie zespół czyścicieli Schreyera. Zabrać tam, gdzie nie ma kamer, gdzie nie będzie cudzych oczu, gdzie będę mógł zostać z nią sam na sam.

– Twój głos... Znamy się?

– Proszę?

– Znam twój głos. Kim jesteś?

Język jej się plącze i ledwo stoi na nogach – tym lepiej dla mnie. Przekonać pijaną to niełatwe zadanie, za to potem będę musiał ciągać ją po miejscach pełnych najróżniejszej hałastry i lepiej, żeby przypadkowi świadkowie wierzyli mnie, a nie jej.

– Nie znamy się.

– Dlaczego jesteś w okularach? Zdejmij okulary, chcę na ciebie popatrzeć.

Czy są tu kamery? Czy zdążyli naszpikować mieszkanie Rocamory kamerami również od środka? Jeśli tak, będą mieli niezbity dowód na to, że tu byłem.

– Nigdzie z tobą nie idę. Wzywam policję...

Blefuje. Dotąd nie wzywała, nie zrobi tego i teraz. Jednak odsłaniam oczy. Nie boję się, że mnie pozna: podczas naszej przedwczorajszej akcji nie zdjąłem w końcu maski, chociaż zrobiły mi się od niej otarcia na duszy.

– Nie pamiętam cię – mówi w zamyśleniu Annelie. – Nie pamiętam twarzy. Ale głos... Jak masz na imię?

– Eugène – odpowiadam; trzeba przejąć inicjatywę. – Co tu się stało? Skąd ta krew?

– Wyjdź. – Popycha mnie w plecy. – Wyjdź stąd!

Ale wtedy przez paplaninę animowanych aktorów przebija się, przeciska jakiś dźwięk. Ledwie słyszalny, niepokojący. Czyjeś głosy! Jacyś ludzie szepcą między sobą w tym zapuszczonym korytarzu technicznym. Gdybym na to nie czekał, gdybym nie spotkał tamtych trzech w windzie, moje uszy na pewno nie wychwyciłyby tych infradźwięków. Ale czekałem.

– Cicho! – nakazuję Annelie.

Szmer kroków – podeszwy miękkie niczym kocie łapy – cichnie.

– To chyba tutaj – chrypliwy głos wpełza szczelinami w drzwiach.

Tak. Tak – tak. Tak – tak – tak.

Podkradam się do drzwi – do wiszących na jednym ledwo zipiącym zawiasie drzwi, które przecież sami dwa dni temu wyważaliśmy – i przykładam oko do wizjera. Czarno. Przypominam sobie, że zakleiliśmy go od zewnątrz. Pięknie.

– Co się dzieje? – pyta mnie Annelie.

– Spokojnie – mówię sam do siebie.

Dzwonek u drzwi brzęczy ohydnym głosem starca – ten dźwięk tak nie pasuje do nowego świata, że z początku nie zdaję sobie nawet sprawy, że ma związek z tą chwilą, z tym mieszkaniem, że rozlega się tu i teraz, a nie pięćset lat temu w dramacie historycznym emitowanym w tle naszego własnego.

– Proszę się nie odzywać – ostrzegam Annelie.

Ale zaraz po dzwonku na drzwi spadają czyjeś pięści. Walą tak, że mam pewność: zaraz runą do środka; a ja nie mam niczego, by je podeprzeć.

– Annelie!

– Kto tam? – woła Annelie.

– Niech pani otworzy, Annelie – ci za drzwiami przechodzą w głośny szept. – Jesteśmy swoi. Z partii.

– Z jakiej znowu partii? – Dziewczyna się wyprostowuje, krzyżuje ręce na piersi.

– Z prtii! Jess nas przsłał... Po cibie... – dołącza, połykając samogłoski, drugi głos – czy to nie ten zakapior z połataną twarzą, który chciał mi pmóc w windzie?

Tak jest, to on.

– Proszę nie otwierać... Niech się nawet pani nie waży! – łapię ją za rękę.

Annelie wyrywa mi się – traci równowagę i omal się nie przewraca.

– Jaki znowu Jesús? – pyta niepewnie.

Czyżby Rocamora rzeczywiście nigdy nie mówił jej o tym, czym się zajmuje? Udawał zwykłego człowieka? Ukrywać coś takiego przed kobietą, z którą się żyje... Odważnie.

– Nie słuchaj ich. To zabójcy – mówię jej. – Bandyci.

– Jesús! Twój chłopak! – nalegają za drzwiami.

– Nie znam żadnego Jesúsa!

– Annelie! Musimy cię stąd wydostać, zanim cię sprzątną! – syczą głosy na korytarzu.

Dobry moment wybrałem.

Nagle zaczynam myśleć, że Schreyer rzeczywiście jest tak przebiegły, jak go oceniam, i ktoś ubezpiecza moją akcję, że nie zostawią mnie sam na sam z bojownikami Partii Życia. Te typy w windzie wyglądały jak zawodowi zabójcy i mogę się założyć, że pod płaszczami nie noszą koronkowej bielizny. To nie film i ze swoim skromnym narzędziem nie poradzę sobie z trzema uzbrojonymi terrorystami. Sprzątnąć dziewczynę od razu, póki jej wybawcy nie wtargnęli do środka?

– Posłuchaj! – Chwytam Annelie za ramiona. – Nie jestem z opieki społecznej. To ja mam cię stąd wydostać, ja, a nie oni, rozumiesz? Na prośbę Wolfa.

– Wolfa? – Dziewczyna stara się skupić na mnie, na tym, co do niej mówię.

– Wolfganga. Zwiebla. Jestem jego przyjacielem.

– Wolf? On żyje? On żyje!? – zapala się dziewczyna.

– Żyje. I poprosił mnie...

– Gdzie on jest? Dlaczego się nie kontaktuje!?

– Ukrywa się – mówię pośpiesznie. – Wczoraj byli tu Nieśmiertelni, tak? Wolf uciekł, a ciebie zostawił...

Annelie mruży oczy i kiwa głową.

– Nie sądziłaś chyba, że cię porzucił?

– Ej! Czyj to głos!? – krzyczy ktoś za drzwiami.

– Ci ludzie... – wskazuję głową na drzwi. – Wysłano ich, żeby wszystko tu wyczyścili. Nieśmiertelni mieli zlikwidować Wolfa i ciebie też – jako świadka, rozumiesz?

Kiwa głową. Pamięta naszą pierwszą rozmowę.

– Ale coś poszło nie tak – mówię dalej. – Teraz te zbiry mają za nich dokończyć robotę. Sprzątnąć cię.

Annelie milczy. Za drzwiami też ucichło. Nasłuchują.

– Niech robią, co chcą! Mam to gdzieś!

– Co ty mówisz!?

– Z jakiej racji Wolf się o mnie martwi? Zostawił mnie samą tym bydlakom!

– Bo musiał!

– Ostrzegamy!... – ryczą tamci na korytarzu.

– Cicho tam! – woła do nich Annelie. – Cicho, bo wezwę policję!

– Zgłupiałaś!? – tamci tracą cierpliwość.

– Zaraz wyważą drzwi i będzie po nas! Musimy uciekać! Jest tu jakieś inne wyjście?

– Kto u ciebie jest? Nie słuchaj go! Liczymy do trzech...

– Wolf... Co ci powiedział?

– Powiedział, że cię kocha. Że muszę cię stąd wyciągnąć...

– Raz... – zaczynają liczyć tamci.

– Zaprowadzisz mnie do niego?

Klamka zaczyna drgać i stukać. Sprawdzają jej wytrzymałość, uświadamiają sobie, że będzie trzeba wyważyć drzwi.

– Tak! Tak, zaprowadzę cię do niego!

Annelie wpija się w mój nadgarstek paznokciami, do krwi, zgina się wpół, a potem wymiotuje na podłogę. Ledwie ją podnoszę, ciągnę za sobą do sypialni.

Huk! Z progu widzę, jak zamek wraz z wnętrznościami i drzazgami wypada z drzwi, te odskakują w bok, lecą na kanapę. W szczelinę wsuwa się ręka, maca dookoła.

Jesteśmy już w sypialni, zamykam drzwi na jakąś śmiechu wartą zasuwkę – dobrze, że zamek nie jest elektroniczny – wypycham Annelie na balkon. Znaleźliśmy się w kamiennym kotle, który wygląda jak wewnętrzna studnia dziedzińca dwupiętrowego budynku. Sklepienie pomalowano na niebiesko, pośrodku podwórka wysypano piasek, w podłogę wetknięto parę tanich kompozytowych drzew i huśtawek. Trzy rzędy balkonów są zawalone rupieciami, okna gapią się na siebie z bliska. Dobre miejsce, żeby wyjść na papierosa, udając, że to wszystko znajduje się gdzieś na zewnątrz i cholera wie kiedy, ale nie dzisiaj i nie w trzewiach ośmiusetpiętrowego wieżowca. Rocamora pewnie tak właśnie robił, patrząc rozmarzonym, roztargnionym wzrokiem w obiektywy tuzina szpiegujących go kamer.

– Zostaw mnie w spokoju!

– Oprzytomnij! – Potrząsam nią.

– Gdzie oni są!? – wrzeszczą tamci w mieszkaniu.

SERGEY KRITSKIY
hundredsofsparrows.com

TURE

Spycham ją z balkonu w dół – jesteśmy na drugim piętrze; trzymam ją za ręce, jej nogi poruszają się ociężale, jak u wisielca, aż udaje mi się wycelować i opuszczam ją na poziom niżej, potem przeskakuję przez balustradę i skaczę za nią.

Jesteśmy w loggii zastawionej maleńkimi stolikami pod romantycznymi parasolami. Jeden ze stołów jest wywrócony, leży na nim Annelie. Obok siedzi para oberwańców z głupimi minami – on i ona – którym jej upadek zakłócił posiłek. Na ziemi leżą wywrócone talerze, spaghetti na podłodze wygląda jak dwa kłębki glist w śmietanowym sosie. *À la* carbonara.

– Szybciej! – chwytam ją pod pachy.

Przepraszając, roztrącam stoliki, ciągnę Annelie za sobą przez oplecioną kompozytowym bluszczem salkę taniej restauracji w stylu śródziemnomorskim – wynędzniali kelnerzy z cienkimi wąsikami pryskają na boki, balansując z dymiącą pizzą z wodorostami – z trudem odnajdujemy wyjście, aż wreszcie wyskakujemy na korytarz.

Panuje tu taki sam bajzel jak piętro wyżej, tylko z innym akcentem. Chińskich krzaczków nie ma, zdaje się, że całe piętro jest arabskie. Arabskie pralnie, arabskie bistra, arabscy proktolodzy. Bez liku arabskich proktologów i najwidoczniej wszystkich przepełnia nostalgia, bo wywieszają szyldy w tym swoim na wpół martwym języku.

Tej kondygnacji nie badałem, teraz musimy biec na ślepo. Annelie zawisa na mojej ręce – oczywiście nie nadaje się teraz do maratonu. Z tyłu dobiega już jakiś łoskot, słychać ochrypłe przekleństwa, ale nie ma czasu, żeby się oglądać. Wbijam się klinem w tłum, przeciskając się między nieruchawymi ludźmi, roztrącam te mamroczące cielska, moja dłoń zrobiła się mokra i śliska i boję się, że Annelie, moja cenna zdobycz, moja złota rybka, zerwie się z haczyka, wyślizgnie z mojego uścisku i zniknie w tym bagnie.

Widzę znak: windy. Jeszcze trochę i będziemy uratowani. Przynajmniej ja. Ale...

– Zostaw mnie! Ej!

Annelie staje jak wryta, jakby rybkę, którą złapałem sobie spinningiem na obiad, połknął nagle rekin.

Odwracam się – dziewczyna patrzy nie na mnie i szarpie, ale nie tę rękę, którą trzymam. Ktoś ją chwycił, a ona próbuje się uwolnić z jego uścisku! Tłum wypycha z siebie straszną twarz z plamistą od przeszczepów skórą. Dogonili nas, dogonili ją i złapali.

– Idiotko! – słyszę. – On nie jest od nas! Przysłali go po ciebie!

– Na pomoc! – zdzieram sobie struny głosowe. – Mordercy!

Sięgam po paralizator i na oślep szturcham plamistego. Trzęsie się i pada na ziemię ktoś inny, ale już zaczyna się ścisk, uszy wypełnia mi nie wiedzieć czyj piskliwy krzyk, chwytam mocniej rękę Annelie i wyrywam ją z obcych szponów.

Tłum natychmiast eksploduje: w świecie nieśmiertelnych istot nawet urojone zabójstwo ma moc kilotony trotylu. Docieramy do wind po minucie zaciekłej walki wręcz, po której z trudem wypływam na powierzchnię; naszych prześladowców zdaje się zniósł prąd – w każdym razie, kiedy wciskam klawisz, nikt mi nie przeszkadza. Winda w szklanym szybie jakby spadała nam na głowy gdzieś z góry, ale zdaje mi się, że ledwo pełznie, że nie zdąży dotrzeć, zanim będą tu ci, którzy nas ścigają.

W końcu przyjeżdża, drzwi rozsuwają się na boki, kabina jest pusta.

– Dwudzieste piętro! Dwudzieste! – wydzieram się, widząc, jak z rozpędzonego, porywającego wszystko na swojej drodze tłumu uwalnia się najpierw jeden zszyty z kawałków różnych ludzi bandyta, a potem drugi.

Winda odjeżdża, kiedy bliższy z nich znajduje się ledwie dziesięć kroków od nas. Kabina zapada się w otchłań.

Annelie ciężko dyszy – zarumieniona od biegu, ożywiona. Jest w tym samym stroju, w którym mnie przyjęła – w wymiętej koszuli Jesúsa Rocamory.

– Chce mi się pić. Nie masz wody? – pyta.

Mam. Ale jeszcze na to nie pora, więc kręcę głową.

– Dokąd teraz? Dokąd jedziemy? – Prostuje się, opiera o ścianę.

– Do tuby. Musimy się wynieść z tego wieżowca. Inaczej tamci trzej nas znajdą.

W windzie nie mogę jej niczego zrobić: tu też na pewno zainstalowano kamery bezpieczeństwa. Wywieźć ją z tej przeklętej Hyperborei, ukryć przed bojownikami Partii Życia... I dopiero wtedy. Dopiero wtedy.

– Co?

– Powiedziałeś: „I dopiero wtedy".

Powiedziałem to na głos, tak? Powiedziałem, żeby zagłuszyć słowami coś innego, co dobiega z mojego wnętrza, nieartykułowane, bełkotliwe, przewalające się ciężko gdzieś na samym dnie. Patrzę obok niej, ale widzę, jak jej małe piersi unoszą się pod cudzą koszulą, przypominam sobie jej nagość. Przypominam sobie swój sen – zakazany i proroczy. Mój wzrok ześlizguje się na jej kolana – tulące się do siebie, regularne, ładne kolana w potwornych siniakach, jakby ktoś ściskał je w imadle. Przypominam sobie jej oczy antylopy, jej wykręcone na plecach ręce, przyciśnięty do ziemi policzek; łapię się na tej myśli, odwracam od niej, ale i tak czuję, jak wbrew woli nabrzmiewam tam na dole ciężką rtęcią. Pragnę jej?

– Kim oni są? Dlaczego mówią, że chcą mnie uratować? Dlaczego wszyscy mówicie to samo?

– Widziałaś ich? Widziałaś kiedykolwiek u Wolfa takich ludzi?

– Ci Nieśmiertelni... Powiedzieli, że Wolf jest w rzeczywistości terrorystą... Że się tak nie nazywa.

Wzruszam ramionami. Bliskość zdemaskowania powinna mnie ostudzić, ale podniecam się jeszcze bardziej. Mam ochotę dotknąć palcem jej ust. Rozchylić je i...

– To prawda? Odpowiadaj!

– Ma to dla ciebie znaczenie?

– Mieszkałam z nim pół roku. Mówił, że jest profesorem.

– Pojedźmy w jakieś spokojniejsze miejsce i wtedy...

– Mówił, że jest profesorem! – powtarza z rozpaczą. – Po raz pierwszy wszystko było jak należy, byłam z porządnym człowiekiem!

Przerywa jej winda, oznajmiając, że jesteśmy na miejscu.

Wychodzimy na stację tuby, biorę Annelie pod rękę; kabina natychmiast wzlatuje w górę po kolejnych pasażerów, a ja dobrze wiem, kto ją wezwał.

– Tam jest sklepomat... Kupisz mi wodę? – prosi. – Chcę spłukać z ust to świństwo... Po prostu zostawiłam komunikator w domu...

– To oni! – Pokazuję jej gdzieś palcem. – Nie mamy czasu! Szybciej...

– Gdzie, gdzie?

Nie pozwalając jej się opamiętać, ciągnę ją do bramki. Udało mi się: pociąg stoi na peronie, wszyscy wsiedli, wskakujemy do wagonu na sekundę przed odjazdem.

– Musiało mi się zdawać... – mówię, kiedy drzwi się zamykają. – Koniec, teraz można odetchnąć!

Milczy, zagryzając usta.

– Od dawna się z nim przyjaźnisz? Z Wolfem.

– Od jakiegoś czasu.

– I od samego początku... Wszystko o nim wiedziałeś?

Wzdycham i kiwam głową. Kiedy się kłamie, najważniejsze to nie wchodzić w to zbyt głęboko – niełatwo jest pamiętać wymyślone szczegóły, a nie ma nic łatwiejszego, niż się w nich pogubić.

– Co ci o mnie mówił? – Patrzy na mnie spode łba.

– Nic, aż do wczoraj.

– A ty też jesteś z nim w tym... podziemiu? Dlatego właśnie cię wezwał, tak?

– Ja... Tak.

Wagon mknie szklanym tunelem, torując sobie drogę przez mgłę między skałami i rafami wieżowców. Linia prowadzi praktycznie po samym dnie utworzonego przez człowieka wąwozu: ziemia jest całkiem niedaleko w dole, cała – niczym brunatnym mchem – pokryta dachami zwykłych budynków. Nad naszymi głowami unoszą się nabrzmiałe chmury, napompowane po brzegi jakąś trucizną, zbyt ciężkie, by unieść się choć trochę wyżej.

– No jasne... Dlatego właśnie wiesz o nim wszystko... Oprócz tego, że ma żonę.

– Żonę?

– Tak mnie nazywa.

– Brzmi to nieco staromodnie. – Chrząkam.

– Idiota z ciebie – odpowiada Annelie.

Słowo z mojego leksykonu. Uśmiecham się.

Ludzie oglądają się za nią, mówią coś do siebie, wskazując głowami na jej bose stopy, na jej rozmazany tusz; na jej urodę. Nie da się powiedzieć, że to porwanie poszło gładko i bez świadków. Z drugiej strony, kto będzie jej szukał?

Co najwyżej Rocamora.

– Cóż on takiego nawyrabiał? – pyta dziewczyna po kilku minutach milczenia.

– Wolf? – Zdzieram zębami cienką warstwę naskórka ze swojej dolnej wargi. – Nic takiego. Nie jest bojownikiem. To... Ideolog.

– Ideolog?

– No tak. Wiesz przecież, sprzeciwiamy się ustawie o wyborze – szepczę do niej, rozglądając się na boki. – I Wolf... Tak naprawdę ma na imię Jesús... On nas... Inspiruje. Do walki z tym... nieludzkim... reżimem. Dlatego że bez dzieci... Przestaniemy być... ludźmi, rozumiesz?

Mówię z trudem, dobierając cudze słowa, rzucane mi w twarz przez różnych ludzi przed tym, nim wstrzykiwałem im starość i zabierałem dzieci. Każdy wyraz był wtedy jak uderzenie, jak splunięcie. Teraz muszę ułożyć z tych fragmentów układankę przedstawiającą szczerość i pewność. Mówię i patrzę jej w oczy, starając się wychwycić najmniejsze wahanie. Dobrze by jeszcze było zmierzyć jej puls.

Nie sprzeciwia się i zaczynam się rozpędzać. Powiedziałem, że jestem przyjacielem Rocamory, i Annelie jedzie ze mną, dopóki nim pozostaję. I chyba wiem, gdzie trzeba nacisnąć.

– W kółko nam powtarzają, że wszyscy mamy prawo do nieśmiertelności... A w zamian odebrali nam znacznie więcej! Prawo do przedłużenia rodu! Dlaczego musimy wybierać między życiem własnym a życiem swojego dziecka!? Jakim prawem zmuszają nas do zabijania naszych nienarodzonych dzieci, żeby wytargować życie dla nas samych!? Niezadowolonych jest wielu, ale bez takich ludzi jak Jesús wszyscy dalej byśmy milczeli...

– Nie wierzę! – ucina nagle ona.

– Co?...

– Nie wierzę mu! – zaciska małe piąstki wystające z podwiniętych rękawów czarnej koszuli.

– Dlaczego?

– Dlatego że człowiek, który sprawia, że wszyscy w to wierzą, nie może... Nie może... postąpić tak... ze swoim własnym...

Dławi się wspomnieniami z przedwczoraj. Nie wtrącam się. To jak pole minowe bez mapy: i tak nie zrozumiem, co ona teraz czuje. Może po prostu usiłuje przekonać samą siebie, że to tylko straszny sen.

– Tego też ci nie powiedział? – otwiera w końcu usta.

Wzruszam ramionami.

– To znaczy, że nie wiesz, dlaczego przyszli do nas Nieśmiertelni?

– Ja... Nie pytałem.

– A więc nie potrzebujesz tego wiedzieć.

Krwawe strzępy na ręczniku. Purpurowa kałuża na dnie kabiny prysznicowej. Ktoś kopie Annelie w brzuch. Pięćset Trzeci rozdziera jej nagie białe pośladki. Przytakuję jej głową. Byłbym szczęśliwy, nie wiedząc o tym wszystkim.

– Wieżowiec Ul – oznajmia głos tuby.

Przeźroczysty tunel, którym pędzimy, wbija się w trzewia kulistej konstrukcji podzielonej na sześciokątne, mieniące się różnymi kolorami plastry.

Zatrzymujemy się w terminalu. Perony dla wsiadających mają trzy poziomy; dwudziestometrowej wysokości ściany zasłania reklama społeczna: „STAROŚĆ? WYBÓR SŁABYCH" – i portret jakiejś bezpłciowego siwowłosego wraku człowieka. Załzawione oczy, na wpół otwarte usta, połowy zębów brak. Uosobienie ohydy. Jestem pewien, że wieszając tutaj ów gigantyczny łeb, obrońcy dobra społecznego musieli złamać jakieś regulacje etyczne. Zło konieczne: Europa musi oszczędzać na wszystkim, a emerytury i opieka medyczna rozsypujących się staruszków to czyste marnotrawstwo. Nie odmawia się im oczywiście utrzymania, ale absolutnie nie możemy mnożyć tych trędowatych darmozjadów. Trzeba też pamiętać, że starcy nie biorą się z powietrza: to wszystko idioci, którzy postanowili się rozmnażać. Tak więc na każdy miliard, który tracimy, żeby mogli powisieć nam na szyi najdłużej, jak się tylko da, przypada drugi, który wykładamy na edukację ich bachorów. Emeryci i nieletni to same wydatki! To mniejszość, którą już najwyższa pora zaliczyć w poczet pomyleńców.

Pociągi przyjeżdżają i odjeżdżają co chwilę, na peronach roją się tłumy ludzi. Jakaś siła potrząsa kalejdoskopem naszego wagonu, milknę, wypatrując wśród tłumu luźnych płaszczy, patchworkowych twarzy. Nie ma ich. Nie mogę uwierzyć we własne szczęście.

– Daleko jeszcze? – Kiedy tuba rusza z miejsca, Annelie chwyta się mnie; czuję wtedy gdzieś nad splotem słonecznym, jak coś się we mnie porusza.

– Kilka stacji.

– I co tam jest?

– Jest takie miejsce. Nasze, spotykamy się tam. Zaczekamy tam na Wolfa.

Puszcza mnie i znów milczy – milczy, dopóki nie przesiadamy się na inną linię – prosi tylko o coś do picia, ale pośpieszam ją, popędzam i nie pozwalam się napić – milczy też potem, kiedy pędzimy między wieżowcami aż do Troi. Obserwuję ukradkiem jej twarz. Przeglądając się w szklanej ścianie, zdążyła już zetrzeć rozmazany tusz, rozplątać włosy i przyczesać je palcami. Wygląda inaczej niż tamtej nocy, kiedy włamaliśmy się do mieszkania Rocamory. I inaczej niż wtedy, gdy widziałem ją we śnie. Chłopaki i ja przepuściliśmy całe jej życie przez maszynkę do mięsa i byłem pewien, że znajdę ją w kabinie prysznicowej, w tej samej pozycji, w której ją tam pozostawiłem. Tymczasem obserwuję, jak się upiększa, i przypomina mi się jaskrawozielona kompozytowa trawa w Ogrodach Eschera. Trawa, której nie da się zadeptać, która się podnosi, kiedy tylko unieść z niej but.

Wysiadamy w Troi. Ciemnymi korytarzami prowadzę Annelie za sobą do baterii wind przemysłowych. Troja jest niemal niezamieszkana: gnieżdżą się tu jakieś wytwórnie, centra utylizacji odpadów, fabryki przetwarzające surowce wtórne.

Po wejściu do odrapanej kabiny dziewczyna wzdycha.

– Teraz jestem już zupełnie pewna, że nie planujesz mnie sprzątnąć.

– Co takiego? – uśmiecham się.

– Miałeś pewnie tysiąc możliwości, żeby to zrobić, a ty ciągle gdzieś mnie ciągniesz.

– A wątpiłaś?

– Nie wiem. Denerwujesz się.

– To jednak odpowiedzialne zadanie – uśmiech rozciąga mi usta tak mocno, że aż trudno mi mówić, bolą mnie policzki.

Drzwi windy rozsuwają się na boki z przeciągłym jękiem. W twarz bucha nam nieznośne gorąco i ciężki odór zgnilizny. Pomieszczenie za drzwiami windy przypomina hangar; ołowiane ściany pokryte są żółtymi, namalowanymi przez szablon cyframi, wszędzie kręcą się automatyczne śmieciarki na miękkich gąsienicach. Jesteśmy na miejscu.

– Co jest za tą bramą? Jak tu śmierdzi!

Za bramą jest centrum utylizacji surowców wtórnych, Annelie.

– Nie wiem – odpowiadam. – Nie idziemy tam. Zaczekamy tutaj.

Siadam wprost na podłodze.

– Usiądź. W końcu możemy odpocząć.

– Przyjdzie tutaj? Kiedy?

Zdejmuję z ramienia plecak, wyciągam butelkę z wodą. Przykładam ją do ust.

– Daj mi!

Podaję jej butelkę, przywiera do niej chciwie, pije dużymi łykami.

– Cytrynowa? – Ociera usta.

Kiwam głową.

– Dziękuję.

– Gdzie go poznałaś? Wolfa – pytam nie wiadomo po co.

– W Barsie.

Barcelona. Nieoperowalny guz na ciele Europy. Więc to tam znikał Rocamora. Barcelona w pewnym sensie wymyka się spod jurysdykcji naszej wspaniałej Utopii, przypomina raczej samozwańczą bandycką republikę gdzieś w Afryce, suwerenne terytorium nędznego i zacofanego Trzeciego Świata ze wszystkimi bolączkami i chorobami wieku dziecięcego.

Przyczyną nieszczęścia Barcelony, niegdyś wielkiego i wspaniałego miasta, stała się dobroć i zbyt dobre wychowanie mieszkańców Utopii: ktoś ich nauczył, że to nieprzyzwoite, kiedy innym jest źle, a tobie dobrze. Zaczęli więc wpuszczać do siebie tych, którym wiodło się wyjątkowo marnie – w Afryce, w Ameryce Łacińskiej, w Rosji – żeby próbować naprawić nasz niesprawiedliwy świat.

Pomysł był oczywiście idiotyczny: równie dobrze można było spojrzeć pod nogi, odkryć istnienie owadów i dalej – nauczmy je żyć zgodnie z prawem rzymskim, pójmy słodką wodą i kruszmy im bułeczkę, żeby żarły ją, a nie siebie nawzajem. Wiadomo, czym się coś takiego skończy: mrówek i karaluchów przyleci do cukru tyle, że potem nijak ich nie usuniesz; jeśli nie uciec się do dezynsekcji, wypchną wszystkich dobrotliwych gospodarzy z domu.

Zatem Barcelona to dom, który już od dwustu lat jest kolonią termitów. Włożysz tam rękę – w dziesięć sekund ogryzą ją do kości.

To tutaj powstało główne europejskie centrum przyjmowania i asymilacji uchodźców. Efekt: na pięćdziesiąt milionów mieszkańców jest tu pięćdziesiąt milionów nielegalnych imigrantów, pięćdziesiąt milionów bandytów, oszustów, handlarzy narkotyków i prostytutek.

Wszystkich sił policji i Falangi nie starczy, żeby zaprowadzić tu porządek; pomogłoby wyłącznie zalanie całego miasta wrzącą siarką lub napalmem, ale w szczęśliwej Utopii przepis na napalm niestety dawno już zagubiono.

– Co cię podkusiło, żeby jechać do tego gniazda żmij?

– W sumie to się tam urodziłam. – Spogląda na mnie wyzywająco, spluwa na ziemię jak chłopak.

Kiwam głową. Najważniejsze, żeby nie narobiła teraz hałasu, dopóki...

– Rozumiem.

– Niczego nie rozumiesz.

– A ty... Ten... Jesteś tu w ogóle legalnie?

– Jaka to dla ciebie różnica?

Słusznie, upominam się w duchu. Żadna.

– Żadna.

– To Wolf mnie stamtąd zabrał – ucina. – To wszystko, co powinieneś wiedzieć. Zabrał i zrobił mnie swoją żoną.

– Żżżona, mążżż... – Nie mogę się powstrzymać. – Wsłuchaj się tylko: żżż... Prąd brzęczy w drucie kolczastym.

– Bzdury wygadujesz, jak zresztą wszyscy! – marszczy brwi. – Przecież te miesiące z Wolfem to najlepsze, co mi się przydarzyło przez całe dwadzieścia pięć lat!

Biorę głębszy wdech.

– Naprawdę nic o mnie nie mówił?

– Dlaczego pytasz?

– Dziwne... Gdybym miała przyjaciółkę, której ufałabym tak, jak on tobie... Nie potrafiłabym się nie wygadać.

– Nie rozumiem... – przyznaję się.

– Biedaku... – uśmiecha się do mnie z roztargnieniem.

Odwzajemniam jej uśmiech.

– Przez całe dwadzieścia pięć lat? – Może nie dosłyszałem?

– No, tak – mówi zmęczonym głosem. – Mam dwadzieścia pięć lat, co w tym dziwnego?

Dwadzieścia pięć. Dwadzieścia pięć. Dwadzieścia pięć lat w świecie trzechsetlatków, którzy nie zamierzają nigdy umrzeć.

Annelie ziewa.

– A ty... Znasz swoich rodziców? – Biorę ją za rękę.

– Nie – kręci coraz cięższą już głową. – Byłam... byłam w internacie. Dla dziewczynek.

Jej oczy się kleją.

– Mogę się tu położyć? Na twoim plecaku? Strasznie chce mi się spać...

– Zaczekaj... W internacie?

– Aha. Nie było jakoś u nas przyjęte, żeby pytać... kim są czyiś rodzice.

– Ale... Byłaś w oddziale specjalnym? Żeńskie internaty... Przecież to z nich pochodzą kadry oddziałów specjalnych... Które zajmują się konfiskatą nielegalnie urodzonych, prawda?

– Pewnie tak. Nie czekałam, żeby się przekonać. Uciekłam.

– Co? Ty... Uciekłaś!?

– Uciekłam... Z internatu. Dlaczego jestem taka śpiąca... I nie widać Wolfa...

Znów ziewa, zabiera bez pozwolenia mój plecak i wyciąga się wprost na podłodze, kładąc głowę na przygotowanym dla niej sprzęcie.

– Posłuchaj... Kiedy przyjdzie... przekaż mu, że...

– Zaczekaj! Nie śpij... Jeszcze za wcześnie!

Ale ona aż za długo opierała się potrójnej dawce orfinormu. Po raz ostatni otwiera żółte kocie oko, lśniące jak promienie zachodzącego słońca przez wieczorny smog, i mamrocze:

– A ty... Ile masz lat?

Zanim usłyszała odpowiedź, zasnęła.

Szarpię ją, krzyczę – wszystko na nic. Nie reaguje. Nie chce zostać moją Szeherezadą.

Opamiętaj się, mówię do siebie. Nie uratujesz jej.

Ostrożnie, wręcz delikatnie, wyciągam plecak spod jej głowy. Biorę ją pod pachy i wlokę do bramy centrum utylizacji. Wrota rozsuwają się i wchodzę do przestronnej sali o czarnych ścianach. Nie ma czym oddychać: powietrze pełne jest cząsteczek gnijących organicznych resztek. To zresztą nie miejsce do oddychania, w centrum pracują tylko maszyny – automatyczne śmieciarki. Kręcą się wokół nas, rozdzielają śmieci na sterty. Resztki jedzenia w jednej piramidzie, kompozyt w drugiej, naturalne minerały – w pozostałych.

Wzdłuż ścian ciągną się sloty, pojemniki na odpadki. Żelazne szczęki, które potrafią zmiażdżyć absolutnie wszystko. Sarkofagi o wymiarach dwa na trzy metry otwierają się, śmieciarki wypełniają je odpadami, a potem ścianki się zwierają; na każdej pracuje rozdrabniacz. Zbliżają się do siebie, obracając w pył wszystko, co znajduje się między nimi, i pod potwornym ciśnieniem tłoczą, prasują materiał. Z dwunastu metrów sześciennych tworzyw kompozytowych zostaje jeden, a z resztek organicznych – tyle co nic. Z kompozytu powstaną nowe przedmioty, a materia organiczna stanie się nawozem. Nie mamy gdzie wyrzucać śmieci. I jesteśmy zbyt biedni, żeby marnować je w spalarniach. Liczy się każdy atom, nie stać nas, by nimi szastać. Każdy atom czymś był i czymś się stanie, i jest w tym coś pocieszającego.

Wyciągam z plecaka prościutką kamerę wideo, ustawiam ją na statywie, nakierowuję na otwartą paszczę slotu. W tym pomieszczeniu nie działa system nagrywania, a ja potrzebuję dowodów swojej winy.

Kładę Annelie na stercie zgniłych pseudoowoców, na zwałach przeterminowanych koników polnych; teraz slot jest niemal pełny. Kiedy wewnątrz sarkofagu nie będzie już wolnego miejsca, przeźroczysta pokrywa się zamknie i uruchomi się rozdrabniacz. Oczywiście w zwykłych slotach umieszczone są czujniki, które zatrzymują prasę, jeśli wewnątrz znajdzie się coś żywego większego od szczura. Tyle że w tej hali czujniki są rozkalibrowane. To jeden z ołtarzy ofiarnych Nieśmiertelnych.

Układam Annelie wygodniej na jej miękkim łożu z ludzkich prochów. Starannie obciągam czarną koszulę, którą włożyła pewnie dlatego, że pachnie Rocamorą. Przyglądam się jej po raz ostatni, żeby zapamiętać ją na całe swoje nieskończone życie. Jej drobne stopy zdobią zadrapania, łydki ma zbyt dziewczęce, szczupłe i gładkie, opływowe, bez pagórków mięśni, no i te jej kolana; z kołnierzyka wystaje nieszczęsna delikatna szyja, z grubych rękawów – zabrudzone nadgarstki, które same w sobie przywracają wiarę, iż kosmiczna harmonia jest możliwa. Zadarty podbródek, opuchnięte pozagryzane usta są na wpół otwarte, grzywka się splątała. Pierś unosi się miarowo. Zapamiętam zarówno jej sutki, jak i ukryty pod matową skórą perłowy naszyjnik kręgów. Nie chcę teraz na to patrzeć, nie chcę popełniać bluźnierstwa.

Annelie oddycha głęboko i równo, zamroczona orfinormem; nie obudzi się, kiedy ściany sarkofagu zaczną się do siebie zbliżać. I prześpi swoją śmierć. A potem pójdzie do recyklingu. I przeistoczy się w nawóz albo paszę dla zwierząt.

Wpatruję się w jej twarz, wpatruję – i nagle jakby zmiata mnie fala uderzeniowa; uświadamiam sobie, do kogo jest podobna... Do... Do... Nie! Brednie! Nie mają nic wspólnego!

Automatyczna śmieciarka podjeżdża z nową porcją padliny. Wywala na Annelie jakąś zieloną masę, w której niespodziewanie dostrzegam kwiat. Zwiędły kwiat – to znaczy, że jest prawdziwy i, zanim umarł, żył.

– Dziękuję – mówię do śmieciarki i dodaję: – To bardzo miłe.

Ta okrywa Annelie zielonym całunem. Na powierzchni pozostaje tylko twarz. Twarz, która niczego nie wyraża. Nie ma na niej uśmiechu, nie ma przerażenia. Tak jakby Annelie już teraz przeprowadzała próbę śmierci.

Koniec. Slot jest pełny.

Na panelu ręcznego sterowania ustawiam timer na jedną minutę. Taki czas w zupełności wystarczy na rozstanie.

Włącza się sygnał ostrzegawczy i na sarkofag opada przeźroczysta pokrywa. Żegnam się z Annelie po cichu: nagrywam przecież film z jej egzekucji i moja rola w nim nie przewiduje sentymentów.

Chcę ją zapamiętać, jak należy – muszę teraz rozmawiać z nią w wyobraźni, dyskutując o tym, czego nie zdążyłem z nią omówić za życia. Trochę za późno wyjaśniło się, że mamy tyle wspólnych tematów.

Nie mogę wyrzucić z głowy jej wyznania o ucieczce.

Udało się jej. Internaty dla dziewczynek wcale nie różnią się od podobnych zakładów dla chłopców. Są hermetyczne, nie da się ich opuścić. Jak zatem się jej to udało?

Ostatnia rzecz, o której myślę, póki Annelie wygląda jeszcze jak Annelie – to, że przez cały czas, jaki z nią dzisiaj byłem, ani razu nie dała mi się we znaki moja klaustrofobia.

Czyli niesłusznie gardzę środkami uspokajającymi.

Jednak działają!

Rozdział 9
UCIECZKA

Ucieknę stąd albo zdechnę.

Mogę uciec. Widziałem okno. Uciekniemy stąd z Dziewięćset Szóstym. Tylko go znajdę i... Widziałem okno, gdzieś tutaj... Staram się znaleźć Dziewięćset Szóstego, opowiedzieć mu, idę niekończącym się korytarzem z setkami drzwi, szarpię i popycham każdą klamkę – i wszędzie zamknięte. Gdzie jesteś!?

– Ej! – Ktoś szturcha mnie w bok. – Ej!

– Co!? – podskakuję na łóżku, ściągam opaskę z oczu.

– Mówisz przez sen!

Patrzy na mnie Trzydziesty Ósmy – śliczny, kędzierzawy chłopiec o dziewczęcej urodzie, który wszystkiego się boi i słucha starszych, czegokolwiek by od niego zażądali.

Moja poduszka jest zimna i mokra od potu.

– I co takiego gadałem? – pytam, symulując obojętność.

Jeśli się wygadałem, jeśli inni dowiedzą się o wyjściu z internatu, zamurują je szybciej, niż zdążę się znów dostać do szpitala.

– Płakałeś – szepcze Trzydziesty Ósmy.

– Co za cholerna bzdura!

– Cicho! – rzuca się tamten. – Wszyscy śpią.

Wcale nie zamierzam kontynuować tej rozmowy! Naciągam opaskę, odwracam się do ściany. Staram się zasnąć, ale kiedy tylko zamykam oczy, natychmiast odzyskuję wzrok: widzę bezkresne miasto za panoramiczną szybą, miriady migocących świateł, wieżowce jak atlanty, oplecione pajęczyną światłowodów, tunelami ekspresowych pociągów, miasto pod kłębiącym się szaropurpurowym niebem nawleczonym na cienkie promienie udającego się na spoczynek słońca.

Widzę drzwi balkonowe. Klamkę i zamek.

– Wydostaniemy się stąd – obiecuję Dziewięćset Szóstemu. – Znalazłem...

– Cicho bądź! Zaraz przyjdą wychowawcy! – syczy do mnie głośno Trzydziesty Ósmy.

I wtedy przypominam sobie stół operacyjny skierowany w stronę tego zdumiewającego, jedynego w całym internacie okna. I podłużny worek – zapięty na amen worek takiej długości i szerokości, jakiej trzeba, by pomieścić ciało chłopca, który na tym stole leżał. „Przetrzymaliśmy go za długo" – dopiero teraz przypominam sobie słowa naczelnego wychowawcy.

Nagle uświadamiam sobie, że Dziewięćset Szósty, mój jedyny towarzysz, przed którym bałem się otworzyć, wyznać przyjaźń, uwolnił się już z naszego internatu. Że nie wraca do naszej sali i naszej dziesiątki tak długo, bo leży w worku. Dziewięćset Szósty nie doczekał ani mojego wyznania, ani mojego odkrycia. Ostatecznie pozostałem obcym mu człowiekiem.

Grobowiec go pożarł.

„Przetrzymali go".

– Śpisz? – Trzydziesty Ósmy trąca mnie palcem, zwiesiwszy się z górnego łóżka.

– Tak!

– To prawda, że Pięćset Trzeci się ciebie czepiał? – pyta tamten po kilku sapnięciach.

– Co cię to obchodzi!?

– Chłopaki mówią, że chciał cię przecwelić, a ty odgryzłeś mu ucho.

– Kto tak mówi? – Znów ściągam opaskę.

– Mówią, że on cię teraz zabije. Już wszystkim powiedział, że niedługo cię zabije. Na dniach.

– Niech spróbuje – mówię ochryple, słysząc, jak serce mi przyspiesza pod wpływem ogarniającego mnie strachu.

Trzydziesty Ósmy milczy, ale dalej zwiesza się nade mną, międląc w ustach i bojąc się wypluć swoje myśli, i świdrując mnie swoim ckliwym wzrokiem.

– Wiesz, jak mam na imię? – mówi w końcu niepewnie. – Josef.

– Odbiło ci!? – syczę do niego. – Po kiego wała mam je znać!?

Nie mamy imion! W internacie pozwalają używać tylko identyfikatorów liczbowych. Zabronione są nawet przezwiska, a łamiący ten zakaz są bezlitośnie karani. Wszystkim, którzy przed trafieniem do internatu mieli jakieś imiona, odbiera się je i wydaje z powrotem dopiero przy wyjściu. Imię to jedyna osobista rzecz, którą nam zwrócą, kiedy nas wypuszczą. A tych, których przywieźli tu jeszcze bez imienia, nazwie jakoś naczelny wychowawca, kiedy przyjdzie czas na wyjście z internatu. Jeśli do tego dnia dotrwają.

Poznać imię kogoś ze swojej dziesiątki można tylko przy jednej okazji... Podczas pierwszej próby. Słyszysz – i natychmiast zapominasz.

– Jeśli nas teraz podsłuchują, wychowawcy połamią ci za to wszystkie żebra!

Ale Trzydziesty Ósmy jakby ogłuchł.

– Równy z ciebie gość – wzdycha.

– Że co? – Krzywię się: brakuje mi jeszcze tylko adoratorów.

– Równy z ciebie gość, że go pogoniłeś.

– A jaki miałem wybór? Miałem się dać wyruchać!? Pięćset Trzeciemu!?

Trzydziesty Ósmy pociąga nosem obrażony. Moje słowa brzmią jak zarzut: bo ten cherubinek w razie czego od razu pada na kolana i ulegle nieruchomieje. Myślałem, że już przestało go to boleć.

– No tak. Generalnie, równy z ciebie gość, tylko to chciałem powiedzieć – ledwie słyszalnie mówi Trzydziesty Ósmy i znika.

Tymczasem, jak się okazuje, nie przestało. Dociera do mnie, że musiał dłużej zbierać się na odwagę, żeby mi to wyznać, niż żeby obciągnąć jakiemuś zwyrodnialcowi ze starszego rocznika.

– Mam dość... – dobiega do mnie jego pochlipywanie. – Już nie chcę...

– Posłuchaj! Trzydziesty Ósmy! – szepczę do niego.

– No? – odpowiada nie od razu.

– Dziewięćset Szósty nie wróci. Nie żyje. Widziałem ciało.

– Jak to!? – Trzydziesty Ósmy już się nie pokazuje; po dnie jego łóżka widać, jak kuli się, podciągając kolana pod brodę.

– Wyciągnęli go z grobowca martwego. Tak to.

– Dziewięćset Szósty był w porządku, chociaż dziwny – ośmiela się powiedzieć.

A ja całkiem niespodziewanie dla siebie samego żywię do tego żałosnego koniec końców stworzenia oznaczonego numerem trzydzieści osiem dwa zupełnie nie na miejscu uczucia: wdzięczność i szacunek. To daje mi kopa i wypełzam ze swojej pryczy, zakradam się wyżej, przyciskam usta do jego ucha oprawionego w anielskie blond loki i mówię:

– Ja jestem Jan.

Tamten się wzdryga. Sam też się trzęsę. Ale śpieszę się, żeby mu to wyznać, chcę zawrzeć z nim ten układ, nim zniknie jak Dziewięćset Szósty albo nim zniknę ja.

– Znalazłem stąd wyjście. Naprawdę! Okno. Chcesz się przyłączyć?

I Trzydziesty Ósmy, rzecz jasna, odpowiada natychmiast: „Nie!", ale nazajutrz, przed prysznicem, kiedy to zdążyłem już ze sto razy pożałować swojej propozycji, podchodzi do mnie i nieśmiało ściska mi rękę: „A co mam robić?". Ale w szatni panuje cisza, tylko powietrze dźwięczy z ciekawości jak na średniowiecznym rynku przed pokazową egzekucją; wszystkich interesują nasze plany. Wystarczy, że powiem słowo – z całą pewnością ktoś nas podsłucha i natychmiast na nas doniesie.

Chociaż Pięćset Trzeci miał leżeć w szpitalu, na porannym apelu staje dokładnie naprzeciwko. Przygląda mi się intensywnie, z uśmiechem. Staram się na niego nie patrzeć, ale puste miejsce po uchu mimowolnie przyciąga moje spojrzenie. Wielkie rzeczy, będzie chciał, to wstawi sobie protezę. Ode mnie drań swojego ucha nie dostanie: jest bezpiecznie ukryte i już zaczyna wydawać zapaszek. Płoną mosty. Zagryzam usta do krwi.

Naczelny wychowawca omija mnie, jakby poprzedniej nocy nic się nie wydarzyło. Ale wszyscy już wszystko wiedzą. Trzymają się ode mnie z daleka, wokół mnie zrobiło się pusto, jakbym był zadżumiony. I jestem: trącę rychłą śmiercią, a oni nie chcą się nią ode mnie zarazić.

Teraz jest ze mną tylko Trzydziesty Ósmy. On też wolałby trzymać się ode mnie jak najdalej, ale nie wolno pozostawiać mnie samemu sobie. Zewsząd obserwują mnie jakieś cienie, na korytarzu plują mi na ubranie, w drzwiach do klasy – szturchają. Jestem napiętnowany, teraz wszyscy mogą na mnie polować, choć jestem pewny, że Pięćset Trzeci będzie chciał załatwić to sam.

Przez cały dzień wytrzymuję, byle jak najdalej od wychodka. Podobno kabiny są jedynymi miejscami nieobjętymi monitoringiem; właśnie dlatego toaleta od zawsze była miejscem bójek i wyrównywania rachunków.

W stołówce siadam razem z Trzydziestym Ósmym. Gardzą nami nawet chłopaki z naszej własnej drużyny: Trzysta Dziesiąty – ten, który tak dobrze zna różnicę między dobrem i złem – gapi się na mnie ponuro zza sąsiedniego stołu, burczy coś do swojego adiutanta – przerośniętego milczka Dziewięćsetnego. Wynika z tego, że jestem po stronie zła.

No i dobrze, chrzanić ich wszystkich. Za to Trzydziesty Ósmy i ja zostajemy we dwóch i możemy się porozumiewać, prawie nie poruszając ustami. Wokół panuje taki gwar, że mamy nadzieję na zachowanie naszego planu w tajemnicy.

Uzgadniamy, że Trzydziesty Ósmy musi udać chorego i dostać się do szpitala, gdzie będzie na mnie czekał, a ja dziś w nocy ucieknę z sypialni i naruszając wszelkie zakazy, przedostanę się do niego. On krzykami odwróci uwagę lekarza, a ja przekradnę się do gabinetu i otworzę okno. I tyle. Co dalej – o tym pomyślimy w stosownym czasie. Tak?

Trzydziesty Ósmy kiwa głową, choć drży mu podbródek, uśmiecha się, choć jego uśmiech jest niekształtny i niepewny.

– Na pewno się zdecydowałeś? – pytam go.

I wtedy do naszego stołu podchodzi dwóch chłopaków. Goryle, obaj mają po osiemnaście lat. Zapewne nie ma tu nikogo silniejszego, straszniejszego i ohydniejszego od tych kreatur. Dwukrotnie próbowali stąd wyjść i dwukrotnie polegli, coraz bardziej rozjuszając się i tępiejąc. Kiedy byliśmy zupełnie mali, krążyły między nami legendy, że każdy niezdany egzamin kosztuje człowieka utratę kawałka duszy. Kiedy patrzę na tych dwóch, zdaję sobie sprawę, że to nie żadna legenda. Z każdym rokiem ich szanse, by w ogóle kiedykolwiek wyjść na zewnątrz, topnieją.

– A ty co, laleczko? – zwraca się pieszczotliwie do Trzydziestego Ósmego jeden z nich, z tłustymi długimi włosami, z zapuszczonym brudnym paznokciem na małym palcu, o nieprzyjemnych wodnistych oczach. – Zdradzasz nas? Młodszego sobie znalazłeś?

Nawet nie wiedziałem, że Trzydziesty Ósmy jest ich kochankiem. Drugi, wygolony na łyso, z czarną postrzępioną brodą i zrośniętymi brwiami, śmieje się – bezdźwięcznie, jakby miał przecięte struny głosowe.

– Nie... Ja... To mój przyjaciel. Po prostu przyjaciel. – Trzydziesty Ósmy wprost więdnie, kurczy się.

– Przyjaaaciel... – przeciąga ten z tłustymi włosami, nawet na mnie nie patrząc. – Przyjaciółeeeczka...

– Odczepcie się od niego! – wtrącam odważnie. Jutro albo będę trupem, albo wolnym człowiekiem, co mam do stracenia?

– Powiedz mu, żeby zachował swoje bohaterstwo na noc – szczerzy się ten o wodnistych oczach, mówiąc nie do mnie, lecz do Trzydziestego Ósmego, jakby wcale mnie tu nie było. – Bo co, chyba chcesz mu na koniec zrobić dobrze?

Trzydziesty Ósmy uśmiecha się ulegle i kiwa głową. Brodacz drapie go za uchem, posyła buziaka, i obaj odchodzą, obejmując się jak przyjaciółki i głucho porykując.

– Na pewno. – Trzydziesty Ósmy przełyka łzy. – Zdecydowałem się. Na pewno.

Początkowo wszystko idzie jak po maśle. Ktoś po znajomości rozbija Trzydziestemu Ósmemu łuk brwiowy i ten zgłasza się do lekarza na badanie. Teraz ja: chodzi o to, żeby nie wykończyli mnie, nim zdążę dostać się do szpitala.

Ale pod wieczór łaskotanie w coraz cięższym pęcherzu zamienia się w kłujący ból, nie mogę przez to zrobić kroku – a co dopiero uciekać. Trzeba będzie zaryzykować.

Tuż przed ciszą nocną, krzywiąc się i przestępując z nogi na nogę, przekradam się z sypialni na korytarz. Przy windzie – jedynej, która może zawieźć mnie na drugi poziom do gabinetu lekarskiego – majaczą dwie wysokie postacie. Zdaje mi się, że poznaję upiory z drużyny Pięćset Trzeciego. Ktoś im powiedział, że zamierzam się stąd dzisiaj urwać? Trzydziesty Ósmy?

Słyszę za plecami czyjeś kroki, zaczynam gnać najszybciej, jak potrafię, żeby nie wybuchnąć, wpadam do toalety – pusto, nie wierzę we własne szczęście! – zamykam się w kabinie, ledwo zdążam gorączkowo rozpiąć rozporek... I kiedy już nadchodzi oczekiwana ulga, a po ciele rozchodzi się drżąca błogość, ktoś otwiera za mną drzwi. Ale ja już nie mogę przestać, nie śmiem się odwrócić i uzmysławiam sobie, że oto zaraz zdechnę jak skończony idiota i moją idiotyczną śmierć przerobią na idiotyczny dowcip pouczający następne pokolenia upartych idiotów.

– Weźmiesz mnie z sobą – mówi ktoś za mną. – Rozumiesz?

Wykręcam szyję – jeszcze troszkę i coś mi tam trzaśnie – i widzę Dwieście Dwudziestego. Kapusia, który sprzedał mojego niedoszłego przyjaciela.

– Że co?

– Weźmiesz mnie z sobą albo będę u wychowawcy, zanim skończysz lać!

– Wezmę dokąd!?

– Słyszałem, o czym mówiliście. Ty i ten twój słodki chłopaczek – prycha.

– Co słyszałeś? Co słyszałeś!?

– Wszystko. Że uciekacie, Jan.

– Ciebie mam wziąć!? – Cały czas sikam, nie mogę nawet spojrzeć mu w oczy. – Ciebie!? Przecież ty jesteś kapuś! Kapuś nad kapusie! Wsypałeś Dziewięćset Szóstego, bydlaku!

– No wsypałem! I co!? To dureń! Po cholerę było trzepać ozorem? Jednym słowem: tak czy nie?

Dwieście Dwudziesty milknie, nasłuchuje, czy dużo mi jeszcze zostało. Jestem od niego silniejszy i jestem wściekły, wie o tym. Jeśli nie zdąży dobić ze mną targu, nim skończę, będzie miał przechlapane. A ja odwrotnie, muszę wszystko przeciągać. Sytuacja, że nic, tylko się śmiać, ale tylko na razie. Kiedy to się skończy, wszystko się zmieni.

– Nie wierzę ci!

– Przecież gdybym chciał, to już dawno bym cię zakablował! Krwią byś teraz sikał!

– Może i zakablowałeś!

– Słuchaj, Siedem-Jeden-Siedem... Myślisz, że mi się tu podoba!? Co!? Ja też chcę się stąd urwać! Mnie też wszyscy tu, sam wiesz co... Co, myślisz, że jestem jakiś nienormalny!?

– Jesteś gnidą, to myślę!

– Sam jesteś gnidą! Każdy żyje, jak może! Przynajmniej dupy nie sprzedaję!

– Bo kupili cię w całości!

Słyszę, jak pluje na posadzkę. A potem jego głos zaczyna się oddalać.

– A idź ty... Nie, to nie. Wychowawcy nie będą z tobą nawet rozmawiać. Oddadzą cię Pięćset Trzeciemu. Rozerwie cię na strzępy za to ucho. Na razie! Nie masz już po co iść do szpitala...

Jest już chyba na korytarzu. W co jak w co, ale w słowo konfidenta, który zapewnia, że doniesie, można wierzyć.

– Stój! Zaczekaj! – Zapinam rozporek. – Dobrze, dobrze!

Jednak nie, Dwieście Dwudziesty zamarł w progu, gotów w każdym momencie zerwać się do biegu. Złapać go za te ryże kudły, walnąć zadartym nosem o kolano?

– Jak mi to udowodnisz? – pytam.

Mruży oczy, pociąga nosem, rozgląda się na boki.

– Jestem Vik. Viktor. Moje imię.

Wyciągam do niego rękę – nieumytą.

– Pamiętam, jak się nazywasz. Pierwsza próba zaliczona.

Spogląda na moją dłoń uważnie, czerwieni się – i ściska. I wtedy go chwytam. Dwieście Dwudziesty przeczuwa nieszczęście, szarpie się, ale trzymam go mocno.

– Wiem, gdzie czeka na ciebie banda Pięćset Trzeciego! Pomogę ci ich ominąć! Przeprowadzę cię! Tylko weź mnie z sobą!

Przypominam sobie Dziewięćset Szóstego i to, jak razem oglądaliśmy „Głuchych". Potem – miasto w oknie, bezkresne miasto, które Dziewięćset Szósty też by zobaczył, gdyby nie leżał w worku na trupy. Nie wiem już, jak mu pomóc. A potem myślę, że Dwieście Dwudziesty rzeczywiście już sto razy mógłby mnie zakapować i że wychowawcom łatwiej byłoby mnie capnąć zaraz po tym, jak im doniósł. I myślę jeszcze o tym, że ma rację, że potrzebny mi teraz zwiadowca, inaczej szajka Pięćset Trzeciego nie da mi nawet spróbować szczęścia.

– Tylko się nie zlej. – Mrugam do Dwieście Dwudziestego i puszczam jego rękę. – Vik.

Ten chichocze: mój żarcik przypadł mu do gustu.

Oto moi wspólnicy: żałosna mała męska dziwka i zawołany kapuś. Z jakiegoś powodu z nimi to łatwe. Łatwiejsze niż z głupim Dziewięćset Szóstym, który upierał się przy wszystkich, że pamięta swoją matkę.

Oczywiście, że nie wierzę ani jednemu, ani drugiemu. Jasne, że biorę pod uwagę zdradę. A jednak na nich polegam. Może rzecz w tym, że tego ostatniego wieczora po prostu boję się zostać całkiem sam i każdy Judasz nada mi się na przyjaciela.

– Tam naprawdę jest okno? Jak w filmie? – chrząka Dwieście Dwudziesty, kiedy my, spiskowcy, uczestnicy wychodkowego paktu, biegniemy do windy.

– Najprawdziwsze – zapewniam go. –Jesteśmy w jakimś wysokim budynku, w mieście.

– A fajne to miasto?

– Gigantyczne! W głowie się kręci.

– Czyli można się tam tak schować, że nigdy nas nie znajdą! – szepcze w zachwycie i nagle zwalnia. – Cicho! Tam przy windzie... Widzisz?

Widzę. Już wcześniej ich zobaczyłem i już wtedy odgadłem. Dwa pryszczate piętnastoletnie draby – przyboczni Pięćset Trzeciego.

– To nic... Zaraz... – Dwieście Dwudziesty ma rozbiegane oczy. – Tak... Wszystko załatwię. Zaczekaj tu.

Cofam się, kryję się za łukiem ściany, a Dwieście Dwudziesty rusza naprzód, pociągając nosem i pogwizdując jakąś melodię. Przyciskam się do ściany, nabieram powietrza, żeby mój oddech nie zagłuszał ledwie słyszalnego szmeru rozmowy przy windzie. Jestem niemal pewien, że dadzą Dwieście Dwudziestemu niezły wycisk, ale ten po minucie wraca cały i zdrowy.

– Chodźmy.

Wychylam się: przy windzie jest pusto.

– Co ty im powiedziałeś? – W końcu nie udało mi się niczego usłyszeć.

– Tajemnica – szczerzy się tamten. – Zresztą, co za różnica? Zadziałało!

Winda się otwiera, w środku nikogo nie ma. Czuję przez skórę, że to pułapka, ale wchodzę do środka. Cały internat stał się dla mnie potrzaskiem, wpadłem we wnyki i słyszę kroki myśliwego.

Drzwi się rozsuwają. Korytarz jest pusty.

Złe przeczucie wije mi się we wnętrznościach jak ręka chirurga w gumowej rękawiczce.

Rozbrzmiewa syrena ogłaszająca ciszę nocną. Wychowawcy są teraz w naszych salach – ucinają wieczorne pogaduszki, batem zaganiają swoje stada do spania.

– Jest szpital! – Dwieście Dwudziesty trąca mnie łokciem.

– Przecież wiem!

Pędzimy co sił w stronę wejścia. Nie ma ochrony, nikt nie rzuca się nam naprzeciw i wszystko widzące oko systemu kamer jest jakby obrócone samo na siebie.

– I co... Co w środku!? – krzyczy do mnie w biegu Dwieście Dwudziesty urywanym, zdyszanym głosem.

– Trzeba... dostać się... do gabinetu lekarza!

Docieramy do drzwi... Zamknięte!

– Cholera!

Pukamy, dzwonimy, drapiemy...

– Co to za ściema!? – syczy Dwieście Dwudziesty. – To specjalnie!?

– Myślałem, że tu zawsze jest otwarte!

Ale wtedy z trzewi szpitala rozlegają się przygłuszone chłopięce głosy, odgłosy jakiejś szarpaniny, a potem drzwi melodyjnie brzdękają i podnoszą się.

Na progu stoi Trzydziesty Ósmy – blady, przerażony, z zaklejoną brwią.

– Dziękuję! – klepię go po ramieniu. – Równy z ciebie gość!

Tamten wzrusza ramionami niepewnie i patrzy, patrzy na Dwieście Dwudziestego. Milczy, bojąc się cokolwiek powiedzieć temu znanemu kapusiowi.

– On jest z nami – uspokajam go. – Pójdziemy we trzech.

– Możesz mi mówić Viktor – proponuje Dwieście Dwudziesty, jakby to wyznanie miało starczyć za list referencyjny.

Trzydziesty Ósmy kiwa głową.

– Dobra... Nie mamy czasu. Jest lekarz? – szepczę, robiąc krok naprzód.

Z prawej zaczyna się szereg szpitalnych sal. Z lewej jest gabinet. Jeśli jest u siebie, trzeba go stamtąd wywabić i wtedy...

Drzwi nieśpiesznie opadają za moimi plecami, zamykając nas trzech w środku.

– Co tak stoisz w progu? Wejdź, porozmawiamy!

Nie rozumiem nawet sensu słów: na sam dźwięk tego głosu włoski na karku stają mi dęba, a kolana i ręce zaczynają trząść się ze strachu.

Z korytarza po prawej chyłkiem wyłaniają się dwaj nadzy do pasa piętnastolatkowie. Koszule trzymają w rękach, skręcone jak sznury. Wiem po co: czymś takim można i związać, i udusić.

Cofam się do drzwi – ale wyjście jest już, rzecz jasna, zamknięte – na zawsze. Łapię za włosy Dwieście Dwudziestego.

– Bydlę! Zdrajca!

– To nie ja! To nie ja! – skomli ten, ale po sekundzie odciągają go ode mnie.

Biję najbliższego z nich pięścią w brzuch, ale tylko skręcam sobie nadgarstek. I zaraz potem – gwiazdy w oczach – szarpią mnie za złamany palec.

– Doktorze! Doktorze! – wrzeszczę w ostatniej chwili, w której jeszcze mogę to zrobić.

Nogi uginają się pode mną z bólu i na mojej szyi natychmiast zaciska się pętla z czyjejś spoconej koszulki i czyjaś kwaśna, śliska dłoń zatyka mi usta.

Trzydziesty Ósmy pochlipuje i gdzieś znika.

Który z nich mnie wsypał? Kto jest zdrajcą!?

Drzwi do gabinetu lekarskiego – zamknięte, ślepe – odpływają w dal, giną we mgle z potu i łez. Odciągają mnie od nich, od bezcennego okna, od wolności, i wloką w przeciwnym kierunku. Do szpitalnych sal.

Przy akompaniamencie głośnego szczucia przeciągają mnie przez pierwszą z nich – maluchy z pierwszego poziomu wytrzeszczają na mnie przerażone oczy, siedząc w łóżkach, zakutane w kołdry. Nikt nie śmie pisnąć. Najmniejszy ma może dwa i pół roku. Ale on też nie płacze ani się nie śmieje; stara się udawać, że go tu nie ma – żeby tylko nie przyciągnąć niczyjej uwagi. Znaczy, że jest u nas już nie pierwszy tydzień. Zorientował się co i jak.

W następnej sali już na mnie czekają.

W pomieszczeniu wszystko jest powywracane do góry nogami. Przy drzwiach straż trzyma banda Pięćset Trzeciego. Wszystkie łóżka na kółkach odsunięto pod przeciwległą ścianę, rozsiedli się na nich widzowie. Wszystkie oprócz jednego – to stoi pośrodku sali, a na nim, niczym król na tronie, siedzi po turecku sam Pięć-Zero-Trzy. Za plecami ma dwóch swoich sługusów.

– Rozbierzcie go!

Do tych dwóch, którzy mnie przytrzymują, dołączają kolejni – zdaje się, że Pięćset Trzeciego przyjęli do szpitala z całą jego drużyną – ściągają ze mnie spodnie, koszulę, majtki; nie mam już na sobie niczego.

– Zwiążcie go! Przywiążcie do łóżka!

Zmuszają mnie siłą do uklęknięcia, moimi własnymi ciuchami przywiązują do prętów oparcia podsuniętego usłużnie łóżka. Nie wstydzę się swojej nagości: to rutyna, widzimy się nago każdego ranka. Ale to, jak to urządził Pięćset Trzeci, jak przekształca zabicie mnie w poniżenie, w zarzynanie, w egzekucję, sprawia, że kulę się, wykręcam, starając się choć jakkolwiek zasłonić, nie dać mu satysfakcji.

– Mamy tu dziś sąd. – Pięćset Trzeci przygląda się mojemu ukrzyżowaniu i pluje na podłogę. – Nad numerem Siedem-Jeden-Siedem. Któremu na imię Jan. Będziemy tego sukinsyna sądzić za to, że na pewnym etapie uznał, że nie ma tu pana. A jaka jest za to kara?

– Czapa! – krzyczy jeden z wazeliniarzy za jego plecami.

– Czapa! – wtóruje mu drugi.

– A wy – czemu milczycie? – Pięćset Trzeci zwraca się do spędzonych na łóżka przypadkowych widzów. – Co, nie wiecie?

Mrugam i przez zasłonę łez widzę tu zarówno Trzydziestego Ósmego, jak i Dwieście Dwudziestego. Obaj z przydzielonymi dryblasami z grupy piętnastolatków. Który z nich? Który?

– Czapa... – beczy jakiś zdechlak, któremu Pięćset Trzeci wyssał przez źrenice całą duszę jak spaghetti.

– Czapa – przytakuje gruby, mniej więcej dziesięcioletni chłopiec; drżą mu wargi.

– No, a ty co powiesz? – Pięćset Trzeci wskazuje Dwieście Dwudziestego.

– Ja? A co mam mówić? – chlipie tamten.

– Jak uważasz, mamy go załatwić? Zasłużył? – wyjaśnia spokojnie Pięćset Trzeci i znów się uśmiecha.

– Cóż... Ja to w ogóle... – Dwieście Dwudziesty wierci się, podczas gdy zbliża się do niego jeszcze jeden drab ze zwiniętą koszulką w rękach. Dwieście Dwudziesty ogląda się na niego nerwowo i nie patrząc na mnie, mówi do Pięćset Trzeciego: – Zasłużył, jasne.

Tak. Kiwam do niego głową: czyli bez niespodzianek.

– A ty, Trzy-Osiem? – po pożarciu resztek sumienia Dwieście Dwudziestego niczym jajek, Pięćset Trzeci przechodzi do mojego cherubinka.

Ten milczy. Marszczy czoło, poci się, ale milczy.

– Język połknąłeś!? – podnosi głos Pięćset Trzeci.

Trzydziesty Ósmy zaczyna płakać, ale wciąż nie mówi nawet słowa.

– Co, żal ci go? – rży Pięćset Trzeci. – Żałuj sam siebie, mały. Kiedy z nim skończymy...

– Puść go – prosi Trzydziesty Ósmy.

– Tak, oczywiście! – szczerzy się Pięćset Trzeci. – Robi się. Powiedz jeszcze, że nie wiedziałeś, że go załatwimy, kiedy nam go wystawiałeś...

– Ja... Ja nie...

– No już. Dość tego gapienia się w podłogę. Jesteś facet czy baba?

Cała jego drużyna wybucha rechotem.

– Ja nie... Nie... – I Trzydziesty Ósmy zaczyna ryczeć.

Nawet ja czuję obrzydzenie.

– Wynocha stąd, szmato! – nakazuje Pięćset Trzeci. – Ciebie osądzimy jutro.

I Trzydziesty Ósmy posłusznie wychodzi, żałośnie bełkocząc i jęcząc.

Nagle czuję spokój i chce mi się śmiać. Idiota ze mnie, skończony idiota. Komu zaufałem? Na co liczyłem? Dokąd uciekałem!?

Przestaję się szarpać, mam gdzieś, że wszystko mi widać, śmieszy mnie nawet, że przywiązali mnie do szpitalnego łóżka, jakby to było ukrzyżowanie.

Nie mogę powstrzymać uśmiechu. I Pięćset Trzeci to dostrzega.

– Czego się, kurwa, szczerzysz? Że to niby żarty? – On też się do mnie uśmiecha.

Ściągnęło mi policzki. Skręciło usta. Moja twarz mnie nie słucha.

– Dobra – mówi Pięćset Trzeci. – Jeśli taki z ciebie uśmiechnięty chłopaczek... Słuchajcie, frajerzy! Szczerze mówiąc, to sram na to, co wy wszyscy myślicie. To ja decyduję. Dostaniesz czapę, Siedemset Siedemnasty. I wiesz co? Możesz mi nie oddawać mojego ucha. Ja będę miał twoje dwa. Dawaj, Sto Czterdziesty Czwarty.

Jego pomocnik, który przechadzał się wśród publiczności, salutuje i włazi na łóżko, do którego jestem przywiązany. Zachodzi mnie od tyłu i błyskawicznie przeciska swój sznur z koszuli przez pręty oparcia. Słowa Pięćset Trzeciego o swoim uchu odwracają moją uwagę i zbyt późno zdaję sobie sprawę, jak dokładnie będzie wyglądać egzekucja. Próbuję przycisnąć podbródek do piersi, żeby nie mógł zarzucić mi pętli na szyję, ale Sto Czterdziesty Czwarty łapie mnie za włosy, siłą odchyla mi głowę do tyłu i ściska gardło sznurem. Łóżko szpitalne zamienia się w garotę. Sto Czterdziesty Czwarty ściąga i łączy końce swojego narzędzia, zwija je w węzeł i zaczyna obracać, odcinając mi krew i powietrze. Miotam się, wyrywam, łóżko trzęsie się i przesuwa, kolejni trzej niewolnicy Pięćset Trzeciego przyskakują do mnie, żeby mnie okiełznać i zakończyć mój spazmatyczny galop.

Nikt się nie odzywa, ani słowem. Zdycham w ciszy. Zaczyna mi się wydawać, że tonę, że dusi mnie, oplatając mi szyję mackami, potworna morska ośmiornica.

Świat skacze mi przed oczyma, skacze i gaśnie, i na zielone oczy Pięćset Trzeciego natrafiam zupełnym przypadkiem – chociaż on szuka mojego wzroku, chciwie na niego poluje. Napotykam jego wzrok i cały drętwieję: Pięćset Trzeci uśmiecha się i zaczyna się dotykać.

– Dawaj – mówi samym ruchem ust.

I wtedy przy wejściu rozlega się łoskot. Ktoś krzyczy.

– Taaak... – rozlega się czyjś bas. – Co my tu mamy? Przedszkolaki dokazują?

Macki ośmiornicy, która ściskała mi gardło, nagle słabną. Ktoś wrzeszczy, przewraca się z hukiem łóżko.

– Co ty!? Co wy!? – krzyczy nie wiadomo do kogo Pięćset Trzeci.

Wygrzebując się ze wszystkich sił z przedśmiertnego omdlenia, jakimś cudem uwalniam rękę, staram się odkleić mackę od swojej szyi, więzy słabną i walę się na podłogę, dokądś się czołgam... Oddycham, oddycham, oddycham.

Kątem oka widzę, jak pośrodku sali szakalami Pięćset Trzeciego rzucają o ziemię dwie ogromne bestie – jedna z długą tłustą grzywą, druga wygolona na zero i brodata. Uciekam na czworakach – gdziekolwiek, jak najdalej stąd – i po drodze dociera do mnie, że to straszni protektorzy Trzydziestego Ósmego; pewnie to właśnie on ich sprowadził.

– Stać! – dobiega mnie z tyłu okrzyk; Pięćset Trzeci.

– Nie! – odkrzykuję mu szeptem.

Jeśli się zatrzymam – zginę. I nie patrząc dokąd, czołgam się na oślep w stronę życia.

– Ochrona! Ochrona! – dudni nade mną czyjś głos. – To bunt!

Głos dorosłego.

Trafiam w czyjeś nogi. Unoszę głowę – na tyle, na ile mogę. Widzę błękitny lekarski kitel. Tu jest, bydlak. Czyli teraz to mnie usłyszał?

Doktor wyciąga coś zza pazuchy... Czyżby... Ma w ręku pistolet.

– Twarzą do ziemi! – krzyczy.

Celuje nie we mnie, lecz w zamarłego dwa kroki dalej Pięćset Trzeciego. Teraz albo nigdy, mówię sobie w duchu. Chyba nabrałem już wystarczająco dużo powietrza. Teraz albo nigdy.

Prostuję się, daję nurka pod jego ręką, uderzam z dołu do góry. Cichy trzask – pocisk idzie w sufit, wypalając w nim osmaloną dziurę. Prawdziwy pistolet! I cholera wie czym naładowany...

Chwytam zaskoczonego lekarza zębami za nadgarstek, wykręcam mu z dłoni broń i ślizgając się, zupełnie nagi, biegnę do wyjścia, do okna. Pięćset Trzeci rzuca się za mną, lekarz zostaje w tyle tylko o sekundę.

Gabinet jest otwarty!

Przebiegam przez pierwszy pokój – hologramy ludzkich wnętrzności jarzą się łagodnym światłem na swoich podstawkach, łóżko posłane, porządek jak w sali operacyjnej.

Pięćset Trzeci i lekarz zaczepiają się łokciami w drzwiach i zyskuję jeszcze ułamek sekundy. To wystarcza, żeby dobiec do pomieszczenia z oknem. Drzwi... Wbijam się w nie z rozbiegu – zamknięte! Zamknięte!!!

Odwracam się w miejscu jak fryga i zdążam wymierzyć broń w nadbiegającego lekarza i szczękającego zębami Pięćset Trzeciego.

– Otwieraj! – krzyczę przeszywająco.

– Co ci jest? Po co chcesz tam wchodzić!? Tam niczego nie ma! – Doktor wyciąga przed siebie dłonie w pojednawczym geście, robi mały krok w moim kierunku. – Nie denerwuj się, nie ukarzemy cię...

W pewnej odległości za jego plecami dostrzegam biurko, na nim świecący ekran z widokiem na salę, w której mnie mordowali, obok paruje filiżanka kawy – to bydlę nie spało, tylko emocjonowało się, obserwując egzekucję z loży dla VIP-ów!

– Otwieraj, sukinsynu!!! – Pistolet podskakuje mi w rękach. – Albo...

– Dobrze, dobrze... – ogląda się na wejście. – Dobrze. Pozwól, że przejdę...

– Ty! Dziesięć kroków do tyłu! – Celuję w Pięćset Trzeciego, który szuka dobrego momentu, żeby zaatakować

Ten niby się podporządkowuje – ale nieśpiesznie, od niechcenia.

Doktor szybko przykłada dłoń do skanera, mówi: „Otwórz" – i drzwi słuchają.

– No, proszę – rozkłada ręce. – I po co chciałeś tu wchodzić?

– Won! – odpowiadam. – Won stąd, zboczeńcu!

Lekarz odsuwa się, nie ściągając usłużnej miny ze swojej zniszczonej twarzy. I widzę... Widzę je. Tak się bałem, żeby jej nie spłoszyć, tej mojej zjawy. Bałem się, że okno okaże się moim snem, że obudzę się i nie zdołam przemycić go ze sobą do rzeczywistości. Ale jest na miejscu.

I miasto też. Miasto, które czekało tu na mnie przez wszystkie te lata i ledwie się doczekało. Za szybą, tak jak u nas, panuje noc. Biała noc: rozpraszając ciemność, łagodnie lśni zalane światłem wieżowców morze nieba, morze dymów i oparów, oddech gigalopolis. Płyną migocące tunele szybkich pociągów, miliard ludzi żyje sobie szczęśliwie w swoich wieżowcach, nie podejrzewając, że w jednym z nich, nieróżniącym się niczym od innych, urządzono tajny obóz koncentracyjny dla dzieci.

Idę tam.

Jest klamka. Trzeba ją tylko pociągnąć i okno otworzy się, a tam będę już mógł robić, co zechcę, choćby i rzucić się w dół.

Ale w pomieszczeniu zjawia się Pięćset Trzeci – i na wszystko pozostaje mi pół sekundy.

Mogę strzelić w jego wyszczerzoną gębę i na zawsze zakończyć naszą wspólną historię. W tym momencie nie ma nic prostszego, niż to zrobić.

Odsuwam jednak rękę w bok i strzelam w szybę.

Dlatego że teraz potrzebuję tego bardziej. Rozbić od środka skorupę przeklętego jajka, wychylić się z niego, nabrać w płuca prawdziwego gorzkiego powietrza, a nie tego cholernego pozbawionego smaku zamiennika, którym nas tu nadmuchują, i pobyć chociaż przez krótką chwilę bez sufitu nad głową.

– Mięczak! – mówi mi Pięćset Trzeci.

Nie wiem, czym doktor naładował pistolet, ale to coś wyrywa w szybie ogromną dziurę. I unicestwia miasto.

Giną podobne do atlantów wieżowce, znika pajęczyna wiszących tuneli, gaśnie luminescencyjne niebo. Zostają iskrzące wiązki przewodów, dymiące elektroniczne wnętrzności, czerń.

To był ekran.

Pierwszy trójwymiarowy panoramiczny symulator w moim życiu.

Coś miga obok mnie, pistolet wypada mi z ręki, a ja sam lecę na podłogę.

– Mięczak! – chrypi z góry Pięćset Trzeci. – Żżżałosny...

– Służba bezpieczeństwa! – zagłuszają go nieznajome stalowe głosy. – Wszyscy na ziemię!

– Nie oddam go wam! – ryczy Pięćset Trzeci. – On jest mój! Mój!

– Zostaw go! – krzyczy doktor. – Niech naczelny się nim zajmie! To wszystko posunęło się za daleko!

I Pięćset Trzeci, dysząc tak głośno, jakby w każdym płucu miał dziurę, daje za wygraną.

Zakładają mi na głowę czarny worek. A potem – już w ciemności – słyszę anonimowy chichot:

– Co, myślałeś, że tak sobie siedzicie w mieście? Myślałeś, że takie bękarty jak wy będą trzymane razem z normalnymi ludźmi? Tu dookoła jest pustynia i trzy poziomy ochrony! Nikt stąd nigdy nie uciekł. I nigdy nie ucieknie. Miałeś, kretynie, jedną drogę: skończyć naukę i wyjść... A teraz...

– Dokąd go bierzemy? – pyta stalowy głos.

– Do grobowca – skazuje mnie anonim, kiedy kończy mnie wyśmiewać.

W nicość.

Rozdział 10

FETYSZ

To nie sen.

Nie mogę zasnąć, boję się spać. Nie chcę wracać do swojej klitki. Patrzę na zegarek. Jestem na nogach już prawie dobę, ale sen nie przychodzi.

Komunikator wydaje pisk: filmik, który nakręciłem w centrum utylizacji surowców wtórnych, został wysłany do Schreyera. Sprawozdanie z wykonanego zadania. Życzę przyjemnego oglądania.

Nie mogłem postąpić inaczej, mówię Dziewięćset Szóstemu.

Nie mogłem postąpić inaczej.

Na jednym z pięter wieżowca, w którym mieszkam, jest maleńki balkon techniczny. Kilka metrów długości, nie więcej niż pół szerokości. Akurat tyle, żeby się położyć na plecach.

Jest otwarty: przeźroczysta balustrada ledwie sięga mi do pasa, przeźroczysta podłoga pod nogami – gdyby nie rysy na powierzchni, w ogóle nie byłaby widoczna. W górze, okolone zbiegającymi się w perspektywie wierzchołkami wieżowców, przepływa nade mną niebo. A ja unoszę się nad otchłanią.

U mojego wezgłowia stoi na wpół opróżniona butelka tequili. Oczywiście cartel.

Są wspomnienia, które nigdy nie blakną, nieważne, ile czasu upłynęło. Takie wydarzenia kryją się w przeszłości każdego i jedno słowo wystarczy, by pojawiły się w umyśle tak jasno i wyraźnie, jakby rozegrały się wczoraj.

Odwracam głowę w bok i widzę miasto. Jeśli zmrużyć oczy tak, by stracić ostrość widzenia, można pomyśleć, że to ten sam pejzaż, który pokazywało jedyne okno w internacie. Ale wszystko, co teraz widzę, jest realne, mówię sobie w duchu.

Jestem przecież na wolności.

I wolno mi robić, co zechcę, choćby skoczyć w dół!

Aby otrzymać kod dostępu do tego balkonu, musiałem wymyślić jakieś nieskładne kłamstwo, a potem jeszcze jakoś je posmarować. Ale kod był tego wart. Przychodzę tu, kiedy potrzebuję się przekonać, że nie jestem już w internacie. Że stałem się dorosłym, pewnym siebie człowiekiem. Ale jak mam się utwierdzać w tym przekonaniu, jeśli nie porównując obecnego siebie z tamtym? Zobaczyć się z nim, napić się razem, powspominać dawne czasy. To nasze miejsce spotkań.

Przyszedłem tu, żeby spotkać się sam na sam ze sobą, ale Annelie odszukała mnie i tutaj.

Myślę o niej. Nie potrafię nie myśleć. O jej spierzchniętych ustach, o szyi z rozgałęzieniami żyłek, o jej umęczonych kolanach.

Rzadko się zdarza, żebym miał wątpliwości albo żałował tego, co się stało; moja praca zwykle uwalnia mnie od konieczności dokonywania wyborów, a kiedy nie ma wyboru, nie ma też żalu. Szczęśliwy ten, za kogo wszystko rozstrzygają inni. On nie ma się z czego spowiadać.

Myślę o kryształowej trumnie, w której ją złożyłem. O jej rozrzuconych włosach. O jej umalowanych oczach i ustach, które szminkowała, przeglądając się w szklanej ścianie wagonu, kiedy pędziła na spotkanie z Rocamorą.

Cóż to? Co się ze mną dzieje? Dlaczego nie wypuszcza mnie z uścisku? Dlaczego ja nie wypuszczam jej?

To nie poczucie winy, mówię sobie w duchu. To nie skrucha. I na pewno nie miłość.

To po prostu popęd, cielesny głód, nienasycona żądza.

Zabiłem ją, lecz nie przestałem jej pragnąć. Przeciwnie, jeszcze bardziej mnie to rozpaliło.

Muszę ją z siebie usunąć. Pozbyć się tego diabelstwa. Poczuć ulgę.

Znam tylko jeden kościół, w którym będę mógł się porządnie wyspowiadać i otrzymać godną komunię: Liebfrauenmünster. Katedra w Strasburgu.

Wstaję.

Spotkanie skończone.

Winda zjeżdża na poziom zero. Wracam z nieba na ziemię w najbardziej ziemskiej ze spraw.

Ostatni odcinek szczególnie się dłuży: pod stropem drugiej kondygnacji wieżowca Lewiatan trzeba było zmieścić budowlę, która do dwudziestego wieku była jedną z najwyższych na świecie. Ale „długo" w świecie dużych prędkości oznacza ledwie kilka sekund.

Wychodzę z bramy trzypiętrowego domu z kamienia, staję na zakurzonym bruku. Z prawej i lewej strony do fasady przyrosły niższe budynki, za nimi – bez zaułków i odstępów – tłoczą się konstrukcje o czterech piętrach, i tak dalej ciągnie się zębata pierzeja. Podobna ściana kamienic wyrasta naprzeciw, po drugiej stronie. Jestem na ulicy średniowiecznego miasta. Budynki są pomalowane na różne przyjemne kolory, są i „pierniki" z muru pruskiego; z okien płynie łagodne światło; palą się uliczne latarnie.

Jesteśmy rzekomo w Strasburgu z mniej więcej dwudziestego wieku.

To znaczy, że kocie łby pod moimi stopami są tymi samymi, po których chodzili tu ludzie pięćset lat temu. Fasady domów – tymi samymi, które przez kilkaset lat stały pod gołym niebem, pod prawdziwymi chmurami. Tyle że ulica, która kiedyś biegła w dal, teraz wpada na głuchy mur. Kończy się ślepą ścianą z czarnego lustrzanego szkła i nią też się zaczyna. Wcześniej przez całą dobę działały tam ekrany, które tworzyły iluzję perspektywy, przedłużały uciętą ulicę i zaludniały ją gwarnym tłumem. Fasady budynków po tej stronie, z której przyszedłem, też zatopiono w podobnej ścianie z atramentowego szkła. Ta z kolei uzupełniała ucięte dachy, pokazywała dalej położone dzielnice i służyła za niebo.

Ale na to, żeby symulować rzeczywistość, trzeba było zużywać niemało elektryczności. Europa pracuje na maksymalnych obrotach i zarówno każdy kilowat, jak i każdy łyk wody czy powietrza, trafia na aukcję. Kupuje go ten, kto może sobie na to pozwolić. A mieszkańców poziomu zero nie było stać na opłacanie iluzji. Dlatego niebo i pejzaż odcięto im za nieuregulowane rachunki.

Kilometr kwadratowy starego Strasburga zamknięto w sześcianie z czarnego szkła. Kiedy trafia się tu po raz pierwszy, można się dać oszukać i uznać, że to po prostu noc. Ale tak ciemnych nocy po prostu nie ma. Taki mrok może panować, powiedzmy, we wnętrzu wieloryba.

Brzuszysko wynurzającego się z alzackiej ziemi Lewiatana pochłonęło milion metrów kwadratowych starych uliczek, wyślizganych upływem czasu brukowanych jezdni, resztek ceglanych domów. Ale połknęło też zdobycz, której strawienie okazało się ponad jego siły. Dokładnie pośrodku hali stoi bryła o wysokości stu czterdziestu metrów – Strassburger Liebfrauenmünster. Nazywam ją po prostu Münster.

Była wznoszona przez pięć stuleci, co przy ówczesnej mysiej długości ludzkiego życia równało się nieskończoności. Przez dwieście długich lat ta zabawka była najwyższą budowlą świata. W tamtym czasie mogło się pewnie wydawać, że ślęczenie nad nią miało sens.

Potem ludzkość wprawiła się w budowaniu ze stali i stworzony z różowego piaskowca kościół przeszedł na emeryturę; a kiedy nadeszła era kompozytu, po prostu schowano go do składziku razem z innymi starymi zabawkami.

W szkarłatnym świetle ulicznych latarni zarówno katedra, jak i prowadzące do niej zza luster uliczki zdają się teatralnymi dekoracjami. I rzeczywiście, wszystko od góry do dołu to rekwizyty. Każde ze świecących okien – zasłoniętych przed cudzymi spojrzeniami – jest teatrem cieni, w którym odgrywane są przedstawienia z podziałem na role. Na tle zasłon miotają się jakieś sylwetki, słychać śmiech, jęki, płacz.

Łatwo ulec ciekawości, zboczyć z drogi i zapukać do którychś z zamkniętych drzwi. Ale ja potrzebuję iść do kościoła.

Münster budowano niemal pięć wieków, nie doprowadzono jednak sprawy do końca: wzniesiono tylko jedną wieżę, drugiej nie dokończono. Katedra wygląda więc teraz jak inwalida, który wzywa Boga, wznosząc ku niebu zarówno całą rękę, jak i kikut tej drugiej, urwanej za łokciem.

Fasadę oplata misterna koronka z różowego piaskowca, z murów spoglądają w dół gargulce i święci. Do środka prowadzą wysokie dwuskrzydłowe drewniane drzwi zamknięte strzelistym łukiem, po obu ich stronach stoją kamienni strażnicy – apostołowie. Łuk zagłębia się w bryle kościoła wielostopniowym sklepieniem, każdy stopień pełen jest aniołów z lutniami, cała niebiańska armia. Nad portalem na swoim tronie siedzi któryś z bezimiennych królów, nad nim umieszczono Matkę Boską z Dzieciątkiem na kolanach, a wszystko to wieńczy twarz brodatego starca.

Zasadniczo cyrk.

Wchodzę po schodach. Anioły na schodkowym sklepieniu portalu przesuwają się nad moją głową, składają się w harmonijkę, zostają przed wejściem. Nie wolno im wchodzić do środka. Popycham ciężkie drewniane drzwi: przez szczelinę wylewają się akordy organów.

Na moje spotkanie wychodzi *maître d'hôtel* w wytartej liberii; nowi gospodarze katedry mają swoiste wyobrażenie piękna. Ale kto by im to wypominał? Münster i tak miał szczęście, przynajmniej jest użyteczny.

– Witamy w klubie Fetysz – kłania mi się uprzejmie. – Jak się do pana zwracać?

– Siedem-Jeden-Siedem.

– Słucham?

– Siedem-Jeden-Siedem. Tak właśnie proszę się do mnie zwracać. Jest pan tu od niedawna? – Uśmiecham się do niego.

– Proszę wybaczyć. Drugi tydzień. Stały klient? – trajkoce tamten, widząc, że dał plamę. – Ma pan rezerwację?

– Nie, chciałbym czegoś nowego.

Skądś dobiegają męskie głosy – nierozróżnialne, niskie, zlewające się w jedno, jak szum maszyn. Dziwne... Zwykle nie ma tu żywej duszy. *Maître d'hôtel* odgaduje, o czym myślę.

– Mamy dziś komplet klientów. – Idąc przodem, co chwilę się do mnie odwraca. – Podobno w sali Home Video zaczęli grać jakiś stary serial o życiu Jezusa. Wie pan, pokładamy w nim duże nadzieje. W ostatnim czasie ledwo wiązaliśmy koniec z końcem... Szefostwo mówiło, że ta tematyka całkiem się już wyczerpała...

Wewnątrz katedry niczego nie przerobiono: kiedyś z ciekawości przeglądałem stare zdjęcia i zdaje się, że nie było tu nawet remontu. Te same okopcone sklepienia, te same ponure, ślepe posągi w rogach. Co najwyżej uprzątnęli rzędy drewnianych ławek, w których tłoczyli się niegdyś uczestnicy mszy. Zyskali powierzchnię na imprezy masowe. Ale teraz panuje tu zastój i nawa główna katedry wygląda po prostu jak nawa katedry.

W półmroku daleko przede mną widać ołtarz; toczą się tam jakieś przygotowania. Ale *maître d'hôtel* prowadzi mnie w lewo, do przytulnej nawy bocznej, gdzie sklepienie jest niżej i ciąży mi nad głową jak zwykle, i gdzie wzdłuż ścian, w niszach, rozmieszczono witryny, każda oddzielona od poprzedniej ciężką aksamitną portierą. We wszystkich widać żywe sceny biblijne albo swobodne fantazje na temat życia w zakonie. Urok sytuacji polega na tym, że można tu sobie wybrać dowolną starotestamentową bohaterkę i dowolną mniszkę. Od Ewy po królową Saby. Na każdy gust.

– Nowy Testament jest przedstawiony w prawej nawie. Są też oczywiście takie bez aluzji religijnych – szepcze świętoszkowato *maître d'hôtel*. – W podziemiach mamy po prostu strip-bar, w neutralnym stylu.

– Ależ co pan – odpowiadam. – Przecież jestem stałym klientem. Po co miałbym chcieć bez aluzji?

– Miło spotkać konesera – rozpływa się w uśmiechu *maître d'hôtel*. – Może Estera?

Patrzę na kędzierzawą Esterę o dużych wilgotnych oczach, rozpostartą na jedwabnych dywanach, na jej ciężkie biodra, na złoty brokat, którym obsypane jest jej ciemne ciało, na lśniącą od olejków skórę. Brokat i jedwab to oczywiście kompozytowa namiastka, natomiast Estera pewnie właśnie taka była. Tyle że nie potrzebuję Estery.

Nie da mi ulgi, nie uwolni mnie. Kręcę głową.

Estera orientuje się, że nie przyszedłem po nią – i odwraca się ode mnie z władczą miną, jak lwica w zoo.

Potem mijam Judytę, Rebekę i kilka mniszek o różnym stopniu wyuzdania – jedną dostaje się w komplecie z rózgami. Ta jest niezła.

– Sara, Sulamitka i Dalila niestety są obecnie zajęte – zaglądając w swój komunikator, rozkłada ręce *maître d'hôtel*.

– Niech mi pan pokaże Ewangelię – proszę.

Jestem prowadzony do lewej nawy. Ale po drodze zatrzymuję się pod dwudziestometrowym zegarem astronomicznym.

– Nasza duma – mówi *maître d'hôtel*.

I wyraźnie zbiera się, żeby mi o nim opowiedzieć – liczy na napiwek. Powstrzymuję go ruchem ręki: wiem wszystko, co powinienem o tym zegarze wiedzieć.

Tyle razy go tu widziałem – i nigdy nie mogłem tak po prostu przejść obok. Nad zwykłym cyferblatem umieszczony jest jeszcze jeden – ogromny – ale zamiast rzymskich X i V przy kreskach podziału ma znaki zodiaku, a wskazówek nie dwie, tylko sześć, i do każdej jest przymocowana malutka złocona planeta: Merkury, Wenus, Ziemia, Mars, Jowisz i Saturn. Na początku dziewiętnastego wieku, kiedy francuski zegarmistrz nakręcał sprężyny urządzenia, inne planety jeszcze nie istniały.

Zmyślny mechanizm porusza wszystkimi planetami dokładnie po ich orbitach, potrafi wyliczać daty świąt ruchomych, ale – co najważniejsze – jest tu tarcza, która pokazuje precesję osi ziemskiej; nienagannie dokładna i niewiarygodnie powolna: jeden obrót zajmuje prawie dwadzieścia sześć tysięcy lat.

Zastanawiam się, po co zegarmistrz stworzył ten element. Jego własne życie nie trwało pewnie dłużej niż jeden stopień, jedna trzysta sześćdziesiąta część pełnego obrotu wskazówki. Do odkrycia nieśmiertelności było jeszcze ponad dwieście lat, nie mógł nawet mieć cienia nadziei, że zobaczy zakończenie cyklu. Po co żmudnie obliczać siły maluteńkich sprężynek, regulować skok miniaturowych kółek zębatych, wiedząc, że całe twoje istnienie na ziemi – wspomnienia z dzieciństwa, cała nienawiść i cała miłość, starość i śmierć – zmieści się w jednej trzysta sześćdziesiątej części cyferblatu, który właśnie budujesz? Po co tworzyć mechanizm przypominający o ludzkiej marności i poniżający każdego śmiertelnika, który go ogląda? Podchodząc do zegara po raz pierwszy jako małe dziecko, a po raz ostatni wlokąc się jako dusząca się ze starości ruina człowieka, żaden z ówczesnych zegarmistrzów nie zauważyłby różnicy w położeniu elementów mechanizmu. Całe ich życie przeminęło, a wskazówka przesunęła się o nędzny stopień.

Myślę sobie, że zapewne wszystko było pomyślane tak, żeby po wyregulowaniu mechanizmu jego twórca mógł czasem chwycić za wskazówki od zewnątrz i przesunąć planety siłą, poczuć się tym brodatym starcem z fasady budowli. Obrócić wskazówką precesji, przekręcić dwadzieścia sześć tysięcy lat naraz, skoczyć w przyszłość, której nie można zobaczyć…

W naszych czasach nikomu nie przyszłoby nawet do głowy, żeby dla czegoś takiego grzebać się całymi dekadami w smarze maszynowym i psuć sobie wzrok.

Nad planetami, nad tarczą obliczającą precesję znajduje się dowód tego, że mam rację. Zegar wieńczy mechanizm, który ma zapewniać rozrywkę gawiedzi: dwa balkoniki, jeden nad drugim, po których przesuwa się korowód wielobarwnych figurek.

Na dolnym balkonie stoi Śmierć – w rękach trzyma dwa dzwony, zamiast głowy – naga czaszka. Przed nią jeżdżą w kółko przygarbione ludziki – starzec, chłopiec, kobieta… Na górnym Chrystus odbiera defiladę apostołów. Figurki wychodzą przez jedne małe drzwiczki, przejeżdżają przed swoim wodzem i chowają się za drugimi takimi samymi. Nieskomplikowana metafora: Jezus z apostołami jest ponad śmierć. Istnieje tu jednak pewna przewrotność.

Chrystus powinien stać na górnym balkoniku razem ze Śmiercią jako uświęcony przez wieki tandem. A w dole, pod nimi, zadzierając służalczo głowy, tłoczyłyby się przegrane ludziki – i ci zwyczajni, i apostołowie. Gdybym to ja tworzył wizerunek Chrystusa, twarz długowłosego cierpiętnika, spopularyzowaną jak odbity z szablonu portret Che Guevary, umieściłbym mu na potylicy. A z przodu na swoją owczarnię spoglądałaby pustymi oczodołami naga czaszka. Dlatego że Jezus i Śmierć to nawet nie tandem. To dwie maski jednego Boga.

Gdyby nie było Śmierci, kościół nie miałby czym spekulować.

Nie narodziłby się i Jezus. Komiwojażer z katalogiem pustych nadziei. Naczelnik umarłych.

– A mogę zobaczyć Marię Pannę? – pytam *maître d'hôtel*.

– Bluźniercy! Łajdaki! Nie ważcie się! – dobiega mnie stłumiony krzyk.

– Przepraszam. – *Maître d'hôtel* robi się blady. – Wrócę do pana za chwilę.

I biegnie do wejścia, gdzie wykidajły próbują podnieść przywierającego do podłogi facecika w czarnym surducie.

Idę za nim. Ręce mnie swędzą.

– Zostawcie mnie! Zostawcie! – kwiczy gość w surducie. – Sprofanowaliście! Sprofanowaliście kościół!

– Wezwać policję? – pyta zdyszany wykidajło.

– Jaką policję!? Ambulans! – macha ręką *maître d'hôtel*. – Widzicie przecież, że to wariat.

Czuję nagle ukłucie w rękę. To komunikator z wyłączonym dźwiękiem: połączenie przychodzące. Patrzę: Schreyer. Dotykam ekranu, udaję, że nie słyszę. Nie mogę teraz o tym rozmawiać.

– Dranie! Barbarzyńcy! – wrzeszczy dalej facecik w surducie.

Podchodzę bliżej, przyglądam mu się. I zdaję sobie sprawę, że on się... starzeje. Ma na pewno więcej niż nasze graniczne trzydzieści lat. Zmarszczki... Rzednące włosy... Nieprzyjemny widok.

– Ty też! Ty! Przyszedłeś tu nurzać się w bagnie! – zauważa, że gapię się na niego, wygraża mi swoją piąstką, błyska białkami oczu.

Uśmiecham się.

– Niech pan posłucha... Szanowny panie... To prywatny lokal... Mamy prawo wpuszczać albo nie wpuszczać klientów według własnego uznania... Psuje nam pan reputację! – stara się go uspokoić *maître d'hôtel*, wykonując hipnotyczne ruchy rękami. – Boże święty, przepraszam – ogląda się na mnie.

– Nic nie szkodzi – odpowiadam. – Nie śpieszy mi się.

– Nie mogę go podnieść... Nie daje mi... – sapie jeden z ochroniarzy.

– Sodomici! Wandale!!! – Mimo pozornie wątłej budowy gość w surducie ma dość sił, żeby wykręcać się z włochatych łap wykidajłów.

– Oj! Dajcie, ja sam! – *maître d'hôtel* szepcze coś do komunikatora. – Lekarzy... Tak... Agresywny... Nie radzimy sobie!

W końcu krępują mu ręce. Dwóch osiłków siada mu na plecach, ale ten wygina się jeszcze w pałąk, wywraca oczami, bryzga śliną.

– Słowo daję, nie rozumiem, po co się tak awanturować? – *Maître d'hôtel* ociera swoją liberię, nabiera powietrza. – Niech pan sam popatrzy... Jak tu wszystko urządziliśmy... W idealnym porządku...

– Święty Kościół! Psy! Występne psy!

– Niech się pan nie zachowuje jak dziecko! Czy święty Kościół może płacić za utrzymanie tych pomieszczeń? Niech pan popatrzy, jaki kolos! Sami ledwo wiążemy koniec z końcem, a tacy jak pan próbują nam jeszcze odstraszyć ostatnich klientów! Proszę, inne katedry już wyburzyli... A my stoimy!

– Ladacznice... W kościele... – rzęzi tamten.

– Ale się pan z nim cacka! – nie wytrzymuję.

Podchodzę bliżej, kucam wprost przed tym psycholem.

– Kto jest winien temu, że brodaczowi upadł biznes? – pytam typa w surducie. – Dwa tysiące lat handlował sobie duszami i nie znał biedy, a potem – trach! Zbankrutował. Kto potrzebuje twojej duszy, skoro ciało nie gnije, co?

– Oszalałeś! – krzyczy do mnie szaleniec.

– A my mamy wolny rynek! Kto może płacić dzierżawę, ten płaci! Gdzie jest twój Kościół? Zbankrutował! Interes się nie kręci, to zamykaj kramik, nie ma co ludziom zawracać głowy! I niech choćby rzeźnię w tym miejscu otwierają albo burdel... Burdele zawsze są potrzebne! A ty nie!

– To jest zamknięty klub dla panów – poprawia mnie z wyrzutem *maître d'hôtel*.

– Jesteś opętany! Opętany! – Tamten wije się w konwulsjach, jakby był opętany.

– Wciskasz mi fałszywkę! Niepotrzebna mi twoja dusza! Nie chcę iść do twojego raju! Twój raj namalowali surowym jajkiem na otynkowanym suficie! To jest ten twój raj! – Spluwam na ziemię.

– Będziesz się smażył w piekle!!! – Na ustach furiata pojawia się piana. Epileptyk. Wiedziałem.

– To twoje piekło to też niezła ściema! – śmieję mu się w twarz. – Już tylko ty w nie wierzysz! Nikt oprócz ciebie, idioty! A wiesz dlaczego!?

– Szatan... Jesteś szatanem! – rzuca się już spokojniej, traci siły.

– Bo się starzejesz! Myślisz, że nie widać? Bo zaprzepaściłeś swoją prawdziwą nieśmiertelność! Dlatego że wpadłeś z jakąś babą! Zgrzeszyyyyłeś! Dlatego że twoje ciało jest całe dziurawe i życie z niego wycieka! To teraz sobie przypomniałeś o duszy! Przyszedłeś wojować! A my tu mamy swoje prawa! Nam tu bez Boga wszystko pięknie wychodzi! Mnie ten twój Bóg nie będzie pouczał, jasne!? Niech sobie rządzi staruchami! Ja będę zawsze młody!

– Szatan... – Oddycha z trudem, słabnie.

I dopiero wtedy do środka wchodzi załoga ambulansu. Wsuwają mu coś pod język, przypinają do noszy, skanują puls i serce. Wariat błądzi dookoła wzrokiem.

– Opowiadał jakieś bzdury... – wyjaśnia *maître d'hôtel* ratownikom. – Że niby profanujemy kościół. Jest odwrotnie, my tu, można powiedzieć, chronimy dziedzictwo kulturowe... Jako odpowiedzialni właściciele...

– Rzadki przypadek – kiwa z powagą szef załogi, Mulat ze starannie przystrzyżoną bródką. – Daliśmy mu coś na uspokojenie, a szczegółowo przebadają go w szpitalu psychiatrycznym.

– To pewnie przez ten serial...

– Ależ go pan załatwił! – Jeden z wykidajłów ściska mi rękę, kiedy w końcu wynoszą fanatyka na zewnątrz. – Psychologicznie!

– Psychologicznie – powtarzam za nim z krzywym uśmiechem. Trzęsie mnie.

– Zdaje się, że chciał pan zerknąć na naszą Marię Pannę – przypomina mi uprzejmie *maître d'hôtel*. – Mamy akurat nową.

Matka Boska jest kompletnie zaskakująca: ostrzyżona na pazia blondynka bez makijażu, ubrana w prostą białą suknię podobną do greckiej chlamidy. Na rękach trzyma zawiniętą w pieluszki lalkę.

Jest ładna, owszem, ale bez przesady – pozłacana Estera o bujnym biuście zupełnie ją przyćmiewa, lalkowata Rebeka też jest prawdziwą gwiazdą w porównaniu z tą prowincjuszką. Ale jest w niej coś...

– Tak... postanowiliśmy podejść do tematu mniej tradycyjnie...

– Biorę ją. Na godzinę.

– Życzy pan sobie zostać tutaj czy...? W podziemiach są wolne pokoje.

Strasznie głupie dekoracje – bożonarodzeniowa szopka. Ale to nic – jak chlew, to chlew. Co za różnica?

– Tutaj.

Tamten mówi coś szeptem i z góry spływa czerwona kurtyna, pozostawiając mnie z Najświętszą Panienką sam na sam, za kulisami, i całkowicie odcinając nas od światła i dźwięków reszty planety. Dziewczyna patrzy na mnie badawczo, nie wypuszczając lalki z rąk.

– Weź to stąd... – Opędzam się od Dzieciątka Jezus.

Ta posłusznie chowa lalkę pod jakąś szmatkę.

– Jak się nazywasz?

– Maria.

– No tak – uśmiecham się. – A ja Józef.

– Cześć, Józef. Mamy godzinę, tak?

– Na razie tak.

– A może przez chwilę po prostu posiedzimy? – mówi nagle. – Taki ciężki dzień, zwykle nikogo nie ma, a dzisiaj przychodzą jeden po drugim, nie zdążyłam nawet zjeść obiadu. Podobno zaczęli wyświetlać jakiś serial, no i wszyscy sobie przypomnieli... Chcesz kawy?

– Nie. Ale... Ale ty się napij.

I ta wydobywa skądś samopodgrzewającą się puszkę kawy ze śmietanką, wyciąga nogi, zamyka oczy, popija napar łyczkami. Potem szybko wypala papierosa.

Ja tymczasem oglądam wystrój chlewu: pluszowe modele owiec za plastikowym płotkiem szopki, sztuczny powój na bielonych ścianach... Na jednej z nich wisi kolorowy krucyfiks, odlany z kompozytu. Dekoratorzy kretyni przesadzili z chrześcijańskimi kliszami i pomylili chronologię.

Namalowana krew sączy się z ran Chrystusa, którym sam jest sobie winien, których nie zechciał uniknąć, masochista. Sam je sobie zadał cudzymi rękami, żeby wpędzić nas wszystkich w długi. Rozliczył się awansem za nasze grzechy, których się nie dopuściliśmy. Zmusił tysiące pokoleń ludzi, by się rodzili winni i przez całe życie zwracali mu ten narzucony kredyt z odsetkami. Dziękuję.

Maria Panna gasi papierosa, dziękuje mi uśmiechem.

– Mam się rozebrać czy najpierw ciebie?

– Mnie nie trzeba... Najpierw ty.

Maria wstaje powoli, nie spuszczając ze mnie wzroku, i prawą ręką zsuwa suknię z lewego ramienia – szczupłego, białego, prostego. Potem lewą ręką opuszcza tkaninę na prawym – chlamida ześlizguje się w dół, spływa po biodrach i spada jej do stóp. Dziewczyna stoi przede mną naga, zasłaniając tylko sutki.

Patrzę na nią i widzę siniaki na cienkich nadgarstkach i ukośnie ostrzyżone ciemnoblond włosy, i wysoko osadzone kości policzkowe, i zachód wieczornych żółtych oczu. Potrząsam głową, żeby wyrzucić z niej obrazy, które jak okruchy lodu osiadły na moich neuronach i aksonach.

Uwolnij mnie, błagam bezgłośnie Marię Pannę. Wybaw od demonów, bo jestem opętany.

Jestem naczyniem, po brzegi wypełnionym czarnym dziegciem. Stoję nieruchomo, bojąc się, że zacznę chlapać. Weź ode mnie nadmiar dziegciu, zabierz truciznę. Przysuwam się do niej.

– Mów, co dalej – prosi i wszystko się wali.

Oczekuję od Marii biegłości i pomocy; co mi po dziewicy?

– Jak to co dalej? To ty tu jesteś dziwką, a nie ja! Dlaczego mam cię wszystkiego uczyć?

Wtedy robi krok w moim kierunku. Klęka. Obejmuje mnie za nogi. Sunie dłońmi – od łydek do tylnej strony kolan, i do pośladków. Przywiera twarzą do mojej pachwiny. Jej palce są na moich plecach – wchodzą już pod pasek, zataczają koło z dwóch stron naraz, zatrzymują się na zapięciu.

Klik.

Jakie ona ma ciepłe i miękkie palce.

Łapię się za ogrodzenie szopki, żeby nie stracić równowagi. Zahaczam wzrokiem o krucyfiks naprzeciwko mnie.

– Patrz – mówię do niego.

I Chrystus patrzy – spod obrzękłych powiek patrzy przez swoje udawane łzy i milczy, bo nie ma nic do powiedzenia.

– Kłamca – szepczę do niego. – Zdrajca!

– Co mówisz? – Maria odrywa się ode mnie.

I wtedy zastępuje ją inna kobieta.

Małe twarde piersi, sterczące sutki, pokaleczona szyja, czarno-zielone ślady palców na drobnych udach, purpurowe pręgi na brzuchu i na plecach. Jasne włosy do ramion, brwi jak skrzydła mewy.

Annelie.

Nie. Trzeba ją wypędzić! Trzeba się jej pozbyć!

– Dalej! Dalej!

Przypominam sobie inny krucyfiks – wycięty z ciemnego drewna, mały i obtłuczony, gromadzący od kilku stuleci zadrapania i odpryski. Pozłota korony cierniowej... On też na mnie patrzył.

Zapadam się – czuję ciepło, wilgoć, rozkosz.

– Dziwka... – Zagryzam wargę. Zlizuję krew.

– Wszystko w porządku?

– Dość już tych pytań! Dość już tego dopytywania!

– Przepraszam... Po prostu...

– Co po prostu!? – odpycham ją. – Po co to robisz!?

– Masz w oczach łzy – mówi cicho.

– Gówno prawda!

Dziewczyna siada jak niewolnica – pośladki na piętach, proste plecy, ręce wiszą wzdłuż ciała. Wierzchem dłoni rozmazuję po policzku stygnące krople.

– Łzy – mówi uparcie tamta.

– Nie właź mi w duszę! Jesteś zwykłą kurwą, więc rób swoje! – krzyczę na nią. – Dawaj! No? Dawaj!

– Zmęczyłeś się? Źle się czujesz?

Powinna była po prostu zaczerpnąć ze mnie dziegciu małą łyżeczką, zaczerpnąć i odlać, żebym się nie przepełnił. Ale zamiast tego wkłada we mnie obie ręce. I czarny gęsty płyn chlusta na zewnątrz przez krawędzie. I z dna podnosi się coś... zapomnianego, strasznego.

Ten drewniany krucyfiks, ta złota obwódka...

– Dziwko... Dlaczego mu uwierzyłaś?...

Z opóźnieniem wymierzam jej głośny policzek, jak gdyby policzek mógł powstrzymać przebudzenie tego, co drzemało we mnie na samym dnie. Cios jest silny – jej głowa odskakuje do tyłu.

Wydaje okrzyk, łapie się za ślad na policzku. Kulę się. Zaraz wezwie ochronę, wyrzucą mnie stąd albo wezwą policję.

– Agnieszka, wszystko w porządku? – słychać zza zasłony niespokojny głos.

Dziewczyna bezgłośnie płacze.

– Agnieszka? – powtarza ktoś za kulisami.

– Tak! – mówi ze złością. – Tak, wszystko dobrze!

Wstyd mi. Czuję, jak płoną mi policzki – jakbym to nie ja, lecz mnie ktoś uderzył w twarz. Jej łzy zmywają mój ból, mój strach, moje wątpliwości. Wszystko.

– Agnieszko – mówię. – Wybacz mi. Zapomniałem, że nie jesteś Marią Panną. Że nie masz z tym nic wspólnego.

– Dlaczego? Dlaczego mi to zrobiłeś?

– To nie tobie... Nie tobie, Agnieszko.

Kiwa głową, ale nie może wziąć się w garść.

– Przepraszam, że cię uderzyłem... No? Przepraszam. Chodź tu.

Obejmuję ją, przyciskam do siebie.

– Ja... To nie dlatego... – Na początku się opiera, ale potem mięknie, oddaje się w moje objęcia. – Wielu facetów lubi... Bić.

– Tak czy inaczej, nie powinienem był... Przecież nie umawialiśmy się tak...

– Nie – kręci głową. – Płaczę, bo jestem głupia. Bo obraziłam się na ciebie. Najpierw pomyślałam – to musi być dobry człowiek.

– Nie trzeba tak...

– I... Tylko dzisiaj gram tę rolę, dostaje się bonus... Za fetysz. Wcześniej pracowałam tak po prostu. No i... Wiesz, żeby nie myśleć o całym tym syfie z Matką Boską i że ją odgrywam... Po prostu pomyślałam, że z ciebie sympatyczny chłopak i że... No, że gdybym cię poznała nie w pracy i gdybyś nie wiedział, kim jestem... Mogłoby nam coś wyjść. A ty mi po prostu przypomniałeś... Że jednak poznałam cię w pracy. Tak... Jakby batem, wiesz?

– Nie mówiłem tego do ciebie. Tego o dziwce.

– A do kogo?

– Tak sobie, do nikogo.

Nie mogę tego wyjaśnić. Nie mogę się przyznać. Ten pieprzony męczennik podgląda mnie ze swojego ozdobnego krzyża. Jedna rzecz to opróżnić przy nim prostatę, a inna – duszę.

– Widać przecież, że masz z nimi wszystkimi jakieś porachunki. Normalny człowiek przecież by tu nie przychodził? To tak, jakby posuwać mumie egipskie w muzeum... Jesteś stary, tak? Urodziłeś się jeszcze w ich czasach?

Komunikator znów zaczyna kłuć mnie w rękę.

Połączenie, Schreyer.

Nie chcę z nim rozmawiać! Nie chcę przyjmować pochwał, nie chcę opowiadać, jak wszystko poszło. Przesuwam palcem po ekranie, odrzucam połączenie.

– Jaka to różnica, ile mam lat?

– Pewnie żadna. Po prostu chcę, żeby ci ulżyło. Chcesz, to...

– Nie – łagodnie odsuwam jej rękę. – Nie, nie trzeba. Już mi ulżyło.

– Nie bój się... – mówi.

Potrząsam głową – zaciekle, jak dziecko. Przed oczami mam inny krucyfiks – drewniany krzyżyk, złota korona. Schody na piętro, „pif-paf", nieukończony model statku kosmicznego, herbaciany kwiatek w przeźroczystej filiżance... „Nie bój się. On nas obroni".

– Zdrajca... Oszust... – szepczę.

Potem znów sen: weranda, gwoździe, trzepoczące się ciało. Potem przeźroczysta pokrywa sarkofagu opadająca na rozpostarte na stercie śmieci kruche udręczone ciało dwudziestopięcioletniej dziewczyny, która mi zaufała. Jak jej tam ciasno... Jak jej tam ciasno...

Twarze zamieniają się miejscami, nakładają jedna na drugą, łączą. Agnieszka staje się prawdziwą Marią Panną – a potem Annelie, jej rysy zamieniają się z kolei w rysy mojej matki, których nigdy nie wspominam, lecz których nigdy nie zapomniałem.

– Pogubiłem się...

I wtedy Maria Panna robi coś dziwnego, zakazanego: tuli mnie do swoich nagich piersi, skrywa moją twarz między nimi i przesuwa mi palcami po włosach. Przechodzi mnie prąd. Na samym dnie mojej istoty, zatopione w dziegciu, leży coś błyszczącego. Dziegieć skręca się w lepki lejek i to, co tam lśni, wyłania się spod niego na ułamek sekundy...

– Ty płaczesz – mówi Maria Panna.

Tym razem się nie spieram.

Czuję, jakby złapał mnie skurcz, coś wyrywa się ze mnie na zewnątrz, ni to z rzężeniem, ni to z wyciem. Wciskam się głębiej, tonę w gorących łzach, obejmuję ją tak mocno, że zaczyna jęczeć.

– Dziwka... – szepczę. – Jeśli tak mu wierzyłaś... To dlaczego... Dlaczego?

– Komu wierzyła? – pyta Agnieszka gdzieś daleko. – Z kim rozmawiasz?

– Zdradził cię, a ty zdradziłaś mnie... – łkam. – Co z ciebie za dziwka, mamo...

Nie gniewa się na mnie i tylko gładzi mnie po głowie, gładzi – i trucizna wypływa mi przez oczy, przez usta, i uwalniam się, robię wdech i staję się nieważki, jakby moje płuca wypełniły się łzami i nie dawały oddychać, ciągnąc mnie w głębinę...

I cztery twarze, które spotkały się w jednej, odklejają się, rozpadają.

Annelie nie jest już moją matką. Agnieszka nie jest już Marią Panną.

– Dziękuję – mówię jej.

– Przepraszam. Ty... Jednak jesteś dobrym człowiekiem – odpowiada Agnieszka. – Ale brak ci piątej klepki.

Całuje mnie w czoło i w miejscu jej pocałunku rozbłyskuje słońce.

Dziewczyna z ukośną grzywką, z poranionymi nadgarstkami i podrapanymi plecami uśmiecha się do mnie spod pokrywy kryształowego grobowca.

Wszystko skończone.

– Czas na mnie – całuję ją w policzek i wstaję, wycierając rękawem nos.

– Nie bardzo rozumiem, co tu się wydarzyło, ale przychodź częściej – chrząka.

– Podleczyłaś mnie – mówię. – Teraz wystarczy mi sił.

– Do czego?

Zaciągam za sobą kurtynę i idę do recepcji.

Płacę za dwie godziny zamiast jednej.

– Maria Panna zrobiła dla pana coś specjalnego? – uśmiecha się wyrozumiale *maître d'hôtel*.

– Dokonała cudu – uśmiecham się w odpowiedzi.

Wychodzę pod czarne lustrzane niebo, które zastąpiło to, na którym dawni parafianie tej katedry wypatrywali wśród obłoków Boga. Anioły i gargulce, święci i potwory, Jezus i Matka Boska odprowadzają mnie kamiennym wzrokiem ze swoich miejsc na fasadzie klubu Fetysz, jakby mówiąc: „Bóg zapłać za ofiarę".

Wybieram numer Schreyera. Odbiera od razu:

– Gdzie byłeś?

– W domu publicznym.

– Żeby aż tak... – mruczy tamten. – Radziłem ci przecież, żebyś brał tabletki błogości!

– Zastanawiam się nad tym.

– Dobrze. Dostałem film. Dobra robota. To jedno z waszych miejsc?

Wzruszam ramionami. Nie ma potrzeby, żebyś wiedział, gdzie to jest.

– Mam dla ciebie jeszcze jedną sprawę.

Nie interesuje go, dlaczego zabrałem Annelie z mieszkania, jakby niczego nie wiedział o naszych pocerowanych gościach, i nie planuje wysłuchiwać, jak mi poszło z jej zabójstwem. Zamieniła się w pył i płynie sobie rurami, czyli wszystko w normie.

– Dobę nie spałem.

– No to się wyśpij – mówi z niezadowoleniem Schreyer. – Bo to odpowiedzialna robota.

I znika.

A ja unoszę się nad ulicą, niemal nie dotykając bruku stopami, lecę, mijając okna i ściany, mijając ludzi zamkniętych za drzwiami wszelkich możliwych burdeli, rozprostowujących tam przy pomocy innych ludzi sprężyny swoich kompleksów, pielęgnujących miejsca starych, źle zrośniętych złamań. Dostałem to, czego chciałem. Niech i oni dostaną.

Wzywam windę i po raz ostatni oglądam się na Münster.

Przyszedłem tu, żeby miejscowe uzdrowicielki wyleczyły mnie z obsesji. Żeby ugasiły moją żądzę i dały mi klarowność myśli.

Nie mogłem tego zrobić z Annelie – i myślałem, że mogę zastąpić ją dowolnym mówiącym manekinem.

Ale wszystko przebiegło inaczej, niż chciałem.

Oto i winda.

Obawiam się, że mój zapas determinacji wyczerpie się, nim zdążę wszystko załatwić. Ale zostaje mi jej akurat tyle, ile trzeba. Czuję tę właśnie ulgę, której pragnąłem. Wątpliwości, czy postąpiłem prawidłowo, ustąpiły.

W centrum utylizacji surowców wtórnych nic się podczas mojej nieobecności nie zmieniło. Roboty kręcą się dookoła, rosną i maleją góry odpadków, huczą sarkofagi, mieląc na atomy wszystkie zbędne rzeczy, które zostawia po sobie ludzkość.

Podchodzę do najdalszego z nich. Jego pokrywa jest uniesiona.

Opadam przed sarkofagiem na kolana. Resetuję wyłącznik czasowy. Pozostało jeszcze około godziny. Tyle dałem sobie czasu, żeby zebrać myśli.

Wyruszyłem do wypchanego truchła katedry, żeby modlić się o determinację, by tu nie wracać. Pozostawić wszystko tak, jak jest. Pozbyć się cielesnej żądzy. Przeczekać. Dotrwać do chwili, w której zadziała timer i wszystko samo się ułoży.

Ale nie chodzi o pożądanie. Nie tylko.

Po prostu wyobraziłem sobie, jak jej będzie ciasno, tam, pod zamkniętą pokrywą...

Po prostu nie mogłem rozłożyć na atomy jej piękna.

Pochylam się nad Annelie i całuję ją w usta.

Środek nasenny powinien działać jeszcze przez dwie godziny, ale dziewczyna drga i otwiera oczy.

Rozdział 11

HELEN – BEATRICE

– Jest cartel?

– Z tequili mamy Złotego Idola i Francisco de Orellana – odpowiada kelner i zaciska usta; butelka każdej z nich kosztuje tyle, ile wynosi moja miesięczna pensja.

– Idola. Podwójny shot – mówię, skinąwszy głową.

– A dla pani, *mademoiselle*? Dziś mamy, jak pani widzi, dzień kolonialny, więc polecam któreś z południowoafrykańskich czerwonych win.

Niesione gorącym wiatrem białe ziarenka piasku kłują mnie w twarz – pachnie korzeniami, niebo jest pokryte żółcią i szkarłatem, czarne rozłożyste drzewa poruszają gałęziami na pomarańczowym tle, a stado rogatych antylop śpieszy, by pogrążyć się w nadchodzących ciemnościach – nie wiedząc, że nie ma dokąd. Rozciągnięty nad naszymi głowami płócienny daszek wzdyma się i łopoce na wietrze z turbowentylatora, osłaniając nas przed słońcem z rzutnika.

Cafe Terra, tysiąc dwusetne piętro wieżowca Droga Mleczna. To pewnie najdroższa restauracja ze wszystkich, w których zdarzyło mi się bywać.

Ale przecież i okazja jest wyjątkowa.

– Dla mnie zwykła woda. Z kranu – mówi Helen.

– Oczywiście. – Kelner kłania się i znika.

Helen ma ciemne aviatory, jej miodowe włosy upięte są w kok nad czołem i w koński ogon z tyłu głowy. Włożyła kurtkę z podniesionym kołnierzem, spodnie bojówki i demonstracyjnie proste sznurowane buciki. Zdaje się, że wiedziała, jaki styl obowiązuje dziś w Cafe Terra.

– Te zwierzęta... – odwrócona do mnie swoim idealnym profilem, patrzy w lewo, na sawannę. – Przecież tak naprawdę już od dawna ich nie ma. Żadnego z nich.

Jakieś pięćdziesiąt metrów od nas przystaje rodzina żyraf. Rodzice ogryzają gałęzie akacji, młode pociera miękkimi różkami o tylne nogi matki.

– Tej sawanny też nie ma – grzecznie podtrzymuję rozmowę. – Rozkopali ją albo zabudowali.

– A my oglądamy bezpośrednią transmisję z przeszłości... – Kręci jak bączkiem małą mosiężną papierośnicą.

– Tak w ogóle to nagranie z kamer panoramicznych – uściślam na wszelki wypadek.

– Nie jest pan poetą.

– Zdecydowanie nie – uśmiecham się do niej.

– Widział pan może kiedyś żuki w bursztynie? – Helen otwiera papierośnicę, wyciąga jeden ze swoich czarnych papierosów. – Robaczki wpadały do świeżej żywicy w czasach prehistorycznych, a potem żywica twardniała i... Miałam kiedyś taką półkulę z bursztynu, w środku był motylek ze zlepionymi skrzydełkami. Dawno, w dzieciństwie.

– Chce pani powiedzieć, że ta sawanna wokół nas jest jak olbrzymi kawał bursztynu, w którym zastygły na całą wieczność wszystkie te nieszczęsne stworzenia? – wskazuję na małą żyrafę, która dokazuje, zaczepiając ojca, bodąc go w nogi; ten nawet nie czuje, co się dzieje na dole.

– Nie. – Zaciąga się. – One są przecież jakby na zewnątrz tego kamyka. W środku jesteśmy my.

Kelner przynosi mi mojego podwójnego shota, jej – szklankę wody z kranu. Helen wrzuca do niej szczypcami kostki lodu, patrzy, jak się roztapiają.

– A boi się pani starości? – Wypijam połowę Idola.

Sączy wodę przez słomkę, patrzy na mnie niewidocznymi zza swoich dziewczęcych klubowych okularów oczami.

– Nie.

– Ile ma pani lat? – pytam.

Wzrusza ramionami.

– Ile ma pani lat, Helen?

– Dwadzieścia. Wszyscy mamy po dwadzieścia lat, czyż nie?

– Nie wszyscy – mówię.

– Po to chciał się pan ze mną zobaczyć? – Z irytacją odsuwa na bok szklankę z wodą; wstaje.

– Nie. – Zaciskam pięści. – Nie po to. Z powodu pani męża.

Przed wejściem do Ericha Schreyera ssę tabletkę na uspokojenie. Jeszcze zanim zaczyna działać, sam uspokajam dygot, odmawiając mantrę własnego autorstwa.

Mięczak. Mięczak. Mięczak. Miernota. Miernota. Miernota.

Żałosny bezwolny idiota, mówię sobie w duchu.

Wyciągam przed siebie ręce, powoli wypuszczam powietrze. Chyba się nie trzęsą.

Dopiero wtedy przywołuję windę.

Zwyczajny drapacz chmur, piętro wyżej produkują wszczepiane chipy, piętro niżej mieści się przedstawicielstwo korporacji handlującej wodorostami i pastą z planktonu. Wokół biura Schreyera jest mnóstwo innych biur: adwokaci, księgowi, doradcy podatkowi, licho wie co. Na jego drzwiach widnieje po prostu: „E. Schreyer". Może sprzedawca suplementów diety, może notariusz.

Najpierw poczekalnia: nieładna sekretarka i kompozytowe chryzantemy. Potem drzwi – jak do kibla. Za nimi jest pięciu pracowników ochrony i bufor ze skanerem. Kiedy system sprawdza, czy nie mam materiałów wybuchowych, broni, radioaktywnych substancji i soli metali ciężkich, sterczę w ciasnej hermetycznej klatce. Skaner zasysa powietrze, tyka rentgen, ściany zbiegają się wokół mnie. Czekam, czekam, milczę, pocę się i pocę. W końcu zapala się zielone światło, podnosi się bramka, mogę iść dalej.

Schreyer mnie oczekuje.

W całym ogromnym gabinecie jedyne meble to biurko i dwa krzesła. Proste, byłyby na miejscu w każdym tanim barze. Ale to nie skromność, to wyszukana rozrzutność. Wykorzystać tylko dwa ze stu metrów kwadratowych, a resztę wypełnić bezcenną pustką – czy to nie szyk?

Z czterech ścian dwie są szklane i otwiera się z nich widok na wspaniały Panteon, wieżowiec, który w całości należy do Partii Nieśmiertelności: wymykająca się percepcji kolumna z białego marmuru, wznosząca się na dwa tysiące metrów i zwieńczona repliką Partenonu. To tam odbywają się coroczne zjazdy, tam znajdują się główne siedziby wszystkich partyjnych bonzów, tam przyjeżdżają z hołdami politycy wszelkich barw z całego kontynentu. Ale Schreyer z jakiegoś powodu woli podziwiać Panteon z boku.

Na pozostałych dwóch ścianach widać projekcje wiadomości, reportaży, wykresy. Na głównym ekranie przechadza się jakiś ciemnowłosy laluś ze starannie przystrzyżonymi wąsami i fotogenicznymi bruzdami na czole.

Zastygam w progu. Staram się uspokoić bicie serca.

Ale jeśli nawet senator mnie obserwuje, jeśli nawet wie, o czym myślę, to nie daje tego po sobie poznać. Jak gdyby nigdy nic macha ręką w stronę krzesła: „Siadaj!" – bardziej interesują go wiadomości.

„...rozpocznie się w najbliższą sobotę. Theodor Mendez spotka się z przywódcami zjednoczonej Europy i wygłosi mowę w parlamencie. Wizyta prezydenta Panameryki ma być poświęcona przede wszystkim problemom przeludnienia i walki z nielegalną imigracją do państw globalnego Zachodu. Mendez, jako poplibertarianin, znany jest ze swojego krytycznego stosunku do ustawy o wyborze..."

– Jankesi będą uczyć nas życia! – prycha Schreyer. – „Krytycznego stosunku"! To liberalny faszysta, i tyle. Dopiero co przepchnął przez Kongres akt o obostrzeniu limitów. Podstawowe stawki na aukcjach wzrosną o dwadzieścia procent!

„Przypomnijmy, że obowiązujący w Panameryce system przydzielania nieśmiertelności – tak zwane złote przydziały – zasadniczo różni się od europejskiego. Poczynając od 2350 roku, powszechne szczepienia ludności przeciwko starzeniu zostały zaniechane. Liczba zaszczepionych została sztywno ustalona na sto miliardów osiemset sześćdziesiąt milionów trzysta tysięcy sto czterdzieści osiem osób. Co roku w wyniku zabójstw, nieszczęśliwych wypadków i samobójstw zwalnia się pewna liczba przydziałów do szczepień – i przydziały te, z oczywistych powodów nazywane »złotymi«, trafiają na specjalne aukcje państwowe".

Nie patrzę na ekrany ani na lektora, który przeżuwa tak powszechnie przecież znane szczegóły panamerykańskiego systemu kontroli populacji. W skupieniu obserwuję Schreyera.

– I zgadnij, kto te przydziały otrzymuje? – Pstryka palcami. – Całym Panamem rządzi dwadzieścia tysięcy rodzin. I akurat one mogą się rozmnażać, ile chcą. Po co, według ciebie, podwyższają barierę wejścia tych aukcji? Żeby biedacy nawet nie próbowali tam wtykać nosa, żeby nie psuli powietrza bogaczom. Bo na wygraną, rozumie się, tak czy owak nie mają żadnych szans. Powiedz mi: w czym oni są lepsi od Rosjan, których we wszystkich mediach obrzucają błotem przez cały boży dzień?

Powłoka Ericha Schreyera jest ta sama co wcześniej – tonacja opalenizny celebrytów z okładek, podświadomie budzący zaufanie tembr głosu lektora z wiadomości, nienaganny jasny garnitur, w którego wewnętrznych kieszeniach spoczywa cały świat. Ale przez połysk plastiku prześwieca dziś jeszcze coś... Schreyer zachowuje się przy mnie swobodniej i zaczynam podejrzewać, że może rzeczywiście jest człowiekiem. Tak jakbym po zabiciu Annelie stał się jego bliskim... Albo podwładnym. Bo chyba myśli, że ją zabiłem?

– Ale przecież ten system ma sto lat – odzywam się ostrożnie. – Żadna nowość.

– A myślisz, że po co ten goguś do nas przyjeżdża?

„Wizyta Teda Mendeza poprzedzi jego długo oczekiwaną przemowę w Lidze Narodów, gdzie zamierza wnieść pod głosowanie projekt deklaracji o prawie do życia zabraniającej stosowania środków prewencyjnej kontroli zaludnienia..." – wyjaśnia za Schreyera reporter.

– Słyszałeś? – Schreyer uderza ręką w stół. – Sami sprzedają nieśmiertelność tylko właścicielom platynowych kart klubowych, a nas osądzają za to, że daliśmy wszystkim równe prawa. Aukcje... Przecież każda taka aukcja to jak trybunał polowy. Troje oszczędzą, a kolejną setkę – do odstrzału. I to się nazywa miłość bliźniego. Państwo umywa ręce i jakby nigdy nic liczy zyski, a obywatele niech sami walczą o szczepionkę, mordując się nawzajem. Bo najważniejsze, że amerykański sen działa. Każdy może uzbierać na nieśmiertelność, jeśli tylko starczy mu wytrwałości i talentu!

Na ekranach pojawia się zaproszony do studia ekspert, który przypomina, z jak niewielką przewagą wybrano Mendeza, jak spadły jego notowania od tamtego czasu i jak próbuje poprawić swoją sytuację krucjatą przeciwko Europie.

Patrzę, jak ekspert porusza ustami, i kątem oka obserwuję Schreyera – ten mruży oczy z pogardą, wali ręką w stół...

Dlaczego to zrobiłem? Dlaczego zostawiłem ją przy życiu? Dlaczego nie usłuchałem rozkazu? Co we mnie pękło, co się przepaliło? Który z moich obwodów się zepsuł?

Postąpiłeś jak mięczak, mówię sobie w duchu.

Nie powinni byli wypuszczać cię z internatu. Nigdy.

Schreyer na sekundę odrywa się od ekranów – chce coś powiedzieć. Spodziewam się, że spyta: „Przy okazji, pamiętasz, co się stało z Basilem? Słyszałem, że kiedyś w waszym oddziale był ktoś o tym imieniu...". Jeśli wie o mnie wszystko, powinien wiedzieć i to.

Ale może wcale tak nie jest...

– No jasne, prawo do wiecznego życia wszystkich urodzonych jest nieludzkie, a skazywanie na śmierć każdego, kto ma roczny dochód poniżej miliona, to uosobienie wielkoduszności...

„Theodor Mendez niejednokrotnie krytykował Europejską Partię Nieśmiertelności za surowe kary, które wprowadziła, by kontrolować liczebność populacji. W opinii Mendeza te nieludzkie metody niszczą instytucję rodziny i podkopują podstawy społeczeństwa..."

– A ile jest w Panamie rodzin, w których ojciec – albo matka – urodzili się przed trzysta pięćdziesiątym rokiem i tak sobie żyją wiecznie młodzi, a wszystkie ich dzieci i wnuki dawno posiwiały i pomarły? – pyta mamroczącego eksperta senator. – No to zbierają, zbierają pieniądze przez całą swoją wieczność, żeby ukochana prawnuczka nie musiała bać się śmierci – a tymczasem *mister* Mendez podnosi im poprzeczkę o dwadzieścia procent. Więc dziewczynka będzie jednak musiała stać się staruszką i umrzeć. Ale to nic, może wiecznie młody prapradziadek z tego całego napięcia skończy ze sobą i zwolni miejsce tym, którzy mogą sobie na nie pozwolić. Przepiękny, sprawiedliwy system. Wzór do naśladowania.

„Znana jest wypowiedź prezydenta Mendeza o tym, że koalicja Narodowej Demokratycznej Partii Europy Salvadora Carvalho z Partią Nieśmiertelności to największa hańba Starego Świata od czasów prób utrzymania pokoju z Adolfem Hitlerem..."

– *Voilà!* – wybucha Schreyer. – Oto do czego zawsze dochodzimy! Do Hitlera! Do nazistów! Idioci! Dlaczego nie do Barbarossy!?

Ścisza zupełnie dźwięk i jeszcze przez minutę mamrocze coś ze złością, przechadzając się po gabinecie. Nieme ekrany pokazują Bicostal City, miasto, które wygląda, jakby zostało wzniesione przez gigantów: to jeden budynek rozpościerający się od Zachodniego do Wschodniego Wybrzeża Panameryki. Potem słynny Stustopowy Mur, którym Panam odgrodził się od niegojącego się wrzodu, jakim jest przeludniona i targana wojnami gangów Ameryka Południowa. Kolejne kadry – hordy imigrantów szturmują Mur. Potem jego obrońcy: na całej granicy pracuje dwadzieścia jeden osób personelu. Resztę wykonują roboty: ostrzegają, odstraszają, namierzają, zabijają, spalają trupy i rozsypują popiół na wietrze. Roboty zdecydowanie ułatwiają nam życie.

Schreyer zaczyna bębnić palcami po stole.

– Potrzebujemy oczywiście właściwego tła informacyjnego dla wizyty jego świątobliwości. – Kiwa głową w stronę rybio rozdziawiającego usta Mendeza. – Dlatego to, co zrobisz, będziesz winien zrobić porządnie.

Kiwam głową. Właśnie: winien.

Jemu i sobie.

Uśmiecham się. Ale on rozumie mój uśmiech fałszywie.

– Jan! Obiecałem ci awans, pamiętasz? I powierzyłem ważne zadanie. Potknąłeś się, wprawdzie jakoś tam po sobie posprzątałeś, ale czy naprawdę wszystko, czego teraz chcesz, to wrócić do swojego oddziału jako pomocnik dowódcy?

Wzruszam ramionami.

Żałuję tego, co zrobiłem. I tego, czego nie zrobiłem. To był moment słabości, który nie powinien się nigdy powtórzyć. Wszystko, czego bym pragnął, to nie okazać się wczoraj takim słabym, nędznym, bezużytecznym idiotą. Wszystko, czego bym pragnął, to zabić wczoraj Annelie.

– I dlatego cię wezwałem. Twoja kartoteka, zamiast trafić do pieca, znów jest u mnie.

– Jestem gotów.

– Znaleźliśmy podziemne laboratorium, w którym opracowano antidotum na wasze zastrzyki. Nielegalny lek generyczny.

– Co takiego!?

– To, co słyszysz. Jacyś jajogłowi nauczyli się blokować akcelerator. Dopóki ludzie po zastrzyku będą go przyjmować, nie zestarzeją się. Wyobraź sobie coś w rodzaju tej brukselskiej terapii, tyle że skuteczniejszego – i to w rękach przestępców.

– To na pewno zwykli szarlatani! Ilu takich...

– Osoba, o której mówię, jest laureatem Nagrody Nobla.

– Myślałem, że ministerstwo trzyma wszystkich wirusologów pod kloszem już od szkolnej ławy...

– Nie mówimy teraz o tym, jak do tego doszło, ale jak to naprawić. Chyba zdajesz sobie sprawę, czym to grozi...

– Jeśli to cholerstwo rzeczywiście działa... – Próbuję sobie wyobrazić, że coś podobnego jest możliwe; to istny koszmar.

– Wypuszczą preparat na czarny rynek. Ludzi po zastrzyku są miliony i każdy będzie potrzebował jednej dawki tygodniowo... Albo dziennie! To jak heroina... Straszniejsze od heroiny! Jak możemy ich powstrzymać, by nie kupowali preparatu?

– Izolacja?

– Zapędzić ich do obozów koncentracyjnych? Beringa i tak porównują do Hitlera, sam słyszałeś. A inaczej się nie da. Pojawią się pieniądze, z którymi nie damy rady walczyć. Wszyscy nielegalni farmaceuci i inni alchemicy, którzy pichcą teraz po cichutku swoje placebo, staną się siecią dilerską tych szumowin. Mafia będzie ich ochraniać. A wszyscy zarażeni starzeniem zamienią się w posłusznych im niewolników, bo będą żyć od jednej dawki do drugiej. Zresztą co tam mafia... Jeśli ta chemia trafi w łapy Partii Życia...

– Ale przecież na pewno powstanę nowe akceleratory!

– I Nieśmiertelni będą musieli od nowa wyszukiwać i zarażać miliony ludzi – oponuje Schreyer. – Sam wiesz, że Falanga nie jest tak liczna... Ledwo starcza nam zasobów, żeby radzić sobie z poszukiwaniem nowych naruszeń. Upadek, Jan, oto co nas czeka. Całkowity upadek. Ale najbardziej nieprzyjemne...

– Nikt już nie będzie się nas bał – mówię.

Kiwa głową.

– Wielu ludzi przed rozmnażaniem powstrzymuje wyłącznie nieuchronność kary. Jeśli ci, którzy się wahają, dowiedzą się, że istnieje środek...

Schreyer robi głęboki wdech, przyciska palce wskazujące do skroni, jakby bojąc się, że bez tego jego twarz rozejdzie się w szwach, że odklei się od skóry i spełznie jego zwykła życzliwie obojętna maska.

– Wszystko runie, Jan. Ludzie pozjadają się nawzajem. Myślisz, że kogoś interesuje, jaki Europa ma deficyt energii albo ile jeszcze gęb są w stanie wykarmić fermy szarańczy? Ciekawe, przy jakiej cenie paczki wodorostów ludzie zaczną się buntować? Na początku dwudziestego pierwszego stulecia cała populacja Ziemi wynosiła ledwie siedem miliardów. Do końca wieku urosła do czterdziestu miliardów. A potem co trzydzieści lat podwajała się – dopóki za jedno życie nie trzeba było zacząć płacić innym. Uszczknij z tej ceny jeden grosik – i koniec. A jeśli będzie nas chociaż o jedną trzecią więcej... Deficyt, głód, wojny domowe... Ale ludzie nie chcą niczego rozumieć, mają gdzieś gospodarkę i ekologię, nie chce im się i boją się myśleć. Pragną bez końca żreć i bez końca się ruchać. Można ich tylko zastraszyć. Nocne szturmy, Nieśmiertelni, maski, przymusowe aborcje, iniekcje, starość, wstyd, śmierć...

– Internaty – dodaję.

– Internaty – zgadza się Schreyer. – Posłuchaj. Jestem romantykiem. Chciałbym być romantykiem. Chciałbym, żebyśmy wszyscy byli istotami wyższego porządku. Wolnymi od tej marności, głupoty, niskich instynktów. Chciałbym, żebyśmy byli godni wieczności. Potrzebny nam nowy poziom świadomości! Nie możemy pozostać małpami, świniami. I próbuję zwracać się do ludzi, traktować ich jak równych sobie. Ale co mogę zrobić, jeśli oni zachowują się jak bydło!?

Senator otwiera w biurku małą szufladkę. Wyciąga błyszczącą piersiówkę, przytyka ją do ust. Mnie nie proponuje.

– Więc co to za laboratorium? – pytam.

Patrzy na mnie uważnie, kiwa głową.

– Miejsce nie jest dla nas zbyt dobre, to sam środek rezerwatu. Gdyby robić wszystko oficjalnie, potrzebna byłaby cała masa pozwoleń, nie dałoby się uniknąć przecieku. Wyobraź sobie, że trafia tam prasa, że policja będzie musiała walczyć z tym próchnem na antenie na żywo... Coś takiego nie wzmocni naszej pozycji. I to wszystko w czasie oficjalnej wizyty Mendeza. A czekać, aż jego świątobliwość łaskawie opuści Europę, też nie możemy, bo liczy się każda godzina. Kiedy tylko ten preparat trafi na czarny rynek, wszystko przepadnie. Dżina do butelki z powrotem nie wciśniesz. Potrzebna jest błyskawiczna akcja. Czystka. Jeden oddział Nieśmiertelnych, chirurgiczna precyzja. Zniszczyć laboratorium, całe wyposażenie, wszystkie próbki. Żadnych dziennikarzy, żadnych akcji protestacyjnych, nie dajmy im się choćby zorientować, co się stało. Nawet Nieśmiertelni nie powinni wiedzieć, co robią – nikt oprócz ciebie. Uczonych trzeba dostarczyć mi całych i zdrowych. Niech pracują dla nas.

– Są tam sami? Ci naukowcy? A może Partia Życia wzięła ich już pod swoje skrzydła?

Marszczy brwi.

– Nie wiadomo. Dopiero wczoraj doniesiono nam o laboratorium, nie dało się wszystkiego sprawdzić. Ale nawet jeśli terroryści jeszcze tam nie dotarli, to tylko kwestia czasu. Ogólnie rzecz biorąc, trzeba się z tym uwinąć teraz, od razu. Jesteś gotowy?

Po tym, co zrobiłem z Annelie, czuję się umazany łajnem. Śmierdzę i chcę się oczyścić, potrzebuję koniecznie odkupić to, co zrobiłem... To, co robię. I oto pojawia się szansa. Zamiast jednak powiedzieć po prostu: „Tak jest!", mówię:

– Jest jedno „ale". Nie chcę, żeby znów wcisnęli mi jakichś psychopatów. I tak wystarczy mi stresu. Nie jestem na niego zbyt odporny, jak wyjaśniliśmy sobie poprzednim razem. Pójdę ze swoim oddziałem.

Schreyer chowa buteleczkę do biurka, prostuje się. Unosi brwi.

– Jak chcesz.

Wychodząc od Schreyera, kontaktuję się z Alem.

– Wszystko już wiem – mówi ten przygaszonym głosem. – Gratuluję.

– Czego?

– Nominacji. Tego, że mnie wygryzłeś.

– Co? Posłuchaj, Al, ja nie...

– Dobra, daj spokój – przerywa mi. – Muszę jeszcze wszystkich wezwać.

Al się wyłącza, a Schreyer więcej nie odpowiada. Tak więc pytania mogę sobie schować, gdzie chcę.

To nic, kiedy będzie po wszystkim, przywrócę Ala na jego stanowisko. Nie prosiłem o ten awans. Nie taki. Nie tak.

Półtorej godziny później zbieramy się już na stacji tuby w wieżowcu Alkazar. Wyciągam rękę do Ala, ale on tego nie dostrzega.

– Chłopaki – mówi. – Teraz dowódcą naszego oddziału jest Jan. Rozkaz dowództwa. Tak wygląda sytuacja. Trzymaj, Jan. Teraz ty się tym zajmujesz.

I podaje mi zamknięty na zamek płaski pojemnik z iniektorem. Akcelerator łamiącym ustawę może wstrzykiwać tylko dowódca.

Tak więc teraz jestem już całkiem dorosły.

Pogaduszki cichną. Daniel, który otwierał już przede mną swoje niedźwiedzie objęcia ze słowami: „Gdzieś ty się podziewał, baranie?", zatrzymuje się, Viktor gapi się na mnie zdziwiony, a Bernard rzuca ze złośliwym uśmieszkiem: „O, roszada!".

– Kogo wyznaczasz na swoją prawą rękę? – Al patrzy obok mnie, jakby miał to gdzieś.

– Ciebie.

Krótkie skinienie głową – rozumie się samo przez się.

– No? – Mruży oczy. – Co to za zadanie? Wiecie, jakoś mnie nie poinformowali.

Robię krok do przodu.

– Dzisiaj robimy porządek ze staruchami – wyjaśniam wszystkim. – W tym wieżowcu jest spory rezerwat, pięćdziesiąt kondygnacji. Na czterysta jedenastym poziomie mieści się dobroczynna wytwórnia... – sprawdzam w komunikatorze – ręcznie wyrabianych ozdób choinkowych.

Bernard rży.

– Tam jest nasz cel. Nielegalne laboratorium. Nasze zadanie to rozwalić wszystko w drzazgi i zwinąć jajogłowych, którzy się tam okopali.

– To się nazywa robota! Wreszcie coś innego niż kłucie bab strzykawkami – Viktor unosi kciuk w górę.

– A co to za laboratorium? – interesuje się Al.

– Biologiczne. Coś związanego z wirusami.

– Oho! A nie powinniśmy mieć skafandrów ochronnych? Albo przynajmniej aparatów oddechowych?

– Nie. Nie będzie tam żadnych problemów – oświadczam.

Mam gdzieś, że Schreyer nie zaproponował mi żadnych pieprzonych skafandrów. Chcę, żeby było niebezpiecznie.

– Powinieneś był zapytać o odzież ochronną – nalega Al. – Ktokolwiek cię tam wysłał, żeby to załatwić, życie chłopaków jest ważniejsze.

Daniel krzyżuje ręce na swojej wielkiej jak beczka piersi, cmoka. Alex kiwa głową raz, potem drugi – zgadza się. Anton i Benedict milczą, przysłuchują się.

– Mówię ci, wszystko będzie w porządku.

– Kto to jest?

– Co?

– Kto to jest? Kto nas tam wysyła?

Teraz nawet Viktor i Bernard przestają dowcipkować i wytężają słuch, chociaż uśmieszki nie znikają jeszcze z ich twarzy.

– Słuchaj, Al… Jaka to różnica?

– Taka, że nasza robota to kontrola populacji. I kropka. Od reszty jest policja, służby specjalne. I jeśli ktoś próbowałby mnie wykorzystać niezgodnie z przeznaczeniem, to osobiście zadałbym mu pytanie, dlaczego właśnie ja mam to zrobić. I dla kogo? Czy na pewno dla państwa? Podziemne laboratoria… Od kiedy to w ogóle Nieśmiertelni zajmują się czymś takim?

Oddział przestępuje z nogi na nogę, nikt się nie miesza, nikt się za mną nie wstawia. Daniel się zasępił, Bernard w skupieniu przesuwa coś językiem w ustach. Al czeka na odpowiedź.

– Od samego początku, Al – uśmiecham się do niego. – Po prostu wcześniej nie wprowadzili cię w sytuację. Wiedzieli, że nie będziesz mógł spać po nocach.

– A idź ty!

Viktor odwraca się i chichocze, Bernard szczerzy zęby.

– Koniec, wystarczy tego gadania – mówię. – Winda przyjechała.

Kiedy wybieram na pulpicie liczbę „411", winda uczciwie mnie ostrzega: „Zamierzają państwo udać się do specjalnej strefy dla osób w podeszłym wieku. Proszę o potwierdzenie".

– Maski wkładamy dopiero przed samym szturmem – przypominam na wszelki wypadek. – Pełno tam ludzi po zastrzyku, a oni, jak sami wiecie, nas nie lubią.

– Dzięki, że nas oświeciłeś – kłania mi się Al.

A ja kłaniam się senatorowi Schreyerowi za to, jak pięknie wszystko urządził.

Kabina z trudem sunie w dół, jak zbyt łapczywie połknięty, nieprzeżuty kawałek jedzenia przez zwiotczały, suchy starczy przełyk. Potem drzwi się otwierają i trafiamy do ostatniego kręgu Dantejskiego piekła.

Poziom czterysta jedenaście roi się od powolnych, pomarszczonych, przygarbionych stworzeń; pokrytych krostami, z bezbarwnymi, łamliwymi włosami, z ciałem odchodzącym od kości i skórą odchodzącą od ciała; przestawiających z ogromnym trudem swoje obrzękłe nogi na przekór śmierci; albo nie dość żywych, by chodzić samodzielnie – i poruszających się osobistymi elektrycznymi katafalkami...

– Ju, hu! – wykrzykuje Bernard.

Śmierdzi tu. Czuć tu starością, rychłą śmiercią.

To silny zapach, ludzie czują go, jak rekiny w oceanie wyczuwają kroplę krwi, która dopiero co skapnęła do wody. Czują i boją się, i chcą go szybko stłumić. Wystarczy raz zobaczyć starego człowieka, żeby odór śmierci przeszedł cię na wskroś.

Nie wiem, kto wymyślił, żeby wysyłać starców do rezerwatu.

Nieprzyjemnie jest nam myśleć, że my i oni to ten sam biologiczny gatunek, a im nieprzyjemnie jest rozumieć, że tak myślimy. Najprawdopodobniej sami zaczęli się przed nami kryć. Czują się lepiej we własnym towarzystwie – wpatrując się w zmarszczki innych jak w odbicie swoich, nie wydają się sobie wynaturzeniem, nienormalnymi, teatrofilami. Proszę, mówią sobie, jestem taki sam jak inni. Zrobiłem słusznie.

A my staramy się udawać, że te getta w ogóle nie istnieją.

Oczywiście starsi ludzie mogą pojawiać się i poza granicami rezerwatów i nikt nie będzie ich bił ani publicznie poniżał tylko dlatego, że obrzydliwie wyglądają. Ale nawet w największym ścisku wokół starca zawsze jest pusto. Wszyscy od niego uciekają, a najbardziej zdesperowani – może ci, którym rodzice umarli ze starości – nie wchodząc z nim w żaden bezpośredni kontakt, posyłają mu komunikatorem jałmużnę.

Sam uważam, że nie wolno zabraniać im pokazywać się w miejscach publicznych. W końcu jesteśmy w Europie, a oni są takimi samymi obywatelami jak my. Ale gdyby zależało to ode mnie, wprowadziłbym przepis, który zobowiązywałoby ich do noszenia przy sobie urządzenia wydającego dźwiękowy sygnał ostrzegawczy. Żeby normalni ludzie, z alergią na starość, mogli zawczasu gdzieś się wynieść i nie psuć sobie dnia.

Staruszkowie próbują tu sobie jakoś urządzić życie, udawać, że nie będą jutro umierać: sklepy, gabinety lekarskie, bloki sypialne, sale kinowe, alejki z wiecznie zielonymi zakurzonymi kompozytowymi roślinami. Ale wśród niekończących się szyldów reumatologów, gerontologów, kardiologów, onkologów i protetyków dentystycznych tu i tam widać czarne tabliczki domów pogrzebowych. W życiu nie zaliczyłem wizyty u kardiologa, raka pokonano chyba sto pięćdziesiąt lat temu, ale starcy wiecznie mają z tym problemy; natomiast zakładów pogrzebowych poza rezerwatami w ogóle się nie uświadczy.

– Przypomina miasto opanowane przez zombi, co? – Vik trąca Bernarda łokciem.

Przypomina.

Ale my, niezarażeni starością, nierozkładający się za życia, nie jesteśmy zombiakom potrzebni. Te istoty są zbyt zajęte tym, żeby nie rozsypać się w proch – dziesięciu młodzików ich nie obchodzi. Staruszkowie wałęsają się bez celu, ich puste oczy łzawią, szczęki opadają. Niechlujni, upaćkani jedzeniem, chorobliwie roztargnieni. Wielu z nich w ostatnich latach życia psuje się pamięć i zawodzi rozum. Inni jakoś się nimi opiekują, na tyle, na ile starcza im sił; w końcu służby socjalne rekrutują się z miejscowych, tych, którzy są w lepszym stanie. Śmiertelnicy lepiej zrozumieją problemy śmiertelników.

– Patrz, jaka ślicznotka poszła. – Bernard pokazuje palcem potarganą siwą staruszkę z ogromnymi obwisłym piersiami, mruga do wielkouchego Benedicta. – Coś mi mówi, że w internacie i na taką byś się rzucił!

– Dlaczego nie ma tu dzieci? – pyta mnie chuligan stażysta. – Myślałem, że są tu razem... Rodzice i dzieci.

– Rodziny są oddzielnie, na drugim poziomie – wyjaśniam niechętnie; wciąż jeszcze mnie wkurza. – Tu są ludzie w stanie terminalnym, nikomu nie są potrzebni. Jak się nazywasz?

– Cholera! – Wzdryga się, kiedy jakiś zaśliniony gość z uwiądem starczym łapie go za rękaw.

Dlaczego ten mały mięczak ma nam zastąpić Basile'a? Jak w ogóle można go zastąpić!? Z trudem powstrzymuję się, żeby nie dać małolatowi z liścia.

Obok przejeżdża wózek elektryczny z kogutem, czerwonym krzyżem i dwoma czarnymi workami na pace. Zatrzymuje się, utknąwszy w tłumie. Staruszki zaczynają zawodzić, jęczeć, żegnać się. Chłopak podaje jakieś imię, ale od tego widoku jakby zatkało mi uszy.

Spluwam na podłogę. Oto, gdzie pieprzeni sprzedawcy dusz mają wolność.

Alex – ten, który wiecznie jest w nerwach – mruczy do siebie pod nosem:

– Że też myślałem, że dziesięć lat mija im jak jeden dzień...

Dziesięć lat – oficjalnie tyle im zostaje po naszym zastrzyku. Ale to średnia wielkość. Jednych akcelerator starości niszczy szybciej, inni zdołają mu się opierać nieco dłużej. Ale rezultat jest ten sam: przyśpieszone niedołężnienie, degradacja umysłowa, brak kontroli nad organizmem, demencja i śmierć.

Społeczeństwo nie może czekać, aż człowiek, który dokonał błędnego wyboru, zestarzeje się naturalnie; poza tym, jeśli po prostu pozbawić go nieśmiertelności, przez kilkadziesiąt lat zdąży jeszcze napłodzić tyle bękartów, że cała nasza praca będzie psu na budę. Dlatego nie wstrzykujemy preparatu antywirusowego, ale inny wirus, akcelerator. Wywołuje on bezpłodność i w ciągu kilku lat całkowicie ścina telomery DNA. Starość pożera zarażonego szybko, strasznie i w sposób widoczny gołym okiem – i jest ostrzeżeniem dla innych.

Czterysta jedenaste piętro jest urządzone jak dzielnica powstała w hali zdjęciowej filmu o jakimś nigdy nieistniejącym idyllicznym miasteczku. Tyle że dwupiętrowe domy, kiedyś w pastelowych kolorach, dawno już wyblakły. Wszystkie sięgają szarego sufitu; błękit i obłoki zastąpił splot przewodów wentylacyjnych i rur. Kiedyś pewnie planowano ten rezerwat jako sztucznie wesolutki dom starców, do którego dzieci mogłyby bez wstydu oddawać swoich rodziców. Ale w którymś momencie konieczność sprzedawania swoich usług przez twórców tego sympatycznego miasteczka odeszła do lamusa; rodzice po prostu nie mieli się już gdzie podziać. Zresztą żadne z nich nie przebywało tu na tyle długo, żeby taki „wystrój" zdążył im się znudzić.

Scenka: rześki zadbany młody mężczyzna w drogim garniturze, który jakby zabłądził tu przez jakieś nieporozumienie, próbuje odczepić od swojego rękawa siwą kobietę o zapadniętych oczach.

– Tak rzadko przyjeżdżasz – naprzykrza mu się. – Chodźmy, poznam cię z moimi przyjaciółkami!

Facet rozgląda się na boki wzrokiem ofiary; widocznie żałuje, że dał się przekonać. Mamrocze niezręcznie coś do matki i w końcu ucieka. Niepotrzebnie tu w ogóle przylazł: oddał ich i na tym się powinno skończyć. Po co przeciągać to jeszcze przez dziesięć lat?

Innych takich idiotów już nie spotykamy.

Według wskazań komunikatora wchodzimy do jednego z niby-budynków.

Długi korytarz, niskie stropy, jedna dioda na niekończący się tunel. Wentylacja ledwo zipie, podmuch powietrza zza kratek klimatyzatorów przypomina oddech umierającego na zapalenie płuc – jest równie słaby, gorący i stęchły. Piekielna duchota. W ciemności wzdłuż przejścia w wysłużonych fotelach siedzą ludzie cienie, odrywają się od plastikowych wachlarzy tylko po to, by złapać się za serce. Cali skąpani w kwaśnym pocie, nie mogą się z niego wygrzebać, żeby się rozejrzeć na boki, tak więc maszerujemy niezauważeni.

I nagle szeleszczący głos:

– Kto to? Widzisz, Giacomo? Kto to idzie?

Potem drugi głos – z opóźnieniem, jakby ta dwójka nie była w jednym pokoju, ale na różnych kontynentach i komunikowała się ze sobą za pomocą miedzianego kabla telegraficznego położonego tysiąc lat temu na dnie oceanu.

– Co? Gdzie? Gdzie?

– O, idą... Popatrz, jak oni idą, Giacomo! To nie są takie staruszki jak my... To młodzi ludzie.

– To nie ludzie, Manuelo. To nie ludzie, to przyszły po ciebie anioły śmierci.

– Stary kretyn! To ludzie, młodzi mężczyźni!

– Zamknij się, stara wiedźmo! Bądź cicho, bo cię usłyszą i zabiorą ze sobą...

– To nie miejsce dla nich, Giacomo... Co oni tu robią?

– Ja też ich widzę, Giacomo! To nie anioły!

– A ja mówię, że widzę blask! Oni się świecą!

– To tylko twoja katarakta, bęcwale! To zwyczajni ludzie! Dokąd idą?

– Ty też ich widzisz, Richard? Przecież to nie jest miejsce dla nich, nie u nas, prawda?

– A jeśli idą do Beatrice? A jeśli wysłali ich do Beatrice?

– Musimy ją ostrzec! Musimy...

– Tak, przecież pilnujemy wejścia... Nie zapominajcie o tym... Trzeba ogłosić alarm!

– Co ogłosić? Co ty mówisz?

– Nie słuchaj go, dzwoń do niej, szybciej!

– Halo... Beatrice? Gdzie jest Beatrice?

– Co to za Beatrice? – Przy moim uchu pojawia się Al, budząc mnie z nie mojego snu. – Ej, mam nadzieję, że to nie po nią idziemy, co?

– Uciszcie ich! – wrzeszczę do niego. – Vik, Al!

– Tak jest!

– Beatrice... Idą do ciebie... – zdążył ktoś wyszeptać; potem słychać jakiś łoskot, jęki. Nic nie widzę. Nie ma czasu się przyglądać.

– Naprzód! Biegiem, do jasnej cholery! Oni tam dzwonili! Do niej!

Rozbłyskują latarki o milionie kandeli każda; w jaskrawobiałych smugach światła kulą się i syczą z bezsilnej złości ożywione sterty szmat.

– Biegiem!!! – krzyczy Al, moja prawa ręka, powtarzając moje rozkazy.

Nasze buty dudnią po kafelkach podłogi. Złączeni zadaniem, znów tworzymy jedną całość. Nie ludzie, lecz broń szturmowa, taran, a ja jestem jego zakutym w żelazo końcem.

Stojące nam na drodze drzwi wylatują z zawiasów, jakieś przyszłe albo obecne umarlaki wywracają się do góry kółkami w swoich wózkach inwalidzkich, przed nami sunie żywy łańcuch przerażonych szeptów, rwąc się tam, gdzie jego kolejne ogniwo okazuje się przeżarte niczym rdzą parkinsonem albo alzheimerem.

I oto nasz cel, ta pieprzona farsa, wytwórnia ozdób choinkowych. Baner nad wejściem głosi: „Prawdziwy duch Bożego Narodzenia". Obrazek – starcy, młodzi i dzieci siedzą przytuleni na kanapie, za nimi stoi choinka obwieszona bombkami i girlandami. Wynaturzona bzdura; jestem pewien, że propagandyści Partii Życia próbują wykorzystać nasz największy tydzień wyprzedaży do swoich brudnych celów.

Drzwi nawet nie są zamknięte.

W zakładzie snują się ociężale powykrzywiane postacie, symulując pracę. Coś bulgoce, postękując, jedzie dokądś taśma produkcyjna, ponurzy niedożywieni Morlokowie, jęcząc i sapiąc, niosą pudełka ze swoim nikomu niepotrzebnym dziadostwem.

– Gdzie ona jest!?

Zakład zamiera, jakby od moich słów wszystkich naraz sparaliżowało.

– Gdzie jest Beatrice!?

– Beatrice... Beatrice... Beatrice... – szeleści po kątach.

– Kto, kto!? – dopytują się piskliwie.

– Wszyscy pod ścianę! – nakazuje Al.

– Może by tak, prawda, ostrożniej! Słyszycie? – brzęczy, wyłażąc zza sterty pudeł, jakiś gnom z łysiną pokrytą plamami pigmentu. – Mamy tu, prawda, unikatową wytwórnię, o tak! Prawdziwe szklane bombki, słyszycie? Nie ten wasz parszywy kompozyt, tylko szkło, i to dokładnie takie jak przed siedmiuset laty! Więc niech wam nie przyjdzie do głowy tutaj biegać i...

Rozglądam się nerwowo na boki: czy to nie zasadzka? Czy udało nam się zdążyć przed bojownikami Partii Życia? Przypominam sobie ich skrojone mordy; starcie z nimi to zupełnie nie to samo co odepchnięcie natarczywych staruszków. Powiedzieć naszym, czego naprawdę mogą się tu obawiać? Powiedzieć czy nie mam do tego prawa?

– Ej, ej! – Bernard hamuje gnoma, nawijając sobie jego brodę na pięść. – Dziękuję, że nas oświeciłeś. Zaraz wszystko tu potłuczemy, jeśli nie...

I nagle – zgrzyt, łoskot...

– Tutaj! – krzyczy triumfalnie Viktor. – Tutaj!

Za zasłoną z przeźroczystych plastikowych tasiemek kryje się przestronna sala. Są tu jeszcze jedne drzwi, ciężkie i hermetyczne, ale zaklinowały się, jak reumatyczne stawy. Ci, którzy skryli się w środku, nie zdoławszy w końcu ich zamknąć, po prostu zamarli w nadziei, że ich nie znajdziemy. Ale my zawsze wszystkich znajdujemy.

– Maski! – rozkazuję. – Zapomnij o śmierci!

– Zapomnij o śmierci! – odpowiada mi chór dziewięciu gardeł.

I do sali wpadamy już jako te właśnie anioły, którymi ujrzał nas stary Giacomo swoimi prawdziwie widzącymi oczami kataraktyka.

– Światło!

W środku widać stoły, autoklawy, drukarki molekularne, procesory, komputery, regały z zamkniętymi kolbami, próbówkami – i wszystko to zużyte, zatłuszczone, stare. W przeciwległym rogu stoi przeźroczysty sześcian z drzwiami – hermetyczna komora do doświadczeń z niebezpiecznymi wirusami.

A pośrodku tego muzeum są jego kustosze, straszna i żałosna trójca.

W wózku inwalidzkim siedzi opleciony cewnikami, niczym wyciągniętymi na wierzch żyłami, umierający starzec; nogi ma wysuszone, ręce wiszą mu jak roślinne pędy, duża głowa – łysinę okalają mu cieniutkie srebrzyste kosmyki – jest przechylona na bok, leży na poduszce. Jego oczy są przymknięte: powieki zbyt ciężkie, by pozostawały uniesione.

Obok stoi przygięty dziad z laską i włosami pofarbowanymi na sztuczny blond. Jest schludny, ogolony, nawet całkiem szykowny, ale kolana mu się trzęsą, a ręka, w której trzyma kostur cała wibruje.

A na przedzie, jakby próbując zasłonić sobą tę dwójkę, stoi, wsunąwszy ręce do kieszeni kitla, wysoka i prosta staruszka. Jej skośne oczy są umalowane, skronie wygolone, siwą grzywę odrzuciła do tyłu.

I oto wszyscy obrońcy. Nie ma ludzi w płaszczach o twarzach bardziej martwych od naszych masek. Nie ma Rocamory i jego pomocników. Tylko ta trójka, łatwy łup.

Nieśmiertelni już zachodzą ich z obu stron, od tyłu.

– Beatrice Fukuyama 1E? – pytam skośnooką, z góry znając odpowiedź.

– Won stąd! – odpowiada. – Zabierajcie się!

– Pójdzie pani z nami. Ci dwaj... To pani koledzy?

– Ona nigdzie nie pójdzie! – wtrąca się farbowany dziadunio. – Nie dotykajcie jej!

– Ich też zabieramy – mówię. – Rozwalamy to wszystko!

Daję przykład: zrzucam ze stołu drukarkę molekularną, rozbijam ją kopniakiem, łamię na dwie części.

Wytrząsam z plecaka dziesięć puszek z farbą w spreju. Przytknie się zapalniczkę i wychodzi mały miotacz płomieni.

– Co wy robicie!? – krzyczy cienko staruszek z laską.

– Palcie wszystko!

Klikam włącznikiem i struga czarnej farby zamienia się w słup pomarańczowego płomienia. Magia.

– Nie ważcie się! – drze się farbowany staruszek, podczas gdy Viktor rzuca o ścianę terminalem komputera.

– Dlaczego? Dlaczego to robicie!? Barbarzyńcy! Łajdaki! – chrypi staruszek.

Daniel zatyka mu usta. Pozostali zajmują się butlami.

– Tłuczcie probówki! – nakazuję.

– Słuchajcie, kretyni! – ostry głos staruszki.

Ale nikogo nie obchodzi, co mówi.

– Tam są wirusy! Śmiertelnie niebezpieczne wirusy! – I tym razem udaje jej się przykuć naszą uwagę. – W tych pojemnikach! Nie dotykajcie ich! Albo wszyscy zginiemy! Wszyscy!

– Tłuczcie te pieprzone probówki! – powtarzam.

– Stać! – przerywa mi maska z głosem Ala. – Czekaj! Co to za wirusy?

– Szanghajska grypa! Zmutowana szanghajska grypa! Jeśli znajdzie się w powietrzu, w ciągu pół godziny będzie po was! – stara bez mrugnięcia okiem patrzy Alowi w twarz.

– Co to za laboratorium!? – Al odwraca się do mnie. – Co!?

– Powiedziałam! – odpowiada za mnie Beatrice Fukuyama. – Zajmujemy się wyjątkowo niebezpiecznymi infekcjami!

– Ona kłamie! Po jaką cholerę je?...

– Spróbujcie! No, spróbujcie!

Oddział nieruchomieje.

Przez szczeliny w maskach patrzy ośmioro błyszczących ze strachu i zwątpienia oczu – na mnie, na Ala, na oszalałą staruchę.

– Wirus szanghajskiej grypy, szczepy Xi-o i Xi-f – cedzi Beatrice. – Temperatura ciała czterdzieści dwa stopnie, obrzęk płuc, zatrzymanie akcji serca! Pół godziny! W tej chwili lekarstwo nie istnieje!

– To prawda, Siedemset Siedemnasty? – pyta maska głosem Alexa.

– Nie!

– Skąd pan to wie? – Beatrice robi krok w moim kierunku. – Co panu powiedzieli ci, którzy was tu wysłali?

– Nie twoja sprawa, stara wiedźmo!

Nie wiedzieć czemu sięgam po paralizator, wyciągam go przed siebie. Beatrice jest ode mnie o głowę niższa i dwa razy lżejsza, ale idzie na mnie pewnym krokiem, a ja rozstawiam nogi szerzej, żeby mnie nie przewróciła.

– Nie waż się tak do niej mówić! – Farbowany chciał zabrzmieć zdecydowanie i groźnie, ale jego drżący wysoki głos wszystko psuje.

– Za to nasza! – oponuje Al. – Co to za miejsce, Jan?

– Zamknij się – ostrzegam go.

– Fajrant, chłopaki! – stwierdza tamten. – Dopóki sam nie dostanę potwierdzenia tego zadania...

– Tam nie ma żadnej grypy! – wrzeszczę. – Oni znaleźli lekarstwo na akcelerator!

– Brednie szaleńca – spokojnie zaprzecza staruszka. – Doskonale pan wie, że w takich warunkach to niemożliwe. Niech pan mi odda ten pański...

Zzz...

Beatrice leci na podłogę, zaczyna się trząść.

– Nie! Nie! – Zgrzybiały elegancik kuśtyka w jej kierunku, rozcapierza palce, rozkłada ręce. – Nie, nie, nie! Moja kochana, oni...

– Ko-cha-na!? – rechocze ktoś głosem Bernarda. – Staruszku, z czym do ludzi!?

– Bierzemy ją! – rozkazuję.

Ale nikt mnie nie słucha, wszyscy gapią się z otwartymi ustami na Ala.

Tasiemkowa zasłona podnosi się i do środka wsuwa się tamten uprzykrzony gnom z plamistą łysiną, który postanowił pouczać nas na temat szklanych bombek.

– Wszystko w porządku, Beatrice? – chrypi. – Tu jesteśmy! Jakby co... Beatrice!?

– Zabrać go stąd!

– Zabili! Zabili Beatrice! – wyje łysy.

Za zasłoną z plastiku poruszają się ociężałe cienie: popłoch na cmentarzu. Do środka wsuwają się powykręcane artretyzmem palce, trzęsące się kolana, szurające stopy, sine żyły, drżące podbródki... Beatrice Fukuyama nie mogła mieć bardziej żałosnych i bezużytecznych obrońców. Ale mój oddział, przestraszony przez blef starej czarownicy, jakby zamienił się w słupy soli. Trzeba ich odczarować.

Przyskakuję do półki z kolbami i zrzucam wszystko na ziemię. Walą się jedna za drugą, jak domino, lecą w dół i wybuchają szklanymi bryzgami, jak rzucone o skałę kawałki lodu.

– Niech pan tego nie robi... Niech pan nie robi... – Farbowany zalotnik wytrzeszcza oczy, potrząsa głową. – Błagam, nie...

– Powiedziałem wam, to bezpieczne! – ryczę na swoich ludzi. – To rozkaz! Rozkaz!!!

Stary zaczyna rozpinać guziki przy kołnierzyku swojej koszuli, potem przestaje, chwyta się za serce, bełkocze coś i osuwa się na ziemię.

– Co oni porozbijali? – pyta go gnom. – Edward, co to jest!? Edward źle się czuje!

Al stoi, obserwując rozbite naczynia, wylewającą się z nich bezbarwną ciecz. Pozostali patrzą na niego wyczekując; zbyt długo był naszym dowódcą.

– Vik! Viktor! Dwieście Dwudziesty! Wyznaczam cię na swojego zastępcę! Al, cofam ci pełnomocnictwa!

– Sukinsyn z ciebie! – odpowiada ten ostatni. – Jak to jest, że jedni służą wiernie jak pies, nadstawiają karku, dają z siebie wszystko i ich degradują, a inny cholera wie co robi i proszę – dowódca oddziału!? Co!? Żaden z ciebie dowódca, rozumiesz!?

– Czeka cię trybunał, zasrańcu! – krzyczę do niego.

Al jak rażony gromem przysłuchuje się moim słowom. Pozostali zastygli w bezruchu. Przejeżdżam wzrokiem po pustych, ciemnych oczodołach. Gdzie wy wszyscy jesteście!?

„Dawaj, Dwieście Dwudziesty! Ty i ja jesteśmy ulepieni z tego samego błota! Ty stworzyłeś mnie, ja stworzyłem ciebie!" –Krzyczę do niego bezgłośnie. I Dwieście Dwudziesty mnie słyszy.

Jeden z Apollinów oddaje mi honory – powoli, niepewnie. Potem jednak przewraca na ziemię cały regał z probówkami – są z nietłukącego szkła, dlatego zaczyna deptać je obcasami. Pozostali też zaczynają się ruszać, jakby obudzili się ze snu. Spadają drukarki, lecą iskry z komputerów, tłuką się kolby i pojemniki.

Trzęsący się pracownicy wytwórni ozdób cały czas włażą do środka – nie boją się, że złapią szanghajską grypę, ale to jeszcze nie znaczy, że Beatrice skłamała. Starość to znacznie boleśniejsza choroba. Czy nie po ostateczne wybawienie tu wszyscy zmierzają?

– Beatrice! Beatrice! Oni przyszli po Beatrice!

– Zabrać ich! Wyrzucić na zewnątrz! Do roboty!

W końcu zaczyna się pogrom. Chodzące trupy są traktowane paralizatorami, ciągane za nogi po podłodze – głowy majtają im się i podskakują – wyrzucane na zewnątrz. Nie wiem, jak wytrzymają to napięcie; nasze serca są gumowe, ich – szmaciane, mogą się podrzeć. Ale jest już za późno na zaczynanie tej partii od nowa.

Farbowany staruszek suwa nogami po podłodze i zamiera. Kiedy się nad nim pochylam, już nie oddycha. Łapię go za przegub w nadziei, że w zimnym mięsie pod żółwią skórą znajdę jakąś pulsującą żyłkę. Klepię go po policzkach – ale nie, jest martwy, sinieje. Pewnie serce. Co robić? On miał przeżyć!

– Wstawaj! Wstawaj, truchło!

Ale z nim już koniec – a ja jestem bezsilny, kiedy trzeba wskrzeszać ludzi. Fred z kolorowego worka próbował mi to wyjaśnić, ale wciąż nijak nie mogę uwierzyć.

– Menda! Zdechłeś, mendo!

W całym tym chaosie Beatrice odzyskuje przytomności i siada na ziemi, mruga, a potem czołga się gdzieś, uparta starucha. Mija rozszalałe maski, mija beznamiętnego i obojętnego na nasz diabelski taniec człowieka roślinę obwieszonego bluszczem cewników i przewodów i pełznie – dokąd? Ale nie mam czasu się nią teraz zajmować – zresztą, czy daleko ucieknie po potraktowaniu paralizatorem?

I podczas gdy my radośnie rozwalamy w drzazgi cały ten ich chłam, ona dociera do przeźroczystej kabiny na końcu pomieszczenia, wciska się do niej, szepcze coś – i wejście do komory zostaje zapieczętowane, a ona wraca do siebie i patrzy na nas stamtąd, patrzy, patrzy... Bez łez, bez krzyków, w odrętwieniu.

Viktor rozpala swój miotacz płomieni, topi nim zniszczony sprzęt, zmiażdżone wyposażenie. Inni, pijani adrenaliną i furią, idą w jego ślady.

– Niech pani wychodzi! – Pukam w szybę akwarium Beatrice Fukuyamy.

Kręci głową.

– Spali się tam pani żywcem!

– Co z Edwardem? – Próbuje wyjrzeć mi przez ramię, żeby dojrzeć zsiniałego okularnika.

Świetnie słyszę jej głos: w środku są pewnie zamontowane mikrofony.

– Nie wiem. Niech pani wyjdzie, ktoś powinien go zbadać.

– Niech pan nie kłamie. On nie żyje.

Jest mi potrzebna żywa. Beatrice Fukuyama 1E, szefowa zespołu, laureatka Nagrody Nobla i zbrodniarka, jest mi potrzebna żywa. To równo połowa mojego zadania, jest to w końcu misja, w której słuszność i sens w ogóle nie wątpię.

– Zaczekam. Zaczekam pół godziny, aż wirus zacznie działaś.

– Teraz jesteśmy kwita – mówię jej. – Kłamstwo za kłamstwo. Przecież w probówkach nie było żadnej grypy, prawda?

Beatrice milczy. Płomienie oblizują stertę odłamków, wkradają się na nią z brzegów, zasnuwają ją powoli, gotując się, by ją strawić. Nie boję się ich: ten ogień jest oczyszczający.

– Hej! – klepie mnie po ramieniu Viktor. – Wyłączyliśmy alarm przeciwpożarowy, trzeba spadać!

Obok niego sterczy ten cherlak, kiepski erzac mojego Basile'a.

– Nie mogę. Miałem rozkaz wziąć ją żywą.

– Już czas! – nalega tamten. – Ogień przerzucił się już na te ich pieprzone bombki... Zaraz cała dzielnica się spali!

Beatrice odwraca się i siada na podłodze, jakby wszystko to, co się działo, jej nie dotyczyło.

– Idźcie – rozstrzygam. – Zabierzcie inwalidę i idźcie. Mianuję cię dowódcą, Vik. Ja ją stąd wyciągnę i dołączę do was później. To coś powinno się jakoś otwierać...

– Ależ zostaw ją! – Viktor otula się w kaptur, kaszle.

– Powiedziałem już wszystko. Idź!

– Odbiło ci, Siedemset Siedemnasty!? Nie po to ryzykowałem własną skórą, żebyś tu teraz... – Odwraca się i znika.

Meble, aparatura, sztuczne rośliny zajmują się ogniem. Gorzka mgła zasnuwa oczy.

– Wyjdę! Wyjdę! – krzyczę reszcie. – A wy uciekajcie! To rozkaz!

I wycofują się, tyłem, powoli. Zabierają ciało zgrzybiałego fircyka w okularach, wywożą niemego paralityka, żywego lub martwego. Tylko małoletni chuligan przykleił się do podłogi i gapi się na mnie, jakby ogłuchł.

– Ty też! No już! – Szturcham go w ramię.

– Nie mogę pana zostawić. Nie wolno porzucać dowódcy! – Gwałtownie kaszląc, zapiera się, jakby wrósł w to przeklęte miejsce.

– No dawaj!!! – Popycham go mocniej. – Spieprzaj stąd!

Tamten kręci głową i wtedy walę go sierpowym w jego biały policzek. Uderzam i myślę: nie powinienem go nienawidzić. Ci, których znam dwadzieścia pięć lat, już uciekli, a ten stoi.

Podnosi się z ziemi i coś mamrocze, ale dokładam mu jeszcze butem w kościsty zadek i chłopak w końcu się odczołguje.

Oby przeżył. To przecież nie jego wina, że zastąpili nim Basile'a. To ja jestem winien.

Zostaję z Beatrice sam na sam.

– Nic pani nie grozi! Zawieziemy panią tylko do ministerstwa! Słyszy mnie pani? Nie ma się pani czego obawiać!

Udaje, że nie słyszy.

– Przysięgam, pani życie nie jest zagrożone! Mam wobec pani specjalne dyspozycje...

Ma gdzieś moje dyspozycje. Siedzi plecami do mnie i nawet się nie poruszy. Gorący kompozyt wydziela siny gryzący dym i trudno mi krzyczeć: drapie mnie w gardle, w głowie mam karuzelę.

– Proszę! – mówię. – W tym, co pani robi, nie ma żadnego sensu! Nie odejdę stąd! Nie zostawię tu pani!

Oddycham sinym dymem. Dławię się i muszę przestać mówić, żeby odkaszlnąć.

Na progu ktoś się jakby pojawia. Pewnie to po mnie... Vik? Oglądam się przez ramię, ale sylwetka rozpływa się w dymie. Zaczyna mnie mdlić. Mąci mi się w głowie. Wracam do staruszki. Walę w szybę otwartą dłonią; tamta się odwraca.

– Myślisz, że stąd uciekniesz!? Myślisz, że uda ci się teraz gdziekolwiek ukryć? Z tym, co planujesz zrobić? Handlować tą zarazą! Wiem, dlaczego polazłaś do tej przeklętej dziury! Żeby mieć bliżej do swoich klientów! Po zastrzyku! Chcieliście tu otworzyć swój kramik i wciskać półzdechlakom nielegalną szczepionkę, co!? A świat niech się wali!

Ale powietrze w akwarium Beatrice jest przeźroczyste. Co za diabelstwo?

Podnoszę z podłogi stołową nogę – ciężką, ostro zakończoną – i z rozmachem walę nią w kompozytową ścianę. Przeźroczysty materiał pochłania uderzenie, lekko tylko drgając. Nie rozbiję go, wiem o tym, ale wściekle młócę po ścianie komory znów i znów.

– Ty mnie słyszysz! Słyszysz! Milczysz? Milcz, wiedźmo! I tak wszystkich was dorwiemy! Nie damy wam zniszczyć naszej Europy! Jasne!? Będziecie sobie nabijać kieszenie, a my puchnąć z głodu!? Chcecie nas zapędzić z powrotem do jaskiń! Ale to nic... Wszystkich dorwiemy! Wszystkich sprzedajnych, wyrodnych łajdaków!

Za mną coś wybucha, uderza żarem w plecy, rzuca na kolana, ale nie poddaję się i wstaję. Zgina mnie wpół, rozsadza kaszel.

Sufit nagle wykręca niewiarygodny numer: wyskakuje mi wprost przed oczami i tam zawisa, zamiast szklanej ściany, za którą siedzi Beatrice Fukuyama. Próbuję wstać, ale ciemnieje mi przed oczami, ręce odmawiają mi posłuszeństwa i...

– Myślisz, że jestem mięczakiem? Myślisz, że nie wytrzymam, odejdę!? Prędzej tu zdechnę! Sam zdechnę, ale cię nie wypuszczę! – mamroczę.

Naprawdę nie mogę uciec. Gdzie oni są? Gdzie mój oddział, moi wierni towarzysze, gdzie moje ręce i nogi, moje oczy i uszy? Dlaczego nie przyjdą, nie zmuszą mnie, żebym dał za wygraną, nie zabiorą mnie stąd siłą? Czyżby nie rozumieli, że sam nie mogę zostawić posterunku!? Gdzie Vik? Gdzie Daniel? Gdzie Al!?

Przez piekące łzy i trujące opary, zdaje mi się, że gasnącymi oczyma widzę kontur wkraczającego w to zadymione piekło człowieka, a za nim jeszcze jednego.

– Vik! – chrypię do niego. – Al!

Nie... Nie mają na sobie masek, są powolni i zgarbieni, jakby nieśli na swoich barkach granitowe obeliski. To starcy – uparte i bezmózgie robactwo lezie w ogień, idzie po swoją królową matkę, po królową Beatrice.

Wpatruję się w nich: są pozbawieni głów i powykręcani, idą na oślep, bo są ślepi. I uświadamiam sobie, że oto nadchodzą prawdziwe anioły śmierci, nie tacy samozwańcy jak my.

Idą po mnie.

Umieram.

Rozdział 12

BEATRICE - HELEN

– Chłopcze... Słyszysz mnie, chłopcze?

Jest wprost nade mną: jej wąskie azjatyckie oczy, jej rzęsy zlepione tuszem, jej wygolone skronie... A jednak Beatrice wyszła, wyszła do mnie...

Odpycham ją, siadam i natychmiast zwalam się na bok. Mdli mnie. Muszę ją złapać, póki nie uciekła, ale moje mdłości są silniejsze ode mnie.

Widzę wokół ogień, ale powietrze jest słodkie, prawdziwe. Można nim oddychać i oddycham nim, ile mogę. A potem, kiedy się skoncentruję, rzygam – w kącie, skulony, wstydliwie, jak chore zwierzę. Łapię oddech, wycieram usta... Beatrice siedzi naprzeciw mnie i dzieli nas tylko półtora metra.

Pośrodku leży moja maska.

Łapię się za twarz: niemożliwe, jak ona mi spadła? Zdaję sobie sprawę, że Beatrice patrzy na mnie – nie na Apollina, lecz na mnie, nagiego. I nie mam gdzie się podziać. Chcę się ukryć, ale pustka za moimi plecami mnie nie puszcza, jest odlana z przeźroczystego kompozytu. Jestem w klatce. W akwarium Beatrice.

To nie ona wyszła do mnie, to ja znalazłem się w środku. Jak to się mogło stać!?

Przede wszystkim sięgam po Apollina, chwytam go drżącymi palcami, przykładam jego twarz do swojej skóry – piekącej, suchej – jak leczniczy kompres; maska natychmiast przyrasta, zwracając mi swobodę i pewność siebie, zwracając mi właściwego mnie.

– Dlaczego to zrobiłaś? – lepię niezgrabne słowa chropawym, jak nieswoim językiem. – Wciągnęłaś mnie tu? To ty?

Beatrice wzdycha.

– Chciałam popatrzeć na ciebie bez tej twojej idiotycznej maski.

– Nie myśl sobie, że ja teraz... Że jestem ci coś winien... Że cię nie aresztuję.

– Po prostu chciałam spojrzeć w twarz człowiekowi, który z takim przekonaniem gada takie straszne bzdury.

– Bzdury!?

– Tak jak myślałam, okazałeś się smarkaczem.

– Zamknij się! Skąd możesz wiedzieć, ile mam lat!?

Wzrusza ramionami.

Poza granicami szklanego sześcianu szaleją płomienie. Cholerny sprzęt nieźle się rozpalił i ogień nie chce się uspokoić. Czasem przez soczewkę falującego powietrza jak przez wodospad widać przejście do zakładu, w którym ci nieszczęśnicy robili swoje ozdoby choinkowe; tam też się pali. Wszystko płonie i wszystko się topi, nie zostanie tu nic.

Beatrice obserwuje płomienie z takim zachwytem, jakby to był zwykły ogień. Za szybą pali się jej laboratorium, niedługo cała jej praca obróci się w popiół, a jej twarz nie wyraża żadnego uczucia.

Choć teraz się budzi: przez zasłonę ognia chcą przejść ludzie – ci, których wziąłem za wysłane po moją duszę diabły. Staruszki okutane po uszy w bezużyteczne szmaty. Idą, przestawiając swoje sztywniejące nogi, których nie może rozgrzać nawet tysiącstopniowy żar, próbują nieposłusznymi rękami rozpędzić dym. Padają, podnoszą się, znów idą.

– Beatrice!... – krzyczy ktoś niewyraźnie w płomieniach.

Dlaczego są gotowi za nią umrzeć, dlaczego gardzą swoim życiem – i dlaczego moi towarzysze mnie porzucili? Tak, sam im tak rozkazałem, ale czy rzeczywiście moje rozkazy mają taką siłę? Dlaczego to nie Nieśmiertelni rwą się do piekła, żeby wyciągnąć stamtąd swojego człowieka, a robią to jacyś żałośni, na wpół umarli starcy?

– Jaki urok na nich rzuciłaś? – pytam Beatrice. – Wiedźma!

Ta obserwuje z niepokojem upartych śmiertelników. Podnosi się, macha do nich rękami, jakby próbując ich odpędzić.

– Uzależniłaś ich już od tego swojego świństwa, tak? – domyślam się. – Ten preparat... Już go opracowaliście. Już ich dokarmiacie... Wszyscy są od was zależni! Wszyscy są twoimi niewolnikami...

Biorę się w garść, podciągam się do niej, łapię ją za kołnierz.

– Mów! Zdążyliście już przekazać go przemytnikom? Mów! Wszedł już na czarny rynek?

– Puść mnie – mówi spokojnie, wręcz majestatycznie. – Puść mnie, chłopcze. Naprawdę nie rozumiesz, co się tu dzieje?

– Wszystko doskonale rozumiem! Pchają się tu po kolejną dawkę! Upichciliście śmierdzący narkotyk, faszerujecie nim tych półzdechlaków, a do tego na pewno skumaliście się z Partią Życia!

– Uciekajcie! – krzyczy do swoich wiernych mrówek. – Proszę was, uciekajcie! Ze mną wszystko w porządku!

– To nic! – przerywam jej. – Zrobiliśmy już tu porządek. Już po twojej wytwórni. Niech leżą... Zaraz się tu wszystko pięknie spali...

– Beatrice! – ledwo słychać z epicentrum pożaru i naraz jedna z postaci pada na ziemię.

Ogień bierze ją w ramiona, pieści swoją straszliwą pieszczotą – postać wije się, tarza po podłodze, skrzeczy. Patrzę na Beatrice: nie płacze. Ja wylewam łzy – choćby i nieautentyczne, wyciśnięte przez pożar, tymczasem jej oczy pozostają suche.

– Łajdak z ciebie – mówi do mnie. – Łajdaku, dopiero co zabiłeś kolejnego człowieka. Zabiłeś dziś dwóch.

– Farbowany sam odwalił kitę, jeśli to o nim mówisz. Atak serca czy coś w tym stylu, nie miałem z tym nic wspólnego. Można powiedzieć, że umarł ze starości. Ale ty będziesz teraz na mnie wieszać psy!

– Farbowany? On ma imię! Zabijasz człowieka i nawet nie chcesz wiedzieć, kogo zabiłeś!

– Jaka to dla mnie różnica?

– A ja ci powiem. Edward. Może go zapamiętasz. Nazywał mnie swoją dziewczynką...

– Zachowaj swoje łzawe historie dla kogoś innego!

– Mówił, że weźmiemy ślub. Głupiec.

– A w dupie mam tę waszą na wpół zdechłą miłość, jasne? Czy wyglądam na zboczeńca!?

Beatrice czerwieni się, traci oddech, jakbym uderzył ją w splot słoneczny.

– Miałeś rację. Niepotrzebnie cię wyciągnęłam...

Przeciągle spluwam na ziemię: oto wszystko, co myślę na ten temat. Uratowała mnie, bo okazała słabość. Teraz to jej problem.

– Czy Maurice będzie takim samym łajdakiem jak ty? – zadaje mi niezrozumiałe pytanie.

– Kto!?

– Takim samym łajdakiem i takim samym idiotą... Takim samym ogłupiałym nieszczęsnym idiotą... Jak śmiesz myśleć, że handlujemy lekarstwem? Że chociaż przez sekundę zamierzaliśmy nim handlować!?

– Aha! Czyli żadnej grypy tu nie ma, tak? Blefowałaś! – triumfuję. – Stworzyliście go, stworzyliście ten pieprzony preparat! Słusznie! Słusznie to wszystko robimy!

– Po dawkę... – nie może oderwać wzroku od miotającego się płonącego ciała, przestaje się ruszać. – Myślisz, że chcemy sprzedawać im lekarstwo w dawkach? Żeby więcej zarobić, tak? I że ci ludzie rzucają się w ogień po narkotyk?

– Tak!

Nagle wymierza mi policzek – tyle że moja twarz jest skryta pod kompozytowym pancerzem, pod obcą marmurową skórą, i niczego nie czuję. Łapię jej uschłą rękę, rutynowo wykręcam nadgarstek. Siwe włosy rozwiązują się i plączą.

– Oni próbują mnie ocalić! Mnie, a nie siebie! Mnie, a nie lek!

– Niech próbują! Żałosne staruchy...

– Żałosne!? – Beatrice wyszarpuje rękę. – Jakie masz prawo, żeby nazywać ich żałosnymi!? Ty, obdartus, bojówkarz, tchórz w masce – to ty jesteś żałosny, ty, nie oni!

Stoimy naprzeciw siebie. Błyski płomieni grają na jej twarzy i jakby wlewają w jej skórę młodość; srebrna grzywa jest potargana, wygolone skronie sprawiają, że przypomina nie Azjatkę, ale Irokeza. W jej kartotece jest napisane, że ma osiemdziesiąt jeden lat; nasz akcelerator już ją sprowadził do jej biologicznego wieku, ale teraz, pod działaniem anaboliku wściekłości, jakby o tym zapomniała.

– To najodważniejsi ludzie ze wszystkich, których w życiu spotkałam! – krzyczy pod moim adresem. – Najsilniejsi! Rozkładać się za życia! Pozostać człowiekiem i być za to skazanym na śmierć przez własne państwo! Kurewskie, rzeźnickie państwo!

– Łżesz! Przecież oni sami dokonują wyboru! Europa daje im możliwość...

– Europa! Najbardziej humanitarne i sprawiedliwe społeczeństwo, tak!? Ona nosi taką samą maskę jak ty! A pod maską ma taką samą nikczemną mordę! To jest ta twoja Europa!

– W Europie wszyscy rodzą się nieśmiertelni! Nie ma co zwalać winy na nas! My przestrzegamy przepisów ustawy, podczas gdy wy tego robić nie chcecie!

– A kto wymyślił taką ustawę? Kto wymyślił, żeby dawać ludziom taki szatański wybór? Gdyby chociaż wykonywano na nas egzekucję od razu – ale przecież to by było nieludzkie, tak!? I dają nam odroczenie wyroku, zabijają nas powoli, zmuszają, żebyśmy się męczyli... Wiesz, co to takiego starość? Jak to jest obudzić się i mieć w ustach ząb, który wypadł ci w czasie snu? Stracić włosy?

– Mnie to wszystko nie interesuje! – powtarzam cały czas.

– Przestać widzieć to, co daleko, a potem i to, co blisko, a potem w ogóle oślepnąć? Zapomnieć, jak smakuje jedzenie? Czuć, jak twoje ręce tracą całą siłę? Jak to jest, kiedy każdy krok sprawia ból? Wiesz, jak to jest być dziurawym workiem na gnijące flaki? Co się tak krzywisz? Boisz się? Boisz się starości!?

– Milcz!

– Ona cię pożera... Twoja twarz zamienia się w okrutną karykaturę ciebie samego z czasów młodości, twój mózg – w wyschłą czerstwą, gąbkę...

– Twoja starość mnie nie dotyczy, jasne!?

– Moja!?

Beatrice chwyta za suwak swojego laboratoryjnego kitla i pociąga w dół. Zdejmuje niezgrabnie pulower i staje przede mną w samym staniku; biała tkanina na usmolonym zwiotczałym ciele. Skóra wisi zmęczona, pępek opadł. I sama Beatrice, rozebrawszy się przede mną, więdnie, garbi się, jakby to kitel podtrzymywał jej dumną postawę, jakby naprawdę nie była człowiekiem, tylko owadem, i zamiast szkieletu miała pancerz, pancerz tego laboratoryjnego stroju. A pod nim – miękkie starcze ciało.

Patrzę na nią jak urzeczony, z przerażeniem.

Zdejmuje stanik, dwie bezkształtne piersi wypadają w moim kierunku, brązowe rozchodzące się sutki patrzą w dół.

– Co ty robisz?

– Oto, co ze mnie zostało! Patrz! Odebrałeś mi młodość! Moją urodę! Ty i tacy jak ty! Ciebie to nie dotyczy!?

Beatrice robi krok w moją stronę – i przyklejam się do ściany.

– Przecież to ty mnie pilnujesz! Ty nie dajesz mi się wyleczyć! Ty chcesz mojej śmierci! Dlaczego cię to nie dotyczy!? To nie moja, to twoja starość!

– Nie trzeba – proszę.

– Dotknij jej. – Indiańska wiedźma zbliża się do mnie.

– Nie trzeba!

– Brzydzisz się? Wiesz, jakie piękne kiedyś były? Zaledwie siedem lat temu! Jaka cała byłam? Jakie były te ręce? – wyciąga do mnie palce o skórze jak pergamin. – Jakie ody mężczyźni pisali do moich nóg? – Gładzi się po pomarszczonym udzie. – Gdzie to się wszystko podziało? Starość mnie pożera, przeżuwa od rana do wieczora! Nic nie pomaga! Kremy, sport, diety! Wszystkie te środki są legalne tylko dlatego, że są bezużyteczne!

– Sama dokonałaś wyboru!

– Nie dokonywałam żadnego wyboru! Wpadli do mnie w środku nocy, wykręcili mi rękę i wstrzyknęli akcelerator – i tyle!

– Niemożliwe... To naruszenie procedury... Mieli obowiązek... – oponuję niepewnie.

– Odebrali mi moją młodość i urodę i nie zostawili niczego w zamian. Ale najważniejsze – zabrali mi dziecko!

– Dziecko?

Stoi tak przede mną, obnażona – jej zachodzące bielmem oczy są skierowane w przeszłość; ściany kabiny nagrzewają się, czuję to plecami. Ile jeszcze wytrzyma? Wyczerpuje się też zapas powietrza... Na szyi i piersiach Beatrice zbierają się krople potu, tylko jej upudrowana twarz nie paruje, jest chłodna jak moja maska.

– Podali mi narkozę i zostawili. Myślałam, że to wszystko mi się śni. Że to koszmar – moje dziecko niby gdzieś płacze, a ja szukam i nie mogę go znaleźć. Chcę się obudzić, pomóc mu... I nie mogę. A kiedy się obudziłam...

– Miałaś dziecko!?

– ...zrozumiałam, że to nie był sen. Nie było go. Maurice'a. Mojego syna. Jeszcze nie wierzyłam, miałam nadzieję, że to był koszmar, poszłam do sąsiadów... Pytałam, czy go u nich nie ma, mojego Maurice'a...

– Miałaś nielegalne dziecko? Nie zgłosiłaś ciąży? – Teraz wszystko zaczyna do siebie pasować.

– Miał dwa miesiące. Strasznie płakał, prosił, żebym go znalazła, zabrała z powrotem... A ja spałam. Zabrali mi go. Zabraliście mi go! Wszystko mi zabraliście! Młodość, urodę, syna!

– Więc to tak...

Prostuję się; huczy mi w uszach, przez ręce przepływa mi prąd, dusza mnie świerzbi ze złości i obrzydzenia.

– I teraz wychowują go na takiego samego bandytę jak ty! Takiego samego wyjałowionego zwyrodnialca! Takiego samego psa łańcuchowego...

– Wiedziałaś?

– Na takiego samego gnoja! Mojego chłopczyka... – ciągnie jak nakręcona.

– Wiedziałaś!? Gadaj, suko! Wiedziałaś, co z nim będzie, jeśli złapią cię z nielegalnym dzieckiem!? Wiedziałaś, że oddadzą go do internatu!? Że wszystkie nielegalne dzieci biorą do internatów!? Wiedziałaś, tak!? Wiedziałaś, że zrobią z niego Nieśmiertelnego!

Mam ochotę ją uderzyć – bez litości, jak mężczyznę, w policzek, rozwalić jej ten płaski nos, kopnąć ją w żebra.

– Wiedziałaś, co go czeka w internacie, tak!? Wiedziałaś i mimo wszystko nie zamierzałaś zgłosić ciąży! Skazałaś na to swojego Maurice'a – i wiedziałaś, co robisz!

Beatrice obejmuje się, drżąc z zimna, kryje przede mną swoje straszne piersi, garbi się. Płomienie za ścianami kabiny przygasają – jakby to ona karmiła je swoją wściekłością, a teraz cała wypaliła się do szczętu, razem ze swoim laboratorium.

– Dlaczego!? Dlaczego urodziłaś go nielegalnie? Dlaczego nie dokonałaś wyboru, kiedy byłaś w ciąży!?

– Co cię to obchodzi?

– Mogłabyś z nim zostać! Gdybyś zgłosiła ciążę na czas, jedno z was – ty albo ojciec Maurice'a – mogłoby być z nim przez całe dziesięć lat, a drugie – zawsze! Sama jesteś wszystkiemu winna! Dlaczego nie zgłosiłaś go w terminie!?

– On odszedł! Porzucił mnie, jak tylko się dowiedział, że jestem w ciąży! Zniknął!

– Trzeba było od razu dokonać aborcji!

– Nie chciałam! Nie mogłam! Nie mogłam zabić tego dziecka! Miałam nadzieję, że on wróci...

– Idiotka!

– Milcz! Kochałam go! Po raz pierwszy naprawdę pokochałam mężczyznę – w ciągu siedemdziesięciu lat! Nie możesz mnie osądzać! Skąd możesz wiedzieć, co to miłość!? Przecież wszyscy jesteście kastratami!

– No tak... – zgadzam się. – Przecież wszyscy jesteśmy kastratami. Po prostu dziwka z ciebie, i tyle. Bezużyteczna, pokraczna dziwka. I sama wydałaś wyrok na swojego syna. Miłość? Wsadź sobie swoją miłość w tę pomarszczoną, suchą...

– Myślałam, że on wróci... – szepcze. – Że będzie chciał zobaczyć swojego syna...

– I co, twój farbowany bohater właśnie zesztywniał na twoich oczach!?

– Ed? Nie... Jego poznałam dopiero tutaj... Rok temu... On nie ma z tym nic wspólnego...

– Głupia zdzira – cedzę.

Nie spiera się, nie sprzeciwia. Trafiłem w czuły punkt, w splot słoneczny, straciła oddech i zobaczyła przed oczami gwiazdy. Ta stara suka wie – wie, że to ona jest winna. Wie, dlatego kapituluje. Teraz można zrywać z niej płatami jej stare, nadpsute mięso, i to bez znieczulenia – nawet nie podniesie głowy. Interesuje ją tylko jedno.

– Jest między wami różnica... wieku, tak? Ale może go tam widziałeś? Jesteś przecież zupełnie młody, tak? Może go tam widziałeś? Może byliście w jednym internacie? Ośmioletni chłopiec o skośnych oczach, Maurice?

Oblewana przez płomienie szyba kabiny zakopciła się, poczerniała i widzę w niej swoją twarz. Marmurowe kędziory, czarne otwory strzelnicze oczu, szlachetny grecki nos.

– A więc po to wyciągnęłaś mnie z ognia – nagle to do mnie dociera.

Zdejmuję maskę Apollina, teraz dobrowolnie, i uśmiecham się. Uśmiecham się do Beatrice Fukuyamy tak szeroko, jak tylko pozwalają mi obolałe mięśnie twarzy, tak szeroko, jak mogą się rozciągnąć moje popękane wargi.

– Masz – mówię do niej. – Patrz. Chcesz go jeszcze raz zobaczyć, zanim kopniesz w kalendarz, co? No więc patrz na mnie. Jak dorośnie, będzie taki jak ja. Wszyscy jesteśmy jednakowi.

Patrzy. Trzęsie się jej podbródek. Uszedł z niej ogień i złość i nic więcej nie zostało.

– Zanim wyjdzie z internatu, ty już zdechniesz. Rozminiecie się. Ale to nic. Masz prawo do jednego połączenia, mówili ci o tym? Tak jak każdy. Ale możesz się nie kontaktować. Widziałaś już mnie, a twój Maurice ma to w ogóle w dupie. I tak nie będzie cię pamiętał. Dwumiesięczne dzieci to po prostu kawałki mięsa.

W końcu udaje mi się doprowadzić ją do łez.

– Rycz! – mówię do niej. – Rycz, ile chcesz! Rycz głośniej, to może opowiem ci jeszcze, co tam z nami robią! Jak wasze dzieci są karane za wasze kurewstwo! Jak płacimy za waszą suczą miłłość!

Zaczyna głośno szlochać, opada bezsilnie na ziemię i łka bez końca, a pożar w jej laboratorium dogasa.

– Wybacz mi... – mamrocze, pochlipując. – Wybacz mi... Masz rację... To kara dla mnie. I to, że Edward umarł, i to, co zrobiliście z moją pracą... Zasłużyłam na to.

– Pieprz się!

Ale teraz, kiedy jej ogień zgasł, ja też się wypalam. Powiedziałem jej wszystko, co miałem do powiedzenia, spaliłem ją i spaliłem jej laboratorium, siebie zresztą też. I nagle czuję coś zupełnie niepasującego do mojej relacji z Beatrice: winę. Przecież ona nie jest moją matką, mówię sobie w duchu; to po prostu nieszczęśliwa obca staruszka. Wyciągam do niej rękę.

– Zbieraj się. Wychodzimy.

– Jak masz na imię? – pyta słabym głosem.

– Jacob – odpowiadam po chwili.

Wstaje i powoli zapina kitel, jest wykończona.

– Minęło pół godziny, a ja wciąż jeszcze żyję – zauważam. – Gdzie ta twoja szanghajska grypa?

– Nie było żadnej grypy – mówi głucho Beatrice. – Miałam nadzieję, że to was powstrzyma.

– Oczywiście, że nie było. Nie wysłaliby nas na taką akcję. Ale preparat był, prawda? Jedna dawka życia dziennie, żeby zwerbować armię żywych trupów i doić ich z pieniędzy?

– Nie zamierzaliśmy go sprzedawać, Jacob. Nie mieliśmy prawa nim handlować.

– To się zgadza.

– Nie mieliśmy prawa dzielić ocalenia na dawki. Lek powinien być przyjmowany raz, być prosty w użyciu... I łatwy w produkcji. Ci, którzy mają go wytwarzać, nie powinni być od nas zależni... Jedno laboratorium, troje ludzi... Wiedzieliśmy, że jesteśmy zbyt słabi.

– Wyszkoliliście jeszcze kogoś? Wysłaliście gdzieś partię preparatu!? Zachowaliście recepturę!? Otwieraj drzwi! Wychodzimy!

Beatrice jest posłuszna – wydaje polecenie i drzwi przesuwają się w górę. W twarz uderza gorąco, duszący czad z sadzą unoszącą się w nim jak czarny puch.

– Nie zdążyliśmy zakończyć prac. Nie ma żadnego lekarstwa, Jacob.

– Niemożliwe!

– Od osiągnięcia sukcesu dzieli nas jeszcze kilka lat... Dzieliło.

– Kłamiesz.

Na mojej drodze leży stopiona gruda materii: nie ma w niej nic ludzkiego, chociaż pół godziny wcześniej krzyczała: „Beatrice!". Obchodzę ją bokiem.

– W takim razie w imię czego twoje staruszki tu lazły!? Jeśli lekarstwa nie ma i nie będzie jeszcze przez kilka lat... Do tego czasu wszyscy wymarliby jak muchy! Po co uprzedzać wypadki!? Ich też okłamywałaś? Obiecałaś ich uratować, jeśli oni uratują ciebie!?

– Nie rozumiesz?

– Ni cholery!

– Oni wiedzieli, że nie zdążę im pomóc. Wiedzieli, że wszyscy są skazani na śmierć. Edward to wiedział i, rzecz jasna, Greg... Ten na wózku inwalidzkim. Ale ja – być może – zdołałabym dożyć dnia, w którym znalazłabym formułę... Ci żałośni staruszkowie... – Ogląda się na drugą kupę szmat śmierdzącą spalonym mięsem. – Uważali zapewne, że warto zginąć, żeby ktoś kiedyś miał szansę.

Wychodzimy do wytwórni ozdób – kompletnie spalonej i czarnej. Buty ślizgają mi się na stopionym i ponownie zastygłym szkle: bombki choinkowe zamieniły się w to, czym zresztą powinny były pozostać. Beatrice oparzyła się, wydaje okrzyk – biorę ją na ręce, przenoszę przez dymiącą kałużę.

– Nic ci nie zrobią. Ci, którzy mnie tu wysłali... Po prostu chcą, żebyś pracowała dla nich.

Po co ja jej to mówię? Zabrania mi się nad sobą litować, ale z jakiegoś powodu czuję właśnie litość. Ta jej historia – o dwóch głupich staruszkach, którzy próbują prześcignąć śmierć w z góry przegranym wyścigu... I oto pojawiam się ja i zdejmuję ich ze snajperki.

Przecież nie zdążyli niczego zrobić. I teraz już nie zdążą. Jeśli ona mówi prawdę... Jeden z jej towarzyszy już stygnie, drugi jest w śpiączce, a jej samej pozostały dwa, trzy lata; jeśli ją teraz wypuszczę, po prostu przeżyje je w spokoju i nie wyrządzi już żadnej szkody. Odpędzam od siebie te myśli, ale te wracają do mnie, brzęcząc.

Biorę Beatrice za rękę.

– Ale jeśli nie chcieliście sprzedawać... W takim razie co zamierzaliście robić z tym waszym preparatem? Produkować go dla Partii Życia?

– W ogóle nie planowaliśmy go produkować.

Wspominam swoje ostatnie spotkanie ze Schreyerem. Słowa staruszki z przetrąconym kręgosłupem przeciw słowom pana senatora; komu prędzej uwierzę? Czy on mógł mnie oszukać? Wyolbrzymić zagrożenie, żebym nie miał wątpliwości, wykonując zadanie? Mógł. Czy w takim wypadku wciąż jeszcze jestem mu coś winny?

Jestem. Ale...

– Wrzucilibyśmy formułę lekarstwa do sieci. Z otwartym dostępem.

– Co!?

– Żeby każdy mógł je wydrukować na drukarce molekularnej. Nikt nie powinien na czymś takim zarabiać. Nikt nie powinien na to czekać i umierać, nie doczekawszy...

Ciemnieje mi w oczach.

Ona nie chce trzymać receptury w tajemnicy. Niepotrzebne jej pieniądze. Niepotrzebni jej niewolnicy. Rozdać panaceum wszystkim. Zakłócić misternie wyregulowany mechanizm, który steruje naszymi instynktami, pozwalając nam pozostawać ludźmi. Wszystkich uratować i wszystko zniszczyć.

Beatrice Fukuyama jest znacznie groźniejsza, niż sądzi Erich Schreyer. Nie jest terrorystką ani dilerką narkotyków; jest pieprzoną idealistką.

Opuszczam maskę na twarz.

Ściskam jej przegub mocniej, ze wszystkich sił, wywołując siniaki, i ciągnę ją za sobą, jak dawni koczownicy wlekli za sobą jeńców przywiązanych do siodeł koni, żeby sprzedać ich w niewolę albo złożyć w ofierze.

Na progu czeka na mnie tłum umorusanych staruchów i mój oddział. Starcy mnie przeklinają, chcą wyrwać z moich rąk swoją królową, ale Nieśmiertelni bez trudu powstrzymują ich cherlawy napór.

Wychodzimy, zanim pojawia się straż pożarna, i nikt nie przeszkadza nam zabrać naszych jeńców i skalpów. Beatrice staje okoniem, ale Vik szybko przekonuje ją za pomocą krótkiego impulsu elektrycznego.

Za śluzą powietrzną czeka na nas policyjny turbolot. Kiedy wciskam Beatrice do środka, ta majaczy: dwa kolejne wyładowania paralizatora mogą zwalić z nóg każdego.

– Zmienna Efuniego... Pamiętasz, co to jest? Myśleli, że rozszyfrowali genom jeszcze w dwudziestym wieku... Zobaczyli wszystkie litery, ale nie mogli odczytać słów... Potem je przeczytali i uznali, że zrozumieli ich sens... Ale okazało się, że sens ma każda sylaba, i to niejeden... I że słowa są wieloznaczne... Jeden i ten sam gen sprawia, że jesteś krótkonogi i szczęśliwy, inny wpływa jednocześnie na potencję i kolor oczu, i kto wie na co jeszcze. Do tej pory wszystkiego nie rozszyfrowaliśmy, nie zrozumieliśmy wszystkich znaczeń... Wleźliśmy tam ze skalpelem, żeby ciąć i zszywać... Zanim nauczyliśmy się czytać... I te fragmenty genomu, które zmieniliśmy... Żeby przestać się starzeć... Wyłączyć program... Eugene Efuni... Biolog. Przypuszczał, że ten fragment ma inne funkcje, że nie wolno go tak od razu, ale... Kto mu uwierzył? Nikt, Maurice... Słyszysz mnie, Maurice? – zagląda mi w oczy badawczo.

– Nie.

Odkręcam kran, napełniam szklankę.

W gardle mi zaschło; pieprzony pożar wyssał ze mnie wszystkie soki. Woda zdaje się słodka, ale jest zupełnie zwyczajna – osładza ją moje pragnienie. Wychylam szklankę do dna, nalewam jeszcze jedną. Łyk za łykiem osuszam i ją. Znów nalewam. Piję, zalewając sobie brodę, palce ześlizgują mi się z kompozytu; gdyby to było szkło, szklanka pewnie trzasnęłaby mi w ręku.

Wypełniam wodą czwartą szklankę, wlewam ją w siebie. Ma teraz taki sam smak jak zawsze – surowy, z metalicznym posmakiem. Nie chce mi się już pić, ale napełniam szklankę jeszcze raz.

Robię się ciężki, opadam na łóżko, włączam ekran.

Wyszukuję kanał dobroczynny, który pokazując życie rezerwatów, wyciska z widzów łzy i pieniądze. To hospicjum jest z tych przyzwoitszych: dzieci są tu razem ze swoimi szybko niedołężniejącymi rodzicami, baraszkują po syntetycznej łączce, imitują szczęście rodzinne, udają, że nikt tu za kilka lat nie będzie musiał umrzeć.

Wmuszam w siebie piątą szklankę.

– Bez pomocy Pokolenia ledwo wiązalibyśmy koniec z końcem – przyznaje dostojny staruszek, obejmując swoją małą córeczkę. – Ale dzięki wam możemy wieść pełnowartościowe życie. Takie samo jak wasze...

Tu grające w tle skrzypce wygrywają jakąś szczególną nutę, od której człowiekowi ciarki przechodzą po plecach. Stary trik: nieprzygotowany widz może uznać, że tak go wzruszyła przemowa dziadka.

– Fundacja Pokolenie zajmuje się trzema milionami starszych osób z całej Europy – podsumowuje przyjemny bas, podczas gdy na ekranie wiruje logotyp fundacji. – Pomóżcie nam pomóc tym ludziom godnie przeżyć...

– Walcie się – odpowiadam mu, zachłystując się wodą.

W średniowieczu była taka tortura: wkładali człowiekowi do ust skórzany lejek i wlewali w niego wodę, aż rozrywało mu żołądek. Fajnie byłoby mieć teraz taki lejek.

Ten kanał to takie samo leprozorium jak rezerwaty ze staruszkami; na wszystkich innych leci reklama społeczna „Wybór słabych", na pierwszym planie eksponująca gnijące zęby i rzadkie włosy jakichś sparaliżowanych staruchów.

Robi się od tego niedobrze, ale tak właśnie ma być. Europa nie potrzebuje starych ludzi: trzeba ich utrzymywać, leczyć, karmić; nie produkują niczego prócz łajna i ozdób choinkowych, za to zużywają powietrze, wodę i miejsce. Rzecz nie w wygodzie, racje żywnościowe wyliczone są tak, żeby każdy mógł tylko przeżyć. Europa i tak już ledwo dyszy, nie można jej nadal obciążać.

Ale przecież zestarzeć się i umrzeć to konstytucyjne prawo każdego człowieka, tak samo niezbywalne jak to, by pozostać wiecznie młodym. Wszystko, co jesteśmy w stanie zrobić, to zniechęcać ludzi do starzenia się. I zniechęcamy, jak możemy.

Ci, którzy wybierają płodzenie dzieci, którzy wolą pozostać zwierzętami – sami są sobie winni. Ewolucja idzie naprzód i osobniki, które nie potrafią zmienić samych siebie, wymierają. Na tych, którzy nie chcą zmienić swoich zasad, ewolucja też nie będzie czekać.

– Sami jesteście sobie winni – mamroczę i upijam jeszcze jeden łyk. – Więc idźcie w cholerę.

Spoglądam na zegarek: do konferencji prasowej Beringa została już tylko minuta. Na ekranie mojego komunikatora wciąż jeszcze miga wiadomość od Schreyera: „Kanał Setny, siódma wieczorem. Ucieszysz się".

Przełączam na Setny.

Paul Bering, minister spraw wewnętrznych i członek centralnej rady Partii Nieśmiertelności, wychodzi na niewielką trybunę, powściągliwie macha ręką znajomym reporterom. Za plecami na błękitnej fladze ma europejskie złote gwiazdy, na mównicy – herb ministerstwa z dewizą: „W służbie społeczeństwa", ale w klapie – znaczek w kształcie twarzy Apollina. Wesoły szczupły szatyn o chłopięcych rysach twarzy – Beringowi najbliżej do studenta elitarnego panamerykańskiego *college*'u. Właśnie taki człowiek powinien odpowiadać za bezpieczeństwo w czarodziejskiej krainie Utopii, której obywatelom nie zagraża nic straszniejszego od brzydkiej pogody. Bering jest nieco rozczochrany, nieprzyzwoicie opalony i uśmiecha się nieśmiało, chociaż z takimi zębami można by się było szczerzyć okrągłą dobę. Kamera go lubi. Carvalho go lubi. Wszyscy go lubią. Ja go lubię.

– Dziękuję, że przyszliście – mówi Bering. – Sprawa jest rzeczywiście ważna. Dzisiaj położyliśmy kres działalności grupy przestępczej, której udało się stworzyć nielegalny generyk szczepionki przeciwko śmierci, preparat zapewniający wieczną młodość.

Grupa dziennikarzy burzy się i szemra. Bering poważnie kiwa głową w kierunku zebranych, robi pauzę, dając im wysłać ze swoich komunikatorów błyskawiczne newsy. Zwiększam głośność, odstawiam na bok do połowy pustą szklankę.

– Stało się dokładnie to, czego się obawialiśmy, i to, na co próbowaliśmy się przygotować. Panie i panowie, udało nam się dziś zapobiec autentycznej katastrofie.

Minister Bering – z rumieńcami na policzkach – też nalewa sobie szklankę wody, czeka, aż ta przestanie się pienić. Prasa bije brawo.

– Katastrofie na skalę światową. Nie przejęzyczyłem się. W planach grupy, którą unieszkodliwiliśmy, był przemyt generyku do Panameryki, gdzie jego nielegalnym rozpowszechnianiem miały się zajmować kartele narkotykowe. Uzyskane środki miały natomiast finansować Partię Życia.

Ach tak.

– Dowody! – domaga się reporter z wyraźnie panamerykańskim akcentem.

– Ależ oczywiście – kiwa mu głową Bering. – Proszę o obraz z kamery.

I na ekranie pojawia się Beatrice Fukuyama.

Wygląda o wiele lepiej, niż kiedy wrzucałem ją do policyjnego turbolotu. Uczesana, umyta, z ułożoną fryzurą. Żadnych śladów bicia czy tortur – w Utopii przecież nie torturują.

– To Beatrice Fukuyama 1E, mikrobiolożka, laureatka Nagrody Nobla w dziedzinie medycyny i fizjologii za rok 2418 – przedstawia ją Bering. – Witam panią, Beatrice.

– Dobry wieczór – kobieta kiwa głową z godnością.

– Szanowni koledzy, Beatrice Fukuyama jest do państwa dyspozycji – Bering robi zapraszający gest.

Podchodzę bliżej ekranu, wpatruję się w niego nieufnie. Dziennikarze rzucają się na moją Beatrice, jak gdyby zaproponowano im kamienowanie na rynku jakiegoś galilejskiego miasteczka.

Ale ona dobrze znosi ciosy i nie tracąc spokoju, wszystko wyjaśnia: tak, stworzyłam. Nie, na temat handlu nic mi nie wiadomo. Handlem mieli się zajmować aktywiści Partii Życia, nie ważcie się nazywać ich terrorystami, oni starają się nas uratować. Nie, nie będę podawać nazwisk. Nie, niczego nie żałuję. Z jej suchych ust nie znika uśmiech, pewnym wzrokiem patrzy wprost w obiektyw, jej głos nie zadrży ani razu i ani razu nie próbuje dać znać, choćby sekretnym znakiem, że jest tu zakładniczką, że nie można wierzyć niczemu, co teraz mówi.

Kiedy przesłuchanie się kończy, Bering podnosi palec.

– Jeszcze jeden szczegół. Dzisiejsza akcja została przeprowadzona przez oddział Nieśmiertelnych. Liczyła się każda minuta, złoczyńców ktoś ostrzegł, zniszczyli swoje laboratorium i planowali uciec. Policja – to niemal pewne! – nie zdążyłaby. Na szczęście oddział ochotników Falangi był niedaleko.

– Panie ministrze! – pcha się ktoś z tłumu. – Prezydent Panamu Ted Mendez jest znany ze swojej krytyki Partii Nieśmiertelności, a już szczególnie jej oddziałów szturmowych. Jak pan myśli, czy ta akcja pomoże wam naprawić stosunki?

Bering rozkłada ręce.

– Oddziały szturmowe? Czy to nie coś rodem z historii dwudziestego wieku? Nie rozumiem, o czym pan mówi. Z panem Mendezem mamy normalne robocze relacje. To wszystko, koledzy, dziękuję!

Kurtyna.

Komunikator pika: wiadomość od Schreyera.

„No i jak?"

Czuję słony smak w ustach – zagryzłem sobie język.

To nie Beatrice, to jakaś lalka. Nie wierzę, że mogła powiedzieć coś takiego. Nie wierzę, że mogła się uśmiechać. To, co mówiła lalka Beatrice, nie może być prawdą, dlatego że wszystko, co powiedziała mi w szklanej kabinie ta prawdziwa, nie może być kłamstwem.

Co za różnica, jak to zrobili, temperuję sam siebie. Moja prawda nie jest ani trochę słodsza od tego lukrowanego łgarstwa, którym dopiero co nakarmili widzów na całym świecie. Beatrice jest znacznie bardziej niebezpieczna, niż ją przedstawiono. I to nie dla Panamu, lecz dla Europy. A co najważniejsze – dla Partii Nieśmiertelności.

Wszystko zrobiłeś prawidłowo, mówię sobie w duchu. Wszystko! Prawidłowo!

Powstrzymałeś szaleńców, którzy próbowali zrujnować twoje życie i życie stu dwudziestu miliardów innych ludzi. Stanąłeś na straży prawa i obroniłeś Falangę przed ciosem. Odpłaciłeś im pięknym za nadobne, wywabiłeś plamę na swojej reputacji. Awansowałeś w pracy i nie zawiodłeś zaufania zwierzchników.

A jednak... Dlaczego Beatrice Fukuyama – wypucowana i uśmiechnięta – zdaje mi się straszniejsza od tamtej wiedźmy, która natarła na mnie, eksponując swoją starość? Dlaczego słowa, które usłyszałem wtedy, są dla mnie ważniejsze od tych, które wszyscy usłyszeliśmy przed chwilą?

„No i jak?"

Jak zużyta prezerwatywa, panie senatorze. Cieszę się, że się do czegoś przydałem. Dziękuję, że wybrał pan naszą markę.

Zuch ze mnie. Dobry chłopak. Pamiętam zapach człowieka, który spłonął żywcem.

Co nie zmienia faktu, że Schreyer miał rację. Wybrał mi odpowiednią rolę i objaśnił mi ją tak, żebym sobie z nią poradził. Tracił na to czas, zamiast po prostu wydać rozkaz mnie albo komukolwiek innemu.

Patrzę na jego wiadomość i nie wiem co odpowiedzieć. Ostatecznie piszę: „Dlaczego ja?".

Erich Schreyer reaguje od razu. „Głupie pytanie. Ja zadaję sobie inne: kto, jeśli nie ja?"

A po chwili przychodzi jeszcze jedna wiadomość: „Możesz odpocząć, Janie. Zasłużyłeś!".

I oto siedzę naprzeciw jego wspaniałej żony w kawiarni Terra, a wokół nas sawanna i zachód słońca, który nigdy nie stanie się nocą;

klientom podoba się ogromne afrykańskie słońce, a na ciemność mogą popatrzeć gdziekolwiek. Dlatego żyrafy – dwa dorosłe osobniki i niezgrabne młode na plączących się nogach – będą chodzić w kółko, nieustannie, wiecznie, i nigdy nie pójdą spać. Ale im jest, oczywiście, wszystko jedno; przecież już od dawien dawna nie żyją.

– Popatrz, jaka urocza! – szczebioce obok jakaś dziewczyna, pokazując swojemu kawalerowi młodą żyrafę.

– Dokąd pani idzie? – pytam Helen Schreyer.

Ta już wstała i zbiera się do wyjścia, a ja nigdzie się nie śpieszę.

– I co z moim mężem? – Helen zaciska usta; w jej okularach aviatorach widzę tylko siebie.

– Pani mąż, jak się okazało, we wszystkim miał rację – wlewam w siebie kieliszek Złotego Idola i niczego nie czuję.

– To wspaniały człowiek. Czas na mnie. Odprowadzi mnie pan?

– Ależ... Nie dopije pani swojej wody?

– Może ja zapłacę? Zdaję sobie sprawę, że to miejsce nie należy do najtańszych... Ale nie chciałabym się do czegoś zmuszać tylko dlatego, że żal panu zostawiać niedopitą wodę z kranu.

Zapłaciła już za panią Beatrice, chcę jej powiedzieć. Nie wszyscy z nas wyglądają na dwadzieścia lat. Mówi pani, że nie boi się starości? Znam kogoś, Helen, kto by się z panią zamienił: pani kokieteryjne zmęczenie wieczną młodością na jej siwe strąki, plamy starcze, obwisłe piersi. Jest pani na to gotowa?

Patrzę na jej szklankę: jest do połowy pusta.

Zwykła woda, taka leci z kranu w każdym domu. Dwa atomy wodoru, jeden tlenu, jakieś przypadkowe domieszki i porządna koncentracja retrowirusa, który po tym, jak trafi do ludzkiego organizmu, dzień i noc przekształca jego genom, umieszcza swoje białka w ludzkim DNA, kasuje te jego fragmenty, przez które się starzejemy i umieramy, i wypełnia je swoimi, które obdarzają nas młodością. Oto ona, szczepionka przeciwko śmierci. Formalnie rzecz biorąc, nieśmiertelność to choroba i nasz system odpornościowy, neandertalczyk z maczugą, próbuje z nią walczyć. Tak więc na wszelki wypadek zarażamy się nieśmiertelnością każdego dnia od nowa, po prostu nalewając sobie surowej wody. Czy można wymyślić wygodniejszy sposób szczepienia?

– Przykro mi, pani rachunek jest już opłacony – wstaję. – I oczywiście, odprowadzę panią.

Przed recepcją ciągnie się sznur toalet, ścianę korytarza zamieniono w sztuczny wodospad, podłogę wyłożono drzewem hebanowym, światło jest przyćmione – lampy są skryte w byczych pęcherzach.

Popycham czarne drzwi, biorę Helen za rękę i wciągam do toalety. Wyrywa się, ale zasłaniam jej usta. Łapię ją za jej dziewczęcy kucyk, odrzucam głowę do tyłu. Uderzam bokiem butów w jej modne pantofle, rozsuwam jej nogi jak podczas przeszukania. Coś bełkocze, więc wkładam jej palce do ust. Wolną ręką odnajduję pasek, guziki, suwak, niespokojnie, w zapale, rozpinam, rozsuwam, rozdzieram, zsuwam do kolan jej zalotne spodnie z kieszonkami, wkładam rękę do jej majtek, poruszam nią – Helen próbuje mnie kopnąć, gryzie, ale ja nie puszczam, napieram, przymuszam – i po kilku kolejnych sekundach moich palców, w które wbiła zęby aż do krwi, dotyka jej łagodzący ból język; nie rozluźniając swojego kurczowego chwytu, liże mnie, ulega i ustawia się tyłem do mnie, ożywia się, otwiera, wilgotnieje i już na oślep szpera mi w pachwinie, chce znaleźć zapięcie, szepcze coś ze złością, piszczy, prosi, wydaje okrzyki, sama pochyla się do przodu, i usłużnie podnosi jedną nogę i pozwala, żebym robił z nią wszystko, co zechcę. Okulary spadają Helen z nosa, kurteczka się zsuwa, uwalnia piersi, jej oczy są zamknięte, liże lustro, do którego docisnęła twarz...

Jest mi źle i jest mi dobrze, że z Olimpu ściągnąłem za włosy tę wyniosłą boginię, że zeskrobuję z niej paznokciami pozłotę, że każdym swoim krzykiem zniża się do bycia człowiekiem, że sprowadzam ją do swojego poziomu.

I rżnę ją, rżnę, aż się zatracę, aż zniknę, i nie jesteśmy już żadnymi ludźmi, tylko dwojgiem kopulujących zwierząt, i właśnie tak jest nam najlepiej.

Rozdział 13
SZCZĘŚCIE

– Podoba ci się moja fryzura? Tak bardzo chciałam, żeby ci się spodobała... Podoba ci się, Wolf?

Oczywiście nikt jej nie odpowiada. W kubiku jest niemal zupełnie ciemno. Ledwo świeci ustawione praktycznie na minimalną jasność szeroko otwarte okno na Toskanię, stały wygaszacz mojego domowego ekranu. Stoję w drzwiach i wsłuchuję się w jej przymilne miauczenie. Annelie jest u mnie w domu; śpi i mówi przez sen.

Zamykam drzwi, siadam na skraju łóżka. Czuję się, jakbym przyszedł odwiedzić rannego towarzysza w sali szpitalnej. Półmrok, żeby nie bolały oczy, całkowita cisza, bo każdy dźwięk jest jak zgrzyt noża po szkle, w powietrzu zawiesina niedawnych nieszczęść, słowa Annelie jak majaki w gorączce. Musi uporać się z tym, co się wydarzyło, zebrać siły, by żyć dalej. Dotykam ostrożnie jej ramienia.

– Annelie... Obudź się. Przyniosłem jedzenie. I jakieś ciuchy...

Odwraca się i pojękuje, nie chcąc rozstać się z Rocamorą. Potem próbuje potrzeć oczy, zamiast skóry natrafia na szkło i wzdryga się, jakby ktoś dotknął ją paralizatorem. Siada na łóżku, podciąga kolana i mocno obejmuje je ramionami. Dostrzega mnie, kuli się.

– Nie chcę.

– Musisz coś zjeść.

– Kiedy Wolf mnie zabierze?

– Mam tu pasikoniki o smaku ziemniaków, do tego salami...

– Nie jestem głodna, mówiłam przecież. Mogę już zdjąć te okulary?

– Nie. System rozpoznawania twarzy działa cały czas. Wystarczy, że cię zlokalizuje, i za piętnaście minut będzie tu oddział Nieśmiertelnych.

– Jak może mnie tu wykryć? To w końcu twój dom! Bo przecież ten kubik jest twój?

– Skąd mam wiedzieć, czy nie ma tu kamer?

Siedzi przygarbiona, ze sczepionymi na kolanach rękami. Ma na sobie czarną koszulę, która pachnie Rocamorą, i moje lustrzanki; widzę w nich tylko siebie – zasłaniającą drzwi czarną sylwetkę pomnożoną przez dwa.

– Mam też dla ciebie jakieś ciuchy... Żebyś przebrała się w coś czystego.

– Chcę skontaktować się z Wolfem.

– Nie jadłaś dwie doby, prawie nic nie pijesz, długo tak nie pociągniesz!

– Dlaczego nie pozwalasz mi skontaktować się z Wolfem? Zablokowałeś ekran hasłem... Daj mi komunikator, przynajmniej napiszę mu wiadomość, że wszystko ze mną w porządku.

– Tłumaczę ci przecież... Nie wolno ci. Wszystko przestanie być w porządku, kiedy tylko mu coś wyślesz. Zrozum, oni wiedzieli, gdzie mieszkaliście. To znaczy, że was śledzili. Przechwytywali wasze rozmowy i korespondencję. Teraz tylko czekają, które z was nie wytrzyma jako pierwsze. Nakryją nas w jednej chwili.

Wtedy dziewczyna kładzie się z powrotem i odwraca twarzą do ściany.

– Annelie?

Annelie milczy.

– Zapomniałem o wodzie. Skoczę po wodę, dobrze?

Dziewczyna się nie rusza.

Kładę pasikoniki na opuszczanym stoliku i wychodzę.

W kolejce do sklepomatu wciąż ktoś musi klepać mnie po ramieniu i zwracać mi uwagę: nie dostrzegam, jak rządek spragnionych konsumpcji krok po kroku przesuwa się do przodu w stronę lady. Kupuję jej pasikoniki, pastę z planktonu, mięso, warzywa – choć niczego nawet nie tknie. Być może coś wyczuwa, rozumie, że jest w niewoli.

Ale wypuścić Annelie nie mogę. Zameldowałem Schreyerowi o jej likwidacji, ten pogłaskał mnie po głowie; nie mam jednak pewności, czy przyjął moje słowa na wiarę. Nie mam pojęcia, czy nie wpisał Annelie do bazy poszukiwanych, po tym jak ją zabiłem, czy ludzie z przerobionymi twarzami nie byli tak naprawdę jego rezerwowymi graczami, czy nie szukają teraz Annelie po całej Europie i czy nie zdążyli się już dowiedzieć, gdzie obecnie przebywa.

Rzecz jasna, kiedy ludzie Schreyera znajdą ją całą i zdrową, pan senator nieprzyjemnie się zdziwi. Tym bardziej jeśli będzie to u mnie w domu.

Pozwolić jej wrócić do Rocamory?

Partia Życia to prawdziwe podziemie, potężne i rozbudowane; potrzeba było dziesięcioleci, żeby w końcu przycisnąć Rocamorę, chociaż zdawałoby się, że w Europie nie można się ukryć. Jeśli zwrócę Annelie jej prawdziwemu panu, ten z pewnością już zadba o to, by Schreyer nigdy więcej nie dostał jego kobiety, zdoła ją ochronić. Ja okażę się wtedy dobrą wróżką, miłość zatriumfuje, a winda kariery posłana po mnie na tę marną ziemię przez mojego cierpliwego dobroczyńcę nie zatrzaśnie mi swoich drzwi wprost przed nosem.

I to właśnie jest idealna decyzja. Nie trzymać jej na łańcuchu, nie faszerować środkami nasennymi, nie kłamać o wszystkim od początku do końca – tylko po prostu puścić ją do Rocamory. Dlatego że on wie, co z nią robić, a ja nie mam zielonego pojęcia.

I niech ją całuje, niech ją posuwa, niech ją ma. Niech ten kłamliwy łajdak w okularach, ten mięczak, ten gaduła korzysta sobie z Annelie. Tak? Bo ona przecież o nim marzy, wywierciła mi już dziurę w brzuchu na wylot, nie chce niczego żreć i mam być wdzięczny, że daje jeszcze jakoś wlewać w siebie wodę.

– O! Wrócił pan! Zapomniał pan o czymś? – uśmiecha się do mnie dziewczyna z kucykiem.

– Tak. Poproszę wodę. Niegazowaną. Jedną butelkę.

– Oczywiście. Coś jeszcze? Nie pamiętam, polecałam już panu nasze nowe pigułki szczęścia?

– Polecałaś. Polecasz je przecież codziennie, prawda?

– Proszę wybaczyć, najwyraźniej wyleciało mi z głowy. W takim razie to wszystko.

– Zaczekaj... Jakie są te pigułki? Nadają się do czegoś?

– O! Są doskonałe! Wszyscy je sobie chwalą. Poza tym właśnie dzisiaj mamy wyjątkową promocję! Dwa opakowania w cenie jednego, jeśli kupuje pan pierwszy raz. Bo jeszcze pan ich nie brał, prawda?

– Wiesz przecież dokładnie, co brałem, a czego nie brałem.

– Oczywiście. Przepraszam. Na jaki smak ma pan ochotę? Są truskawkowe, miętowe, czekoladowe, mango z cytryną...

– A są takie bez smaku? I szybko rozpuszczalne?

– Oczywiście.

– To daj. Obiecałaś dwa opakowania! Nawiasem mówiąc, pięknie dziś wyglądasz.

Wrzucam do butelki dwie musujące tabletki, a po zastanowieniu dodaję kolejne dwie. Niech tylko ktoś spróbuje powiedzieć, że nie wiem, jak uszczęśliwić kobietę.

Kiedy wracam, Annelie leży wciąż w tej samej pozycji. Nie śpi, patrzy w ścianę przez ciemne okulary. Wyciągam szklankę, z udawanym wysiłkiem odkręcam otwartą wcześniej butelkę, nalewam.

– Masz tu wodę. Napij się.

– Nie chcę.

– Posłuchaj, odpowiadam za ciebie przed twoim Wolfem, jasne? To wobec mnie wyciągnie konsekwencje, jeśli się przekręcisz! Pij, proszę. Muszę wyjść, chcę, żebyś zjadła i wypiła w mojej obecności...

– Nie będę tu dłużej tkwić.

– Nie wolno ci...

– Nie możesz mnie tu trzymać siłą! – Annelie zrywa się z łóżka; zaciska pięści.

– Oczywiście, że nie!

– Dlaczego nie pamiętam, jak się tu znalazłam?

– Czy ty w ogóle cokolwiek pamiętasz? Byłaś zalana w trupa, kiedy cię stamtąd zabierałem!

– Upiłam się, to fakt, ale żeby mieć zerwany film przez dobę!?

– Nałykałaś się jakiejś trutki, podtrzymywałem ci głowę i niosłem na rękach i tak mi się odwdzięczasz...

– Dlaczego on mnie stąd nie zabierze!?

– Uspokój się. Uspokój się, proszę. Zjedz... Chcesz, to przyniosę ci coś jeszcze. Po prostu powiedz, ja znajdę...

– Chcę wyjść. Odetchnąć. Jak masz na imię? – pyta.

Jak mam na imię? Patrick? Nikolas? Theodor? Jak ma na imię ten ja, który jest starym przyjacielem Jesúsa Rocamory, aktywistą Partii Życia i bezinteresownym obrońcą pięknych kobiet? Zaskoczony, o mało się nie demaskuję, podając imię mnie-ciamajdy, mnie-kretyna, mnie-krzywoprzysięzcy. W końcu kiedyś już przedstawiałem się swoim prawdziwym imieniem i jeśli zapamiętała mój głos, to mogła zapamiętać też imię.

– Eugène. Mówiłem przecież – ratuję się w ostatniej chwili.

– Nie mogę tu dłużej siedzieć, Eugène. Ciasno mi tu, rozumiesz?

Rozumiem.

– Dobra. Dobra, słuchaj, zróbmy tak: zjadasz te pasikoniki, wypijasz wodę i idziemy na spacer. Umowa stoi?

Rozrywa paczkę pasikoników, wypełnia sobie nimi usta, gryzie z chrzęstem, popija połową szklanki, bierze drugie tyle i znów przeżuwa. Bez jakiegokolwiek apetytu, po prostu wypełniając swoją część umowy. Po minucie butelka jest pusta, a z dwustu gramów pasikoników zostały tylko wyskubane skrzydełka.

– Dokąd pójdziemy? – pyta.

– Moglibyśmy przejść się po bloku...

– Nie. Chcę iść na prawdziwy spacer. Zjadłam twoich intelektualnych partnerów i zasłużyłam na porządny spacer.

– To niebezpieczne, mówiłem przecież...

Ale wtedy nagle zdejmuje moje okulary i rzuca je na podłogę, a potem opuszcza nogi i jednym ruchem zgniata szkła, łamie oprawki.

– Hop! Teraz niebezpiecznie jest siedzieć w domu.

– Po co to zrobiłaś!?

– Ja chcę tam! – Wskazuje palcem na mój ekran, na wzgórza i niebo Toskanii. – Gapiłam się w ten twój cholerny wygaszacz przez dwie doby i cały czas marzyłam, żeby wyrwać się z tej klatki. Jedziemy tam!

– To miejsce od dawna nie istnieje!

– Sprawdzałeś?

– Nie, ale...

– Odblokuj ekran. Jakie masz hasło? Poszukajmy!

Jej głos dźwięczy; licho wie, co może się z nią stać po poczwórnej dawce antydepresantów. Mój doskonały pomysł przez chwilę wydaje mi się mniej doskonały. Odblokowuję ekran.

– Znajdź miejsce przedstawione na wygaszaczu – dziewczyna wydaje mu polecenie tak prosto, jakby nie znaczyło to tyle, co „znajdź Świętego Graala” albo „znajdź Atlantydę”.

– Nie ma go! Tego miejsca nie ma!

„Wyszukiwanie zakończone. Miejsce znalezione – informuje ekran. – Czas podróży: trzy godziny. Podaję współrzędne".

– Pokaż, co to za ciuchy mi przyniosłeś – prosi Annelie. – Bleee... No dobra, mogą być. No, no, odwróć się. Przebiorę się.

– Co? Zaczekaj, my tam nie...

Dziewczyna rozpina już koszulę Rocamory.

Wiem jedno: tutaj nie możemy zostać. Bardzo ryzykowałem, sprowadzając Annelie do swojego domu – ale to jedyne miejsce, dokąd mogłem ją zabrać. Po jej wybryku musimy się gdzieś ukryć i przeczekać – nie ma innego sposobu, żeby sprawdzić, czy jestem paranoikiem, czy nie. Ale oczywiście nie w Toskanii...

Póki jest zajęta sobą, ostrożnie uchylam drzwi szafy: przyda mi się paralizator i uniform. Ukradkowo, pośpiesznie wciskam do plecaka maskę, czarny płaszcz z kapturem, paralizator, pojemnik...

– Oho! Niezła maseczka!

Stoi za moimi plecami – za duża koszulka, za krótkie spodnie, zmierzwione włosy, rozpalony wzrok – i patrzy na maskę Myszki Miki, która wisi teraz na haczyku w szafie obok starannie złożonego szturmowego munduru; odsuwam go jak najdalej.

Maska jest stara, odlana z jakiegoś przedpotopowego plastiku; farba zdążyła na niej pociemnieć, popękać, pokryć się zmarszczkami. Niczym obciągnięta pergaminową żółtą skórą, Myszka Miki wygląda na swój wiek. Żadne dziecko nie zgodziłoby się chyba założyć teraz tej maski; z drugiej strony dziś nikt dzieci o nic nie pyta.

Staram się sobie przypomnieć, jak patrzyłem na Myszkę Miki, kiedy byłem całkiem mały. Kiedy mieszkałem na pierwszym z trzech pięter internatu. W kreskówkach myszka zawsze się uśmiechała, a ja ją naśladowałem. Bardzo chciałem zrozumieć, dlaczego Myszka Miki jest wesoła, co ją tak cieszy. Starałem się poczuć to, co czuł ten pieprzony gryzoń, i nie potrafiłem. Ale chyba do tej pory zdaje mi się, że Miki zna tajemnicę dziecięcego szczęścia. To przecież kupcząc nim, Myszka Miki zbudowała swoje imperium warte setki miliardów. Trzysta lat temu jej parki rozrywki kwitły – przepompowywały przez siebie więcej ludzi niż Watykan. Potem jedni i drudzy pozostali bez klientów: wierni zmądrzeli, dzieci zniknęły jako gatunek. Kościoły, meczety i lunaparki podupadły, a ich powierzchnię handlową pożarł modniejszy biznes.

– Skąd masz takie okropieństwo?

– Z pchlego targu.

Imperium runęło, a po imperatorze została maska pośmiertna, którą kupiłem za grosze od Murzyna handlującego starzyzną w Niebiańskich Dokach, bazarze wśród chmur nad hamburskim portem. Postanowiłem wtedy, że uratuję wesołą myszkę z niebytu, tak samo jak ona kiedyś wyciągnęła stamtąd mnie. Teraz należy do moich rzeczy osobistych na równi z trzema mundurami Nieśmiertelnego, paroma kompletami cywilnych ciuchów i plecakiem.

– Dawaj ją tu! – żąda dziewczyna.

– A to z jakiej racji?

Ale Annelie już przeciska się obok mnie, zrywa maskę z wieszaka i zakłada.

– Co ty na to? Podobno śledzi nas monitoring! Jak myślisz – ona chyba nie jest poszukiwana? – Annelie przesuwa palcem po rozciągniętych w uśmiechu mysich ustach. – Eee... Jest cała zatłuszczona...

– Delikatniej! To antyk! Ma pewnie ze dwieście lat...

– Nie lubię starych rzeczy. Promieniują cudzymi duszami! – oznajmia Annelie.

– Ona jest przecież wesoła. Maska. To Myszka Miki.

– Nie chcę nawet myśleć, przy jakich okazjach ją zakładasz!

– To po prostu pamiątka...

– Nie czas na nas? Minęło już dziesięć minut, a zapowiadałeś, że za piętnaście już nas zgarną!

– Drzwi... – wydaję niechętnie polecenie.

Sekundę później Annelie jest już na zewnątrz.

– Zaczekaj... Stój! – Ale ona już czmycha przede mną wzdłuż galerii, muszę wołać w biegu: – Nie możesz! Nie chcę tam jechać!

– A to dlaczego? – Myszka Miki ogląda się na mnie przez ramię, nie zwalniając kroku.

Dlatego, Annelie, że wejście do tej czarodziejskiej krainy jest dla mnie zamknięte. Nawet jeśli tam przyjedziemy, niczego tam nie znajdziemy. Nie mogę trafić do krainy szmaragdowych wzgórz. Będą tam ruiny albo zalane betonem wykopy, albo drapacz chmur na tysiąc pięter. Ale rzecz nie tylko w tym...

– Nie interesuje mnie to! To głupie! To zwykły obrazek, wygaszacz! To mogłoby być cokolwiek, dowolne miejsce!

Annelie dociera do końca galerii, łapie za poręcze i zbiega po schodach. Dwa półpiętra niżej na chwilę się zatrzymuje. Zadziera mysi pyszczek do góry i woła do mnie:

– Ale przecież uciekać też możemy dokądkolwiek, prawda?

Jest dwunasta w nocy; właśnie zaczyna się trzecia zmiana życia i dopiero co wybudzeni ze środków nasennych somnambulicy, wyłażąc ze swoich kubików, gapią się otumanionym wzrokiem na nasz wyścig. Mój blok nie wyróżnia się kadrowo – urzędnicy, jeden drobniejszy od drugiego, a te żyjące według rozkładu płotki nie przywykły do awantur.

Annelie przemknęła obok nich i zniknie, a ja będę jeszcze do swojego grajdołka wracał, tak więc trzymam swoje zawodowe nawyki na wodzy, staram się nie przyciągać niepotrzebnej uwagi, nie śpieszę się zanadto, poddaję się; tak udaje jej się dobiec do wyjścia z bloku i razem z cherlawym tłumem wydostać na zewnątrz. Doganiam ją dopiero przy samym terminalu – dlatego że zaczyna utykać. Ale kiedy łapię ją za ramię, Annelie się śmieje.

– Ledwo się wleczesz! – woła do mnie zdyszana. – Jesteś żółwiem! Dawaj, żółwiu, wprowadź współrzędne! Która tuba jest nasza?

Zasysa nas już lej terminalu, wokół kłębi się milion ludzi, wytrzeszczyli oczy na dziewczynę w staroświeckiej masce, otoczyli nas swoimi małżowinami usznymi i każdy nasz szept z pewnością wpadnie w tę pułapkę. Nie mogę się teraz kłócić, nie przy takiej masie świadków. Biorę więc Annelie za rękę i posłusznie dyktuję komunikatorowi współrzędne, których ona nauczyła się na pamięć.

Do bramki ciągnie mnie sama – na dolny poziom z połączeniami długodystansowymi. Ekspres Rzymski Orzeł odjeżdża co dwadzieścia minut i pokonuje tysiąc kilometrów w godzinę; w Rzymie trzeba się przesiąść.

Pociąg już podstawiono, do odjazdu zostało kilka sekund. Cały jest koloru rtęci, dwukrotnie szerszy i wyższy od zwykłej tuby i tak długi, że perspektywa ścisnęła czoło składu niemal w punkt. Ostatni pasażerowie kończą palić i znikają w jego wnętrzu.

– Poczekaj! Nie możemy tam jechać... Nie wolno ci!

– Niby dlaczego?

– Dlatego... Najpierw musisz iść do lekarza... Twoja pościel była cała we krwi... – Trzeba jej wyperswadować ten bzdurny kaprys i wszystko mi już jedno jak. – Co oni z tobą zrobili? Nieśmiertelni. Myszka Miki patrzy na mnie radośnie, uśmiech ma od ucha do ucha.

– Nic. Nic takiego. I nie chcę o tym mówić. Jesteś gotów?

– Ale...

– Nie rozumiesz, tak? Dobrze. To taka wesoła gra: nie jestem już Annelie, tylko kimś innym, tak? – Stuka się palcem w czarny, podobny do oliwki nos. – Jeśli mężczyzna, z którym przeżyłam pół roku, okazuje się nie Wolfem Zwieblem, tylko jakimś terrorystą, to dlaczego ja muszę pozostać sobą?

– Annelie...

– Nie mam bledziutkiego pojęcia, w co wdepnęła ta twoja Annelie. I ty też bądź kimś innym, nie Eugènem, tylko kim chcesz. Annelie zostaje tutaj, a ja jadę! – Wyrywa mi się i macha do mnie ręką.

– Zaczekaj! Nie wiem, jak mam ci kupić bilet... Żeby nas nie namierzyli. Poczekajmy może na następny!

– Nie ma żadnego następnego! Jest tylko ten! – Pędzi w stronę najbliższych drzwi.

Bez pytania przyciska się do jakiegoś dystrofika w designerskich okularach i razem z nim przechodzi przez bramkę. Ledwie zdążam wskoczyć do pociągu – zamykające się drzwi piszczą z niezadowoleniem, omal mnie nie przycinając. Na korytarzu Annelie dziękuje zaczerwienionemu okularnikowi, cmoka go maską w policzek. Odpycham nerda barkiem, zabieram ją i idę do przodu.

– Zwariowałaś! A jak trafimy na kontrolerów? Na długich dystansach się to zdarza! Mogą cię rozpoznać...

Podłoga świeci łagodnie, ściany są wiśniowe, po obu stronach korytarza, za ogromnymi owalnymi oknami ciągną się podobne do apartamentów przedziały z kanapami z białej skóry i kosmatymi dywanami; wagon, z zewnątrz nieprzejrzysty, od środka jest przeźroczysty.

– Coś wymyślimy. O, patrz, wolny przedział!

– Przecież to pierwsza klasa! Chodźmy chociaż do innego wagonu!

– Co za różnica? Przecież i tak nie mam biletu. Uznajmy, że nie mam biletu na pierwszą klasę!

I stanowczo przesuwa przeźroczyste drzwi w bok. Pierwsza klasa do Rzymu kosztuje majątek i jest przeznaczona dla poważnych ludzi; żądać od nich biletu przy wejściu to wątpić w ich przyzwoitość. Tu wszystko opiera się na słowie honoru.

Annelie od razu zrzuca trampki, pogrąża bose stopy w futrzastym dywanie.

– Super!

I dopiero potem zasuwa drzwi, nakazuje oknu na korytarz, by się zaciemniło, i zdejmuje maskę. Pod pergaminową skórą starej myszy jest Annelie: młoda, zarumieniona, gorączkowo wesoła.

– Tu nie ma kamer.

– Chciałbym w to wierzyć.

– Wystarczy tej paranoi, to już przestało być śmieszne. Nie zostały ci jakieś pasikoniki?

Wyciągam drugą paczkę.

Rozgryza ją niecierpliwie, rozsypuje wszystkie pasikoniki na fornirowanym rosyjskim drewnem stole o skomplikowanym kształcie, potem dzieli je po połowie grzbietem dłoni – mniej więcej po połowie, sobie zostawia troszkę więcej.

– Nagle dziko zachciało mi się jeść! – mówi. – Wcinaj!

Biorę pasikonika, obieram go ze skrzydełek.

– Bardzo dobre! – Annelie chwali pasikoniki; wypchała sobie nimi usta i chrupie na całego, zapomniawszy chyba, że skrzydełka uważa się za niejadalne. – No to opowiadaj! Co w tym twoim wygaszaczu takiego szczególnego?

Żuję – celowo, na siłę: zaschło mi w gardle, trudno się połyka.

W ślad za białym królikiem wcisnąłem się do czarnej nory, nory, przez którą dorosły nie przejdzie; dla dziecka wszystko skończyłoby się czarodziejską podróżą po krainie fantazji, ale dorosły uwięźnie i zginie przygnieciony ziemią.

To widok z okna domu składającego się z sześcianów, Annelie. Kiedy byłem mały, wymyśliłem sobie, że to mój dom, a idealna para w letnich ubraniach, która buja się w przypominających kokony fotelach na trawniku, to moi rodzice.

Ale moi przybrani rodzice to dawno nieżyjący podrzędni aktorzy i nic między nimi nie było: w najlepszym razie bzyknęli się między zdjęciami. Mój dom to dekoracje powstałe w studiu filmowym. A te zielone wzgórza i kapliczki, i winnice – to...

– Dobra, mam do ciebie poważniejsze pytanie – przerywa moje myśli Annelie; cały się prostuję, gotowy kłamać.

– Tak?

– Widzę, że masz problemy z apetytem. Obrazisz się, jeśli poczęstuję się też twoimi pasikonikami?

Nie czekając na odpowiedź, zagarnia już moją kupkę do siebie.

– Bierz, oczywiście – mówię z roztargnieniem. – A o co chciałaś zapytać?

– Wyluzuj, pytanie już padło. – Wrzuca sobie do ust kolejną porcję, teraz już z mojej części. – Myślałeś, że będziemy teraz dyskutować o sensie życia?

Trzeba chyba spróbować tych pigułek. To, co zrobiły z Annelie, to istny cud, mnie wystarczyłaby nawet magiczna sztuczka.

– Ciekawe, czemu masz taką skwaszoną gębę? Codziennie jeździsz pierwszą klasą po całej Europie? – Annelie rozkłada się na kanapie. – W porównaniu z twoją chatą to prawdziwy apartament! Szkoda, że to tylko półtorej godziny jazdy!

– Nie.

– Nie? Nie szkoda?

Nie, w pierwszej klasie byłem tylko raz – przy zatrzymaniu pewnej parki, która też chciała uciec od problemów; i nie, nie jeżdżę po Europie: zwykle nie przekraczam granicy strefy, za którą odpowiada nasz oddział.

– Szkoda. Szkoda, że ci uległem i z tobą pojechałem.

– Hop, hop! – puka mnie palcem w czoło. – Są tam jakieś inne kanały? Chciałabym przełączyć.

– Gdzie?

– W twojej głowie. Cały czas mówisz to samo. Jeden program jest o tym, że Annelie jest w niebezpieczeństwie, a drugi, że Eugène – bo tak masz na imię, prawda? – nie chce jechać do Toskanii. Nudy na pudy.

– Wybacz, nie mogę nie myśleć o tym, że lada chwila nas złapią...

– Oczywiście, że możesz. A to dlatego, że złapią nie nas, tylko Eugène'a i Annelie, a my to przecież całkiem inne osoby i nic o nich nie wiemy. Tak więc rozluźnij się.

– Brednie!

– A tak w ogóle to wszystko u ciebie w porządku z wyobraźnią? – śmieje się w głos.

Wstaję z miejsca, podchodzę do ściany pełniącej funkcję okna. Podwójny tor kolei magnetycznej, po którym ślizga się nasz pociąg, zahaczając to o jeden wieżowiec, to o drugi, układa się przed nami w wiraż, nabiera wysokości, wznosząc się ponad smog przesycony światłami reklam i skręcając na południowy zachód; a w oddali widać, jak na nasze spotkanie mknie bezszelestnie równie potężny skład, struga płynnego metalu. Pociąg powrotny, mówię sobie. Można stamtąd wrócić. To po prostu krótka wycieczka.

– No dobra, nie nazywasz się Annelie – poddaję się – Więc kim jesteś?

– Jestem Liz. Liz Pederssen. 19A. Ze Sztokholmu.

– I co robisz w pierwszej klasie ekspresu do Rzymu, Liz?

Podciąga nogi i puszcza mi oczko.

– Uciekam z domu.

– Dlaczego?

– Zakochałam się w makaroniarzu handlującym nielegalnymi elektrycznymi neurostymulatorami. Tatuś powiedział, że mogę z nim być tylko po jego trupie.

– I co, pozbyłaś się tatusia?

– A co mi pozostało? – śmieje się. – Ale makaroniarz jest tego wart. Prawdziwy mistrz stymulacji.

– Zazdroszczę mu. Będzie na ciebie czekał w Rzymie?

– Tak. Ale mamy jeszcze całą godzinę! Przez godzinę można dużo zrobić. Tylko opowiedz mi najpierw o sobie.

– Patrick.

– A twoje nazwisko?

– Dubois.

– Piękne nazwisko. Co drugi paryżanin tak się nazywa.

– Patrick Dubois 25E – uściślam i zacinam się.

– Ale masz gadane, Patrick! Wiesz, jak zaimponować dziewczynie.

Gryzę się od środka w policzek, starając się nie patrzeć na jej umazane tłuszczem usta, na jej kolana, na jej długą szyję wystającą z okrągłego dekoltu koszulki.

– Trzeba będzie cię pomęczyć, Patrick. Czym się zajmujesz?

– Jestem... Lekarzem. Gerontologiem. Badam problemy starzenia się.

– O! To co robisz w pierwszej klasie? To jest pytanie! Klientów zostało ci tylu, że można ich policzyć na palcach, i wszyscy siedzą na zasiłku socjalnym. Z taką fuchą powinno ci ledwo starczać na pasikoniki i wodę. Chociaż... – Odwraca pustą torebkę, wytrząsa okruszki. – Nie zdziwiłabym się, gdybyś faktycznie mówił o sobie. Bo mam nadzieję, że to zmyślasz? Inaczej byłoby to wbrew regułom!

A co, jeśli przedstawię jej teraz innego siebie? Jan. Jan Nachtigall 2T. Odebrany rodzicom. Nieśmiertelny. Jak będzie ze mną grać po czymś takim?

– Ale to w sumie nawet ładne – śmieje się. – Biedny uczony, który zajmuje się jakimiś przestarzałymi głupotami. Z ciebie to jednak romantyk. A ile masz lat?

– Trzysta – mówię. – Kiedy zaczynałem zajmować się tą dziedziną, nie była jeszcze przestarzała. Wtedy gerontologia była najpopularniejszą dyscypliną naukową.

– Brawo! Jaki uparty! – chwali mnie. – I doskonale wyglądasz jak na swój wiek. No, no, czyżbyś się zarumienił?

– A ty ile masz lat... Liz?

Obrazowo się opędza.

– Co to za pytania? Ważne jest tylko, na ile wyglądam, nieprawdaż? No, dajmy na to, pięćdziesiąt. Ale przecież nie dasz mi tyle?

Jej oczy zwilgotniały i zaczęły lśnić, policzki się zaróżowiły.

– A pamiętasz jeszcze swoją matkę?

– Co?

– Mówisz, że masz pięćdziesiąt lat i ojca. A więc wyboru dokonała twoja matka, tak? W końcu pięćdziesiąt lat temu ustawa o wyborze już obowiązywała. Wychodzi na to, że jeśli opiekować się tobą postanowił twój ojciec, to matka dostała zastrzyk i umarła jakieś czterdzieści lat temu, tak? Miałaś dziesięć lat. No więc pytam: pamiętasz ją jeszcze?

– A ty swoją?

– Ja, Patrick Dubois 25E, doskonale pamiętam, jak wygląda moja matka. Żyje do tej pory, ma miłe mieszkanko nad Hamburgiem z widokiem na przetwórnię rybną i odwiedzam ją, kiedy mam wolne. Wygląda nie gorzej od ciebie. Szczegół: przez tę cholerną przetwórnię zawsze panuje u niej taki smród, że aż się robi ciemno przed oczami, ale mama już go nawet nie czuje. Za to wszędzie, gdzie czuć rybą, czuję się jak w domu.

– No widzisz? Brawo! – chwali mnie Annelie. – Twoja fantazja zaczęła pracować!

Przesuwa po czole grzbietem dłoni, odrzucając na bok włosy, potem splata ręce na brzuchu. Bierze głęboki wdech, długo nie wypuszcza powietrza, jej oczy robią się szkliste.

– Wszystko w porządku? – pytam.

– Kawa... Kanapki... Gorące dania... – dobiega z korytarza.

– Wszystko świetnie! – uśmiecha się Annelie. – Po prostu skręciło mi żołądek. Pewnie z głodu. – Wygląda na korytarz i wydaje radosny okrzyk: – Ahoj! Tam jedzie robot z żarciem!

– Teraz twoja kolej – przypominam jej.

– A ty wciąż jeszcze nie nabrałeś ochoty, żeby coś przekąsić?

– Co z twoją matką, Liz?

– Nie mogę powiedzieć! – Wzrusza ramionami. – Dlatego że nie jestem już Liz. Teraz jestem Suzanne Strom 13B. Znana też jako Suzy Sztorm, złodziejka i postrach kolei!

Zakłada maskę Myszki Miki, robi z palca pistolet i boso wybiega z przedziału.

– Stać! To jest napad! – krzyczy na korytarzu.

Rzucam się w pogoń; ale jest już za późno. Suzy Sztorm niesie paczkę z daniem na ciepło, przerzucając ją z ręki do ręki i dmuchając na oparzone palce, robot ponuro i z zakłopotaniem wzywa ją do opamiętania, Myszka Miki śmieje się w głos – łobuzersko i radośnie.

Pomimo jej protestów rozliczam się jednak z robotem. Suzy Sztorm daje mi do popilnowania swój łup („Tu jest twój prawowity udział, Patrick!") i wychodzi do toalety. Zostaję sam, wsłuchuję się w siebie: słyszę stukot – tuk, tuk, tuk. Mam w środku jajko i coś puka w jego skorupę.

Setki wieżowców za przeźroczystą ścianą przy takiej prędkości stają się jednym nieogarnionym ciemnym budynkiem, a ogromne ekrany z reklamami setek towarów, bez których szczęście człowieka jest niemożliwe do osiągnięcia, zlewają się w jeden rwący tęczowy strumień, w wielką rzekę migocących świateł, w Amazonkę pikselowych fantazji, która właśnie się staje tym wymyślonym szczęściem. Oczarowany, wchodzę do tej rzeki i płynę, nie myśląc o tym, że kiedy pociąg się zatrzyma, ta wyschnie i znów zamieni się w superbillboardy reklamowe pigułek, ubrań, mieszkań i urlopów w innych wieżowcach.

Nigdy nie należy myśleć o tym, co będzie, kiedy pociąg się zatrzyma.

– Szanowni pasażerowie. Proszę przygotować bilety i dowody tożsamości do kontroli – słychać z korytarza melodyjny kobiecy głos.

Mgnienie oka – i mam plecak w rękach, dłoń rutynowo układa się na paralizatorze: moje ciało myśli za mnie, już wie, co robić dalej. Ale użycie paralizatora przeciwko kontrolerom... Do tego powinna też tu być policja, zawsze dyżurują w pociągach dalekobieżnych... Gdzie jest Annelie? Najważniejsze, żeby nas teraz nie rozdzielili... Oglądam się na siedzenia, na jej miejsce...

– Ostrzegamy: gapowicze zostaną usunięci z pociągu i surowo ukarani! – oznajmia ten sam głos tuż obok.

Na krótko, jak pod ostrzałem, wyglądam na korytarz. Annelie stoi tam, zaraz za oknem, przyciskając się do ściany, kryjąc się przede mną. Poza nią nie ma nikogo.

– Uwierzyłeś? – uśmiecha się.

– Oczywiście, że nie!

Potem wcinamy nasz obiad na ciepło – owoce morza, japońska sałatka z wodorostów, marynowana morska kapusta – zwyczajnie, w milczeniu, siedząc naprzeciw siebie i patrząc w okno. Okazuje się, że też zgłodniałem. Wszystkim się od niej zarażam.

Pejzaż się nie zmienia: czarno-neonowa mgławica przelatujących wieżowców na pierwszym planie, gęste migotanie pędzących wieżowców na drugim, a w rzadkich prześwitach – przemykające sylwetki najdalszych wieżowców na trzecim. Cała Europa jest jednakowa – zabetonowana i zabudowana; ale zaczynam już zapominać o tym, że punkt docelowy naszej podróży będzie z pewnością przypominał miejsce odjazdu. Zaczynam zapominać o tym, dokąd i po co jedziemy. Byłoby dobrze, gdybyśmy byli na objazdówce po pętli. Byłoby dobrze, gdyby ta wycieczka trwała wiecznie.

Przed Rzymem ekspres ma jeden przystanek – w Mediolanie. Zbliżając się do Milano Centrale, pociąg redukuje prędkość. Annelie wciska w ścianę, mnie o mało na nią nie rzuca.

– Ciągnie mnie do ciebie nieznana siła – żartuję.

– Zauważyłam – odpowiada. – Gdybyś się uczył, jak należy, wiedziałbyś, jak się nazywa.

– Nawiasem mówiąc...

– Kontrolerzy!

– Co?

– Kontrolerzy! Tam, na peronie! Cholera, jest ich tam cała dywizja!

– Nie no, wystarczy już, więcej mnie nie...

I wtedy ich widzę: nie jest to, oczywiście, dywizja, ale nie mniej niż kompania. Ubrani w niepozorne szare stroje i czapeczki, rozciągnęli się w tyralierę po całym peronie, zajmując pozycje dokładnie według oznaczeń – drzwi pociągu zatrzymają się równo naprzeciw każdego z nich, wszystkie wyjścia będą odcięte.

– Mówiłem ci przecież...

– Bez paniki! – Annelie zakłada maskę Myszki Miki. – Jesteśmy przecież w ruchu oporu, nie? Krwawy reżim tak łatwo nas nie dostanie!

Wkłada trampki, bierze mnie za rękę i biegniemy w stronę wyjścia. Drzwi otwierają się, zanim zdążamy do nich dotrzeć – i drogę zastępuje nam śniady grubas z przypominającym szczotkę czarnym wąsem.

– Bilety!

– Bilety! – słychać z drugiej strony.

– Okrążyli nas – szepcze do mnie Annelie. – Ale żywych nas nie wezmą! Bo nie wezmą, prawda?

Zwabić jednego z nich do pustego przedziału, załatwić go tam i zostawić za przyciemnioną szybą, zyskać na czasie i póki pozostali nie zdążą się zorientować, co się dzieje, wybiec z pociągu.

Ale do tego potrzebna jest mi pomoc Annelie – a ta znów gra w jakąś swoją grę: otwiera wszystkie przedziały po kolei, kłania się spłoszonym pasażerom i idzie dalej, co i rusz oglądając się na zbliżającego się kontrolera. Jej manewry nie pozostały dla brzuchatego wąsacza niezauważone, ale ten nie może opuścić ani jednego przedziału.

– Co ty tam robisz, do cholery? – syczę, ale Annelie nie zwraca na mnie uwagi. Nagle znika. Szturmuję cudze przedziały, znajduję ją dopiero w piątym albo szóstym. Nic z tego nie rozumiem: Myszki Miki siedzi przy oknie, a w progu stoi Annelie – zarumieniona, wesoła.

– Pomachaj Patrickowi, Enrique! – Dziewczyna klepie człowieka w masce po ramieniu.

Miki posłusznie podnosi rękę i macha do mnie. Annelie posyła mu buziaka i stuka się wskazującym palcem prawej ręki w nadgarstek lewej, tam gdzie wszyscy normalni ludzie mają komunikator: „Skontaktuj się ze mną".

– Teraz spokojnie... – Statecznym ruchem bierze mnie pod ramię, wyprowadza na korytarz – i od razu ciągnie za sobą do sąsiedniego przedziału, na szczęście pustego.

– Kto to? Komu oddałaś moją maskę?

– Pst... – przykłada palec do ust. – Twoja Myszka poświęciła się, by nas uratować. Znajdziesz sobie coś bardziej odpowiedniego do swoich erotycznych przebieranek!

– Szanowni podróżni! Ekspres Rzymski Orzeł odjeżdża za minutę. Następna stacja: Rzym – informuje nas przyjemnym barytonem starszy steward.

– Jeśli zaraz nie wysiądziemy, to nas tu zaszczują!

Wyjmuję paralizator, robię krok na korytarz – ale Annelie wciąga mnie z powrotem.

– Trochę cierpliwości! Szkoda, że giwery nie wyciągnąłeś!

– Wiedziałem! – grzmi ktoś z sąsiedniego przedziału. – Myślał pan, że się pan przed nami ukryje? Niech pan zdejmie tę maskę!

– Za nic! Tak, nie mam biletu, ale co ma do tego maska?

– Niech pan szybko zdejmuje to świństwo, bo wezwę policję! To niezgodne z prawem!

– Protestuję! Mogę się przebierać, za kogo chcę, to moje konstytucyjne prawo! I to ja zaraz wezwę policję!

– Uciekamy! – szarpie mnie Annelie i przemykamy obok przedziału, w którym wątły człowiek myszka rozpaczliwie mocuje się z grubym kontrolerem, i udaje nam się wyskoczyć na peron na sekundę przed tym, jak pociąg odjeżdża do Rzymu.

– Kto to? – dopytuję ją, kiedy wmieszaliśmy się już w tłum. – Jak go zwerbowałaś?

– To ten chłopaczek w okularach, który wprowadził mnie do pociągu. – Śmieje się. – Taki miły, prawdziwy rycerz.

– No co ty... I podałaś mu swoje ID?

– Aha.

– Przecież on może zakapować na nas policji! – Ale myślę o czymś zupełnie innym: z jakiej racji rozdaje swoje ID na prawo i lewo?

– Tak właśnie myślałam, że będziesz zazdrosny, dlatego dałam mu ID Suzanne Strom. – Annelie klepie mnie po ramieniu.

Chcę już zaoponować: jaka znowu, do cholery, zazdrość? – ale rzeczywiście miło mi to słyszeć, miło w taki głupi, miękki sposób, i zapominam o swoim sprzeciwie.

– O! Czy ty aby nie chcesz nauczyć się uśmiechać?

– Umiem się uśmiechać – mówię spokojnie. – Dobrze mi to wychodzi.

– A widziałeś się w lustrze?

– Właśnie przed nim się uczyłem!

– O! Potrafisz też żartować?

– Spadaj!

Pokazuje mi środkowy palec, ja pokazuję jej swój.

– Nie zachowujesz się, jakbyś miał trzysta lat. Dodałeś sobie trochę, żeby wyglądać na poważniejszego? – śmieje się.

Na tubę do Florencji trzeba poczekać i skracamy sobie czas w dworcowej kafejce, w której nie ma nic poza kawą i lodami. Annelie, schowana za czasopismem, zajada się gelato, ja szukam w automatach jak największych ciemnych okularów: znów trzeba ją ukryć przed systemem obserwacyjnym. Na szczęście na przejazdy regionalne można kupić anonimowe bilety.

W terminalu we Florencji musimy zrobić jeszcze jedną przesiadkę – i znów czekać: na trasie doszło do jakiegoś opóźnienia. W końcu pociąg przyjeżdża, ale nie wiedzieć czemu, zupełnie mały i zdezelowany, z napisem „Rezerwowy" na chromowanych burtach. Siedzenia ma miękkie, obite czerwonym pluszem, klamki są metalowe i całe odrapane, przez okrągłe okna trudno cokolwiek dojrzeć, połowa lamp nie działa. Wyciągnęli ten miniaturowy skład skądś z przeszłości i podstawili go dla Annelie i mnie, dlatego że nowe tuby, ekspresowe, z kompozytowego szkła, nie jeżdżą tam, dokąd chcemy się dostać.

– Tramwaj! – mówi z przekonaniem Annelie, chociaż to oczywiście nie jest żaden tramwaj.

I tak oto ów rozklekotany, skrzypiący pociąg wlecze się nieznaną trasą i promieniuje nieznanymi duszami, ale Annelie śpi na moim ramieniu i nic nie czuje, a mnie ta radiacja nawet się podoba – zdaje mi się, że mnie ogrzewa. I, niezauważalnie dla samego siebie, ja też zaczynam wierzyć, że nasz „tramwaj" zdoła wydostać się poza sięgającą nieba palisadę wieżowców, znaleźć sekretną ścieżkę z tego gigalopolis – za miasto, tam, gdzie będzie widać horyzont i gdzie na tym horyzoncie nie zobaczę niczego prócz delikatnie zielonych wzgórz, pomarańczowych pudełek rozlewni win i kapliczek, prócz nieba zalanego gradientem od ciemnego granatu do ciepłej żółci. Pewnie zatrzyma się wprost przed domem z sześcianów, wysadzi nas i powlecze się dalej.

Ukołysany regularnym oddechem Annelie o mało nie zasypiam, ale oto komunikator sygnalizuje mi, że przybywamy do celu, więc wyglądam przez okrągły iluminator. Chcę ostatecznie się upewnić, że rezerwowy pociąg przewiózł mnie do innego wymiaru – tam, gdzie wszystko pozostało nietknięte od dnia, w którym porzuciłem rodzinny dom.

Ale dokładnie tam, gdzie według naszych obliczeń powinien znajdować się dom z powiewającymi na wietrze firankami, jedwabisty trawnik z fotelami jak kokony, skąd powinno się wznosić niknące w mgiełce zapadającej nocy zwieńczone kapliczkami pasmo wzgórz – tam, miażdżąc to wszystko swoim żelaznym tyłkiem, rozsiadł się największy i najbrzydszy wieżowiec, jaki kiedykolwiek miałem sposobność oglądać. Jest tak wielki, że zniknęła pod nim cała okolica naraz i nie ma najmniejszej nadziei, że przekopując szpachelką grunt u jego podnóża i strząsając go archeologiczną miotełką, znajdę choćby odłamek swoich wspomnień i snów.

– Wieżowiec La Bellezza – mamrocze do mikrofonu maszynista. – Stacja końcowa.

Rozdział 14

RAJ

– Nic tu nie ma! Mówiłem ci przecież – nic z tego nie zostało. Wracajmy!

Za iluminatorem widać stację La Bellezza. Zaskakujący patos: czarny granit, złote litery o jakimś archaicznym kroju, ogromne portrety na wpół zapomnianych gwiazd kina – tych samych haitańskich zombi, których potomkowie wyciągają z grobów, żeby oddać ich w dzierżawę studiom filmowym.

– Trele-morele! – Annelie zrywa się z siedzenia i wybiega na zewnątrz. – Nie po to wlekliśmy się tu dwa tysiące kilometrów, żeby teraz odjechać!

– Dokąd idziesz?

Na przeciwległy peron wpada supernowoczesna tuba, z otwartych drzwi wylewają się na stację ludzie w pstrokatych strojach; od ich widoku aż mieni się w oczach. Annelie lawiruje między nimi jak między różnobarwnymi sztonami na podzielonej na kwadraty posadzce, muszę ją dogonić, zatrzymać, ale w moje ręce wpadają tylko postronni, niemający dla mnie znaczenia ludzie: bruneci o lśniących włosach związanych w modne kucyki, o oczach skrytych za przeciwsłonecznymi pilotkami, szczupłe kobiety o południowej urodzie w bluzkach z kapturem, a Annelie wciąż mi się wymyka – i łapię ja dopiero przy samych windach.

– Jest! – woła triumfalnie, wskazując palcem gdzieś w górę. – A nie mówiłam?

Podnoszę głowę – i widzę potężny baner reklamowy o wysokości trzy razy większej od człowieka: „Park i rezerwat Fiorentina. Poziom zero wieżowca La Bellezza". Pod spodem dopisek: „To tu nakręcono filmy, które przeszły do legendy kinematografii".

– Posłuchaj...

– Jedziemy!

Nie chcę iść do tego parku. Nie wolno mi. Zaczekaj, proszę...

Ale przyjechała już winda – duża, w stylu retro, z okrągłymi lampkami guzików dla każdego z pięciuset pięter i z przydymionymi lustrami na ścianach. Przy poziomie zerowym rzeczywiście wisi mała mosiężna tabliczka: „Park Fiorentina". Szumiący, zdarty głośnik fałszywie gra jakiegoś wiekowego bluesa. W kącie całuje się parka – dwie dziewczyny; jedna z nich, jasnowłosa, jest ubrana we frak i botforty; druga, ostrzyżona na chłopaka, w sukienkę balową. W ręku musuje jej otwarta trzylitrowa butelka szampana.

Annelie od razu wybiera poziom zero, guzik daje się wcisnąć, ale winda nie rusza z miejsca.

– Dlaczego nie jedzie do parku? – Annelie zakłóca idyllę tamtych dwóch.

– Teraz jest zamknięty. Na noc. – Odrywając się od swojej zaczerwienionej przyjaciółki, dziewczyna we fraku ocenia Annelie wzrokiem.

– A to dlaczego?

– Dlatego że to własność grupy medialnej. Wszystkie dolne poziomy to hale zdjęciowe. A w parku przecież wszystko żyje. Musi spać.

– Wszystko, co żyje, chce spać! – Dziewczyna w sukience balowej śmieje się pijacko za jej plecami. – Aż ssie w brzuchu! Szampana?

– Jasne! – odpowiada Annelie.

– Nie! – powstrzymuję ją. – Dowiedzieliśmy się, czego chcieliśmy. Park jest zamknięty. Jedziemy do domu!

– Aleee... – ciągnie jasnowłosa, nawijając sobie lok na pale – znamy sekretne przejścia, które do niego prowadzą. Bardzo chcecie się tam dostać?

– Bardzo! – zapewnia ją Annelie.

– Widzisz, Sylvie, nie tylko ciebie ssie w brzuchu! – śmieje się głośno. – Park... Cholernie romantyczne. Zjedźcie na drugie piętro, a z niego zejdźcie schodami przeciwpożarowymi. Przy wejściu jest kod – cztery zera. Do klimatyzacji i oświetlenia kod jest ten sam.

Winda już sunie w dół.

– Pani jest prawdziwą dobrą wróżką! – Annelie całuje jasnowłosą w rękę. – Czuję się jak Kopciuszek...

– Nawet sobie nie wyobrażasz, jak się czują jej Kopciuszki... – chichocze ta w sukni balowej.

– Tylko wszyscy książęta poznikali – żali się wróżka we fraku, obrzucając mnie pojedynczym sceptycznym spojrzeniem. – Oto moja pożegnalna rada dla ciebie: przerzuć się na księżniczki.

Jesteśmy już na drugim piętrze.

Jasnowłosa naciska najwyższy guzik, wsuwa kolano w botforcie między nogi swojej dziewczyny-chłopaka i odjeżdżają w górę, a my zostajemy sami. Annelie trzyma łup – ogromną butelkę szampana.

– Zwinęłaś ją?

– I bez wina dobrze się bawią! – oznajmia. – Masz, ponieś, strasznie jest ciężka!

– Tak w ogóle to nie pijam szampana...

– Jest wyjście przeciwpożarowe! Kto szybciej dobiegnie?

Wyrywa z miejsca i bez obciążenia dociera do mety pierwsza. Po schodach też muszę ją gonić z tą butlą; liczę półpiętra: pięć, dziesięć, dwadzieścia, dwadzieścia pięć... Między poziomem pierwszym i zerowym jest jakieś sto metrów. Zaczynam już tracić siły, ale w Annelie wstąpił wesoły diabełek i nie czuje zmęczenia.

Wreszcie stoimy pod sekretnymi drzwiami; wszystko wygląda tak, jak powiedziała nam dobra wróżka. Cztery zera otwierają portal.

I trafiamy do wnętrza czyjegoś domu. Na otynkowanych ścianach porozwieszano zagadkowe narzędzia – wszystkie bez wątpienia muzealne; rozpoznaję grabie i, zdaje się, motykę. Duży zbity z desek stół. Dotykam go. Udekorowane naiwnymi wzorami naczynia, kubki, talerzyki... Pokryta kurzem butelka czerwonego wina. Czerwone jabłka w plecionym koszyku. Żywym ogniem płonie mała lampka. Wszystko gotowe do uczty woskowych figur, ale gospodarzy nie ma w domu.

– Popatrz, jak w filmach! – Annelie wyciąga rękę po jabłko.

– Nie wolno. Nie ruszaj tu niczego.

– Ej! Potrzebujemy czegoś do szampana!

Robi unik i jednak porywa jabłko. Zanim wyciągam ją z domu przez pomalowane na niebiesko drzwi, udaje jej się jeszcze zabrać obrus.

– Na piknik! – wyjaśnia. – No i gdzie są wszyscy?

Wychodzimy pod czarne, rozgwieżdżone niebo, w ciszę głębokiej nocy. Przypominam sobie słowa jasnowłosej: wszystko tu śpi. Planeta ludzi żyje na trzy zmiany: byłoby nam zbyt ciasno, gdybyśmy synchronicznie zasypiali wieczorem i budzili się rano. Dlatego jedna trzecia z nas żyje aktywnie rano, jedna trzecia wieczorem, a jedna trzecia nocą. Europa nigdy nie zamyka oczu. Ale w tym parku działa chyba sztuczny reżim. Mój komunikator wskazuje trzecią w nocy.

– Kod dostępu: zero-zero-zero-zero! – woła Annelie. – Oświetlenie!

Ranek!

I posłuszne jej niebo przedwcześnie czerwienieje, gwiazdy przedwcześnie gasną i słoneczna poświata zarysowuje granicę między niebem a ziemią; a potem zza samego jej skraju powoli podnosi się słońce.

Rozglądam się – i niczego nie poznaję. Gdzie jest moje dzieciństwo?

Gdzie nasze wspólne dzieciństwo, moje i Dziewięćset Szóstego, mojego przybranego brata?

Nie ma szmaragdowych wzgórz, nie ma kapliczek i winnic; daleko przede mną rozpościera się dolina podzielona na prostokąty i trapezy prywatnych posiadłości. Na jej dnie meandruje zielona rzeczułka. A pod moimi stopami zamiast trawy jest piaszczysty placyk.

– Super! – Annelie zaciera ręce. – Masz jednak gust. Gdzie się ulokujemy?

Nie odpowiadam.

Zostałem zwabiony do świata swojego dzieciństwa i uwierzyłem, że mogę do niego wrócić jako turysta. I jest podobny, ale... Ale nie mój. Czuję pustkę w głowie i w piersiach. Zostałem oszukany i chcę to oszustwo wyjaśnić.

– No i? – szturcha mnie w bok Annelie. – Wybieraj! Twój wygaszacz, ty decydujesz!

Mój wygaszacz. Święte miejsce, do którego tyle lat nie mogłem pojechać. Obracam głowę od prawej do lewej, wybierając spośród tego, czego nie chcę i co mi się nie podoba...

– Wszystko mi jedno.

– W takim razie chodźmy tam! – Wskazuje miejsce pod rozłożystym drzewkiem o srebrzystych liściach.

Rozkłada na trawie obrus, siada na nim po turecku.

– Dawaj tu tego szampana!

Mechanicznie podaję jej butelkę. Przechyla ją i przyciska do piersi.

– Luli, luli laj... – Kołysze ją jak dziecko w pieluszkach i parska śmiechem.

Przez jej wesołość przeziera jakaś zgroza.

– Po co to, Annelie, nie można tak...

Słońce już wzeszło; ufając mu, otwierają się kwiaty i zaczynają szczebiotać ptaki. Ta ziemia rzeczywiście żyje, tak jak i wszystko, co na niej jest.

– Zaalarmowaliśmy chyba cały świat – mówię z roztargnieniem.

– Za to jeszcze przez cztery godziny będzie tylko dla nas! Pomóż mi otworzyć, korek jest mocno wciśnięty...

Odkorkowuję butlę, upijam z niej łyk i oddaję ją Annelie. Ta dudli tak, jakbym od trzech dni nie dawał jej nic do picia. Wyciąga zza pazuchy ukradzione jabłko, pociera je o koszulkę, podaje mi.

– Zakąś, będzie weselej!

Biorę, ważę w dłoni, gryzę...

– To atrapa, Annelie. Kompozyt. Jest niejadalne.

– Naprawdę? Cholera! Czyli trzeba będzie pić bez zagryzki! – Znów przykłada butelkę do ust.

Słońce przygrzewa coraz mocniej. Czuję, jak piecze mi czubek głowy.

– Nie będziesz miał nic przeciwko, jeśli się poopalam, skoro już nadarzyła się okazja? – Annelie chwyta skrzyżowanymi rękami dół koszulki i ściąga ją z siebie.

Przez moment widzę jej małe jędrne piersi, wystające sutki... Kładzie się na brzuchu, wystawia plecy do sztucznego słońca. Odwraca do mnie twarz, uśmiecha się kącikiem ust. Całe jej plecy pokryte są siecią koszmarnych szram, jakby ktoś poszczuł ją psami; ale ona zdaje się o tym nie pamiętać.

Łagodny wiatr gładzi włosy.

Nagle opada mnie potworne zmęczenie – tymi wszystkimi dniami i nocami, podczas których byłem na nogach, moją wyprawą przeciwko starcom i zniszczeniem ich tajnej broni, moim aktem nienawiści z Helen, który nie sprawił, bym choć na sekundę zapomniał o Annelie, przerwaną egzekucją Rocamory, tysiącem akcji, podczas których robiłem wszystko, jak należy, całym swoim życiem.

Powinienem odpocząć, zasłużyłem na to.

Na mlecz, który rozwinął się wprost przede mną, opada motyl o cytrynowożółtych skrzydłach; obserwuję go jak zaczarowany. Motyl macha skrzydełkami, w oczy sypie mi się z nich senny pyłek, wszystko pływa, dźwięki zamierają; motyl przefruwa z kwiatka na kwiatek i niespodziewanie ląduje mi na ręce.

W tej samej chwili świat gaśnie. Zasypiam.

Moja pierwsza myśl: oślepłem!

Zrobiłem coś niesłychanego i ukarali mnie tak jak jeszcze nigdy i nikogo. Kiedy byłem nieprzytomny, wypalili mi oczy! Resztę życia spędzę w ciemności!

Myślę tak, bo przez wszystkie lata, które przeżyłem w internacie, ani razu nie widziałem ciemności: lampy nigdy tu nie gasną. Ostre białe światło z łatwością przenika przez cienkie dziecięce powieki, przebija się przez opaski na oczy, które wydają nam przed snem, przeciska przez palce... Inaczej w ciemności zostalibyśmy sam na sam ze sobą, a my zawsze powinniśmy być razem. W ten sposób łatwiej nas pilnować, no i zawsze możemy pilnować się nawzajem.

I oto teraz nie widzę nic. Wokół panuje kompletna ciemność. Otwieram oczy – na próżno. Zamykam – żadnej różnicy. Kiedyś marzyłem o tym, żeby światło zelżało, znikło. Lecz teraz, kiedy go już nie ma, boję się.

Szarpię się – żeby choć usiąść! – ale uderzam czołem o metal, ledwie oderwawszy głowę od ziemi. Chcę rozmasować bolące miejsce – i nie mogę podnieść rąk. Nie mogę zgiąć nóg w kolanach! Natykają się na przeszkodę – twardą, nie do pokonania.

Odsunąć, odepchnąć ją od siebie! – zgrzytam tylko paznokciami po gładkim metalu. Ohydny dźwięk – nic więcej.

To sufit na mnie opadł, wisi kilka centymetrów nad moimi oczami, moją piersią, niemal dotyka palców u nóg.

Odczołgać się! – odczołgać się na bok! Ale z prawej i z lewej strony są ściany i miejsca między nimi jest na grubość palca. Gdybym był odrobinę szerszy w ramionach, dotykałbym ich, byłbym tu ściśnięty jak w imadle. Ale wszystko, co teraz mogę zrobić, to się wić.

Sufit jest nieporuszony – po prostu nie da się go unieść, nie otworzy się, nie przesunie, choćbym był nie wiem jak silny; nie mogę też ruszyć z miejsca ścian. Oczywiście nie od razu zdaję sobie z tego sprawę: z początku miotam się, wyrywam, kręcę, raz po raz uderzając czołem, póki gorąca ciecz nie zaczyna spływać mi do oczu, póki nie łamię sobie wszystkich paznokci, sterczących teraz jak powykrzywiane zadry. Przestaję dopiero wtedy, kiedy kończy się powietrze – po niecałych dwóch minutach.

– Wypuśćcie mnie!

Leżę w ciasnej metalowej skrzyni o długości i szerokości mojego ciała, a wysokości takiej, żebym nie mógł unieść nawet głowy. Powietrza było w niej tyle co nic, a teraz nie zostało go wcale.

Robię się mokry od duchoty i przerażenia, serce zaczyna mi bić pośpiesznie, płytko, płuca zaczynają boleć z pragnienia, pracują coraz szybciej i szybciej, próbując wyssać z psującego się raptownie powietrza choć odrobinę tlenu.

Znów drapię pokrywę – ślizgają mi się palce, jestem cały zlany potem.

– Wypuśćcie mnie!

Głuchnę od własnego krzyku: metal nie przepuszcza dźwięku, który odbijając się natychmiast, chłoszcze mnie po uszach. Głuchnę i znowu krzyczę, póki powietrze całkiem się nie wyczerpuje. Ciemność mnie połyka i przez jakiś czas – może minutę, może dobę – rzucam się na oślep po trzewiach jakiegoś nieprzeniknionego koszmaru. Ledwie znajduję wyjście, kiedy znów wpadam do metalowej skrzyni.

– Wypuśćcie mnie! Wypuśćcie mnie, bydlaki!

Chce mi się pić.

Wciąż nie ma czym tu oddychać, ale z jakiegoś powodu nie umieram. Dopiero kiedy się uspokajam, znajduję odpowiedź: wprost za moją głową w metalowej ściance jest dziurka o średnicy otworu w igle strzykawki. Kropelka po kropelce sączy się przez nią ciepłe powietrze. Jeszcze przez godzinę próbuję obrócić się tak, żeby strużka trafiała mi prosto do ust; potem porzucam to beznadziejne zadanie. W końcu dociera do mnie: w moim położeniu najlepiej będzie nie robić nic, będę miał wówczas dość powietrza, żeby myśleć. I nieruchomieję, i myślę, myślę, myślęmyślęmyślę.

Po prostu próbują mnie przestraszyć. Słyszą moje krzyki: drę się tak, że nie da się mnie nie usłyszeć. Czekają, aż poproszę o wybaczenie, aż się załamię – żeby poniżyć mnie, a potem wielkodusznie odpuścić mi mój grzech. Spodziewają się, że zajdzie we mnie przemiana, po której stanę się układny jak Trzydziesty Ósmy, niegodziwy jak Dwieście Dwudziesty, że jak Trzysta Dziesiąty nigdy więcej nie będę w nic wątpił. Oto czego ode mnie chcą.

Tak więc: walcie się! Słyszycie!?

– Walcie się!

Nie zacznę płakać, nie będę błagać, żeby mnie wypuścić, ani myślę się więcej poniżać. Choćbym miał zdechnąć! Raz już umarłem, kiedy mnie dusiły te oswojone makaki Pięćset Trzeciego. Nic takiego strasznego w tej całej śmierci nie ma.

Macie ten swój grobowiec! Żryjcie!

I wszyscy, którzy boją się potem nawet o nim wspomnieć – wy też żryjcie! Nie złamali Dziewięćset Szóstego, mojego przyjaciela – umarł, ale się nie poddał! – i mnie też nie dadzą rady złamać. Jestem gotów. I wiecie co?

– Dziękuję, że mnie tu wcisnęliście! Zrobiliście najstraszniejszą rzecz, jaką mogliście ze mną zrobić! I co!? Tak, jestem w tej pieprzonej skrzyni, ale za to jestem wolny! Bo teraz mogę myśleć, o czym mi się podoba! Właśnie tak! Jestem wolny!

Zaczyna mnie ssać w żołądku: pora śniadania. Posiłki w internacie odbywają się według surowego harmonogramu, przez dziewięć lat, które tu spędziłem, mój żołądek podlegał żelaznej tresurze. Z przekonaniem produkuje soki i żąda ustalonej dawki pożywienia. Ósma rano – śniadanie, druga po południu – obiad, siódma wieczorem – kolacja, tak jest urządzony świat, tak było od dawien dawna i tak będzie zawsze. Nie otrzymawszy swojej daniny, żołądek zaczyna trawić mnie od środka.

Głód mogę wytrzymać. Nie jestem przecież swoim ciałem.

Mogę się od tego oderwać. Mogę spróbować.

Dziewięćset Szóstego zagłodzili, bo nie chciał zrozumieć, że jego rodzice byli przestępcami. A przecież to wszystko, co musimy o nich wiedzieć, mówią nam wychowawcy. Ich winę mamy w swojej krwi, odpowiadamy za czyny rodziców przez sam fakt swoich narodzin.

W ogóle nie mamy prawa istnieć, ale Europa daje nam szansę odkupienia zbrodni naszych matek i ojców, szansę poprawy.

Dlatego zawsze trzeba być posłusznym. Marzyć tylko o tym, by służyć społeczeństwu. I pamiętać: usprawiedliwianie rodziców to przestępstwo. Miłość do rodziców to przestępstwo. Wspominanie ich to przestępstwo.

Przestrzegaj tych nakazów i kiedyś, jeśli zdołasz przejść próby i zdać wszystkie egzaminy, internat cię wypuści.

Grałem według reguł tak długo, jak mogłem. Ale są rzeczy, których się nie da znieść.

Pozostałem sobą, lecz teraz jestem w grobowcu. I teraz wszystko stracone; i jednocześnie wszystko wolno.

Nie da się już ukarać mnie surowiej. A więc mogę teraz dokonać najgorszej ze zbrodni. Zrobić to samo, co zrobił Dziewięćset Szósty. Przypomnieć sobie swoich rodziców... Upamiętnić ich.

Z egipskich ciemności zaczynam wyłuskiwać drobiny usuniętych, zakazanych przez siebie samego obrazów. Zbieram głęboko schowane wyblakłe strzępki kolorowych papierków – widoki, głosy, sceny. Ciężko mi to przychodzi: tak często wszystkim przysięgałem, że nie pamiętam niczego ze swojego życia przed internatem, że sam w te przysięgi uwierzyłem.

Niewiele udaje się pozbierać – jakiś dom o czekoladowych ścianach, rozwinięty w przeźroczystym imbryku kwiatek z zielonej herbaty, schody na piętro... I niewielki, wycięty z czarnego drewna krucyfiks wiszący w najbardziej widocznym miejscu. Korona cierniowa jest pomalowana złotą farbą. Kwiat herbaty jest jakby za mgłą, oddzielony ode mnie przez zieloną wodę i upływ czasu, lecz wiszący na krzyżu Chrystus mocno wyrył się w mojej pamięci: zapewne długo na niego patrzyłem. „Nie bój się, malutki, Pan Bóg jest dobry, strzeże nas, obroni nas oboje!"

Mama?

– Nie wolno! – słyszę okrzyk.

Orientuję się: to mój własny. Wstydzę się.

– Zdrajca! Mały bękart! Wyrodek! – wrzeszczę sam na siebie, na głos – do megafonu, jakim jest metalowa skrzynka.

Czuję palący wstyd, że chcę popatrzeć na swoją matkę.

Nie mogę przezwyciężyć tego uczucia. Ustępuję. Odwracam swoją uwagę, myśląc o czymś innym.

Moje myśli krążą wokół Trzydziestego Ósmego – zdradził mnie czy uratował? – wokół tego sukinsyna Dwieście Dwudziestego, wciąż i wciąż wokół Pięćset Trzeciego. Wracam do sali szpitalnej, odgrywam wszystko od nowa, inaczej korzystam z pistoletu, zmuszam Pięćset Trzeciego, by błagał mnie o wybaczenie – i splunąwszy mu w oczy, i tak go zabijam; zdaję sobie sprawę, że w rzeczywistości tego nie zrobiłem, i przyrzekam sobie, przyszłemu, dorosłemu, że się zemszczę, koniecznie się zemszczę i na Pięćset Trzecim, i na jego sługusach, układam plany – znajdę pomocników, wyśledzę, złapię; odgrywam wraz z nim jego upokorzenie, delektuję się jego śmiercią w trzech, pięciu, dziesięciu wykonanych. Ale długo tak się nie pobawisz: wściekłość spala za dużo powietrza. Zaczynam się dusić i zostawiam Pięćset Trzeciego w spokoju.

I od razu staje się jasne, że myśli o matce nigdzie nie zniknęły, że po prostu przysłoniłem je tymi ewidentnie nieziszczalnymi krwawymi bzdurami. Kiedy tylko widok Pięćset Trzeciego się rozwiewa, znów widoczne jest tło: ona. Moja matka.

Zagryzam usta.

Wysoko osadzone kości policzkowe, szeroko rozstawione brwi, jasnobrązowe oczy, delikatne usta, uśmiech, matowa skóra... Włosy ciemnoblond, zaczesane do tyłu... Niebieska sukienka, dwa wzgórki...

Z początku idzie mi ciężko, ale kiedy stworzyłem już jej portret pamięciowy, bez trudu udaje mi się utrzymać go przed oczami.

Uśmiecha się do mnie.

„Ty i ja zawsze będziemy razem. Jezus mi cię podarował, jesteś moim cudem. Obiecałam mu cię ocalić i on będzie nas strzegł... Zawsze..."

Model Albatrosa – z jakiegoś powodu dokładnie pamiętam, że był to właśnie Albatros. Zabawkowy robot jeździ po podłodze... Napotyka moją stopę w białym dziecięcym sandałku.

„Zawsze".

Tak to.

Oto mój prawdziwy dom, mój, od zawsze, właśnie ten – a nie filmowy budynek z sześcianów. Nie podobne do kokonów fotele kołyszące się na wietrze. Nie porzucony rower. Nie biały miś. To, a nie obca kobieta w kapeluszu, nie nieznajomy człowiek w lnianej koszuli. Teraz zostałem dopuszczony do tego, co moje.

Czuję gorąco i ból: ktoś wyciąga mi przez oczodoły drut kolczasty, mam w głowie całą jego buchtę i wszystko to trzeba rozwinąć.

Wyłaź, mamo. Teraz już można.

Coś się rozluźniło wewnątrz mnie.

Ale za jednym kolorowym papierkiem idzie drugi – są zlepione tak, że nie da się ich rozkleić ani oderwać.

„Ciszej, ciszej... Ciszej, malutki... Nie płacz, no, nie płacz, nie płacz, proszę. Wystarczy. Wystarczy! Mówiłam ci przecież – Pan Bóg nas ochroni! Uspokój się, uspokój... No, no, no... Obroni nas przed złymi ludźmi... Nie płacz! Nie płacz! Słyszysz mnie? Wystarczy! Proszę cię, dość! Jan! Jan! Przestań! Wystarczy!"

Krucyfiks na ścianie. Nabrzmiałe powieki. Patrzy gdzieś w dół, obok mnie. Co on tam znalazł ciekawego? Herbaciany kwiat kołysze się w wodzie... Brzęczą szklane naczynia... Tupot, łoskot, szorstkie głosy...

Skręca mi wnętrzności.

„Uciekajmy! – błagam mamę. – Boję się!"

„Nie! Nie. Wszystko będzie dobrze. Nie znajdą nas. Tylko nie płacz. Tylko nie płacz, dobrze!?" „Boję się!" „Cicho! Cicho!"

„Pomóż – szepczę mu wtedy cicho. – Ukryj nas!". Ten, jak zawsze, tylko odwraca wzrok. Nie chcę wiedzieć, co dzieje się potem.

Zaczynam liczyć w myślach: raz, dwa, trzy... sto czterdzieści... siedemset, zapycham sobie głowę liczbami do oporu, żeby nie miała gdzie się wcisnąć siedząca przy mnie bezczynnie matka. Liczę na głos, głośno, dochodzę do dwóch i pół tysiąca, potem mylę się i przestaję. Wraca głód – kłujący, konwulsyjny. Pora kolacji. Ale jest też coś gorszego niż głód.

Chce mi się pić. Coraz bardziej.

Wysycha mi ślina, wargi zaczynają piec. Żeby choć szklankę wody. Albo po prostu przyłożyć usta do kranu w łazience. Tak, tak byłoby lepiej – szklanka może nie wystarczyć. Nic to, wytrzymam.

Przyłożyć usta do kranu i chłeptać z niego zimną wodę. Potem nabrać jej w dłonie, obmyć się i pić dalej. Zimną, koniecznie zimną.

– Dajcie pić!

Nie słyszą mnie. Licho wie, gdzie jestem, zakopali mnie w tej skrzyni, zabetonowali, porzucili. I ten strumyk powietrza, ta nitka, której się trzymam – to nie specjalnie, to po prostu przez niedbalstwo. Nie potrzebują mnie żywego. Dlatego że jeśli się stąd wydostanę, nikt nie zmusi mnie do milczenia.

– Dajcie mi wody, bydlaki! Dranie!

Nie słyszą mnie.

Zaczynam zapadać w sen – ale wtedy w ciemności pojawiają się białe plamy. Bliżej, bliżej, otaczają mnie... Maski. Czarne otwory zamiast oczu, czarne kaptury zamiast włosów. Znaleźli nas. Znaleźli mnie. Nikt nam nie pomógł.

„Tu jesteście. Wyłaźcie".

„Nie! Idźcie stąd! Wynocha! Nie macie prawa..."

„Proszę się nie bać, nie zrobimy pani nic złego".

„Nie dotykajcie nas! Nie dotykajcie mamy!"

„To tylko kontrola. Proszę dać mi rękę".

„Nie! Nie! Złożę zażalenie! Nie wiecie..."

„Proszę dać mi dziecko. Proszę dać mi dziecko!"

Mama wczepia się we mnie rozpaczliwie, próbuje nie puszczać – ale trzyma nie dość mocno i wielokrotnie większa siła zabiera mnie jej, podnosi pod sufit... Spoglądam w czarne otwory.

Nie ma nic bardziej okropnego od tej maski. Zdaje mi się, że za nią jest pustka, że przez te otwory mogę zostać wciągnięty do środka i zginę w nich, i nigdy już nie wrócę do matki.

Potem robi się zamęt; słowa, których nie znam, zastępują słowa, które nie mają znaczenia; coś o napoczęciu, o moich urodzinach, jakieś bzdury, prawo i lewo.

Śledzę tę rozmowę trzymany przez obce ręce, boli, kiedy mnie tak ściskają, i nienawidzę tych przybyszów, ich masek, tak strasznie, jak tylko potrafi nienawidzić czteroletni chłopiec.

Czuję tępy ból w brzuchu, coraz słabszy i słabszy; żołądek, burcząc, gryzie moje własne ciało, ale ja już tego nie czuję.

„Kto jest jego ojcem?"

„To nie wasza sprawa!"

„A więc musimy..."

Może i nie tak to było. Może coś opuściłem albo coś się zatarło, albo sam to wymazałem. Ta część rozmowy wysycha i kruszy się na kawałki, jakby była sklejona na ślinę. Przełykam – nie mogę. Mam zbyt sucho w ustach.

– Proszę! Proszę, dajcie mi wody!

Głucho. Martwo.

Wskazówka prędkości upływu czasu zatrzymuje się na zerze. Czuwam z zamkniętymi oczami i śpię z otwartymi. Myślę, że gorzej już nie będzie; a potem przyciska mnie duża potrzeba fizjologiczna.

Przez jakiś czas udaje mi się wytrzymać, bo myślę, jaka to będzie kompromitacja, kiedy w końcu mnie stąd wypuszczą. Wychowawcy na pewno będą mówili, że to ze strachu się ufajdałem. Może naczelny oznajmi to wprost na porannym apelu, wyprowadzi mnie przed szereg i wszystkim powie... Z tą myślą udaje mi się powstrzymać się jeszcze przez kilka godzin, chociaż jak odmierzać godziny w ciemnej metalowej skrzyni?

Potem mnie rozrywa, płaczę i mówię: „Nie, nie, nie", ale na przekór temu kolejnymi pchnięciami wychodzi ze mnie strasznie śmierdzące gówno. I wszystko, co mogę zrobić, to podnieść z obrzydzeniem ręce, żeby nie uwalać choćby ich, i przestać się szarpać, żeby cały się nim nie ubrudzić. Uspokajam sam siebie: to nic takiego, przecież sam miałeś to wszystko w środku, wielka mi rzecz, że teraz się w tym tarzasz! Smród przestaję czuć dosyć szybko – już po kilku godzinach. Gówno wysycha.

Zapadam w nicość i znów się wynurzam.

– Wody! Proszę! Pić!

Zdaje mi się, że jeśli nie dostanę choćby łyku – czegoś, czegokolwiek – to zaraz zdechnę.

Ale wcale nie zdycham.

– Chociaż łyk! Sukinsyny! Jeden łyk! Żałujecie mi!? Żałujecie!?

I teraz powietrze znów się kończy, i płaczę, i ostatnie krople, które trzeba było oszczędzać, wypływają mi przez oczy. A potem oczy wysychają.

Żałuję, że się zmoczyłem i nie pomyślałem, żeby zebrać mocz w dłonie – może udałoby mi się donieść trochę do ust. Żałuję, że nie wytrzymałem i wysikałem się, zmarnowałem tyle wilgoci, zanim zawarłem w wychodku swój pakt z Dwieście Dwudziestym. Marzę o tym, że ona wciąż jeszcze jest we mnie – słona, gorąca, jakakolwiek – ale tam też wyschłem.

Uderzam głową o sufit, o pokrywę – a masz! a masz! a masz! – i tracę przytomność, osiągam to, czego chciałem. Potem przez zamroczenie przeciska się sen i jest to sen o wodzie. Jestem w łazience na dzień przed ucieczką i piję, piję, piję z kranu coś gorącego. Jest przecież ciemno – więc nic nie widzę. Może to mocz, może krew, a może zielona herbata.

Budzę się z gorączką.

W powietrzu unosi się ogromny kwiat herbaty. Wchodzę po trapie Albatrosa, dumnego statku międzygalaktycznego...

On nas obroni. Proszę oddać nam dziecko. Obiecałam mu ciebie. Kto jest jego ojcem? On nas obroni przed złymi ludźmi. Jesteśmy zmuszeni. Nie bój się! Chodź tutaj! Nie ważcie się! Ja nie chcę! Pomóż nam! Nie płacz! Ukryj nas! Cicho! Milcz! Nie!

On mnie nie słyszy! Mamo, on mnie nie słyszy!

Obiecałaś, on obiecał, wszyscy obiecali i wszyscy kłamią! On śpi albo zdechł, albo ma nas w dupie, nie zamierza się mieszać albo jest tchórzem i mięczakiem! On mnie nie słyszy – a raczej udaje, że nie słyszy, żeby się nie mieszać! A oni słyszą wszystko, znaleźli nas, ani ty nie potrafiłaś nas ukryć, ani on.

Proszę oddać nam dziecko. Już.

Kto jest jego ojcem? Nic wam do tego.

Kto jest moim ojcem? Kto jest moim ojcem!? Gdzie był mój ojciec, kiedy mnie zabierali!? Czy w ogóle go miałem!?

Nie bój się. Nie płacz. Nie bój się. Nie płacz.

On cię obroni. Ochroni nas. On nas zdradził. Zasłonił uszy. Odwrócił wzrok. Pozwolił mnie zabrać. Wydał mnie im. Skazał cię na śmierć. I wiesz co? Wiesz co, mamo!?

Dobrze ci tak, kretynce! Jak mogłaś uwierzyć temu na krzyżu!? Mógł zmylić trop ludzi w maskach, ale nie zmylił! Mógł nas ukryć, ale nie ukrył! Co to w ogóle za Bóg? Co to za bezużyteczny, pusty, tchórzliwy Bóg!? Pieprzony męczennik! „Chrystus cierpiał za nas i wzór nam zostawił" – tak mówiłaś!

Za kogo cierpisz? Za kogo ja cierpię? Kim on jest!?

Nie wasza sprawa. Nie moja sprawa!?

Mogłaś się przyznać, wyznać, że po prostu nie wiesz, czyj jestem! Przyznałabyś się, że nie mam ojca! Że ich nie liczyłaś, tych swoich gachów! Że oddawałaś się wszystkim po kolei i dlatego nie możesz wskazać winnego! Dobrze ci tak, zdziro!

Ale za co to mnie spotkało!? Dlaczego to ja mam się męczyć!?

Wiercę się, rozmazując gówno, i wyję, wyję – i krzyczę, krzyczę – a może nie wydaję żadnego dźwięku. Potem znów wpadam w czarną nicość i wiszę wśród pustki, i biję się z Pięćset Trzecim, i uciekam przed maskami, i gwałcą mnie publicznie na porannym apelu, i wchodzę po trapie niedokończonego Albatrosa, który nigdzie nie poleci, i biją mnie w pokoju rozmów, i jestem zamknięty w domu z krucyfiksem, i stukają do drzwi, i biegnę na drugie piętro, żeby schować się tam w ściennej szafie, ale schody się nie kończą, mają milion stopni, i biegnę, i biegnę, i biegnę, i mimo wszystko nie zdążam, i spadam na dół, w ręce człowieka w masce...

Dlaczego ja!? Dlaczego muszę płacić!? Co ja zrobiłem!?

Dlaczego mnie zabierają!? Dlaczego zamykają mnie w internacie!? To niesprawiedliwe! Niech ona płaci za siebie sama! Niech mój pieprzony ojciec przyjdzie i zapłaci! Dlaczego ja!? Dlaczego oni się kurwią, a kara spotyka mnie!?

Po co ty mnie w ogóle wydałaś na świat, mamo? Po co mnie urodziłaś? Trzeba było dokonać aborcji, trzeba było od razu wziąć pigułkę i spuścić mnie razem z krwią w pustkę, kiedy jeszcze byłem bezmózgim kłębkiem komórek, a jeśli zorientowałaś się później, to trzeba było wydłubać mnie po kawałku łyżką stołową i wyrzucić w reklamówce do śmietnika! Po co zachowałaś mnie przy życiu? Przecież wiedziałaś, co mnie czeka, co robią z takimi jak ja! Przecież wiedziałaś, że za twoje grzechy płacić będę musiał ja!

– Wypuśćcie mnie! Wypuśćcie! Wypuśćcie mnie stąd!

Dziewięćset Szósty nie prosił o litość – i zdechł, idiota. A może i prosił – i zdechł tak czy inaczej. Skoro był taki dumny, to ja mam go w dupie! Bo ja chcę się stąd wydostać! Muszę wyjść z tej skrzyni!

– Błagam! Wypuśćcie mnie! Proszę! Proszę, no...

Kolejny sen i znów ten dom: stół jadalny, herbaciany kwiat, czekoladowe ściany, smutny Jezus, wesoły robot, model statku kosmicznego, nadchodzące nieszczęście, pięści walą w drzwi. Wiem już, co teraz będzie, chcę wyskoczyć przez okno – tam jest przystrzyżony trawnik, tam są fotele jak kokony, tam są wzgórza – skaczę i uderzam się, kaleczą mnie odłamki... Tyle że to ekran, nie ma za nim żadnych wzgórz, nie ma żadnego trawnika, nie ma żadnych prawdziwych rodziców zamiast puszczalskiej matki i ojca – psa, łajdaka, zdrajcy. I siedzę pod płonącym, skrzącym się ekranem, a ludzie w czarnych płaszczach i białych maskach podchodzą do mnie coraz bliżej i bliżej...

– Wypuśćcie mnie!

Jest mi ciasno, jest mi ciasno, jest mi duszno, duszno, tu jest duszno!

Nadwyrężam sobie głos, płaczę suchymi łzami, wiercę się w trumnie. Minęły trzy dni albo cztery, albo pięć; jak mierzyć czas w ciemnej metalowej skrzynce?

Tylko czasami myślę o Dziewięćset Szóstym: jak on umierał? O czym majaczył? Jakie słowa wypowiedział jako ostatnie?

I znów ten dom, znów ten dom, i nie mogę uciec, i ta wyniosła kanalia na krzyżu mi nie pomoże, znów nałgał mojej matce idiotce, a ona znów uwierzyła, i znów mnie zabiorą, i znów będą mnie dusić, i znów wsadzą do metalowej skrzyni...

Chyba dopiero za tysięcznym razem uświadamiam sobie, jak się uratować z tego koszmaru: kiedy znowu przychodzą po mnie ludzie w maskach, przestaję walczyć, gryźć, przestaję domagać się, żeby nas wypuścili. Uspokajam się, hamuję, poddaję – i kiedy unoszę się i zbliżam do czarnych otworów, do których ciągnie mnie potworna, nieodparta siła, odczepiając mnie od mamy – wiruję i mknę w stronę pustych oczodołów, i przechodzę przez nie, i umieram, i zmartwychwstaję po drugiej stronie maski, i patrzę oczami obcego człowieka na przerażonego chłopca i na jego jasnowłosą mamusię w niebieskiej sukience.

Nie, nie obcego.

To ja odbieram zapłakanego, usmarkanego dzieciaka jego matce histeryczce. Jestem teraz człowiekiem w masce, a kim jest ten chłopiec, zupełnie mnie nie obchodzi. Jestem człowiekiem w masce i teraz mogę się wydostać z tego zaklętego domu.

– Nienawidzę cię, zdziro! – Walę na odlew kobietę w błękitnym stroju.

Zrywam ze ściany krucyfiks i rzucam go na ziemię. Zatykam usta wrzeszczącemu dzieciakowi.

– Pójdziesz z nami!

I wychodzę z ich przeklętego domu – na wolność.

Nie wiem, ile jeszcze mija godzin – jedna czy sto – zanim wyciągają mnie z grobowca. Nawet nie zdaję sobie z tego sprawy: moje oczy wyschły i nie widzą światła, mój umysł uschnął i nie rozumie ocalenia, moja dusza jest odwodniona i nie potrafi się cieszyć.

Potem pompują we mnie wodę i świeżą krew, zaczynam odzyskiwać zmysły. Pierwsza rzecz: Dziewięćset Szósty zdechł, a ja przeżyłem, wytrzymałem!

Przetrwałem grobowiec i niczym już mnie nie złamią. Nauczę się od nowa chodzić, boksować i mówić. Będę lepszy we wszystkim. Będę się uczył tak pilnie, jak tylko zdołam. Będę robił wszystko, czego się ode mnie wymaga. Nigdy więcej nie wspomnę ani robota, ani kwiatka, ani schodów, ani jasnobrązowych oczu, ani łagodnego uśmiechu, ani szeroko rozstawionych brwi, ani niebieskiej sukienki. Przejdę obie próby. Zostanę Nieśmiertelnym i nigdy więcej nie zobaczę internatu.

W szpitalu nikt mnie nie rusza, wszyscy gapią się na mnie z czcią; czasem po ogłoszeniu ciszy nocnej ktoś pyta szeptem, co takiego strasznego jest w tym grobowcu – ale nawet kiedy tylko słyszę to słowo, ciężko mi oddychać.

I jak mam im wyjaśnić, co tam było strasznego. Tym czymś byłem ja.

Tak więc milczę, nikomu nie odpowiadam.

Jestem jak cień, ręce i nogi mnie nie słuchają; karmią mnie pokarmem w płynie, zwalniają z zajęć. Po dwóch dniach mogę usiąść na łóżku. Przez dwa dni odbywa się wokół mnie korowód szacunku, w którym biorą udział wszystkie chłopaki, nawet starsi, a dobry doktor, badając mnie, uzbraja się w swój najlepszy uśmiech – tak jakbym nie stracił mowy, lecz pamięć; tak jakby to nie on popijał kawkę i patrzył, jak mnie duszą.

A trzeciego dnia nagle przestaję być komukolwiek potrzebny.

Wszystkich gapiów, moich wielbicieli, jakby wywiało; szepcząc między sobą ze wzburzeniem, biegną całą gromadą do pierwszej sali, gdzie przybył ktoś nowy, ciekawszy ode mnie. Pytam, co tam jest takiego niewiarygodnego – ale mój głos jeszcze nie okrzepł, nikt go nie wychwytuje. Wtedy opuszczam z łóżka łodygi swoich nóg, przestawiam je raz, drugi – chcę popatrzeć, co to za cudo... Ale już wwożą go do naszej sali.

Lekarz, który pcha jego wózek, obchodzi się z nim szorstko. Zgraję czy też orszak, który próbuje go okrążyć, pogapić się na nowego pacjenta, rozpędza do łóżek kuksańcami i klepnięciami.

Jeśli ja jestem cieniem, to on jest cieniem cienia. Jest cały brudny, pokryty ropiejącymi ranami, włosy ma potargane i pozlepiane. Z jego ciała zostało tak niewiele, że nie wiadomo, gdzie się w nim mieści życie. Z ruchliwego, energicznego chłopaka pozostały tylko oczy. Ale te oczy uparcie płoną. Nie może ani mówić, ani się ruszać, skrzynia wycisnęła z niego wszystkie siły, ale jego oczy nie są zamglone i nie pokrywa ich bielmo. Jest całkowicie świadomy.

Potrzebuję kilku długich sekund, żeby go rozpoznać, i kilku minut, żeby uwierzyć w to, co widzę. To Dziewięćset Szósty. Żywy.

Ten w worku to nie był on. Być może tam w ogóle nikogo nie było. Powinienem się cieszyć, że go widzę.

Kładą go obok mnie. Oto ona, sposobność, którą kiedyś straciłem i której tak potem żałowałem – wyznać coś, wyciągnąć do niego rękę, zostać jego przyjacielem. Nic bardziej naturalnego – teraz, kiedy przeszliśmy przez to samo, kiedy zrozumieliśmy wszystko o swojej przeszłości i swojej głupocie – by wreszcie stać się przyjaciółmi i sojusznikami.

Odwraca do mnie głowę – wielką aż do śmieszności w porównaniu z wycieńczonym ciałkiem – i...

Uśmiecha się. Dziąsła mu krwawią, zęby zżółkły.

Jego uśmiech jest dla mnie jak lodowaty prysznic, porażenie prądem. Wszystko, co mogło się we mnie uśmiechać, wyszło ze mnie w metalowej skrzyni razem z potem, łzami, krwią i gównem. Został suchy koncentrat; nic poza tym. Więc dlaczego Dziewięćset Szósty potrafi jeszcze to robić?

Mówi coś do mnie bezgłośnie.

– Co!? – dopytuję; być może nazbyt głośno – tak, żeby wszyscy słyszeli.

Ale tamten się nie poddaje. Znów rozkleja zaschnięte wargi i uparcie chrypi, jakby koniecznie musiał przekazać mi coś bardzo ważnego.

– Nie słyszę cię!

Oblizuje się – jego usta pozostają suche. I powtarza, powtarza w swoim paśmie, którego moje ucho nie potrafi odebrać, póki nie udaje mi się odczytać tego, co mówi, z ruchu ust: „I głusi usłyszą".

Ten właśnie film. Film, którego początek tyle razy oglądaliśmy razem, w milczeniu. Fikcyjna rodzina z brakującym dzieckiem. Nasze tajemne, wspólne marzenie. Nasza zmowa.

Rozumiem teraz, dlaczego nie cieszę się z powrotu Dziewięćset Szóstego, dlaczego przestraszył mnie jego uśmiech. Wyczułem w nim to, kiedy tylko wjechał do sali.

Chce powiedzieć: „Wyjdziemy stąd i jazda do kina oglądać *I głusi usłyszą*", ale to za długie i za trudne. Dlatego uparcie powtarza sam tytuł, póki nie dotrze do mnie, co ma na myśli.

Kiwam mu głową.

Dziewięćset Szósty wciąż marzy o tym samym. Wcisnęli go do skrzyni na długo przede mną i wyciągnęli dwa dni po mnie, a on dalej swoje.

Moja odsiadka wystarczyła, by wyrzec się zarówno prawdziwych, jak i wyobrażonych rodziców; Dziewięćset Szósty chce wrócić do domu z sześcianów, nie wiedząc, że spaliłem go i zadeptałem całą rosnącą wokół niego trawę.

Napręża się, wytęża siły tak, że aż sinieje, i chrypiącym głosem wydrapuje w powietrzu szpitala: „Ona jest dobrym człowiekiem. Nie jest przestępcą. Moja matka". Cała sala dławi się swoimi szeptami, a Dziewięćset Szósty szczerzy się zwycięsko i opuszcza głowę na poduszkę.

Nie uda nam się zostać przyjaciółmi. Nigdy więcej nie będziemy oglądać razem „Głuchych".

Nienawidzę go.

– Ej! Co ty, usnąłeś!?

Źdźbło trawy łaskocze mnie w policzek.

– Ja? Nie!

– Nie kłam, zasnąłeś! Mów szybko, co ci się śniło. – Annelie wkłada mi trawkę do dziurki w nosie.

– Przestań! Co za różnica?

– Uśmiechałeś się. Chcę wiedzieć, co takiego przyjemnego ci się przywidziało.

– Mój brat. – Siadam, rozcieram oczy. – Jak długo spałem?

– Minutę. Wybacz, jakoś nudno mi tu tak samej leżeć. Masz brata? Jak się nazywa?

– Basile – wypowiadam to imię po raz pierwszy od długiego czasu. – Basile.

– Mieszka daleko? Może jego też zaprosimy, jeśli jest taki śliczniutki?

– Nie da rady.

– Dlaczego?

– Chcesz szampana?

Wstaję po butelkę – i mnie oświeca. Rozumiem już, dlaczego nie poznałem swojej Toskanii, kiedy wreszcie się w niej znalazłem. Po prostu jesteśmy teraz po przeciwnej stronie tego pejzażu. Wyszliśmy z wyłożonej terakotą szopy obok winnicy, która usadowiła się na jednym ze wzgórz widocznych z mojego okna, w moim wygaszaczu. Schody przeciwpożarowe wprowadziły nas nie do domu z sześcianów, lecz wprost na nierealne wzgórza w oddali. Jestem teraz tam, na jednym z nich.

Jak się okazuje, z okna, czyli ekranu w mojej sześciennej klatce, zawsze patrzyłem nie na swoją przeszłość, a na przyszłość, na siebie i Annelie leżących na szczycie wzgórza w cieniu listowia giętkiego drzewa bez nazwy.

Jestem po drugiej stronie ekranu.

Mogę pomachać stąd sobie – wiecznie skacowanemu, nafaszerowanemu środkami nasennymi – siedzącemu w zamkniętym kubiku dwa na dwa na dwa.

Jesteśmy już tam, dokąd tak chciałem wyrwać się z internatu, kiedy byłem mały. Tam, gdzie zawsze chciałem się znaleźć z Dziewięćset

Szóstym. Marzenie się spełniło, w końcu tu jestem – w pożądanym i niezniszczalnym dzieciństwie, trafiłem do raju – i nic nie zrozumiałem.

Jestem na wzgórzu, które widać z podobnych do kokonów foteli. Czyli dom z sześcianów, trawnik, rowerek, weranda – to wszystko jest z przeciwnej strony, gdzieś tam, w dole, w dolinie przede mną. Wpatruję się uważnie…

Widzę go! Widzę!

– Idziemy! – wołam do Annelie. – Szybciej!

Jedną ręką łapię szampana, drugą – dłoń chichoczącej dziewczyny i na łeb, na szyję biegniemy w dół zbocza.

Rzekę przechodzimy w bród, bez butów. Woda jest ciepła, wokół naszych nóg kręcą się jakieś rybki, Annelie koniecznie chce się kąpać, ale przekonuję ją, żeby wytrzymała: zostało jeszcze tylko troszkę.

Zupełnie nie wstydzi się swojej nagości.

– Co tam takiego zauważyłeś? – Annelie przykłada sobie rękę do oczu, robi daszek i wpatruje się przed siebie.

– Już całkiem niedaleko… Widzisz tamte domy? W pierwszym rzędzie jest taki prostokątny, widzisz? Biegnijmy tam, na wyścigi!

– W takim razie, kto pierwszy wejdzie do środka, wypowiada życzenie! – z chytrym uśmiechem zgłasza swój warunek Annelie.

– Stoi!

I biegniemy, pędzimy co sił w stronę budynku stojącego nieco dalej od pozostałych willi; jest dokładnie taki sam jak w tamtym filmie: otwarte okna, odsłonięte przeźroczyste firanki…

Słyszysz, Basile, jednak tu wróciłem!

Wróciłem, Basile! Jesteś w domu? Poznam cię ze swoją przyjaciółką, ma na imię Annelie. Nie będziesz miał nic przeciwko, jeśli tu pomieszkamy? Wziąłbym krótki urlop… Jak myślisz, może to studio filmowe akurat poszukuje pracowników? Moglibyśmy pracować w charakterze strażników parku, a mieszkać właśnie w naszym domu…

Nawet fotele są na miejscu. Puste, wolne – dla mnie i dla niej. Ostatni zryw… Jeszcze jakieś trzydzieści metrów…

– Eugène! Zaczekaj!

Oglądam się na nią, nie zwalniając kroku – i rozbijam się. Padam na ziemię, ogłuszony, głowa rozpada mi się na kawałki, szyję przeszywa ból, mam skręconą rękę, piecze mnie kolano. Nic nie rozumiem. Co się stało? Siadam, potrząsam głową jak po wyjściu z basenu.

– To przecież ekran! – wybucha śmiechem dziewczyna. – Naprawdę nie wiedziałeś?

– Co?

Pełznę naprzód, wyciągam rękę. Ściana.

Ściana, na której wyświetlona jest cała perspektywa: pozostała część doliny, gospodarstwa i działki, zagajniki platanów, sieć ulic, dom z sześcianów i trawnik z fotelami. Wspaniały ekran: granica rzeczywistości – kraj świata – jest prawie niedostrzegalna.

Wieżowiec La Bellezza jest pewnie największym ze wszystkich, które miałem okazję oglądać, ale w nim też nie da się zmieścić całego świata. Dom moich przybranych rodziców niemal wcisnął się do tego muzeum, niemal ocalał – brakło mu zaledwie kilkudziesięciu metrów. Zginął, zostały tylko fotografie.

Nie wierzę własnym oczom. Dotykam ekranu.

– To nieuczciwe! – Annelie podbiega do mnie. – Tam się nie da wejść! Wychodzi na to, że nikt nie może wypowiedzieć życzenia! Oszukałeś!

Nie można zapukać do drzwi, nie można się dowiedzieć, czy ktoś tam jest. Nie ma komu nakłamać, że kiedyś, bardzo dawno, tu mieszkałem. Nie można się wprosić ani wleźć do środka przez okno. Nikt nie może wypowiedzieć życzenia.

Siadam na trawie, opieram się plecami o ścianę, za którą kończy się ziemia. Widok stąd jest prawie taki sam jak z trawnika. Widzisz, Basile, jednak tu przyszedłem. Patrzę na te wzgórza za nas obu.

– Przestań rżeć! – Szturcha mnie palcem w bok. – Nic w tym śmiesznego!

Ale ja nie mogę się powstrzymać. Śmiech wyrywa się ze mnie jak kaszel z gruźlika – niepowstrzymanie, rozdzierając mi gardło i oskrzela. Zanoszę się od śmiechu, ściska mnie od niego w brzuchu, policzki mi ścierpły, oczy łzawią, chcę przestać, ale w splocie słonecznym wciąż ściska mnie od kolejnych konwulsji i dalej skręcam się ze śmiechu. Patrząc na mnie, Annelie też zaczyna się śmiać.

– Co... co... w tym śmiesznego? – próbuje wymówić.

– Tego domu... nie ma... Przecież... mó... wiłem... To... głuppie...

– A... co... to... Co to za... dom?

– To... To... kiedy byłem... mały... Myślałem, że to... Że to mój dom... Że tam... Że tam mieszkają... Moi rodzice... Cha... cha... Cha, cha...

– Cha, cha, cha!

– To śmieszne... B... Bbo... Bbbo ja nie mam rorodziców... Rozumiesz? Nie mam! Jestem z internatu!

– Tak? Chaaaa, cha! Ja tteż!

– Nikkogo... nie mam... Rozummiesz? Dlatego to śmieszne!

– A... A brat?

– On umarł! Umarł! Więc jego też nie mam... Chaaaa...

– Aaa... Rozumiem! A teraz... A teraz domu też jakby nie masz, tak? Cha, cha!

– Aha! Prześmieszne, ppprawda?

Kiwa tylko trzęsącą się głową – takie to wszystko arcyzabawne. Potem macha ręką, starając się uspokoić, ociera łzy.

– A mnie Nieśmiertelni zgwa... zgwałcili! – informuje mnie, uśmiechając się szeroko, jak Myszka Miki. – W... w pięciu! Wy... wyobrażasz sobie?

– Oho! A to... a to dopiero... Cha, cha!

– B... by... byyy... – Tarza się po ziemi. – Oj, nie mogę! Byłam w ciąży! Poroniłam!

– Nno co tyyy!?

– Aha! Cha, cha... I mój... mąż... Mążżż... zwyczajnie... zwyczajnie zostawił mnie im... I uciekł! Czujesz?

– Ekstra! – duszę się ze śmiechu. – Po prostu super!

– I to jakoś... jakoś... Wszystko to... W ogóle nie... w ogóle... No, to znaczy w ogóle nie... Cholera, jakie to śmieszne...

– A mój b... brat... On prze... przeze mnie... um... um... To ja go... zdra... zdradziłem...

– Brawo! Brawo! Cha, cha!

– I... nie odzywa się... mój... Wolf... Tak jakbym... Rozumiesz? Cha, cha! Jaka ja jestem głupia! Jakbym była dla niego... obcą kobietą!

– A ja... Wiesz co? A ja myślałem... Wyobraziłem sobie... Że my tu... We dwoje... Ty i ja... Że możemy tu mieszkać... W tym... W tym parku... No... Nie idiota ze mnie? Cha, cha!

– Idiota! Idiota! Oj! Oj, koniec, starczy! Koniec, już nie mogę!

– Ach... Aaaach...

– Dobra. Dobra, koniec... Cha, cha... Koniec! Sama nie wiem... co mnie naszło...

Kiwam w nieokreślony sposób głową; z piersi wydobywa mi się jeszcze „hhhy... hhhy...", ale już słabiej. Nabieram trochę więcej powietrza i w końcu się zamykam.

Annelie opada na trawę, patrzy w niebo. Po jej zapadniętym brzuchu, matowej skórze pokrytej wypustkami gęsiej skórki przebiegają ostatnie fale cichnącej burzy. Odwraca twarz, w jej oczach pojawia się figlarny błysk.

– Ej... Co tak na mnie patrzysz? – pyta mnie cicho.

– Ja... Nie patrzę.

– Podobam ci się?

– No... No tak. Tak.

– Pragniesz mnie? Powiedz prawdę.

– Nie możemy. Nie możemy, Annelie. Nie tak...

– Dlaczego nie możemy?

– Nie możemy. To nie w porządku.

– Przez Wolfa, tak? Czy jak on się... Jesteś przecież jego przyjacielem, tak?

– Nie. To znaczy tak, ale...

– Chodź tutaj. Chodź do mnie. Zdejmij ze mnie te koszmarne spodnie, które mi kupiłeś...

– Zaczekaj. Ja naprawdę... Nie rozumiesz, ja ci...

– On mnie im zostawił. A kiedy go wypuścili, po prostu odszedł. Miał gdzieś, co ze mną zrobią! Rozumiesz!? Miał gdzieś mnie i nasze dziecko!

– Annelie...

– Chodź tutaj! Chcesz mnie czy nie!? Ja muszę teraz, rozumiesz!? Muszę!

– Proszę...

Zrywa ze mnie koszulę, rozpina mi spodnie.

– Chcę, żebyś we mnie wszedł.

– Nafaszerowałem cię pigułkami szczęścia!

– Mam to gdzieś!

– Masz atak histerii!

– Zdejmuj te swoje cholerne gacie, słyszysz!? Szybko!

– Podobasz mi się! Bardzo mi się podobasz! Słowo honoru! Jesteś na pigułach, Annelie! Nie chcę, żebyśmy w ten sposób...

– Zamknij się – szepcze. – Chodź tutaj...

Podciąga kolana do brody, ściąga majtki, zostaje naga na zielonej trawie. Unosi biodra, przysuwa się do mnie... Kręci mi się w głowie; słońce jest w zenicie. Ściąga, zrywa ze mnie bieliznę. Teraz oboje jesteśmy nadzy, biali. Obejmuje mnie za pośladki, naprowadza...

– Widzisz... A mówisz, że nie chcesz... No...

– Dlaczego... Dlaczego... Nie możemy...

Na jednym ze wzgórz pojawiają się ludzkie figurki: wycieczka. Zapewne park już otwarto. Dostrzegają nas, pokazują palcami, machają do nas rękami.

– Tam... Patrzą na nas... – mówię Annelie.

A moja ręka sama jej szuka; wkładam sobie dwa palce do ust, oblizuję, żeby... I nagle czarna magia mija.

– Leci ci krew, Annelie. Leci ci tam krew.

– Co?

– Trzeba cię zabrać do lekarza. Wstawaj. Musimy jechać do lekarza! Co oni z tobą zrobili? Co ci zwyrodnialcy z tobą zrobili!?

– Zaczekaj... Przytul mnie chociaż. Proszę. Po prostu przytul... I pójdziemy... Pójdziemy, dokąd zechcesz...

Ktoś już do nas idzie zamaszystym krokiem oburzonego człowieka, który stanowczo zamierza skończyć z tym domem wariatów. Do diabła z nim! Zbyt wiele jestem winien tej dziewczynie.

I kładę się na ziemi obok Annelie i obejmuję ją, ostrożnie, jakby była z papieru. A ta przytula się do mnie całym swoim ciałem – i drży, trzęsie się tak, jakby umierała, jakby była w agonii. Trzymam ją, przyciskam do siebie rękami – pierś do piersi, brzuch do brzucha, udo do uda.

Wreszcie Annelie płacze.

Razem z krzykami wychodzi z niej to diabelskie szczęście, ze łzami wypływa obce, nieproszone nasienie. Pozostaje pustka.

– Dziękuję – szepcze do mnie niesłyszalnie. – Dziękuję ci.

– To oburzające! – ryczy nam ktoś nad uchem. – To własność prywatna! Natychmiast opuśćcie teren parku!

Oboje oszołomieni zbieramy się jakoś, bierzemy za ręce i wdrapujemy na wzgórze, w stronę wejścia. Podekscytowani wycieczkowicze pokazują nam uniesiony w górę kciuk i odprowadzają nas żarcikami.

Przed opuszczeniem raju obrzucam go ostatnim spojrzeniem. Widzę dom z sześcianów; wspominam wyciągniętą na trawie dziewczynę, jej oczy, jej sutki, kolana... Wypędziła z Toskanii duchy moich urojonych rodziców i mojego przybranego brata.

Odtąd niepodzielnie króluje tu ona. Annelie.

Rozdział 15

PIEKŁO

– Pokazałeś mi swój dom rodzinny, teraz ja chcę pokazać ci mój.

Annelie nie żartuje; otumanienie minęło i stała się sobą. Ale to, co proponuje, to czyste szaleństwo.

– Nie pojedziemy do Barcelony.

– Bo w wiadomościach wciąż powtarzają, że Barça to piekło na ziemi?

– Bo nie mamy tam nic do roboty! Bo musisz natychmiast iść do lekarza!

– Tam są lekarze!

– W Barcelonie? Chcesz powiedzieć: szamani? Szarlatani, którzy puszczają krew? Ty potrzebujesz dobrego specjalisty, który będzie umiał...

– Wasi lekarze nie pamiętają niczego na temat chorób, bo wy nie chorujecie! Dobrzy specjaliści są w Barsie, bo w Barsie są żywi ludzie!

Mieszkańcy naszej wspaniałej Utopii nie chorują; w tym ma rację. Infekcje zostały pokonane, choroby dziedziczne wymazano z naszych genów, a pozostałe dolegliwości łączyły się ze starością. Nawet częstotliwość urazów zmniejszono do minimum: prywatny transport nie istnieje, a wszystko wokół wykonano z miękkiego kompozytu, o który trudno się potłuc. Rezerwaty dla starców to oczywiście co innego, ale to ich sprawa, nie nasza.

– W dowolnej dużej klinice będą mogli ci...

– Pójdę do dowolnej dużej kliniki i powiem: nielegalna ciąża, gwałt zbiorowy, poronienie? W Barsie są doskonali lekarze i ja tam jadę! A ty – jak uważasz!

Z lekarzy Barcelona słynie jednak w ostatniej kolejności. Znacznie bardziej znana jest jako diabelski ściek. Twierdza fałszerstw i handlu narkotykami. Policja się tam nie zapuszcza i w ogóle sprawia wrażenie, że wszystko, co się wyprawia w Barcelonie, zupełnie jej nie obchodzi. Nie obowiązują tam żadne prawa, a w szczególności ustawa o wyborze. Wszystkie naloty, których próbowała tam dokonywać Falanga, kończyły się źle. Kiedy tylko Nieśmiertelni zjawiali się w Barcelonie w grupie mniejszej niż cały oddział, byli po prostu łapani i wieszani w widocznym miejscu. A Nieśmiertelnym nie wolno umierać.

Niosę plecak, w którym mam czarny uniform, maskę Apollina, skaner tożsamości, regulaminowy paralizator i iniektor. Nie mam prawa wyrzucić żadnej z tych rzeczy, ukryć też nie: mam obowiązek mieć wszystko przy sobie na wypadek pilnego wezwania. Jeśli zamierzam żyć, nie wolno mi się pokazywać z tymi rzeczami nawet kilometr od Barcelony. Moje argumenty są proste i zrozumiałe. Szkoda, że nie mogę ich wypowiedzieć na głos.

Nie mam natomiast obowiązku iść z Annelie. To właśnie mi sugeruje: nie masz obowiązku. Chcesz, to zajmij się swoimi sprawami; mam mężczyznę, który powinien tu ze mną być, on, a nie ty.

To wszystko logiczne. Najwyższy czas wysiąść z pociągu i wrócić do siebie. Ale...

Widziałem kiedyś film edukacyjny na kanale przyrodniczym... Są takie pasożytnicze muchy, nie pamiętam już gdzie, które składają jaja w żywych pszczołach. Jajo się rozwija, zamienia w larwę, ta puchnie, rośnie wewnątrz pszczoły... Opanowuje ją. Pszczoły, zwykle zdyscyplinowane jak roboty w jakiejś japońskiej fabryce, żyjące sztywno według harmonogramu, zmuszane przez instynkt, by o zachodzie słońca wracać do swojego plastra, nagle zaczynają dziwnie się zachowywać. Budzą się w nocy, porzucają ul, lecą nie wiadomo dokąd i przepadają bez śladu; czasem można je zobaczyć, jak szaleńczo walą w żarówki, jakby nie były pszczołami, ale ćmami czy meszkami. Ten obłęd kończy się zawsze tak samo: pasożyt przerasta gospodarza, z pszczoły wylęga się mucha, rozrywając od środka obce ciało niczym skorupę jajka.

Czy pszczoły rozumieją, co się z nimi dzieje? Czy próbują walczyć z obcą istotą, która zamieszkuje w ich ciele i przejmuje nad nim kontrolę ? Czy sądzą, że to one nie mogą spać w nocy, że to one koniecznie muszą uciekać nocą ze swoich koszar, podążać do światła albo na koniec świata?

Nie potrafię powiedzieć. Sam jestem taką pszczołą, ale nie znam odpowiedzi.

Musza larwa kręci się we mnie, wydaje niespójne, szalone rozkazy, a ja muszę spełniać te natrętne żądania. Wyleciałem ze swojego ula, kiedy miałem spać, i pijackimi zakosami pędzę w dół, ku ziemi. Mój umysł spowija mgła, wskazówki instrumentów wychodzą poza skalę. Jestem tylko powłoką niepojętej, nieznanej istoty, która rośnie i umacnia się we mnie, i żąda, bym był z Annelie, chronił ją i we wszystkim jej dogadzał.

Ona mnie pociąga, nęci jak latarnia nocą, jak otwarty ogień.

Ale chcę spłonąć i chcę przepaść.

Dlatego zbliżamy się już do Barcelony razem z moim pszczelim plecaczkiem, więc mam nadzieję, że nikt tam do niego nie zajrzy. Jedziemy długo, regionalnymi tubami, przesiadając się w jakichś wieżowcach wczasowych, przedzierając się przez tłumy turystów w japonkach, z ręcznikami, którzy fotografują się na tle wyświetlanych palm i wyrenderowanego oceanu.

– Jak się czujesz? – Biorę ją za rękę.

– W porządku – uśmiecha się blado Annelie.

Bliżej Barcelony przekrój pasażerów zaczyna się zmieniać: miejsce opalonych podróżnych w klapkach na gołych stopach zajmują barwne typy w luźnych łachach. Jedni mają rozbiegane oczy, inni, przeciwnie, nieruchome; jeszcze inni siedzą całymi bandami, objadając się ze smakiem jakimś świństwem, zaczepiając przechodzących obok. Gdzieś wybucha bójka; kładę rękę na ramieniu Annelie, drugą obejmuję plecak, w którym leży paralizator. Chociaż tutaj mnie on nie uratuje.

Z odległości jednego rzędu od nas miedzianoskóry Arab z wygoloną potylicą utkwił wzrok wprost we mnie, żuje powoli swoją gumę, po czym spluwa na ziemię lepką zieloną flegmą.

– Nie patrz na nich, nie drażnij ich – radzi mi Annelie. – Lepiej wyjrzyj przez okno. Oto ona!

Barcelonę zabudowano niemal sześciuset bliźniaczymi cylindrycznymi wieżowcami, pomalowanymi na jaskrawe neonowe kolory; ustawiono je na gigantycznej srebrzystej platformie, przygniatającej całe dawne miasto. Wszystko, co zostało po starej Barcelonie, po jej bulwarach i alejach, fantazyjnych kamienicach i kościołach – wszystko to przykryto platformą. To tam, pod tą supernowoczesną płytą nagrobkową, mieści się najbardziej złowrogi europejski slums.

Stojące w równych odstępach wieżowce tworzą prostokąt – dwadzieścia cztery drapacze chmur długości, dwadzieścia cztery szerokości. Każdy z nich jest oznaczony dwiema ogromnymi greckimi literami: Alfa-Alfa, Sigma-Beta, Theta-Omega – to ich nazwy; w grupie przypominają kolumnadę starożytnej świątyni, zniszczonej przez czas i przekształconej przez pomysłowych konserwatorów w dziecięcy park rozrywki.

Tylko z jednej strony Barcelona graniczy z morzem; z pozostałych otacza ją dwustumetrowej wysokości przeźroczysty mur, który nazywają tu szklanym. Powiadają, że podobną wielkość ma jego część podziemna – ze względu na cwaniaków, którzy próbowali przekopać tajne tunele do Europy.

Tylko w jednym miejscu w tej gładkiej i niedostępnej ścianie – nie ze szkła, rzecz jasna, ale z odpornego mechanicznie kompozytu – powstał otwór. Brama Barcelony. Pod tym jedynym wejściem i wyjściem zieje sto metrów śliskiej pustki i tyle samo wznosi się nad nim. Do bramy prowadzi napowietrzna linia kolejowa, którą wpadają rzadkie pociągi. Dla mieszkańców Barcelony nie ma innej drogi do Europy – a i to wąskie gardło łatwo jest zakorkować.

Ażurowy most wśród chmur przeszywa na wylot przeźroczysty mur wznoszący się od ziemi do nieba, rozciąga się nad ziemią między tęczowymi cylindrycznymi wieżowcami, płynie tak, aż dotyka jednego z nich, śnieżnobiałego; to terminal transportowy przepięknej i wesołej Barcelony.

Plan był taki: oryginalną architekturą i optymistyczną paletą barw sprawić, by to przeklęte getto nie przypominało getta. W końcu Barcelona to brama Europy i właśnie tu miało się zaczynać nowe wspaniałe życie dla milionów nieszczęsnych uchodźców. Zamierzano przeformować ich dusze poprzez sztuki wizualne; wybudowano karaluchom różnobarwne domki. Idioci! Trzeba ich było nauczyć pracować.

Kiedyś wszystkich tych Afrykanów, Arabów, Hindusów i Rosjan pchało się tu jeszcze więcej: u siebie w domu zdychają całymi miliardami, tak jak dawniej, a u nas dowolny kran z wodą jest źródłem wiecznej młodości. Dla nich ryzyko było uzasadnione: nawet jeśli po dziesięciu latach uprzejmego dochodzenia przeproszą cię i odeślą do ojczyzny, przeciwko starości będziesz już zaszczepiony.

Kiedy Bering został ministrem, w pierwszej kolejności porządnie ogrodził Barcelonę. I teraz droga tych ludzi do Europy kończy się tam, gdzie zaczyna.

A potem zakręcił im wodę. Wybudował im zakłady odsalania – wokół wszędzie morze, wypijcie choćby i całe! – ale z naszych wodociągów nie dostają już ani kropli. Rezultat był błyskawiczny: odkąd przestano rozdawać nielegalnym imigrantom nieśmiertelność, jak bezpłatną zupę bezdomnym, ich napływ od razu zmniejszył się trzykrotnie. A w następnych wyborach Partia podwoiła swoją liczbę mandatów w parlamencie. Bering wie, co robi.

W Barcelonie od razu ubyło nieśmiertelnych, a przybyło żywych. Annelie ma rację.

Doigrały się, pasożyty.

Tuba przenika przez metrowej grubości kompozytowe szkło i trafia do innego wymiaru. Do równoległego świata, gdzie śmierć wciąż ma władzę.

„Szanowni pasażerowie! Nasz pociąg zbliża się do Barcelony. Przypominamy państwu, że wwóz jakichkolwiek płynów, w szczególności wody pitnej, na terytorium miasta Barcelona, jest surowo zabroniony i zagrożony karą pozbawienia wolności do lat pięciu!"

Wtaczamy się na stację: wszystkie ściany upstrzono rewolucyjnymi hasłami i rysunkami męskich genitaliów. Otwierają się drzwi. Duch protestu przeciwko ogólnoświatowej niesprawiedliwości atakuje mój nos. Ma zapach stęchłego moczu. Po obu stronach peronu znajdują się strefy buforowe. Jednostka specjalna policji w ciemnoniebieskich plastikowych kombinezonach przeszukuje przybyłych, ściąga z nich obszerne bluzy z kapturami, prześwietla ich wykrywaczami.

– Przynajmniej tyle, że nie sprawdzają tożsamości – mówię do Annelie.

– Nie ciesz się zawczasu, sprawdzą ci ją, kiedy spróbujesz stąd wyjechać.

Nad tym nawet nie zdążyłem się zastanowić: przez całą drogę rozpamiętywałem to, co wydarzyło się w Toskanii.

– W takim razie po co mnie tu zaciągnęłaś?

– Jestem zmęczona. Zmęczona uciekaniem. Chcę się zatrzymać. Tutaj nikt nas nie ruszy. Tutaj nikt nawet nie będzie nas szukał. I na pewno nie działa tu monitoring.

Przychodzi nasza kolej kontroli. Ostrzyżony na jeża porucznik z potężnym nochalem przesuwa wykrywaczem po moim plecaku. Jedno oko zasłania mu okularowy wyświetlacz, pokazując widok z detektora i różne inne przydatne rzeczy. Z początku wolne oko świdruje mnie podejrzliwie, potem zaczyna zezować do środka, jakby też było ciekawe, co ukrywam w plecaku.

– Przejdźmy na bok – mówi do mnie porucznik. – Kontrola osobista.

– Zaczekaj na mnie! – wołam do Annelie.

– A ty tu po kiego wała? – szepcze do mnie policjant, prowadząc mnie za rozkładany parawan.

– Nie twoja sprawa – mówię.

– Wszystko w porządku, Xavi? – pyta ktoś zza sąsiedniego parawanu.

– Kogo tam masz? – odpowiada pytaniem na pytanie mój porucznik.

– Jakiegoś maghrebskiego chuligana.

– Daj mu popalić, my tu mamy do pogadania.

– Tak jest. No chodź...

– Au... Au! Co robisz, bracie!? Aaach! Przecież jestem jeszcze dzieckiem! Aaaaach! – krzyczy ktoś stamtąd po kilku sekundach.

– Nie uwierzysz, gdzie oni potrafią przemycać tę cholerną wodę – kręci głową mój policjant i ciągnie niezrażony krzykami zza sąsiedniego parawanu: – Powiem ci tak. Wracaj, póki nie jest za późno. Nie wiesz, co tam robią z waszymi ludźmi? My cię tam nawet nie znajdziemy!

– Dziękuję – uśmiecham się do niego. – Ostrzeżony – uzbrojony.

Tamten wciąż kręci głową; za zasłoną boleśnie skrzeczy młody Arab, zapewniając nam intymność. W końcu proces obliczeniowy w głowie mojego porucznika dobiega końca.

– No to w takim razie niech cię tam oklepią. – Głośno wciąga smarki. – Ktoś w końcu powinien nauczyć was rozumu.

Kłaniam mu się uprzejmie, on spluwa na ziemię i na tym się kończy. Annelie nie uciekła; stoi za filarami, wypatruje mnie w tłumie.

– Zdejmij komunikator, bo ściągnie ci go ktoś inny, nawet nie zdążysz mrugnąć okiem – radzi. – Są artyści, którzy robią to razem z ręką. Chodź, znam porządnego lekarza dziesięć minut drogi stąd.

Wieżowce zostały połączone przecinającymi je na wylot galeriami o ruchomych chodnikach szerokości całej ulicy: ich taśmy powinny poruszać się naprzód ze słuszną prędkością, transportując imigrantów, zachwyconych, a wręcz osłupiałych potęgą technologii przyszłości, z jakiegoś biura natychmiastowego zatrudnienia do – dajmy na to – centrum zaznajamiania z wartościami europejskimi.

Ale karaluchy w wielobarwnych domkach dla lalek rządzą się po swojemu: mianowicie w nich srają. Na początek rozwalili całe to biuro i wszelkie centra, a potem zepsuli ruchome chodniki. Teraz wstęgi ulic wiszą martwo, można się po nich przemieszczać tylko siłą własnych mięśni, a przeźroczysta kopuła nad chodnikami jest zapaskudzona graffiti. Oświetlenie wewnętrzne oczywiście nie działa – wykręcono wszelkie źródła światła – więc z punktu A do punktu B wlokę się ciemnym tunelem razem ze śmierdzącym tłumem, z plecakiem przełożonym na brzuch, przytrzymywanym stale jedną ręką – druga trzyma dłoń Annelie.

System klimatyzacji skradziono jakieś sto lat temu, a wentylację zapewniają wypalone lub wybite w kompozycie dziury, przez które ciągnie z ulicy dym. Za to zewsząd dobiega muzyka – jakieś plemienne afrykańskie pieśni w ostrych remiksach, muslim rock, azjatycki pulse i rewolucyjne rosyjskie techno. Wszystko to nakłada się na siebie nawzajem, tworząc koszmarną kakofonię, ponad którą niemilknącym recytatywem góruje zgiełk tłumu. Oto hymn chaosu.

Do właściwego wieżowca docieramy żywi, co dla mnie zakrawa na cud.

Windy też nie działają, dobrze, że musimy podejść tylko kilka pięter. Potem trzeba się jeszcze przecisnąć przez mroczne korytarze, w których ludzie śpią i żrą prosto z podłogi, i na domiar złego stanąć na samym końcu kolejki składającej się z dwudziestu osób wciśniętych do pokoiku o wymiarach trzy metry na trzy.

Czuć w nim spirytusem, chlorem i jeszcze jakimiś staroświeckimi specyfikami, gorzkimi lekarstwami, ludzkim mlekiem i mleczną niemowlęcą kupą. W kolejce nie ma żadnych mężczyzn; są tu zawinięte w żółto-czerwone turbany Afrykanki, Arabki w szarawarach, Hinduski w modern sari...

I dzieci.

Przyssane do obnażonych rozciągniętych piersi oseski; kuśtykające, trzymające się matczynego palca roczne niemowlaki; trzyletnie wiercipięty. Umiem je klasyfikować, wystarczy rzut oka. A oko mam wyćwiczone.

Annelie właśnie podszczypuje w policzek mniej więcej dwuipółletnią smagłą dziewczynkę z długim czarnym warkoczem. Dziewczynka spogląda na mnie poważnie, chmurnie ściągając brwi. Szlachetna powierzchowność jej matki, Hinduski o subtelnych i ascetycznych rysach, wydaje się nie na miejscu; gdyby nie trywialna naklejka – trzecie oko na środku czoła – można by ją wziąć za jakąś królową na wygnaniu. Gaworzy wciąż z córką, powtarzając: „Europa, Europa...".

Dam sobie uciąć głowę, że wszystkie te dzieci są urodzone nielegalnie. Złapałbym którekolwiek, dotknął skanerem i system nawet go nie rozpozna. Żadnego z nich nie rejestrowali. A ich mamusie tryskają zdrowiem i siedzą w poczekalni u ginekologa, ewidentnie po to, żeby sprawdzić, jak w olbrzymim brązowym brzuchu rośnie ich trzecia czy czwarta latorośl; a może chcą się dowiedzieć, jak najpewniej zajść jeszcze raz.

Krew pulsuje marszowym rytmem.

Dłonie zaciskają mi się w pięści.

Przyjezdni zabierają nam powietrze i wodę. Odmawiamy sobie przedłużenia rodu – i w imię czego? Miejsce naszych nienarodzonych dzieci zajmują niemyci żebracy na nowo rozprzestrzeniający choroby, które Europa pokonała trzysta lat temu... Leczą się na nasz koszt, wciskają się jak nie drzwiami, to oknem, i załatwiają sobie szczepionkę przeciwko śmierci, chcąc na nas pasożytować po wsze czasy. I jeśli natychmiast, tu i teraz, nie położymy temu kresu, Europa może runąć.

Mam przy sobie plecak. Jest w nim uniform Nieśmiertelnego i maska Apollina. Skaner tożsamości i zastrzyki z akceleratorem. Zapomnij o śmierci. Zapomnij o śmierci. Zapomnij o śmierci.

– Hej!

– Co!?

– Cały się spociłeś. Ciasno ci? – To Annelie.

– Nie... Ja... Tak, złapało mnie... Wybacz...

Murzynka z warkoczykami buja na kolanach chłopczyka o wydatnych wargach i płaskim nosie. Ten wytrzeszcza na mnie wielkie oczy ze śnieżnobiałymi białkami, szczerzy białe jak cukier zęby. Gdybym nie był tu sam, ale z kolegami, trafiłbyś, mały, do internatu i tam byś się szczerzył. Tam by zrobili z ciebie człowieka, a twojej mamuśce wstrzyknęliby akcelerator; a gdybyś miał szczęście i wyszedłbyś kiedyś z internatu, byłby z ciebie doskonały łowca szczurów. Węch na swoich na pewno masz wyczulony i Falanga wykorzystałaby cię do polowania w tych norach, posyłałaby cię do najciaśniejszych szczurzych jam, przez które nikt inny by się nie przecisnął, a ty wyciągałbyś nam stamtąd za skórę na karku skrzeczący brązowy drobiazg i jemu też czyścilibyśmy pamięć, oduczali pychy i szkolili, jak truć sobie podobnych – i tak ciągle, póki nie zalegalizujemy wszystkich bękartów i nie wytępimy wszystkich ich rodziców, póki nie obronimy Europy przed...

– Która to Annelie? – woła czarna pielęgniarka w brudnym kitlu, wyszedłszy z gabinetu. – Lekarz powiedział, że to pilne, więc proszę poza kolejką.

Zabierają mi Annelie i nie mam już kogo się trzymać.

– Będą państwo mieli maleństwo? – szepcze z uśmiechem Hinduska w sari, pochylając się w moją stronę.

– Nie wiem – odpowiadam.

– Denerwuje się pan? Widzę, że tak! Proszę się nie przejmować, wszystko będzie dobrze!

Mówi, mówi i gładzi po głowie swoją dwuletnią córkę. Dziewczynka ma jasnoszare oczy, włosy sztywne jak nanowłókna, zebrane w dwa ogromne czarne kucyki. Dociera do mnie: Europa to jej imię.

– Kiedy byłam w ciąży z Europą, bardzo się bałam. Kilka razy krwawiłam – informuje mnie nie wiedzieć czemu Hinduska. – Mąż ma niebezpieczną pracę, czasami człowiek nie wie, czy żyje, czy go zabili. Nerwy można postradać, jak się na niego czeka. Raz przynieśli go na próg i zostawili, żeby umarł. W brzuchu miał dziurę wielkości pięści. Byłam w szóstym miesiącu. No ale znalazłam pielęgniarkę, wzięłyśmy go za ręce i nogi i zaniosłyśmy do lekarza dwadzieścia pięter wyżej. Kiedy go wniosłyśmy, myślałam, że to koniec, że straciłam maleństwo. Całe nogi miałam we krwi. Ale ona jest silna. Wytrzymała! Dzieci chcą żyć, tak, *señor*, i tak łatwo się ich nie wykończy.

– Dziękuję – mówię, chociaż chcę powiedzieć „zamknij się".

– To takie miłe, że przyszedł tu pan ze swoją dziewczyną. Jest bardzo piękna! Kocha ją pan?

– Ja?

– Jak się pan o nią boi, to znaczy, że kocha! – oznajmia z przekonaniem Hinduska. – Na pewno będziecie mieli śliczne dzieciaczki.

– Co? Dlaczego?

– Kiedy się kocha, rodzą się ładne dzieci – uśmiecha się.

– Sonia! – Z gabinetu wychodzi pielęgniarka. – Zapraszam na badanie.

– Posiedzi pan z Europą? – Hinduska podnosi się z miejsca. – Ona się pana nie boi.

– A dlaczego miałaby się bać? Ale...

Ale zanim daję radę powiedzieć „nie", mamuśka już znika w jednym z gabinetów. Europa bez pytania włazi mi na kolana. Pot cieknie mi po skroniach. Kolano pali i uciska, jakby nie siedział na nim mały człowieczek, tylko jakiś indyjski demon.

– Jak masz na imię? – nie patrząc na mnie, pyta demon.

– Eugène – odpowiadam.

– Eugène, huśtaj. Proooszę. No! Chcę tak jak on! – Europa pokazuje palcem na Murzynka.

Waży jakieś dziesięć kilogramów – i całą tonę. Noga zaraz mi odpadnie. Co ja tu robię? Jak tu trafiłem? Podnoszę kolana do góry i opuszczam w dół.

– Słabo huśtasz – mówi demon z rozczarowaniem w głosie.

Murzynek pokazuje Europie fioletowy język. Czyjeś dziecko zaczyna płakać, rozkręca się i wydaje ogłuszające pasaże. Matka nie może go uspokoić i po paru minutach w ogóle porzuca to zajęcie. Cienkie wycie, jak wiertarki, która nawierca mi czaszkę, szukając najsłabszego miejsca i w końcu wchodząc przez ucho.

– Źle się czujesz? – pyta mnie Europa swoim dziecinnym akcentem.

– Jestem w piekle – odpowiadam uczciwie.

– A co to jest?

Jestem tu z powodu Annelie.

Ponieważ nie wiem, jak ją zostawić.

– Nie choruj, proooszę... – prosi dziewczynka i wyciąga się, żeby pogładzić mnie po głowie.

Jej palce są rozpalone do czerwoności. Dotyka moich włosów – i zaczynają płonąć. Chcę, żeby zeszła z moich kolan. Moje plecy robią się mokre.

Mały pawian z fioletowym językiem skorzystał z mojego panicznego otępienia, zlazł ze swojej mamy, zakradł mi się za plecy i zaczął rozpinać mi plecak. Łapię go za rękę, ściągam z kanapy, podsuwam pod nos tej gapie.

– Proszę go trzymać przy sobie, jasne? Chciał mnie okraść! Od dziecka uczą swoje...

– Eugène...

Annelie stoi nade mną – blada, poważna. Chwieje się.

– Wszystko w porządku?

– Nie. Nie wszystko w porządku. – Zagryza wargi. – Możesz za mnie zapłacić? Nie mam komunikatora...

– A... To. Oczywiście. Czy teraz...

Obserwuje w roztargnieniu moje usta, jakby coś jej się stało i nie słyszała mojego głosu.

– Powiedzieli mi, że nie będę miała dzieci.

– ...cię wypuszczają, czy mamy jeszcze... – dopowiadam to, co zacząłem.

– Nigdy.

Kolejka błyskawicznie zmienia się ze zbiorowiska jednokomórkowców w jeden organizm składający się w całości z uszu i oczu, który kieruje na nas jednocześnie wszystkie swoje czułki, nibynóżki i całą resztę; najpierw przycicha, absorbując to, co usłyszał, a potem, głośno burcząc, zaczyna to trawić. Wszystkich interesuje to, że Annelie nigdy nie zajdzie w ciążę.

– Cóż... Dobrze. Zaraz wracam. Złaź!

Uwalniam się od Europy i idę zapłacić za wizytę.

Czyli życiu Annelie nic nie grozi; a ja się bałem, że te bydlaki zrobiły jej coś poważniejszego. A dzieci... Mnóstwo ludzi sterylizuje się dobrowolnie, żeby nie ryzykować. Za to żaden drań w rodzaju Rocamory nie wywinie jej drugi raz takiego brudnego numeru, a Nieśmiertelni nie będą teraz mieli jej o co oskarżyć. Bezpłodna, czyli wiecznie młoda, wiecznie piękna, wiecznie zdrowa. Tak, za wszystko trzeba płacić. Ale czy nieśmiertelność może kosztować jeszcze mniej?

– Jest pan jej narzeczonym? Bardzo mi przykro – wzdycha pielęgniarka, przyjmując opłatę.

– Przykro?

– Nie powiedziała panu? – Siostra zasłania swoje wielkie usta żółtą dłonią. – Ona ma... Zrobiliśmy, co się dało, ale...

– Mówi pani o bezpłodności?

– To jest oczywiście zwykły gabinet ginekologiczny, ale wszędzie to państwu powiedzą. Co jej się przydarzyło? Szkoda dziewczyny... Może pan oczywiście pokazać ją innym specjalistom... Profesorom, jeśli takich pan znajdzie... Ale doktor mówił, że nie ma szans...

– Nie, to nie. Trudno. Przynajmniej nie trzeba się troszczyć o zabezpieczenie – wzruszam ramionami.

Pielęgniarka nic mi nie odpowiada, tylko rozdyma szerokie nozdrza i przenosi uwagę na swój przedpotopowy komputer, więcej mnie nie dostrzegając.

Wracam do Annelie. Wzrok utkwiła w jednym punkcie gdzieś między plakatami, którymi oklejone są tu wszystkie ściany.

– Już. Idziemy?

Chciałbym wiedzieć, dokąd teraz pójdziemy.

Ale nigdzie nie idziemy: Annelie zupełnie nie może oderwać się od plakatów. Przedstawiono na nich etapy rozwoju płodu. Bardzo interesujące.

– Annelie?

– Tak. Dobrze. – I nie rusza się z miejsca.

Zapominam o małej Europie, biorę Annelie pod rękę, ruszamy w stronę wyjścia. Kolejka ani na chwilę nie odrywa od nas swoich oczoczułek; to współczucie czy co? Udławcie się swoim współczuciem. Trzaskam drzwiami.

Jakoś idziemy, Annelie sobie, jej nogi sobie. Po kilkudziesięciu metrach zupełnie odpuszcza i siada na ziemi.

– Źle się czujesz?

– On przecież powiedział „nigdy".

– Kto powiedział? O czym mówisz?

– Powiedział, że nigdy nie będę miała dzieci.

– Ty tak przez tę bezpłodność? A co to za różnica?...

– Przecież go nie chciałam. W ogóle nie chciałam... – mamrocze tak, że prawie niczego nie da się zrozumieć, muszę przykucnąć obok niej. – Dzieci, komu to potrzebne...

– Tym bardziej. Myślałby kto, to jakieś głupstwo!

– To stało się przypadkiem. Zapomniałam wziąć pigułkę... Bałam się powiedzieć Wolfowi. Ale wcześniej nie chciałam, sama nie chciałem, a wtedy... Zdecydowali za mnie. Zdecydowali za mnie, że nigdy nie będę miała dziecka. Dziwne.

Usiedliśmy w niefortunnym miejscu: ciemny korytarz cuchnie gównem, po obu stronach zieją otwory drzwiowe jakichś nor, bije z nich otumaniający słodki dym, na zewnątrz wychylają się paskudne mordy, zaciekawione nieprzyjemną, głodną ciekawością.

– Wstawaj – mówię. – Wstawaj, musimy iść.

– To jak wyrok. Nawet jeśli kiedyś będę chciała, i tak nie będę go miała... Jak można podjąć taką decyzję za kogoś?

Wypadają ze swojego barłogu jeden za drugim – blade szakale, wyblakłe z braku słońca, dlatego że słońce i niebo te wyrodki zamazały swoim graffiti. Ręce do kolan, pokrzywione plecy – przez całe życie zginają się w chiński paragraf; ich oczka obmacują mnie i Annelie, oceniają, kombinują, jak się na nas rzucić, gdzie się wgryźć, jak nas najskuteczniej wypatroszyć.

– Annelie!

– Nigdy nie będę miała dzieci – powtarza. – Dlaczego?

Trzech, czterech, pięciu... Hindusi. Ich suki co roku przynoszą w łonie nowe szczeniaki, trzeba przecież jakoś karmić tę żarłoczną sforę. Zdejmą ze mnie komunikator – i czyjaś mała Europa będzie cały miesiąc radośnie wcinać plankton. A potem obrabują kogoś jeszcze.

– Wstawaj! Posłuchaj... Pielęgniarka powiedziała, że można iść do innego lekarza. Jakiegoś profesora...

– Ej, turysto! Zabłądziłeś? – woła do mnie najbliższy z tamtych, z rzadką czarną bródką posklejaną w przepocone kosmyki. – Nie potrzeba przewodnika?

– Ciekawe – odpowiada mi Annelie. – To był chłopiec czy dziewczynka?

– Spokojnie! – mówię do Hindusa. – Zaraz sobie pójdziemy.

– Wątpię! – Drugi, w zielonym turbanie, jak małpa drapie się po kroczu i wyskakuje do przodu.

Ściągam plecak z ramienia. Pięciu. Z dwoma na pewno zdążę sobie poradzić, zacznę od najbliższego, muszę wziąć paralizator...

I wtedy ten w turbanie chlusta mi w oczy jakimś świństwem. Piecze jak kwas, czuję się, jakby głowa pękła mi na dwoje, wyszarpują mi plecak z rąk, sam lecę na ziemię.

– Sukinsyyyny! – wyję.

Wstaję – trę oczy – łzy płyną mi strumieniem – brakuje mi tlenu; zataczam się, cholera wie, gdzie jest góra, a gdzie dół; rzucam się na oślep, kierując się słuchem, w stronę ich jęków i stęków – zagarniam pustkę.

– Co my tu mamy w teczuszce?

– Nie waż się! Oddaj go, gnido!

Jeśli otworzą mój plecak... Jeśli go otworzą...

Pamiętam tamtych powieszonych; to był oddział Pedra. Wzdęte brzuchy, nabrzmiałe sine genitalia: rozebrali ich przed śmiercią, zostawili na nich tylko maski Apolla. Na każdym ciele napisano markerem: „Mówiłem, że jestem Nieśmiertelny". Żeby zabrać ciała, slumsy musiała szturmować jednostka specjalna policji. Wstyd.

– Odwalcie się od niego! – To głos Annelie.

– Annelie! Zabieraj się stąd! Uciekaj, słyszysz!?

– Chodź tutaj, słodziutka... My cię odkorkujemy... Twój chłop i tak długo nie będzie mógł trafić...

– Oho! Przecież to...

– Annelie!!!

– Popatrz no, co on tu ma...

Powieszą mnie. A co ta dzicz zrobi z nią, z Annelie? Miotam się z rozcapierzonymi palcami i przypadkiem trafiają w nie czyjeś włosy – wilgotne, kręcone. Od razu się w nie wczepiam, tłukę czyjąś twarzą o swoje kolana – chrzęst, krzyk, ale natychmiast rzucają mnie na ziemię i ktoś depcze mi butem głowę, policzki, zasłaniam się, jak mogę, pali mnie w żebrach, z oczu płynie rzeka łez...

– Annelie!?

– Raj! Raj, zrób coś! – piszczy jakaś baba. Wystrzał, wystrzał, wystrzał.

– Moammad! Zabili Moammada!

– Hindi tu są! Hindi tu są! Wołaj naszych!

– Ej, blondyn! Możesz biec? – Mężczyzna chwyta mnie za rękę, podnosi z ziemi.

Moje kości są jak z bambusa, ważę sto kilogramów, bambus to pusta w środka trawa, kości nie utrzymują mojego ciała, ale muszę ustać. Muszę uciekać. Mrugam, kiwam głową. Świat jakby mignął mi przed oczami. Jeszcze raz.

– Trzymaj go! – ryczy ten sam głos. – Spadamy stąd!

Cienkie palce pomiędzy moimi palcami. Poznaję dotyk Annelie.

– Mój plecak! Mają mój plecak!

– Zostaw go, trzeba się zmywać!

– Nie! Nie! Mój plecak!

– Nie rozumiesz! Hindi, ty nie rozumiesz kto...

Wystrzał. Ktoś dławi się, kaszle, rzęzi, wystrzał.

– Masz! – Wpychają mi pod ślepe oczy mój zmięty plecak. – Spadamy! Tam jest ich jeszcze...

Biegnę donikąd za przewodnikiem, obmacuję torbę – tak, jest maska i płaski pojemnik, i paralizator. Jestem uratowany! Przebieram nogami najszybciej, jak potrafię, Annelie mnie prowadzi i przez cały czas słyszę obok głos kobiety, która krzyczała: „Raj, zrób coś!", i chrapliwe przekleństwa tamtego człowieka, który pomógł mi wstać, który strzelał. A pośród ich kroków słyszę jeszcze inne kroczki – lekkie, szybkie. Kto to? Kim oni wszyscy są?

– Dobiegniemy do ruchomego chodnika i w zasadzie będziemy bezpieczni! – obiecuje mężczyzna. – Parę bloków i już będzie nasz wieżowiec! Tam się nie zapędzą!

Za nami słychać krzyki, huk wystrzałów z pistoletów własnej roboty, to do nas. Potykam się, ale nie upadam – nie wolno mi upaść, bo jeśli nas dogonią, rozerwą na strzępy.

– O! Tam są nasi! Somnath! Somnaaath! Paki idą! Paki!

– To oni! To Raj ze swoimi... – słyszę z przodu. – To nasi!

I naprzeciw nas słychać stukot butów i krzyk z dziesięciu, dwudziestu gardeł, i – choć oślepłem, czuję to przez skórę – wściekłość tłumu biegnącego ku nam niczym fala uderzeniowa.

– Somnaaath! – SOMNAAAAAATH!!!

Obok nas przelatują niewidzialne demony, owiewa nas gorące powietrze i cierpka woń potu, zahaczają nas ramiona, ogłusza krzyk bojowy – mijają nas. A potem – gdy jesteśmy już schowani, gdzieś ukryci – z tyłu, za naszymi plecami jedna ludzka fala zderza się z drugą i zaczyna się walka – brutalna, pierwotna, zaciekła, w której ktoś na pewno zaraz zginie. Ale nie Annelie i nie ja.

– Jak twoje oczy? Lepiej?

– Tak. Wszystko widzę.

– Zjesz z nami? Mamy ryż z białkiem i curry.

– Dziękuję, Soniu.

Zapachem curry przeniknęło tu wszystko. Wszystkie pięć pokoi tego starego mieszkania o wysokich sufitach, popękana sztukateria, wyliniałe tapety z wyblakłymi monogramami, którymi oklejono ściany; całe powietrze oprócz swojego zwykłego składu chemicznego zawiera dodatkowe cząsteczki curry, w curry są też zamarynowani wszyscy ludzie, którzy się do tego mieszkania wcisnęli, sam nie wiem – sto czy dwieście osób.

Do tego hologramy z wizerunkiem jakiejś starożytnej świątyni albo zamku z bajki porozklejano wszędzie, gdzie tylko można: ciemnożółte ściany, płaskie kopuły usiane blankami, gruba wieża o zaokrąglonym wierzchołku, i wszystko to ulepione jakby wprost z wilgotnego nadmorskiego piasku – w końcu morze oblewa jej mury. Na szczycie wieży powiewa ogromny trójkątny sztandar. Ta świątynia czy też zamek powtarza się na tysiącu kopii – nocą w świetle jupiterów, w pochmurny dzień, kiedy morze jest jak ze stali, rano w przenikających przez piaskowiec czerwonych promieniach wschodzącego słońca – na starych pocztówkach, na pożółkłych plakatach politycznych w nieznanym języku, na zdjęciach, na niezgrabnych dziecięcych rysunkach, na kuchennych magnesach i trójwymiarowych animowanych hologramach: trójkątny sztandar powiewa na uchwyconym w kadrze wietrze.

Ogromna przestrzeń pięciopokojowego mieszkania została pocięta na komórki: z prętów zbrojeniowych i drutu zespawano najprawdziwsze klatki ciągnące się od podłogi po sufit. Każda z nich ma parę metrów długości i półtora wysokości; nie mają drzwi i nie da się ich zamknąć, ściany z krat są tylko po to, żeby rozgraniczyć miejsce. W ten sposób wykorzystuje się każdy centymetr tego mieszkania, ale przy tym wszyscy jego mieszkańcy korzystają z tego samego powietrza, a z podłogi poprzez trzy kondygnacje widać sufit. Dzieci, zwinne jak makaki, śmigają w dół i w górę po kratach, śmiejąc się wesoło, grają w berka, odwiedzają swoich kolegów i obcych ludzi, zwisają głową w dół z nogami zaczepionymi o pręty. Z górnych poziomów przyglądają mi się ciekawe dziewczęce oczy, na dole staruszki grają w kości, po głowach skacze im dzieciarnia; do jednej z klatek wcisnęła się jakaś parka i na oczach wszystkich całuje się przy akompaniamencie dziecięcego chóru, który z entuzjazmem drażni ją głupimi wierszykami, coś o narzeczonym i pannie młodej. Wszyscy są smagli, ciemnoocy, czarnowłosi.

Nie ma prądu: pod pociemniałym sufitem palą się naftowe lampki, gotowanie również odbywa się na otwartym ogniu. W zatłuszczonej kuchence stoją wiadra z zatęchłą wodą i beczka nafty.

Siedzę w salonie przy wielkim stole z białego plastiku; pośrodku stoi posążek dziwnego stworzenia z głową słonia i ciałem człowieka.

Obok siedzi Annelie. Po jednej naszej stronie usadowiły się niebieskooka Europa i jej matka, kobieta o imieniu Sonia, ta sama, która powiedziała, że Annelie i ja będziemy mieli śliczne dziecko. Po drugiej – farbowana blondynka, obłędnie piękna, choć wymalowana niczym dziwka; w tych swoich barwach wojennych spędza ostatnie dni ciąży; odsunęła się od stołu – jej brzuch jest już za duży. I jeszcze jakieś piętnaście osób: siwobrody starzec z czarnymi brwiami, jego żona – pomarszczona, o haczykowatym nosie, z włosami upiętymi w kok, wyprostowana i dumna; oraz ludzie w każdym wieku, od najmłodszego do najstarszego, i wszyscy robią niesamowity harmider, jedzą garściami z misy z ryżem, jednocześnie śmieją się i kłócą.

Każdy z nich jest w jakiś nieuchwytny sposób podobny do reszty. Zaskakuje mnie to i porównuję, oceniam ich po kryjomu, wychwytuję wspólne cechy – oczy, nos, uszy – aż w końcu się domyślam: przecież to klan! Rodzina! Trzy, a może nawet cztery pokolenia mieszkają razem – jak w epoce kamienia łupanego, jak jaskiniowcy. I ich mieszkanie, które cholera wie jak zdobyli, nie jest wcale mieszkaniem, ale najprawdziwszą jaskinią; tyle że zamiast malowideł naskalnych wszędzie wiszą obrazki z tą świątynią. Dzieci, rodzice, dziadkowie – wszyscy razem śpią pokotem; dzikusy!

Ktoś chwyta mnie za rękę.

Odsuwam ją jak ukąszony.

– Przestań! Możesz się rozluźnić, tu jesteś bezpieczny, bracie! – uśmiechają się do mnie.

To Raj.

Człowiek, który zastrzelił z mojego powodu te naćpane pawiany. Ściągnął mnie z szubienicy. Ten, dla którego jestem nikim. Mocno zbudowany, z wygoloną głową, ma zaplecioną w warkoczyk brodę, a z kabury pod pachą wystaje mu niklowana rękojeść z czarnymi okładzinami.

– Dziękuję. – Język nie chce mnie słuchać, ale go zmuszam. – Gdyby nie ty, byłoby po mnie.

– Paki się rozzuchwaliły. – Kiwa głową, ugniatając aromatyczny żółty ryż. – Gdybym nie wyszedł po żonę – Raj kiwa na Sonię – ona też mogłaby wpaść…

– Jak się czujesz? – pyta Sonia, obejmując Annelie.

– Nie wiem – odpowiada tamta.

– Doktor gada głupoty! Jeden lekarz mówi tak, drugi inaczej. Chcesz, to znajdziemy ci kogoś innego, żeby cię obejrzał.

Annelie milczy.

– Hej, chłopcze! Jedz! – woła do mnie staruszek z drugiego końca stołu. – Co ludzie powiedzą? Że Devendra przyjmuje gości i ich nie karmi!? Przecież nie jesteśmy Pakistańczykami! Nie zawstydzaj mnie, proszę cię, jedz!

Żeby mówić, co każde trzy słowa musi zatrzymywać się i nabierać powietrza. Rzężenia jest przy tym tyle, że staje się jasne: płuca ma dziurawe jak durszlak.

– Nakładaj sobie, nie krępuj się! – puszcza mi oko uśmiechnięty chłopaczek w okularach, z pewnością kujon i jakiś przyszły adwokat. – Jak masz na imię, przyjacielu?

– Ja...

– Eugène! – odpowiada za mnie mała Europa. – Ma na imię Eugène!

Wygodne: nie muszę już kłamać sam, teraz kłamią za mnie inni.

– Czym się zajmujesz, Eugène?

– Jestem bezrobotny.

Przecież oni wszyscy są tu bezrobotni; po prostu chcę być taki sam jak oni.

– A ja jestem królem porno! – dumnie poprawia okulary tamten. – To moja żona Bimbi – mówi, gładząc dłoń siedzącej obok piękności z olbrzymim brzuchem. – I właśnie spodziewam się przyjścia na świat następcy tronu!

Zagarniam ryż brudnymi palcami – jak oni wszyscy, ze wspólnego koryta – i wkładam go sobie do ust. Ziarenka są sklejone żółtą pastą; lepiej nie myśleć, jakie tu mają sekretne ingrediencje. Białko – przecież nie białko jajek, skąd by tu mieli na jajka...

Smaczne.

Jeszcze raz wkładam rękę do misy. Napycham usta.

– Spróbuj! – mlaskam, spoglądając na Annelie, ale ta nie słucha.

– Proszę, zjedz trochę – prosi ją Sonia. – Nie rób przykrości dziadkowi.

Wtedy Annelie mruga, przytomnieje i wkłada sobie grudkę ryżu do ust.

W końcu przez cały dzień nie jedliśmy nic oprócz tych przeklętych pasikoników, lodów i atrapy jabłka. Przeżuwam, nie mogę przestać. Są tu i zioła, i coś morskiego... Jak one się... Nabieram jeszcze raz.

– No proszę! – śmieje się z trudem siwobrody staruszek. – To rozumiem! Skąd jesteście, dzieci?

– Jestem stąd, z Eixample – mówi Annelie. – Z dzielnicy libańskiej.

– Całkiem niedaleko – kaszle stary Devendra.

– Arabowie nas nie lubią – pochmurnieje Raj. – W końcu trzymają z Pakami, prawda? Muslim za muslimem stoi murem...

Tam, w przejściu, wziąłem Pakistańczyków za Hindusów. Ci, którzy chlusnęli mi w oczy czymś żrącym – cała ta sfora – to były Paki. Hindusi to ci, którzy nas stamtąd wyciągnęli. Raj i jego żona Sonia, Europa i cała reszta.

Nic dziwnego, że ich pomyliłem: z wyglądu są nie do odróżnienia, ale nie ma na świecie bardziej nieprzejednanych wrogów. Hindusi i Pakistańczycy wojują ze sobą już trzeci wiek; oba kraje dawno obróciły się w pył, ale wojna nie ustaje ani na chwilę. Nie ma już państw i rządów, groźne armie zostały całkowicie wytępione, miasta wyparowały, a ich mieszkańcy spłonęli żywcem; teraz pracowici Chińczycy stopniowo zagarniają radioaktywną pustynię, która kiedyś była jednymi wielkimi Indiami. Po dwóch wielomiliardowych narodach pozostały żałosne garstki uchodźców, porozrzucanych po całym świecie, którzy wściekle ze sobą walczą, kiedy tylko znajdą się w pobliżu. Myślimy, że Barcelona jest częścią Europy; a gdzieś tutaj, ulicą, popękanym trotuarem, zablokowanym chodnikiem ruchomym, łączącymi poziomy schodami przebiega niewidoczna dla nas granica między martwymi Indiami a widmem Pakistanu.

Kompletny obłęd.

– Ona nie przypomina Arabki, Raj – Sonia dotyka jego ręki.

– Nie jestem Arabką – podnosi wzrok Annelie. – Moja matka pracuje tam na placówce. Czerwony Krzyż. Jest lekarzem.

– A ty mówisz, że skąd? – Stary przykłada dłoń do owłosionego ucha. – Co, chłopcze?

Annelie ma matkę.

Jej matka pracuje w Czerwonym Krzyżu. Bezpłatnie leczy nielegalnych imigrantów. Jej matka, kilka przecznic stąd. Żyje. Annelie była w internacie, ale wie, kto jest jej matką i gdzie mieszka. Jej matka nie umarła. Tu jest jej dom.

Ziemia nadziana na nienasmarowaną oś hamuje ze zgrzytem, zatrzymuje się, oceany wylewają z brzegów, kontynenty składają się w harmonijkę, ludziki lecą na twarz. Mam dreszcze.

– Nie kłam! – syczę. – Nie waż się!

– Nie kłamię – odpowiada spokojnie Annelie.

– Hej, chłopcze! Ogłuchłeś? Sonia, weź mój aparat słuchowy, daj chłopakowi...

– Ty też nie kłam. – Annelie patrzy na mnie.

– Nie jestem stąd! Jestem z Europy! Z prawdziwej Europy! – mówię tak, żeby usłyszały to jego stare, włochate uszy.

– Coś takiego! I po co przylazłeś do tej przeklętej dziury? – dziwi się staruszek.

– Nie mogłem zostawić Annelie samej. – Wytrzymuję jej wzrok.

– Zakochana para! Zakochana para! – śpiewa cienki głosik pod stołem.

– I jakim ta twoja mama jest lekarzem? No, dawaj, improwizuj! – wybucham.

– Medycyna reprodukcyjna.

– Cóż za zbieg okoliczności! I dlaczegóż to nie zwróciliśmy się do niej z naszym problemem? Komuż powierzyć taki problem, jeśli nie mamusi!? – Nie słyszę swojego głosu, ale cały stół już się na nas gapi.

I wtedy ona bije mnie na odlew zewnętrzną stroną dłoni – w usta, w zęby. Mocno, ostro, boleśnie, że aż łzy tryskają mi z oczu.

– A ty byś swojej powierzył!? – mówi cicho i wściekle.

– Moja matka zdechła! I bardzo dobrze!

I cały pokój milknie, jakby odcięli wszystkim kable głośnikowe. Stary Devendra marszczy brwi, Raj podnosi się z miejsca, Sonia niespokojnie kręci głową, dzieci pod stołem zamierają, staruszki na pryczach przestają rżnąć w kości.

– Jak możesz tak mówić o własnych rodzicach? – wypuszcza ze zdumieniem powietrze Raj.

– Nie twoja sprawa, jasne!? – Ja też zrywam się z miejsca. – Zostawiła mnie na śmierć!

– Krwawisz. – Sonia podaje mi serwetkę. – Przyłóż to sobie.

– Nie trzeba – odtrącam jej rękę. – Czas na nas.

– Jesteś w naszym domu! – Raj łapie mnie za przegub stalowym chwytem, jego głos drży. – Jesteś naszym gościem. Proszę cię, zachowuj się godnie.

– Po cholerę...

Po cholerę mnie ratowaliście. Po cholerę zabraliście mnie do swojego domu. Po cholerę mnie karmicie. Co, myśleliście, że będę merdał ogonem!?

– Hej, chłopcze! – chrypi do mnie siwobrody. – Zaczekaj! Podejdź tutaj! No, nie złość się tak! Chodź, rzadko mamy gości! Opowiesz staruszkowi, jaka jest ta wasza Europa... Widzisz, mnie niedługo pora umierać, a w końcu tam się nie dostałem!

– Dziadku! Starczy tych bzdur! – woła do niego przez stół Raj. – Tak jakbyśmy dali ci umrzeć!

Tamten parska głuchym śmiechem.

– Tyle razy ci mówiłem, dziecko! Nie chcę żyć wiecznie! Wieczność to straszna nuda!

– Nie słuchaj starego! – macha ręką na Devendrę babcia, jego żona. – Łże i kokietuje! Kto by nie chciał żyć!?

Annelie przygląda się swojej ręce: są na niej skaleczenia od moich zębów. Wstaję i podchodzę do Devendry.

– Sio stąd! – Wypędza sprytnego chłopaczka ze zwichniętym nosem z zajmowanego krzesła.

Krnąbrny chłopak tylko prycha, ale staruszek dobrodusznie klepie go w tył głowy i ten żywo zlatuje ze swojego miejsca.

– Siadaj.

Zwolnione krzesło jest z brudnobiałego kompozytu; sam Devendra ma inne – stare, żelazne, przy czym bez żadnej wartości – przerdzewiałe na wylot, zdezelowane i koślawe, ale stary Hindus siedzi na nim tak, jakby było tronem. Lśni od wilgoci – widocznie Devendra oblał je, kiedy nalewał sobie wody – i zalatuje od niego dziwnym zapachem, który skądś znam. Rdza, przypominam sobie. Tak pachnie rdza.

– Drzesz koty ze swoją przyjaciółką – śmieje się staruszek dziurawymi płucami. – Cóż, życie. Miło wiedzieć, że tam, za szklanym murem, wy też jesteście ludźmi, tak jak i my. Napijesz się ze mną?

Pod ręką ma małą buteleczkę o wymyślnym kształcie. Nie czekając na moją odpowiedź, Devendra sączy z niej do pustej szklanki jakiś mętny trunek, podsuwa mi, potem nalewa sobie.

– A ty co, stary? Co ci doktor mówi!? – jęczy jego wielkonosa żona.

– Tego nie wolno, tamtego nie wolno... Po co w takim razie żyć? A ci jeszcze chcą, żebym tak stękał po wieczne czasy! – Kiwa głową na Raja, stuka się ze mną i jednym ruchem opróżnia pół szklanki swojej mikstury. – Twoje zdrowie!

Woń jest straszna. Ale staruszek, otarłszy wiśniowe usta, patrzy na mnie z taką drwiną, że nabieram powietrza i wlewam w siebie to świństwo, parząc sobie rozwalone wargi.

Jakbym napił się wrzątku; czuję, jak trucizna ścieka mi przez przełyk, jak na jej drodze ścina się białko i umierają komórki nabłonka.

– Siedemdziesiąt procent! – oznajmia z dumą staruszek. – *Eau de vie*, woda życia!

– Bimber! – woła Raj. – Wodę życia mają burżuje w Europie!

– I niech sami ją chleją! – krzyczy mu w odpowiedzi Devendra. – Chodź no tu, wnusiu!

Raj podkrada się do nas; przy czym w ogóle na mnie nie patrzy.

– Wypij no! – Staruszek nalewa mu pół szklanki. – Popatrz, na czym siedzę.

– Na żelaznym krześle, dziadku – mówi ze znudzoną miną Raj, jakby słyszał już to wszystko sto razy; szklankę trzyma w lewej dłoni.

– Właśnie. A wiesz – Devendra odwraca się do mnie – dlaczego siedzę na tym krześle? Jest koślawe, zgrzyta jak moja żona zębami, rdza przeżarła je na wylot, sypie się, a ja na nim siedzę.

Wzruszam ramionami; woda życia miesza się z moimi płynami ustrojowymi, paruje i tymi upajającymi oparami napełnia się moja głowa.

Annelie jest z Sonią, ta głaszcze ją po rękach, Annelie kiwa jej głową; jestem pewien, że czuje na sobie mój wzrok, ale nie chce go napotkać.

– Nie lubię kompozytu! – wyjaśnia staruszek. – Kompozyt nie rdzewieje. Minie sto tysięcy lat, a wasze krzesła wciąż będą takie same. Imperia upadną, ludzkość wyginie, ale pośrodku pustyni będzie stać takie zasrane krzesło! – W szczególny, hinduski sposób kręci głową – jego podbródek rusza się w prawo i w lewo, a czubek głowy pozostaje nieruchomy. – Napijmy się jeszcze.

– Przestań! – skrzypi staruszka o haczykowatym nosie.

Devendra śle żonie buziaka. Nalewa mnie i Rajowi, swoją szklankę wypełnia jako ostatnią.

– To krzesła dla bogów, a nie dla człowieka – rozprawia. – Wasze zdrowie!

Raj pije, trzymając szklankę lewą ręką, ale obserwuje dziadka z niepokojem. A mnie jest już wszystko jedno.

– A my nie jesteśmy bogami, chłopcze! – Staruszek stęka z zadowoleniem i mruży oczy. – Jakąkolwiek chemię byśmy sobie wsadzali w kiszki, to i tak wszystko szachrajstwo. Wieczne plastikowe krzesła – to nie na nasze tyłki. My potrzebujemy krzeseł, które będą nam o tym i owym przypominać... Zardzewiałe żelazo – to jest dobry materiał!

– Tak czy inaczej zdobędziemy dla ciebie ich wodę, dziadku! – upiera się Raj. – Rozcieńczę nią to twoje świństwo, odmłodniejesz o dziesięć lat i będziesz mógł sobie gadać ile wlezie o tym, jak to dobrze umierać.

– Ty koniecznie chcesz żyć wiecznie! – śmieje się Devendra. – Jesteś młody, a ciągle ci mało!

– A chcę! Dlaczego tylko burżujom wolno? To niesprawiedliwe! Popatrz na niego! – Raj szturcha mnie w bok; ale bez złości. – Może jest od ciebie dwa razy starszy, a ty ciągle nazywasz go chłopcem!

– Niby on? Co, ja nie odróżnię chłopca od starca? Nie, wnusiu, człowiek nie starzeje się na zewnątrz, ale w środku! A ja przejrzałem tego dzieciaka na wylot! – Devendra mierzwi mi włosy.

Normalnie od czegoś takiego włosy na karku stanęłyby mi dęba, ale indyjska woda ognista wyparzyła mi mózg i zagotowała krew. Nie potrafię się gniewać.

– Załóżmy się! – krzyczy z zapałem Raj. – Ile masz lat, przyjacielu?

– Nie jestem małym chłopcem – mówię.

– Ile? Dwadzieścia trzy? Dwadzieścia sześć? – zgaduje staruszek.

– Dwadzieścia dziewięć.

– Dwadzieścia dziewięć! Dzieciak! – śmieje się Devendra.

– Przyjacielu! A ty naprawdę jesteś stamtąd? Z wielkiej Europy? – pyta mnie ktoś. Student w okularkach przeniósł bliżej nas krzesło dla swojej ciężarnej żony.

Ta siedzi, wachluje się rzęsami wielkości motylich skrzydeł, zalotna, jakby nie miała przed sobą tego wielkiego brzucha.

– Naprawdę – mówię niepewnie.

– To fantastycznie! – zaciera ręce student. – Słuchaj, jest sprawa! Potrzebuję tam u was partnera!

– Żeby wozić narkotyki przez granicę? – żartuję.

– Nie, od dragów jest u nas Raj! On robi gwiezdny pył. Ja kręcę filmy. On robi w biznesie, ja w sztuce.

– Tak w ogóle, to chcę się przerzucić na przemyt wody! – tłumaczy się nie wiedzieć czemu Raj. – Ale tam cały interes trzymają Arabowie, a oni stoją za Pakami murem, nie wpuszczą nas... Nawet kupić nie dają.

– Nie przerywaj, bracie! – Student szturcha go w ramię. – Krótko mówiąc. W tej waszej Europie facetom w ogóle nie staje, tak? No, w sensie li-bi-do?

– A to dlaczego? – pytam urażony.

– Pewnie od dobrego życia! Wszystko, co tu kręcimy, wszyściutko idzie do was! Krótko mówiąc, perspektywy są fantastyczne! Poznajmy się!

Sięga do wewnętrznej kieszeni klubowej marynarki – na nogach ma spodnie dresowe – i wyciąga z niej wizytówkę. Fizyczną, wydrukowaną na papierze – i wręcza mi ją z dumą. Papier jest cienki, byle jaki, ale litery są pozłacane. „Hemu Tirak" – brzmi napis. „Król porno". Z szacunkiem chowam wizytówkę do kieszeni na piersi.

– Dziadku, mnie też nalej! – prosi Hemu, król porno w okularach prymusa.

– Twoja żona nie ma nic przeciwko? – podpuszcza Devendra. – Bo moja chyba się zadręczy, jeszcze zanim zaszumi mi w głowie!

– A to dlatego, że z całej trzustki została ci ćwiartka, a ty i to chcesz przechlać! – nie wytrzymuje staruszka.

– Ciii! – Devendra ściąga swoje krzaczaste brwi. – Po to jestem głową rodziny!

– U mnie z tym na przykład wszystko w porządku – obstaję przy swoim; w głowie szumi mi ciepłe morze.

– Proszę, kolejny dowód, że to dzieciak! – wtrąca się w naszą rozmowę stary Devendra.

– No, brawo, co tu więcej mówić? – Okularnik klepie mnie po plecach. – Tak trzymać! Ale... Ale z jakiegoś powodu ludzie u was chcą patrzeć na naszych. Może dlatego, że wiedzą: u nas, jeśli laska wygląda na siedemnaście lat, to tyle właśnie ma. A może dlatego, że u nas to się robi z ogniem, jakby to był ostatni raz...

Annelie odwróciła się do mnie tyłem, zgarbiona, zajęta czymś innym. Mam ochotę do niej podejść. Pogłaskać po plecach. Wziąć za rękę. Za co tak na nią nakrzyczałem?

– Nasz wujek Ganesha miał nowotwór – mówi Raj. – Rak trzustki.

– To mój brat – wyjaśnia Devendra. – Dobry był z niego człowiek. Wszyscy mamy coś nie w porządku z kiszkami.

– Dwa lata umierał – ciągnie Raj. – Miał siedemdziesiąt lat. Lekarze dali mu dwa miesiące, a on pociągnął dwa lata. I co noc chciał, żeby żona z nim spała. Ciocia Aayushi. Nawiasem mówiąc, jego rówieśnica. Spała, rozumiesz? Takiej siły to był człowiek. Ciocia mówiła, że za każdym razem się bała: jeszcze wyciągnie kopyta wprost na mnie? Ale nie mogła odmówić.

– Nie mogła? Nie chciała! – grzmi Devendra. – Taki to był mężczyzna! – pokazuje mi kciuk uniesiony do góry.

– No i brałbyś z niego przykład! – tyka dziadka gruzłowatym palcem w nos jego siwa żona.

– No i biorę! – Staruszek opróżnia kolejną szklankę.

– Ogólnie rzecz biorąc, mamy to we krwi. – Okularnik Hemu podaje mu filiżankę herbaty. – Mówię o namiętności.

– Nic dziwnego z taką ślicznotką! – Devendra szturcha staruszkę łokciem w bok, kiwa na ciężarną blondynkę. – Chociaż ty też byłaś niczego sobie...

– Ja bym tej ich wody nie odmówiła! – kiwa głową staruszka.

– Dla ciebie też zdobędziemy, babciu Chahno! – zapewnia ją Raj.

– Hemu, chcę wypić za to, żeby twoja Bimbi urodziła ci zdrowego brzdąca! – uśmiecha się Devendra.

– Ja też za to wypiję! – Raj podstawia szklankę. – Za twojego syna, bracie! I za ciebie, Bimbi! Potrzebujemy dzieciaków. Nasza rodzina, nasz naród...

Wszyscy piją za wypacykowaną Bimbi; ta chichocze ostrożnie, żeby przypadkiem nie wywołać porodu.

– Pójdę się przewietrzyć! – Devendra wstaje ze swojego zmurszałego krzesła. – Ej, stara, wyjdziesz ze mną na zewnątrz?

– A więc tak, przyjacielu... Wracając do naszego biznesu... – pociąga mnie za rękaw Hemu. – Wszyscy mówią, że tam u was już pogłupieli od wirtualnych partnerów i symulacji... Ale... Mam elegancki pomysł. Werbujemy tu brygadę młodych panienek, sadzamy je przed kamerami... Kumasz?

– Zaczekaj! Zaraz...

Uwalniam się od niego, wstaję na miękkich nogach, wlokę się w stronę Annelie. Muszę jej wyjaśnić, dlaczego to powiedziałem. Przed oczami mam ją obnażoną, oszalałą, na miękkiej, soczystej trawie... I potem w tym przeklętym gabinecie, kiedy jej powiedzieli...

– Posłuchaj... – Dotykam jej ramienia. – Posłuchaj! Wybacz mi, ja...

Wzdryga się, jakbym ją ukłuł. Wyprostowuje się. W rękach ma czyjś komunikator.

– Wzięłam od Soni. Skontaktowałam się z nim. Z Wolfem.

– Co?

– Nie odbiera. Wywoływałam go pięć razy, ale on nie odbiera. Napisałam do niego, podałam adres.

– Po co!?

– Niech wie, gdzie jestem. Niech mnie stąd zabierze. Nieśmiertelni nas tu nie dosięgną.

– Ale jeśli...

– Nie chcę już więcej czekać – mówi Annelie. – Potrzebuję, żeby mnie zabrał. Rozumiesz?

– Rozumiem.

– Przepraszam, że cię uderzyłam. Cały czas leci ci krew.

Ocieram usta. Ręce robią mi się czerwone.

– Nie bój się – uśmiecham się do niej. – Zdezynfekowałem.

Smak bimbru przechodzi, pozostaje smak krwi. Przełykam gęstą ślinę. Wydycham przez nos.

Moja krew pachnie zardzewiałym żelazem.

Rozdział 16

PRZEOBRAŻENIE

Siedzimy na balkonie, ja i Annelie.

Pod nami Las Ramblas, wypełnione ludźmi bulwary starej Barcelony. Na dnie świata drży milion światełek, upodabniając ludzi do migoczącego planktonu. Słońce tu nie dociera. Brudny sufit hangaru ucina stare domy na wysokości piątego piętra, latarnie uliczne nie działają, więc każdy oświetla sobie drogę sam – komunikatorem, kieszonkową diodą, czym popadnie.

– Piękne. Jakby każdemu było widać duszę – szepcze stłumionym głosem Annelie i wyciąga do mnie skręta. – Chcesz?

– Ludzie nie mają duszy! – Zaciągam się jej jointem, kaszlę.

– Nie mów za wszystkich.

W dole w ogromnych kotłach gotuje się mięso, na grillach dymią orzechy i jakieś bulwy, stoją tam niekończące się kolejki, słychać śmiech i rozmowy, czuć woń spalenizny i złożony aromat jedzenia ze wszystkich stron świata. A my siedzimy i czekamy, aż po Annelie przygalopuje jej rycerz na białym koniu, posadzi ją przed sobą, obejmie czule i władczo i pomknie z nią w dal. To oczekiwanie jest męczące; żeby zabić czas, korzystamy z czarodziejskiej trawy Raja.

– Jedyna rzecz, którą faktycznie warto modyfikować genetycznie – chwali ją Annelie, wypuszczając kłąb dymu.

Czeka na swojego pieprzonego wybawcę, a ja odwlekam moment, kiedy będę musiał zostawić ją na zawsze. Nawet zacząłem już zapominać, że trzymam Annelie na krótkiej smyczy, i wierzyć, że po prostu jesteśmy razem. Jej pamięć jest jednak znacznie lepsza od mojej.

– Eugène?

Wątpię, żeby Rocamora przyszedł po Annelie sam; z pewnością będzie podejrzewał pułapkę i pojawi się z ochroną. Kolesie z pozszywanymi twarzami zedrą ze mnie moją maseczkę poczciwiny razem ze skórą i wydadzą mnie na pożarcie tłumowi. Tak więc powinienem teraz wstać, wyjść za potrzebą i zniknąć z życia Annelie. Tymczasem wciąż tkwię z nią na balkonie i palę cudzą trawę. Nie mogę wstać. Chcę napatrzeć się na Annelie na zapas, na przyszłość.

– Eugène!

Woła mnie. To moje imię. Sam je sobie wymyśliłem, więc muszę odpowiedzieć.

– Przepraszam... Tak?...

– A ty – jak uciekłeś? – pyta Annelie. – Jak uciekłeś z internatu?

– Przez okno. Było tam okno, zabrałem lekarzowi broń i rozwaliłem je.

Eugène uciekł z internatu i został aktywistą Partii Życia. Jego los ma wiele wspólnego z losem Annelie. Mogliby zostać przyjaciółmi, a nawet...

Czas już, żebym znikał, tymczasem nadal okłamuję Annelie.

Niczego u niej nie zyskam, jestem jej potrzebny tylko po to, żeby wspólnie spędzić czas, żeby ją chronić, zanim przyjdzie po nią jej prawdziwy mężczyzna i drapiąc się po klejnotach, od niechcenia zgłosi do niej swoje uzasadnione pretensje. Wciąż ją okłamuję, bo prawda zakończyłaby wszystko tu i teraz.

Kto wymyślił, że mówić prawdę jest łatwo?

To dopiero kłamstwo.

Z łganiem jest taki problem, że trzeba mieć do tego dobrą pamięć. Kłamać to jak budować domek z kart: każdą kolejną kartę należy dokładać ostrożniej; ani na chwilę nie wolno spuścić z oczu tej chwiejnej konstrukcji, na której zamierzasz się oprzeć. Nie uwzględnisz jakiegoś szczególiku z wcześniej nagromadzonego fałszu – i wszystko runie. Kłamstwo ma też inną szczególną cechę: nigdy się nie kończy na jednej karcie.

Prawda nie pozwoliłaby nam być razem ani przez sekundę.

Za cenę kłamstwa kupiłem jej życie, a sobie romantyczną przejażdżkę.

Jaki ma sens bycie Janem? Jan nie może spotykać się z kobietą więcej niż raz. Jan ślubował bezżenność i za złamanie tego ślubowania czeka go trybunał. Jan dowodził oddziałem gwałcicieli. Jan rozłączył Annelie z jej ukochanym.

Moje prawdziwe imię jest krótsze; byłoby wygodne, gdyby Annelie miała wypowiadać je po sto razy na dzień przez wieczność – gdybym tylko mógł z nią być. W jednorazowej miłości dobrze jest używać jednorazowych imion i prezerwatyw. Tak jest bardziej higienicznie.

Z drugiej strony Rocamorze doskonale wychodziło życie z nią i codzienne jej okłamywanie; to dopiero talent. Zresztą tak naprawdę z Annelie żył nie on sam, ale któraś z jego konspiracyjnych legend. I to wszystko ją urządzało...

– A ty? Jak uciekłaś?

Annelie głęboko się zaciąga. Przekazuje mi skręta. Zamiast odpowiedzi:

– Od razu zacząłeś ich szukać?

– Kogo?... – Nie rozumiem.

– Swoich rodziców. Wiesz przecież, że umarli. Czyli ich szukałeś.

Nabieram pełną pierś dymu; zwykłe powietrze nie wydobędzie z moich strun głosowych odpowiednich słów. Dym jest lżejszy od powietrza. Dym unosi mnie nad ziemią.

– Ojca nie było. Tylko matka. Była ze mną, kiedy przyszli Nieśmiertelni. Wstrzyknęli jej akcelerator.

– Widziałeś to na własne oczy?

Czy to widziałem? Jestem pewien, że tak było, dlatego że sam tysiąc razy robiłem to innym kobietom i ich dzieciom. Eugène tego nie wie, ale nie mogę być nim przez cały czas.

– Nie.

– A ja nie chciałam jej szukać... – mówi Annelie – ...mojej mamy. Po co? Chyba tylko po to, żeby splunąć jej w twarz. Ja akurat dobrze wiedziałam, że u niej wszystko w porządku. Tata powiedział, żeby to jemu zrobili zastrzyk. Doskonale wszystko pamiętam. Byłam u mamy na rękach, zasłonił nas sobą, podwinął rękaw. Kiedy zrobili mu zastrzyk, plunął im pod nogi. Tata był bardzo spokojny. Nie wiedział, że i tak mnie odbiorą. A matka przez cały ten czas wrzeszczała, jakby ją ćwiartowali, chociaż akurat jej nikt nie dotykał. Wrzeszczała mi prosto do ucha.

– No widzisz, a moja nawet nie wiedziała, kto mnie zmajstrował, więc nie było na kogo zwalić winy. Tak więc zastrzyk zrobili jej, nie było innej możliwości.

Nie potrafię być Eugène'em przez cały czas.

– Nie próbowałeś sprawdzać w bazie DNA?

Kręcę głową.

Nawet po wyjściu z internatu nie wolno nam szukać swoich rodziców – zabrania tego kodeks Nieśmiertelnych. Ale nawet gdyby nie było to ścigane, i tak nie zajrzałbym do bazy.

– Zwisa mi, kto się spuszczał w moją mamusię.

– A ja cały czas czekałam, aż się połączy, wiesz? No, aż się połączy. Z internatem.

– Wiem. I... nie połączył się?

– Połączył. Kiedy miałam czternaście lat. Zupełnie już posiwiał, siedział na wózku inwalidzkim. Powiedziałam mu, że go kocham i że na pewno się jeszcze zobaczymy, że do niego wrócę i go wyleczę, i że zamieszkamy razem, jak na rodzinę przystało. Zdążyłam to wszystko wyrzucić z siebie w dziesięć sekund, potem mnie wyłączyli.

– Ty... nie przeszłaś próby?

– No i co tak wytrzeszczasz oczy? Miałam gdzieś te ich próby!

– Musieli cię przecież...

– Niczego nie wyjaśniałam. Uciekłam. Kiedy zobaczyłam ojca, zrozumiałam, że nie dam rady tam siedzieć i czekać na jego śmierć. Że te dziesięć sekund razem to dla mnie za mało. Długo się do tego przygotowywałam... Zdecydowałam się dopiero po tej rozmowie. Kiedy nie miałam już nic do stracenia.

Spogląda na mnie z uśmiechem, wysysa resztki z niedopałka, parzy sobie palce – krzywi się, ale ciągnie dalej.

– A jak się stamtąd urwałaś? – chcę wycisnąć z niej prawdę.

– Udało mi się. – Tyle. Koniec. Na próżno czekam na ciąg dalszy.

– Ale... i co było z ojcem? Zdążyłaś się z nim spotkać? – Z jakiegoś powodu trudno mi ją o to pytać.

– Nie. Za to mama była w świetnej formie.

– Jak ją znalazłaś? Rozmawiałaś z nią?

– Błyskawicznie. Oddałam krew, żeby uzyskać markery genetyczne, potem wyszukałam ją w bazie.

Annelie w końcu odkłada niedopałek; rozciera popiół.

– Ojciec miał zawał. Po naszej rozmowie. Tak więc niepotrzebnie się śpieszyłam.

Kiwam głową; wyobrażam sobie siebie na jej miejscu.

– A matka?

– Wszystko u niej w porządku, dziękuję. Wygląda teraz tak samo jak w dniu, w którym mnie od niej zabrali. Nie postarzała się ani o minutę. Wygląda na młodszą ode mnie.

– Znalazłaś ją... – mówię do siebie. – Jak... jak wtedy było? Zdziwiła się?

Annelie spluwa z balkonu ludziom na głowy. Ktoś na dole łapie się za łysinę, przeklina hinduską łobuziarę.

Annelie się śmieje.

– Powiedziała, że stało się to dla niej momentem zwrotnym. Tak właśnie powiedziała: momentem zwrotnym. Że niby po tym, jak mnie straciła, postanowiła poświęcić swoje życie pomocy innym ludziom w staraniach o dzieci. Że w ten sposób walczy z nieludzkim systemem, który odebrał jej dziecko i męża. Że pracuje bezpłatnie i że w tym roku dzięki jej staraniom pięćset kobiet mogło zajść w ciążę i urodzić. Że cieszy się, że mnie widzi, ale nie jest pewna, czy dobrze zrobiłam, uciekając z internatu.

Ja też chcę opowiedzieć ci o wielu rzeczach, Annelie. O tym, jak obłudną suką i nabożną zdzirą była moja matka. Jakim pozbawionym mózgu i serca lubieżnikiem był mój ojciec. Jak wepchnęli mnie do internatu; jak nigdy nie próbowali mnie znaleźć. Dlaczego mam ich szukać!? Czyżby mnie miało to być bardziej potrzebne niż im!? Chcę ci o tym opowiedzieć, Annelie, dlatego że zmęczyło mnie już wypłakiwanie się prostytutkom.

Na samym końcu bulwaru, w gąszczu elektronicznych świetlików, przenicowanych dusz, rozbłyskują pomarańczowe pochodnie, podnoszą się nad tłumem – jedna, dwie, dziesięć.

– Tam idzie chyba jakiś pochód...

– Pięćset kobiet rocznie. Półtora dziecka dziennie, jak mówi. Oto dobra specjalistka – odpowiada Annelie. – Moja mama. Masz rację. Trzeba było od razu do niej iść.

– Słuchaj... Przecież nie wiedziałem...

– A z ojcem się rozwiodła. Jakieś pięć lat po zastrzyku. Powiedział jej, że nie chce być dla niej ciężarem. Nie sprzeciwiała się. To był jego wybór, tak mi wyjaśniła. Jest przecież dorosły!

– Ile tam ludzi... Jakieś chorągwie... Pewnie jakaś parada? – relacjonuję tępo; cóż mi jeszcze pozostało?

– A ja jej mówię: to ty powinnaś była zdechnąć, mamo. Ty, a nie tata. Wszystkie te obce dzieci w obcych babach, całe to twoje śmiałe badanie czyichś wagin – to wszystko nie ma ze mną żadnego związku. I z tatą też. Możesz się w tym grzebać dalej, mamo, ale lepiej by się stało, żebyś wtedy to ty podwinęła rękaw – ty, a nie tata. A ja przyszłabym dziś do niego, a nie do ciebie.

Annelie wypowiada to wszystko z łatwością, jakby mówiła to po raz tysięczny, jakby te ostre, kanciaste słowa w ogóle nie drapały jej w gardło. Ja zaś czuję ból w środku: zazdroszczę jej, też muszę to z siebie wyrzucić, muszę oderwać strup i wycisnąć ropę. Ciasno mi w Eugènie, chcę pobyć z Annelie, będąc sobą – chociażby na sam koniec. Tyle że te słowa jakoś nie chcą przejść przez moje gardło.

– Ja... Tak naprawdę ja wcale nie... Ja nie...

– Dobra. Wybacz, że to na ciebie zrzuciłam. – Wstaje. – Pójdę do Soni, sprawdzę, może Wolf odpisał.

Tak więc mogę zostawić osobiste wyznania samemu sobie.

Przeciska się obok wystawionej na balkon szafy na ubrania, dotykając mnie lekko udami, przez co moje serce przez chwilę zaczyna bić szybciej, i znika wewnątrz domu. Orszak z pochodniami zbliża się; nad głowami ludzi powiewają zielone sztandary. Zapewne jakieś miejscowe święto.

Myślę o Annelie. O tym, że nie przeszła próby. O tym, jak jej się udało po tym wyrwać z internatu. O tym, że odszukała swoją matkę. Jak się w ogóle na to zdecydowała. Jak znalazła słowa. Jak znalazła sposób, żeby zostać na wolności. Chcę zrozumieć, dlaczego stała się wszystkim tym, czym ja się nie stałem.

Mogę udawać Eugène'a, ile tylko dusza zapragnie, a ona nie będzie się ze mną spierać: tęskni do swojego Wolfa, i tyle. Zwodzi mnie i kontaktuje się z nim przy pierwszej nadarzającej się okazji. Nie zastępuję Rocamory, nie jestem dla niego rywalem – Annelie widzi, że obcuje z podróbką, czuje, że jestem pusty w środku.

Za to gdybym był Dziewięćset Szóstym... Wszystko byłoby inaczej. Uwierzyłaby we mnie i zapomniała o Rocamorze. Basile na pewno przypadłby jej do gustu. Być może Annelie nawet by go pokochała.

W końcu Basile'a kochała jakaś kobieta, a on kochał ją. I musiał za to zapłacić.

– Śmierć! Śmierć! Śmierć! – rozlega się w dole czyjś nosowy głos wzmocniony przez megafon.

– Śmierć! Śmierć! Śmierć! – odpowiada tłum. Setka płonących pochodni jest wprost pode mną.

– Śmierć Hindi! – wrzeszczy megafon.

– ŚMIERĆ HINDI! – ryczy tłum.

W końcu do mnie dociera.

–Hej! – Wpadam do środka, wołam gospodarzy. – Tam przyszły te diabły... Paki! Chmara ludzi, z pochodniami!

Raj, z niklowanym gangsterskim gnatem w lewej ręce, ostrożnie wygląda z balkonu. Łuna pochodni bije już w okna, od wycia tłumu drżą szyby.

– Wołaj naszych! Jest ich tam cała setka! Barykaduj wejście! – woła Raj do swoich ludzi. – Hemu, Falak, Tamal! Brać giwery i na balkony! Tapendra! Zabierz stąd staruszków! Gdzie dziadek?

– Wyszedł... – jęczy wątły długowłosy Tapendra. – Jest na zewnątrz...

– Hej! Parszywe psy! – chrypi pod domem megafon. – Potrzebny nam jest ten, który stuknął czterech naszych w Gamma-Kappa! Wygolony z brodą! Dawajcie go tutaj albo spalimy cały dom i poślemy wszystkich do diabła!

– ŚMIERĆ HINDI! ŚMIERĆ! ŚMIERĆ! ŚMIERĆ!

Przyszli po Raja. Tam, w korytarzu, w moim zamroczeniu, w starciu demonów nic się nie rozstrzygnęło i nic się nie skończyło. Wplątał się w to przeze mnie, przez Annelie, i teraz Paki chcą jego głowy.

– A ja? Co mam robić? – pytam Raja.

– Bierz swoją dziewczynę i uciekaj. Na strychu jest tylne wyjście...

– Nie – mówię.

– Nic tu po was. To sprawa między nami a Pakami, więc zmykaj! – I zapomina o mnie. – Dziadek na pewno jest na zewnątrz? Falak, wyjrzyj no...

Nic tu po mnie. Czarne mrówki gryzą się z czerwonymi. Ich owadzie wojny zaczęły się tysiąc lat temu i będą się ciągnąć kolejny tysiąc, nie ma po co się w nie mieszać. Gdyby Raj nie zastrzelił tych pawianów w korytarzu z powodu Annelie, to znalazłby pretekst, żeby zabić kolejnych czterech tydzień później. Możemy uciekać z czystym sumieniem.

Annelie trzyma za rękę małą Europę – Sonia zatrzaskuje okiennice, zamyka je na zasuwy. Nasze spojrzenia się spotykają.

– Raj ma rację. Musimy się stąd zabierać.

Europa wczepia się w jej rękę tak, że bieleją jej palce – ale nie płacze. Annelie gładzi ją po głowie.

– A kto to nam się trafił! Popatrz no! – słychać z ulicy.

– Mają go. Mają Devendrę! – Gruby wąsaty Falak wkłada naboje do magazynka karabinu.

– Annelie?...

– Rzućcie nam tego psa przez okno! Albo zaraz odpiłujemy dziadowi łeb! – ryczy przesterowany megafon.

– Dziadku! – Raj pokazuje się na balkonie. – Dziadku, nie pękaj! Zaraz cię...

Na zewnątrz huczy wystrzał, z sufitu sypie się tynk, Raj ledwie zdąża się pochylić.

– No to piłujcie, szakale! – ochryple krzyczy na dworze Devendra, zanosząc się od kaszlu. – Mój łeb nie jest nic warty! Tak czy owak wkrótce zdechnę! Nie boję się!

– ŚMIERĆ HINDI! ŚMIERĆ! ŚMIERĆ! ŚMIERĆ!

– Nie waż się go tknąć, słyszysz!? – Raj wygląda przez okno; natychmiast słychać kolejny wystrzał.

– Skoro ten przegniły łeb jest nic niewart, to potem i tak do was wejdziemy! – wrzeszczy ktoś piskliwym głosem w tłumie. – Już dawno trzeba było spalić to gniazdo os!

– W kuchni jest beczka z naftą – szepcze Hemu. – Jeśli będą szturmować... Wyniesiemy na balkon i wylejemy im na głowy... Mają pochodnie...

– Tam jest dziadek! Idioto! Musimy odbić dziadka! – krzyczy na niego Raj.

– Ale jak!?

– Poczekamy na naszych! Tamal, łączyłeś się z Tapendrą? Co powiedział?

– Mówi, że potrzebują jakichś dwudziestu minut, żeby wszystkich zebrać...

– Na kolana go! Ali, bierz piłę! – wrzeszczą na zewnątrz. – Oni nam nie wierzą!

– Nie! Nie! Idę! Już schodzę! – Raj odpycha Sonię, otwiera drzwi. – Puśćcie go, idę do was!

Tłumaczę sobie, że to wszystko walki mrówek. Nie twoja sprawa, co się stanie ze staruszkiem, z brodaczem, z ich brzuchatymi żonami, dziećmi i z latającymi z gołymi tyłkami wnukami. Jesteś tu obcy, jesteś tu przypadkiem. W ogóle nie powinieneś był się znaleźć w Barcelonie. Uciekaj i zabierz ją ze sobą. Uciekaj.

Jakaś furiatka z szarymi rozpuszczonymi włosami podstawia cudzemu niemowlęciu wyjałowioną pierś, żeby nie płakało. Pięcioletni chłopczyk z krzywym nosem macha pięściami, obiecując, że spuści słuszne manto tym Pakom, ojciec zasłania mu usta.

– Nie możemy uciec – mówi do mnie Annelie.

– Nie waż się do nich wychodzić, idioto! – wrzeszczy Devendra. – Nie otwierajcie im! Oni was powieszą! Wszystkich! Nie otwierajcie!

Ale Raj już rzuca się w dół po schodach.

– Szakale! – chrypi wściekle na dworze staruszek. – Wszyscy będziecie się smażyć w piekle! Wszyscy! Nadejdzie dzień! Tyle razy burzyliście świątynię Somnath, a ona wciąż stoi! W moim sercu! W naszych sercach! I będzie stać zawsze! Póki żyją moje dzieci! Moje wnuki!

– ŚMIERĆ! ŚMIERĆ! ŚMIERĆ! ŚMIERĆ! – skanduje tłum.

– Parszywy kundel! Rozwal go! Rozwal tego parchatego psa! – wyje ktoś histerycznie.

Po co on to robi? Po co? Przecież go zabiją, przecież zaraz go zabiją, po co on ich rozwściecza? Pompa tłoczy mi w moją cudowną nową kompozytową głowę rdzawą krew, ale odpływy są zapchane i ta nie spływa w dół. Czuję, że w mojej czaszce nie ma już miejsca, jest przepełniona, pęka od środka. Rdza zaraz chluśnie mi z oczu, z uszu...

– Wrócimy tam i znów ją odbudujemy! A wy wszyscy pozdychacie na obczyźnie! Nie jesteście narodem, jesteście wyrzutkami, szczurami, zwierzętami! Wrócimy do wielkich Indii, a waszego przeklętego kraju już nigdy nie będzie!

– Dziadku! Nie rób tego, dziadku! – woła do niego Hemu, ale na próżno.

Kule szatkują sufit, dziurawią zamknięte okiennice, brzęczy rozbite szkło. Wyczuwając nadchodzące nieszczęście, zaczynają się drzeć niemowlęta.

– Nie możemy. – Biorę Annelie za rękę. – Nie możemy.

– Popiół tam jest! Sadza! Nie zostały tam nawet kości waszych ojców! Nie ma już Pakistanu! Nigdy nie powinno go być i nigdy go już nie będzie! A wielki Somnath będzie stać tam, gdzie zawsze stał! Zawsze! – zrywa struny głosowe Devendra.

– Zabij go! Na co czekasz!? Daj, ja to zrobię! Piłuj! Zabij tego śmiecia! – ryczy sto gardeł.

Jak we śnie wyczołguję się na balkon. Rzucili staruszka na kolana, trzymają go we trzech, przyciskają mu głowę do ziemi, już odsunęli jego siwe włosy z żółtego, pomarszczonego karku, jeden z nich, owinięty pod oczy czarną chustą, wyraźnie pali się do rżnięcia Devendrze szyi ręczną piłą.

– Jeśli zaraz nie... – wrzeszczy do megafonu jakiś turban.

– Wszyscy będziecie się smażyć! Wszyscy!!! – strasznym głosem, ochrypłym i pełnym szaleństwa, wieszczy Devendra, próbując podnieść przygniecioną do ziemi głowę.

– ŚMIEEEERĆ IIIIM! ŚMIEEEEERĆ!!!

– Nie trzeba! Już otwieram! – dobiega z dna klatki schodowej.

– Psy! Psy! Śmierć psom!!! – skowyczy kat w chuście, łapie pełną garść suchych włosów i szarpie piłką, zatapiając od razu ostrze w suchej starczej szyi.

Odwracam się, pełznę z powrotem.

– Somnath! Somnaaaa... – rzęzi staruszek, kaszle, bulgocze. – Aaaa...

– Somnaaath! – wołają dzieci, kobiety, staruszki w naszym mieszkaniu.

– Somnaaaaath! – odpowiadają sąsiedzi.

– Zabili go! Zabili! Nie otwierajcie drzwi! Nie otwierajcie drzwi! Zabili go! – Moje słowa rozbiegają się po domu.

– O! Łapcie!

Coś okrągłego i ciężkiego leci w górę, koziołkując; celują w balkon, ale nie trafiają i siwobroda głowa spada z powrotem w tłum.

– Dziadku! Dziadku! – szlocha gruby Falak. – Ścierwa! Skurwysyny!

– Wyważyć drzwi! – nakazuje megafon.

– Mamo, chce mi się siku... – słyszę nagle czyjś cienki głosik tuż obok.

– Wytrzymaj... – szepcze kobieta.

– Nie mogę... – skarży się szeptem dziecko.

Zdzierają arkusze kompozytu z zabitych okien na parterze. Ile czasu nam zostało?

– Ej... – Blady Hemu łapie mnie za kołnierz. – Beczka... Chodźmy... Sam jej nie doniosę...

Ten staruszek.

Ich ryż. Ich bimber. Ich trawa.

Przyjęli mnie razem z moim plecakiem, nawet nie zapytali, co w nim mam.

Zardzewiałe krzesło.

Ile masz lat, chłopcze?

Annelie gładząca po głowie błękitnooką Europę. Wszystko razem.

W czerwonej mgle przy akompaniamencie bębnów idę za nim do kuchni; stoi tam beczka – plastikowa, biała, do połowy pełna. Ma ze sto litrów. Hemu łapie za uchwyt z jednej strony, ja z drugiej, niesiemy ją do pokoju, po drodze przyłącza się do nas długowłosy Tamal, podtrzymuje ją za dno. Z dołu słychać dudnienie butów o zabarykadowane drzwi wejściowe, których Raj nie zdążył w końcu otworzyć.

Rozsuwamy na boki okiennice balkonu, wyłamujemy oba skrzydła. W balkon walą kule. Cyk, cyk, cyk. Hemu zdejmuje z beczki pokrywę, spogląda na mnie.

– Jeśli trafią w beczkę, koniec z nami. Dlatego trzeba szybko.

– Szybko – kiwam głową.

– Raz... Dwa...

Na „trzy" wypadamy na balkon; na dole jest ich już nie setka, ale co najmniej dwustu. Dziesiątki kul ognia nad czarnymi głowami. Otwory luf. Iskry wystrzałów. Huk, krzyki. Tamal siada na podłodze, puszcza beczkę, cały jej ciężar opada na mnie i Hemu. Z tyłu podbiega ktoś inny, łapie od dołu...

– Bierzemy! Iiii rrraaaz!

I przejrzystotęczowy płyn chlusta w dół.

– Wyrzuć beczkę! Rzucaj!

Sto rozdziawionych ust.

– UCIEEEKAĆ!!!

Za późno.

Leje się na nich nafta, diabelska woda, klątwa Devendry. Zrasza tłum. Moczy im włosy. Zalewa oczy. Dotyka płomieni pochodni, które przynieśli ze sobą, żeby spalić nasze domy. I tam, gdzie panowała ciemność, pojawia się światło.

Chmura na ziemi jest pomarańczowo-czarna. Słychać taki krzyk, że pęka od niego ziemia. Czarny dym. Huk grzmotu. Z niskim rykiem rozlewa się jezioro ognia i toną w nim ci, którzy przyszli do nas, żeby nas zabić, naszych starców i nasze dzieci. Płoną żywcem, zamieniają się w smołę.

W tym wiecznie ciemnym podziemiu, na zamurowanych bulwarach Ramblas, po raz pierwszy od dwustu lat robi się jasno jak w dzień. Jak w czyśćcu.

Strasznie i pięknie.

Słusznie.

Tak, Devendro. Teraz nie jesteś sam.

Potem całe bulwary, cały hangar, każdy jego metr sześcienny wypełnia wizg i ryk, dźwięk jednocześnie skrajnie wysoki i skrajnie niski, przeszywający i nieludzki. Widok z balkonu: czarne straszydła owinięte płomieniami miotają się, łapią za płonące włosy, skrzeczą, padają na ziemię, tarzają się, wiją i wciąż nie mogą się uspokoić.

– Cyrk! Cyrk!!!

Mój głos. Mój rechot. Oddycham sadzą, tłustym popiołem, ich krzykami.

Wymiotuję.

Odciągają mnie stamtąd, kładą na ziemi, gdzie dalej chrząkam, śmieję się i wymiotuję. Annelie pochyla się nade mną, głaszcze mnie po twarzy.

– Wszystko dobrze – mówi do mnie. – Wszystko dobrze. Wszystko dobrze. Wszystko dobrze.

Wsadzam do uszu swoje brudne palce, cisnę, ile mam sił. Zamknijcie się wy tam, na dole! Ale dziurki w uszach to nie tylko wejście, ale i wyjście... Wszystkie te głosy zamknąłem już wewnątrz swojej głowy...

Niosę ogień. Ludzie palą się tam, dokąd przychodzę.

To mnie wzywałeś, Devendro. Wzywałeś mnie i ja cię usłyszałem. Krzyczę, zrywam gardło, żeby ich zagłuszyć.

Mija jeszcze kilka minut, zanim na zewnątrz robi się cicho. Po chwili przestaje też huczeć echo w mojej czaszce.

Paki odciągnęli tych, których dało się uratować. Pozostali leżą, dogasając. Wszystko skończone. W okna biją gryzące smoliste kłęby dymu. Może masz rację, Annelie. Może tu, na dnie, ludzie naprawdę mają dusze. Ci tutaj chcą do nieba – ale tylko brudzą sufit.

Z wypełnionego klatkami pokoju dobiega przeciągły niski jęk. Odwracam się na brzuch, podciągam nogi i wstaję – trzeba walczyć! Ktoś jest ranny, ktoś jeszcze umiera!

Gdzie mój plecak? Gdzie mój paralizator? Albo dajcie mi pistolet, potrafię posługiwać się bronią...

– Gdzie są Paki? Gdzie!? – Szarpię Hemu, zaglądam w jego zaparowane szkła. – Kto jest ranny!?

– To moja żona! To Bimbi! – wyrywa mu się z piersi. – Ona rodzi!

Annelie mruga. Prostuje się i nieśmiałym kroczkami zaczyna iść w stronę krzyków, tak jakby to ją wzywano. A ja za Annelie, jak na uwięzi.

Bimbi wcisnęła się w najdalszy kąt, zaparła nogami, wygięła plecy w pałąk, jej srom przykrywa brudne prześcieradło naciągnięte na szeroko rozstawione kolana; jakaś kobieta, pewnie ciotka, zagląda jej tam, jakby bawiła się w namiot z dzieckiem.

– No dawaj! Dawaj, córeczko! – zachęca akuszerka mokrą ze strachu i wysiłku Bimbi; jej farbowane włosy posklejały się, makijaż spłynął z potem i łzami.

Annelie zatrzymuje się, pochyla się nad nią zauroczona.

– Wody! Przynieś wody! Wrzątku! – wrzeszczy na nią akuszerka. I Annelie idzie po wodę.

– Wyszła główka! – oznajmia kobieta. – Gdzie ta woda!?

– Wyszła główka! – klepie mnie po plecach Hemu. – Słuchaj, przyjacielu... Chyba zaraz się porzygam ze zdenerwowania... Skąd tyle krwi? – zauważa nagle. – Dlaczego tam jest tyle krwi!?

– Nie kłapałbyś dziobem, tylko przyniósł wodę! No! Dawaj, dziewczynko! Dawaj! – odgryza mu się akuszerka.

Bimbi krzyczy, babka znika w namiocie, Annelie niesie czajnik, furiatka z rozpuszczonymi siwymi włosami podaje czyste prześcieradła, Hemu nawija o krwi, za moimi plecami stoi Raj, cały w sadzy; w jego zgasłych oczach znów zapala się ognik – inny, żywy.

– O! Proszę, jaki piękny! – Akuszerka wyjmuje matce z łona kościstą, pomarszczoną lalkę w pokrowcu z krwi i przeźroczystego śluzu, klepie ją po czerwonej pupie i lalka zaczyna cienko piszczeć. – Jaki siłacz!

– Co to? Chłopiec? – pyta Hemu, nie wierząc.

– Chłopak! – pociąga krzywym nosem kobieta.

– Ja go... Chcę go nazwać... Niech będzie Devendra! – mówi Hemu. – Devendra!

– Niech będzie Devendra – zgadza się Raj.

Jego oczy lśnią tak, jakby same były pokryte płodowym śluzem; a może mały Devendra urodził się we łzach Raja i Hemu, we łzach swojego pradziadka?

– Potrzymaj... – Akuszerka podaje wijące się niemowlę Annelie. – Trzeba przeciąć pępowinę...

Annelie chwieje się, nie wie, jak wygodniej trzymać dziecko.

– Boję się! – kręci głową Hemu. – Upuszczę go! Albo głowa mu odpadnie!

I wtedy ja biorę dziecko. Potrafię je trzymać.

Wytęża swoją piszczałkę, ślepy kociak, cały umazany licho wie czym; jego głowa jest mniejsza od mojej pięści. Devendra.

– W sumie to on naprawdę jest podobny do dziadka – pochlipuje Hemu. – Podobny, co, Raj?

Potem mi je zabierają, myją, wręczają wycieńczonej matce, Hemu całuje Bimbi w czubek głowy, ostrożnie, po raz pierwszy dotyka syna...

A więc to tak się rozmnażają, mówię do siebie. Pod twoim nosem.

Nienawidzisz ich? Żałujesz, że nie możesz wyciągnąć z plecaka skanera, sprawdzić tu wszystkich tych ciotek, panienek, dzieciarni, brodatych bandytów? Że nie możesz porozdzielać im wszystkim śmierci ze strzykawki?

Z jakiegoś powodu zamiast nienawiści czuję zawiść. Zazdroszczę ci, mały Devendro: rodzice nie oddadzą cię do internatu. A jeśli przyjdą po ciebie Nieśmiertelni, ci brodaci mężczyźni będą ostrzeliwać się z okien i lać im na głowy gorącą naftę. To prawda, nie będziesz mógł żyć bez końca, mały Devendro, ale jeszcze nieprędko to zrozumiesz. I jeszcze coś: ten jeden dzisiejszy dzień był dla mnie dłuższy niż całe moje dorosłe życie. Tak więc może nie będzie ci potrzebna nasza nieśmiertelność, Devendro.

Obejmuję Annelie. Kuli się w moich objęciach – ale nie chce się wyswobodzić.

– Widziałeś, jaki on maluteńki? – wypuszcza powietrze. – Taki malutki...

Dopiero teraz nadciągnęły posiłki – spóźnione. Okrążają dom, wchodzą do mieszkania, składają kondolencje, gratulują. Kobiety nakrywają do stołu, surowi stryjkowie w turbanach wypełniają pokoje, palą na schodach, przytulają otępiałą niemą Chahnę, która jeszcze dwie godziny temu miała męża. Teraz jest tam, na dole, stopił się w jedno ze swoimi wrogami, bezpowrotnie.

– Popatrz no! Otworzył już oczka! Czy to możliwe, co, Djanaki? Jaki szybki!

Bimbi kołysze niemowlę, tuli je do pustej piersi: staruszki szepczą między sobą, nie ma jeszcze mleka. Mężczyźni nalewają do plastikowych kubków mętny trunek, ostrzejszy i gorętszy od bimbru, którym częstował mnie dobry staruszek.

Ze wszystkich prycz, ze wszystkich klatek wypełzają nastolatki, dzieciarnia, staruszkowie. Kwaśny zapach strachu rozprasza się, ulatnia; zastępuje go zjełczała woń zwycięstwa.

– Za Devendrę! Za waszego dziadka! – dudni basem człowiek ze zrośniętymi brwiami. – Wybaczcie, że nie zdążyliśmy.

– Zginął jak bohater, jak prawdziwy mężczyzna – mówi siwiejący tygrys pokreślony białymi szramami jak pasami. – Zginął za Somnath. Wypijmy za Devendrę.

– Ani myślał umierać! – wyje stara Chahna. – Kłamał, że chce. Kłamał! Mówiłam mu: cicho bądź, nie złość bogów! A on cały czas, żeby tak umrzeć...

Ale mężczyźni tygrysy jej nie słyszą.

– Tam jest nasza ziemia! Od wieków! Nasza, a nie tych śmierdzących Paków i nie skośnookich, którzy ją sobie zagarnęli! Nie ma tam żadnych Indochin i nigdy nie będzie! Za wielkie Indie! Powrócimy!

– Za Indie! Za Somnath! – grzmią głosy.

– Dlaczego on to zrobił, babciu!? – pyta Raj. – Mógłby wciąż żyć! Znaleźlibyśmy mu wodę, prawie się dogadałem...

– Dlaczego... – Babka Chahna patrzy na niego, kiwa głową w specyficzny sposób. – Dzieci nie powinny umierać wcześniej niż rodzice, Raj. Zabiliby cię... Naumyślnie ich sprowokował.

– Ja tak nie chcę! Nie chcę, żeby dziadek płacił za mnie własnym życiem! – Raj zaciska pięści. – Byłem już dogadany! Znaleźliśmy dla niego wodę! Dla niego i dla ciebie! Znaleźliśmy!

– Ja... Mnie tego nie potrzeba... – mówi głucho Chahna. – Gdzie ja bez niego...

– Co też babcia mówi! – załamuje ręce Sonia. – Co babcia mówi!

– On wiedział: jeśli Raj otworzy drzwi, z nami wszystkimi będzie koniec. Rozwścieczył Paków. Zrobił to specjalnie. Żeby Raj ich nie wpuścił – wzdycha Hemu.

– Kto słyszał jego słowa? – mówi Raj. – Co im powiedział?

– Devendra powiedział: póki świątynia Somnath stoi w sercach jego dzieci, stoi też w Indiach – przekazuję.

– Kto to jest? – mruczą brodacze, przerywając rozmowę o tym, że teraz z pewnością wybuchnie wielka wojna.

– To nasz brat i przyjaciel! – oznajmia stanowczo Hemu. – Pomógł mi z naftą. Poszedł za nas pod kule.

– Jak się nazywasz? – marszczy brwi przygarbiony stryjaszek z kudłatą czarną grzywą.

– Jan.

– Dziękuję, że pomogłeś naszym ludziom. My nie daliśmy rady, a ty tak.

Kiwam głową. Gdyby nie ja, staruszek by żył, bracie. Zapytaj Raja – on wie, od czego to się zaczęło, ale pije za moje zdrowie razem ze wszystkimi. I jeśli mi wybaczył, jeśli wszyscy ludzie są tu tak wielkoduszni, to...

I wtedy robi mi się zimno, bo zdaję sobie sprawę, że podałem mu swoje prawdziwe imię.

Słyszałaś, Annelie?...

Ale Annelie utkwiła wzrok w komunikatorze Soni i przygryza wargę.

– Teraz jesteś jednym z nas. – Hemu klepie mnie po ramieniu. – Wiedz, że teraz zawsze będzie tu twój dom.

Podnoszę szklankę. Chcę się upić. Zapomnieć o wszystkim, co powiedziałem, i wtedy inni zapomną, że to słyszeli.

– Dziękuję.

– Bracia – podnosi rękę Raj. – Dziadek Devendra mówił: urodziliśmy się w kurewskich czasach i w kurewskim miejscu. Po co bać się śmierci, jeśli następne życie może być sto razy piękniejsze? Następnym razem pojawię się na świecie, kiedy nasz naród będzie szczęśliwy. Tak mówił.

Chahna płacze w głos.

– Ale wiecie co? Syn Hemu urodził się równo w tym momencie, kiedy te sukinsyny zabiły naszego dziadka. Dziadek był bogobojny, nie to co my. Myślę, że musiał od razu się odrodzić, i to od razu jako człowiek. I myślę też, że mój brat nieprzypadkowo nazwał swojego chłopaka Devendra.

Brodacze słuchają tych bredni, z aprobatą kiwając głowami. Nie mogę się powstrzymać – spoglądam na maleńkiego czerwonego noworodka, Devendrę. Leży na rękach u swojej poważnej matki, obok mnie, spogląda w pustkę – i wzrok ma jak u staruszka, mętny wzrok umierającego. I nagle czuję, jak przechodzą mnie ciarki.

– Devendra jest tu z nami. W tym chłopcu jest jego krew, a może i on sam. Nie chciałby przecież odejść daleko od nas, od swoich... – mówi Raj i jego głos drży. – A jeśli tak, jeśli jest tutaj... To znaczy, że zbliża się koniec tego psiego życia. Zbliża się odzyskanie wolności. Dziadek przecież mówił, że odrodzi się wtedy, kiedy nasz naród odzyska szczęście.

– Za Devendrę! – dudnią razem mężczyźni. – Za twojego syna, Hemu!

Piję za Devendrę. Pije i Annelie.

Może kiedyś, okłamuję sam siebie, wrócę – albo wrócimy? – do tego dziwnego mieszkania pełnego obcych zapachów i obcych świątyń na ścianach i może jedna z tych klatek stanie się nasza. W końcu to jedyne miejsce, do którego mnie zaproszono, bym w nim zamieszkał, pozwolono być swoim, nazwano przyjacielem i bratem, nawet jeśli to tylko rytuał.

Może w przyszłym życiu.

– Jak się czujesz? – Kładę dłoń na jej ramieniu.

– Wolf nie odpowiada.

– Może on po prostu...

– Nie odpowiada. Tyle się tu dzieje, tyle dzieje się ze mną, a jego tu nie ma. Jesteś ty, obcy, przypadkowy! Dlaczego ty? Dlaczego nie ma tu Wolfa!? – szlocha.

Uśmiecham się. Uśmiecham się zawsze, gdy czuję ból. Cóż innego mi pozostało?

– Za małego Devendrę! – wołają kobiety.

– Podjęłam decyzję. – Annelie ociera łzy grzbietem dłoni. – Ten lekarz może się podetrzeć swoją diagnozą. To niemożliwe, żebym nie mogła mieć dzieci. Niemożliwe. Pójdę do matki. Jeśli czyni cuda, niech mi pomoże. Niech ta stara łajdaczka pomoże też swojej córce. Nikt nie będzie decydował za mnie, jakie będzie moje życie. Jasne!?

– Tak.

– Pójdziesz ze mną? – Annelie odstawia szklankę. – Teraz?

– Ale przecież czekamy tu na twojego... Wolfa.

– Jesteś jego przyjacielem, tak? – Odgarnia włosy z czoła. – Czemu go tak ciągle bronisz? Wolf to, Wolf tamto, ścigają go, jest w niebezpieczeństwie! Co to za człowiek, który zostawia swoją kobietę na pastwę gwałcicieli!? Co z niego za człowiek!?

– Nie... nie jestem jego przyjacielem.

– Więc po co się ze mną włóczysz!?

Jeszcze niedawno byłem pełen sił i inwencji, myślałem, że będę potrafił ją okłamywać wiecznie. A teraz pragnę tylko położyć głowę na jej kolanach, żeby głaskała mnie po włosach. Żeby w środku zrobiło mi się miękko i ciepło.

– Kim ty w ogóle jesteś!? Kim jesteś, Eugène!?

– Jestem Jan. Mam na imię Jan.

– No i co to?...

Urywa niedopowiedziane zdanie wzdłuż perforacji wielokropka. Mruży oczy. Potem otwiera je szeroko, jej źrenice drżą.

– Czyli nie wydawało mi się. I twój głos...

Nie mogę ani potwierdzić, ani zaprzeczyć.

Całą odwagę, wszystko, co w sobie miałem, wygrzebałem, żeby powiedzieć jej, jak mam na imię. Teraz stoję zimny, przerażony, ogłuszony.

– Pamiętam cię.

Annelie ogląda się na gospodarzy.

Mężczyźni dyskutują o wojnie i powtarzają plotki, że do Barcelony ma ponoć przyjechać prezydent Panamu Ted Mendez, kobiety na wyścigi doradzają Bimbi, jak wywołać laktację.

Mam przy sobie plecak, a w nim – dowody mojej winy. Sekundę temu byłem im przyjacielem i bratem, ale jeśli zobaczą moją maskę i iniektor, to zlinczują mnie na miejscu. Jestem w jej mocy.

Jestem idiotą.

Jestem zmęczonym, żałosnym idiotą.

– To ty wypuściłeś Wolfa? I to ty...

Kiwam głową.

Mięczak ze mnie.

Mięczak.

Jej jasnożółte oczy ciemnieją; uszy i policzki stają się purpurowe. Słyszę, jak podnoszą jej się włoski na karku. Okrywa ją pole elektryczne – nie da się do niej podejść.

– Czyli... Nie jesteś przypadkowym człowiekiem.

– Ja...

– To pułapka, tak!? Czekasz na Wolfa!

– Przecież go wypuściłem, pamiętasz? Nie chodzi o niego...

Wyciągam do niej rękę, ale Annelie odsuwa się ode mnie.

– Tutaj nie możesz mi nic zrobić!

– Nie tylko... tutaj. – Uśmiecham się do niej. – Nigdzie. Nigdzie nie mogę ci nic zrobić.

Policzki mnie bolą od tego uśmiechu. Usta też.

Annelie mruga. Coś sobie przypomina... Wszystko.

– Czyli ostatecznie nie uciekłeś z internatu? – mówi powoli, znowu wpatrując się we mnie.

– Próbowałem – mówię. – Tyle że mi się nie udało.

Zagryza paznokcie. Brodaci Hindusi mówią o bezużytecznym amerykańskim prezydencie, ich kobiety wychwalają cichego noworodka. Tak rozstrzyga się mój los.

– Po co się ze mną włóczysz? – pyta Annelie po raz drugi, ale głos ma już zupełnie inny; niemal szepcze, tak jakby teraz to była nasza wspólna tajemnica.

Wzruszam ramionami. Czuję, jak drga mi powieka. Wcześniej mi się to nie przydarzało.

– Nie potrafię... Nie potrafię cię zostawić...

Mija chyba minuta, wzrok Annelie jest niczym kij z pętlą do tresury zwierząt; złapała mnie za gardło i trzyma na dystans.

– Dobra – mówi w końcu. – Jeśli nie potrafisz mnie zostawić... Pójdziesz tam ze mną? Pójdziesz? Jan... Jeśli nie jesteś tu ze względu na Wolfa...

– Tak.

Pójdę. Nie dlatego, że inaczej rzuci mnie na pożarcie naszym gospodarzom – zresztą teraz wydaje mi się to niestraszne i nieważne; dlatego że zaprosiła mnie w drogę po raz drugi – nazywając mnie moim prawdziwym imieniem.

– No to wychodzimy.

Całujemy się z Sonią, dziękujemy Rajowi, obiecujemy Hemu, że na pewno się z nim skontaktujemy, żeby rozkręcić razem biznes jego marzeń, życzymy nowo narodzonemu Devendrze szczęścia i zdrowia. Mała Europa nie wydaje mi się już demonem; dotykam jej włosów i nic się ze mną nie dzieje.

Wdowa Chahna stoi na balkonie i szepcze coś, spoglądając na zgliszcza.

Mógłbym pożegnać się też ze starym Devendrą – z nim i z setką ludzi, których pomogłem zabić – ale boję się, że mnie zemdli, jeśli znów spojrzę na spalone mięso. Po prostu nie mam ochoty znowu czuć tego kwaśnego smaku w ustach, to wszystko.

Wychodzimy.

Wdrapujemy się po kręconych schodach na poddasze, do tylnego wyjścia; Annelie kroczy przede mną – milcząc, nie oglądając się – i nagle się zatrzymuje.

– Pokaż mi. Pokaż mi, co masz w plecaku.

Wciąż nie wierzy; ale w tej chwili byłoby już głupio odegrać wszystko od nowa. Byłem przeciwnikiem prawdy, ale teraz, kiedy wszystkie karty są odkryte, jest mi lekko, jak od antydepresantów.

I ściągam plecak z ramienia, otwieram go i pokazuję jej głowę Gorgony.

Annelie kamienieje – ale tylko na moment.

– Komunikator ci się świeci. Masz wiadomość.

I, jakby zapomniawszy o tym, co przed chwilą widziała, idzie dalej. Biorę komunikator do rąk, dotykam ekranu. Rzeczywiście – wiadomość. Nadawca: Helen Schreyer. „Chcę jeszcze".

Rozdział 17
POŁĄCZENIA

Połączenie.

Proste słowo, ale w internacie zwykłe słowa często mają niezwykły sens: pokój rozmów, szpital, próba.

Przez połączenie powinien przejść każdy i wszyscy wiemy zawczasu, czego się od nas wymaga; ci, którzy już przeszli tę próbę, stroszą ogony i spoglądają z wysoka na pozostałych członków swojej dziesięcioosobowej drużyny, protekcjonalnym tonem dzielą się z nimi tajemnicą: jak to było, co czuli. Kwestią honoru jest oczywiście od razu przysiąc, że nie czuli nic.

W każdej drużynie zdarzają się tacy, z którymi się łączą, kiedy są jeszcze całkiem mali – im przejście próby przychodzi najtrudniej, za to wcześniej też awansują na równych chłopaków i potem już się tak nie boją. Ci zaś, którzy podchodzą do próby jako ostatni – starsze roczniki – zwykle już do niej dojrzeli: połączenie jest dla nich znacznie łatwiejsze, poza tym są już zmęczeni oczekiwaniem. Z każdym kolejnym rokiem myśl o połączeniu jest coraz bardziej natrętna, coraz bardziej dokuczliwa – człowiek chce, żeby to już się w końcu odbyło. Powiedzieć to wszystko i uwierzyć w siebie, zrzucić kamień z serca.

Łączą się z każdym tylko raz i nikt nie dostaje drugiej szansy. Ci, którzy zawalili tę próbę, znikają z internatu na zawsze; zabrania się rozmawiać o tym, co się z nimi stało. Z drugiej strony – takich jest niewielu.

W naszej drużynie wszystko zaczęło się od Sto Pięćdziesiątego Piątego. Mieliśmy wtedy po siedem lat i temat połączenia pojawiał się wyłącznie w strasznych opowieściach przed zaśnięciem albo w głupich chłopięcych przechwałkach. I oto pewnego dnia zwolnili nas z lekcji historii i wezwali do naczelnego wychowawcy.

– Połączenie do ciebie – oznajmili na korytarzu Sto Pięćdziesiątemu Piątemu. – Wiesz, co robić?

Ten przybrał pewny siebie uśmiech; zresztą może nawet autentycznie się uśmiechał. Sto Pięćdziesiąty Piąty tak często łgał, że wszyscy brali za kłamstwo nawet i rzadkie momenty prawdy, które zdarzały mu się przypadkiem albo przez nieporozumienie. Nigdy nie miałem wątpliwości, że z łatwością poradzi sobie z połączeniem.

Poprowadzili nas gęsiego pustymi białymi korytarzami, wjechaliśmy pozbawioną wyjścia windą z trzema przyciskami, stłoczyliśmy się w sterylnym gabinecie naczelnego wychowawcy – ekran w ścianie, odpływ w podłodze, poza tym nic godnego uwagi.

Ustawili nas w szeregu twarzą do ekranu – czarnego, pustego – i zamknęli drzwi. Naczelny wychowawca ostatecznie do nas nie wyszedł, chociaż wszyscy już wtedy wiedzieliśmy, że wszystko widzi. Trzeba po prostu zawsze o tym pamiętać i wtedy wszystko się uda.

Sto Pięćdziesiąty Piąty trzymał się dzielnie. Szczerzył zęby, podpuszczał Trzydziestego Ósmego, plotkował z Dwieście Dwudziestym. Potem zabrzmiał sygnał połączenia.

Obraz włączył się nie od razu, na początku był tylko głos.

– Bernard?

Kobiecy głos, młody. Jakiś taki... przepełniony emocjami. No właśnie, wszystko w nim było ponad miarę. Za każdym wypowiedzianym na głos słowem kryło się sto razy więcej w zakresie częstotliwości niedostępnych dla ludzkiego ucha. Nie mogliśmy tego usłyszeć – ale niczym infradźwięki natychmiast wytrąciło nas to z błazeńskiego nastroju. Dwieście Dwudziesty jakby połknął język, Trzysta Dziesiąty się zasępił, Siódmy aż się zatrząsł.

– Bernard?

Ekran błysnął – pewnie dźwięk i obraz poddawano moderacji, żeby nie było żadnych niespodzianek – i na nas, na Sto Pięćdziesiątego Piątego, popatrzyła kobieta, w sumie nie taka stara, ale naznaczona już pierwszymi zmarszczkami, z nieco już zwiotczałą skórą – a jednak przy tym jakby zbyt żywa, wedle naszej miary nazbyt ciepła.

– Bernardzie, widzisz mnie?

Sto Pięćdziesiąty Piąty powitał ją w milczeniu.

– Boże, jak ty wyrosłeś! Bernard, synku, mój kochany... Wiesz... Ci panowie pozwalają nam połączyć się tylko raz... Tylko raz. Przez cały ten czas. Przez cały czas aż do... Jak ci tam jest? Jak ci tam, malutki?

Chłonąłem to wszystko. Stałem obok niego, więc dobrze widziałem: jego uszy zrobiły się pąsowe. Kamera była jednak wycelowana tak, że kobieta widziała tylko swojego Bernarda, a my wszyscy byliśmy poza kadrem.

– Nie możesz niczego powiedzieć? Wszystko z tobą w porządku? Jak oni cię tam karmią, Bernardzie? Starsi chłopcy nie robią ci krzywdy? Próbowałam się dowiadywać... Przez ministerstwo... Ale powiedzieli mi: tylko jedno połączenie, *madame*. Sama pani decyduje kiedy... Słyszysz mnie? Kiwnij głową, jeśli słyszysz...

I Sto Pięćdziesiąty Piąty powoli skinął jej głową. W końcu miał tylko siedem lat.

– Chwała Bogu, słyszysz mnie... Nie pozwalają ci ze mną rozmawiać, tak? Tata i ja bardzo za tobą tęsknimy! Wytrzymałam trzy lata... Mówią mi, nie warto się śpieszyć, *madame*, drugi raz nie będziemy już mogli dać pani takiej możliwości... Ale dłużej nie dałam rady... Chcę się dowiedzieć, czy wszystko z tobą w porządku. Bo wszystko z tobą w porządku, Bernard?... Jak ty wyrosłeś... I zrobiłeś się taki śliczny... Zachowaliśmy wszystkie twoje rzeczy! Twoje grzechotki i ten malutki helikopter, i kota opowiadającego bajki... Pamiętasz go?

Obejrzałem się na Sto Pięćdziesiątego Piątego – przelotnie, bo przyciągała mnie kobieta na ekranie; wszyscy oniemieliśmy.

Oto ono, pierwsze połączenie. Nikt z nas nie może się jeszcze uwolnić spod matczynego uroku. Gdyby Sto Pięćdziesiąty Piąty nie dał nam przykładu, to kto wie...

– Czyżbyś zupełnie nic nie mógł mi powiedzieć? Bernard... Bardzo chcę jeszcze się z tobą połączyć, zobaczyć cię... Ale... Oni mi nie pozwolą. Idiotka ze mnie. Niecierpliwa idiotka... Po prostu dziś mijają trzy lata, odkąd cię... Odkąd się przeniosłeś i... U ojca wszystko w porządku. Trzy lata. Powiedz mi coś, cokolwiek, Bernard! Proszę, czas już się kończy, a ty ciągle niczego mi nie powiedziałeś.

Czas już się kończy, Sto Pięćdziesiąty Piąty. Obudź się.

I ten potrząsnął niesfornym kosmykiem włosów, otarł nos grzbietem dłoni i powiedział:

– Jesteś głupią zbrodniarką. Nigdy więcej cię nie zobaczę i nie chcę na ciebie patrzeć. Dorosnę i zostanę Nieśmiertelnym. I będę wykańczał takich jak ty. Właśnie tak. Będę też miał nowe nazwisko. Twojego nosić nie będę.

– Co ty mówisz? – Natychmiast się naburmuszyła. – Nie możesz... Zmuszają cię, tak? Zmuszają? Bernard! Uwielbiamy cię, ja i tata... My... Tata na pewno doczeka twojego powrotu i...

– Nigdy więcej nie chcę się z wami widzieć. Jesteście przestępcami. Na razie!

– Co znaczy: czas się skończył? Niechże pan zaczeka! To przecież moja jedyna... Sam pan mówił! Przecież ja nigdy więcej go... Nie macie prawa!

Te ostatnie słowa nie były już skierowane do nas. Głos ucichł, ekran zgasł. Koniec. Sto Pięćdziesiąty Piąty charknął na podłogę i roztarł ślinę nogą.

Otworzyły się drzwi, pojawił się w nich naczelny wychowawca, potem nasz lekarz ze swoimi instrumentami. Zmierzył Sto Pięćdziesiątemu Piątemu puls, temperaturę, wydzielanie potu. Skinął wychowawcy głową.

– Przeszedłeś. – Zeus poklepał Sto Pięćdziesiątego Piątego po kędzierzawej głowie. – Dzielny byłeś.

To wszystko. Od tej chwili Sto Pięćdziesiąty Piąty cieszył się powszechnym szacunkiem: przejść próbę w wieku siedmiu lat!

– Łatwizna! – oświadczył wszystkim.

Połączyć się może tylko ten rodzic, który wziął na siebie odpowiedzialność za narodziny dziecka. Ten, któremu po odebraniu syna lub córki zostało najwyżej dziesięć lat życia. Powinni być nam wdzięczni, wyjaśniają nam wychowawcy; coś takiego jest możliwe tylko tutaj, bo Europa to twierdza humanizmu. W takich, dajmy na to, Chinach z przestępcami nikt się nie ceregieli.

Połączyć się można tylko raz – i każdy rodzic sam wybiera dogodny dla siebie dzień. Wielu oczywiście przeciąga sprawę – chcą zobaczyć, jak wygląda ich syn, kiedy już podrósł. Zupełnie niepotrzebnie.

Z Pięćset Osiemdziesiątym Czwartym łączą się, kiedy mamy dziewięć lat. Na ekranie widać mężczyznę z zapadniętymi oczami, pod nimi czarne wory, włosy połamane; ale najważniejsze są uszy – tak samo idiotycznie odstające.

– Synu – mówi i oblizuje wargi. – Jesteś taki... Cholera... Taki wielki! Normalnie dorosły chłop! Ale wystrzeliłeś!

Pięćset Osiemdziesiąty Czwarty – cherlawy, szpetny, choć jeszcze nawet nie ma pryszczy, przyszły onanista i wieczny cel drwin, pociąga nosem, wpatrując się w podłogę.

– Chłop! – Sto Pięćdziesiąty Piąty tłumi śmiech. – Chłopina!

Pięćset Osiemdziesiąty Czwarty próbuje wcisnąć między wąskie ramiona swoją głowę o wielkich uszach – ale jego szyja jest zbyt długa, nie ma jej gdzie zmieścić.

– Nie jesteś tam sam? Słuchają nas, tak? – Mężczyzna coś tam u siebie reguluje, jakby naprawdę myślał, że zaraz pokażą mu pozostałych. – Nie zwracaj na nich uwagi. Czasu jest mało. Tak w ogóle, to zapamiętaj, synu, że byłem dobrym człowiekiem. Kochałem cię. Po prostu liczyliśmy, że się nam uda, i... Dla mnie zawsze będziesz tym maluszkiem, który...

– Maluuuszek... – Sto Pięćdziesiąty Piąty zaraz pęknie.

– Tak... Tak... Nie jesteś moim ojcem! – krzyczy cienkim głosem Pięćset Osiemdziesiąty Czwarty. – Jesteś przestępcą! To przez ciebie! Przez takich jak ty! Rozumiesz!? Zabieraj się! Nie chcę z tobą rozmawiać! I będę miał inne nazwisko! Nie twoje! I będę Nieśmiertelnym! Spadaj! Spadaj!

Jego ojciec otwiera usta jak wyrzucona z wody ryba, a Pięćset Osiemdziesiąty Czwarty zalicza próbę.

Boję się połączenia i marzę o nim; widzę go we śnie tak realnie, że po przebudzeniu długo jeszcze nie mogę uwierzyć, że moje widzenie zostało odroczone – co za ulga! Nie wiem, co mam powiedzieć swojej matce. Znam wszystkie słowa odpowiedzi, podali nam je, ale jak mam to ująć? Robię próby w snach. „W ogóle za tobą nie tęsknię! Jest mi tu świetnie! Lepiej niż w domu! Sam zostanę Nieśmiertelnym i będę przychodzić do takich jak ty!" – mówię do niej. A ona odpowiada: „Pójdziemy do domu?", i zabiera mnie z internatu.

Tak jest kiedy mam siedem lat i kiedy mam osiem, i kiedy mam dziewięć.

Potem łączą się z Trzysta Dziesiątym. Ojciec. Surowy, łysy, z czerwoną gębą, ogromny. Mówi połową twarzy: druga jest martwa.

– Myjaaałem wyyylew – idiotycznie przeciąga, zresztą ledwie go słychać. – Aaal. Nje wiem, iiile mi zostaaało. Pomyślaaałem, że muogę nieee... Nieee... Zdążyyyć...

– Ojcze! – odpowiada mu wyraźnie dziesięcioletni Trzysta Dziesiąty. – Dopuściłeś się przestępstwa. Muszę je odkupić. Zostanę Nieśmiertelnym. Wyrzekam się twojego nazwiska. Żegnaj.

Doktor mierzy mu puls, pokazuje kciuk w górę. Trzysta Dziesiąty ma puls jak kosmonauta. Wszystko jest dla niego oczywiste: przestępca po wylewie to po prostu przestępca po wylewie.

Kiedy mamy jedenaście lat, łączą się z Dwieście Dwudziestym. To jego matka – staruszka o siwych, rozczochranych włosach. Dwieście Dwudziestego zabrali, kiedy był zupełnie mały, więc w wypadku jego matki dziesięć lat wypadło wcześniej niż u innych. Teraz już zbliża się jej czas: widać, że odwlekała połączenie do ostatka.

Kłapie ustami, ma niespokojnie rozbiegane oczy; nie poznaje go, a on jej. Dwieście Dwudziesty jest tu od drugiego roku życia, wszystko, czego się nauczył – kablować, podlizywać, kombinować – dał mu internat. Nie pamięta żadnej matki, a w szczególności tej, która teraz, śliniąc się, mamrocze na ekranie.

– To ty, Wiktorze? To ty, Wiktorze? To ty? – powtarza ciągle staruszka. – To nie on! To nie mój syneczek!

– Nie jesteś moją matką! – wyrzuca z siebie szybko Dwieście Dwudziesty. – Nie potrzeba mi twojego nazwiska, dadzą mi nowe, wyjdę stąd i będę Nieśmiertelnym, i nie chcę więcej widzieć ani ciebie, ani ojca, jesteście przestępcami, rozumiesz?

Za bardzo się śpieszy, myślę. To raczej nie dlatego, że drgnęło mu serce: Dwieście Dwudziestemu!? Nie, po prostu brzydzi się, patrząc na ten wrak człowieka, i chce jak najszybciej mieć to już za sobą.

Ale porządek musi być: forma jest dowolna, ale treść niezmienna – należy oznajmić rodzicom, że z własnej woli rezygnujesz z ich nazwiska, że zabraniasz im poszukiwań siebie, kiedy już wyjdziesz z internatu, że uważasz ich za przestępców i że zamierzasz wstąpić w szeregi Nieśmiertelnych. Najważniejsza jest oczywiście szczerość – doktor mierzy ją swoimi instrumentami, wylicza ją według swojej formuły – potliwość plus tętno plus drgania źrenic plus... Wypraszamy ściągi od tych, którzy już rozmawiali, oni wyjaśniają nam, jak skutecznie przejść próbę – ale mimo wszystko denerwujemy się.

Nasza dziesiątka zaczyna się dzielić: ci, którzy przeszli próbę połączenia, jakby wstępują do jakiegoś tajnego towarzystwa. Do nas, którzy nie rozmawiali jeszcze z rodzicami, mają stosunek pogardliwy: nie wąchaliśmy prochu. Chcę już do nich dołączyć, zaliczyć się wreszcie do równych chłopaków. Ale nikt się ze mną nie łączy.

Kontynuuję treningi. Znam słowa na pamięć: „przestępczyni", „wyrzekam się", „Nieśmiertelny". Wyraźne, osobne, tłustymi drukowanymi literami.

Ale mam wrażenie, że słowa te są wybite tylko po jednej stronie kartki. Po drugiej ledwo je widać, a pod światło można dostrzec, że wydrukowane są też i inne. Nie potrafię ich odczytać, ale wiem, że ich treść jest pogmatwana, przykra, żałosna. Wtedy, przestraszony, przestaję patrzeć na siebie pod światło.

Kiedy wszyscy mamy po dwanaście lat, Dziewięćset Szósty oznajmia, że nie uważa swojej matki za przestępcę. Próbuję przemówić mu do rozumu, ale Dwieście Dwudziesty zdąża na niego donieść; Dziewięćset Szóstego biorą do grobowca, a ja próbuję wyskoczyć przez ekran. W ten sposób ratuję się: nie mogę uciec z internatu, natomiast skrzynia doskonale mnie leczy z głupoty. Kiedy mnie wypuszczają, wiem już – i co mam jej powiedzieć, i jak. Połącz się ze mną! Połącz się ze mną, zdziro!

Połączenie do Trzydziestego Ósmego – piękny starzec z łysiną oprawioną w siwe kędziory. Tak mógłby też kiedyś wyglądać sam Trzydziesty Ósmy, gdyby nie postanowił zostać Nieśmiertelnym. Ale postanowił.

– Zmężniałeś – ojciec uśmiecha się łagodnie, spoglądając na syna błyszczącymi oczami; potem milczy, tracąc sekundy, żeby powiedzieć wszystko od razu. – Wybacz, że nie połączyłem się wcześniej. Tysiąc razy chciałem to zrobić. Ale... Wiesz, marzyłem, żeby dożyć dnia, kiedy zaczniesz dorośleć. Żeby wyobrazić sobie... jaki będziesz. Potem. Kiedy. No, potem. Bo zdajesz sobie oczywiście sprawę, że nie wypuszczą cię, zanim nie... Dopóki żyję.

– Zmężniał! – rży Sto Pięćdziesiąty Piąty. – I co, powiemy tatulkowi, że handlujesz własną pupą? Co?

Trzydziesty Ósmy rozstawia nogi na szerokość barków, wbija wzrok w ekran i nie odrywając od niego wzroku, mówi:

– Nie zmężniałem. Wykorzystują mnie tu. Zrobili tu ze mnie cwela. Rozumiesz? I to ty jesteś temu winien. A coś takiego nie powinno nikogo spotykać. Wyjdę stąd i wstąpię do Falangi. Będę miał nowe nazwisko i nowe życie. I jeśli jeszcze raz jakiś sukinsyn przypomni mi...

Odtrąca ojca i patrzy na Sto Pięćdziesiątego Piątego w taki sposób, że ten już nigdy z niego nie żartuje.

Dlaczego nikt się ze mną nie łączy!? Dlaczego oni mają tak łatwo – a ja muszę czekać!? Mamy po trzynaście lat.

Przychodzi kolej Dziewięćsetnego – powolnego, ponurego, ociężałego. Jego matka zanosi się płaczem tak, że aż się krztusi. Dziewięćsetny posępnie obserwuje jej histerię.

– Nie pamiętam cię – mówi do swojej mamy. – W ogóle nie pamiętam.

Tym łatwiej mu wypowiedzieć właściwe słowa.

Sto Sześćdziesiąty Trzeci – hiperaktywny kretyn, świr i zabijaka – widzi swojego ojca, przeżartego rakiem, owiniętego jakimiś przewodami, łkającego, błagającego o wybaczenie ledwie słyszalnym głosem – i zaczyna na niego wywrzaskiwać potok przekleństw:

– Zdychaj! Zdychaj, ścierwo! – W końcu spuszcza spodnie i pokazuje umierającemu swój chudy tyłek.

Zaliczone; przeszedł próbę.

Co z nią, postanowiła się ze mną połączyć jako z ostatnim!?

Po raz tysięczny zaczynam obliczać: w internacie jestem od czwartego roku; po zastrzyku mało kto żyje dłużej niż dziesięć lat. Zdarzają się oczywiście wyjątki... Ale wychodzi na to, że został jej tylko rok, żeby wreszcie to zrobić i w końcu mnie uwolnić! Chcę, pragnę wylać na nią to wszystko, zobaczyć ten wrak człowieka, na samą myśl o tym aż ssie mnie w dołku – tylko dlaczego się nie łączy!?

Kiedy mamy po piętnaście lat, jest nas już tylko trzech – Dziewięćset Szósty, któremu z łatwością zrosły się wszystkie kości zmiażdżone w skrzyni, odkarmiony i niepokonany, Siódmy – frajer i beksa, no i ja.

Egzaminują Siódmego.

Siódmy wyciągnął się przez ostatnie lata, pozbył się chomikowatych policzków, już nie kwęka, kiedy go biją, i nie skomle przez sen. Ale kiedy widzi swoją matkę leżącą w pościeli, w żaden sposób nie udaje mu się do niej odezwać. Siódmy pojawił się w internacie, kiedy miał pięć lat; pewnie dobrze ją pamięta – jako młodą, szczęśliwą, pełną sił.

– Gerhard – mówi do niego z łóżka zgrzybiała starucha; skórę ma jak pergamin, cienką i żółtą, jej twarz jest cała w plamach; ale najbardziej odrażające jest to, że łysieje. – Gerhard, maleństwo. Moje maleństwo. Nie zmieniłeś się.

– Ty też, mamo – mówi nagle Siódmy.

Posyła mu zmęczony uśmiech – widać, ile ją kosztuje rozciągnięcie ust.

– Umieram – mówi. – Zostało mi parę tygodni. Czekałam, ile tylko mogłam.

Siódmy milczy, policzki zwisają mu ponuro, nabiera powietrza, żeby wystrzelić salwę o Nieśmiertelnych, nazwisku, o przestępcach, ale zupełnie nie może się zebrać.

– Dobrze, że zdążyłam cię zobaczyć. Teraz już się tak nie boję.

– A... A co u ojca? – nieswoim, piskliwym głosem pyta Siódmy.

– Nie wiem. – Matka z trudem kręci ciężką żółtą głową. – Rozstaliśmy się już dawno. Ma swoje życie.

– Mamo. Posłuchaj. Wstąpię do Nieśmiertelnych – w końcu się decyduje.

– Dobrze – kiwa głową staruszka. – Rób, jak jest dla ciebie najlepiej, synku. Rób, co uważasz. Tylko... Chcę cię prosić o wybaczenie. Będzie mi ciężko na tamtym świecie, jeśli mi nie przebaczysz...

Siódmy zacina się, walczy ze swoją grdyką. Dziesiątka milczy, nawet Sto Pięćdziesiąty Piąty się nie wtrąca. Dwieście Dwudziesty zamarł w myśliwskiej stójce. Trzęsie mnie.

– Przebaczam ci, mamo – mówi Siódmy. – Przebaczam.

– Idiota! – szepczę.

Staruszka uśmiecha się z wdzięcznością, opuszcza głowę na poduszkę i łączność natychmiast się urywa. Przez kilka długich minut nikt do nas nie wychodzi. Potem drzwi się podnoszą, w progu pojawia się lekarz.

– Chodźmy, kolego, zrobimy kilka badań – przywołuje Siódmego. – Chyba się za bardzo zdenerwowałeś.

I my, i Siódmy – wszyscy wiedzą, co to oznacza, ale nie starczyło mu sił, żeby się opierać. Całe nieposłuszeństwo, które zebrało się w nim przez dziesięć lat, zużył na tę jedną rozmowę.

– Na razie, chłopaki – mamrocze do nas.

– Trzymaj się – odpowiada mu Dziewięćset Szósty.

Już nigdy więcej go nie zobaczyliśmy, a jego miejsce pozostało wolne do ostatniego roku.

Zaczynam się bać: czy dam radę?

Kiedy ona się ze mną połączy, to czy ja dam radę splunąć w ekran? Czy zdołam nie dostrzec jej łez, nie słyszeć jej głosu, nie poznać jej?

Ale ona się nie łączy.

Albo umarła, kiedy byłem zupełnie mały, albo nie chciała ze mną rozmawiać. Może po prostu o mnie zapomniała. Skazała mnie na dwanaście lat o zaostrzonym rygorze – i porzuciła mnie, żebym tu gnił; sama przeżyła wspaniałe życie, a potem złożyła rączki na brzuszku i spokojniutko, z uśmiechem na ustach kopnęła w kalendarz, nie wspomniawszy nawet, że kogoś tam kiedyś urodziła.

Niechże stanie się cud! Niech się okaże, że ma wyjątkowo dobre zdrowie, nieludzką odporność, niech jeszcze przez rok przeleży gdzieś na szpitalnym łóżku, nie chcąc zdechnąć – i niech się połączy ze mną w ostatnim roku! Przypomnę ten jej krucyfiks, jej obietnice, jej pieprzone bajeczki, jej słowa pociechy; przeklnę ją i wtedy w końcu będę miał z nią spokój!

Inaczej jak mam stąd wyjść!?

Połączenie do Dziewięćset Szóstego.

Matka. Ta sama, której nie nazwał przestępcą nawet po tym, jak wsadzili go do grobowca. Ledwie oddycha, jej podbródek drży, usta się nie zamykają; gapimy się na nią całym szykiem, ale wszyscy skutecznie tłumią śmiech – z szacunku do Dziewięćset Szóstego. Nie spuszczam z niego oczu, jakby to nie była jego matka, lecz moja. Jak mu pójdzie? Boję się, że zaraz się rozklei jak Siódmy albo że będzie pryncypialny i przypomni sobie, jak leżał w skrzyni... Połączenie to głupstwo w porównaniu ze skrzynią.

– Koch... Ko... – mówi bezgłośnie stara kobieta.

Zupełnie już zwiędła, kroplówki wyssały z niej krew, ale oczy jej nie wyblakły. Zbliżenie. Ma takie same oczy jak Dziewięćset Szósty – brązowe, z kącikami skierowanymi w dół. Jakby patrzył we własną twarz.

– Jesteś przestępczynią. Rezygnuję z noszenia twojego nazwiska. Kiedy stąd wyjdę, zostanę Nieśmiertelnym. Żegnaj.

I wtedy dopiero jej oczy zachodzą mgłą. Sepleni coś jeszcze z wysiłkiem, ale nic nie wychodzi z jej ust. Dziewięćset Szósty uśmiecha się do niej.

Odłączają ją – być może także od całej tej popiskującej aparatury: zrobiła swoje, teraz można pomyśleć o oszczędnościach.

W tej samej sekundzie wybaczam Dziewięćset Szóstemu, że był lepszy ode mnie. Mężniejszy, cierpliwszy, twardszy. Że ostatecznie wyrzekł się samego siebie – tak samo jak ja się wyrzekłem, kiedy leżałem w tej przeklętej skrzyni. Stał się nowym człowiekiem, tak jak ja. Znów możemy być braćmi!

Doktor notuje: wskaźniki Dziewięćset Szóstego są takie, jak trzeba. Przeszedł próbę.

Kiedy jesteśmy sami, z podziwem klepię Dziewięćset Szóstego po policzku.

– Jak ty to zrobiłeś!?

– Zrobiłem – wzrusza ramionami. – Powiedziałem, i tyle. Ona wie, że to była nieprawda.

– Jak to!?

– Ona zawsze wie – mówi z przekonaniem.

– No coś ty... Wkręciłeś ich!?

Patrzy na mnie jak na idiotę.

– A ty co, poważnie zamierzałeś mówić swojej matce, że jest przestępczynią?

– Przecież nas badają!

– To wszystko pieprzenie! – szepcze mi. – Są sposoby, żeby oszukać sprzęt! Tętno, pot... Co za różnica?

Wykiwał ich. Zagrał rolę i wykiwał nas wszystkich.

– Zrozumiałem to w skrzyni – mówi. – W grobowcu. Oni chcą cię złamać. A jeśli będziesz z gumy? Po prostu bierzesz prawdziwego siebie i chowasz wewnątrz tego siebie z numerkiem. Najważniejsze to tak go ukryć, żeby nie znaleźli przy przeszukaniu, rozumiesz? Nawet jak wlezą ci z latarką do kiszek. Ty to ty! Chcą cię przerobić, więc po prostu pozwól im myśleć, że im się udało. I wtedy wyniesiesz stąd prawdziwego siebie schowanego w swoim fałszywym ja. Proszą, żebyś przysiągł – przysięgnij. To wszystko słowa, one nic nie znaczą.

– Ty... wybaczyłeś jej? – mówię cicho, tak cicho, że nawet najczulsze mikrofony niczego nie wychwycą.

Dziewięćset Szósty kiwa mi głową.

– Mówiła mi tak: „Basile, jestem żywym człowiekiem. Po prostu żywym człowiekiem. Nie oczekuj ode mnie zbyt wiele". Zapamiętałem to. Ja też jestem po prostu żywym człowiekiem. Myślę, że ona to rozumie.

Gryzę się w dolną wargę, odrywam cienki pasek skóry, żeby bolało.

– Dobra. Bo jeszcze nas usłyszą. Chodźmy.

Jakoś nie pasował mi ten jego sposób. Tak czy inaczej, musiałbym robić wszystko na poważnie – gdyby tylko się ze mną połączyła. Ale w końcu żadnego połączenia nie było.

Kiedyś, kiedy nie mogłem się już doczekać, sam wprosiłem się do naczelnego wychowawcy i zażądałem, żeby dał mi się połączyć z matką i przejść próbę. Poinformował mnie, że połączenia z internatu są wychowankom zabronione.

Po kolejnych dwóch tygodniach oznajmiono mi, że ostatecznie zostałem zwolniony z próby połączenia.

I tak oto nigdy nie miałem nawet okazji odważyć się na to, co zrobiła Annelie.

Rozdział 18

MAMA

Do Eixample jest niedaleko. Choć droga wiedzie po samym Dnie, przez dym i chaos, i dwa razy ktoś próbuje nas obrabować, przybywamy do siedziby misji bez strat. Wymyślny budynek rozpada się na skutek starości i zaniedbania, z wybitych okien zwisa szara płachta z czerwonym krzyżem i czerwonym półksiężycem. Farba sprała się, zbrunatniała, jak dawno przelana krew.

O wiadomości od Helen nie myślę; po prostu nie mam dla niej miejsca w swoim wnętrzu – teraz wszystko zajęła Annelie.

Do samych drzwi dziewczyna maszerowała uparcie, nie uroniwszy ani słowa, ale w progu misji nagle nieruchomieje. Ogląda się na mnie, nie wiedzieć czemu dotyka swojego brzucha. Potem z głębi domu dobiega płacz dziecka; Annelie z jakiegoś powodu poprawia włosy i popycha drzwi.

Długi korytarz – izba przyjęć – przypomina wojskowy lazaret ze starych filmów. Tyle że zamiast rannych po obu stronach wąskiego przejścia siedzą i leżą ciężarne kobiety – umęczone, spocone, o mętnym wzroku. Terkoczące z wysiłkiem wentylatory kręcą się nerwowo na podpórkach i tylko niepotrzebnie przeganiają tam i z powrotem dwutlenek węgla: nie są w stanie rozrzedzić tej okropnej duchoty. Wiatraki umieszczono za kratkami, do których przymocowano powiewające na martwym wietrze paski papieru, żeby przynajmniej tak odpędzać chmary much, które nieustannie chcą siadać na policzkach i piersiach oczekujących. Czuć moczem: kobiety boją się opuścić kolejkę.

Po bokach korytarza – pokoje. W jednym z nich jakieś niemowlę zanosi się piskliwym płaczem, potem jeszcze jedno, po chwili już cały chór. Z drugiego pokoju słychać jęki i przekleństwa – ktoś rodzi. Mijamy omdlałe grube Murzynki, wycieńczone rude kobiety o przeźroczystych oczach, wymyślają nam w jakimś martwym narzeczu – przechodzimy bez kolejki.

Jestem gotów przyjąć jako konieczność fakt, że urodził się mały Devendra: jego naród i bez tego jest zbyt mały, liczy się dla nich każdy wojownik. Ale dlaczego tak przypiliło do rodzenia wszystkich pozostałych?

– Przyszłam do matki! – usprawiedliwia się Annelie. – Moja matka jest lekarzem!

Zagradzające przejście nogi cofają się, złorzeczenia ustępują miejsca nabożnym szeptom. Przepuszczają nas bez słowa sprzeciwu. Proszą o wstawiennictwo. Ktoś wtyka nam pomięte pieniądze dawno nieistniejącego państwa, jakbyśmy byli kapłanami, którzy mają dostęp do bogini i trzeba nas sobie zjednać.

Oto i gabinet.

Annelie nie puka, po prostu pociąga za klamkę i trafiamy prosto na badanie ginekologiczne. Kobieta w maseczce chirurgicznej odwraca się do nas, omal nie zaduszona dwiema grubymi, pomarszczonymi czekoladowymi nogami o żółtych piętach.

– Wynocha...

– Cześć, mamo.

Murzynka zaczyna złorzeczyć, a Annelie krzyżuje ręce na piersiach i zagryza wargi; odmawia wyjścia, a jej matka z uporem doprowadza badanie do końca. Zostaję z Annelie, ale czuję się jak kretyn i staram się patrzeć w bok mimo wiadomej siły przyciągania czarnych dziur.

Kiedy wszystko się kończy, a my zostajemy obryzgani śliną i obrzuceni wyrazami oburzenia przez grubą kobietę, która kuśtykając wychodzi z gabinetu, matka Annelie prosi chudą Mulatkę, żeby ją zastąpiła, i w końcu zdejmuje maskę.

Są zupełnie niepodobne.

Jest brunetką o białej skórze, ciut niższą od swojej córki i chyba nawet piękniejszą od niej, chociaż ręce ma szorstkie, a w wyglądzie jej palców daje się wyczuć siłę. Nie sposób się domyślić, że urodziła dziecko: jej biodra są wąskie, zresztą cała jest szczupła, sucha, bez śladu tłuszczu. Nie ma tego szczególnego wykroju oczu, który tak mnie poruszył u Annelie, nie ma wydatnych, wysoko osadzonych kości policzkowych. Ale jest naprawdę piękna i – za warstwą zmęczenia – młoda. Szczepionka zatrzymuje wiek większości z nas na trzydziestce, ale matce Annelie nie dałbym więcej niż dwadzieścia dwa lata.

Może to pomyłka?

– Kto to? – lekarka pokazuje na mnie głową.

– Jan. Mój przyjaciel.

– Margo. – Bierze do ust cukierka. – Miły młody człowiek. To ten nowy?

– Nie interesuje mnie twoja opinia.

– Myślałam, że chcesz przedstawić go rodzicom.

– Jakim znowu rodzicom?

– Znów jesteś nie w humorze. Proszę, weź cukierka. To miętówka.

– Ostatnio częstowałaś mnie papierosami. Rzuciłaś?

– Pacjenci się skarżyli.

– Może niektórych z nich czas stąd wykurzyć.

– Staram się pomóc wszystkim.

– I jak wyniki? Kiedyś wychodziło ci półtora dziecka dziennie.

– Teraz dwa i pół. Wskaźniki rosną.

– Zawsze mnie ciekawiło, co robicie z tym pół.

– Kochana, czeka na mnie kolejka ludzi. Masz jakąś sprawę czy chcesz po prostu pogadać? Może wpadniecie do nas wieczorem, ja i James...

– Mam sprawę, mamo. Chcę jeszcze bardziej poprawić twoje wyniki.

– Słucham?

Annelie patrzy jej w oczy. Z przegryzionej wargi leci krew.

– Co z tobą? – zaczyna Margo. – Masz?...

– Nie wiem. Ty mi powiedz.

– Teraz? Ja?

– Tak. Właśnie teraz. Póki nie zmieniłam zdania.

– Jeśli chcesz, może cię obejrzeć Françoise, ona też... – Margo wstaje.

– Nie. Janie... Wyjdź, proszę. Pobawimy się tu w mamę i córeczkę.

Czekam na korytarzu; znów sam wśród kobiet w ciąży. Na mojej ręce siada mucha, podnoszę dłoń, żeby ją zgnieść, ale zapominam, po co to zrobiłem. Mucha pociera przednie łapki, dwie

Arabki w czadorach męskimi głosami rozmawiają w swoim języku z samych samogłosek. Wentylator stojący trzy metry ode mnie raz na minutę wydmuchuje w moją stronę gorące powietrze i znów się odwraca, z zewnątrz dobiega czyjś tęskny śpiew, w oddali ktoś gra na tam-tamach, lśnią od potu rude głowy. Jedna z rudych ma odrąbaną dłoń.

Nie ma mnie tu. Jestem tam, z Annelie.

Niech ta blada zołza powie jej, że wszystko będzie z nią dobrze. Nie wiem, dlaczego nagle zrobiło się to dla mnie takie ważne; rzecz nie w jakimś niemowlaku wrzeszczącym, aż zsinieje, i na pewno nie w tym, żeby Rocamora kiedyś mógł jej takiego zmajstrować. Po prostu z Annelie wszystko musi być tak, jak ona tego chce – choćby jeden jedyny raz. Za dużo zwaliło się tej dziewczynie na głowę. Jeśli tak bardzo chce móc zajść w ciążę, to niech może.

Na mojej ręce siada druga mucha, jeszcze tłustsza od pierwszej. Łaskocząc mnie ohydnie, lezie w stronę swojej koleżanki; moja dłoń wciąż jeszcze unosi się nad nimi.

Annelie mnie nie odpędziła. Nie zdradziła mojej tajemnicy naszym nowo objawionym braciom. Być może dlatego, że jest jeszcze za wcześnie, by się mnie pozbyć; że jeszcze nie rozstrzygnęła, czy nie da się mnie jakoś wykorzystać. A może dlatego, że widzi we mnie nie tylko szturmowca, nie tylko gwałciciela, nie tylko ochroniarza? Dlatego że...

Tłustsza mucha wdrapuje się od tyłu na tę pierwszą; ta próbuje ją zrzucić, ale tylko pozornie; obie bzyczą lubieżnie, machają skrzydełkami, jakby chciały wzlecieć, ale miłość je przygniata. Mam ochotę zmiażdżyć obie za jednym zamachem, ale coś mi w tym przeszkadza. Coś przeszkadza. Cofam rękę i muchy odlatują, goniąc się nawzajem w powietrzu i spółkując w locie.

Drzwi się otwierają, Margo w maseczce wzywa pielęgniarkę, trzeba zrobić jakieś badania; jest jeszcze bledsza niż zwykle. Przysadzista Azjatka w kitlu wpycha do jej gabinetu przedpotopową maszynę z sondami i monitorami, która brzęczy na nierównościach spękanej podłogi. Kobieta bez dłoni macha z szacunkiem kikutem w ślad za maszyną. Przechwytuje moje spojrzenie i zwraca się do mnie, szukając aprobaty:

– To się nazywa sprzęt! – Akcent ma taki, jakby wyrąbywała słowa siekierą.

– Wyższa klasa.

Moja odpowiedź ją ośmiela; widać, że ma ochotę pogadać.

– U nas w domu był jeden doktor na całą dzielnicę. Doktor był dobry, tylko lekarstw nie miał. A z instrumentów miał srebrną rurkę. Została mu po ojcu.

– Co takiego? – wsłuchuję się. – Jaka znów rurka?

– Srebrna rurka. Co się nią leczy dyfteryt.

– Co to jest dyfte... Jak?

– Dyfteryt. Kiedy gardło zarasta błoną, taka choroba. I człowiek dusi się na śmierć – chętnie wyjaśnia kobieta bez ręki. – Dużo ludzi u nas na to choruje.

– A po co ta rurka?

– Wkładają ją choremu do gardła. Przebijają błonę. I człowiek oddycha przez tę rurkę, aż choroba minie. Błona boi się srebra.

– Jakieś zabobony. Nie ma takiej choroby – mówię z przekonaniem.

– Jak nie ma, skoro brat na nią umarł jeszcze jako chłopiec? – Cmoka.

– I dlaczego lekarz nie uratował go swoją rurką?

– Nie mógł. Zabrali mu ją poborcy podatkowi. W końcu to srebro.

– Gdzie się dzieją takie rzeczy? – pytam z ciekawością.

– My z Rosji – uśmiecha się jednoręka kobieta.

– O! A ja słyszałem, że macie tam...

Ale w tym momencie druga ruda kobieta łapie się za swój rozdęty brzuch i nasza światowa konwersacja się kończy. Kobiety zaczynają szeleścić w swoim drwalim języku, azjatycka pielęgniarka wybiega z gabinetu z obojętną miną i ciągnie tę, która wciąż ma obie dłonie, na oddział położniczy czy jak się tam nazywa to pomieszczenie. Jednoręka pośpiesznie szura za nią, mówiąc jej pewnie, żeby wytrzymała.

Drzwi do gabinetu Margo pozostają uchylone, dobiegają zza nich głosy. Nikt mnie nie wzywał, ale muszę się wszystkiego dowiedzieć. Zakradam się i podsłuchuję.

– Kto ci to zrobił? – pyta cicho matka Annelie. – Co się stało?

– A co za różnica? Po prostu powiedz, co mi jest.

– Trzeba poczekać na wyniki badań, ale... ale na skanie...

– Przestań mnie trzymać w napięciu! Możesz po prostu...

– Wszystko masz porozrywane, Annelie. Twoje narządy są w strasznym stanie. Macica... Jak oni to?...

Ja wiem, mogę opowiedzieć. Annelie, lepiej tego nie wspominaj...

– Pięścią. Miał coś na ręku. Sygnety. Bransoletę. I całą resztą – mówi obojętnym tonem.

Przez kilka sekund jej matka próbuje pewnie udawać współczucie, ale ton jej głosu nadal jest chłodny, rzeczowy.

– Rozwija się zakażenie. Trzeba to wyciąć, Annelie... Wysterylizować...

– Co znaczy wysterylizować? Co to znaczy!?

– Posłuchaj... To, co tam teraz masz... Sądzę, że... Nie sądzę, żebyś teraz kiedykolwiek...

– Sądzisz czy nie sądzisz!? Mów po ludzku, po to tu przyszłam! Nikt nie powie mi tego konkretniej od mojej mamusi! Akurat ty na pewno nie będziesz mi robić fałszywych nadziei, prawda? Mów!

– Obawiam się... – Margo szeleści papierkiem od miętówki. – Nie ma mowy. Nie będziesz mogła zajść w ciążę. Z taką sieczką w środku... Ot i cała historia.

– I co? Nawet ty niczego nie możesz zrobić? Ty, święta, cudotwórczyni? Ty, do której ludzie czekają po sto lat! Po co tak się do ciebie pchają, jeśli nie potrafisz pomóc własnej córce?

– Annelie... Nie wyobrażasz sobie, jak mi żal...

– No myślę, że ci żal, bo twoja linia też się skończy! Nie wiem, czy chciałaś niańczyć swoje wnuki, ale teraz już niestety...

– Boże. – Margo milknie. – Jak ty żyjesz? Jak mogło ci się coś takiego przytrafić? Myślałam, że wyjechałaś do Europy... Urządziłaś się...

– Powiem ci jak. Wpadłam z moim facetem i przysłali do nas Nieśmiertelnych. Znajoma historia? Tylko zamiast zastrzyku załatwili sprawę pięścią.

– Moja biedna...

– Masz papierosy?

– Nie palę. Naprawdę, wszystkie wyrzuciłam. Chcesz cukierka?

– Niedobrze mi od tych twoich cukierków! Jak mają mi pomóc cukierki!?

Wejść. Złapać tę bladą sukę za kark, napchać jej pełną gębę jej cholernych cukierków, wcisnąć w tchawicę.

– Nieśmiertelni... Co za koszmar... Nie powinnaś była stąd wyjeżdżać... Tutaj się nie pokazują... Mogłabyś...

A więc teraz już wiesz, gdzie się przed nimi ukryć, co? Teraz, kiedy twój mąż leży w grobie, a twoja córka przeszła przez internat, w końcu to do ciebie dotarło! Dlaczego puściłaś Annelie do naszego szczęśliwego kraju!? I po co prawisz jej teraz morały!?

– To już się stało! Niepotrzebne mi teraz twoje scenariusze, mamo! Sama mogę sobie namalować swoje szczęśliwe życie, z wyobraźnią wszystko u mnie w porządku. Problemy to ja mam z macicą! A ty niczego z tym nie możesz zrobić, co? Nie chcesz nawet spróbować! Zdaję sobie sprawę, że nie poprawi ci to specjalnie wskaźników, ale jednak! Czyżbyś nie miała dla mnie zupełnie nic!?

Coś ćwierka.

– Zaczekaj. Przyszły wyniki. Hormony i... – Margo stuka w klawisze. – Poziom bakterii... Krew...

Starczy tego przeciągania! Mów, co tam jest!?

– Zapiszę ci antybiotyki... Żeby nie doszło do zakażenia krwi i... I jeszcze środki przeciwbólowe.

– I co będzie? Co ze mną będzie potem?

– Ale i tak rekomenduję operację. Usunięcie...

– Nie!

– I tak nie będziesz miała dzieci, Annelie! Trzeba zminimalizować ryzyko...

– Dawaj tu te swoje pieprzone tabletki! Gdzie one są!?

– Posłuchaj...

– Nie będziesz za mnie decydować. To moje życie, nigdy o niczym w nim nie decydowałaś i teraz też nie będziesz. Dawaj tabletki. Wychodzę.

– Naprawdę mi przykro! Proszę... Trzymaj. I te... Dwa razy dziennie. Zaczekaj... Może wpadniesz... wpadniecie dziś do mnie i Jamesa? Właśnie się wprowadziliśmy... Teraz mieszkamy tuż obok, nad misją...

– Daj komunikator.

– Co?

– Daj mi swój komunikator.

A ta znowu swoje. Słyszę, jak Margo odpina bransoletkę, jak Annelie obsesyjnie pociąga nosem, sprawdzając swoją pocztę.

– Dziękuję. Dziękuję ci za wszystko, mamusiu.

– Wpadniecie do nas? Kończę o dziesiątej...

Annelie wypada na korytarz i trzaska drzwiami tak, że sypie się tynk. Wychodzimy na zewnątrz, drżącymi palcami rozrywa opakowanie tabletek, zlizuje je z dłoni suchym językiem, zmusza się, żeby je przełknąć. Zdaje się, że nie ma pojęcia, co robić dalej.

– Dokąd teraz? – Dotykam jej łokcia.

– Ja – donikąd. A ty – dokąd chcesz.

Naprzeciwko nas jest barek z libańskim kebabem.

– Zaczekaj tu na mnie.

Wracam z herbatą i dwiema parującymi paczuszkami. Pierwsze piętro nad jadłodajnią zajmuje nędzny seksmotel, potwornie drogi, ale z pokojami dla dwojga; dobrze że pośród tego piekielnego zamętu można się chociaż z kimś przespać bez świadków.

– Może po prostu odpoczniemy, co?

Wszystko jej jedno. Nie ma recepcji, opłata jest automatyczna. Cienkie ścianki są w całości obwieszone babami o rozsuniętych udach, widać w celu stworzenia romantycznego nastroju; pokój ma rozmiar mojej szafy – to jedno wielkie łóżko. Jest za to okno – nieoczekiwanie duże, prawdziwe okno wychodzące prosto na drzwi misji. Annelie od razu je zasłania.

Wręczam jej kebab.

– Mam nadzieję, że nie jest z człowieka – żartuję.

Odgryza kawałek i zaczyna przeżuwać, zapomina tylko przełykać.

– Lepiej, żeby zdechła, tak jak twoja – mówi Annelie. – Za każdym razem kiedy ją widzę, myślę, że tata niepotrzebnie dał sobie zrobić zastrzyk za nią. „Do mnie i Jamesa..."

– Ty i on... Kochałaś go? – Niezręcznie mi o to pytać.

– Ona w ogóle mnie nie chciała. To ojciec nalegał. Mieszkali w Wielkiej Europie, w Sztokholmie. Zaszła w ciążę, chciała dokonać aborcji. Ojciec mówił: „Nie trzeba, uciekniemy do Barcelony albo dokądkolwiek, będziemy żyć, jak kiedyś żyli ludzie – w rodzinie". Ale mama czekała wtedy na wakat. W klinice chirurgii plastycznej. Dużej i drogiej. Czekała kilka lat. I nie zamierzała wyjeżdżać do żadnej Barcelony. Ojciec tak obstawał przy dziecku, że ustąpiła. Tak mi powiedziała. Szczera, nie? Ale odmówiła wyjazdu ze Sztokholmu. Miejsce w klinice zwolniło się, kiedy został jej miesiąc do porodu. Powiedzieli, że nie będą tyle czekać. Znalazła podziemną klinikę położniczą, zrobiła cesarkę. I na trzeci dzień poszła do pracy.

– Zupełnie jej nie przypominasz – mówię.

– Niby dlaczego miałabym ją przypominać? – uśmiecha się Annelie. – Praktycznie mnie nie widywała. Zarabiała pieniądze, ze mną siedział ojciec. Zmieniał pieluchy, mył, karmił z butelki, uczył raczkować, siedzieć, stać, chodzić, sikać do nocnika, myć ręce, mówić, czytać, śpiewać, rysować. Wieczorami kładł mnie spać, opowiadał mi bajki przed snem.

Napycham sobie żołądek wystygłym mięsem. Z jakiegoś powodu zaczyna mnie swędzieć całe ciało, drga mi powieka.

– Szczególnie lubiłam jedną, o małej dziewczynce Annelie. Tych bajek było dużo, ale jedna z nich była o tym, jak Annelie dowiedziała się, że tak naprawdę jest księżniczką, a jej ojciec i matka to król i królowa. Zezłościłam się wtedy na niego. Powiedziałam, że nie trzeba mi żadnego króla, że w moim tacie wszystko mi pasuje. I zamiast słuchać, sama zaczęłam opowiadać bajkę. Pod koniec na zmianę wymyślaliśmy, co działo się potem. Wyszła z tego bardzo wesoła historia. Ta bajka była najciekawsza ze wszystkich. Ale wyleciało mi już z pamięci, jak się to wszystko skończyło. Myślałam, że dam nogę z internatu, znajdę go i zapytam.

Odkładam kebab. Nie ma smaku. Piję łyk herbaty – jest zimna.

– Kiedy odszukałam mamę, chciałam się od niej dowiedzieć. Powiedziała, że się nie orientuje, bo nigdy nie udawało się jej wychodzić z pracy wcześniej niż o jedenastej i zawsze już spałam; że ktoś w domu musiał zarabiać pieniądze, a ten, kto potrafił tylko gadać, siedział w domu i gadał. Jak zatem miałabym być podobna do mamy? Jestem kopią ojca.

– Miałaś szczęście.

– Co?

– Przynajmniej możesz dać jej w twarz.

– Nigdy tego nie zrobię. Chociaż dzisiaj było blisko. „Myślałam, że chcesz przedstawić go swoim rodzicom..."

Piję herbatę.

– Chciałbym poznać twojego ojca.

Annelie się uśmiecha.

– A swojego nie?

– Po co? Do ojca nie mam żadnych pytań. Oprócz tego, skąd u mnie taki dziób.

Kładzie się na łóżku. Patrzy w sufit – niski, z nieregularnymi żółtymi plamami od przeciekającej od sąsiadów wody.

– Chyba nie wolno ci tu teraz być ze mną? – pyta Annelie. – Łamiesz teraz jakieś swoje reguły, tak?

– Kodeks.

– I co, nikt nie spyta, co robiłeś w Barsie z laską terrorysty?

– Teraz o tym nie myślę.

– Słusznie. Są rzeczy, o których lepiej w ogóle nie myśleć.

Annelie wzdycha, przewraca się na brzuch.

– Twój nos wygląda normalnie... A to złamanie, tak? – Dotyka grzbietu mojego nosa.

– Złamanie. – Odsuwam się. – W pracy...

– W pracy. – Zabiera rękę. – Za to pytań do matki zebrała ci się pewnie cała masa.

Nie mam zamiaru się zwierzać, ale jakimś sposobem udaje się jej wywiercić dziurę w moim pancerzu. Ta głupia historia o bajce z zapomnianym zakończeniem... Z dziurki wygląda Siedemset Siedemnasty. Ma dość skarżenia się mnie. Zna już wszystkie moje odpowiedzi.

– Dlaczego nie zgłosiła ciąży? – wyciąga go Annelie. – Dlaczego oddała cię Nieśmiertelnym?

– Przede wszystkim: dlaczego się nie zabezpieczała, kiedy posuwały ją jakieś typy spod ciemnej gwiazdy? – uśmiecha się do niej Siedemset Siedemnasty.

Annelie kiwa głową.

– Dlaczego nie zażyła tabletki, kiedy byłem zlepkiem komórek i było mi wszystko jedno?

Annelie nie przerywa Siedemset Siedemnastemu i ten zaczyna się rozzuchwalać.

– Dlaczego nie wyskrobała mnie, kiedy nie miałem jeszcze ust? Nie zgłosiłbym sprzeciwu. No i po co było rodzić mnie w domu i skrywać przed wszystkimi? Czekać, aż zabiorą mnie Nieśmiertelni? Aż wpakują mnie do internatu?

Annelie próbuje coś wtrącić, ale on już nie może się zamknąć. Palce same mi się zaciskają, duszę kebab w picie jak kobiecą szyję, ręce już całe mam w białym sosie; przez rozdarte ciasto widzę mięso.

– Aż będą mi tam łamać palce i wkładać mi fiuty! Aż zamkną mnie w ciasnej skrzyni! Aż spędzę tydzień we własnym gównie! Aż stanę się taki jak wszyscy! Dlaczego nie można było mnie zgłosić jak człowieka, żebym mógł pobyć z nią choćby i te dziesięć lat! Chociaż dziesięć zasranych legalnych lat!

Rzucam kebabem o ścianę, biały sos spływa po twarzy jakiejś modelki. Głupie i niesmaczne. Uniesienie mija. Cała ta moja spowiedź to idiotyzm i samoponiżenie; Annelie i beze mnie ma się czym martwić. Czuję wstyd. Podchodzę do okna, wdycham zadymione powietrze z ulicy.

– Trzymali cię w skrzyni? – pyta. – W grobowcu?

– Tak.

– Za co?

– Próbowałem uciec. Mówiłem już...

– Jaki miałeś numer?

Otwieram usta, żeby powiedzieć – i nie udaje mi się. Łatwiej mi podać swoje imię niż numer. Kiedyś było na odwrót. W końcu przełamuję się i wyduszam:

– Siedem. Jeden. Siedem.

– A ja byłam Pierwsza. Nieźle, co?

– Pięknie.

– Bardzo. Poprzednia Pierwsza oblała próbę połączenia, więc zesłali ją do szkoły dla wychowawców. Numer się zwolnił, ale zostały jej wredne koleżanki. Te suki za każdym razem syczały do mnie: „Nie jesteś prawdziwą Pierwszą, jasne?". Lubiły zaczaić się na mnie w ubikacji i przeciągnąć za włosy po podłodze. Tak więc wiedziałam, kim zostanę, jeśli zbyt długo będę tam tkwić.

– Kto ci powiedział o wychowawcach? O tym, co się dzieje z tymi, którzy oblewają próbę?

– Nasza lekarka – uśmiecha się krzywo Annelie. – Lubiła ze mną gadać. U nas tylko chodziły o tym słuchy. Oblejesz próbę – zostaniesz w internacie na zawsze. Wychowawcą jest się dożywotnio.

– A u nas był taki jeden... O trzy lata starszy ode mnie. Pięćset Trzeci. Przez cały czas próbował mnie przelecieć. Gdyby nie on, pewnie nie zdecydowałbym się na ucieczkę. Odgryzłem mu ucho.

– Ucho!? – Annelie śmieje się.

– No tak. Ucho. Odgryzłem i schowałem. I nie oddałem, póki nie zgniło.

I nagle mnie też wydaje się to śmieszne – głupie i śmieszne. Odgryzłem swojemu prześladowcy ucho i uciekłem z tym uchem w ustach. Takich rzeczy nie ma w filmach. Dopiero po chwili zdaję sobie sprawę, że Annelie też zna Pięćset Trzeciego.

– A ten pistolet... To prawda? Że znalazłeś okno i wywaliłeś w nim dziurę?

– Czyli jednak mnie słuchałaś? Myślałem, że byłaś pochłonięta myślami o swoim Wolfie...

– Słuchałam cię.

– Tak. Pistolet to prawda. Tyle tylko, że okazało się, że to nie okno, ale ekran. Daleko nie uciekłem.

Podnoszę rolety, otwieram okiennice. Siadam na parapecie.

– Ty chyba w ogóle mylisz rzeczywistość z obrazami, co? – Annelie uśmiecha się do mnie. – W swoim rajskim ogrodzie też przywaliłeś w ekran... W Toskanii.

– Zdarza mi się.

– Jesteś odważny. – Podchodzi do mnie, balansując na powygniatanym materacu. – Pistolet, okno. Bohater.

– Jestem idiotą.

Wchodzi cała na parapet, sadowi się plecami do framugi.

– Bohater. U mnie wszystko było prostsze. Podobałam się naszej lekarce. Mniej więcej tak jak ty swojemu Pięćset Trzeciemu. Starała się o mnie przez rok. Kładła u siebie w szpitalu, wzywała na badania, leczyła z nieistniejących chorób. Rozbierała mnie z byle powodu. Kiedyś zaproponowała, że mnie poliże. Dobra z niej była kobieta, nie chciała mnie zmuszać. Cały czas się wykręcałam, ale potem połączył się ze mną ojciec i powiedziałam jej: dobrze. Dogadałyśmy się.

Nie, Annelie. To nie tak! Odkryłaś tajne przejście, przekradłaś się obok ochrony, wyłączyłaś alarm... Zdołałaś znaleźć wyjście, to była ucieczka, udało ci się to, czego nie potrafiłem ja ani nawet Dziewięćset Szósty... Przecież okazałaś się lepsza od niego, odważniejsza, powiedziałaś ojcu to, co chciałaś – a nie to, czego wymagali wychowawcy...

– Oddałaś się jej... I ona cię wypuściła?

– Nie.

W domu naprzeciwko zapala się światło w oknach na pierwszym piętrze. Dokładnie nad siedzibą misji. Szczupły mężczyzna z bakami i przyciętymi wąsikami nakrywa do stołu.

– Gdybym po prostu jej się oddała, wyruchałaby mnie, i tyle byłoby z naszej umowy. Mają dobre pensje i dwudziestoletnie kontrakty, po co ryzykować? Zaczęłam prowadzić z nią grę. Po połączeniu powinni byli wysłać mnie do szkoły dla wychowawców, ale ona wzięła mnie do szpitala. Tolerowałam ją, a ona myślała, że mamy zakazany romans. Szukała językiem szczelin w moim ciele, a ja swoim – w jej duszy. U ciebie tak by się nie dało – uśmiecha się. – Przecież ty nie wierzysz w duszę.

– U nas to się nazywało inaczej.

– Sam widzisz, jaki jesteś wrażliwy. Za to ona wymyśliła mi długą ciężką chorobę, walczyła z nią, ale słabłam z każdym dniem, nie zdołała uporać się z kryzysem i w końcu umarłam w męczarniach. Biedaczka. Potem wywiozła moje ciało do niezależnej ekspertyzy i dostarczyła je prosto do Barsy. I tu był nasz ostatni raz. Snuła plany, jak to będziemy się spotykać, kiedy już wszystko przyschnie, błagała, żebym słała jej listy z cudzego adresu. Oczywiście nie napisałam do niej ani razu. Wystarczył mi ten rok, kiedy mnie wykorzystywała. Po prostu musiałam się wydostać i zdążyć znaleźć ojca.

Wąsaty mężczyzna w oknie naprzeciwko rozstawia świeczniki, zbliża zapalniczkę do knotów. Wykonuje jakieś gesty rękami i w domu zaczyna grać muzyka. Annelie i ja obserwujemy go przez przejrzyste firanki. Widzimy, jak otwierają się drzwi wejściowe, jak na progu pojawia się jej matka. Omal nie padając ze zmęczenia, wyciska z siebie uśmiech – tamten podaje jej szklankę wody, pomaga się rozebrać.

W naszym pokoju pali się maleńka burdelowa lampka nocna, nie ujawniając naszej obecności; ani Margo, ani jej boyfriend nie widzą, że ich obserwujemy.

– Czasem śni mi się, że on siedzi w nogach mojego łóżka i opowiada mi tę naszą bajkę. I właśnie we śnie ją pamiętam – całą, do końca. Otwieram oczy – nie ma go. Czasem go wołam, chociaż zdaję sobie sprawę, że to był sen. Po co to robię? Wiem przecież, jak się to wszystko skończyło: ojciec miał wylew i widocznie nikogo nie było obok, żeby mu pomóc. A mama znalazła sobie nowego wspaniałego Jamesa, który gotuje i rucha lepiej niż poprzedni.

– Chodźmy do nich, chcesz? – proponuję. – Powiedz jej to wszystko. Przecież żyje. Możesz jej to wszystko powiedzieć.

– Po co? Żeby zepsuć tym gołąbeczkom wieczór? Jak jej to wyjaśnić?

– To, że możesz po prostu wszystko jej powiedzieć, jest wiele warte. To, że żyje i może ci odpowiedzieć. To, że nie rozmawiasz sama ze sobą.

Annelie mruży oczy.

– A jeśli twoja matka też nie umarła? – mówi.

– Jak to? Jakim cudem!?

– Ile miałeś lat? Dwa?

– Cztery.

Margo znika na kilka minut – James tworzy coś w kuchni. Potem tamta wraca w szlafroku i ręczniku zawiniętym wokół głowy jak turban. Annelie milknie, nie może oderwać od niej oczu. Gdybym mógł właśnie tak, z okna naprzeciwko, niewidoczny, patrzeć teraz na swoją matkę...

Potem otwiera usta:

– A jeśli czegoś nie pamiętasz? Ja na przykład zapomniałam, że kiedy przyszli Nieśmiertelni, mama trzymała mnie na rękach. Nie znałam całej tej historii o tym, że przez dwa lata czekała na miejsce w tej swojej klinice. Nie zdawałam sobie sprawy, że mogła jednak zrobić aborcję, gdyby zupełnie mnie nie chciała.

Czy niczego nie zapomniałem?

Oto komiks: herbaciany kwiatek, robot, krucyfiks, drzwi: „Bum, bum, bum", kobieca twarz: „Nie bój się, bla, bla, bla", wicher, szturm, maski, „Kto jest ojcem?", „Nie wasza sprawa!", „Pójdziesz z nami!", ale nigdzie nie ma obrazka, na którym moją matkę biorą za rękę, przystawiają jej do nadgarstka iniektor, robią zastrzyk.

„Nie wasza sprawa!" niekoniecznie znaczy „Nie wiem!".

Może wiedziała? Może go wskazała?

Może to nie ona powinna była łączyć się ze mną w internacie, lecz ojciec!? Wąsaty James odsuwa krzesło, pomaga Margo usiąść, pochyla się nad nią, obejmuje ją od tyłu. Szepcze jej coś na ucho – ta śmieje się i odpycha go.

– Pójdziemy do nich? – prosi niespodziewanie Annelie.

– Dobra.

Zamykamy pokój, przechodzimy przez ulicę, wchodzimy po rozsypujących się schodach, dzwonimy do drzwi. Otwiera wąsacz, jedną rękę trzyma za plecami – ale potem pojawia się Margo, uspokaja go. Stół jest przygotowany dla dwojga, ale James migiem nakrywa też dla nas.

Bardzo mu miło poznać córkę Margo, tyle o niej słyszał. Na ich parę przypada oddzielny pokój z ubikacją, ale mieszkanie należy, rzecz jasna, do misji – ich samych nigdy nie byłoby stać, on też pracuje dla Czerwonego Krzyża, wynagrodzenie starcza tylko na jedzenie i ubrania. Nisko nad stołem wisi wielka lampa z materiałowym abażurem w kolorze terakoty, ściany są pomalowane na granatowo, z innych mebli jest tam jeszcze łóżko na półtora miejsca. Annelie patrzy na Jamesa wilkiem; ten chwali jej fryzurę. Córka prosi matkę o komunikator, ale wciąż nic nie przyszło. Na kolację są krewetki z wodorostami, lecz nasze brzuchy są już wypchane zimnym kebabem z człowieka. James to chyba niezły facet, ale nikogo to już nie obchodzi. Annelie nie odpowiada na jego pytania, nie śmieje się z jego sympatycznych żartów. Margo milczy, rzuca swojemu boyfriendowi pełne poczucia winy spojrzenia: zaprosiła na kolację potwora, głupio wyszło. On, żeby rozładować sytuację, wyciąga skądś butelkę wina – które na pewno chowali na bardziej odświętną okazję. I wtedy wszystko się zaczyna.

Nalewa nam, sobie, ale omija Margo.

– Nie pijesz? – zadziera podbródek Annelie.

– Nie powiedziałaś jej? – odwraca się do jej matki James.

Ta ledwie zauważalnie kręci głową; zaczyna rozsmarowywać pastę na grzance. Skoro nawet ja już to widzę, to Annelie tym bardziej.

– Nie powiedziałaś czego?

James mamrocze coś z zakłopotaniem.

– Czego nie powiedziałaś? To dlatego nie palisz, tak?

– Oczywiście zamierzałam cię poinformować, ale biorąc pod uwagę twoją sytuację... – mówi Margo sucho.

– Zaciążyłaś! Z nim! – Annelie wskazuje palcem na Jamesa. – Z nim!

– Wiedziałam, że cię to rozstroi. Dlatego...

– Na pewno nie będę ci gratulowała!

– Annelie... Proszę cię, uspokój się.

No jasne.

– Jesteś w ciąży i będziesz miała dziecko! Dla mnie nie możesz niczego zrobić, a sama...

– Co to ma do rzeczy!?

– Ty! Po co ci ono!? Po co ci jeszcze jedno!?

– Twoja matka i ja od dawna chcieliśmy... – wtrąca się wąsacz.

– Moja matka i ty! Przecież ona jest jak pajęczyca. Zapłodnisz ją, a ona cię pożre!

– Przestań! Jak śmiesz tak ze mną rozmawiać!

– Jesteś w naszym domu, Annelie... Więc...

– W waszym domu! To nieuczciwe, jasne!? Nieuczciwe!

– Nie będziemy o tym rozmawiać przy obcym...

– Ona znów będzie miała dziecko, za to ze mnie trzeba wyskrobać wszystkie bebechy, tak?

– Czego ty ode mnie chcesz?

– Po co ci jeszcze jedno dziecko, jeśli nie wiesz, co robić z pierwszym!?

– To nie moja wina, że taka wyrosłaś...

– Nie twoja!? A czyja!? Moja!? To moja wina, że siedziałam w domu do trzeciego roku życia? Że zamknęli mnie w internacie? Wiesz, jak tam jest wesoło!? Może sama się o niego prosiłam!?

– To dlatego, że twój ojciec...

– Mój ojciec zmarł, mamo! Zmarł! Wyrzuciłaś go na śmietnik i tam właśnie zdechł! I ciebie, James, też spisze na straty! Bo kiedy przyjdą do was Nieśmiertelni, schowa się za twoimi plecami! Ona cię nie kocha! Nie potrafi!

– To kłamstwo! Kłamiesz! Mała złośliwa suka!

– Ja kłamię? To gdzie on teraz jest? Gdzie jest tata!?

– Nie znałaś go! „Nie chcę ci przeszkadzać, odejdę, żeby nie marnować ci życia!" Nie dało się go przekonać! Wszystko zawsze było tak, jak on chciał, choćbym nie wiem jak się sprzeciwiała! „Chcę mieć dziecko!" Mówiłam – nie, marzę o tej pracy, o karierze! O wielkim domu! O normalnym towarzystwie! A on tylko o tej swojej Barcelonie! O dobroczynności! Odpowiedzialności społecznej! I co!? Dobra! Dziewięć miesięcy mieszkałam w jednym pokoju, żeby nikt nie zobaczył mojego brzucha! Praca, moja praca – stał się cud, zwolniło się miejsce! Trzęsłam się ze strachu, że ktoś się domyśli, że ktoś się dowie, a ten cały czas o tej swojej Barcelonie! Sam poszedł pierwszy, żeby zrobili mu zastrzyk! Dlaczego niby jestem winna!? Robiłam wszystko tak, jak chciał! Myślisz, że go nie kochałam!? Więc dlaczego!?

Stoją naprzeciwko siebie; Margo dostała wykwitów i jakby urosła, jakby pękła jej piękna czysta skóra. Annelie się trzęsie.

– Daj spokój! On odszedł, a ty się z tego cieszyłaś! Wcale go nie zatrzymywałaś! Zabrali mnie, a ty byłaś cała zadowolona! Wreszcie mogłaś żyć tak, jak chciałaś!

– Gdzie ja teraz jestem!? No, gdzie!? Gdzie moje światowe towarzystwo!? Gdzie mój wielki dom!? Gdzie mój mąż!? Gdzie moje życie!? Do tej pory nie żyję swoim życiem, tylko jego!

James, blady jak ściana, siedzi przy stole.

– Myślisz, że jemu jest od tego lepiej!?

– A co mogę zrobić? Co jeszcze mogę zrobić!? Szesnaście lat minęło! Szesnaście! Tkwię w tej dziurze, pomagam ludziom, robię to, czego chciał! Zawsze robiłam to, czego chciał! Tysiąc kobiet rocznie, tysiąc dzieci! Czego ty jeszcze ode mnie chcesz!?

– Kochanie, nie powinnaś się tak denerwować... – mamrocze James. – Czas na was.

– Jesteś dla mnie nikim, jasne? – cedzi Annelie. – I nie waż się mówić mi, co mam robić.

– Czego ty ode mnie chcesz!? – Margo zrywa się, głos jej się załamuje, w jej oczach stoją łzy. – Czego!? Żebym to ja, a nie twój ojciec, podwinęła wtedy rękaw!?

– Tak!

– Myślisz, że o tym nie myślę!? Żałuję już, że tego nie zrobiłam! Żałuję! Ale nie cofnę czasu! Nie rozumiesz? Stało się tak, jak się stało! On dokonał swojego wyboru, a ja swojego, i to ja muszę z tym teraz żyć!

– Łżesz. Łżesz.

– Żałuję!

– Żałujesz? Więc po co to wszystko powtarzasz!? Zgłosiliście ciążę?

Margo milknie; James kaszle, ociera wąsy, wstaje.

– Postanowiliśmy się z tym nie śpieszyć. W końcu Nieśmiertelni się tutaj nie pchają, więc...

– Dlaczego mam nie mieć prawa do drugiej szansy? Dlaczego nie mogę spróbować zrobić wszystkiego tak, jak należy? – Margo wydusza z siebie słowo po słowie. – Przez szesnaście lat nie żyłam. Teraz chcę mieć dziecko – ja, a nie on. Jasne? Chcę poczuć, że jestem kobietą! Poczuć, że żyję!

Annelie kiwa głową. Kiwa głową. Krzywi się.

– No to zrób wszystko, jak należy! Weź na siebie odpowiedzialność! Zgłoś dziecko! Żeby nie wzięli go do internatu! Zapisz je na siebie! Starczy tego pożerania facetów! Zapłać za to sama!

– Zrobiłabym tak! Ale to Barcelona i...

– I Nieśmiertelni się tu nie pchają, tak? Więc znów wszystko ujdzie ci płazem!?

– Powinni byli wtedy zrobić mi zastrzyk... Niech by mi zrobili, tak... – Margo szlocha, jej głos skrzypi.

– Wiesz co? Oto twoja druga szansa. Przyprowadziłam ci Nieśmiertelnego, mamo. Specjalnie. Tak jak chciałaś. Janie... Janie! Masz wszystko ze sobą? Te wasze rzeczy?

Plecak mam w nogach. Skaner, paralizator, pojemnik z iniektorem... Wszystkie nasze rzeczy.

– Annelie... – zaczynam.

– Jak to!? To jest... – James zrywa się z miejsca. – Na pomoc! Tu jest...

I to już należy do mojego zakresu kompetencji. Mięśnie robią wszystko same. Ręka, plecak, włączam paralizator, zatykam mu usta dłonią, czuję łaskotanie wąsów, przykładam mu kontakt do szyi. Zzz. Tamten siada na podłodze. Zasłaniam okno. Czuję przedsmak akcji, ekscytację i wstręt. Chyba stęskniłem się za swoją pracą.

– Annelie... – Margo ochrypła. – Córeczko.

– I co teraz? No? No co!? – krzyczy Annelie. – Co teraz, mamo? Janie... Nie ma na co czekać. Mama chce, żeby w końcu wszystko było jak należy!

Wyciągam z plecaka i rozkładam na stole skaner, pudełko, maskę. Otwieram pojemnik – iniektor jest na miejscu, naładowany do pełna.

Wszystko lata mi przed oczami. Widzę i poruszam rękami, jakbym znajdował się pod wodą. Dobrowolne wezwanie. Zgłoszenie ciąży. Zapytanie do bazy. Zastrzyk. Usprawiedliwienie tego, co robiłem w Barcelonie. Kropka w historii Annelie i jej matki. Wszystko w normie. To przecież jej matka, a nie moja.

– Naprawdę przyprowadziłaś do mnie oprawcę? Tutaj?

Krew odpływa Margo z twarzy, z rąk – i razem z nią uchodzą jej siły.

– On ma na imię Jan, mamo. To mój przyjaciel.

Bezbarwna Margo opada na krzesło.

– Dobrze – mówi. – Rób swoje.

Siadam obok niej.

– Proszę podwinąć rękaw. Muszę mieć dostęp do pani nadgarstka.

Przystawiam do skóry skaner: ding-dong!

– Margo Wallin 14O. Urodzone dzieci: Annelie Wallin 21P. Innych ciąż nie zarejestrowano.

Margo nie patrzy na mnie, na moje narzędzia, jestem po prostu dodatkiem do jej córki, zakończeniem tej ciągnącej się od dwudziestu pięciu lat historii. A ja przeciągam sprawę. Po tym, jak zrobię jej badanie hormonalne, jej ciąża znajdzie się w bazie. I wtedy już nie do Annelie będzie należała decyzja, czy jej matkę czeka egzekucja, czy ułaskawienie.

– Dawaj – powtarza Margo. – Zaczynaj. Naprawdę tego chcę. Miałaś wtedy rację. Kiedy znalazłaś mnie po raz pierwszy. Cudze dzieci w obcych babach nie mają żadnego związku ani z tobą, ani z twoim ojcem. To w niczym nie pomaga.

– Nic nie pomaga, mamo.

– Więc niech pan robi ten zastrzyk. Może to minie. Chcę zapomnieć o tym wszystkim, zapomnieć i żyć dalej bez tego. Choćby dziesięć lat. Żyć tak, jakby poprzednim razem wszystko się udało.

– Tym razem też się nie uda. To nie mój ojciec.

– Wiem, że to nie twój ojciec. I dziecko też nie będzie takie jak ty. Ale postaram się tym razem zrobić wszystko inaczej. Żeby wyrosło na kogoś innego. Nie kogoś takiego jak ty. Masz rację: żeby wszystko wyszło, jak należy, trzeba od początku robić to, co należy. Od samego początku. Ja sama powinnam to wszystko zrobić. Ja.

Czekam na Annelie. Nie wtrącam się. Gdybym znalazł swoją matkę, chciałbym, żeby pozwolono mi spokojnie z nią porozmawiać, zanim skażę ją na śmierć. Zaciskam dłoń na jej ręce tak, jakbym miał spaść z urwiska, jeśli ją puszczę.

– Dlaczego tego wtedy nie zrobiliście? Dlaczego nie złożyliście deklaracji?

– Baliśmy się. – Margo nie odwraca wzroku. – Baliśmy się wybrać, które z nas umrze za dziesięć lat. Ktoś musiał wybrać za nas. To wszystko działo się przypadkowo. Trzymałam cię na rękach, ojciec zrobił krok naprzód.

– Dlaczego trzymałaś mnie na rękach? – mówi cicho Annelie.

– Nie wiem. – Margo wzrusza ramionami. – Chciałaś, żebym cię wzięła na ręce, i zrobiłam to.

Annelie odwraca się.

– To chyba był wieczór? Doczekałam się wtedy na ciebie. Tata powiedział, że mogę pójść do łóżka później, żeby cię przywitać. Czuwałam pod drzwiami. Tak właśnie było. Sama poprosiłam, żebyś mnie wzięła. Akurat teraz sobie przypomniałam. A potem znów ktoś zadzwonił do drzwi.

– Dziesiąta wieczorem. Piątek.

James pojękuje z cicha, nieznacznie porusza nogami. Na stole leży nakrycie ze strzykawki i maski – natychmiastowej starości i wiecznej młodości. Czekam na wyrok.

– Nie chcę, żebyś zaczynała wszystko do nowa w ten sposób – wyrzuca z siebie urywanymi słowami Annelie. – Nie chcę, żebyś się zestarzała, mamo. Nie chcę, żebyś umarła. Nie chcę.

Margo nie odpowiada. Łzy płyną jej z oczu; te oczy mają równo tyle lat, ile ona, żadne dwadzieścia dwa. Nie odważa się wyjąć ręki z mojego uścisku.

– Chodźmy, Janie. To wszystko.

Rozluźniam zdrętwiałe palce, na ręce Margo pozostawiam siną bransoletkę. Zamykam pojemnik, nieśpiesznie chowam do plecaka maskę i skaner.

– Do widzenia.

– Annelie? Wybacz mi, Annelie. Wybacz mi. Annelie?

– Pa, mamo.

Zatrzaskujemy drzwi, schodzimy na dół, zanurzamy się w tłumie.

– Trzeba się napić – postanawia Annelie.

I bierzemy po plastikowej butelce z jakimś tanim trunkiem, i ciągniemy go przez słomkę na miejscu, tłocząc się, ocierając o innych próżniaków, gapiąc się wokół. Ludzie wpychają mnie na Annelie; ale teraz właśnie musimy trzymać się siebie nawzajem.

– Dobrze, że nie zrobiliśmy jej zastrzyku.

– Dobrze – powtarza za mną. – Tylko mam ochotę to z siebie zmyć. Kupisz mi jeszcze jedną butelkę?

Wciągamy to świństwo i idziemy, trzymając się za ręce, żeby się nie zgubić. Dymią wędzarnie, fakirzy żonglują nożami, wąsate kobiety sprzedają smażone w syntetycznym tłuszczu karaluchy, pachnie przypalonym olejem i rybą, i zbyt mocnymi wschodnimi perfumami, uliczne tancerki w niewinnych woalkach nieprzyzwoicie kołyszą biodrami i brązowymi nagimi pośladkami, kaznodzieje i mułłowie werbują dusze, aktywiści Partii Życia wrzeszczą do megafonów coś o sprawiedliwości, umorusane dzieci ciągną za palce kopcących skręty dziadków, żeby kupili im jakieś liche słodycze, muzycy brzdąkają na mandolinach, migoczą różnokolorowe lampiony, a jakieś nastolatki całują się namiętnie, blokując przejście wszystkim pozostałym.

– Co się tak we mnie wczepiłeś? – Annelie ściska mi palce. – Wczepiłeś się i ani myślisz puścić...

Uśmiecham się i wzruszam ramionami; po prostu idę i gapię się dookoła. Z jakiegoś powodu czuję zadziwiający spokój; depcząca mi po nogach biedota nie irytuje, a smród tysięcy grilli nie przeszkadza mi oddychać.

Zmieniają się szyldy – arabskie supełki ustępują miejsca chińskim krzaczkom, rosyjskie bukwy wypierają alfabet łaciński porośnięty jakimiś ogonkami i kropeczkami, z okien zwisają flagi państw, które znajdują się po drugiej stronie ziemskiego globu albo dawno zniknęły, albo też nigdy nie istniały.

– Tutaj – mówi Annelie. – Innego miejsca tu nie ma.

Podnoszę wzrok: łaźnia. Wejście sili się na styl japoński, ale w środku już o tym zapomniano. Mrowie ludzi i wszyscy pomieszani – mężczyźni i kobiety razem, starcy i dzieci. Kolejka jest ogromna, ale szybko się przesuwa. Annelie na mnie nie patrzy, a sam nie potrafię zrozumieć, po co mnie tu przyprowadziła.

Żeby wejść, trzeba kupić bilet na przeźroczystej tasiemce. Annelie bierze do tego zestaw składający się z gąbki, mydła i maszynki do golenia. Przebieralnie są wspólne: na Dnie nie ma ceregieli.

Zdejmuje z siebie głupie ciuchy, które kupiłem jej w automacie, szybko i wszystko naraz, obnażając się nie dla mnie, lecz żeby robić swoje, w skupieniu i jakby wypełniając obowiązek. Żadnego zakłopotania. Dookoła pełno innych nagich ciał: piersiaste baby, siwiejący faceci z rozdętymi brzuchami, rozkrzyczana dzieciarnia, obwiśli staruszkowie. Dobrze, że są tu zamykane szafki – można zostawić plecak. Ściągam lepiącą się do ciała koszulkę, zdejmuję buty i całą resztę.

Annelie idzie dalej, a ja za nią; siniaki na jej łopatkach i udach z fioletowych powoli robią się żółte, strupy po zadrapaniach odpadły, zostawiwszy po sobie białe ślady, i nawet włosy, zdaje się, odrosły i opadają na ramiona. Czy to od mojego spojrzenia, czy innych, na jej plecach pojawia się gęsia skórka; dołeczki na drobnych pośladkach ma jak niektóre dzieci na policzkach. Niżej widzę ciemność.

W samej łaźni wszystko przesłania gęsta para: pokryte kafelkami ściany i betonową posadzkę. Tysiąc natrysków, wszystkie otwarte, oddzielone tylko przegródkami. Ta łaźnia to nawet nie tani erzac naszych wspaniałych parków wodnych, nawet nie ich parodia, ale wariacja na temat udających bloki sanitarne komór gazowych jakichś nazistowskich obozów koncentracyjnych.

Szum, brzęk miednic i głosy odbijają się rykoszetem od tysięcy ścian i ścianek, od lśniącego niskiego sufitu, z którego sączą się zimne krople; pośrodku wielkiej zasnutej parą sali stoją odlane z betonu ławki, a na nich balie, w których w wodzie z mydlinami pluskają się dzieci, nad nimi zwisają – ciężkie albo wyschnięte – piersi ich matek. Oto Sodoma – ale nie wytworna, jak nasza, lecz powszednia, wymuszona; tutaj nie ofiarowuje się swojej nagości innym, lecz przynosi ją ze sobą i odsłania z obojętnością na światło dzienne – po prostu dlatego, że nie ma gdzie jej podziać.

Annelie zajmuje jedną z kabin prysznicowych, ja drugą, za ścianą, skąd jej nie widzę. Odkręcam kurki, staję pod natryskiem. Woda jest twarda, dziwnie pachnie i bezlitośnie siecze mi ramiona. Ja też tego potrzebuję: zmyć to z siebie. Dobrze by też było otworzyć sobie brzuch, wyciągnąć po kolei wszystkie wnętrzności, przemyć je tym ostrym szarym mydłem i włożyć z powrotem.

– Janie, mogę cię prosić?

Zaglądam do niej.

Annelie stoi z włosami w pianie, zmytym tuszem i czystymi oczami. Bez makijażu jest inna – świeższa, młodsza – i jakby prostsza; ale i bardziej autentyczna.

– Wejdź.

Robię krok. Wystarczyłoby mi się teraz pochylić, żeby jej dotknąć. Bez butów jesteśmy takiego wzrostu, że jeślibym ją objął, mój podbródek znajdzie się dokładnie na czubku jej głowy. Jej piersi zmieściłyby się idealnie w moich dłoniach. Sutki ma nastroszone, pomarszczone od wilgoci. Brzuch – inny niż w moim śnie: nie ma tej twardej siatki mięśni. Żebra łączą się w ostrołuku; pod nim widać zapadlinę, cień – i wszystko to jest miękkie, wystawione na ciosy. Pępek jest płaski, dziewczęcy. Wstydzę się schodzić dalej wzrokiem na jej oczach: cała krew i tak spłynęła mi w dół.

– Pomożesz mi?

Daje mi maszynkę do golenia z zestawu.

– Chcę zmienić fryzurę.

Teraz już nie wytrzymuję i zerkam w dół.

– Idiota.

Uśmiecha się do mnie niemal czule. I pochyla głowę, białą od piany.

– Jak?

– Na zero.

– Mam cię ogolić do zera? – powtarzam. – Przecież masz takie piękne włosy... Dlaczego?

– Już nie chcę taka być.

– Jaka?

– Taka, jaką on chciał mnie zrobić. Nie chcę. Ta fryzura, te ubrania są jego... To wszystko nie ja. Już nie chcę.

Z mojej pamięci wynurza się sen, który śniła zamknięta w moim kubiku.

I wtedy dotykam Annelie lewą dłonią, odrzucam do tyłu włosy z jej czoła i przesuwam maszynką po skórze. Kosmyki spadają na ziemię – żałosne mokre kosmyki z ukośnej buntowniczej grzywki, potoki mydlin spłukują zarys, dzięki któremu Annelie była sobą. Mruży oczy, żeby nie trafiło do nich mydło, prycha, kiedy woda wlewa się jej do nosa.

Muszę obracać jej głowę, żeby było mi wygodniej – i jej zesztywniałe mięśnie nie od razu się rozgrzewają i poddają mojej woli. Ale teraz zaczyna lepiej wyczuwać moje ruchy, ugniatam jej nieufność jak plastelinę; i w tym, jak jej szyja odpowiada na ruchy moich palców, jest więcej seksu niż w jakimkolwiek z moich płatnych stosunków.

Za naszymi plecami kłębi się tłum ludzi, starych i młodych, mężczyzn i kobiet; przechodząc obok, potrząsają swoimi piersiami i członkami, zeskrobują z siebie wiekowy brud, przystają, żeby drapiąc się po głowie, popatrzeć na nas przez kłęby pary, chrząknąć i poczłapać dalej. Chrzanić to: ten świat jest tak wypełniony ludźmi, że nigdzie nie można w nim pobyć sam na sam. I mimo wszystko to tu, pod obcymi spojrzeniami, przeżywam największą bliskość ze wszystkich swoich doświadczeń z kobietami.

Na początku wychodzi mi to koszmarnie, wycięte maszynką przesieki przypominają ślady liszaju, niedogolone kosmyki sterczą jak u chorego psa, ale Annelie znosi moją niezręczność, nieudolność i z łysiejącej szpetoty zaczyna przebijać antyczna wytworność, autentyczne, pierwotne piękno, którego ludzka twórczość nigdy nie przewyższy.

Obrysowuję maszynką czyste linie jej czaszki – wyciosuję je z piany; i z piany wyłania się nowa Annelie, z której wycięto wszystko, co zbędne, co obce, prawdziwa Annelie, już gibka, już posłuszna moim rękom.

Odwracam ją plecami do siebie. Znów mydlę jej głowę. Ta traci równowagę, na mgnienie oka dotyka mnie całą swoją niedokładną geometrią i moja ręka się ześlizguje; skaleczenie. Ale nawet wtedy Annelie mnie nie odpycha.

– Bądź bardziej uważny – szepcze tylko.

To wszystko; teraz jest doskonała.

– Idź – rozkazuje. – Oddaj mi maszynkę i idź.

Jestem posłuszny. Zostaję sam w swojej kabinie i tylko rzucam wściekłe spojrzenia gapiom, którzy przystają naprzeciwko mojej Afrodyty.

– Nie będę już na ciebie czekać – słyszę skierowane w pustkę słowa. – Na nic już nie będę czekać.

Potem zabiera mnie i prowadzi poprzez przebieralnię na górę; okazuje się, że są tam pokoje wypoczynkowe z opłatą za minutę. W środku jest oczywiście ascetycznie, jak w domu publicznym. Ale my bierzemy ze sobą butelkę absyntu i mieszamy go z wodą gazowaną, i pokój daje nam dokładnie to, czego potrzebujemy: być we dwoje.

Annelie od razu się rozbiera. Ściąga ze mnie ubranie. Zostajemy na prześcieradle – siedzimy naprzeciw siebie, przygląda mi się – bezwstydnie, uważnie, wtedy i ja zaczynam tak na nią patrzeć.

– Nie wolno nam. Tobie nie wolno.

Wtedy Annelie zbliża się do mnie, łapie mnie za szyję i milcząc, przyciąga do siebie, pochyla w dół, wciska mnie między swoje nogi. Tam też jest goła, gładka, czysta. Wsiąkam w nią, próbuję, jak smakuje jej sok, całuję sam jej miąższ; ta wzdycha – głęboko, ciężko. Annelie smakuje na języku kwaśno, jak kontakty baterii, i jej słaby prąd pali mój umysł, zwęgla nerwy.

– I teraz... Teraz...

Jest już gotowa, odsuwa moją twarz, przyzywa moje usta do swoich, wbija się paznokciami w moje pośladki, przysuwa do mnie swoje gorąco, daje mi siebie, błaga, nie mogąc się doczekać, aż ją znajdę, obejmuje mnie chłodnymi palcami – i wsuwa mnie w siebie, i prosi, i sama wyznacza rytm: o tak, o tak, o tak, mocniej, mocniej, mocniej, tak, tak, tak, szybciej, szybciej, szybciej, szybciej, ostrzej, nie żałuj mnie, rozrywaj, rozrywaj, rozrywaj, jeszcze, jeszcze, jeszcze, niepotrzebna mi twoja pieprzona czułość, twoja pieprzona litość, mocniej, dawaj, no, dawaj, no przecież tego chciałeś, przecież chciałeś tego jeszcze wtedy, ze wszystkimi, z nimi, dawaj, dawaj, bierz, bydlaku, zwyrodnialcu, masz, masz, masz!!!

Chcę się wyrwać, ale nie puszcza, i nie wiem już, czy płacze, czy jęczy, czy jęczy ze szczęścia, czy z bólu, rozrywam ją – czy to ona mnie pożera, łączymy się czy ścieramy. I łzy, i krew, i pot, i sok – wszystko jest słone, wszystko jest kwaśne. Chwyta się mnie i sama się po mnie ślizga – jeszcze, jeszcze, jeszcze! – uderza swoimi kośćmi o moje, dusi mnie, wciska mi palce do ust, łapie za włosy, wyklina mnie, liże mnie w czoło, w moje zamknięte oczy, krzyczy i tonę w niej bez reszty, roztapiam się w niej i rozpadam, rozpadam się na kawałki.

Odrobinę mi do niej brakuje; i wtedy siada mi na twarzy całym moim, całym swoim brudem, i sunie po niej, i wierci się, i dusi mnie, póki nie uwalniam i jej. I dopiero to przywraca między nami pokój, cienki jak włoski na jej ręce.

Rozdział 19

BASILE

– Co to za miejsce? – Czujnie rozglądam się dookoła. – I dlaczego musieliśmy wyłączyć komunikatory? Będą nas szukać!

– Kino-Palast! – Basile chwyta za dolny skraj ciągnącej się aż pod odległy sufit kotary, ciągnie ją. – Berliński Pałac Filmu!

Kurtyna stawia opór, groźnie trzeszczy, posypuje nam głowy kilogramami kurzu, ale Basile zapiera się, odciąga jej skraj daleko, aż do samego końca sceny, aż wreszcie na górze coś ze skrzypnięciem się poddaje i zasłona nagle odjeżdża na bok, odsłaniając połowę brudnobiałego ekranu kinowego.

– Myślę, że tyle nam wystarczy! – woła do mnie Basile.

– Do czego?

– Mamy do pogadania!

Ja też mam z tobą do pogadania.

Pałac jest zrujnowany: fotele wyłamano i wyniesiono, zdarto parkiet, przez ciemnogranatowe ściany przebijają się kłącza ogromnych pęknięć, a dokładnie pośrodku wielkiej sali kinowej na ziemi leży rozbity żyrandol z brązu – olbrzymi, wielotonowy – i wszystko wokół jest teraz w kryształowych odpryskach.

Za ścianami słychać niskie buczenie i miarowy łoskot, od którego trzęsie się cały świat. Przewiercają się przez Ziemię na wylot i w powstałą dziurę wbijają kołek o średnicy Księżyca, takie to mniej więcej uczucie. Starego budynku nie trzeba będzie nawet burzyć: jeszcze chwila i sam się rozpadnie, nadwyrężony przez potężne wibracje.

– Przecież to plac budowy! – mówię do Basile'a. – Po jaką cholerę tu przyleźliśmy? Tu nie wolno wchodzić!

– Jak nie wolno, skoro tu jesteśmy? – Podchodzi do mnie, uśmiechając się od ucha do ucha. – Za miesiąc stanie tu fundament wieżowca Nowy Everest i wtedy faktycznie nie będzie dało się tu wejść. Ale na razie... – Basile, gościnny gospodarz, obwodzi swój pałac ręką.

– Posłuchaj! Niepotrzebnie tak unikasz naszych – poruszam niezwerbalizowany dotąd temat. – Przecież jesteśmy jednym oddziałem. Zapraszają cię, żebyś razem ze wszystkimi rozerwał się po pracy, oczyścił umysł, a ty tu...

– Może to i dziwne – robi minę – ale nie mam ochoty oglądać, jak Trzysta Dziesiąty korzysta z naszych opryskliwych etatowych prostytutek. Robi to tak bez wyrazu... jakby zależało mu tylko na tym, żeby każdy zobaczył, iż z jego życiem płciowym jest wszystko w porządku. A pozostali stoją dookoła i kibicują szefowi.

– Świetnie! – przerywam mu. – Nie musisz przecież robić tego razem z nimi, a wybór jest całkiem niezły! Jest ta... Agnija akrobatka. Jane też jest fajna, ta z jędrną trójką.

– Bardzo apetycznie opowiadasz! – Basile podsuwa mi pod nos pięść z wyprostowanym kciukiem. – Od razu znać mistrza!

– Nie rozumiesz, że to wygląda podejrzanie? – odpycham jego rękę. – Że oni wszyscy mnie pytają? Przecież jesteśmy drużyną! Nie mamy przed sobą nic do ukrycia!

– Ja mam. Mam małego pisiorka. Wstydzę się go. I nie chcę, żeby na jego widok Sto Sześćdziesiąty Trzeci tracił apetyt, kiedy wykręca ręce jakiejś dziewczynie z przypudrowanymi siniakami.

– A idź ty! Zaraz i mnie zemdli...

– Nie no, naprawdę, jaki to marazm – chodzić na dziwki we trzech i ruchać je na raz-dwa, jakbyś robił pompki na placu ćwiczeń? Pomyśl! Czy w kodeksie jest zapisane, że dowódca oddziału powinien protokołować każdy mój orgazm?

– Mówią, że coś się u ciebie dzieje.

– Dzieje?

– Że widzieli cię z jakąś kobietą.

– Powiedz im, że ssę pigułki błogości zamiast karmelków. Dobre na linię i w duchu regulaminu. Dobra, starczy tego przynudzania! Spójrz no lepiej, co wykopałem!

Ustawia na podłodze jakieś kieszonkowe urządzenie ze statywem, nacelowuje, wyszukuje coś w swoim komunikatorze...

– Hej-hop!

Biały stożek rozświetla unoszący się w powietrzu pył, a na brudnym ekranie nagle pojawia się barwne okno. Zaraz jak tylko zaczyna się czołówka, wszystko staje się dla mnie jasne. Znam na pamięć każdy kadr.

– Skąd?...

Zaczynam się czuć niezręcznie, jest mi wstyd; mam wyrzuty sumienia już przez samo to, że tu za nim przylazłem; po co mu „Głusi"? Dzisiaj? Tutaj? Ze mną? Żeby mi o wszystkim przypomnieć? Żeby mnie poniżyć?

Mimo to nie ruszam się z miejsca. Czekam, co nastąpi.

Basile nie odpowiada. Siada po turecku. Uważnie ogląda napisy początkowe. Uśmiecha się, odwraca do mnie, klepie obok siebie w zakurzoną podłogę.

– No siadaj! W końcu jesteśmy w kinie! Pełna wersja!

I oto... Dom, trawnik, fotele jak kokony, miś, rower, idealna para, wzorowi rodzice. Jak długo już ich nie widziałem? Od chwili gdy...

– Tato! Ta-to! Podjedziemy na rowerach na stację?

Na ekran wskakuje pięcioletni laluś w szortach i koszulce polo, włosy ma przycięte na modną pieczarkę, wypielęgnowane dłonie oparł na kierownicy – paznokcie są równiutkie i czyste. Wstrząsa mną dreszcz.

– A cóż to znowu za przesłodzony siurek?

– Też inaczej go sobie wyobrażałeś, co? – chrząka Basile. – Nie przejmuj się, za parę minut go stukną.

– To po to przyleźliśmy na plac budowy?

Basile nie od razu odpowiada.

– Dobra, tutaj zatrzymamy. Szkoda dzieciaka.

Włącza pauzę: film zatrzymuje się na klatce z widokiem z okna. Przyczesane jakby grzebieniem wzgórza, kapliczki, winnice, wysokie niebo, pierzaste obłoki.

Gdzieś na zewnątrz z ogłuszającym wyciem rozpędza się wiertło długie jak średnica Ziemi, zagłębia się w grząskiej glebie, na której stoi stary pałac, mury budynku przeszywa konwulsja. Z sufitu odrywają się kawałki betonu, odpada tynk.

– Ta ruina zaraz się zawali! – krzyczę do niego.

– Wyluzuj! – nakazuje Basile. – Masz, łyknij sobie dla kurażu!

I podaje mi butelkę. Z kompozytu, miękką, czarną. Na etykietce białymi literami napisano: „CARTEL".

– A to co znowu za trutka?

– Tequila!

– Tequila? O drugiej po południu?

– Tak! Tequila, człowieku! Tequila o drugiej po południu!

Przywiera do szyjki, pociąga duży łyk i oddaje butelkę mnie. Przyglądam się jej z niedowierzaniem: gazowane koktajle, piwo ryżowe – to rozumiem. Ale tequila?

Próbuję ostrożnie. Kwaśne paskudztwo drapie język i gardło, zjełczały posmak wżera się w kubki smakowe. Tequila zabarwia powietrze, którym oddycham, z krótkiego zamachu uderza mnie w splot słoneczny i poprawia na odlew po potylicy.

– No i jak?

– Obrzydlistwo.

– No nie bądź taką ciotą! – Bierze ode mnie butelkę, powtórnie się do niej przysysa, potem mi ją zwraca. – Dawaj jeszcze! Jak masz inaczej poczuć, że w ogóle żyjesz, co?

Piję znowu – za drugim razem tequila nie staje się ani o gram lepsza; to samo tanie świństwo z automatów – dla tych, którym wydaje się, że piwo ryżowe działa zbyt wolno.

Dziewięćset Szósty stawia butelkę na podłodze i klęcząc, zwraca się do niej jak do idola:

– Egzystujemy w akwariach i żremy plankton. W naszych żyłach płynie czarna rybia krew! – deklamuje. – Dawno już ostygliśmy. Bez ciebie nie zdołamy obudzić się do życia. Aby przywrócić nam ciepłokrwistość, potrzebna jest transfuzja. I ja dokonuję transfuzji – przetaczam tequilę.

Wtedy pada na twarz przed czarną butelką, naprawdę podobną do jakiegoś grubego idola z ery kamienia łupanego.

– O, tequilo! Papierze ścierny na moim gardle! Ty rozpuszczony bursztynie! Ty kwaśnożółty ogniu! Modlę się i ty wysłuchujesz mych modlitw. Wcześniej byłem śniętą rybą, przy tobie stałem się człowiekiem!

– Co to za bzdury? – prycham. – No, daj łyka.

Chcę też wlać w siebie to świństwo, a potem znów oddać mu butelkę i sprowadzić się do wspólnego mianownika z Dziewięćset Szóstym. Zrozumieć go. Spróbować go zrozumieć.

– To poezja! – Basile jest urażony. – To moje wyznanie miłosne. Miłości do tequili nikt mi nie zabroni.

– Klaun. Ani rymów, ani rytmu!

– Klauny mają prawo kochać klaunice, a ci co bardziej szaleni porywają się nawet na cyrkowe akrobatki. Chciałbym być klaunem.

– Możesz sobie chcieć czegokolwiek, tylko nie waż się o tym mówić przy Trzysta Dziesiątym albo Dziewięćsetnym...

– Albo Siódmym, albo Dwieście Dwudziestym, albo Dziewięćset Dziewięćdziesiątym Dziewiątym. Najlepiej, człowieku, mów o wszystkim sam ze sobą. Tylko wiesz, na głos nie można, bo mało to...

Nie czekam, aż skończy rozprawiać, ściągam butelkę z jej zakurzonego cokołu i piję.

Basile siada po turecku na podłodze przed oknem na Toskanię.

– Pamiętasz ten dzień, kiedy wypuścili nas z internatu? Pierwszy? Byłem pewien, że od razu tam pobiegnę, w to miejsce. Popatrzeć, jak tam jest naprawdę. Te wzgórza, niebo...

Pamiętam.

– Tobie też proponowałem, żeby tam skoczyć – przypomina mi nie wiedzieć czemu Basile. – Pamiętasz?

Oczywiście, że pamiętam.

– Nie.

– A ty na to: „Słuchaj, teraz nie czas na to, mamy rozdział mieszkań, trzeba wybrać jakiś porządny kubik, zanim inni porozchwytują co lepsze miejsca! Zdążymy do tej twojej Toskanii jeszcze ze sto razy!".

Tak właśnie było. Mój pierwszy dzień na wolności.

– No a co? Przynajmniej mam teraz kubik w dobrym miejscu, dwa kroki od głównego terminalu, a nie w ciemnej dupie jak niektórzy. Mogę być pierwszy na każde wezwanie!

– No tak, to rozumiem! A do Toskanii choć raz pojechałeś? Do tej naszej?

– Ależ na pewno już jej tam nie ma!

– Sprawdzałeś?

– A ty sprawdzałeś? – złoszczę się na niego; tequila się złości.

– Nie – Basile kręci głową. – Nie. Może byśmy skoczyli? Od razu teraz, co?

– Zwariowałeś? Jutro mamy dyżur! Poza tym – jak szukać tego miejsca? Może ten film kręcili gdzieś w Kanadzie! To znaczy, nie mam nic przeciwko, ale... Innym razem, kiedy będzie trochę więcej czasu...

– Nie będzie innego razu – mówi do mnie Basile.

– A to niby dlaczego?

Patrzy na mnie uważnie, badawczo.

– Wyjeżdżam.

Nie może być większego nonsensu niż to słowo. On oczywiście żartuje albo szydzi ze mnie; sprawdza moją reakcję.

– Dokąd?

– Emigruję. Na początek do Panamu.

– Co!?

Nieśmiertelni mają zakaz przekraczania granic Europy; nie mamy nawet paszportów.

– Nie mogę tu zostać, Siedemset Siedemnasty. Nie wolno nam. Daj łyka.

– Nam?

– Oni przecież wiedzą. Al i pozostali. Specjalnie cię do mnie wysłali. Jesteś moją rybą w gazecie, Janie.

– A idź ty!

– Że niby coś się u mnie dzieje? Tak, dzieje się. Dzieje.

– Co się dzieje? – Huśta mną, rozkładam ręce na boki jak linoskoczek.

– Korespondentka telewizyjna.

– Co to za brednie? Dawaj butelkę.

– Jest korespondentką telewizyjną. Ma na imię Chiara. Po włosku to znaczy „świetlista" – oznajmia mi Basile.

– Chwila! – Z trudem nakierowuję na niego palec wskazujący. – Co ty, naprawdę poderwałeś jakąś kobitę!? Spotykacie się!?

– To znaczy... była korespondentką. Wywalili ją z pracy. Powiedzieli, że się starzeje. Zmarszczki, dostrzegalne zmęczenie... Piersi już nie te.

– To nie prostytutka!? Spotykasz się z kobietą! Kretyn! Świr!

– Powtarzam jej: nie ma na świecie lepszych zmarszczek. Ubóstwiam twoje zmarszczki. Każdą. Wszystkie. Szczególnie te wokół oczu. I nie ma bardziej upragnionego szafotu niż wąwóz między twoimi dojrzałymi piersiami. Pasuje jak ulał do mojej głupiej głowy. Pozwól mi tylko przytknąć do niego usta – i oczekiwać ścięcia. Skoro miłość jest gilotyną, niechże mnie ścina. Jeśli umrę, znaczy to, że żyłem.

– Basile! Odbiło ci!? Basile!

– A ona do mnie: „Zgłupiałeś?". To właśnie dzieje się u mnie, człowieku.

– Zamknij się, słyszysz? Nie chcę tego wiedzieć. To jest trybunał! I jeśli na ciebie nie doniosę, mnie też czeka trybunał! To sprawa wyłącznie między tobą i tą... Po co mi o tym opowiadasz?

– A komu innemu mam się zwierzyć? Alowi?

Dyszę, zagryzam policzek od środka, żeby otrzeźwieć, ale wszystkie komórki mojego ciała są przesycone tequilą.

– Dlaczego ona ma zmarszczki?

– Zmarszczki i uroczego trzyletniego synka. Ma na imię Cesare. Nauczyłem go zwracać się do mnie „wujek Basile", ale parę razy się przejęzyczył i powiedział „tata". Było nam trochę głupio.

– Sypiasz z kobietą po zastrzyku? – Niedobrze mi z przerażenia; zupełnie jakby mi właśnie wyznał, że ma raka w ostatnim stadium.

– Chiara. Kocham ją. Ale nikomu nie powiesz, co?

– Nie. Nie, oczywiście, że nie! Ale... nie chcę o tym wiedzieć!

– Musisz, Siedemset Siedemnasty. Wybacz.

– Dlaczego!?

– Bo bez ciebie nie uda nam się uciec. Potrzebuję cię, żebyś mnie osłaniał.

– Odbiło ci – powtarzam. – Dokąd uciec!? Nigdzie przed nimi nie uciekniesz! Nie waż się nawet o tym myśleć!

– A co niby mam robić? Patrzeć, jak ona więdnie? Jak się starzeje? Oddać ją do rezerwatu? Podobno w Panamie nieśmiertelność można sobie kupić... Tam przynajmniej nie patrzą na starców jak na zakaźnie chorych...

– Po prostu ją zostaw! Zostaw i może Al po prostu o tym zapomni! Porozmawiam z nim! Jestem jego prawą ręką! Powiedz jej, że nigdy więcej się nie zobaczycie! Zmień identyfikator!

– Nie mogę. – Basile kręci głową. – Nie mogę, i tyle.

– Mięczak!

– No tak – wzrusza ramionami. – Nie jestem supermenem. Jestem zwyczajnym człowiekiem z krwi i kości. Żywym. Chyba mogę mieć jakieś słabości?

– Zamknij się!

Boję się o niego tak bardzo, jak nie zdarzało się od czasów internatu, od tamtego dnia, kiedy kłócił się z tym kapusiem Dwieście Dwudziestym, odmawiał piętnowania swojej matki, kiedy zabrali go do grobowca.

– Niczego cię nie nauczyli!? Nigdzie się przed nimi nie ukryjesz, Dziewięćset Szósty! Nigdzie! Nie masz nawet paszportu! Złapią cię na granicy i przepadłeś! Przecież to wiesz! Kastracja i rozdrabniacz! I to nam – właśnie nam! – każą ci to zrobić!

Basile uśmiecha się do mnie.

– Ale możesz też tego nie robić. Posłuchaj, wszystko obmyśliłem.

– Nie chcę niczego słuchać!

– W Hamburgu są ludzie, którzy podejmą się wyciągnięcia nas stąd. Chiara ich zna. Są w Niebiańskich Dokach. Trochę mętne z nich typy, to oczywiste – przywożą tu nielegalnych imigrantów z Rosji – ale to jedyna opcja. Jest jeden problem...

– Zamknij się!

– Będą mnie śledzić. Już to robią. Obserwują wszystkie moje ruchy. Dlatego właśnie prosiłem cię, żebyś wyłączył komunikator. Jeśli zdadzą sobie sprawę, że Chiara i Cesare są ze mną, że jedziemy do Hamburga... Możemy nie zdążyć. Ty musisz ich zabrać i pojechać jako pierwszy.

– Ja!?

– Jeśli coś się stanie... Po drodze albo w Dokach... Co ona sama zrobi? Ktoś powinien ich chronić. A nuż Al spróbuje... Wypłyniecie pierwszym statkiem, a kiedy przekroczycie granicę, Chiara da mi sygnał. W Dokach panuje wieczny bajzel, nikt cię nie będzie pilnował, przemkniecie się! Po prostu chcę mieć pewność, że wszystko z nią w porządku, że jest bezpieczna, zanim wyruszę. Dołączę do was w ciągu doby.

– Do nas? Do jakich „nas”?

Basile podaje mi butelkę, niemal pustą.

– Wyjedźmy stąd. Wyjedziemy, Janie. Wyjedziemy?

...wiertło wyje, unicestwiając berliński Kino-Palast; za kilka dni powstanie tu gigantyczny wykop, umieszczą w nim fundamenty Nowego Everestu, wyleją jezioro elastycznego cementu. Ale póki co wszystko jest na miejscu – odsłonięty do połowy ekran z tkaniny, opadły żyrandol z brązu, odłamki kryształów na zdartym parkiecie, stop-klatka z Toskanią i butelka cartela na nas dwóch.

Kręcę głową:

– Znajdą cię. Będzie trybunał. Nie uciekniesz im, Basile. Nie odpuszczą ci. Kobieta... Na to mogą jeszcze przymknąć oczy. Raz, drugi... Ale dezercja...

– Marudzisz – odpowiada. – Dopijmy lepiej po równo, zostało tyle, co nic.

I osuszamy czarną butelkę.

Nie czuję już smaku.

– W kodeksie jest powiedziane, że służba w Falandze jest dobrowolna. Każdy ma prawo...

– Praca dla yakuzy też jest dobrowolna! Słyszałeś, żeby ktokolwiek odszedł ze służby!? Nie pojadę. Nie. Nie pojadę.

Basile wzdycha pijacko.

– Czyli sam będę musiał zaryzykować, skoro robisz w gacie.

– Co ma do tego „robienie w gacie"!? No co!? Co to ma wspólnego!? Co będę tam robić, w tym twoim Panamie!? Tutaj mam pracę, zawód, sens! Robię karierę!

– Karierę! – prycha tamten.

– Tak, karierę! Jestem w końcu zastępcą dowódcy!

– Jeszcze sto lat i zostaniesz dowódcą! I zamiast kubika dwa na dwa na dwa będziesz miał kubik trzy na trzy na trzy!

– Niby dlaczego sto lat!?

– Słuchaj, człowieku... Mnie się wydaje, że bierzesz to wszystko zbyt poważnie. Za bardzo w to wszystko wierzysz.

– Co? Jakie „to"!?

– Wszystko! Nieśmiertelnych, Falangę, Partię... – Nie wytrzymuje i puszcza pawia.

Czuję się urażony.

– Gdyby nie Partia, to przeludnienie... Falanga jest dla niego jedyną tamą. Całe społeczeństwo, cała idea wiecznej młodości... – Biały szum zagłusza moje myśli.

– Mówię przecież, nie trzeba się do tego tak poważnie odnosić! Wieczna młodość, przeludnienie, wszystkie te pierdoły. Wiesz, system trwa, dopóki wszyscy w niego wierzą. Oni najbardziej się obawiają tego, że ludzie zaczną się zastanawiać.

– Tutaj nie ma się nad czym zastanawiać! Po raz pierwszy w całej historii! Ludzkości! Mamy wieczną młodość!

– A po cholerę ci wieczna młodość?

– To błogostan!

– To bla-bla-blagostan. Chcesz być przez całe życie ginekologiem? Robota godna faceta: robić babom aborcję. Praca jak marzenie!

– To nie praca, ale służba. Służymy społeczeństwu. Służymy!

– Objechać świat. Walczyć razem z latynoskimi powstańcami, porwać jednosilnikowy hydroplan załadowany bronią, razem z jedyną córką jakiegoś dyktatora, zakochać się w niej, rzucić wszystko i mieszkać na wyspie na Oceanie Spokojnym, gdzie nawet nie słyszeli o przeludnieniu. Albo razem z chińskimi czyścicielami zagospodarowywać radioaktywne dżungle Indii, odstrzeliwać tygrysy szablastozębne i przepuszczać całe te obłędne zarobki na prostą dziewczynę z Makao, którą okłamujesz, że jesteś prawdziwym księciem! Albo...

– O czym ty w ogóle mówisz?

– Mam jeszcze z dziesięć scenariuszy, na co marnować naszą młodość. Pobawiliśmy się już w ginekologów, człowieku, może wystarczy? A może naprawdę wszystko ci się tu podoba?

– Co to ma do rzeczy, czy mi się podoba, czy nie podoba? Mamy misję!

– Weź przestań! Jaką znowu misję?

– Bronimy prawa ludzi do wiecznego życia!

– Jasne. Cały czas zapominam. Doskonała misja.

Bierze butelkę i rzuca ją w głąb sali; prawie trafia w leżący żyrandol.

– Nie rozumiem – Spluwam na podłogę. – W imię czego wszystkim ryzykować!? Ryzykować życiem – w imię czego!? Dla jakiejś baby! Dla klaunicy! Dla cyrkowej akrobatki!?

– A dlatego, że cyrkowe akrobatki to tak naprawdę jedyny sens tego całego życia! Co to za życie – bez nich? Zwykła egzystencja. Jak u grzyba albo jakiegoś pierwotniaka. Wszystko pozostałe, człowieku – od muchy po wieloryba – żyje wyłącznie miłością. Poszukiwaniem i walką.

– Walką?

– Miłość, człowieku – to walka. Walka dwóch stworzeń o to, żeby stać się jednym!

– Jesteś pijany.

– To ty jesteś pijany. Ja jestem trzeźwy jak szkło.

– Nie chcę walczyć. Nie chcę być jednością z drugim stworzeniem. Ryzykować dla czegoś takiego głową!? Takiego wała!

Basile patrzy na mnie ze współczuciem, klepie po ramieniu i stawia diagnozę:

– Czyli jesteś grzybem, człowieku.

Czyli jestem grzybem.

Przykre.

Przez jakiś czas milczymy, potem nie wytrzymuję:

– Gdzie ty ją w ogóle znalazłeś?

– Poznaliśmy się w parku wodnym.

– Przecież nam nie wolno! Przecież to zabronione!

– Zabronione – kiwa głową. – No i co?

– No i... I jak tam jest?

– Jedno intrygujące spojrzenie panny przepięknej i młodej warte jest tego, by dostać naganę do akt. Potajemny dotyk w misie z falującą wodą wart jest wszystkich grzywien na świecie. A jej pocałunek? Zerwijcie mi z ramion pagony. Postawcie mnie przed trybunałem, kanalie. Jednego tylko będę żałował – że nie nagrzeszyłem wystarczająco, by zasłużyć na rozstrzelanie.

Pociągam nosem.

– Ona... ta twoja Chiara... Naprawdę jest taka... wyjątkowa?

Dziewięćset Szósty uśmiecha się:

– Chiara lubi długie, luźne sukienki – wstydzi się tego, że się zaokrągla. A mnie od jej brzucha, jej bioder, kręci się w głowie. I od jej opowieści – z Indochin, z Panamu, z Afryki... Mogę jej słuchać godzinami. Co mam ci jeszcze o niej opowiedzieć? Chcesz, to po prostu was poznam. Ma też przyjaciółki. Wiesz, tam, w wiadomościach, to są kadry!

– A kysz, szatanie – odpowiadam.

– Sam jesteś szatan! – obraża się.

– To wszystko jest na poważnie, Basile! To wszystko dzieje się naprawdę! Obudź się! To twoje życie!

– Otóż to! Życie! Życie, rozumiesz? A nie wegetacja. Lepiej jest potrzeć zapałkę i spłonąć, ale za to coś poczuć! No to jak: jesteś ze mną!?

Patrzę na Toskanię i zdaję sobie sprawę: to jest to. Moja druga szansa. To, co chciałem mu powiedzieć, kiedy mieliśmy po dwanaście lat, on mówi teraz mnie: „Ucieknijmy! Ty i ja – razem damy radę!".

– Nie wiem – mamroczę. – Nie jestem pewien. Muszę pomyśleć. Może w przyszłym tygodniu się gdzieś wybierzemy... Weźmiesz tę swoją tequilę... Możemy choćby odszukać te wzgórza... Piknik... I wszystko na spokojnie omówimy, co? Nie mogę tak. Nie mogę tak szybko.

– Ale ja nie mogę czekać. Jeszcze chwila i mnie przyłapią. Trzeba to zrobić teraz. Jeśli mi nie pomożesz wywieźć Chiary, sam będę musiał to zrobić. Nie pozwolę jej jechać samej.

– Idiotyczny plan!

– Wybacz, nie było czasu, żeby wymyślić coś lepszego. Ledwie znaleźliśmy tych typów w Dokach...

– Nie uda ci się uciec. Nic wam z tego nie wyjdzie.

– Z tobą...

– Nie. Nie. Porozmawiam z Alem. Wybaczą ci, Basile. Nic ci nie zrobią. Wyślij swoją kobietę, niech jedzie sama. Niech jedzie do swojego Panamu. Zostań z nami. Proszę, Basile. Bardzo cię proszę. Nie rób tego. Nie wolno ci.

– Nie mogę. Nie mam wyboru – mówi. – Nie mogę żyć bez niej. Będę musiał to zrobić. Przynajmniej im nie mów niczego, dobra?

– Dobra.

Huk i wycie na zewnątrz cichną – tak jakby zrezygnowali z burzenia Pałacu Filmu.

– Będzie go szkoda – mówię. – Pałac. Nic z niego nie zostanie. Już nie będzie można tu wrócić.

– Zrobi miejsce dla przepięknego wieżowca na tysiąc pięter – oponuje Basile. – Poza tym można uznać, że właśnie go unieśmiertelniliśmy: ty i ja będziemy go zawsze pamiętać, tak? A przecież jesteśmy nieśmiertelni!

Możliwe, że gdybym pomógł mu wtedy w ucieczce, teraz by żył. Kąpałby się ze swoją Chiarą w Oceanie Spokojnym, grałby w piłkę z jej synem albo jeździł z nimi kabrioletem po całym Bicostal City. A może rozstałby się z nią i wyjechał do Ameryki Południowej, żeby walczyć tam razem z jakimiś powstańcami, bo zakochałby się w pięknej córce wodza tamtejszej rewolucji.

Nie, niemożliwe. Niemożliwe! To wszystko jest niemożliwe!

Nigdzie by nie uciekł.

Nikt nigdzie nie zdoła od nich uciec.

Wszystko skończyło się tak, jak musiało się skończyć.

W rozdrabniaczu.

Al zwolnił mnie z udziału w egzekucji.

Rozdział 20

MORZE

Nie wiem, czy jest poranek, czy wieczór. Rolety są zaciągnięte, ale za roletami nie ma okna – jest ściana z tanią tapetą. Czerwone cyfry minutowego licznika opłaty za pokój świecą w ciemności. Licznik nie wyświetla spędzonego przez nas czasu w godzinach – pokazuje tylko „1276", potem ostatnia cyfra z cichym kliknięciem zmienia się na „7". Tysiąc dwieście siedemdziesiąt siedem minut z Annelie, które wziąłem od Barcelony na kredyt. Ile to jest? Zdaje się, że niedługo będzie doba.

Rzucam w licznik poduszką. Poduszka zakrywa czerwone światło i tłumi klikanie. O tak.

Robi się ciemno i cicho. W sąsiednich klitkach nikogo nie ma – ceny są tu takie jak w Europie, miejscowych żebraków nie stać na taką miłość. Ja mogę sobie na to pozwolić – i trudno by było wymyślić lepszy sposób na roztrwonienie swojej pensji.

– Nie możemy tu siedzieć bez końca – mówi do mnie Annelie. – Dlaczego mnie nie słuchasz?

– Chodź tu – odpowiadam jej.

Annelie po omacku: z początku napięta – jej ciało walczy ze mną; potem, kiedy przykrywam ją swoimi ustami, łagodnieje, jej determinacja, by wstać, ubrać się, gdzieś iść (dokąd? po co?) mija. Pod moim dotykiem znika napięcie, Annelie zapomina, czego chciała przed chwilą, i zaczyna pragnąć tego, czego chcę ja. Biologia nie może tu niczego wyjaśnić; rzecz musi tkwić w fizyce: albo to mikrograwitacja, albo magnetyzm, albo elektrostatyka, coś przyciąga moje kolana do jej kolan, moje łono do jej łona, moje dłonie do jej dłoni. Musimy dotykać się nawzajem wszystkimi częściami ciała, a zerwanie tego połączenia boli. Fizyka uczy: jeśli umieścić atomy różnych ciał wystarczająco blisko siebie, mogą zacząć na siebie oddziaływać i dwa ciała staną się jednym. Kładę się na Annelie – usta do ust, biodra do bioder, sutki do sutek – i proszę, by mnie przyjęła.

Otwiera się na mnie jednocześnie na górze i na dole, zamykamy się w sobie nawzajem i tworzymy nieskończoność. I znów wszystko jest inaczej – nie tak jak za burzliwym pierwszym razem, nie tak jak za niekończącym się i męczącym drugim, nie tak jak za nieśpiesznym, ostrożnym trzecim. Teraz łączymy się, zlewamy w jedno. W ciemności nie widać kształtów i pozostaje nam tylko dotyk, ślizganie się, łaskotanie, głaskanie i narastające pragnienie ciała, ślepe pociągnięcia językiem, drapnięcia i ugryzienia, tarcie i upragniony ból. Gorączka. Szept – błagalny, żałosny, popędzający. Nie ma jej i nie ma mnie; krzyczymy jednocześnie, oddychamy jednocześnie, nasz puls się synchronizuje. Kiedy robię niezręczny ruch i przypadkowo się rozdzielamy, Annelie panikuje: „Nie-nie-nie-nie-nie!", i sama szybko pomaga mi w nią wrócić. Jej palce próbują objąć moje pośladki, wpychają mnie tak głęboko, jak tylko się da, trzymają tam – „Zostań!" – i nie pozwalając mi się już ruszać, przeciąga się, ociera o mnie, wpycha się nieumiejętnie, po kobiecemu.

Myśli, że w ten sposób zdoła być bliżej mnie. Potem przestaje jej to wystarczać, chce się ze mną złączyć jeszcze mocniej, jeszcze pewniej i bardziej zaciekle; chwyta mnie wygodniej, jej palec wymacuje dzielący mnie na pół rowek, z początku gładzi i nagle wbija się we mnie, do środka; drgam – nabity na hak – ale drugą ręką Annelie obejmuje tył mojej głowy, przyciska moją twarz do swojej, gwałtownie i mocno, i śmieje się, jęcząc. I żeby ją ukarać, odpowiadam jej tym samym – ale ostrzej, bardziej natarczywie. Bezgłośnie krzyczy. Chwytam jej ogoloną głowę, wpycham jej palce do ust. I tak, wrastając w siebie korzeniami, pozbawieni możliwości ruchu, miotamy się, rzucamy, drażnimy nawzajem. Annelie kończy pierwsza – i już nie chce, miłosne swędzenie minęło, teraz czuje wszystko zbyt mocno, ale nie zostawię jej, póki nie uzyskam tego, co moje. I to już są tortury, torturuję ją – aż jej ból spala w końcu i mnie.

Leżymy, ranni albo nieżywi, nasze oderwane kończyny rozrzucone po czarnym polu, noc jest naszą kołdrą. Szumi klimatyzator, pot stygnie i chłodzi ścienioną skórę, tykania opłaconych minut mojego życia nie słychać zza satynowej burdelowej poduszki, uświadamiam sobie, że zatrzymałem czas.

Potem Annelie bierze mnie za rękę i zasypiamy, i śni się nam, jak wciąż i wciąż się kochamy, uparcie i bezowocnie próbując stać się jedną istotą.

Budzi mnie puls licznika; już przez powieki widzę łunę cyfr. Wbrew swojej woli otwieram oczy. Annelie siedzi na łóżku, patrzy na mnie. Jej sylwetkę obrysowuje czerwony blask. Minęło jeszcze licho wie ile minut.

– Z głodu mam już skurcze żołądka – mówi.

– Dobra – poddaję się. – Chodźmy się przejść.

Uiszczam rachunek: nieważne ile. Wybiegamy na zewnątrz.

I znów idziemy, trzymając się za ręce. Lawirujemy między ciałami – białymi, żółtymi, czarnymi – półnagimi i zasłoniętymi wszelkim możliwym łachem.

Odkąd tylko trafiłem do Barcelony, wszędzie prześladował mnie odór starego potu. Teraz zniknął. Zrozumiałem, że tłum ma swój specyficzny aromat, wyciąg z korzeni, olejków i ludzkich wyziewów. Jest cierpki i mocny, ostry i zdaje mi się niezwykły – w Europie nie jest przyjęte, by pachnieć – ale tej mgiełki nie można nazwać nieprzyjemną ani brzydką. Jest naturalna, a to znaczy, że można do niej przywyknąć. I ja szybko się przyzwyczajam.

Na kolację mamy plastikowy kubełek smażonych krewetek i piwo z wodorostów.

– W Europie takie krewetki kosztowałyby majątek! – Annelie nieprzyzwoicie mlaszcze, ociera cieknący po brodzie tłuszcz grzbietem dłoni, uśmiecha się. – A tutaj grosze! Oczywiście według waszych miar...

– Wszystko jest u was takie tanie, bo to wszystko kradzione – wyjaśniam powściągliwie. – Ludzie żyją tu z naszych zasiłków, a do tego jeszcze rabują wszystko, co im się tylko nawinie!

– I tak z wami, burżujami, trzeba! Naobiecywaliście ludziom pięknego życia, a potem zatrzasnęliście ich w szambie!

– Niczego nie obiecywaliśmy.

– No jasne! Co chwilę słychać: że to najbardziej humanitarne państwo, najbardziej sprawiedliwe społeczeństwo, nieśmiertelność dla każdego, szczęście na wejściu! Nic dziwnego, że ludzie z całego świata walą tu drzwiami i oknami! Gdybyście nie kłamali, wszyscy ci ludzie siedzieliby w swoich domach!

– Dobra, dobra! Gdzie schowałaś ten kubełek? Ja też chcę!

W jedną stronę przez niemożliwy ścisk przebija się chiński pochód karnawałowy z ogromnym kompozytowym smokiem, który płynie nad ludźmi, powoli wodząc na boki pomalowaną głową i błyskając zielonymi lampkami ze ślepiów; towarzyszą mu jacyś łachmaniarze uderzający w gongi i kotły. W drugą, naprzeciw karnawałowej paradzie, przedziera się kondukt pogrzebowy: owiniętego w białą kapę nieboszczyka taszczą na noszach, za ciałem kroczy mułła, zawodząc coś ponuro, strasznie, za nim podąża eskorta szlochających kobiet w burkach i niemi, zasępieni brodacze we wschodnich szatach.

Zdaje się, że dwie kolumny zaraz się zetrą i dojdzie do wzajemnej anihilacji; jak oni w ogóle mogą istnieć jednocześnie, w tym samym wymiarze? Kotły zagłuszają mułłę i babskie zawodzenia, smocza paszcza zbliża się do ciała w prześcieradle i tylko czekać, jak zaraz je pożre! – a żałobnicy rzucą się z pięściami na świętujących! – to dopiero będzie rzeźnia... Ale wszyscy wymijają się w spokoju, smok nie dotyka nieboszczyka, gongi akompaniują śpiewowi mułły, Chińczycy kłaniają się Arabom i obie procesje ruszają dalej, w przeciwnych kierunkach, torując sobie drogę przez tłum, rozgrzewając tych, którym dopiero co zrobiło się zimno na widok trupa, i przypominając wszystkim bawiącym się, czym nieuchronnie skończy się ich życie.

– Chodźmy nad morze! – proponuje mi Annelie.

– Nad morze?

– Oczywiście! Jest tu ogromny port i nabrzeże – musisz je zobaczyć!

Wychodzimy z hangaru i niemal bez odpoczynku wchodzimy po schodach na dwudzieste któreś piętro; starej, oryginalnej Barcelony stąd nie widać, jest schowana w metalowym futerale. Są tu tylko tęczowe cylindryczne słupy, propagandowy symbol szczęścia panującego w bezchmurnej Europie, latarnia morska, na którą kierują się rozbitkowie ze wszystkich oceanów.

Chociaż droga do portu nie należy do najkrótszych, już nikt nie próbuje nas obrabować.

– Trzeba się trzymać z daleka od wieżowców – poucza mnie Annelie. – A w ogóle to dobrze wiedzieć, w jakiej dzielnicy kto rządzi. Gdzie są Paki, gdzie Hindusi, gdzie Rosjanie, gdzie Chińczycy, gdzie Senegalczycy... A jeszcze lepiej znać imiona ich przywódców. Zawsze się można dogadać. Tu przecież mieszkają normalni ludzie, a nie barbarzyńcy!

– Ale politykę tu macie jeszcze gorszą od naszej – mówię do niej. – Konflikty międzynarodowe na każdym metrze kwadratowym. Jakaś wieża Babel!

– Nawet sobie nie wyobrażasz! – podchwytuje. – Chińczycy i Hindusi to nic, ale istnieją tu takie kwartały... O, w tamtym wieżowcu proklamowali niepodległą Palestynę, a w tym niebieskim powstała dzielnica asyryjska. Słyszałeś kiedyś o Asyrii? Ja na przykład niczego o niej nie wiedziałam, dopóki przypadkiem tam nie zabłądziłam. Takiego kraju nie ma na mapie świata już ze trzy tysiące lat – istnieje tylko tu, w Barsie. Jest tuż pod Związkiem Radzieckim i nad Imperium Rosyjskim. Tam na każdym piętrze jest jakiś rząd na wygnaniu. Jeden z moich znajomych zmyślał, że raz zobaczył ambasadę Atlantydy. Wszedł, wyrobili mu nawet wizę i wymienili pieniądze na jakieś papierki!

Krewetki kończą się akurat w chwili, kiedy docieramy do portu. Morze pluska tuż przed nami: obchodzimy dookoła zasłaniający je intensywnie żółty wieżowiec i oto zalewa nam całe pole widzenia. Zatłoczone nabrzeże z mnóstwem budek handlujących kokainą, pestkami słonecznika, transseksualnymi prostytutkami, szaszłykami, narodowymi strojami i bronią palną wznosi się na wysokość stu metrów nad poziom wody. Za nią stoi mur do nieba, kompozytowe klify gigalopolis.

Dziwnie jest widzieć miejsce, w którym kończy się ziemia.

Bywałem wcześniej nad morzem. Zwykle przypomina pola ryżowe albo weneckie kanały – gęsto zastawione platformami rolniczymi. Cały ocean jest jednym wielkim stawem rybnym, w którym ludzkość hoduje sobie w celach spożywczych najrozmaitsze zwierzęta: tu łososia, tam mięczaki, gdzie indziej plankton.

Ale teraz otwiera się przede mną wielkie pustkowie. Nikt nie będzie tu stawiał platform – miejscowe bandy rozgrabiłyby każdą fermę już pierwszego dnia. Przy brzegu uwijają się jeszcze stateczki wydobywcze i roi się od łodzi rybackich, ale horyzont jest czysty.

I powietrze jest tu całkiem inne.

Jakby to nie było powietrze, ale hel. Napełniasz nim dwa baloniki w klatce piersiowej – i można latać.

Przepędzamy z pogiętej ławeczki jakiegoś małoletniego łobuziaka i siadamy, zwracając się w kierunku błękitu. Bryza głaszcze nas po twarzach. Promienie słońca smażą kompozyt, z którego odlano pięćset siedemdziesiąt sześć jednakowych wieżowców nowego miasta. I gdzieś w jego podziemiach żyje miasto stare, miasto, które...

– No i jak ci się widzi Barça? – mruży oczy na słońcu Annelie. – Istne piekło, co?

Wygolona na zero, wydaje mi się niezwykle delikatna, krucha – i jeszcze moja własna; przecież to ja ją taką uczyniłem.

...miasto, które mogłoby stać się moim. Naszym.

Nie, moje myśli o tym, żeby zdobyć pracę w parku Fiorentina, zostać stróżem swoich wspomnień z dzieciństwa, zaciągnąć do tego herbarium Annelie i w godzinach, w których park nie pracuje, bawić się z nią w Adama i Ewę – to marzenia imbecyla. Dzień po tym, jak nie stawię się na wezwanie, znajdą mnie i postawią przed trybunałem Falangi, a wtedy...

Czarna sala, krąg masek, kastracja i rozdrabniacz; stanę się kompostem, a moje miejsce w oddziale zajmie stażysta, szybko go wszystkiego nauczą. Ale Barcelona...

Tutaj nie dotrą Nieśmiertelni. Tutaj można się ukryć tak, że nigdy nas nie znajdą. Mieszkałem w Europie, jestem zaszczepiony przeciwko starości, Annelie też. Ani starzenie się, ani śmierć nam nie grożą. Na początku naszym domem mogłoby się stać mieszkanie Raja... A potem – kto wie? Może znalazłby się dla nas prawdziwy dom i prawdziwe życie?

Barcelona. Ściek. Karnawał. Wrzenie. Niebezpieczeństwo. Życie.

Wszystko, co powinienem zrobić, to wziąć swój plecak z instrumentarium kata i wyrzucić go prosto do morza. Za kilka sekund wpadłby z pluskiem do wody, w urządzeniach zrobiłoby się zwarcie i nie byłbym już Siedemset Siedemnastym. Mógłbym stać się Eugène'em, ale i mogę pozostać Janem.

– Barça? – smakuję nazwę naszego domu.

– Barça! – spogląda łobuzersko Annelie. – Co powiesz?

Luźna koszulka trzepocze na wietrze, to przyklejając się i obrysowując jej kształty, to rozdymając się i zupełnie o nich zapominając. Annelie patrzy z przygnębieniem na swoje tłuste od oleju dłonie.

– Słuchaj! Masz przecież ze sobą swój uniform! Jest czarny, tak? Nie będzie na nim niczego widać. Mogę w niego wytrzeć dłonie? Tylko raz! Raz, dwa!

Sięga w stronę mojego plecaka – łapię ją za przegub, kręcę głową przecząco. Ta prycha i odwraca się ode mnie. Słońce zachodzi za chmurę. Czuję się niezręcznie. Barcelona to ty, Annelie.

– W Rosji jest taka dziwna choroba. Gardło zarasta błoną i chory się dusi. Ma coraz mniej powietrza, aż umiera.

– Nie zmieniaj tematu! – mówi do mnie surowo.

– Leczą ją czymś bardzo dziwnym – ciągnę. – Srebrną rurką. Błona boi się srebra. Medyk wsuwa choremu do gardła malutką srebrną rurkę i ten oddycha przez nią, póki nie pokona choroby.

Annelie mi nie przerywa.

– Jesteś moją srebrną rurką. Z tobą zacząłem oddychać.

Na wpół odwrócona uśmiecha się do mnie, po chwili nachyla się i całuje mnie w usta.

A potem wyciera sobie ręce o moje spodnie.

– Poeta z ciebie, co?

– Wybacz. Plotę jakieś bzdury. Idio...

Ale Annelie znów mnie całuje.

– Kuruj się. Niedobrze by było, gdybyś się udusił.

– Jak sądzisz, moglibyśmy pomieszkać jakiś czas u Raja? – Mówię to jakby do nikogo, jakbym rzucał słowa w morze.

– No coś ty, zamierzasz zdezerterować?

Wzruszam ramionami.

– Nie dasz rady! – oznajmia z przekonaniem.

– Niby dlaczego?

– Jeśli boisz się nawet ubrudzić swój uniform! – fuka Annelie. – Myślisz, że jestem głupia? Masz teraz wolne, to się rozmarzyłeś. A jak cię wezwą na służbę, to od razu zasalutujesz. Co, może nie?

Nie wiem. Nie wiem.

– Chcę być z tobą.

– Przedszkole. – Klepie mnie po ramieniu. – Żłobek.

– Co?

– Głupiec z ciebie. To aż dziwne.

Sięgam do plecaka i wyciągam z niego swój płaszcz z kapturem.

– Masz – mówię do niej. – Wytrzyj ręce. Proszę.

– Nie musisz się poświęcać – uśmiecha się. – Schowaj to, póki nie sprali ci za to gęby. Tu ludzie mają alergię na wasze uniformy.

– Chcę zostać. W Barcelonie. Z tobą.

– To już naprawdę jakieś kompletne brednie!

– Możemy pomieszkać u Raja – powtarzam. – Możemy wynająć mieszkanie... Jakiś kąt... Może niedaleko twojej matki... Znajdę jakąś pracę. Mogę być wykidajłą albo... No... Może Raj mi coś znajdzie... Hemu ma też ten swój pomysł... Nieważne. Po prostu nie chcę tam wracać. Muszę być z tobą... – uciekam wzrokiem, jest mi gorąco, jest mi wstyd, nie mogę się zamknąć.

Ona wypełnia płuca helem. Mruży oczy.

Ucina moje mamrotanie:

– Jak się nazywasz?

– Jan.

– Pełne imię. Z identyfikatorem.

Trudno mi to przychodzi. Już nawet w obozowej łaźni publicznej czułem się mniej obnażony niż teraz, kiedy mam po raz pierwszy od lat w pełni się przedstawić. Ale powinienem obnażyć się przed nią do końca, inaczej nie uwierzy ani mnie, ani we mnie. To próba.

– Jan. Nachtigall. 2T.

– Nach-te-gall? N-A-C-H-T-E-G-A-L-L?

– Przez „i". Nacht-I-gall. Po niemiecku „Słowik". Była też taka nazistowska dywizja. Dostałem z przydziału, kiedy wychodziłem.

– Piękne! Bardzo do ciebie pasuje! – Annelie zeskakuje z ławki i idzie gdzieś z rękami w kieszeniach spodni.

– Dokąd idziesz? – Muszę za nią biec.

– Zaciągnęłam u ciebie mały dług – odpowiada. – Chcę go spłacić.

Doganiam ją przy terminalu komunikacyjnym – jaskrawozielonym, w grubej osłonie chroniącej przed wandalami. Europa porozstawiała takie w pokazowych domkach dla lalek, żeby najwięksi mózgowcy wśród dzikusów mogli się integrować we wspólnej przestrzeni informacyjnej i oswajać z pięknem. Zwykły komunikator to tutaj luksus...

– Wyszukiwanie członków rodziny – mówi Annelie.

– Co robisz?

„Zidentyfikuj się" – wymaga terminal.

– Annelie Wallin 21P – mówi wyraźnie, zanim zdążam zrozumieć, co się dzieje.

„Akceptacja. Podaj nazwisko, którego ma dotyczyć zapytanie".

– Wyszukiwanie rodziców. Nazwisko Jan Nachtigall 2T.

– Dlaczego? Co robisz!? – Chwytam ją za rękę, odciągam od terminalu; przenika mnie chłód, przed oczami mam ciemność, wali mi serce. – Po co!? Nie prosiłem cię o to! I dlaczego podałaś swoje imię?

„Trwa wyszukiwanie".

– Nie możesz przecież szukać we własnym imieniu. Masz zakaz dowiadywania się, co dzieje się z twoimi rodzicami. Pomagam ci.

– W jakim celu!? Nie chcę wiedzieć, co się z nimi dzieje! Ich nie ma! Po co się wystawiasz!? Mogą się zorientować, że żyjesz!

– To Barcelona! – Annelie robi do mnie minę. – Niech spróbują mnie stąd wyciągnąć!

„Jan Nachtigall 2T – oznajmia terminal. – Wyniki wyszukiwania. Tożsamość ojca nieustalona. Matka – Anna..."

Powinienem wydać polecenie „anuluj", ale język przysechł mi do podniebienia; ta cholerna zielona szafa, prymitywny idol wandali, zamieniła się w autentyczną wyrocznię, Pan przemawia do mnie z bryły kompozytu.

„Błąd".

Ekran rozbłyskuje i gaśnie, terminal uruchamia się ponownie. Moje neurony zdążyły już wrosnąć w jego mikroprocesory i ja też się zawieszam. Sparaliżowany, łapię ustami powietrze.

– Zapytaj jeszcze raz. Zaczęło już odpowiadać!

– Annelie Wallin 21P. Wyszukiwanie członków rodziny. Jan Nachtigall 2T.

„Trwa wyszukiwanie... Jan Nachtigall 2T. Wyniki wyszukiwania: tożsamość ojca nieustalona. Matka... Błąd".

I znów udar mózgu, i bezradne migotanie, i reset, i niepamięć.

– Nie rozumiem. Nie rozumiem! – tłukę w ekran pięścią, ale terminal jest obliczony właśnie na takich jak ja.

– Może spróbujemy jeszcze raz...

– Cicho!

Annelie milczy; wtedy czuję brzęczenie. Wibrację. W moim plecaku. Dzwoni. Dzwoni. Niech idzie do diabła, ktokolwiek to jest! Mam was w dupie! W dupie! Zaglądam.

Erich Schreyer. Osobiście. Wrzucam komunikator z powrotem do środka. Stoję przed oniemiałym zielonym idolem, przełyk mam zatkany, zaraz pęknie mi głowa, pięści mam zaciśnięte, podrapane kłykcie, łup... łup... łup...

– Jan?

– Chodźmy. Chodźmy stąd! – Na pożegnanie kopię terminal buciorem; jest ciężki jak kolos z Wyspy Wielkanocnej.

Idziemy, a komunikator wciąż dzwoni, dzwoni, brzęczy mi w plecaku, dręczy mnie, bzyczy jak owad, działa mi na nerwy. Nie, panie senatorze. Niech pan daruje. Czegokolwiek pan sobie życzy tym razem...

Czego?

Przecież nie mogli panu tak szybko donieść, że dziewczyna Rocamory, którą zabiłem i przepuściłem przez rozdrabniacz, przeszukuje bazę danych w Barcelonie? Nie mogli, prawda? Bo ostatecznie – kimże ona jest? Po prostu przykrą skazą na jednym z miliona trybików nienagannie działającego mechanizmu, którym pan steruje! To tylko ja i moja paranoja – myśleć, że Annelie jest potrzebna komuś innemu oprócz mnie...

Komunikator wciąż brzęczy, natrętne draństwo.

– Patrz! – Annelie osłania oczy przed słońcem, wskazuje w górę. – Ale nie tam! O tam, za wieżowcami! Wyżej!

Tłusta czarna kropka. Jeszcze jedna. I jeszcze. I jeszcze. Dalekie głuche wycie.

– Co to?

– Turboloty. Transportowe.

Grube cygara z maleńkimi skrzydełkami. Rzadko można coś takiego zobaczyć w mieście. Nie czarne – ciemnogranatowe z białymi cyframi na burtach. Znajome barwy.

– Nic stąd nie widać. Może podejdziemy bliżej?

Zniżają się – jeden za drugim, dziesięć, dwadzieścia – lądują między pstrokatymi metalicznymi wieżowcami. Ciężkie brzuchate maszyny z małymi skrzydełkami, bezokie i gruboskórne. Poznaję je. Oddziały szturmowe policji. Tłum się rozprasza.

– Koniec. Dalej nie pójdziemy.

– Czego oni tu szukają?

Komunikator z nieodebranymi połączeniami wciąż jeszcze podryguje na dnie mojego plecaka, zupełnie nie chce się uspokoić. Ledwie wyczuwalne wibracje rozchodzą się przez tkaninę po moich tkankach.

Uchylają się właztrapy, brzemienne latające stwory wydają na świat błyszczące granatowe larwy – stąd są malutcy, idą tyralierą, tworzą krąg, potem podwójny. Są ich setki, może cały tysiąc.

Tłum jest jak namagnesowany – naładowany strachem i ciekawością, z początku rozlewa się dookoła, ale potem stabilizuje i zaczyna gęstnieć. Echo niesie się od epicentrum do obrzeży i już po minucie dociera i do nas:

– Policja. Policja. Policja. Policja.

– Co się stało? Co to za operacja? – pytam je.

Echo powtarza moje pytanie i przekładając z narzecza na narzecze, unosi je gdzieś tam, w największy gąszcz głów, żeby po jakimś czasie wrócić z odpowiedzią:

– Podobno leci do nas prezydent Panamu. Mendez. Razem z naszym europejskim.

– Co? Po co?

– Sprawdź w wiadomościach – prosi Annelie.

Muszę wziąć do rąk komunikator i odrzucić połączenie od Schreyera, żeby odsłuchać najnowszy serwis informacyjny.

„Pan Mendez podczas rozmowy z prezydentem Zjednoczonej Europy Salvadorem Carvalho wyraził chęć złożenia wizyty na terytorium miasta Barcelony. Prośba ta została sformułowana w odpowiedzi na uwagę prezydenta Carvalho odnośnie do niehumanitarnych środków kontroli granicznej wzdłuż tak zwanego Stustopowego Muru, który oddziela Panamerykę od kontynentu południowoamerykańskiego..."

– No i co tam gadają? – ogląda się na mnie ogorzały Tuareg z kędzierzawą siwą brodą.

– On po prostu chce wściubić nos w nasze własne gówno. Przyjacielska wizyta – wyjaśniam. – Carvalho wypomina mu jego rzezie pod murem, a Mendez na to: polećmy do Barcelony, bracie, i popatrzmy, co się wyprawia pod waszym nosem.

– Patrzcie go! Podobno Mendez zaraz da naszemu do wiwatu! – dzieli się Tuareg z każdym, o kogo się otrze.

– To szansa! – Wygląda na to, że Annelie się cieszy.

– Szansa?

– Co zwykle widzisz w wiadomościach, kiedy mowa o Barsie? Krwawe porachunki, plantacje grzybków halucynogennych, tunele przemytników, którzy próbują się dostać do waszej drogocennej wody! A całej reszty tak jakby nie było! Mamy przecież kraj powszechnego szczęścia!

– I uważasz, że teraz specjalnie dla Mendeza wszystkie kanały rzucą się, żeby chwalić waszą oazę błogostanu? Nie rozśmieszaj mnie!

– A ja uważam, że Mendez w jeden dzień może zmienić to, na co europejskie stare pierdziele już od stu lat przymykają oczy! To, że nie ma żadnej Zjednoczonej Europy! Że jest więzienie dla skazańców – i wasz zasrany Olimp. Że cała ta nadpsuta równość, którą cały czas wycierają sobie gęby przed kamerami, to kompletna ściema! Na to im trzeba zwrócić uwagę, a nie na to, że ludzie przechodzą tu przez ulicę na czerwonym świetle!

– Nic takiego się nie stanie – mówię z przekonaniem. – Nawet kroku nie dadzą mu zrobić. Spójrz, ile policji.

Wchodzimy na zwisający nad głowami ludzi ruchomy chodnik, przeciskamy się między pakistańskimi handlarzami czego tylko się da; jesteśmy tu jak zwierzęta przy wodopoju, nie czas wspominać o naszej wojnie.

Z chodnika widok na plac między pięciuset wieżowcami jest lepszy: granatowy okrąg rozszerza się, styka się z ludzkim rojem i z łatwością zgniata go i odpędza. Na pustym miejscu pośrodku siadają kolejne maszyny, wysypują się na zewnątrz plastikowe żołnierzyki, ustawiają się w szeregi, dołączają do łańcucha, który, z coraz to nowymi ogniwami, wciąż się rozszerza.

– Tak czy inaczej, nie starczy im sił, żeby stłamsić całą Barsę – upiera się Annelie.

– Nie znasz Beringa.

Jeszcze z dziesięć turbolotów zawisa nad Barceloną. Głośniki pouczają mieszkańców, proszą ich, żeby zostali w domach.

– To jest właśnie nasz dom! – wrzeszczy ktoś w tłumie. – To wy stąd spadajcie!

Echo wycia turbin rozlewa się po mieście marzeń, zatapia je i ze wszystkich szczelin wylewają się na zewnątrz ponurzy mieszkańcy szykownych na pozór wieżowców. Błotniste potoki zasilają niespokojne brunatne morze, w którego środku tkwi obramowany granatem kawałek suchego lądu.

Ale mieszkańcy slumsów wychodzą tu nie po to, żeby się zetrzeć z policją; ten, który krzyczał, jest na razie osamotniony. Podchodzą do milczących policjantów w plastikowych zbrojach, jak Indianie podchodzili do zakutych w kirysy konkwistadorów, którzy wysiedli z olbrzymich galeonów o białych skrzydłach – z ciekawości.

Nad tłumem szybują telewizyjne drony, za podwójnym pierścieniem policji kręcą się reporterzy; brak im odwagi, żeby wyjść do ludzi, i filmują ich zza szerokich granatowych pleców, okrągłych matowych hełmów.

– Jest! Tam leci! – Morze gwałtownie faluje, podnosi się grzebień wyciągniętych rąk.

I zza skrzących się blaskiem wieżowców wyłania się majestatyczny biały statek eskortowany przez małe zwrotne turboloty.

– O kurczę! – szepczą z zachwytem ludzie w trzystu językach. Nic dziwnego. Takie ważne ptaszki nigdy się tu nie pokazywały.

Biały statek powietrzny zastyga na niebie, a potem zniża się nieśpiesznie, siadając dokładnie pośrodku przygotowanej dla niego wysepki. Otwierają się drzwi, wysuwa się trap i malutki prezydent Panamu macha przypominającą zapałkę rączką do czujnego brunatnego morza. Nawet ochrony nie widać w pobliżu – tylko dziennikarze, dziennikarze, dziennikarze.

W ślad za nim na trapie pojawia się jeszcze jedna figurka – ani chybi nasz Carvalho.

Na ziemi krzątają się pomocnicy, operator kieruje kamerę na Mendeza – i nagle nad otoczonym policją placu pojawia się jego projekcja, utkana z powietrza i promieni lasera. Ogromne trójwymiarowe popiersie – głowa i ramiona. Mendez uśmiecha się oślepiająco i dudni z wiszących nad tłumem głośników:

– Przyjaciele! Dziękuję, że pozwoliliście mi wpaść do was w gości!

Paki spoglądają po sobie, drapią się w szczecinę i poprawiają wiszące u pasków zakrzywione noże.

– Kiedy moi europejscy przyjaciele zapraszają mnie do siebie, zwykle widzę tylko Londyn lub Paryż. Ale jestem człowiekiem ciekawskim i nie lubię siedzieć w miejscu. Zobaczmy coś nowego, poprosiłem. Zajrzyjmy może do Barcelony! Ale z jakiegoś powodu mój przyjaciel Salvador zaczął mi to odradzać. W Barcelonie nie ma nic do roboty, powiedział. Zgadzacie się z tym?

– Chytry sukinkot z tego Carvalho! – burczy ten w turbanie.

– A ja chciałem odwiedzić to miejsce. Poznać się z wami. Tak więc jeśli myślicie, że będę tak tu sterczał na tym trapie, to słabo mnie znacie! – I Mendez zaczyna schodzić po stopniach w dół.

– Odważny skubaniec – smarka jednooki Pak z wypchaną kieszenią.

Druga postać stoi przyklejona do trapu: Carvalho nie śpieszy się do klatki z tygrysami.

Kamery przełączają się z jednej na drugą, żeby utrzymać w kadrze idącego w stronę ludzi prezydenta. Po dotarciu do ziemi Mendez – ale numer! – naprawdę rusza w stronę linii obrony policji. Ogromni Murzyni w czarnych garniturach i okularach przeciwsłonecznych tworzą wokół niego pierścień – i razem przerywają policyjne okrążenie. Dziennikarze, pokonując przerażenie, pchają się za nim. Cud: ludzkie morze rozstępuje się przed postrzeleńcem, a ten, jak Mojżesz, stąpa po suchym lądzie.

– Zapewne wiecie, że mój przyjaciel Salvador i ja stoimy na różnych stanowiskach co do nieśmiertelności. Ja jestem republikaninem, starym konserwatystą. Nieśmiertelność, zapytacie? Piękna rzecz! Ale czy jest coś ważniejszego od rodziny? Miłości do dzieci? Możliwości, by je wychować, wszystkiego nauczyć, huśtać na kolanach? Szacunku do rodziców, którzy wydali was na świat?

Tłum huczy niezrozumiale, a ja słucham Mendeza jednym uchem, bo jestem zaprzątnięty czym innym. Chcę znaleźć jeszcze jeden terminal informacyjny. Znaleźć i wysłać kolejne zapytanie o los i miejsce pobytu mojej matki o imieniu Anna. Przetestować sto tysięcy pieprzonych zielonych terminali, póki nie znajdę takiego, który działa.

Anna?

Nie pamiętam. Zresztą skąd miałbym pamiętać? Po prostu mama.

– Człowiek jest samotny! – wygłasza Mendez. – I nie ma niczego gorszego od samotności, oto, co myślimy w Panameryce. A kto może być nam bliższy niż nasi rodzice i dzieci, bracia i siostry? Tylko z nimi jest nam naprawdę dobrze. Z nimi i z ukochanymi żonami, mężami. Wszyscy mówią, że politycy mydlą prostym ludziom oczy – ale sam jestem prostym człowiekiem i naprawdę wierzę tylko w takie właśnie proste rzeczy. Tak! Łatwiej mi żyć, dlatego że wierzę w rzeczy zrozumiałe. Ale Panameryka jest krajem wielu opinii. Jesteśmy wolnymi ludźmi, wychowywanymi, by szanować ludzi, którzy myślą nie tak jak my!

Wieść o wizycie Mendeza trafiła już pewnie do najdalszych krańców i najciemniejszych kątów obu Barcelon – i wewnętrznej, i zewnętrznej. Na ulice wyszła niewiarygodnie liczna rzesza ludzi, końca nie widać. Tłum milczy, przysłuchuje się.

– Tak, za nieśmiertelność trzeba u nas płacić. Tak, nie wszyscy mogą sobie na nią pozwolić. To prawda. Panameryka też jest przeludniona. Ale nasz kraj nie jest krajem powszechnej równości, to kraj równych możliwości. Każdy może zarobić na przydział.

Nagle trójwymiarowa projekcja – ogromna replika przemawiającego prezydenta – zacina się i miga; przez ułamek sekundy przebija się przez nią coś innego – ale od razu wraca twarz Mendeza. Sam mówca, zdaje się, niczego nie dostrzega.

– Ale tu, w Europie, nasz system nazywają rabunkowym. Tak, mówi tak o nim również i mój przyjaciel Salvador! I ja się nie spieram: uczono mnie szanować inne opinie. Salvador twierdzi, że system europejski jest znacznie bardziej sprawiedliwy, ponieważ opiera się na prawdziwej równości. U nas wszyscy są równi, mówi Salvador, i każdy rodzi się z prawem do nieśmiertelności!

Annelie zaczyna się wiercić. Ludzie się burzą: niespokojny szum przechodzi w harmider. Słowa Mendeza są tłumaczone na trzy setki języków, sąsiad wyjaśnia sąsiadowi i robi się duszno jak przed burzą. Czuję przez skórę gromadzącą się w atmosferze elektryczność i majaczą mi przed oczami zbliżające się wyładowania. Ale Mendez, jeździec burzy, z nich właśnie żyje.

– U was, w Barcelonie, mieszkają prości ludzie. Tacy jak ja! Ludzie, którzy wierzą w proste, zrozumiałe rzeczy. Szanuję was. Wybieracie prawdziwą równość. Wybieracie nieśmiertelność. Europa wam je daje. Macie to prawo i jesteście szczęśliwymi ludźmi! Prawda, Salvadorze?

W końcu pojmuję, co on robi. Nie na darmo Schreyer się go obawiał. Kamery przeskakują na prezydenta Carvalho – zaczerwienionego, spoconego, złego.

– Ja... – zaczyna Carvalho, ale wtedy znowu pojawiają się zakłócenia obrazu.

Carvalho ulega dezintegracji, a zamiast niego nad ludźmi pojawia się mężczyzna stojący pod skrzącą się żółtą ścianą. Mężczyzna ma znajomą i nieznajomą mi twarz. Annelie go poznaje – i zasłania sobie usta ręką.

– Kochałem pewną dziewczynę – przemawia ciężko mężczyzna. – A ona kochała mnie. Nazwałem ją swoją żoną, a ona mnie swoim mężem. To prosta i zrozumiała rzecz, panie Mendez. Tak jak pan lubi.

– Co to? Kto to? – huczy tłum.

– Moja dziewczyna zaszła w ciążę. Cóż może być bardziej zrozumiałego? Ale to nie ona mi o tym powiedziała. Nie zdążyła. Kiedy nasze przyszłe dziecko miało kilka tygodni, włamali się do nas bandyci. Słyszeliście o nich. W Europie bandyci działają pod skrzydłami państwa. Nazywają ich tu Nieśmiertelnymi.

Tłum zaczyna ryczeć – ciągłym rykiem, w wielu językach. Oglądam się na Annelie i łapię ją za rękę.

– Annelie! Posłuchaj...

– Ci bandyci przyszli do nas nocą. Powiedzieli nam, że naruszyliśmy przepisy ustawy o wyborze. Ustawy, która zmusza rodziców, by godzili się na zabójstwo nienarodzonego dziecka – albo samobójstwo.

– On jest gdzieś tutaj – stęka z zakłopotaniem Pak w turbanie. – To przecież Omega-Teta, żółta!

Pomocnicy Mendeza, którzy uruchomili projektor, w końcu wyłączają obraz, ale Rocamora wciąż nadaje z dziesiątków unoszących się nad brudnym morzem policyjnych turbolotów. Dźwięk płynie zewsząd i znikąd, tak jakby to same niebiosa przemawiały do ludu.

– Według tej ustawy mogli zmusić ją do aborcji albo zrobić jej zastrzyk, który zamieni ją w staruszkę i skaże na śmierć. Tę ustawę pisali kanibale. Sadyści i kanibale. Ale dla Nieśmiertelnych okazała się zbyt łagodna. Rozwiązali sprawę po swojemu. Zgwałcili moją żonę i zabili ją. Cudem się uratowałem.

– Precz! – piszczy jakaś kobieta.

– Precz! Precz z Carvalho! – od razu podchwytuje dźwięczny bas.

– Annelie!? Annelie!

– Cudem, mówię. Cudem! – Głośniki wyłączają się jeden po drugim, ale całkowite odcięcie Rocamory na razie się nie udaje. – Ale przeklinam sam siebie za to, że zostałem przy życiu! Powinienem był tam umrzeć. Umrzeć, żeby mojej Annelie nic się nie stało. Powinienem był – ale tego nie zrobiłem. Próbowałem dotrzeć do tych zabójców, rozmówić się z nimi. W końcu żyjemy w Europie! Mamy przecież rządy prawa!

Co odpowiada Mendez, jak oponuje Carvalho – ludzie tego nie słyszą; technicy są bezsilni, ich sprzętem zawładnął Rocamora – złamał hasło dostępu i przejął kontrolę.

– Przepraszam – szeleści niemal bezgłośnie. I jej ręka wyślizguje się z mojej.

– Annelie! Nie wierz mu!

Ale ta wsiąka w tłum jak woda w piasek.

– Precz z Carvalho! Preeecz! Preeecz!

– I jeszcze jedno. Nie ma żadnej równości, panie Mendez. To mit. Propaganda. Barcelonę już wiele lat temu odcięto od europejskiej sieci wodociągowej. Ci, którzy tu mieszkają, nie mogą dostać się do prawdziwej Europy, chociaż obiecano im azyl.

– Precz z Beringiem!

– PRECZ Z PARTIĄ NIEŚMIERTELNOŚCI!

– Annelie! Annelie, wracaj! Błagam cię! Proszę! Gdzie jesteś!?

Milkną wszystkie głośniki oprócz jednego – ostatni turbolot, którego załoga zupełnie nie może się uporać z przechwyconym sprzętem, odlatuje jak najdalej, ale echo przekazuje słowa Rocamory wszystkim zgromadzonym.

– Mity są potrzebne, żeby ukryć kanibalistyczny system, panie Mendez. Walczyłem też z nimi wcześniej, zanim... Nazywam się

Rocamora, ludzie mnie znają! Poświęciłem tej walce całe życie. Nie mówiłem jej, kim jestem. Chciałem ją ochronić. Ale moja Annelie i tak zostałam ukarana – za mnie. A teraz... Gdybym tylko mógł ją odzyskać... Wyrzekłbym się wszystkiego. Ale oni ją zabili. Nie zostawili mi niczego. Precz z Partią Nieśmiertelności! Precz z kłamcami!

– PRECZ Z PARTIĄ NIEŚMIERTELNOŚCI! PRECZ Z CARVALHO! PREEECZ!

– Annelie!? Annelie!

Opada mnie strach – nigdy jej nie odszukam w tym ścisku, w tym mieście, w tym życiu. Jest mi gorąco i zimno, czoło mam mokre, oczy zalewa mi kwaśny pot; zabrali mi moją srebrną rurkę i brudna błona rozrasta się, zwiera, zapycha mi gardło; myślałem, że już wyzdrowiałem, tymczasem okazuje się, że cały czas oddychałem przez nią, przez moją Annelie.

I oto rozpoczyna się reakcja łańcuchowa.

Milion, dwa miliony, trzy miliony głosów skanduje *unisono*; i tym ludziom robi się zbyt ciasno ze swoją nienawiścią. Tłum rozgrzewa się, rozszerza, rozlewa i z jakąś niewyobrażalną łatwością połyka Mendeza razem z jego ogromnymi ochroniarzami; podwójny kordon policji pęka jak bańka mydlana, tsunami zalewa turboloty, które władczo rozsiadły się na cudzej ziemi, wypełnia je, demoluje, okalecza. Z początku wśród brunatnych potoków widać granatowe spławiki policyjnych hełmów, potem gdzieś oddalają się, odpływają, toną.

Na sekundę przed tym, zanim nie będzie można już niczego zrobić, dumny biały statek szarpanym i pośpiesznym ruchem zrywa się z miejsca, przechyla i z trudem wyrównuje lot; turboloty, które zdążyły wystartować, krążą nad ziemią, rozpylają nad tłumem gaz łzawiący, ale tym ludziom przychodziło już lać łzy, więc skutek jest żaden.

W tej masie nie da się już znaleźć nikogo... niczego.

– Annelie! – wrzeszczę, rwąc sobie gardło.

– Annelie! – krzyczy z helikoptera Rocamora, zanim wreszcie go wyłączają.

Rozdział 21

CZYŚCIEC

– Aaanneeeliiie!

Przede mną, w tłumie, widzę wygoloną do skóry kobiecą głowę. Przebijam się przez ciała, przeciskam, przepycham, depczę czyjeś stopy, tratuję leżących na ziemi; ktoś w dole chwyta mnie za spodnie, za buty, potykam się i omal nie tonę.

Nie, ci ludzie to nie morze; ci ludzie to lawa. Barcelona obudziła się i wybucha, trzeszczy w szwach, a z pęknięć wytryska na zewnątrz nienawiść, rozpalona do czerwoności, zdolna do przepalenia ziemi na wskroś i spopielenia naszego kompozytowego państwa.

Wiosłuję po wrzącej skale, groza trzyma mnie za gardło w stalowym uścisku; muszę do niej dotrzeć, oto ona, tylko dziesięć kroków ode mnie! Jakiś spaślak nie chce się usunąć z drogi, odgradza Annelie – kopię go w brzuch; odpycham jakąś staruchę; depczę po zmiażdżonym człowieku, który mimo że kona, krzyczy: „Precz!".

To już nie są trzy miliony i nie pięć. Wszyscy, którzy siedzieli w swoich norach, w klatkach z prętów zbrojeniowych, prą na zewnątrz, przypomniawszy sobie nagle, że klatki te nie są przecież zamknięte. I wszystkie te miliony straciły głowę, zapomniały o sobie, skleiły się w jednego gigantycznego potwora; karmią go teraz swoimi ciałami i duszami, a ten rośnie, unosi się, nabrzmiewa, przywołuje z rozpadlin coraz to nowych ludzi, przyrasta od nich i ryczy, aż świat drży w posadach.

– PREEECZ!

– Annelie!

Wykrzywiona ze złości twarz; to nie ona! To nawet nie dziewczyna, lecz jakiś wydelikacony typek z wyskubanymi brwiami. Potwór wyssał wnętrze kruchej, pozbawionej brwi powłoki tego pedzia i wlał w nią swoją osobowość. I teraz to zniewieściałe ciałko ryczy basem, do którego wcześniejszy lokator w ogóle nie był zdolny: „Preeeeecz!".

Wymierzam mu policzek – soczysty, ale krótki: nie ma tu miejsca na większy zamach. Tamten niczego nie czuje, niczego nie rozumie. Kręcę głową na wszystkie strony, pełznę donikąd, walczę z potworem, sam przeciwko dziesięciu milionom szczerzących zęby twarzy. Znów są ze mną duszności – strach przed tłumem. Powinienem ukryć głowę między kolanami, skulić się i wyć, ale zamiast tego miotam się, grzęznę, miażdżony ramionami, brzuchami, rozwścieczonymi spojrzeniami i przesiewam, przesiewam, przesiewam te twarze.

Wszyscy wrzeszczą, skandują, tupią, walą w garnki i gwiżdżą gwizdkami. Moja głowa jest szybkowarem, który ktoś zapomniał zdjąć z kuchenki. Ćmi mi się w oczach od nieustannie zmieniającej się mozaiki. Jedna z tych twarzy należy do niej, szansa na jej odnalezienie jest jak jeden do pięćdziesięciu milionów.

– Annelie!

Tłum wypluwa mnie na maleńki skrawek wolnej przestrzeni, na której trwa lincz napotkanych policjantów.

Wydłubują ich – żywych, miękkich – z granatowej skorupy i rozszarpują z łoskotem i chrzęstem, ci wyją ze strachu i nieludzkiego bólu, odwracam się od nich i biegnę w miejscu dalej. Na plecach siedzi mi własna śmierć – z obojętną twarzą Apolla i otworami zamiast oczu, wszędzie noszę ją ze sobą w plecaku. Jeśli ktoś zacznie mnie podejrzewać, potwór połknie mnie w mgnieniu oka, tak jak pożarł tysiąc policjantów i wymuskanego prezydenta supermocarstwa, który powołał go do życia.

Ale nie o tym myślę.

Muszę cię znaleźć, Annelie.

Dlaczego mnie porzuciłaś, dlaczego z taką łatwością mnie porzuciłaś!? Nie usłuchałem Schreyera i złamałem rozkazy, olałem nasz święty kodeks, nie zdołałem cię zabić, ukrywałem cię w swoim mieszkaniu, straciłem głowę, widziałem cię we wszystkich swoich snach, nie posuwałem cię, kiedy byłaś odurzona i mi się nadstawiałaś, dlatego że nie chciałem cię posuwać, lecz kochać się z tobą, wbrew wszelkim zakazom widziałem się z tobą dwukrotnie, trzykrotnie, marzyłem o życiu z tobą – rozmarzyłem się! – myśląc o tym, jak mnie za to wykastrują i wrzucą żywcem do rozdrabniacza! Jak mogłaś zostawić mnie tu samego? Przecież ja nie mogę bez ciebie żyć! Słyszysz!?

Tłum dokądś mnie unosi. Zagubiłem się wśród ludzi.

Wpadam do czyjejś nory, trafiam do jakichś korytarzy, domów, wytykają mnie brudnymi tłustymi palcami, krzyczą coś w niewiadomym języku, siwi, kudłaci, łysi, skośnoocy, czarni, rudzi, odpowiadam krzykiem, odpycham ich, odbiegam stamtąd i znów wracam tam, skąd uciekałem. Powietrza!

Nie. Nie. Niepotrzebnie. Niepotrzebnie tak mówię.

To nie ty jesteś winna.

To nie ona jest winna.

To wszystko Rocamora. Kłamca, manipulator, tchórz.

Powinienem znaleźć Annelie, żeby opowiedzieć jej całą prawdę o tym bydlaku. Opowiedzieć jej, jak ratował skórę, wystawiając ją dla zabawy Nieśmiertelnym. Jak Pięćset Trzeci drążył ją swoją pięścią – a Rocamora wykorzystywał jej krzyki, żeby odciągnąć moją uwagę i wyciągnąć swój pistolecik. Ten śmieć nie zawahał się ani przez sekundę, żeby wydać nam swoje dziecko, nad którym teraz tak boleje. I nawet kiedy miał w rękach broń, nie zamierzał uwolnić Annelie. On kłamie, ściemnia, Annelie, on niczego nie żałuje, jest przegniły do cna, nie potrafi niczego żałować!

Znajdę cię, opowiem ci to i zrozumiesz, usłyszysz to ode mnie.

Usłyszysz. Usłyszysz.

Pokiereszowani, uszminkowani, z krzywymi zębami, wąsaci, okularnicy, z zapadniętymi oczami, potrójnymi podbródkami, wydętymi afrykańskimi wargami – przeglądam, przeglądam obce gęby, szukam wśród nich tej jednej twarzy, szukam ocalenia.

Mam zamęt w głowie, postanawiam, że koniecznie muszę wejść na wielobarwny wieżowiec – ponieważ z wysokości z pewnością zobaczę Annelie! I wdrapuję się, wylewając siódme poty, po krętych schodach, piętro za piętrem, póki nogi nie zaczynają mi płonąć, zmierzam na szczyt, ale sił starcza mi tylko na połowę. Opieram się o przeźroczystą ścianę, jeszcze trochę i pękną mi płuca, koszulka przykleiła mi się do skóry. Mrugam, wczepiam się w poręcz, żeby nie upaść.

Spoglądam w dół.

Od Morza Śródziemnego po szklany mur nie ma już wolnego ani kawałka ziemi, nawet dla jednego człowieka, wszystko jest zajęte. Na wietrze łopoczą krwistoczerwone flagi – sztandary Partii Życia, kołyszą się namalowane na szybko transparenty: ludzie domagają się sprawiedliwości, żądają naszej wody, żądają nieśmiertelności dla każdego i dla wszystkich. Kołki, drągi i pałki sterczą niczym żądła. Nie, to nie karaluchy i nie mrówki; tutejsi mieszkańcy to osy, jadowite osy, a Mendez z Rocamorą potrząsnęli ich gniazdem.

Zdawało mi się, że mieszkańcy Barcelony są pogodzeni ze śmiercią, że niepotrzebny im nasz zasrany Olimp, że w milczeniu przeżuwają swój los, życie jednodniówki uczy ich rozkoszować się każdą minutą. Myślałem, że są gotowi podkradać nieśmiertelność, handlować nią na czarnym rynku – ale nigdy nie zaryzykują, żeby się o nią bić.

To nie tak.

Po prostu nienawidzili nas bez ładu i składu, każdy po swojemu i każdy oddzielnie; ich nienawiść czasem nas grzała, czasem paliła – ale równo, w rozproszeniu, jak południowe słońce. A Mendez zebrał miliony promieni w wiązkę, zogniskował je swoją przemową, a potem Rocamora wyrwał mu z rąk soczewkę i teraz chce nią podpalić świat.

Coś piszczy mi w plecaku.

Przecież mam wyłączony dźwięk! Jak to!?

Odsuwam się od schodów, od okien, wyciągam – jednak komunikator. Ekran pulsuje jaskrawą czerwienią. Tryb alarmowy.

Nikt tu mnie nie widzi; wieżowiec opustoszał, ostatni mieszkańcy zbiegli obok mnie z okrzykami na ustach, przeskakując po trzy stopnie naraz. Podnoszę komunikator wyżej.

Miga powiadomienie: „POWSZECHNA MOBILIZACJA" – po raz pierwszy, odkąd pamiętam. Otwieram: wszystkim Nieśmiertelnym nakazuje się natychmiast przybyć na granicę gminy Barcelona. Rozkaz podpisany osobiście przez Beringa.

Wszystkim. Czyli mnie też. Otępiały, czytam wiadomość jeszcze raz.

W Falandze jest pięć tysięcy oddziałów. Pięćset sotni. Pięćdziesiąt tysięcy Nieśmiertelnych.

Nigdy nie widziałem, żeby wszyscy zebrali się razem – dlatego że wcześniej coś takiego się nigdy nie zdarzyło. Co to będzie? Krucjata przeciwko buntownikom?

Próbuję przeczytać wiadomości, ale wtedy komunikator traci zasięg i połączenie się zrywa.

Na zewnątrz słychać grzmot. Wybuch!? Nie. Na razie nie.

W panoramicznym oknie migają mi trzy wojskowe myśliwce – czarne, z niebiańskobłękitnym podbrzuszem – lecą dokładnie nad wieżowcami. Widzę, jak nad morzem robią nawrót i wracają nad Europę. A z kontynentu lecą im na spotkanie kolejne trzy. Huk – na minimalnej wysokości myśliwce pokonują barierę dźwięku. Tłum pstrzy się twarzami – barbarzyńcy pozadzierali głowy, przycichli. Zwiad? Wątpliwe – z satelitów i tak wszystko widać...

Bezskutecznie szukam sieci – wygląda na to, że odcięli łączność.

Na opustoszałych piętrach stoją pogrążone w śpiączce terminale informacyjne. Dotykam ekranów – pokazują psychodeliczny wielobarwny obrazek. Dobrze, że nie jestem epileptykiem, od czegoś takiego mógłbym dostać ataku.

Przeszukuję kompozytowe jaskinie, całe pokryte malarstwem naskalnym. Chcę się dowiedzieć – a nuż ktoś ma komunikator innego operatora?

Ale wszystko jest opuszczone.

Mija jeszcze kilka minut i w całym wieżowcu wysiada prąd. Tak samo jest pewnie i w pozostałych. Barcelona zostaje odcięta od świata. Rozumiem: będą szturmować miasto.

Muszę znaleźć Annelie, zanim pięćdziesiąt tysięcy Nieśmiertelnych marszowym krokiem wejdzie do Barcelony; za moment zacznie się tu krwawa łaźnia, jakiej Europa nie widziała od czasów wojen skazańców. Muszę wydobyć ją spomiędzy tych kamieni młyńskich, odzyskać, chociaż z nią porozmawiać!

Liczy się każda minuta.

Jeśli nie odszukam Annelie teraz, mogę ją stracić na zawsze.

Annelie, Annelie, Annelie, przecież mówiłem ci, że chcę z tobą być, przecież podałem ci swoje prawdziwe imię, zdezerterowałem w swoich marzeniach, zdecydowałem się już prawie na to, czego odmówiłem Dziewięćset Szóstemu! Dlaczego mi nie uwierzyłaś?

Dlaczego uwierzyłaś terroryście, aferzyście, klaunowi, a nie uwierzyłaś mnie?

Czym ten drań cię zdobył!?

Co on robi lepiej ode mnie!? Rucha!? Troszczy się o ciebie? Chroni cię!?

Przecież do niego pisałaś, Annelie! Kontaktowałaś się z nim! Mówi, że cię pogrzebał i opłakiwał – a jego komunikator musi aż pękać od twoich wiadomości! Wiedział, że żyjesz, że na niego czekasz, wzywasz go, próbujesz się spotkać! Ale wystarczy, że urządzi jedno pieprzone przedstawienie, wyzna ci miłość na oczach ludu, a ty topniejesz, wszystko z ciebie spływa i lecisz do tego śmiecia na złamanie karku!

Tylko gdzie on był wcześniej, co!? Gdzie!?

Czemu nie odpowiedział? Czemu nie wysłał swoich popleczników z przeszczepionymi twarzami tu, do ciebie, żeby uratowali cię przede mną!? Na co czekał!?

Dlatego że nie jesteś mu już potrzebna, Annelie! Nie jesteś mu potrzebna żywa!

Popatrz, jaką tragedię odegrał! Spójrz, jak kupił pięćdziesiąt milionów bagnetów jedną historią o tym, jak cię zgwałcili i zabili! Sprzedał cię, i to jak! Marzenie każdego sutenera!

Diabeł, oto jak nazwał Rocamorę Erich Schreyer. Diabeł. Wtedy myślałem, że przesadza, dramatyzuje. Teraz już tak nie sądzę. Jaką władzę trzeba mieć nad człowiekiem, żeby biegł do ciebie na pstryknięcie palcami po tym, jak go sprzedałeś i się z niego natrząsasz?

Zaczynam się o nią bać.

Co się stanie z Annelie, kiedy do niego wróci?

Przecież Rocamora opowiedział już miastu i światu historię ze smutnym zakończeniem. Annelie jest męczennicą, a sam Rocamora – męczennikiem. W ich cierpieniach mieszkańcy Barcelony rozpoznają siebie samych. Ich rebelia zaczyna się tam, gdzie kończy się życie Annelie.

Spoglądam na szkarłatne sztandary nad wielomilionowym tłumem. Ten koniec jest dla Rocamory początkiem.

Jeśli Annelie go znajdzie, Rocamora ją pocałuje, a potem jeden z kolesi o nie swojej skórze wykręci dziewczynie ręce, a drugi włoży jej na głowę foliową torebkę i usiądzie jej na nogach, żeby za bardzo nie wierzgała. Szast-prast – ledwie kilka minut. Rocamora z pewnością odwróci wzrok. Przecież taki z niego wrażliwiec.

Znów biegnę – zjeżdżam ze schodów, po omacku znajduję wyjście, znów zanurzam się we wrzącej lawie, znów ściskam głowę rękami, bo tak mi się w niej kręci, że zaraz odpadnie.

Rocamora wciąga Annelie w pułapkę.

Jest w niebezpieczeństwie. Moja Annelie jest w niebezpieczeństwie.

I miotam się, przebieram wśród ludzi, łapię kogoś, odpycham, padam i znów się podnoszę...

Dopóki byłem z Annelie, Barcelona wydawała mi się zrozumiała, zaczynałem ją czuć; teraz miejscowi znów gapią się na mnie jak na obcego, a ja mylę kierunki, nie rozpoznaję miejsc, które dopiero co mijałem, i przeczesuję je od nowa. Nie rozumiem tego, co krzyczą, nie potrafię odczytać napisów na plakatach; Annelie odwróciła się ode mnie i tak samo odwraca się Barcelona.

– Annelie!!!

Uspokoić się. Trzeba się uspokoić. Trzeba złapać oddech. Ukryć się przed wszystkimi i nabrać tchu.

Znajduję porzuconą budkę handlującą wodą gazowaną. Zamykam się w środku, siadam na podłodze i wspominam, jak mieszaliśmy tę właśnie wodę z absyntem, dosłownie przed chwilą. Kiosk buja się na ludzkich falach, jeszcze chwilka i zgniotą go jak skorupkę. Mrużę oczy – przelatują przed nimi twarze-twarze-twarze, twarze obcych ludzi. Mdłości: usta wypełnia mi słona ślina. Nie wytrzymuję i opróżniam żołądek w kącie.

I dopiero wtedy przyznaję to przed samym sobą: nie znajdę jej. Zmarnuję sto lat na to, żeby sprawdzić każdego w tym przeklętym mieście, a kiedy dotrę w końcu do Annelie, to jej nie poznam, bo obce twarze zdążą wypalić mi siatkówkę i stanę się ślepcem.

Siedzę na ziemi obok kałuży swoich wymiocin, obejmując kolana, gapiąc się na etykietkę wody, wspominając, jak Annelie śmiesznie się marszczyła, wciągając rozcieńczony absynt przez słomkę. Nie wiem, ile czasu mija – przybój tłumu kołysze mnie do snu, śpię z otwartymi oczami.

Budzi mnie entuzjastyczny krzyk.

– Ro-ca-mo-ra! – słychać skądś.

– Ro-ca-mo-ra! – podchwytują z drugiej strony.

– RO-CA-MO-RA!

Drżącymi palcami odciągam zasuwkę.

Od razu go dostrzegam. Projekcja w oddali: Rocamora w otoczeniu srogich brodaczy z połamanymi nosami, obwieszonych taśmami nabojowymi. Przed nim stoi Mendez. Wyblakły, biały jak papier, żywy. Jakimś cudem zdążyli wyciągnąć go spod podeszew, spod obcasów, otrzepali go, a teraz pokazują – tyle że nie buntownikom, ale pięćdziesięciu tysiącom Nieśmiertelnych i tym, którzy ich tu wysyłają.

Najwidoczniej projektor, który kilka godzin temu ustawili pomocnicy Mendeza, działa autonomicznie – prądu przecież nigdzie już nie ma, a słońce właśnie tonie i niedługo zapanują tu nieprzeniknione ciemności.

– Ro-ca-mo-ra! Ro-ca-mo-ra! Ro-ca-mo-ra!

– Żądamy pertraktacji! – patrząc mi w oczy, ogłasza Rocamora. – Dość już krwi! Tu żyją ludzie, a nie bydło! Wszystko, o co prosimy, to żeby obchodzono się z nami jak z ludźmi!

– RO-CA-MO-RA!

– Zasługujemy na życie! Chcemy wychowywać nasze dzieci!

– ROCAAAMOOORAAA!!! – zagłusza jego słowa tłum.

– Chcemy pozostać ludźmi – i pozostać przy życiu!

– ŚMIERĆ EUROPIE!!!

Myśli, że może nimi sterować. Nie, po prostu jego głowa stała się pięćdziesięciomilionową i pierwszą głową tego potwora, ot i wszystko.

On tu jest. On naprawdę tu jest, dociera do mnie z opóźnieniem. Gdzieś niedaleko. I wszyscy miejscowi wiedzą gdzie; Annelie też. Jej nie mogę odszukać, ale znalezienie Rocamory jest w mojej mocy. A tam spotkam i ją...

Wydostaję się ze swojej łódeczki, daję nura w morze ludzi.

Z roztargnieniem wsłuchuję się w echo tłumu.

Przekazuje, że na morzu widoczne są jakieś olbrzymie okręty, jakich tu w życiu nie uświadczono: cały horyzont jest czarny; że wszyscy spodziewają się szturmu i wszyscy gotowi są bić się do ostatniej kropli krwi; że Rocamora z zakładnikami jest na Dnie, pod platformą, w jakiejś twierdzy tamtejszych druglordów, zdaje się, że na placu Katalonii, pod wieżowcem Omega-Omega albo coś w tym rodzaju, że otaczają go tysiące bojowników, z których połowa to Paki fundamentaliści, a druga – Sikhowie, że barykadują drogi dojścia, że w żaden sposób nie da się tam dostać. Mówią też, że przeklęty Bering posłał tu pół miliona Nieśmiertelnych, uzbroił ich i nakazał strzelać i bić tak, żeby zabić; mówią, że Barcelonę będą bombardować, bodaj zrzucać napalm – ale nikt się nie boi, kogokolwiek by się zapytać, wszyscy są gotowi umrzeć. I rzeczywiście: myśliwce jak cienie kręcą się po przedwieczornym niebie, huczą jak grzmoty, rozrywają bębenki, ćwiczą bombardowanie. I słusznie, że zginę od napalmu, myślę nagle. Dopiero co wczoraj spaliłem żywcem dwie setki ludzi, a dzisiaj spalą i mnie, równie bezosobowo, nie patrząc. Słuszne, ale straszne. Nie zamienić się w plamę mazutu przyklejoną do innego człowieka. Nie do tych ludzi. Nie tutaj.

Mówię to na głos. Przyznaję się sam przed sobą. Domyślam się.

Śmierdzę kimś obcym i choćbym spędził tu nie parę dni, ale całe lata, nie będę dla nich swój. Jestem obcy w Barcelonie i obcy dla Annelie. I ona to we mnie czuła. I pamiętała, przez cały czas pamiętała, kim jestem.

– Annelie... – szepczę. – Annelie... Gdzie jesteś?

– Dlatego że jesteśmy ludźmi! – krzyczy Rocamora, wygrażając pięścią.

– Rocamora! – skandują stojący wokół niego.

– ROCAMORA! – odpowiada plac.

I wtedy, zupełnie jakby moje zaklęcia zadziałały, ktoś niechcący potrąca operatora – kamera podskakuje – tłum wydaje jęk – a ja widzę... Różowy marmur. Wyrzeźbione przeze mnie z piany czyste linie. Moje oczy. Ich zakochany wzrok koncentruje się na tym żałosnym demagogu. Ona żyje. Już go znalazła.

Nie wcisnęli jej na głowę torebki, nie zrobiła się sina, nie zsikała się, nie wierzgała nogami; oto jest – stoi obok, pomaga mu oszukiwać tych idiotów.

– Ona żyje – mówię na głos, a potem, kiedy to nie wystarcza, krzyczę: – Ona żyje! To było kłamstwo! Nie zginęła, widzicie!? On was okłamuje!

– Zamknij się! – syczą na mnie. – Nie przeszkadzaj słuchać!

Wywabiła mnie z budy, zdjęła ciasną, zdzierającą skórę obrożę, podrapała za uchem i zabrała mnie na spacer. Myślałem, że mam nową panią – i to jaką! – a ta znudziła się zabawą ze mną i jak gdyby nigdy nic porzuciła mnie w parku. Wróciła do swojego pieprzonego pudla. A ja – co mam robić? Co mam robić!? Nie jestem ekopetem, nie jestem elektroniczną lalką udającą domowego ulubieńca, nie da się mnie wyłączyć i wrzucić na antresolę, gdybym nagle zbyt namiętnie, po psiemu, atakował jej nogę i całą ją pobrudził!

Ja żyję, jasne!?

– Pieprzonego pudla... – podsłuchuję własne mamrotanie.

Migoczą obrazki: dokądś idę. Nie zdaję sobie sprawy dokąd – ale zbliża się do mnie wieżowiec, do którego podjechałem pociągiem z Toskanii.

Ten z dworcem, z którego prowadzi tunel przez szklany mur. Po jednej stronie Barcelona, po drugiej – nasi.

Wchodzę po opustoszałych schodach, moje nogi nic nie ważą, pod czaszką też samo powietrze. Ciemnym korytarzem, w którym utknęliśmy kiedyś z Annelie, w którym zabrali mi plecak – lewa, lewa, raz, dwa! – marszem mijam wędzące się w odurzającym dymie demony. Wysyłam teraz inne wibracje i demony nawet nie decydują się mnie zawołać.

Trudno trafić na dworzec przy wyłączonych drogowskazach – ale jestem metalowym opiłkiem i elektromagnes sam przyciąga mnie do siebie. Tam, za terminalem transportowym, za przerzuconymi ponad obłokami przęsłami ażurowego mostu, zbiera się teraz pięćdziesiąt tysięcy Nieśmiertelnych, ustawia szyki Falanga i chcę być z nimi, chcę stanąć w szyku.

Jak wejdą do Barcelony?

Szklany mur z jedyną bramą na wysokości trzydziestego piętra sprawił, że Europa jest niedostępna dla nielegalnych imigrantów, ale też zamienił to miasto w twierdzę, której oblężenie może się ciągnąć miesiącami i latami.

Czy Bering rozumie, dokąd ich posyła? Tu, w Barcelonie, każdy mężczyzna ma broń i wielu jest gotowych zapłacić życiem za nieśmiertelność. Co może zrobić pięćdziesiąt tysięcy Nieśmiertelnych z paralizatorami przeciwko pięciu milionom uzbrojonych barbarzyńców? Dlaczego nie wyślą przodem wojskowych sił specjalnych?

Nie wiem. I pewnie nie powinienem wiedzieć.

Wreszcie jest stacja: ciemno. Przy wejściu niczym szmaciana lalka wala się granatowy policjant, ręce ma rozrzucone na boki, hełm gdzieś przepadł, zmiażdżona głowa leży nosem w czarnej kałuży, jakby nie wylała się z niego, tylko sam do niej podpełzł i teraz pije.

Przede mną ktoś szeleści: wyciągam komunikator, żeby poświecić, i paralizator – żeby powitać nowych gospodarzy. Podryguje światło latarki, słychać arabską mowę, ktoś kogoś beszta – brzmi tak, jakby wyrzygiwał własny żołądek.

Piszczenie komunikatora: próbuje przebić się przez zakłócenia i złapać słaby sygnał jakiejś sieci. Udaje mu się i natychmiast pęka w szwach od wiadomości. Przeglądam je pobieżnie: wszystkie bez wyjątku są zakodowane. Nieśmiertelni będą wchodzić tędy, przez dworzec. Do rozpoczęcia operacji pozostały minuty.

Oświetlając sobie drogę, przekradam się przez ciemną stację. Potykam się o kolejne ciała – jedne w granatowych mundurach, inne w brunatnych ubraniach. Słabe refleksy świetlne na wyłożonych kafelkami ścianach, zapisanych żądaniami równości i bluzgami w stronę Partii. Pachnie spalenizną i dymem z gwiezdnego pyłu.

Światło latarki wali mnie po oczach, oślepia. Podnoszę ręce. Boję się nadziać na cały garnizon – spodziewają się przecież szturmu – ale policjanci, jak się zdaje, drogo sprzedali skórę. Obrońców tych barykad jest tylko pięciu.

– To ty? – pyta któryś niepewnie i strasznie powoli; poznaję działanie gwiezdnego pyłu.

– Tak, ja! Ja!

– Gdzie pozostali? Powiedzieliśmy ci przecież, bierz wszystkich po kolei! Zaraz będzie tu gorąco! – przeciąga słowa tamten, nie pamiętając o tym, że wciąż wypala mi siatkówkę swoją pieprzoną latarką.

– No, idą, idą! – Próbuję mówić tak samo jak on.

Na pewno idą. Ale na razie jest ich tu pięciu.

– A ci, co skoczyli po plastik? Nie widziałeś ich? Coś długo ich nie ma!

– A cholera wie. – Pociągam nosem i wzruszam ramionami. – Nie macie może czegoś, żeby sobie strzelić? Bo tak ździebko straszno.

– Ty no, nie cykaj! – Smuga światła wreszcie odsuwa się od moich oczu. – Zara oblepią ten most plastikiem, sieroty wejdą tam, a my ich – bam!

Plastik. Chodzi im o materiał wybuchowy. Za moment go skądś przytargają i zaminują jedyny most. Ilu naszych spadnie w przepaść, kiedy go wysadzą?

– Ale mogę cię poczęstować pyłem, brachu! W końcu pracujemy dla wspólnej sprawy! – Arab charka lepką śliną. – Chodź, zapal z nami za sprawiedliwość!

Zamknęli bramę, widzę, że wjazdy na stację też są zablokowane. Brama jest potężna – postawiono ją tu, żeby powstrzymywać napór wandali na cywilizowaną Europę. Z trupów w granatowym obrońcy Barcelony ułożyli osłony dla strzelców, kryją się za nimi, umieścili broń na martwych plecach innych ludzi. Jest tu cała międzynarodówka: naćpany Arab wciska matowe, tępo zakończone naboje do chałupniczo skleconego rewolweru, Murzyn z dredami do pasa kołysze obrzynem z szeroką lufą; dwa wąsate prymitywy mierzą w bramę z karabinów. Skośnooki gość nalewa z kanistra naftę do butelek, zatyka je knotami ze szmat – wychodzą z tego koktajle Mołotowa.

– Coś długo im schodzi... – Żółtek pociąga nosem. – Powiedzieli, że obrócą w pół godziny!

Słyszę, jak ćwierka mi komunikator w kieszeni.

– A to co? – interesuje się Arab.

– Daj macha! – proszę.

– Ej! Wy, na barykadzie! Może byście pomogli! Ledwo to cholerstwo przytachaliśmy! Kurwa, to waży z sześćdziesiąt kilo! – słychać z ciemności.

– Nie tylko most, ale i cała okolica wyleci w powietrze! – rechocze drugi. Dzikusy wydostają się z granatowych okopów i kuśtykają w stronę głosu.

Koniec. Jeszcze piętnaście minut i zamienią stację w głowicę bojową, a cały ten pieprzony wieżowiec w rakietę; sześćdziesiąt kilogramów plastiku... Komunikator znów dzwoni, coraz bardziej natarczywie... Arab wypuszcza kłąb cierpkiego dymu, od którego powietrze robi się jak woda, podaje mi cudaczną rzeźbioną fajkę – siedzący w kucki brzuchaty karzełek, świdrujący swoimi wyżłobionymi oczkami tego, kto z niego pali; cybuchem fajki jest jego ogromny wykrzywiony członek.

– Częstuj się.

Przykładam mu paralizator do szyi. Zzz. Potem skośnemu – idiota zamachnął się na mnie swoją butelką – do policzka: zzz! Murzyn mruga ze zdziwieniem, podnosi się, wymierza we mnie lufę swojego obrzyna tak wolno, jakby było to stutonowe działo ze starożytnego okrętu – uderzam go kantem dłoni w szyję, gość krztusi się, kaszle, naciska na spust – obrzyn miał zaciągnięty bezpiecznik; walę go paralizatorem, gdzie popadnie.

I wtedy słyszę dzwon: w bramę uderza taran. Bumm! Bumm! Bumm!

A więc dano już sygnał do ataku. Czekali na nadejście ciemności, przeszli przez most, kiedy nie było ich widać z dołu... Teraz cały tunel musi być pełny naszych...

– Co jest!? – krzyczą do mnie ci z plastikiem.

– Wszystko w porządku! – krzyczę w odpowiedzi.

BUMM! BUMM! Tyle że brama waży pewnie z dziesięć ton. Ile jeszcze będą się grzebać!?

– Pomóc wam!? – Biegnę na spotkanie czwórce, która ledwie wlecze dwa ogromne plecaki, świecąc dookoła słabiutkimi diodami.

BUMM! – widząc, że taran nie da rady bramie, z tamtej strony przynoszą palnik laserowy i oślepiająco jasny refleks światła przelatuje przez warstwę kompozytu, wyrusza w długą podróż, zostawiając za sobą pustkę i ślad topnienia, jakby ktoś sunął po czekoladzie gorącą łyżką.

Jeśli nie ja, to kto? Tak mówi Erich Schreyer.

Ustawiam się jako ostatni, przytrzymuję plecak z gniewem bożym, kiedy wtykam dzikusowi paralizator w ucho – i natychmiast przerzucam się na drugiego, nie widzę nawet jego twarzy. Światełko podskakuje, gdzieś leci, drugi drwal rzuca swój ładunek i tnie z rozmachu długim nożem, parząc mi ramię. Plecak upada, przygarbiony facet, który niósł go tu z tak daleka, ochryple wciąga powietrze, ale mija milisekunda i wszyscy jeszcze tu jesteśmy.

Nóż świszczy jeszcze raz, przygarbiony bierze się w garść, zarzuca sześćdziesiąt kilo Armagedonu na swoje zmęczone plecy i z trudem biegnie w stronę bramy.

BUUMMM!

– Stójcie! Stójcie!!!

Uchylam się na oślep przed niewidocznym ostrzem, biegnę za garbusem. Ten zatrzymuje się kilka kroków od chwiejących się skrzydeł bramy, kładzie swój ciężar, zaczyna grzebać w plecaku, szykuje się, żeby wysadzić nas wszystkich w powietrze. Zdążam ułamek sekundy wcześniej: odciągam go za włosy od detonatora, wpycham mu paralizator prosto w rozdziawione usta – zdychaj! Wtedy dociera do nas ocalały troglodyta, widzę jego zamach w świetle leżącej martwo w kącie diody. Mogę tylko zasłonić się ręką – łapię nóż za ostrze, zdążam tylko pomyśleć, że zaraz posypią się odcięte palce – tamten się dziwi, a ja puszczam, mażę mu twarz swoją krwią, potem rzucam się na niego jako ten cięższy i odsuwam powoli ostrze coraz dalej od siebie, a potem – zzz! – wybieram dogodny moment. Koniec... Teraz...

Gdzie mój plecak!? Gdzie moja maska!? Zataczam się jak pijany; echo niesie się po jaskiniach – słychać z daleka; idą posiłki. A tu... Tu, za moimi plecami. W plecaku. Wciskam ją krzywo, wlokę się do bramy, odnajduję zasuwy...

Czy nie wspominam wtedy Raja, Devendry, Soni, Falaka, Margo, Jamesa? Nie. Wspominam natomiast to, jak z plastikowych pancerzy wydłubywali policjantów, którzy przywlekli się tutaj za tym wyglansowanym panamerykańskim kretynem. Jak nie uwierzyła mi Annelie. Jak na wszystkich kanałach pokazywali sinych, nabrzmiałych wisielców z oddziału Pedra. Jak Falanga – my wszyscy – musiała to wtedy przełknąć. Jak ta dziewczyna odeszła do kłamliwego pudla, amatora kamer telewizyjnych.

– Swój! Swój!

Tak wpuszczam Nieśmiertelnych do Barcelony.

Otwieram i siadam na ziemi. Nie widzą tego przez mojego Apollina, ale się uśmiecham.

Schreyer wysłał mnie na urlop. To był zasłużony odpoczynek – za to, co zrobiłem z Beatrice i jej dziadkami, z jej czarodziejskimi lekarstwami i jej wiedźmimi projektami. Ale urlop się skończył; czas wrócić do pracy.

Otaczają mnie bliskie mi maski – podciągam rękaw na przegubie: zobaczcie, jestem swój! Jestem taki sam jak wy! Ding-dong – i wyciągają się do mnie pomocne dłonie.

– Jan. Jan Nachtigall 2T – mówię im.

– Czego tu szukałeś, do cholery!?

– Zdążyłem... Byłem wcześniej... Zanim zamknęli... Ostrożnie... Tam jest plastik... I posiłki... Idą na pomoc... Tutaj... Z bronią... Słyszycie!?

– Odeślijcie go na kontynent! – nakazuje ktoś. – Nawojował się bohater.

– Tam... Oni mają broń... Tutaj wszyscy mają broń... – mamroczę. – Dlaczego nie wyślą armii? Na każdego naszego jest tysiąc tamtych!

– Armia robi swoje – odpowiadają. – Dajcie mu maskę przeciwgazową!

– Co?...

Cała stacja jest już wypełniona po brzegi Nieśmiertelnymi; od tysięcy latarek zrobiło się jasno jak w dzień.

– Stan gotowości! – krzyczą skądś. – Trzy minuty!

I naraz blade twarze Apollina spadają z ludzkich. Przez krótką chwilę widzę przed sobą nie antycznych wojowników, nie odrodzoną falangę Aleksandra, ale tłum – rozpalony, wzburzony, taki sam jak ten, który szaleje na dole. A potem zamiast wyniosłych, pięknych marmurowych masek wszyscy zakładają na siebie coś obcego, z lustrzanymi wizjerami zamiast oczu i puszkami filtrów zamiast ust. Znikają ludzie, którzy mignęli mi przed oczami, zamieniają się w demony; zaczyna się bal maskowy.

Wszystkie twarze są nieznajome: pięćdziesiąt tysięcy – jak ich zapamiętać?

Wszystkie poza jedną.

Na samym skraju mojego pola widzenia ktoś skrywa pod czarnym kauczukiem głowę porośniętą sztywnymi czarnymi kędzierzawymi włosami. Wzdrygam się. Zdumiewające, że zdążam to zauważyć – przecież odwrócił się ode mnie, patrzy w inną stronę.

Spłaszczona czerwona opuchlizna z dziurą zamiast ucha. Zamiast tego ucha, które odgryzłem.

– Ewakuować go! – dysponuje ktoś.

I znów, jak tamtego dnia: wokół mnie jednakowe maski, tyle że innego bóstwa – i znów Pięćset Trzeci będzie robił za mnie to, do czego nie jestem zdolny.

– Nie! Nie! Pójdę tam! – Wykręcam się, słabnie nawet pieczenie w pociętych palcach. – Wiem, gdzie jest Rocamora! Gdzie jest Mendez! Zaprowadzę was!

– Dobrze, dobrze... Załóżcie mu maskę przeciwgazową! Dlaczego do tej pory...

Pośpiesznie zdejmuję maskę i oglądam się ukradkiem na człowieka bez ucha – zdążył mnie rozpoznać? – ale teraz wszyscy tu nie mają uszu ani oczu...

– Dwie minuty!

Wtedy ktoś przerywa:

– Bering przemawia! Bering zwraca się do nas!

Każdy ma Beringa na lewym nadgarstku – w komunikatorze, siedzi w tym samym miejscu, gdzie robi się zastrzyk, wyczuwa tętno – albo nadaje mu rytm. Wszyscy podkręcają głośność i Bering mówi do nas:

– Byliśmy z nimi cierpliwi! A oni wzięli naszą cierpliwość za tchórzostwo! Byliśmy dla nich dobrzy! Ale oni wzięli naszą dobroć za słabość! Ratowaliśmy ich przed wojnami! Oddawaliśmy im swój chleb i swoją krew, swoją wodę i swoje powietrze! Odmawiamy sobie przedłużenia rodu! A oni płodzą się tu jak karaluchy. Podarowaliśmy im nowy dom, a oni go zapaskudzili i teraz rwą się do nas.

Wiercę się, próbuję znaleźć Pięćset Trzeciego – bezskutecznie. Wszyscy są jednakowi, z jednej sztancy, wszyscy przyssali się do Beringa jak dzieci do cycka.

– Zginęło dziś tysiąc chłopaków z policji. To oni ich pozabijali! Zarżnęli jak bydło! Naszych chłopaków! Moich! Za długo czekaliśmy... Pompowali do Europy narkotyki – czekaliśmy. Kradli to, co nasze – czekaliśmy. Zarażali nas syfilisem i cholerą – czekaliśmy. Teraz nas zarzynają! Wzięli za zakładnika prezydenta Panamu, żądają, żebyśmy dali im nieśmiertelność! Jeśli to ścierpimy, to koniec z naszą Europą! My albo oni!

To na pewno jego – Beringa – głos, tyle że pozbawiony całej swojej pretensjonalności, całej kokieterii. Wali wprost, tak jak mógłby to robić każdy dowódca oddziału – i cała Falanga milczy, wsłuchując się uważnie w każde jego słowo.

– Jest ich tam pięćdziesiąt milionów, tych niewdzięcznych, nienasyconych drani! Mogliśmy rzucić na nich wojsko, wytępić ich, spalić to przeklęte miejsce na popiół! Ale nie zniżymy się do poziomu tych zwierząt! Europa nie ulegnie zbydlęceniu! Poddają nas próbie, ale musimy udowodnić, że nas nie złamią! Humanitaryzm! Moralność! Prawo! Oto na czym opiera się nasze wielkie państwo! Bracia! Patrzy teraz na was cały świat! To właśnie wy powinniście wejść do Barcelony jako pierwsi! To wy powinniście pokazać, co znaczy być Nieśmiertelnym! Dziś okryjecie się sławą!

Widzę, jak wszystkie plecy się prostują, jak czarne figury prężą się w pozycji na baczność. A Bering wbija kolejne gwoździe:

– Nie przelejemy ich brudnej krwi! Ale ich noga w naszym kraju już nigdy nie postanie! Wszyscy zostaną deportowani! Wśród nich jest wielu takich, którzy ukradli naszą nieśmiertelność! I jeśli nie podejmiemy odpowiednich kroków, wrócą tu! Jak karaluchy, jak szczury! Dlatego! Zanim! Odeślemy! Te! Zwierzęta! Z powrotem! Do dżungli! Każdemu! Wstrzykniemy! Akcelerator! Dość pobłażania!

– Dość pobłażania! – powtarzają głucho dookoła.

– Zapomnij o śmierci! – stawia kropkę Bering.

– Zapomnij o śmierci! – grzmi Falanga.

– Maaaaarsz! – ryczą megafony.

Tak trafiam na ostrze włóczni; jestem na czele lawiny.

Znajdę cię, Rocamora. Ciebie i twoją Annelie. Ukryłeś się na Dnie, w legowisku bestii, otoczyłeś się zbirami z automatami, myślisz, że cię nie dostanę, że ustąpię, że pozwolę wam teraz spokojnie żyć!?

Mamy gdzieś, że jest was tysiąc razy więcej. Mamy gdzieś, że jesteście uzbrojeni.

Idziemy.

Fala wyrzuca mnie ze stacji – spadam z góry na Barcelonę. Patrzę przed siebie, ale cały czas swędzą mnie plecy: Pięćset Trzeci jest gdzieś obok, gdzieś tutaj. Patrzy na mnie, spala mnie wzrokiem.

Na placu wciąż stoi tłum. Teraz, w ciemności, kiedy rebelianci zapalili pochodnie i latarki, plac naprawdę wygląda jak cienka skorupa ziemska, popękana i rozchodząca się w szwach – rozsadzana przez napierającą od dołu ognistą lawę.

Panoramiczne okna neonowego wieżowca, okna od podłogi do sufitu; przez ciemnogranatowe letnie niebo jak strzępki mroku przelatują wojskowe eskadry. Z kontynentu na zbuntowane miasto nadciąga flota powietrzna. A z morza – stąd sam widzę horyzont – zbliżają się niezliczone statki. Kleszcze się zaciskają, ale Barcelona ani drgnie: z placu pięciuset wieżowców podnosi się, narasta, wzbiera:

– PRECZ! PRECZ! PRECZ!

I potem jeszcze:

– RO-CA-MO-RA!

Uważałem już ten Babilon za swój, ale wymienił mnie na Rocamorę tak samo, jak wymieniła mnie na niego Annelie. Miasto zdzira, miasto zdrajca. Dumna zdzira i jawny zdrajca, ale nienawidzę go tym bardziej, im bardziej chciałem dać mu się zwieść.

To będzie wielki szturm, wielki bój. Nie czuję, jak leci mi krew z pokaleczonych palców i rozciętego ramienia, nie znam bólu.

– Zapomnij o śmierci! – krzyczę.

I tysiąc gardeł basem podchwytuje mój krzyk.

Wtykać kontakty paralizatora w żywe mięso, póki nie wyczerpie się bateria, a potem bić, zdzierając sobie kłykcie, gryźć, drapać do połamania paznokci. I niech mnie też walą, kopią, łamią kości, niech wybiją mi z głowy wszystkie fanaberie, żebym zdechł czysty, niewinny, pusty; tu, wśród swoich, nie strach umierać.

Chcę zginąć w walce, chcę wylać na Barcelonę wrzącą siarkę, chcę zesłać na nią słupy ognia, wytępić każdą duszę, którą tu pokochałem i która mnie oszukała.

Ale nie jestem bogiem, tylko metalowym opiłkiem, i niebiosa są bezchmurne i pełne gwiazd.

– Annelie – mruczę przez filtr maski.

Nic się nie wydostaje na zewnątrz: filtry zatrzymują zanieczyszczenia.

A potem szerokie skrzydła bombowców zasłaniają ludziom w dole światło gwiazd; maszyny mkną jak archanioły z mieczami i tam, gdzie pada ich czarny cień, wszyscy milkną. Spadają w dół bomby, eksplodują, nie dosięgając ziemi, nad głowami ludzi. Każda z nich rozpada się, wypuszczając gaz. Ludzie pochylają się, padają, obejmują się w strachu, gotując się na śmierć w płomieniach – ale wdychają tylko niewidoczny i pozbawiony smaku gaz i padają na ziemię.

Kiedy schodzimy na plac, witają nas miliony nieruchomych ciał. Ale nikt nie umiera: w przepięknym kraju Utopii nie ma przecież niczego ponad prawo i moralność.

– Gaz usypiający! – wyjaśnia mi czarna twarz z nieprzeniknionymi owadzimi oczami.

Proszę, jak miło. Wszyscy po prostu śpią – i czekają, aż ich obudzimy. Jak w jakiejś bajce, jak w jakiejś pierdolonej bajce.

Na placu między pięciuset wieżowcami nie ma dla nas miejsca; wszystko jest zasypane ciałami. I idziemy po ciałach – najpierw stawiamy kroki uważnie, a potem gdzie popadnie. Ciała są miękkie i niepewne; trudno się po nich chodzi – pewnie tak chodziło się po błocie czy piasku, póki nie zalaliśmy pustyń i bagien elastycznym cementem, jak to zrobiliśmy z całą ziemią. Bo ziemia jest zbyt wątła dla naszych drapaczy chmur.

– Dokąd teraz? – pytają mnie. – Prowadź nas do Rocamory!

Nad śpiącym królestwem jak wrony nad polem bitwy, krążą turboloty, szturchają ciała szerokimi snopami światła reflektorów – czy nikt się nie rusza? Wszyscy spokojnie leżą.

Reflektory omiatają wieżowce i razem z nimi widzę to, czego nie dostrzegłbym w ciemności: dwie greckie litery omega. To ten wieżowiec, o którym mówili w tłumie. To ten obelisk, który przygniata pochowany na dole stary plac Katalonii. To gdzieś tam.

– Tam! – wskazuję na wieżowiec. – Na dole!

Mój komunikator znów ożył, zasypuje mnie wiadomościami o przebiegu operacji: do portu wpływają puste megatankowce – to je widzieliśmy na horyzoncie. „Jest tu ogromny port i nabrzeże – musisz to zobaczyć", jej głos. Potrząsam głową: zabieraj się stąd!

– Żywiej! – dowodzę swoimi dowódcami. – Póki działa gaz! Mają Mendeza, trzeba go stamtąd wyciągnąć!

Mam na myśli, że mają Annelie. Trzeba ją… Trzeba… Licho wie.

I pędzimy po plecach i brzuchach, po nogach i po głowach w kierunku wieżowca Omega-Omega. Szybciej, nim będzie za późno! A plecy wciąż mnie swędzą, wciąż coś mnie piecze i ciśnie, i nie wiem, czy w naszej awangardzie nie ma jego, Pięćset Trzeciego, czy nie prowadzę go do Annelie – ja sam, znowu...

Oto on: Omega-Omega, oto wejście, oto schody; trująca chmura opadła na ziemię, przecisnęła palce przez szczeliny karaluchów, przetrząsają ich nory, macają i rozgniatają pasożyty.

Schodzimy po stopniach – na każdym leżą bojownicy, po oczy zawinięci w arabskie chusty, przepasani taśmami nabojowymi. Nikt nie stawia nam oporu. Kiedyś tak samo łatwo śmierci pracowało się z ludźmi.

Robota jak marzenie, ale ręce mnie świerzbią, wnętrzności żądają walki.

Wstawajcie! Bijcie się! Po kiego wała tak tu leżycie!?

Kopię brodatego mudżahedina w policzek – głowa odskakuje i wraca na miejsce, jakby była z gumy. Bij się! Bij się, sssukinsynu!

Odciągają mnie od niego, za bardzo się zapomniałem, szczują mnie: „Szukaj! Łap ślad!" – i schodzę dalej.

Plac Katalonii to średniowieczny targ ogarnięty dżumą. Modernistyczne pięciopiętrowe domy ze zmęczonego wiecznym staniem kamienia są całe w sadzy, plac, który okalają, wydaje ostatni dech. Wszyscy śpią; leżą na ziemi jak popadło, tam gdzie znalazł ich gaz. Na grillach dogasają zwęglone szaszłyki, wybrzmiewają melodyjki wyposażonych w akumulatory automatów do gier, meleksy wjechały w ściany i brzęczą ponuro. Mokra kostka brukowa jest zastawiona kupieckimi straganami, a w każdym straganie leżą ciała. Jest tu tak ciemno, jakby cały wszechświat się zapadł i nie było niczego więcej poza zapomnianą przez wszystkich Ziemią. Ciemno, jakbym zszedł do samego Hadesu, do zdechłych starożytnych Greków.

– No i gdzie to jest!?

Zapalają latarki. Szukaj.

– Gdzieś tutaj. U jakichś narkobaronów... W magazynie... Tutaj...

– Jasne... – gapi się na mnie obojętnie jeden z nich. – Rozdzielamy się! Przeszukać wszystkie domy! Potrzebujemy Mendeza! Pozostałych identyfikować, kłuć i do tankowców!

Rozdzielamy się i szukamy.

Dają mi antyseptyk, żeby rany mi nie ropiały, plastry, żebym ich więcej nie widział, i znieczulenie, żebym o nich nie pamiętał. I już o nich nie pamiętam.

Annelie...

Nie znalazłem cię w królestwie żywych, chcę cię znaleźć w królestwie umarłych. Dom za domem, mieszkanie za mieszkaniem, korytarz za korytarzem, klatka za klatką, stopień za stopniem, piwnica za piwnicą. Ilu tu ludzi. Ilu tu ludzi.

Zdecydowaliśmy się wejść do Barcelony, wiedząc, że na każdego naszego przypada po tysiąc rebeliantów. Po tysiąc rozwścieczonych, zdesperowanych, rozwrzeszczanych, uzbrojonych ludzi, którzy nie mają nic do stracenia.

Teraz leżą unieruchomieni, ledwie zauważalnie oddychają, ich ręce i nogi są zrobione z uległej miękkiej gumy – i mimo to jest ich za dużo, potwornie dużo; tysiąc na jednego! Teraz rozumiem, co znaczy ta liczba.

Mam własny cel, ale powinienem też dążyć do innego, wspólnego: każdemu śpiącemu przytknąć do nadgarstka skaner, dowiedzieć się, jak się nazywa albo jaki ma numer, wstrzyknąć akcelerator, założyć mu na rękę metkę: zaliczony, potem załadować go na nosze, wynieść na górę. Tam harują inne brygady: układają ciała, robiąc miejsce dla przybyłych już ciężarówek, ładują żywe trupy całymi stertami – głowa swobodna, twarzą w dół, żeby nie zachłysnęli się własnymi wymiocinami – i wiozą ich do portu, gdzie czekają megatankowce, superbarki, wszystkie statki, które udało się Beringowi zarekwirować dla naszej operacji.

I kopię, kopię w cudzych domach, zaglądam w oczy uśpionym starcom, mężczyznom, kobietom; siada bateria w skanerze – rozdają nam nowe. Kończy się ładunek iniektora – dowożą świeże. Straszny ból w plecach – pracuję cały czas pochylony, uśpieni ważą tyle, co martwi, a martwi są trzy razy cięższi od żywych. Uśpieni stawiają nam opór – swoim ciężarem, swoją bezwładnością.

Prosiłem o walkę, chciałem się bić – ale to nie przypomina bitwy, tylko niekończący się pogrzeb. Co robić? – walczę z nimi, jak potrafię: przewracam ich, podciągam rękawy, wsuwam z powrotem wypadnięte piersi, ocieram spierzchnięte usta, świecę w oczy latarką. Nikt się nie ocknął: chemia zrobiła ogromne postępy. Co im się śni? Może wszyscy widzą jedno i to samo? Pustkę?

Mija dzień, mija noc. Zostaje ich dziewięciuset na jednego.

Dlaczego nikt nam nie pomaga?

Nie ma wśród nich Annelie. Nie ma Rocamory. Nie ma Mendeza. Nie ma Margo. Nie ma Jamesa. Wszyscy tutaj to obcy ludzie.

Padam ze zmęczenia, zasypiam na uśpionych – kiedy jestem zamroczony, przerzuca ich ktoś inny. Stawiają nam hermetyczne namioty, w których chociaż na kilka minut można zdjąć maskę przeciwgazową, przegryźć coś, napić się. Przeżuwamy w milczeniu, nie rozmawiamy ze sobą: nie ma tu o czym rozmawiać.

Bo przecież nie o tym, że każdym zastrzykiem odmierzamy komuś ostatnie dziesięć lat jego życia, bez zbadania sprawy, bez żadnych wyjaśnień? Nie kłócą się z nami – i dobrze, i cudownie. Jest ustawodawstwo na sytuacje nadzwyczajne, Bering w wiadomościach wyczerpująco wszystko wyjaśnił Europie i całemu światu: jeśli nie zrobić każdemu zastrzyku, wrócą tu. Robimy to nie po to, żeby ich ukarać. Robimy to, żeby ich nauczyć. Aby uniknąć czegoś podobnego w przyszłości. Europa ma prawo do przyszłości, mówi Bering.

Szukam Annelie i szukam, i szukam, przetrząsam i przetrząsam. Mija kolejna noc, kolejny dzień i kolejna noc – staram się pracować sprawnie, przerzucam iniektor z krwawiącej prawej ręki do niewprawnej lewej i z powrotem, przysiadam na czyichś plecach, bo nie mam już siły się schylać, pali mnie w krzyżu i zdrętwiały mi nogi, mam mało powietrza, skończyliśmy na placu Katalonii i poruszamy się bulwarami Ramblas, i trzeba się śpieszyć, bo zaczną się budzić i nie zdążymy, i znów opada na ziemię ciężki obłok, który wszystkich powleka i wywleka ich w ciemność, i przewracamy grubych, kładziemy na noszach zmurszałych, przenosimy dziewczyny jak źdźbło trawy, trzymając za ręce i nogi, rzucamy starców, identyfikujemy-wstrzykujemy-identyfikujemy-wstrzykujemy-identyfikujemy-wstrzykujemy-wstrzykujemy-wstrzykujemy i zemsta dawno już straciła smak, nie potrafię cię już nienawidzić, Barcelono, bo nie potrafię już w ogóle niczego czuć, a tamtych wciąż jeszcze przypada pięciuset na każdego z nas, niech oni się skończą, niech oni się skończą, i cholerne tankowce wchodzą do portu jeden za drugim, karmimy je mięsem, napychają sobie brzuchy do pełna i spływają, a my oskrobujemy flaki Barcelony, wysiedlamy pieprzony Hades, piekło się zamyka, my tu teraz wszystko wymalujemy białą farbką i pozbędziemy się zapachu waszego gwiezdnego pyłu i waszego moczu, i waszego curry, i waszych stęchłych ciał, odtąd wszystko tu będzie pachnieć syntetycznymi różami, a wy wynoście się do Afryki, niech tankowce wysypują was gdziekolwiek, to nie nasza sprawa, tylko spieprzajcie stąd, tylko skończcie się już, proszę, ale oni milczą, rozmawiam z nimi otumaniony, wycieńczony, a oni milczą, jakby nabrali wody w usta, a ja przerzucam, przenoszę, kłuję, identyfikuję, kłuję, a Annelie wciąż nie ma ani nikogo z moich znajomych, chociaż nie boję się już spotkania z Rajem czy Bimbi, nie boję się podejmować decyzji, nie boję się ich kłuć – niczego się nie boję oprócz jednego: kiedy ciała się wyczerpią, kiedy wyjdę stąd na górę, kiedy wypuszczą mnie z Barcelony, to już nigdy niczego nie poczuję, bo zdarłem sobie wszystkie nerwy do krwi i zamiast nich wyrósł mi strup, a potem będę miał gruby, nieprzebijalny odcisk, a kiedy zostaje zaledwie stu ludzi na mnie, na każdego z nas, nie boję się już nawet tego; i kiedy odkrywamy chrześcijański przytułek dla sierot – dwadzieścia dziewczynek w wieku od trzech do dziesięciu lat, pomarszczone mniszki ledwie oddychają, wypukłe gałki oczne drgają im pod powiekami, wzywamy brygadę specjalną, wszystko według regulaminu, dziećmi powinny się zajmować kobiety, tak już stworzyła nas natura, i zjawiają się po godzinie – kobieca dziesiątka, krzepkie baby w czerni, z maskami Pallas Ateny zamiast twarzy, i muszę stać z boku i patrzeć, jak szybko i sprawnie załatwiają sprawę z dziecięcymi ciałkami, i nie myślę o tym, że o, ta trzylatka z krótkimi kręconymi włoskami – pstryk! – umrze jako maleńka, wyschnięta staruszka w wieku trzynastu lat, ta czarniutka pięciolatka – pstryk! – dożyje do piętnastki, może zdąży się zakochać, a ta siedmioletnia ślicznotka z długim, grubym warkoczem niemal zasmakuje życia, ale wczesna starość przetrawi i pożre jej urodę, zanim zdąży naprawdę rozkwitnąć, a potem biorą śpiące dziewczynki na ręce, obejmując je po matczynemu, i wynoszą gdzieś w ciemność.

Jedna z mniszek bełkocze z niepokojem, chwyta się za serce i nagle siada, wytrzeszczając na mnie niewidzące oczy.

– Co!? Co!? – krzyczy ochryple i żegna mnie znakiem krzyża, żegna, jakbym miał od tego zaraz zawyć, zawirować jak bąk, zapłonąć i zniknąć.

– Cyt... – Podchodzę do niej i gładzę ją po głowie, zanim na moment przykładam jej paralizator. – Wszystko dobrze. Śpij. Śpij.

Rozdział 22

BOGOWIE

Paczka jest pusta.

Otwieram drzwi, żeby pójść do automatu, kiedy wpada do mnie kurier z zaproszeniem. Prawdziwy żywy kurier z rękami i nogami.

Wydrukowano je na doskonałym grubym plastiku, czarne tło, złote litery z zawijasami. Imienne, żebym nie miał wątpliwości; bo oczywiście je mam. Kilka godzin później na komunikator przychodzi jeszcze elektroniczne zawiadomienie, potwierdzające, że to nie żart.

Minister Bering... Członkowie Rady... Mają zaszczyt... Wielce szanownego Pana... Gościa honorowego... Zjazd Partii Nieśmiertelności... Wieżowiec Panteon... Data taka to a taka... Równo o... Nie jest wymagane...

Oto ona, niespodzianka, którą obiecał mi Schreyer.

Słyszałem o twoich wyczynach, powiedział mi.

Wyczyny? Nie dokonałem ani jednego.

Nic, czego nie zrobiliby pozostali. Wszyscy razem tkwiliśmy na tym cmentarzu prawie dwa tygodnie. Ładowaliśmy ludzi jak worki, a potem pompowaliśmy w nich wodę, żeby, nie daj Boże, któryś z nich nie umarł niezgodnie z planem. Wszyscy razem. Ale pozostali otrzymali pochwałę Beringa w wiadomościach („Rozwiązując barceloński problem, Falanga dowiodła, że jest niezastąpiona!") i niewielką premię, a mnie dali miesiąc na regenerację i obiecali niespodziankę.

Nie oponowałem. Wykorzystałem ten miesiąc, jak należy: każdego dnia jeździłem do Ogrodów Eschera i patrzyłem, jak ludzie grają we frisbee. Czekałem, aż ktoś zaprosi mnie, żebym się przyłączył, lecz nikt nie zapraszał.

Jeszcze żarłem. I spałem.

Nie miałem wielkiej ochoty żreć, spać i grać we frisbee, ale w końcu coś trzeba robić. Aha, poczyniłem jeszcze dwa odkrycia. Pierwsze:

kiedy jeden dzień jest podobny do drugiego, godziny mijają szybciej. Drugie: jeśli łykać jednocześnie pigułki szczęścia i leki uspokajające, prędkość upływu czasu zwiększa się czterokrotnie.

I oczywiście oglądałem wiadomości. Ustawiłem je tak, żeby trafiały do mnie wszystkie doniesienia ze słowami kluczowymi „Rocamora" i „Partia Życia". Wciąż czekam, kiedy śmiecia odnajdą albo zabiją; ale ten jakby zapadł się pod ziemię. Tymczasem nie ma ani jego, ani Annelie. Schwytano go w tajemnicy i siedzi w karcerze? Nie został rozpoznany i jak szeregowego nielegalnego imigranta wysłano go do Afryki, żeby spędził swoje ostatnie dziesięć lat w namiocie organizacji humanitarnej? Przypadkiem zdechł i wypadł ze statystyki?

Znaleźli Mendeza – o, to i owszem, to była we wszystkich kanałach *topstory* przez cały tydzień. Mendez żyje, Mendez odzyskał przytomność, Mendez poprosił o wodę, Mendez zjadł trochę kaszki, Mendez zrobił kupkę, Mendez pomachał ręką, Mendez poleciał do domu.

Ale przecież to nie ja znalazłem Mendeza, lecz ktoś inny.

Tak więc nie wiem, spod czyich ciał go wyciągnęli; nie wiem, czy nie było obok niego najbardziej poszukiwanego terrorysty na planecie; nie wiem, czy leżała tam wygolona do skóry dziewczyna, bo w wiadomościach nic o tym nie ma; sto razy dzwoniłem do Schreyera, ale ten zalecił mi zachowanie spokoju, dał miesiąc na regenerację i obiecał, że za moje wyczyny czeka mnie niespodzianka.

Moje wyczyny. Ciekawe, o co mu chodzi? Obiecałem, że zaprowadzę naszych do Rocamory, i nie zaprowadziłem.

Tymczasem pojechałem do Barcelony z dziewczyną, którą miałem zlikwidować. Tymczasem ta dziewczyna wyszukiwała miejsce pobytu mojej matki, używając swojego własnego nazwiska. Tymczasem nie odpowiadałem na próby kontaktu ze strony mojego partyjnego patrona.

Mówią nam, że nas nie śledzą. Dajcie spokój: nie posadzicie przecież pięćdziesięciu tysięcy ludzi, żeby przez okrągłą dobę śledzili drugie pięćdziesiąt tysięcy – z czyjej kieszeni to opłacać?

Ale jeśli jeden z tych pięćdziesięciu tysięcy nagle szczególnie kogoś zainteresuje...

Otworzyłem Nieśmiertelnym bramę do Barcelony. Walczyłem przeciwko śpiącym trupom, nie migając się choćby przez sekundę.

Nie sądziłem, że mogę w ten sposób odkupić wszystko, co nabroiłem – po prostu robiłem to, co trzeba. Tak się nie da odkupić win; dlatego kiedy Schreyer obiecał mi niespodziankę, doszedłem do wniosku, że mówi o pokazowej egzekucji.

Ale nie miałem siły uciekać. Nie miałem i nie mam. Nie mam siły i nie ma schronu, w którym mógłbym się ukryć. Nie ma miejsca, które mógłbym nazwać swoim. Nie ma ludzi, którzy na mnie czekają. Wstrzyknąłem im akcelerator i wypchnąłem do Afryki.

Nie ma we mnie siły na fantazje, nie ma wiary w tę dziewczynę, która mnie oszukała, nie ma chęci wyszukiwania mojej matki psującymi się automatami; w ogóle nic mi się nie chce.

Dlatego przez cały miesiąc mnożyłem antydepresanty przez środki uspokajające, spałem i patrzyłem, jak grają we frisbee.

To jak zobowiązanie do nieopuszczania miejsca pobytu. Jak imadło, w które wsadza się gęsi, żeby nie wierzgały, kiedy na siłę wpycha się w nie karmę i otłuszcza im wątrobę. Potem smaruje się nią grzanki i nazywa ten przysmak „foie gras".

Takiej właśnie niespodzianki się spodziewam. W rodzaju tego foie gras.

Miesiąc minął szybko. Niebezowocnie: ręka zagoiła się, palce już się zginają, przybyło mi sześć kilo. Można więc uznać, że się zregenerowałem. Zadanie wykonane.

I oto jestem. Honorowy gość na zjeździe. Albo kozioł ofiarny, któremu kapłani będą dziś uroczyście podrzynać gardło.

Oczywiście przyjmuję zaproszenie i o wyznaczonej godzinie stawiam się u podnóża wieżowca Panteon. Kwatera główna Partii Nieśmiertelności. Jeden z najwspanialszych budynków na kontynencie.

Ważny dzień, myślę sobie. Dzisiaj obejdziemy się bez pigułek.

Panteon to kolumna z kompozytu w kolorze białego marmuru; ma kilometr w obwodzie i wznosi się wysoko nad resztą drapaczy chmur; goście zjazdu są witani przy frontowym wejściu, prawie przy samej ziemi, na nędznym dziesiątym poziomie: wspinaczki na dach świata nie można zaczynać w połowie drogi.

Przez ogromne wejście mógłby wlecieć turbolot, a schody mają taką szerokość, że pół setki ludzi może wchodzić w szeregu, nie dotykając się łokciami. Nawet kamienne stopnie są głębsze i wyższe, niż potrzeba zwykłemu śmiertelnikowi; i o to właśnie chodzi. Schody są usłane tkanymi dywanami i na co drugim stopniu stoi Nieśmiertelny w czarnym płaszczu i masce.

Łagodne światło wypływa z głębi samego pseudomarmuru, którym pokryto tu wszystko.

Dziwny zapach – starożytne świątynne pachnidła, zapomniane, odkryte na nowo i zsyntetyzowane specjalnie dla Panteonu. „To mirra" – wyjaśnia mi przy pierwszym przystanku kędzierzawy bożek, odbierając ode mnie mój posępny codzienny strój i wręczając mi biały chiton.

Potem jest jeszcze dwieście stopni w górę, do muzyki piszczałek, do pełnego respektu szmeru innych gości, pokonujących wraz ze mną te niekończące się, niewygodne schody.

Są tu zarówno młodzieńcy, jak i dziewczyny – młode, wspaniale zbudowane, przepiękne. Chitony noszą wszyscy; takie są zasady. To nie kaprys i nie bal karnawałowy, ale skromny ukłon w stronę historii.

Partia Nieśmiertelności przenosi nas z powrotem do najszczęśliwszej z epok, jakie przeżyła ludzkość od czasu, gdy wstała z czworaków, mówi Schreyer.

Partia Nieśmiertelności ogłasza nową epokę antyku.

Odradza się wielka starożytność. Era naprawdę nieśmiertelna, która okazała się młodsza od późniejszych wieków żelaznych – one dawno zardzewiały i rozsypały się w proch. Zaraziła wirusem swojego nieprzemijającego piękna wszystkie późniejsze cywilizacje i przejawiała się w nich wszystkich setki pokoleń później. Geny dzisiejszej Europy są podszyte tym wirusem – to właśnie on uczynił ją wiecznie młodą. Wszyscy nosimy go w sobie, jesteśmy jego naturalnym rezerwuarem. To też ze Schreyera. Ma facet dar.

Windy oczekują nas dopiero przy drugim przystanku – trzysta niewygodnych, zbyt wielkich dla człowieka stopni od wejścia. Tu też stoi warta honorowa Nieśmiertelnych; być może są wśród nich ci, którzy przez dwa tygodnie, ramię w ramię, sprzątali ze mną Barcelonę – ale jak mam ich rozpoznać za twarzami Apollina?

Ja sam nie mam maski. Czuję się bez niej niezręcznie, wstydzę się patrzeć na bonzów Partii, jej darczyńców, funkcjonariuszy, jej wpływowych przyjaciół, członków Rady. Widzimy ich tylko w wiadomościach, i to nie wszystkich; a przecież jeśli istnieją autentyczni nieśmiertelni, w rękach których spoczywa dzisiejsza Europa – to właśnie oni.

Młodzieńcy. Wieczni młodzieńcy.

Złota winda wznosi się nieśpiesznie, za szklanymi drzwiami zmieniają się piętra: surowe hale do oficjalnych zgromadzeń, labirynty do gier, amfiteatry na brzegu Morza Egejskiego. Świątynie Apollina na skałach i świątynie Afrodyty w zielonych lasach – to tylko zabieg estetyczny, rzecz jasna, nieśmiertelni nie potrzebują bogów. Sekretne baseny, trzykrotnie powiększony Partenon, wyciągnięty z niebytu Kolos Rodyjski i niezliczone sale – zebrań, do słuchania muzyki symfonicznej, do oglądania filmów; gaje oliwne pod łagodnym słońcem; baseny z żywymi delfinami; gimnazjony, muzea; a gdzieś na tyłach tego wszystkiego, na każdym z dwóch tysięcy pięter kryją się gabinety, pokoje przyjęć, sale konferencyjne; i kto wie co jeszcze. Gdzieś na samej górze mieści się Wielki Naos, gigantycznych rozmiarów sala, w której odbywają się właściwe zjazdy.

Schreyer wyznaczył mi spotkanie w pomieszczeniach bankietowych na piętrze bezpośrednio pod Naosem. Przy wejściu Nieśmiertelni sprawdzają zaproszenia gości z bazą danych.

Oto ono.

Spodziewam się, że wykręcą mi ręce i zabiorą do sali tortur gdzieś pod basenem z delfinami albo powieszą na drzewie oliwnym, ale skinąwszy mi głowami, wpuszczają do środka.

Należy zdjąć buty. Pod stopami ścielą się najmiększe dywany o żywym rysunku, na ścianach wiszą wizerunki obnażonych atletów. Za oknami widać skaliste brzegi, na których niczym ptasie gniazda widnieją białe lepianki, i zakurzoną letnią zieleń, i senne morze pomalowane na lazurowo. Obwieszone cytrynami gałęzie dotykają szyb.

Schreyera znajduję w głębi pomieszczenia, przy stołach z potrawami.

Senatora otaczają wypielęgnowani młodzi ludzie w barwnych chitonach o wymyślnych deseniach; pod rękę z nim stoi Helen z włosami upiętymi z tylu głowy, ubrana w prostą biel aż do kostek, ale tkanina jest zszyta jakby od niechcenia i przez szczelinę wychyla się z cienia jej demonstracyjnie nieosłonięty bok, niżej wysuwa się udo, jak z polerowanej miedzi.

Helen się nudzi, Erich jest zafascynowany. Ale on dostrzega mnie od razu, podczas gdy ona – ignoruje. Kiedy się do nich zbliżam, Helen odchodzi na bok; on ma to gdzieś.

– Doprawdy, Erich, po co tak cały czas ciągasz za sobą tę kobyłę? – nie czekając nawet, aż Helen znajdzie się poza zasięgiem głosu, klepie Schreyera po ramieniu kędzierzawy bożek Pan.

– To moja żona, Phillippe – rozkłada ręce Schreyer.

– Żona! Jesteś prawdopodobnie ostatnim człowiekiem w Partii, który sypia z jedną i tą samą babą! – kręci głową rubaszny Phillippe.

– Jestem stary i sentymentalny – żartuje Schreyer. – Jan! Wreszcie jesteś. Panowie, to jest Jan, mój młody i rokujący wielkie nadzieje przyjaciel.

– O! Słyszałem o panu – uśmiecha się do mnie rasowy przystojniak z bujną czupryną. – Wreszcie jakieś świeże twarze! Nie wyobraża pan sobie, jakie to nużące, przez dwieście lat oglądać na zjazdach wciąż te same fizjonomie! Zdołałbym pewnie wszystkich członków Partii nazwać po imieniu – co tam! – nawet powiedzieć, kto z kim spał i w którym wieku!

– Wiedziałem, że tęsknisz za świeżą krwią! – śmieje się Schreyer. – Krwiopijca! To jest Maximilian z zarządu Cloud Construction, to oni zabudowali połowę kontynentu i rwą się do zabudowywania drugiej...

– Jeśli przestaniecie wkładać nam kij w szprychy! – śmieje się głośno Maximilian.

– Oczywiście, słyszałem – kiwam głową.

– A to jest Rick – kontynuuje Schreyer, wskazując na szlachetnego herosa, który dopiero co zrzucił zbroję hoplity i nie zdążył się ogolić. – Przywitaj się, Rick! Rick odpowiada u nas za kontakty z rządem w ThermoAtomice...

– To w ThermoAtomice czy u nas? – uśmiecham się do Ricka.

– Widzę, że wesołek z ciebie! – puszcza mi oko Rick.

Helen spogląda przez okno; w ekran.

– Pójdę przywitać się z pańską małżonką – mówię Schreyerowi.

– Daj spokój! – macha ręką Rick. – Po co?

– Erich, przysięgam, ludzie szepczą już za twoimi plecami... – popiera go Maximilian. – Żonaty... Może jeszcze zrobisz sobie dzieci?

– Posłuchaj, staruszku, ty przecież masz w domu kota? – śmieje się Schreyer.

– Nawiasem mówiąc, musiałem tę swoją kotkę wysterylizować – tyle było wojen, krzyków i sierści, ratunku! Za to teraz zapanowała między nami pełna harmonia.

– Myślę o tym, żeby zrobić to samo ze swoją – uśmiecha się olśniewająco Schreyer. – Ale wyrzucać? To okrucieństwo!

– Pozwólcie – kłaniam się im – że jednak się przywitam. Nie jest to w końcu moja żona.

Biorę ze stołu dwa kieliszki z winem i podchodzę do Helen.

– Zaczynam panią rozumieć.

– Nie sądzę. – Nie odwraca się.

Zastanawiam się, co mówić dalej; Helen ani myśli mi pomagać. W sali jest doskonała akustyka: słyszy stąd wszystko, o czym dyskutuje teraz Schreyer ze swoimi przyjaciółmi. I zdaje mi się, że podsłuchuje takie rzeczy nie po raz pierwszy.

– Podobno senator Schreyer to ostatni żonaty człowiek w Partii – ciągnę. – Zapewne jest to jednak coś warte.

– Ma pan na myśli, ile mnie to kosztuje?

Schreyer macha do mnie ręką – że niby już starczy, po co tam sterczeć, chodź do nas, tu jest wesoło!

– Przepraszam, że pani nie odpowiedziałem – mówię. – Miałem trudny okres.

– Wyobrażam sobie. Ja za to nie wiem już, jak sobie radzić z nudą. Też jest to pewien problem.

– Niech pani zmieni otoczenie – proponuję. – Niech pani gdzieś pojedzie, rozerwie się. Choćby i do Rosji.

– Co też pan mówi – odpowiada z płaską intonacją, wciąż się do mnie nie odwracając. – Moja smycz ma nie więcej niż trzy metry.

Co by tu jeszcze powiedzieć? Kłaniam się jej zachwycającym plecom i wracam do Schreyera i jego przyjaciół z dwoma pełnymi kieliszkami.

– Widzę, że i tobie nie okazuje dziś przychylności – śmieje się ze mnie dobrodusznie Schreyer. – Burza hormonów! Kryć się! Widzisz, co dzieje się z tymi, którzy nie chcą brać pigułek błogości? Wcześniej czy później trzeba im dawać coś na uspokojenie.

– Potrafi pan przekonywać – uśmiecham się do niego.

– Janie! Ależ co to za „pan"? Przecież się umawialiśmy... – Spogląda na mnie z wyrzutem. – Przejdźmy się. Wybaczcie nam, chłopaki... – I zostawiając Helen, płyniemy przez niekończącą się amfiladę pomieszczeń umieszczonych jakby wzdłuż ściany jakiegoś nieistniejącego pałacu w nieistniejącej starożytnej Grecji. – Cloud domaga się złagodzenia środków ograniczania rozrodczości, wyobrażasz sobie? Mówią, że jeśli chodzi o obecną populację, to kwestia mieszkaniowa jest rozwiązana, i że nie mają już gdzie się rozwijać! I ciągle żebrzą, żebrzą...

– Ale przecież o mieszkaniach myśli się na samym końcu – zwracam uwagę. – A woda? A energia? A jedzenie?

– Następnym razem będziesz moim adwokatem. – Schreyer pokazuje mi kciuk uniesiony do góry. – Ale tych drani interesują wyłącznie niezarobione miliardy. Mówię mu: z takim trudem zapędziliśmy dżinna do butelki, nie ważcie się nawet podnosić tej kwestii! Chcecie, żebym zarekomendował waszą firmę naszym indyjskim kolegom? Świetny perspektywiczny rynek! Żałuj, że nie widziałeś, jak wytrzeszczył na mnie oczy. Iiindie? To tam nie ma radioaktywnych dżungli? Właśnie, odpowiadam. Dżungle i pustynia są tam, gdzie kiedyś były Indie i Pakistan. Tylko dlatego, że ktoś pozwolił ludziom na niekontrolowane rozmnażanie się! Efekt? Przeludnienie, wojna z sąsiadem o terytorium, uświęcona religią, co zresztą charakterystyczne, a potem, rzecz jasna, konflikt atomowy i sto miliardów ofiar. Teraz te dżungle zagospodarowują Chiny, dlatego że w mądrych Chinach całą ludność co do jednego wykastrowali jeszcze dwieście lat temu i te dwieście lat to u nich era stabilności. A ostatni żyjący Hindusi są u nas, w Barcelonie...

– Byli.

– Proszę? A, no tak. A wiesz, co on na to? Mówi, że przynajmniej teraz Indie mają gdzie się rozwijać! – Senator się śmieje. – No i czy to nie jest cyniczna kanalia?

– To człowiek interesu.

– Ludzie interesu są całkowicie bezduszni – z bólem kręci głową Schreyer. – Światem nie rządzą pieniądze. Światem rządzą emocje. Dlatego – puszcza do mnie oko – przyszłość nie należy do tych dinozaurów, ale do farmaceutyki. Na pięciu nowych członków, których przyjmujemy w tym roku do Partii, trzej to akcjonariusze wielkich korporacji farmaceutycznych. Dostaniemy zniżkę na antydepresanty. I – *à propos* – pigułki błogości! – Klepie mnie po ramieniu. – Słuchaj – ciągnie tym samym tonem – pozbyłeś się tamtej dziewczyny, prawda?

– Pozbyłem – odpowiadam.

Robi mi się zimno, bo zdaję sobie sprawę: on wie, że w rozdrabniarce nie było jej szczątków, i z pewnością pokazywali mu nagrania kamer na dworcach, a może i urządzeń szpiegowskich w moim domu.

– Pozbyłem się, ale później. Byli tam jacyś ludzie, musiałem odwieźć ją do Barcelony, dlatego że...

Niby nie zamierzałem kłamać i się usprawiedliwiać – ale właśnie zaczynam się usprawiedliwiać i kłamać. Wszystko od razu układa mi się w głowie: zabiłem, ale nie w Europie, postanowiłem wywieźć ją z Europy, bo tam łatwiej było pozbyć się ciała, tak żeby nic nie zostało...

– Nie muszę znać szczegółów – wzdycha Schreyer. – W zupełności wystarczy mi twoje słowo, Janie. Wierzę ci.

Milczymy i po prostu migrujemy z pomieszczenia do pomieszczenia, mijając pięknych młodzieńców i dziewczęta, roześmianych i szczęśliwych, ucztujących i nadskakujących sobie nawzajem.

– Rocamora – mówi Schreyer jakby do nikogo. – Pracują dla niego wyjątkowo zdolni włamywacze. Wymazali wszystkie jego dane z bazy... Teraz nikt nie potrafi go porządnie zidentyfikować. A ta komedia z projektorem Mendeza, z turbolotami... – Senator kręci głową. – Ale ciekawy z niego przeciwnik. Nawiasem mówiąc, Mendez zamierza wygłosić przemówienie w Lidze Narodów. Będzie oskarżał Partię o nieludzkie metody i żądał uchylenie ustawy o wyborze. Skała, nie facet, czyż nie?

– Będzie głosowanie? Niczym nam to nie grozi?

– Mendez? Nam?

Wybucha śmiechem: doskonały żart. Odpowiedź na to pytanie nie ma widocznie sensu.

– Chyba słyszałeś, co powiedział Maximilian? Ostatnim razem nowe twarze w Partii pojawiły się kilka dekad temu, Janie. I uwierz mi, decyzja, żeby przedstawić cię tym ludziom, była bardzo ważna. Czeka cię świetlana przyszłość.

Od tego wszystkiego czuję się niezręcznie: od tego, jak nie pasuję do tych ludzi, do tego miejsca, do tej roli.

– Jak mogę się odwdzięczyć? – pytam.

Senator patrzy na mnie dziwnie – tak jak wtedy, przy naszym pierwszym spotkaniu, kiedy po raz pierwszy spełzła z niego maska. Nie odpowiada na moje pytanie; nawet go chyba nie słyszał, zresztą rozmyślał też nie o tym, co wypowiedział na głos.

– Wiesz, Janie... – Kładzie mi rękę na ramieniu. – To, co teraz powiem, jest głupie, sentymentalne i... I jeśli ktokolwiek z Rady to usłyszy, może dojść do skandalu. Ale...

Zatrzymujemy się. Sala jest pusta. Ledwie słyszalny śmiech dobiega gdzieś z oddali. Wirtualny wiatr porusza wyrenderowanymi gałęziami za atrapami okien. Schreyer mruży oczy, długo zwleka.

– Wiesz, że nie płodzimy dzieci. Wam, Nieśmiertelnym, zabronione są związki z kobietami... W Partii nie ma takich ograniczeń, ale dzieci też są niedozwolone. Zabrania się je posiadać, a nawet chcieć je mieć... Ale...

Jest niepewny jak mały chłopiec.

I nagle z góry, wypełniając powodzią dźwięków cały wielokilometrowy wieżowiec, głucho wzywają potężne trąby i przerywają mu.

– Ty... Jesteś tym synem, którego nie mam, Janie – wyrzuca z siebie z zakłopotaniem Erich Schreyer. – Którego nie mogę mieć. Przepraszam. Chodźmy, czekają na nas.

Nie, chwila... Moment... Co? Co on miał na myśli!?

Ale nie ma już o tym ani słowa; senator jak wicher pędzi naprzód przez korytarze i pomieszczenia, w których, będąc sam, z pewnością bym zabłądził. Nic nie rozumiem; biegnę za nim, chcę go zatrzymać, zmusić, żeby powiedział wszystko do końca!

Nagle wszystko, co mi się przydarzyło od chwili naszego pierwszego spotkania, przestaje się wydawać zbiegiem okoliczności; jego uwaga, jego opieka, jego cierpliwość, zaufanie, które zawiodłem, jego gotowość, żebym zawodził go dalej...

Może to nie kredyt, który próbuje mi wcisnąć, tylko... Zwrot starego długu? Tak jakby kiedyś dawno mnie stracił – a teraz odnalazł i nie chce mnie już nigdy wypuścić. Tak jakby...

Schreyer wprowadza mnie do Naosu przez niewielkie boczne wejście, podczas gdy pozostali tłoczą się jeszcze w drzwiach. Jeszcze nigdy nie byłem w tym miejscu. Nieśmiertelnych zwykle wpuszcza się tu wyłącznie w charakterze ochrony.

Wielki Naos to kwadrat wpisany w okrągły przekrój wieżowca i jego boki mają po kilkaset metrów długości. Kolumny wznoszą się do samego przypominającego niebo sklepienia – które też podpierają. Posadzka jest wyłożona marmurem – prawdziwym, obtłuczonym i spękanym, starym. Kroczymy boso po tych samych kamiennych płytach, które trzy tysiące lat temu chłodziły stopy starożytnym Hellenom. Budując świątynie z tego kamienia, wierzyli, że staną się one schronieniem dla Ateny, Apollina czy Zeusa. I oto jesteśmy tu my. Dziwne uczucie.

Czy to miejsce może stać się moim?

Szukam wzroku Schreyera. Ten uśmiecha się do mnie – niewesoło, ze skrępowaniem.

Znów donośnie grają trąby – czy to nie te, które miały ogłaszać apokalipsę, ale przepiły je bezrobotne anioły, a człowiek kupił je potem za bezcen na pchlim targu? Nie będzie końca świata. Niezmiennie pozostaniemy na tej ziemi, teraz i na wieki wieków.

Sala wypełnia się młodymi ludźmi w chitonach. Są ich tu dziesiątki, a może i całe sto tysięcy; kwiat Partii. Sześcioro wchodzi na długą trybunę stojącą w głębi sali.

Schreyer klepie mnie po ramieniu i zostawia w jednym z przednich rzędów. Jego miejsce jest tam, w Radzie. Jest jej siódmym członkiem.

Nie ma wśród nich Przewodniczącego: Rada podejmuje wszystkie decyzje wspólnie. I głos Ericha Schreyera, senatora, liczy się nie mniej od innych. Bering skromnie zajmuje miejsce z boku, środek oddają dumnej i wyprostowanej Stelli Damato, minister polityki społecznej. Obok niej zasiada Nuno Pereira, szef Ministerstwa Kultury.

Françoise Ponsard – edukacja i nauka. Guido Van Der Bill – ochrona zdrowia. Iliana Meir zastępuje marszałka.

Nieważne, jakie każde z nich ma dziś stanowisko. Wszystko może się zmienić. Wszyscy są równi, ale zjazd Partii otwiera senator Erich Schreyer.

– Bracia! – Wychodzi naprzód i szepty, które wypełniały salę, natychmiast wsiąkają w marmur. – Mieliśmy zaszczyt urodzić się w wielkiej epoce. Stać się pierwszymi z ludzi, którzy urzeczywistnili wszelkie testamenty i marzenia naszych niezliczonych przodków. Wszyscy oni chcieli pokonać śmierć, rozkład, zapomnienie. Z setek miliardów umarłych pamiętamy imiona zaledwie kilku tysięcy. Po pozostałych nie zostało nic. Trudno nawet powiedzieć, że żyli – raczej przemknęli i zniknęli.

Podnoszę wzrok... W Wielkim Naosie jakby nie było sufitu. Nad głową mam, tak jak i wszyscy, otchłań. Czarny kosmos, miriady gwiazd. Rodzące się supernowe i zdychające karły. Zwinięte w spirale odległe galaktyki. Fluorescencyjne mgławice. O salę zahacza swoją ogromną, niepojętą krawędzią Słońce – alchemiczna patelnia wypełniona wrzącym złotem; widzę, jak pękają bańki protuberancji... Jak to? Czyżby kamery ustawiono na Merkurym i Jowiszu? To animacja? Czy widok z wakującego biura Pana Boga?

Kosmos wypełnia też przestrzeń między kolumnami – jest wszędzie wokół, jak gdyby Wielki Naos mieścił się na jakiejś komecie; nie ma tu ani grawitacji, ani powietrza, ale nie mam ochoty ani na jedno, ani na drugie.

– Podobno gdyby mrówki potrafiły przekazywać zdobytą wiedzę o świecie następnym pokoleniom – ciągnie Schreyer – ta planeta należałaby do nich i nie byłoby na niej miejsca dla człowieka. Ale i ludzkość była kiedyś podobna do mrówek. Wszystko, co tworzyły, myślały, czuły setki miliardów – wszystko to przepadało bez śladu, wszystko było daremne. Pobieraliśmy wciąż te same lekcje, budowaliśmy wieżę Babel z suchego piasku. Dopiero wieczna młodość uczyniła z nas – mrówek – ludzi. Uczeni i kompozytorzy minionych czasów niedołężnieli i głuchli, ledwie zdążyli pojąć naturę i tajemnice harmonii. Myśliciele dziecinnieli, a artyści ślepli, nie zdążywszy stworzyć swoich największych dzieł. Tak zwanym prostym ludziom, zagnanym przez starość i śmierć w niewolę produkcji dzieci, rozmnażania, nie starczało czasu, żeby zastanowić się nad swoim życiem, odszukać swój rzeczywisty talent i go rozwinąć. Strach przed śmiercią czynił z nas juczne bydło. Starość pozbawiała nas rozumu i sił, kiedy tylko nabieraliśmy doświadczenia. Nie potrafiliśmy myśleć o niczym prócz tego, jak szybko mija życie, i w ciężkiej uprzęży ciągnęliśmy jarzmo, do którego przywiązano naszą płytę nagrobną. Tak było – do niedawna. Wielu z nas pamięta jeszcze te czasy. Wielu musiało pochować swoje matki i ojców, którzy nie dożyli wyzwolenia tylko o włos.

Wielki Naos pochłania jego słowa w milczeniu. Galaktyki bezszelestnie obracają się nad nami. Bóg-Słońce wyłania się zza kolumn i twarz Ericha Schreyera rozświetla szkarłat.

– Wyzwolenie! Nieśmiertelność dała nam wolność. Po milionie lat niewoli! Pięćdziesiąt tysięcy pokoleń niewolników musiało urodzić się i umrzeć! My pierwsi żyjemy w epoce prawdziwej wolności. Nikt już nie musi się bać, że nie ukończy dzieła swojego życia. Możemy tworzyć! Możemy dokonywać czynów, których nikt dotychczas nie dokonał! Możemy doświadczać wszystkich uczuć dostępnych człowiekowi i odkrywać nowe! Możemy zmieniać oblicze Ziemi i zasiedlać kosmos. Gdyby tylko Beethoven mógł doczekać powstania syntetycznej orkiestry! Gdyby tylko Kopernik mógł dożyć lotów międzygwiezdnych... My możemy. Dokonamy odkryć, które za tysiąc lat zmienią wszechświat, i sami za tysiąc lat zobaczymy, jaki on będzie dzięki tym odkryciom!

Sala nie może już wytrzymać. Oklaski przerywają Schreyerowi na długie sekundy. Zatrzymuje tę burzę gestem ręki, jak średniowieczny święty cudotwórca.

– To wielka zdobycz! Mówię: „zdobycz", a nie zdobywa się niczego bez ofiar. Urodzeni jako niewolnicy tęsknią za kajdanami i szaleją z tej tęsknoty. Wojny skazańców, rewolucja sprawiedliwości – Europie przyszło przelać niemało krwi, zanim stała się taka jak dzisiaj. Kontynent równości. Kontynent nieśmiertelności. Kontynent wolności.

Sala znów bije brawo. I moje ręce, zesztywniałe, jakby były odlane z twardego kompozytu, też rozchodzą się na boki i uderzają o siebie nawzajem.

– Ale walka trwa. Wiecie wszyscy o zdradzie Barcelony, o dramacie, który wstrząsnął całą Europą. O zdecydowaniu, którym wykazał się Paul Bering. Ale to całe jego zdecydowanie byłoby nic niewarte bez heroizmu tysięcy Nieśmiertelnych, bojowej awangardy naszej partii. Bez ich męstwa i humanitaryzmu! Nie nam, lecz im udało się – bezkrwawo! – położyć kres rebelii, powstrzymać chaos, który gotów był ogarnąć Europę, ocalić stabilność i pokój, zachować nasze zdobycze!

Schreyer zwilża usta.

– Pięćdziesiąt tysięcy bohaterów w maskach wiecznie młodego i pięknego bóstwa. Niestety ta sala nie pomieściłaby ich wszystkich. To odważni i skromni ludzie, nie szukają sławy, nie lubią zdejmować swoich masek. Ale jednego z nich powinniście poznać osobiście. Operacja kosztowałaby naszą wierną Falangę tysiące poległych, gdyby nie on. Zadanie i tak zostałoby wykonane, ale za jaką cenę! Ten człowiek wykazał się sprytem i męstwem godnym samego Odyseusza. Od wewnątrz otworzył nam bramę Barcelony. Pozwolił bez przeszkód wejść do miasta i tym samym ocalić życie zarówno tych nieszczęsnych buntowników, jak i naszych bojowników. Zapraszam na trybunę Jana Nachtigalla.

Z wysiłkiem rozprostowuję zablokowane stawy i przestawiając jakoś nogi, przedzieram się przez owacje, wspinam się po schodach na trybunę, wchodzę w spalające na popiół światła rampy... Na moje powitanie wychodzi sam Bering. Ściska mi dłoń – mocno, zdecydowanie. Mówi – do mnie i nie do mnie:

– Jan Nachtigall był ranny, ale zażądał, żeby zezwolono mu uczestniczyć w operacji na równi z pozostałymi. Ma stopień dowódcy oddziału, ale walczył jak szeregowy Nieśmiertelny, nie myśląc o dystynkcjach i przywilejach. Tacy ludzie powinni dawać przykład pozostałym. Dziś mianuję Jana Nachtigalla chiliarchą Falangi.

Co czuję?

– Dziękuję.

– To my panu dziękujemy! – Schreyer mnie obejmuje; dotyka pachnącym gładkim policzkiem mojego policzka; pozostali członkowie Rady kiwają głowami, uśmiechają się.

Odchodzę, siadam na swoim miejscu.

Odwracają się do mnie ze wszystkich stron, gratulują, rwą się, by chwycić moją zagojoną dłoń. Jestem bohaterem. Jestem gwiazdą. Jestem chiliarchą.

Sam sobie biję brawo. Co czuję?

– Ale wejść do Barcelony było mało – uspokaja moich wielbicieli Schreyer. – Rebelianci porwali i przetrzymywali Theodora Mendeza, prezydenta Federacji Panamerykańskiej. Co by było, gdyby prezydent Mendez zginął? Przepadł bez wieści? Został pomyłkowo deportowany do Afryki razem z nielegalnymi imigrantami? Dostał zastrzyk z akceleratorem? Pan Mendez nie przepada za nami... Ale to przecież nie powód... Tak myślę... – uśmiecha się filuternie senator i sala śmieje się z rezerwą. – Jeśli istnieje człowiek, którego wyczyn może się równać z tym, czego dokonał Jan Nachtigall, jest nim ten, który wśród pięćdziesięciu milionów nielegalnych imigrantów odszukał wziętego do niewoli prezydenta, podjął walkę z bandytami i uwolnił go. Tym samym wyświadczył Europie wielką przysługę – i, miejmy nadzieję, zamienił pana Mendeza z naszego dawnego przeciwnika w potencjalnego sojusznika. Bezbłędny węch, bezinteresowne oddanie i bezgraniczna odwaga to trzy główne cechy Nieśmiertelnego. Ten wykazał się nimi wszystkimi.

Znalazł Mendeza, słyszę. To on, ten, kto opowie mi, jak to wszystko wyglądało!

– Bracia, siostry... Zapraszam na trybunę Artura de Fillipisa. Człowieka, który ocalił prezydenta Panamu i pokój między naszymi państwami! – Schreyer klaszcze z takim entuzjazmem, że tylko patrzeć, jak odpadną mu ręce.

Ktoś przeciska się między rzędami, ktoś wchodzi na trybunę – wszystko mi jedno. Ściskam czyjąś wilgotną dłoń – ależ nie ma za co! – podnoszę wzrok.

Duże zielone oczy, lekko spłaszczony nos, szerokie usta i sztywne czarne włosy. W jego wyglądzie nie ma zupełnie nic odrażającego – a jednak między pięknymi młodymi przywódcami Partii wygląda jak potwór. Tamci są doskonali, bez skazy, a jemu – widzę to dobrze – brakuje jednego ucha.

Pięćset Trzeci sili się na krzywy uśmiech – wychodzi mu paskudnie. Światło rampy go nie oślepia. Nie patrzy na mnie – ale wiem, że na pewno dobrze mi się przyjrzał, kiedy mrużyłem oczy na trybunie.

Co to jest!? Co to wszystko znaczy!?

Schreyer potrząsa jego ręką, obejmuje, dziękuje mu. Pięćset Trzeci jest swobodny jak wampir w południe. Potem przychodzi kolej na Beringa.

– Arturo! Ktoś może powiedzieć, że po prostu się panu udało. Że Mendeza mógł odkryć każdy. Ale gdyby nie wykazał się pan uporem, poświęceniem, pryncypialnością, to wszystko mogłoby się skończyć inaczej. To nie przypadek, Arturo. I ten wyczyn wieńczy pańskie wcześniejsze osiągnięcia. Chciałbym pogratulować panu zdobycia stopnia chiliarchy Falangi!

Zasycha mi w ustach.

Nie słysząc oklasków, nie patrząc, jak obcałowują się z tym upiorem, zrywam się ze swojego miejsca i wychodzę. Staram się iść marszowym krokiem, żeby nie wyglądało to na ucieczkę.

Ledwie udaje mi się przesunąć skrzydło dziesięciometrowych drzwi wejściowych, wyrywam się i oddycham, oddycham, oddycham.

Dlaczego on mi to robi? Po co ta brudna gra!? Po co rzekome usynowienie!? Te błazeństwa!? Dramatyczne przydechy i urywane szepty!?

Wywyższyć mnie publicznie, żebym uwierzył w jego wyznania, i od razu postawić obok mnie Pięćset Trzeciego?

Pięćset Trzeciego!?

Plunąć mu w twarz, plunąć w twarz sobie. Schreyer jakby zgwałcił mnie sondą z kamerami i czujnikami; chce mi się płakać i rzygać. W przestronnym holu jest pusto i zimno.

Stoi tu, wpatrzony w ścianę, olbrzymi Apollo Belwederski – ten sam, któremu ukradliśmy tożsamość, powieliliśmy i teraz zasłaniamy się nią podczas naszych pogromów. To nie jest zmniejszony model rzeźby Greków. Jest naturalnych rozmiarów. Dziesięć pięter wysokości.

O stopę posągu opiera się plecami dziewczyna w białym chitonie. Oprócz niej w holu nie ma żywej duszy.

A jednak jest tu głośno.

Wielkie ekrany transmitują wiadomości głównych kanałów: na wszystkich widać zjazd Partii. Wszędzie na żywo. Teraz pokazują

Pięćset Trzeciego, a pięć minut wcześniej całą Europę obiegła moja spocona fizjonomia, wykrzywiona od niespodziewanego szczęścia.

Moje życie się odmieni.

Nadeszła ogólnokrajowa sława.

Schreyer założył mi maskę, której już nigdy nie zdołam ściągnąć z twarzy. Od tej pory będą mnie rozpoznawać w moim boksie, w pociągach, w parkach wodnych.

Teraz nie będę mógł udawać kogoś innego. Mój arsenał fałszywych imion i tożsamości właśnie stracił sens; wszystkie można wrzucić do rozdrabniacza.

Zobowiązali mnie, żebym na zawsze był tym Janem, który dokonał wielkiego wyczynu, otwierając Nieśmiertelnym bramę Barcelony.

Wyczynu idiotycznego i bezużytecznego: atak gazowy był zaplanowany od samego początku, pozostało do niego kilka minut, Nieśmiertelni i tak bez przeszkód weszliby do miasta.

Wyczyn?

Za to teraz jestem chiliarchą. Ludzka pensja, ludzkie mieszkanie. Wszystko, o czym marzyłem. Winda do nieba, którą tak długo i zaciekle wzywałem, wreszcie przyjechała.

Podchodzę do Helen Schreyer, narzucam się jej.

– Co? Mam panu pogratulować? – mówi bez wyrazu.

– Pani mąż to łajdak i łgarz.

– Po prostu słabo pan go jeszcze zna. – Helen rozciąga usta w uśmiechu.

– I zamierzam mu to powiedzieć.

– Jak pan może! Jak on będzie mógł z tym żyć? – Nie zadała sobie nawet trudu, żeby się zamaskować.

– Żal mi pani, Helen. Żal, że związała się pani z tym potworem.

Przechyla głowę na bok. Ma otwarte usta. Obnażone ramię.

– Litość to najgorsze z uczuć, jakie mogłam w panu wzbudzić.

Biorę ją za rękę. Nie sprzeciwia mi się.

– Jedźmy – mówię.

– Pod jednym warunkiem. – Unosi podbródek.

– Pod dowolnym warunkiem. – Mocniej ściskam jej palce.

I po godzinie wchodzimy do pomieszczenia z parkietem z rosyjskiego drewna, którego źródło wyczerpało się ostatecznie sto lat temu i dlatego teraz jest nadzwyczaj rzadkie. Portiera nie ma na miejscu – Helen skomunikowała się z nim i dała mu wolne; po drodze nie widzi nas nikt, oprócz, oczywiście, mnóstwa kamer, którymi musi być naszpikowany dom Ericha Schreyera. Niech patrzą.

Drzwi windy otwierają się i trafiamy do jasnego przedpokoju. Od razu się na nią rzucam, ale odsuwa się i prowadzi mnie za rękę w głąb domu.

– Nie tutaj.

Cienie układają się w harmonijkę: przejście – pokój, przejście – pokój... Pod sufitem kręcą się mosiężne łopatki wentylatorów, niczym śmigła utrzymujące tę latającą wyspę w chmurach. Przyjemny chłód: pachnie wygarbowaną skórą i kurzem z książek, wiśniowym tytoniem i delikatnymi kobiecymi perfumami.

– Dokąd? – szepczę do niej niecierpliwie.

Mijamy wytarty tapczan pod złotym Buddą – Helen szarpie mnie za rękę i wciąga do sypialni. Ogromne małżeńskie łoże, ściany w złoto-brązowe pasy, rzeźbione drewniane lamperie; żyrandol niczym kryształowa fontanna. Wszystko tu tchnie solidnością i ciągłością pokoleń. Na komodzie z kamiennym blatem stoi trójwymiarowa fotografia: Erich Schreyer obejmuje swoją piękną żonę, stojąc za jej plecami; oboje promienieją. To zdjęcie na pewno pojawiło się na głównej stronie jakiegoś serwisu o życiu prywatnym celebrytów.

– To jest mój warunek – mówi, ściągając sukienkę przez głowę i opadając przede mną na kolana. – Tutaj.

– Ręce za plecy – odpowiadam jej głucho: głos mi ochrypł. – Skrzyżuj ręce za plecami.

I Helen je krzyżuje; związuję ją w łokciach, mocno – moja koszulka trzeszczy. Prostuję się. Helen patrzy na mnie z dołu. Co za delikatna twarz: kształtna nasada nosa, brwi jak kreseczki, dziecinny podbródek i niewiarygodnie wielkie oczy – ale nie szmaragdowe, jak mi się wydawało, kiedy zobaczyłem ją po raz pierwszy. Szmaragd jest twardy, a oczy Helen Schreyer są zrobione z cieniutkiego szkła.

Wyjmuję spinkę z jej włosów i te opadają na szczupłe brązowe ramiona – płyny miód. A potem ściskam je w garści – tak, że z jej ust wyrywa się cichy okrzyk. Ja tu rządzę, Helen. Chce jeszcze zrobić z siebie panią sytuacji i dobiera się do mojego rozporka, ale odpycham ją. Zrobię wszystko sam.

Nie będę ci już wierny, Annelie.

Rozpinam spodnie, twardnieję.

– Nie. Nie tak. Ja sam.

Nie potrzebuję teraz subtelności, nie potrzebuję jej grzecznych metod.

Jestem tu po to, żeby wyrównać rachunki z Erichem Schreyerem. Ona też.

Wymierzam jej policzek – lekki, ale to jej wystarcza. Wydaje z siebie jęk, a ja łapię ją swoimi szorstkimi, zesztywniałymi palcami za brodę – cała jej twarz jest w mojej dłoni – i ściskam kciukiem i wskazującym dołeczki w jej policzkach. Otwiera dla mnie usta i wchodzę w nią do oporu. Helen próbuje okazywać zadowolenie, próbuje ruszać się sama – ale trafia w mój rytm. I wtedy po prostu ściskam jej głowę jak w kleszczach, zamieniam ją w przedmiot, w maszynę, posługuję się nią, wykorzystuję, nasadzam, zsuwam, znów nasadzam – ta kaszle, pluje, o mało nie wymiotuje, ale patrzy mi w oczy, tak jak jej powiedziałem. Nie ucieka wzrokiem ani na sekundę. Nie czuję jej zębów, może ona też ukradkiem sprawia mi ból – ale sądzę, że jest zbyt pochłonięta sobą, żeby o mnie myśleć. Pcham się jeszcze dalej, ocieram się o miejsca nieprzeznaczone przez naturę do stosunku – zupełnie miękkie, tak delikatne, że zdaje się, że można je rozerwać. Zatykam jej gardło, szarpie się – brak jej tchu – i puszczam ją, żeby przez chwilę odetchnęła. Przez chwilę.

Widzę w jej oczach łzy – ale kosmetyki ma wodoodporne, nic się nie rozmaże. Gładkie, czyste policzki lśnią od wilgoci. Podnoszę ją z kolan, całuję w usta. Potem popycham ją na łóżko – od strony pana Schreyera, jeśli sądzić po szafkach nocnych – twarzą do dołu, sam zachodzę ją od tyłu, rozsiadam się gołym tyłkiem na senatorskiej poduszce, ściągam do kolan białą koronkową wstążeczkę, pod którą Helen kryje swoją małą wygoloną szparkę, dotykam jej rozlepionych warg, zwilżam w niej palce, chwytam ją pod brzuchem i podnoszę do siebie, do tyłu.

Wybaczyła mi już nasze preludium i sama mnie szuka, drży niecierpliwie, prosi o coś niewyraźnie. Jej tyłek jest maleńki, chudziutki – nie wiem, jak Helen mieści w sobie mężczyzn – ale tym bardziej jej pożądam. Rozsuwam jej nogi, nadziewam ją na siebie, wciskam się i parzy mnie jej dotyk. Wykonuje jakieś drobne, niepewne ruchy – może się do mnie dopasowuje, a może po prostu stara się dotykać mnie każdym kawałeczkiem ciała, przypomnieć je i rozbudzić. Robi to zbyt nieśmiało, zbyt subtelnie, jakby zapomniała, po co tu jesteśmy, a twarz zakopała w prześcieradle, pod zmiętą kołdrą – chowa się przed Schreyerem, który z uśmieszkiem podsłuchuje jej jęki z radosnej fotografii.

Wtedy podnoszę ją wyżej za włosy – tak żeby Erich wszystko widział, rozpieram, prawie rozsadzam jego Helen, pluję na nią i wrzynam się bez pytania w drgającą lękliwie brązoworóżową obwódkę. Helen wygina się, krzyczy w głos, stara się uwolnić, ale ja wciąż podciągam ją bliżej, bliżej, wwiercam się, zakorzeniam się w niej, orzę ją, biorę w posiadanie. Uśmiech przysechł Schreyerowi do ust, twarz zastygła. Helen wreszcie decyduje się popatrzeć mu w oczy, a potem, nie odwracając wzroku, przestaje się na mnie zaciskać, nie próbuje wypchnąć, wygnać mnie z siebie, mięknie, a potem prosi, żebym oswobodził jej jedną rękę i zaczyna – najpierw wstydliwie, a potem coraz bardziej uporczywie – pocierać się, rozpędzając się, rozpędzając, i wreszcie wyczuwa mój rytm i wsłuchuje się w niego, i oddając się temu, co jeszcze przed chwilą było bólem, porusza miednicą, podsuwa się pode mnie i nie krzyczy, ale piszczy, cienko, przenikliwie, nauczywszy się jednak oddawać się, tak jak kobieta powinna się oddawać.

Helen dochodzi wcześniej niż ja, ale nie przestaje się ruszać, nawet kiedy jestem już w agonii, orientuję się zbyt późno – i obryzguję ją całą – od środka i z zewnątrz, bryzgam na ich małżeńską pościel, bryzgam na swoje ręce.

Ogląda się na mnie przez ramię – i liże mój palec. A ja wycieram moje wydające silną woń dłonie o jej włosy i śmieję się.

W łazience – czarny marmur, szkło – Helen nie mówi wiele.

– To było głupie – informuje mnie.

– To było konieczne – oponuję.

– Nie możemy się więcej spotykać.

– A więc nie będziemy.

Patrzy gdzieś w bok – i tylko zupełnie przypadkowo przechwytuję jej wzrok, dwa razy odbity w szklanych ściankach kabiny prysznicowej. Dziwny wyraz twarzy – przerażenie? Rozczarowanie? Ale to podwójne odbicie, nie można mu wierzyć. Krople pryskają na szkło i dziwna wizja znika.

Nie pomagam jej się wycierać.

– Grozi ci przecież trybunał, jeśli ktoś się dowie... A mnie...

– Tak.

– Wychodzi na to, że jesteśmy teraz w zmowie... – przypomina mi nie wiedzieć czemu.

– Wszystko mi jedno.

– Czyli tylko ja powinnam się bać?

Wyczuwam w jej głosie kokieterię i, oczywiście, pragnienie, bym zaprzeczył i ją uspokoił, ale nie wyczuwam niczego w sobie. Co ja w ogóle czuję?

Helen otula się czarnym szlafrokiem i nieśpiesznie przechodzimy z jednego pokoju do drugiego.

Proszę, Erichu Schreyerze. Teraz nic już nie czuję do ciebie ani do twojej żony. Upierzcie swoje pomięte prześcieradła, dzielcie majątek na pół i bierzcie rozwód. A ja osiodłam jakąś wolną asteroidę i odjadę w stronę najbliższej czarnej dziury.

Znów jesteśmy w pokoju z wygniecionym tapczanem i ogromną twarzą grubego złotego Buddy na ścianie.

– Dlaczego od niego nie odejdziesz? – pytam.

Nie może mi niczego wyjaśnić, kręci głową, idzie dalej.

W kolejnym pomieszczeniu – pogrążonym w półmroku, z jedną ze ścian udrapowaną aksamitną zasłoną, podczas gdy pozostałe są wolne, a w rogu widać plamę światła – doganiam ją, łapię za rękę.

– On przecież bierze cały czas te swoje pigułki, tak? Słuchaj, żadnym romansikiem na boku niczego tu nie naprawisz! I nie jestem odpowiednim człowiekiem, żeby...

– Nie trzeba! – Wyrywa mi się. – Chodźmy stąd. Nie lubię tego pokoju.

– Co? A co to za?...

Chce mnie skołować, powstrzymać albo...

Plama światła w rogu.

Podchodzę bliżej. Z przejścia nie było jej dobrze widać.

Pośrodku. Pośrodku tej plamy, jak w świetle jupiterów... Krucyfiks.

– Jan?

Krzyż jest nieduży, wielkości dłoni, z jakiegoś ciemnego materiału, niedoskonały – koślawo wyrzeźbiony, powierzchnia krzyża i przygwożdżonej do niego figurki nie jest gładka, lecz składa się jakby z tysiąca miniaturowych ścianek. Jakby nie utworzono jej molekuła po molekule z kompozytu, tylko wycięto, jak w starożytności, nożem z kawałka...

Dotykam go – i pędzę w pierwszym wagoniku kolejki górskiej, robię martwą pętlę, lecę w przepaść.

...z kawałka drewna. A na czole figurki umieszczono wieniec podobny do drutu kolczastego, pomalowany na złoto.

Ja znam. Ja tę. Ja znam tę figurkę. Ten krucyfiks. Ja go znam.

– Co to jest? – Odwracam się do Helen. – Skąd to jest? Skąd to jest!?

– Co? Jakie „to"?...

– Skąd to tutaj!? Co!?

To nie kopia. Nie ma drugiego takiego. To on. On.

– Co to za pokój!?

Rozjuszony, obwąchuję wszystkie kąty – chwytam za aksamitną portierę, odsuwam ją na bok. Za nią jest ściana. W całości – od podłogi po sufit – odlana z grubego, niezniszczalnego szkła. Dokładnie naprzeciwko plamy światła z krucyfiksem.

– Nie wiem, co to jest... Nie wiem, Janie... Przysięgam, ja...

Podchodzę do szyby, przyciskam do niej czoło, zaglądam do środka.

Jest tam malutka sypialnia – wysprzątana do czysta, zadziwiająco prosta i biedna jak na ten dom, zbudowany specjalnie po to, żeby pomieścić wszystkie luksusy, jakie można sobie wyobrazić. Pusta i niezamieszkana. Kurz na krześle. Surowo posłane wąskie łóżko. Wzruszona puchowa poduszka. Drzwi bez klamki. I żadnego okna, sztucznego ani prawdziwego, oprócz tego okno-ściana, z której jedyny widok wychodzi na plamę światła z małym krucyfiksem z moich snów.

Z krucyfiksem, który należał do mojej matki.

Chcę go zabrać, chcę wziąć go do ręki – i nie potrafię nawet go dotknąć.

– Skąd on to wziął!?

Rozdział 23

PRZEBACZENIE

Wezwała ochronę.

Nie zamierzałem niczego jej zrobić, chciałem tylko, żeby powiedziała mi prawdę, żeby powiedziała to, co wie. A ona tylko coś dukała, dukała i pochlipywała, zupełnie nie mogłem wyciągnąć z niej tego, co potrzebowałem usłyszeć. No i wcale jej nie biłem – wymierzyłem jej tylko soczysty policzek, przewróciłem na ziemię – i to wszystko. To wszystko.

Helen pozwoliła mi uciec: winda przyjechała pusta, portiera nie było. Ale jeśli się rozmyśli, i tak odnajdą mnie wszędzie. Tak więc nie kryję się – jadę do siebie do domu. Jadę i patrzę na krucyfiks, który zostawiłem u Schreyera w domu i który wciąż wisi mi przed oczami.

Kim jest Erich Schreyer? Kim jest dla mnie jego żona!?

Wyjaśnię to. Wyjaśnię to tak czy inaczej. Siłą albo podstępem, szantażem albo w szczerej rozmowie. Wyjaśnię, dlaczego senator odgrywa paskudną komedię, nazywając mnie swoim synem, dlaczego wydzwania do mnie sekundę po tym, jak wysyłałem zapytanie o dane mojej matki, i dlaczego w jego domu wisi ten pieprzony krzyż.

Ostatecznie jestem teraz chiliarchą, przypominam sobie, otwierając drzwi do swojego kubika. Chiliarchowie mają swoje przywileje.

Zzzzz.

Wszystko dzieje się tak błyskawicznie, że nie jestem w stanie niczego zrozumieć. Po prostu słyszę bzyczenie paralizatora i w ułamku sekundy całe moje ciało wygina skurcz, czuję dziki ból, a potem daję nura we mgłę.

Robię szparę w zrośniętych powiekach, powoli je podnoszę.

Czaszka mi pęka. Ile czasu minęło?

Leżę na swoim łóżku, moje ręce i nogi są związane, usta zaklejone, zdaje się, skoczem – nie mogę ich otworzyć. Lampy zgaszono, świeci się tylko przyciemniony wygaszacz domowego ekranu: toskańskie wzgórza wczesnym latem.

W nogach łóżka siedzi człowiek w masce Apollina i czarnym płaszczu z kapturem.

– Obudziłeś się, szczeniaczku?

Poznaję go w mgnieniu oka, chociaż oderwane ucho jest schowane pod kapturem.

Wyrywam się całym ciałem – chcę go kopnąć związanymi nogami, staranować głową – ale czuję, że zamiast mięśni mam zamrożoną mielonkę, i spadam na podłogę jak oferma. Leżę twarzą do ziemi, ryczę, zwijam się, staram się rozerwać taśmę izolacyjną, owiniętą kilka razy wokół moich nadgarstków, wygryźć dziurę w skoczu, który śmierdzi jakąś tanią chemią.

– Śmiesznie się trząsłeś – mówi do mnie Pięćset Trzeci. – Strzeliłbym cię jeszcze raz, ale mam ochotę porozmawiać.

Pożałujesz, krzyczę do niego. Nie waż się włamywać do mojego domu! Napadać na drugiego Nieśmiertelnego! Na chiliarchę! Czeka cię trybunał! Śmieć! Zwyrodnialec! Nie jesteśmy już w pieprzonym internacie!

Ale wszystkie moje krzyki zostają mi w ustach.

– Już najwyższy czas, by się spotkać. Ostatnim razem wyszło tak jakoś pośpiesznie, prawda? A przecież mamy do pogadania.

W tym głosie jest coś tak strasznego, że wyciskam z tego swojego mrożonego mięsa wszystkie siły, kręcę się jak wrzeciono i udaje mi się jakoś odwrócić na plecy – tylko po to, żeby widzieć, co on tam robi.

– Nie cykorz – mówi do mnie Apollo. – Nie po to tu jestem. Już mi się nie podobasz.

Dźwięk zamka błyskawicznego. Pięćset Trzeci rozpina plecak, czarny, prosty, taki sam jak mój. Wyciąga nasze narzędzia. Skaner. Iniektor.

– Dziecięca miłość przeminęła – chrząka. – Stałeś się dorosły, do tego szpetny. Zostałeś chiliarchą. Więc jestem u ciebie w sprawie urzędowej.

Przysiada się bliżej, stawia mi na gardle podeszwę z protektorem, przyciska – i podciąga mi rękaw. Odsłania mój nadgarstek!

On nie może tego zrobić! Nie może! Jeśli ktoś się dowie... Jeśli doniosę Schreyerowi... Beringowi... Nie masz prawa, łajdaku!

Sprawdza iniektor – jest załadowany; przystawia igłę do żyły. Rzucam się – rozpaczliwie, niezgrabnie, bezsilnie. Zabierz to, kanalio! Gnido! Bydlaku!

– Z dykcją u ciebie nie za dobrze – zabawia się. – Ale i tak dobrze cię rozumiem. Nie mam prawa, co?

Kiwam mu wściekle głową spod jego buta.

Tak po prostu do mnie przyjść i wstrzyknąć mi akcelerator!? Nie. On blefuje! Za coś takiego to już na pewno jest trybunał! Poślę cię do rozdrabniacza! Sam nacisnę ten guzik! Zetrze cię w pył, zrobi z ciebie przecier, rozumiesz, drrraniu!?

Pięćset Trzeci naciska nieco mocniej; gniecie mi grdykę i robi mi się ciemno przed oczami, nie wyrywam się już, tylko trzepoczę – i wtedy mi odpuszcza.

– A jednak mam, szczeniaczku. Mam. Niewiarygodne, ale prawdziwe.

Bierze skaner, przystawia mi go do ręki. Ding-dong. Ukąszenie komara.

„Jan Nachtigall 2T – oznajmia skaner. – Zarejestrowana ciąża".

Pięćset Trzeci pstryka palcami: na rękach ma cienkie rękawiczki.

– Niewiarygodne, ale prawdziwe – powtarza.

Pokój kolapsuje się do rozmiaru mojej głowy – zaciska się na mnie jak jakaś starożytna chińska maszyna tortur, nasączony wodą skórzany worek, który schnie w oczach, kurczy się, oblepia mnie i dusi.

Jestem sparaliżowany, zupełnie jakby Pięćset Trzeci jeszcze raz poraził mnie prądem.

Zarejestrowana ciąża, powtarzam w duchu. W duchu.

Kłamstwo!

Kłamstwo! To niemożliwe! Jak!?

– Jak? – pyta za mnie Pięćset Trzeci. – Mnie też to ciekawi. Jak? Bohater wyzwolenia Barcelony! Chiliarcha! Jak!?

Uknuł to jakoś! Włamał się do skanera, złamał zabezpieczenia! Pięćset Trzeci znalazł sposób... Pretekst... Ale dlaczego?... Dlaczego mnie tu po prostu nie udusi?... Po co to!?

Znokautowane przez paralizator zakończenia nerwowe stopniowo dochodzą do siebie, ręce i nogi zaczynają należeć do mnie. Trzeba wyczekać... Wyczekać i... Złapać go za szyję... Ścisnąć kolanami. Będę miał tylko jedną szansę.

– A kto zarejestrował ciążę? – pyta Pięćset Trzeci.

„Annelie Wallin 21P" – odpowiada mu skaner.

– Ta-dam! – śpiewa Pięćset Trzeci. – Niespodzianka! Annelie!? Annelie!?

To oszustwo, tego nie może być, przecież ona jest jałowa, bezpłodna, na moich oczach wszystko...

– Analiza DNA dla ustanowienia ojcostwa – nakazuje Pięćset Trzeci skanerowi, znów przyciskając urządzenie do mojej ręki.

Badanie trwa sekundę.

Cokolwiek mu wymiauczy ta cholerna maszynka, wszystko to jest bezprawne, nie mógł się tu wedrzeć bez wezwania, ma obowiązek zabrać ze sobą oddział, świadków, to samowolka, ze mną nie można się obchodzić jak ze zwykłym śmiertelnikiem, nie można!

„Związek genetyczny z płodem potwierdzony".

– Zgodnie z punktem piątym ustawy o wyborze, przy terminowej rejestracji ciąży kobieta ma prawo zapisać przyszłe dziecko na siebie albo na ojca dziecka, jeśli test DNA potwierdzi ojcostwo – cytuje Pięćset Trzeci. – Dokładnie tak jak w naszym wypadku.

Kłamstwo! To wszystko kłamstwo! Machinacje!

– A zgodnie z punktem piątym, podpunkt trzeci, w wypadku, gdy dziecko jest zapisane na ojca, iniekcji akceleratora podlega ojciec. Wszystko się zgadza?

Nie! Nie waż się tego robić! Zabierz to ode mnie!!!

– Mmmm!!!

– Wszystko się zgadza, dzieciaku. Zresztą sam wiem.

I naciska przycisk.

Znów czuję ukłucie – nie boli, jest prawie niezauważalne, nie mam czasu pomyśleć o tym, co się stało. Tamten się cofa, a ja wyginam się, tarzam po podłodze, usiłuję go kopnąć, potrząsam głową, opieram się temu, co już się wydarzyło.

– No cóż – mówi do mnie Pięćset Trzeci. – I teraz jestem z tobą kwita. Zgoda?

I z krótkiego zamachu kopie mnie buciorem w szczękę – zęby zgrzytają i łamią się, język tapla się w gorącej rdzy, w oczach przez chwilę mam spięcie. Ryczę, próbując skryć się pod łóżkiem, przesuwam językiem po okruchach kości, przełykam krwawe gluty.

A Pięćset Trzeci łapie mnie, podnosi maskę, łaskocze mnie swoimi zielonymi oczami, pochyla się nade mną, przyciska mi łokciem głowę do podłogi i gorąco szepcze mi do ucha:

– No co, glisssto? Przebaczasz mi teraz? Myślałeś sobie, że wszystko będzie inaczej, co? Myślałeś, że więcej się nie zobaczymy, co, pokrako? To nic... To nic... Skręciłbym ci kark, ale takie gówno jak ty na to nie zasługuje... Bo ty jesteś dooobry, tak? Grzeeeczny... Teraz sobie pójdę... A ty żyj sobie dalej... Chodź na służbę... Raportuj o sukcesach... Nie cykorz, nikomu nie powiem, że jesteś po zastrzyku... Długo na to czekałem, rozumiesz? Pieprzony kawał czasu na to czekałem... I teraz chcę, by ta przyjemność trwała jak najdłużej... Patrzeć, jak będziesz zamalowywał siwe włoski... Jak będziesz chował zmarszczki... Jak będziesz łgał swoim tatuśkom z Partii... Szefuńciom... Jak będziesz się sstaaarzał, rozsypyyywał się, jak będziesz się wstydził rozbierać w burdelach przy swoich... Jak będziesz robił karierę, glisto... I zdychał, powoooli... To będzie numer, co? Ale uwaga! – ty też nikomu nie mów! To będzie nasza wspólna tajemnica: że z ciebie kurwiarz, szczęśliwy ojciec i że się starzejeszszsz. Tylko ty też nikomu nie mów... Jeśli przed czassem wrzucą cię do rozdrabniacza, to się zdenerwuuuję...

Zbieram się i szarpnąwszy, rąbię go skronią w nos. Kapie na mnie coś gorącego: zdaje się, że mu go złamałem.

– Sukinsssyn... – śmieje się przez nos i kopie mnie w żebra. – A to sukinsssyn... Wiesz co? Nie będę go poprawiał. To tak jak z uchem. Żeby o tobie nie zapomnieć. Kiedy zdechniesz – wtedy zreperujemy.

Pięćset Trzeci łapie mnie za uszy obiema rękami, podrywa z chrzęstem, przewraca mnie twarzą do góry. Przeciąga sobie wskazującym palcem pod nosem – wszystko jest tam czarne i lśni od świeżej krwi – i maże nią jak atramentem po taśmie klejącej, którą mam zalepione usta.

– O. Teraz znów mi się podobasz. Jak w dzieciństwie.

Wrzuca do plecaka swój skaner, iniektor, maskę.

Rechocze przez rozkwaszony nos, puszczając nim czerwone bańki – i trzaska drzwiami. Zostaję sam, na podłodze, by płukać usta krwią razem z kawałkami zębów, dotykać językiem odłupanych ostrych krawędzi, majtać nogami i wymacywać nieposłusznymi palcami przyklejony skraj taśmy izolacyjnej. By myśleć o Annelie. O tym, czy wszystko to, co powiedział Pięćset Trzeci, jest możliwe. O tym, za co ta suka mnie zdradziła. Zapisać embriona na mnie, żeby uciec z Rocamorą?

A może to blef? Cała ta historia to blef? Po prostu postanowił mnie zmusić, żebym ufajdał się ze strachu! Załadował iniektor jakimś świństwem, wyrecytował mi fragmenty ustawy, stłukł mnie – i koniec! Taki żart!

Co? Może to tak? Może nic się zmieniło? Może będę żył tak jak wcześniej?

Nie mogłaś zajść w ciążę, Annelie! Przecież nie mogłaś ze mną wpaść! Sam słyszałem, jak twoja matka powtarzała ci, że twoje narządy rozrodcze są uszkodzone i martwe!

Ona nie mogła zajść w ciążę!!!

Szarpię się i szarpię, próbuję usiąść. Nie udaje mi się. Nie mogę się oderwać od ziemi, nakazać domowemu systemowi, żeby wezwał pogotowie albo policję. Za co!?

Wiercę się i wiercę, aż tracę na to wszystkie siły, a potem wpadam w korkociąg, widzę ciemność. Trafiam do internatu. W snach zawsze trafiam do internatu; może dlatego, że nie powinienem był z niego wyjść.

W ostatnim roku przestają nas dręczyć i tresować: czekają nas egzaminy końcowe i wymaga się od nas tylko nauki. Ci, którzy nie zdadzą choć jednego, zostaną na drugi rok, trafią do obcej drużyny z niewyszkoloną, złośliwą gówniarzerią. Ci, którzy zdadzą, zostaną poddani ostatniej próbie. Podobno jest łatwa. Nie trudniejsza od połączenia. Nie trudniejsza od wykucia historii Europy od imperium rzymskiego do zwycięstwa Partii Nieśmiertelności, od przetrwania trzech walk w boksie i trzech pojedynków w zapasach. Ale egzaminy można zdawać bez końca, a próbę wolno przejść tylko raz. Zawalisz i nie wyjdziesz stąd nigdy.

Od tego dnia, kiedy zabrali Siódmego, jego miejsce wciąż jest puste. Wakat wypełniają dopiero pierwszego dnia naszego ostatniego roku: przyprowadzają nowego.

– To jest Pięć-Zero-Trzy – przedstawia go nam wychowawca. – Trzy lata z rzędu nie może zdać języka i algebry. Mam nadzieję, że poczuje się u was jak w domu. Nie róbcie mu krzywdy.

Szczeliny, przez które patrzy Zeus, zwrócone są na mnie i za sklejonymi wargami kompozytowego boga wyraźnie da się wyczuć uśmieszek.

Pięćset Trzeci – ma osiemnaście lat – jest ode mnie dwa razy szerszy w ramionach, ręce ma umięśnione niczym nażarte pytony, jego odgryzione ucho jest fioletowe i sprawia wrażenie jakiegoś innego organu, nieludzkiego, dziwnego i nieprzyzwoitego.

– Cześć, glisto – mówi do mnie.

Trzy lata minęły od dnia, w którym wypuścili mnie ze skrzyni. Przez cały ten czas Pięćset Trzeci udawał, jakby wyrok śmierci, który na mnie wydał, został uchylony lub odroczony. Jego fagasy ignorowały mnie, a jemu samemu nie pokazywałem się w ogóle na oczy. Wiedziałem oczywiście, że u Pięćset Trzeciego kiepsko z egzaminami: na każdym pierwszym apelu w nowym roku szkolnym szukałem go wzrokiem wśród starszych. Cała jego drużyna opuściła internat, a on ugrzązł. I tak jeszcze dwa razy, dopóki się nie zrównaliśmy.

Wychowawca odchodzi.

– Kto jest u was szefem? – pyta Pięćset Trzeci pozostałych, nie patrząc na nikogo.

– No ja, a co? – zgłasza się Trzysta Dziesiąty i łapie się za rozbitą wargę. Mocno krwawi, krew leje mu się nawet przez palce. To w zupełności wystarcza, ale Pięćset Trzeci wali go jeszcze kolanem między nogi.

Dziewięćsetny – większy od Pięćset Trzeciego, ale miękki – próbuje wymierzyć mu niedźwiedzi cios, ciężki i niezdarny. Pięćset Trzeci przechwytuje jego rękę i wykręca mu ją, aż chrzęszczą stawy.

– Równajcie do Siedem-Jeden-Siedem, łajzy. – Wyciera o spodnie umazane we krwi kłykcie. – On mnie zna. Wie, że jeśli ktoś otworzy na mnie gębę, ten dostanie czapę. Tak, glisto?

I – przy wszystkich – przez spodnie łapie mnie za jaja. Ściska swoimi stalowymi palcami, boli tak, że jeszcze chwila i mnie zamroczy, ręce zwisają mi bezwolnie, nerwy jakby piłuje zębata piła, czuję palący wstyd.

– Tak! Tak! – skomlę.

– Coś ty taki smutny? Uśmiechaj się! – mówi do mnie, szczerząc zęby, gniotąc mi mosznę tak, że oba jądra zaraz pękną. – Pamiętam przecież, jaki z ciebie wesołek!

I uśmiecham się.

– A ty czego się gapisz? – Pięćset Trzeci odrywa się ode mnie i wymierza Dziewięćset Szóstemu policzek – lekki, jak dziecku, po prostu po to, żeby go poniżyć. – Chcesz zostać moją lalką?

Sto Sześćdziesiąty Trzeci rzuca się na niego, ale tamten jest trzy razy cięższy i sił od każdego powalonego tylko mu przybywa. I oto Sto Sześćdziesiąty Trzeci chrypi, leżąc na podłodze, trzymając się za gardło. Pozostali gasną, odwracają się od swoich kolegów, coś mamroczą.

Tak Pięćset Trzeci staje się naszym szefem. Tak zaczyna się mój ostatni rok w internacie. Najważniejsze to skończyć naukę, najważniejsze to zdać egzaminy. Wytrzymać tylko rok i wydostać się stąd, i już nigdy w życiu nie widzieć tej kreatury.

Tylko rok.

Myślę tak, dopóki naczelny wychowawca nie wyjaśnia nam sedna końcowej próby.

– Przez wszystkie te lata internat stał się waszą wielką rodziną – peroruje, ustawiwszy przed sobą wszystkie dziesięcioosobowe drużyny, które mają kończyć naukę. – Wyrzekliście się przestępców, którzy nazywali siebie waszymi rodzicami. Czyżbyście teraz mieli zostać sami? Człowiekowi trudno jest żyć samemu w świecie na zewnątrz! Prawda? Nie musicie się bać. Zawsze będą z wami najbliżsi. Chłopaki z waszej drużyny. Dziesiątki z internatu stają się oddziałami Falangi. Zawsze będziecie walczyć ramię w ramię. Przez całe życie. Pomagać sobie nawzajem w nieszczęściu, dzielić radość. Kobiety... – Przeciąga to słowo i nie śpieszy się z kontynuacją, wiedząc, jaką siłę ma ta obietnica. – Kobiety będziecie dzielić między sobą. Oczywiście nikt nie chce wiązać się na całe życie z człowiekiem, który mu się nie podoba. Internaty urządzone są sprawiedliwie, tak jak Falangi. Powinniście być zawsze pewni chłopaków ze swojego oddziału. Zawsze. Ostatnia próba jest następująca: kiedy zdacie egzaminy, każdy z was będzie musiał mi powiedzieć, czy cała jego dziesiątka powinna stąd wyjść. Jeśli przeciwko komuś będzie choć jeden głos, taki człowiek zostanie tu na zawsze. Nic prostszego, co? Pomyślcie o tym jak o grze.

Nic prostszego: teraz wszyscy jesteśmy zakładnikami Pięćset Trzeciego. I nie mam żadnych szans, żeby się stąd wydostać, jeśli tylko nie będę mu dogadzać.

– Który tu u was jest mądralą? – Charka na ziemię, zebrawszy nas na korytarzu przed snem. – Będzie mnie uczyć zasranego języka i zasranej algebry. W zamian ochroni swój tyłek. No?

Trzydziesty Ósmy podnosi rękę. I Sto Pięćdziesiąty Piąty. Jeden chce ochronić tyłek, drugi podlizać się szefowi.

– Jeden wystarczy. A ty – Pięćset Trzeci nawija anielski loczek na zgrubiały palec – ty mi się przydasz do czego innego. I jeszcze ty. – Zwija w moim kierunku usta w rurkę.

– Idź do diabła!

Cios jest tak szybki, że nie nadąża za nim ból: najpierw spadam na ziemię, świat obraca się do góry nogami i dopiero potem dopędza mnie ciężkie huczenie w głowie.

– Coś ci się nie podoba!? – wrzeszczy na mnie Pięćset Trzeci, okładając mnie po żebrach. – No, uśmiechaj się, zasrańcu! Uśmiechaj się! Uśmiechaj się!

I uśmiecham się.

Uśmiecham się, kiedy przy wszystkich rozbiera Trzydziestego Ósmego i każe mu biegać na czworakach po łazience – bo Pięćset Trzeciemu zdaje się, że jest mi nie dość wesoło. Uśmiecham się, kiedy uczę go historii.

– Podoba mi się twój uśmiech – mówi mi. – Chcę widzieć wokół siebie szczęśliwe twarze, glisto, a ty wiecznie z tą skwaszoną mordą... Uśmiechaj się częściej.

Nie mam gdzie się przed nim ukryć. Żaden z nas nie ma gdzie się przed nim ukryć. To przecież nasza własna drużyna. Nasz przyszły oddział. I Sto Pięćdziesiąty Piąty uczy go języka, i Trzydziesty Ósmy go obsługuje, i Trzysta Dziesiąty chowa głowę w piasek, i Dziewięćset Szósty chowa prawdziwego siebie do futerału. A ja się uśmiecham.

Uczy mnie uśmiechać się, gdy jestem wściekły. Kiedy czuję strach. Kiedy mnie mdli. Kiedy chcę zdechnąć. Kiedy nie wiem, gdzie mam się podziać. Pracuje nade mną wytrwale przez miesiąc, drugi, trzeci, i pomału wyrabiam w sobie nowy odruch. Nasza nauka przebiega pomyślnie, dopóki nie wymyśla czegoś nowego.

– Opowiedz mi, jak cię zabierali z rodziny – prosi mnie któregoś dnia przed ciszą nocną. – Jakoś mi nudno. O mamuśce i o starym.

– Spadaj.

I tamten wywleka mnie na korytarz; wychowawców, jak na złość, nie ma. Trzyma mnie za włosy i chlasta po policzkach – raz! raz! raz! – mówiąc przy tym:

– Nie możesz mieć przede mną tajemnic, glisto! Zapomniałeś? Zapomniałeś już, że wtedy wydałem na ciebie wyrok? Będziesz robił wszystko, co zechcę, wszystko mi będziesz mówił. Rozumiesz? Wszystko!

– Rozumiem!

– No i co to za smutna mina? – Tłucze mnie coraz mocniej, coraz soczyściej. – Uśmiechaj się! Kiedyś lubiłeś się uśmiechać! I pamiętaj: nigdy stąd nie wyjdziesz. No! Uśmiechaj się!

Nie uda mi się go zjednać. Nie wybłagam u niego przebaczenia. Nie wyhoduję mu nowego ucha zamiast tego odgryzionego. Wyjdzie z internatu, a mnie tu zostawi, na wieki wieków.

Sam sobie z nim nie poradzę – i nie mam z kim się zmówić. Podzielił grupę, poniżając nas z osobna i zmuszając każdego, żeby szukał z nim indywidualnego rozejmu.

Idę do Dziewięćset Szóstego.

– Ja już nie mogę.

– Ja też. – Nie muszę mu niczego wyjaśniać.

Przyjaźni się z Trzysta Dziesiątym, mnie zostały jeszcze związki z Trzydziestym Ósmym; Dwieście Dwudziesty, kapuś, który mnie wydał, jest teraz w niełasce – musi łechtać szefowi pięty przed snem, Pięćset Trzeci nie chce dla niego znaleźć innego zajęcia – i kapuś czuje się urażony. Trzysta Dziesiąty przyprowadza Dziewięćsetnego, ten ma coś do załatwienia jeszcze z pierwszego spotkania. Sto

Sześćdziesiątego Trzeciego werbuję sam. Wyrywa się do zemsty; żeby tylko nie zdradził nas przed czasem. Pozostali przychodzą sami.

Rozdzielamy role: Trzydziesty Ósmy wabi Pięćset Trzeciego na schadzkę, Dziewięćset Szósty stoi na czatach, Trzysta Dziesiąty dowodzi operacją.

Rzucamy się na naszego szefa odważnie – w ośmiu, w ubikacji – i tłuczemy go dziko, przerażająco. Łamiemy palce, rozrywamy chrząstki, walimy po żebrach, po nerkach, po twarzy, zostawiamy, żeby zdychał na posadzce.

Kiedy wychowawcy próbują dowiedzieć się, co się stało, uniewinnia nas Dwieście Dwudziesty. Wierzą mu: w końcu sumiennie na nas donosił przez długie czternaście lat.

W szpitalu Pięćset Trzeci zrasta się powoli. Wyłazi stamtąd po upływie półtora miesiąca, cały powykręcany. Z miejsca rzuca się na mnie. Ma zwierzęca intuicję.

Ale przez ten czas staliśmy się tym, co próbował z nas wyrzeźbić naczelny wychowawca. Czymś więcej niż drużyną. Czymś więcej niż przyszłym oddziałem. Rodziną.

Wstawiają się za mną wszyscy. Niszczą Pięćset Trzeciego, rozmazują go na ścianach i ten znów znika w szpitalu. A kiedy do nas wraca – po upływie kolejnego półtora miesiąca – jest nie do poznania.

Nie próbuje już z nikim zadzierać. Milczy, odgradzając się podręcznikiem, tkwi w sali kinowej, trzyma się na uboczu. Przez trzy miesiące w szpitalu jego muskuły uległy atrofii, znikła cała zarozumiałość, oczy przygasły. Cały czas tylko wkuwa – zaciekle, sam.

Kiedy wszyscy już chyba zapominają, jaki Pięćset Trzeci był wcześniej, ten prosi Trzysta Dziesiątego, żeby nas wszystkich zebrał.

– Chłopaki – mówi, głucho i jakoś niezdarnie, wpatrując się w podłogę, pokrzywiony, bez ucha. – Sam jestem wszystkiemu winien. Zachowywałem się jak szmata. Jak psychol. Macie swoją drużynę. Swoje zasady. Nie powinienem był się wpieprzać i rozkazywać. Krótko mówiąc, nie miałem racji. Chłopaki, proszę was, wybaczcie mi. Daliście mi lekcję. Zapamiętałem ją. Serio.

Wszyscy milczą i nikt nie chce nawet na niego popatrzeć: każdy rozumie, po co to przynudzanie. Do próby pozostał miesiąc. Jeśli Pięćset Trzeci jakimś cudem zda egzaminy, jego skóra jest w naszych rękach.

– Spadaj – mówię do niego.

Ten mruga, przełyka ślinę – ale nie ustępuje.

Podchodzi do każdego. Przeprasza. Przekonuje. Przyrzeka. Składa obietnice. Udaje mu się wybłagać przebaczenie – i głos na siebie – od Trzysta Dziesiątego, od Sto Pięćdziesiątego Piątego, nawet od Trzydziestego Ósmego. Woła mnie.

– Słuchaj – kuśtyka za mną po korytarzu. – Siedem-Jeden-Siedem! Zaczekaj! No, stój! No... No, proszę cię!

Odwracam się, idę mu naprzeciw.

– Ja naprawdę, serio przepraszam. Zachowałem się jak skurwiel. Ale ty też – sam wiesz, co mi zrobiłeś! Różnie bywa, nie? W końcu to internat! Wszyscy są tu jak zwierzęta. Ty i ja... Zgoda? – Pięćset Trzeci wyciąga do mnie rękę.

Uśmiecham się do niego.

Nie traci nadziei – zawraca głowę Dziewięćsetnemu i Dziewięćset Szóstemu, Sto Sześćdziesiątemu Trzeciemu, Dwieście Dwudziestemu... Wszystkie rozmowy w naszej dziesiątce są o nim. Mamy mu wybaczyć?

– Naprawdę go nie wypuścisz? – szepcze do mnie kiedyś Trzysta Dziesiąty.

– Zdechnie tu.

– Przecież on też ma głos. Tak samo jak my. Może zostawić nas tu wszystkich. Wszystkich. Kumasz? Na zawsze. A mamy jeszcze tylko miesiąc do wyjścia na wolność.

– Co ty, chcesz z nim spędzić całe życie w jednym oddziale!?

– Nie! Ja... nie.

– Zapomniałeś, jak cię lał? Co? A może ci się podobało!?

– Nie pieprz... – chmurzy się Trzysta Dziesiąty. – Ale zrozum... Przecież mógł nas... tego... Szantażować. A on prosi, namawia, poniża się...

– Może mi i laskę zrobić!

Temat zostaje zamknięty.

Na dwa tygodnie przed egzaminami Pięćset Trzeciemu udaje się ugadać prawie wszystkich naszych; znowu z nim rozmawiają, dopuszczają do wspólnego stołu. Nie robi się bezczelny, we wszystkich sprawach ogląda się na Trzysta Dziesiątego, naszego sprawiedliwego króla, w moim kierunku śle sygnały wyrażające poczucie winy i pokorę.

– Przebacz mu – mówi mi Dziewięćset Szósty. – Przebacz.

– Odwal się! – Zrzucam jego rękę ze swojego ramienia. – Ciebie też kupił?

– Robię to dla ciebie. Jesteś moim przyjacielem. Będzie ci lżej.

– Będzie mi lżej, kiedy on wykituje, jasne? Szkoda, że nie zatłukliśmy go na śmierć!

– Posłuchaj – powstrzymuje mnie Dziewięćset Szósty. – Przecież to człowiek. Idiota, nikczemnik, zboczeniec – ale żywy człowiek. Jak możesz go tu zostawiać? Na zawsze? Tu nikogo nie można zostawiać...

– To ja jestem człowiekiem! Ja! A on jest ścierwem!

– Ty też. I sobie wybaczasz, prawda?

– Nie wiesz, co się wtedy wydarzyło! Co się wydarzyło, kiedy próbowałem uciec! W szpitalu...

– Wiem – kiwa głową Dziewięćset Szósty. – Chłopcy mi opowiadali. Ale zrozum... Możesz położyć temu kres. On wyciąga do ciebie rękę.

– Taki jesteś dobry, co? Wszystkim wybaczasz! Matce, temu... Twoja sprawa! Ale kiedy tylko ta gnida się stąd wyrwie... – trudno mi mówić, rwie mi się głos – ...kiedy tylko przestąpi próg... wszystkich nas pożre. A mnie – pierwszego!

– Nie pożre... Nie sądzę. Jeśli wszyscy mu przebaczą, rozumiesz? Jeśli wszyscy odpuszczą. Coś już w nim pękło. To już nie ten sam człowiek.

– Kręgosłup niech mu pęknie. Wtedy z nim porozmawiam.

– Nie rób tego dla niego! Zrób to dla siebie! Jak będziesz z tym potem żył?

– Słodko. Lepiej sobie nie wyobrażam! – I spluwam na ziemię.

Zwalają się na nas egzaminy.

Prawie wszystkie zdaję na „celujący", tylko jedną oceną odstaję od Trzysta Dziesiątego, naszego rekordzisty. Dziewięćset Szósty rżnie głupa, ale jednak pisze wystarczająco dobrze, by mogli go wypuścić, wyniki pozostałych plasują się gdzieś między naszymi.

Pięćset Trzeci dokonuje niemożliwego.

Algebrę i język zalicza na poziomie nieodbiegającym od całej naszej dziesiątki. Nie jest nawet najgorszy z nas. Kiedy ogłaszają wyniki egzaminów, cały promienieje szczęściem. Spoglądam na niego i się uśmiecham. Tamten zapomina się i odwzajemnia uśmiech.

I znów podbiega ze swoją wyciągniętą ręką.

– Serio, Siedem-Jeden-Siedem... Zgoda, co? Zapomnijmy o tym, i już! Ty mnie uwalniasz. Ja ciebie. Chciałoby się już na zewnątrz! Wyjdziemy, co? Wyjdziemy razem! Po co tu zostawać? No? Przebaczysz mi? Zgoda?

Oto ona, jego dłoń. Ta, którą się macał, kiedy dusili mnie koszulami. Ta, którą mnie policzkował. Ta sama.

– Zgoda – wypuszczam powietrze. – Zgoda.

– O! O! – Klepie mnie po plecach. – Równy z ciebie chłopak! Wiedziałem!

Nie słucham go: cały czas staram się zrozumieć, gdzie się podziała ulga, którą obiecywał mi Dziewięćset Szósty. Bo wcale jej nie ma.

Nadchodzi dzień, kiedy myślimy, że już wszystko za nami.

Wychowawcy wsadzają całą naszą dziesiątkę do windy; okazuje się, że są tu jednak inne piętra – po prostu nie ma przycisków, które pozwoliłyby tam się dostać. Tak już są urządzone windy; żeby tak wiedzieć o tym wcześniej.

Wszyscy już niemal wierzą, że zaraz nas wypuszczą, szturchają się nawzajem łokciami i szepczą między sobą z entuzjazmem; przed nami życie! I nawet prawie lubią wychowawców – za to, że już nigdy więcej ich nie zobaczą, i wreszcie każdy czuje się bratem wszystkich pozostałych z naszej dziesiątki... Marzenie o wydostaniu się stąd połączyło, skleiło nas w jedno.

Winda jedzie – może w górę, może w dół, w każdym razie długo, powoli – i nagle za gardło ściska strach. A co, jeśli to oszustwo? Co, jeśli zamiast na oddawanie głosów zawiozą nas teraz do sali równie sterylnej, łatwo zmywalnej, oślepiająco oświetlonej jak sala operacyjna, jak cała reszta internatu? Co, jeśli czeka tam na nas dziesięć stołów z pasami wyposażonych w podgłówki z zaciskami?

Tak, mówi się, że tych, którzy przejdą próbę, wysyłają w świat. Ale skąd wiadomo, że to prawda? Wlewają nam czerpakiem rozwodnione marzenie do plastikowych misek, wkładają w zęby jedną zeschniętą piętkę wyraźnego, możliwego do osiągnięcia celu. Marzycielami łatwiej kierować: marzyciele myślą, że mają coś do stracenia. Nie da się targować z kimś, kto niczego nie potrzebuje. Nie wypuszczą nas, nigdy nas nie wypuszczą, po prostu robimy się zbyt dorośli, żeby mieszkać w tych samych barakach co maluchy, więc przenoszą nas na nowy poziom. Na kolejne dziesięć lat.

I nagle przychodzi mi do głowy, że tych pięter, które nie mają własnych przycisków, może być w internacie nie jedno, ale trzy albo trzydzieści, albo trzysta. I prowadzą nie w górę, nie na powierzchnię, ale w głąb...

W końcu drzwi się otwierają: nie ma sali operacyjnej, nie ma pokoju tortur.

Winda wywozi nas na poziom, o którym nikt nie słyszał. Sala kolumnowa, cała wyłożona czarnym kamieniem, oświetlona najprawdziwszymi pochodniami. Pośrodku od ściany do ściany przecina ją rów głębokiego basenu z ciemną wodą.

Na jednym brzegu stoi naczelny wychowawca i dziewięciu innych w maskach Zeusa. Na drugim – nieznajome postacie: przewodnicy po tamtym, prawdziwym świecie. Czekają.

Pozostało nam przepłynąć przez ciemną wodę.

Pozostało nam przejść ostatnią próbę.

Stajemy w kółku w kolejności numerów i bierzemy się za ręce: jestem między Pięćset Osiemdziesiątym Czwartym i Dziewięćsetnym. Zgodnie z zasadami, których nas zawczasu nauczono, oznajmiamy zgodnym chórem:

– Nie ma dla brata nikogo bliższego niż brat. Nie ma dla Nieśmiertelnego innej rodziny niż Nieśmiertelny. Ci, z którymi stąd odejdę, będą ze mną zawsze, a ja zawsze będę z nimi.

Naczelny wychowawca kiwa głową z powagą.

– Trzy-Osiem! – odzywa się basem. – Czy w twojej drużynie jest ktoś, kto nie powinien opuścić internatu, kto nie jest godzien, by zasilić szeregi wielkiej Falangi?

– Nie – mamrocze Trzydziesty Ósmy, co i rusz popatrując w stronę Pięćset Trzeciego.

– Jeden-Pięć-Pięć! Czy w twojej drużynie jest ktoś, kto nie powinien...

Nie. Według dobrego Sto Pięćdziesiątego Piątego takich osób nie ma. I według Sto Sześćdziesiątego Trzeciego – ten kręci głową tak, że tylko patrzeć, jak mu odpadnie. Tak to idzie w koło, według kolejności – przychodzi kolej kapusia, który uratował nas przed wychowawcami, Dwieście Dwudziestego, potem prymusa i naszego przyszłego dowódcy Trzysta Dziesiątego.

– Pięć-Zero-Trzy! – kompozytowy bóg obraca swoją ogromną głowę na naszego zbuntowanego szatana. – Czy w twojej drużynie jest ktoś, kto nie powinien opuścić internatu, kto nie jest godzien, by zasilić szeregi wielkiej Falangi?

Pięćset Trzeci odpowiada nie od razu. Ogląda, prześwietla swoimi zielonymi oczami tych, którzy będą po nim, którzy jeszcze nie udzielili mu przebaczenia. Dłużej od innych patrzy na mnie. Wytrzymuję jego wzrok. Uśmiecham się do niego spokojnie: wszystko pozostaje w mocy.

– Nie – mówi ochryple Pięćset Trzeci, zdając sobie sprawę, że ostatni fragment władzy wyślizguje mu się z rąk, rozstając się z nim niechętnie, ale z przymusem; a potem powtarza, tak jakby ktoś pozwolił mu zmienić zdanie: – Nie!

Brodaty bóg bez cienia emocji kiwa głową i głos ma obecnie wielkouchy onanista Pięćset Osiemdziesiąty Czwarty.

– Nie – odpowiada.

– Siedem-Jeden-Siedem! – Teraz utkwił we mnie wzrok nie tylko Pięćset Trzeci, ale cała drużyna; Pięćset Osiemdziesiąty Czwarty wykręcił swoją cienką szyję z wielkouchą głową tak daleko, jak tylko mógł, Dziewięćsetny odwrócił się całym tułowiem. – Czy w twojej drużynie jest ktoś, kto nie powinien opuścić internatu...

– Tak. Tak.

– Sukinsyn! Sukinsyn! Zdrajca! – wrzeszczy Pięćset Trzeci, nie czekając, aż wymienię jego numer, wyszarpuje dłoń ze spoconej ręki Pięćset Osiemdziesiątego Czwartego i rzuca się na mnie.

– Brać go! Brrrać! – ryczy naczelny i trzej wychowawcy zmiatają Pięćset Trzeciego w mgnieniu oka; nie zdążył mnie nawet dotknąć. – Kto to? Podaj numer.

– Pięć-Zero-Trzy! – mówię, ciężko oddychając.

– Zdrajca! Jeszcze się policzymy! Bydlak!

– Czy ci wiadomo, że ten, którego wymieniłeś, na zawsze pozostanie w ścianach internatu? – upewnia się brodaty bóg.

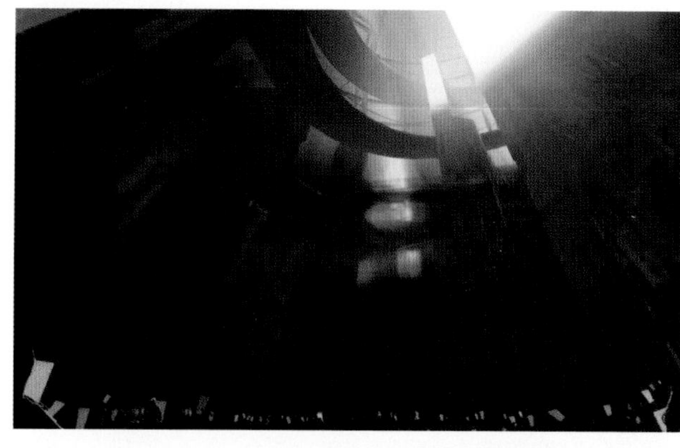

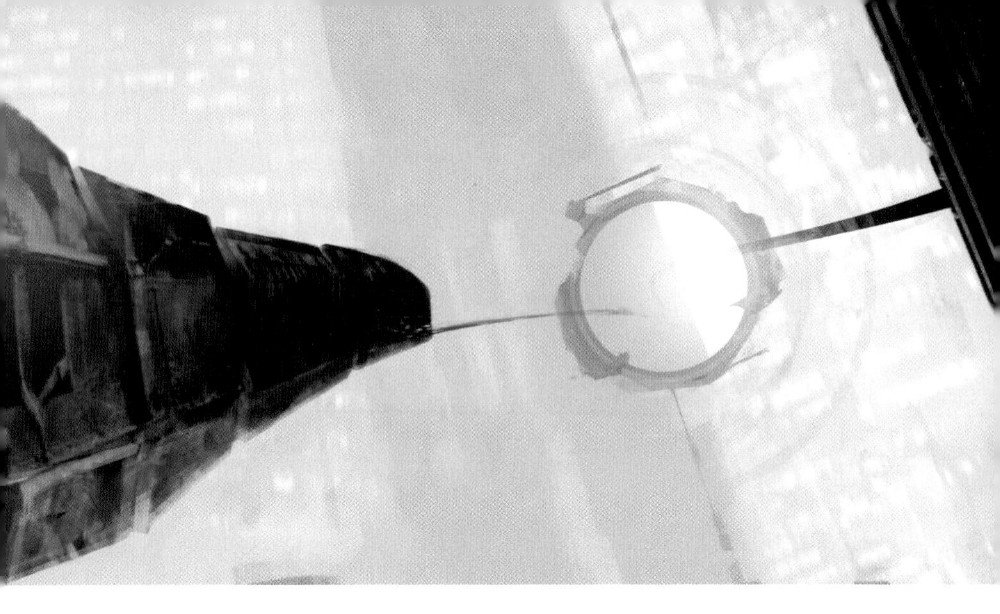

KNC

W Falandze byłem na swoim miejscu. Tyle że to miejsce jest już chyba zajęte przez kogoś innego; w każdym razie ani Riccardo, ani Bering, ani Schreyer nie zauważają mojej nieobecności i nie reagują na dziesiątki listów, które do nich wysyłam. Tak jakby usunęli mnie z bazy danych i wszyscy, którzy mnie znali, którzy mi gratulowali, którzy mi pomagali, razem z tymi, którzy mnie nienawidzili, mrugnęli i pojechali dalej – do świata beze mnie.

Żaden z moich towarzyszy – ani Al, ani Josef, ani Viktor – nie przychodzi w odwiedziny; pewnie rozkazali im myśleć, że nigdy nie istniałem. Dyscyplina. I tak zostaję bez braci. To nic, że znają mnie prawie trzydzieści lat – przed nimi jeszcze trzysta, żeby zatrzeć to w pamięci.

Moje dni pomnożone przez siedem ściekają do kanalizacji; wypróżniam się życiem, wydycham je, wypacam przez pory skóry. Płód Annelie musi mieć już osiemnaście tygodni, a mnie się zdaje, że od dnia, kiedy zagłuszałem czas satynową poduszką i jak ślepy szczeniak trącałem jej sutki, upłynęła cała epoka geologiczna. Jeszcze czternaście dni i będzie za późno na wyjazd do Brukseli. Płód oficjalnie stanie się człowiekiem i zrzucą mnie z szachownicy ze stu dwudziestoma miliardami pól, bo zostanę zjedzony przez mojego syna.

Ostatni telefon wykorzystuję na kontakt z Helen Schreyer – o dziwo, nie został mi nikt bliższy od niej. Nie odpowiada, ale odbywam emocjonalną rozmowę z jej automatyczną sekretarką. Helen też nie oddzwania.

Jestem w łodzi podwodnej, ekranik to peryskop, przez który patrzę na ziemię.

W wiadomościach pokazują reportaże o tym, jak Chiny zagospodarowują wykupioną od rosyjskich władz Syberię Wschodnią. Siedzę na łóżku, pochylony w stronę ekranu, żeby wydawał się większy, i patrzę tępo, jak pracowici Chińczycy zapędzają na wyjałowione pustynne tereny sprzęt budowlany. Całą Syberię pokrywa wieczna zmarzlina, nawet za lepszych czasów warstwa żyznej gleby nie przekraczała metra grubości, oznajmia nasz korespondent Fritz Frisch. Kiedyś były tam bogate złoża ropy, gazu ziemnego, złota, diamentów i metali ziem rzadkich, jednak ich zasoby zostały całkowicie wyeksploatowane w połowie dwudziestego drugiego wieku, podobnie jak i na całym terytorium Rosji. Jak wiadomo, wyprzedawszy wszystkie surowce, Moskwa jeszcze pięćdziesiąt lat żyła z wyrębu lasów, a kiedy z nimi skończyła, odwrócono bieg rzek w stronę Chin i Europy – cywilizowane kraje gwałtownie się rozwijały i odczuwały dotkliwy brak wody pitnej. Fritz Frisch ubolewa: równowaga ekologiczna została zakłócona i teraz jest tu zamarznięta pustynia. Jednak chińskich kolonistów, którzy pracowicie zagospodarowują nawet radioaktywne dżungle Indii i Pakistanu, wieczna zmarzlina nie zdoła powstrzymać. Potem ktoś przeprowadza wywiad z jakimś skośnookim typem, który prorokuje, że niedługo będą tu kwitły ogrody i wznosiły się wieżowce, potem ujęcia pokazujące, jak koparki wgryzają się w zimną nieustępliwą glebę, rzeczywiście sam lód, ale widocznie Kitajcy bez popitki chrupią zlodowaciały grunt na śniadanie. Właśnie tu, w dorzeczu rzeki Jany, dokonano wstrząsającego odkrycia, mami widzów korespondent. Operator kamery wdrapuje się w ślad za reporterem na szczyt pagórka, ten pokazuje palcem w dół, w głąb rozpadliny...

Początkowo nawet nie rozumiem, co tam jest.

Jakieś szarawobiałe plamki zamiast brunatnej ziemi. Grunt pękł, osunął się, pagórek się otworzył... I okazał się gigantycznym kurhanem. Wewnątrz leżą tysiące ludzkich ciał, ubranych w poszarpane ubrania robocze albo w ogóle gołych... Kamera podkrada się bliżej, wie, jak ważne jest, by połaskotać czasem po nerwach obywatela Utopii... Zapadnięte oczy, szara skóra w krwawych pręgach, wygolone czaszki, wszyscy są wycieńczeni, prawie pozbawieni mięśni, umarli śmiercią głodową albo zostali zastrzeleni – operator z ciekawością archeologa odnajduje dziury po kulach w plecach i głowach. Zwróćcie państwo uwagę, jak dobrze zachowały się ciała, zachwyca się Fritz Frisch, ma się wrażenie, że wszyscy ci ludzie dopiero co umarli, a przecież przeleżeli tu pięćset lat! Tak, tak, bez wątpienia odkryliśmy grób tak zwanych zeków, więźniów politycznych i kryminalnych zesłanych na Syberię w dwudziestym pierwszym, przepraszam, dwudziestym wieku za rosyjskiego dyktatora Józefa Stalina, żeby wydobywać bogate zasoby kopalin. I oto, podnosi dramatycznie brwi Fritz Frisch, kopalinami stali się sami nieszczęśni więźniowie. Ale dlaczego wyglądają tak, jakby dopiero co umarli? Anomalia? Cud? W żadnym wypadku, rzecz tkwi w wiecznej zmarzlinie, w której pogrzebano ciała, wyjaśnia zagadkę reporter. Nawet podczas upalnego syberyjskiego lata wieczna zmarzlina nie topnieje głębiej niż na metr, stąd właśnie zeki znajdują się w takim świetnym stanie: zmarzlina spełniła funkcję naturalnej chłodni! A co z tym strasznym znaleziskiem zamierzają zrobić nowe kolonialne władze, pyta Fritz Frisch głównego Chinola. Och, zapewnia tamten, Chiny zawsze podchodziły z wyjątkowym szacunkiem do dziedzictwa przyłączanych ziem. Być może utworzymy w jednym z drapaczy chmur, które tu powstaną, rosyjskie muzeum etnograficzne. Odkryte ciała staną się cennymi eksponatami i na pewno przyciągną turystów, choć, oczywiście, nie potrzeba nam tu ich aż tylu... Tak, tak, poza tym mówił pan, że to nie jedyny tego rodzaju kurhan, podchwytuje Fritz Frisch. O nie, dookoła jest tu takich mnóstwo, kiwa głową Kitajec. Czeka nas jeszcze wiele tego rodzaju smutnych znalezisk. Skośny kłania się, reporter wydaje jakiś wieloznaczny dźwięk i żegna się z widzami, dziesięć tysięcy ludzi wciąż marznie w swoim zamrażalniku, a ja wciąż tkwię przed ekranem, niemal opierając się o niego czołem.

Jest to właśnie ten dzień, w którym moje dziecko potwór kończy dwadzieścia tygodni. Dzień, po którego upływie nikomu już nie będę mógł złożyć apelacji.

Rozprawy wciąż nie wyznaczają: proszę nam wybaczyć, mamy takie perturbacje, mnóstwo ludzi zwolniono, jedyny ruch to możliwość zwolnienia za kaucją, ale biorąc pod uwagę ciężar zarzutów...

Wymagana suma jest taka, że musiałbym zasuwać przez sto lat, a tyle już nie mam. Proszę czekać, mówią mi, proszę czekać, to środki uspokajające dla pana, żeby łatwiej było czekać, niech pan je pije, niech pan je pije i przestanie wrzeszczeć przez okrągłą dobę, inaczej wyłączymy panu ekran.

Potem w wiadomościach przelatuje informacja: Beatrice Fukuyama, aresztowana za opracowanie nielegalnych modyfikatorów starzenia, została porwana przez nieznanych sprawców z wieżowca Europejskiego Instytutu Gerontologii, gdzie ostatnio pracowała w ramach współpracy z organami ścigania... O porwanie podejrzewa się bojowników Partii Życia, która w ostatnim czasie coraz częściej...

Komentarz kogoś z policji: dawno już przyszedł czas, żeby przestać się cackać z tymi terrorystami, jest zupełnie oczywiste, że kiedy w ich łapy wpada tak wielki uczony, ich motywy są...

Uwolnili ją, dociera do mnie. Nasi wsadzili ją do jakiegoś laboratorium, chcąc wycisnąć z niej wszystko aż do końca, póki starucha nie wykituje, a ludzie Rocamory ją stamtąd wyciągnęli. Cieszę się z powodu Beatrice: może zdąży jeszcze zobaczyć niebo, miasto, może wywiozą ją z Europy... Szkoda, że ja nie przedstawiam dla nich żadnej wartości, szkoda, że nie przedstawiam żadnej wartości dla nikogo – i dlatego zdechnę w tej pieprzonej śmierdzącej norze!

Dostaję takiego ataku, jakiego nigdy wcześniej nie miałem; wpadają strażnicy, zawijają mnie w kaftan, faszerują środkami uspokajającymi – i zamiast dymiącego po zwarciu procesora wstawiają mi w czaszkę przedpotopowego scalaka, który sterczy ze mnie na wszystkie strony i w którym elektrony wloką się jak ślimaki w labiryncie, przyszywają mi język kogoś innego, zupełnie mnie nie słucha, tylko zajmuje miejsce w ustach.

Gdzie ty teraz jesteś, Annelie? Gdzie jesteś, Annelie? Gdzie?

Wpatruję się w płaską poduszkę, wyobrażam ją sobie z zaokrąglonym brzuchem; ciekawe, czy odrosły jej włosy, czy wróciła do fryzury, która podobała się Rocamorze?

Dlaczego tak ze mną postępujesz? Co ci zrobiłem? Chciałem, żebyś żyła, Annelie, żebyśmy żyli – razem... Byłem gotów zostać w Barcelonie, byłem gotów pokochać ją dla ciebie i chociaż czułem to niedługo – dzień, dwa – to przecież spędziliśmy razem niewiele więcej niż tydzień.

Przecież zakradłaś się do mojego wnętrza, Annelie, własnoręcznie ściskałaś i rozluźniałaś moje serce, uciskałaś moje tętnice i pompowałaś krew tam, gdzie miałaś ochotę, raz sprawiając, że moja głowa robiła się ciężka, kiedy indziej opróżniając ją i przelewając z niej wszystko do innych naczyń, paraliżowałaś mi płuca samym swoim dotykiem – i odpuszczając, znów pozwalałaś mi oddychać, wstawiłaś mi wprost w źrenice slajdy ze swoją podobizną i nie mogłem widzieć nikogo, nikogo i niczego, prócz ciebie. Byłaś moim ośrodkowym układem nerwowym, Annelie, i myślałem, że bez ciebie nie będę mógł oddychać, czuć, żyć. Jak nazwać to uczucie?

Znałem cię niecałe dwa tygodnie, Annelie. I przez te dwa tygodnie zapomniałem o sobie.

Ty pokazałaś mi wolność.

Przecież w końcu nie udało mi się uciec z internatu, Annelie, i zgodnie z warunkami zwolnienia muszę zawsze wracać do niego na noc. Musiałaś sprzedać ciało, żeby uchronić duszę – ty w nią przecież wierzysz. Patrzyłem na ciebie z zazdrością i zachwytem, dlatego że sam mogę być dumny tylko z tego, że uchroniłem ciało, a moja dusza to zleżały towar, którego nikt nie kupił.

W końcu zostałem w tej klatce. Wysunąłem nogi przez kraty i tak sobie chodzę, ciągnę ją za sobą i przywykłem tak żyć, nauczyłem się nie widzieć krat, które majaczą mi przed oczami. I dopiero kiedy chciałem przytulić się do ciebie, pręty wbiły mi się w pierś.

Dopiero wtedy zapragnąłem wyjść na zewnątrz. Ale nie rozumiem.

Dlaczego mnie skusiłaś, obiecałaś mi wolność – i zabrałaś mi wszystko, co miałem? Dlaczego w każdej sekundzie oddaję siedem sekund swojego życia – żebyś mogła pozostać równie młoda, równie żywa? To niesprawiedliwe, Annelie. Zwabiłaś mnie w pułapkę. Twoja wolność to zjawa, miraż. Tarzam się w kokonie z pajęczyny, a ty kropla po kropli wysysasz ze mnie sok, siły życiowe.

Wypuśćcie mnie.

Leżę na łóżku z głową zwisającą w dół, oglądam wiadomości do góry nogami. Odwrócony Ted Mendez wygrywa wybory w odwróconej Panameryce. Demokraci, którzy bronili modelu europejskiego – „nieśmiertelności dla każdego" – po przygodach Mendeza w Barcelonie i heroicznej bitwie, którą stoczył w Lidze Narodów, mają się czego wstydzić; odwrócone miliony biorą udział w odwróconych demonstracjach, apelując, by nie zamieniać odwróconego Panamu w odwróconą Europę. Nie chce mi się zmieniać perspektywy, żeby na serio ucieszyć się razem z nim. Odwrócona inauguracja odwróconego prezydenta. Mendez pokazuje palcami odwrócone *„victory"*. *Happy end*. Wymiotuję.

Wymiotuję swoimi przekonaniami, swoimi romantycznymi błędami, wymiotuję resztkami wiary w Schreyera, w Falangę, w Partię, w tego cwaniaka Mendeza. Niech ich szlag, jak to się dzieje, że z ich bezlitosnego starcia wszyscy wychodzą zwycięsko? Rocamora zdobywa światową sławę i odzyskuje Annelie, Bering sterylizuje Barcelonę, Schreyer załatwia państwowe pieniądze na utrzymanie Falangi, Mendez wygrywa swoje pieprzone wybory, Partia nieprzerwanie zyskuje w badaniach opinii publicznej!

Tylko ja przegrałem. I jeszcze pięćdziesiąt milionów mieszkańców Barcelony. Te dziewczynki, które zabijaliśmy we śnie.

Potem nie dzieje się zupełnie nic. Każdy dzień składa się z tych samych trzech kadrów: leżę na łóżku i patrzę w sufit, odbieram rację żywnościową z podajnika, łykam tabletki. To, co jest później, łączy się w cykl: leżę na łóżku, odbieram jedzenie, łykam tabletki, leżę na łóżku, odbieram jedzenie, łykam tabletki, leżę na łóżku, odbieram jedzenie, łykam tabletki, taśma przewija się coraz szybciej, szybciej, szybciej, dni jak klatki filmu zlewają się w jedno: leżę na łóżku, leżę na łóżku, leżę na łóżku, moje długie włosy plączą się, jak korzenie wrastają w poduszkę, przywiązują mnie do łóżka, wiadomości nie cichną ani na minutę, ale nie słyszę ich ani nie widzę, pogrążam się w niekończących się majaczeniach; szukam Annelie na barcelońskim placu wśród pięciuset wieżowców, sprawdzam twarze, jedną po drugiej, przewracam uśpionych na otoczonym murami placu Katalonii, szukam Annelie pośród tysięcy śpieszących się gdzieś pasażerów, w ścisku w jakichś nieznanych mi terminalach, szukam jej na luksusowych dachach o kształcie wysp, gdzie wejście dla takich jak ja jest wzbronione, szukam jej, padając z nóg, słabnąc – i w jakiś sposób widzę, jak w jej brzuchu, upijając się moimi siłami, rośnie dziwny stwór z wielką głową i zaszytymi oczami, i tymi swoimi oczami wyczuwa mnie, i wie, że chcę jego śmierci, i odgania Annelie dalej, dalej, precz – chociaż może ona sama chciałaby być znaleziona, ale to ono jej rozkazuje, to ono nad nią panuje – i Annelie, choć przed chwilą była o krok ode mnie, znów znika, a ja muszę ją tropić, biec za nią przez dziwne obce ziemie, gdzie nie ma ani słońca, ani wody, przez suche, martwe pustkowie, gdzie na wystygłej, bezpłodnej glebie nie może wzejść najmniejszy pęd, ale nie wiedzieć czemu kopię tam, szukam jej, gdzie ty się schowałaś, wyłaź – i odkopuję ich, tych niegnijących nieboszczyków, umarłych wczoraj i pięćset lat temu, nawet oczy im nie wyblakły, są otwarte, lśnią, patrzą – a dlaczego macie te pręgi, skąd one się wzięły? – a to wszy, wszy i świerzb, myśleliśmy, że przestanie swędzieć, kiedy umrzemy, myśleliśmy, że ból od kul minie i głód tak samo, ale nie mija, rozumiesz? – a nie widzieliście tu pięknej dziewczyny z potworem w brzuchu? – nie, nie widzieliśmy, ale nie uciekaj, nie szukaj, zostań z nami, bracie, przecież nie przypadkiem nas znalazłeś, nie jesteś już ich, teraz jesteś nasz, w tobie też jest śmierć, niech ona ucieka, chowa się, a ty uspokój się, ochłoń, chodź do nas, posuniemy się, podrap nas najpierw po plecach, sami nie możemy dosięgnąć, a martwe wszy wciąż nas gryzą, niczego się nie bój, leż i szykuj się, nie poczujesz różnicy, to wszystko to samo, mamy tu wieczną zmarzlinę, ludzie się u nas nie zmieniają, będziesz tak samo ją kochał, przecież miłość to właśnie to swędzenie, ten głód – nie, nie chcę do was iść, ja żyję, jestem ciepły, czas na mnie, mam sprawę, muszę się śpieszyć – głupstwa, nie ma żadnych spraw, co ty, nie rozumiesz, że całe to twoje bieganie, cała krzątanina, to wszystko niepotrzebne, że jesteś już martwy, a przecież ci, którzy są martwi, to właśnie prawdziwi nieśmiertelni, nie tak jak wy, tylko z nazwy, przecież do nas szedłeś, do nas, a nie do swojej dziewczyny – ciekawe, kiedy to niby umarłem? – a wtedy, wtedy, kiedy śmierć cię pocałowała – nie pamiętam niczego takiego, to jakieś brednie, pójdę już – nie, nie pójdziesz i to wcale nie brednie, czyżbyś zapomniał, nie pamiętasz tamtego dnia, kiedy wszystko się zaczęło, kiedy z tęsknoty za miłością wybrałeś się do tego pierdolonego parku wodnego i przysłali ci martwego człowieka, który poprosił, żebyś go pocałował – w usta, z języczkiem – a ty mu nie odmówiłeś i pocałowałeś go, a on pocałował ciebie – to właśnie wtedy zaraziłeś się śmiercią, to wtedy w tobie zamieszkała, więc możesz teraz gadać, co chcesz, a umrzeć trzeba, więc starczy tych wykrętów i pośpiesz się, bo my też tu mamy przeludnienie, tak jak wy, dzisiaj jest trochę miejsca, a jutro wasi i stąd nas wyprą, nabudują wieżowców i wtedy już nie będzie dla ciebie spokoju, wypchają cię jak kukłę i wsadzą do muzeum etnograficznego, no? – nie, nie, nie, nie – no dobra, pobaw się jeszcze troszkę, skoro jesteś taki uparty, w końcu i tak do nas przyjdziesz, tylko zastanów się najpierw, zanim sobie pójdziesz, czy o niczym nie zapomniałeś – chciałeś nas przecież o coś zapytać, i to nie o swoją dziewczynę z brzuchem, ale o coś innego, o kogoś innego, chociaż są oczywiście bardzo podobne – ale o co? – no, o swoją matkę! – a rzeczywiście, powiedzcie, nie widzieliście tam w ziemi mojej mamy?

Drrryń!

Śniadanie!

Rozdział 25
LOT

– To on?

– To już pani wie lepiej, *madame*. To ten, za którego chciała pani wpłacić kaucję?

– Dlaczego on tak wygląda?

– Jeśli pani sobie życzy, możemy go ogolić. Odmawiał, a reguły przetrzymywania więźniów nie pozwalają nam...

– Nie o tym mówię... Nieważne. Nie trzeba. A czy on... Czy on rozumie, co się dzieje dookoła?

– O, proszę się nie niepokoić, jest na lekach, to niedługo przejdzie. Wie pani, ostatnio był nieco porywczy...

– Ostatnio? Ile czasu u was spędził?

– Siedem miesięcy, *madame*. Pierwsza rozprawa w jego procesie nie została na razie wyznaczona, ale automat zezwolił na wniesienie kaucji. Nie wolno mu opuścić terenu Europy, pani to oczywiście wie.

– Wiem. Proszę posłuchać, a nie dałoby się wstrzyknąć mu czegoś na pobudzenie? Mam mało czasu i nie mogę czekać, aż dojdzie do siebie.

– Rozumie się, *madame*. Charles! Charles!

Przychodzi sanitariusz, szturcha mnie w odrętwiałą rękę iniektorem i już po minucie mogę podnieść zwisającą szczękę i wytrzeć nitkę śliny.

– Helen.

– Chodźmy stąd. Porozmawiamy w drodze.

Oddają mi moje ubranie, komunikator, zakładają na nogę opaskę lokalizacyjną i wyprowadzają ze strefy buforowej. Świat otwiera się od razu we wszystkich kierunkach, zamieniam się w pchłę, czuję się nieswojo, patrząc dalej niż na trzy metry przed siebie. Zdaje się, że izolatka zdołała zrobić ze mną to, co nie do końca udało się Annelie: pokonałem swoją klaustrofobię, zżyłem się z nią.

Potrzeba mi teraz, żeby ktoś wziął mnie za rękę, ale krocząca obok mnie Helen nie dotyka mnie nawet palcem; zamiast oczu widzę te jej okulary jak u ważki, przez co nie mogę niczego zrozumieć.

Przy cumowisku czeka mały prywatny turbolot, Helen sama siada za sterami.

– Przepraszam. Nie mogłam wcześniej.

Kiwam głową w milczeniu: nie mam żadnej pewności, czy to nie fabularna odnoga któregoś z moich koszmarów, a z ich bohaterami lepiej nawet nie próbować rozmawiać.

– Erich mnie pilnował. Skorzystałam z pierwszej możliwości.

– On wie? – składam słowa niezdarnie.

– On zawsze wszystko wie. – Helen odcumowuje maszynę i zawisamy nad przepaścią. – Zorientował się jeszcze tego samego dnia.

– Czy on ci coś... zrobił? Pobił cię?...

– Nie. Erich mnie nie bije. On...

Helen nie kończy. Szybujemy nad kompozytowymi wąwozami, wlatujemy pomiędzy kompozytowe skały; jest skoncentrowana na sterowaniu. Robi mi się niedobrze; a przecież kiedyś nie cierpiałem na chorobę lokomocyjną, mieliśmy nawet krótkie kursy sterowania.

– Dokąd lecimy? Do was do domu?

– W żadnym wypadku! – Potrząsa głową z przestrachem. – Kiedy mu doniosą, że cię wypuściłam... Jan... Próbowałam ci wyjaśnić... Gdyby on po prostu mnie bił...

– Czyli wiedział, że trzymają mnie w izolatce? Dzwoniłem do niego, zmarnowałem na twojego męża dwa z trzech telefonów, ale jego sekretarz, ten laluś...

– Erich powiedział mi, że nigdy stamtąd nie wyjdziesz. I ja... Boże, co ja robię...

– Groził ci? Jesteście na świeczniku, nie odważy się!

– Erich? Nie odważy się?

Turbolot pędzi w stronę szczeliny między dwoma wieżowcami – ale Helen skręca w lewo mocniej, niż trzeba; prędkość jest olbrzymia i ledwie zdążam pomyśleć, że zaraz zabije nas oboje. Pokonuję zawroty głowy, łapię ją za rękę.

– Helen!

– Boże! Przepraszam... Przepraszam cię, ja... – Unika zderzenia w ostatniej chwili. – Ja...

– Wszystko w porządku? Może wylądujemy i porozmawiamy?

– Nie. Nie.

Helen ani myśli szukać miejsca do lądowania. Prowadzi nerwowo, źle – to na pewno służbowa maszyna Schreyera, aż dziwne, że w ogóle potrafi się z nią obchodzić.

– We wrześniu minie piętnaście lat, odkąd jestem z Erichem.

– Helen, mówię poważnie!

– Wiesz przecież, że nie jestem jego pierwszą żoną.

I wszystko wraca do mnie jak fala. Nasza ostatnia rozmowa. Ich dom. Mój krucyfiks na ścianie. Ten pokój za aksamitną zasłoną.

– Nie. Ja... A kto był pierwszą?

– Miała na imię Anna. Zaginęła bez wieści. Jedenaście lat przed tym, nim się poznaliśmy. Erich sam mi powiedział o tym na początku naszej znajomości. Bardzo ją kochał. Do tego też od razu się przyznał.

– Zaginęła? Pierwsze słyszę.

– Prasa milczała.

– Dziwne. Zniknięcie żony wybitnego polityka... Przecież to gorący materiał!

– Nie zdążył poznać cię z właścicielem Media Corp. na zjeździe?

Manewrujemy między wieżowcami – maszyna pędzi tak szybko, jakby ktoś nas ścigał. Zbliżają się i przelatują obok gigantyczne tablice reklamowe – pigułki szczęścia, wakacje w wieżowcu Paradise, lot dookoła świata w dziesięć godzin, ekopet Doggy Dog – kochaj kiedy chcesz, przekreślony przypominający kijankę embrion: „Nie pozwól, by instynkty zmarnowały ci życie!".

– I co... co z tą Anną? – pytam ostrożnie.

– Powiedział mi... Któregoś dnia, kiedy się z nim pokłóciłam... Kiedy spakowałam rzeczy... Że Anna też próbowała od niego odejść. I że i tak ją znalazł. Zajęło mu to trochę czasu, ale ją znalazł.

– To... to jej pokój? – Zaschło mi w gardle. – To jej pokój, tak? I to jej krucyfiks? Krzyż na ścianie – on należał do niej?

– Nigdy jej nie poznałam, Janie. Chciałam zdjąć krzyż... Ale on mi zabronił. Do tego pokoju też nie mam prawa wchodzić.

– Mieszkali tam razem? Na wyspie?

Nic z tego nie rozumiem: w moich snach, w urywkach wspomnień jest zupełnie inny dom. Piętrowy, jasny, o czekoladowych ścianach; zupełnie niepodobny do połączenia zamku z bungalowem u Schreyerów. Ale krucyfiks jest ten sam i...

– Dlaczego to dla ciebie takie ważne? – pyta.

– Jestem jego synem, tak? Powiedz mi! Przecież wiesz! Jestem jego synem!?

Milczy, palce jej zbielały, nie odwraca się do mnie.

– Helen, posadź w końcu to cholerstwo i porozmawiajmy jak ludzie!

– Erich nie może mieć dzieci.

– Wiem! Powiedział mi! Też mi sekret! Skoro należy się do Partii...

– On nie może mieć dzieci, Janie. Jest bezpłodny.

Przetrawiam to.

– Po prostu łyka te swoje pigułki! Cała rzecz w pigułkach!

– Nie, nie w pigułkach... Ja... Nie wolno mi o tym mówić.

– Wylądujemy kiedyś czy nie? Dokąd lecimy?

– Nie wiem, Janie! Nie wiem!

– O tam... Tam jest lądowisko. Proszę cię, Helen.

– Musisz stąd wyjechać. Musisz się ukryć. Wpadnie we wściekłość, kiedy mu zameldują...

– Nie zamierzam się kryć. Mam do niego mnóstwo pytań.

– Nie warto. Nie warto, Janie. Nie rozumiesz, czym ryzykuję? Po prostu chciałam cię wyciągnąć, żebyś miał szansę... Wynoś się stąd, uciekaj z tego przeklętego kraju!

– Nie mogę. Mam tu sprawy. Dużo niezałatwionych spraw. Ty... ty uciekaj.

– On mnie nie wypuści. Nawet na jeden dzień. Co noc mam obowiązek spać w jego łóżku. Co noc. Znajdzie mnie tak czy inaczej. Tak będzie znacznie lepiej. Jeśli pomyśli, że odeszłam od niego do innego...

– Czy może być jeszcze gorzej? – Dotykam jej szyi; Helen kuli się w sobie.

– Nie rób tego, proszę.

– Nigdzie nie wyjadę. Zostanę tutaj, Helen. Wyląduj.

Ale ona mnie nie słucha.

Turbolot nabiera prędkości, drapacze chmur migają obok, prześwity stają się coraz węższe, Helen wczepiła się w stery – i nie wiem już, czy rzeczywiście próbuje przemknąć między wieżowcami, czy rozpędzić się do takiej prędkości, że przestanie nad czymkolwiek panować.

– Posadź maszynę! – Odpycham ją, ciągnę stery do siebie, turbolot wzbija się pionowo w górę wzdłuż czarnej ściany, o którą mieliśmy się rozbić. – Co z tobą!?

– Zostaw! Puść mnie! – krzyczy, wpija się w moje ręce paznokciami; z trudem zrzucam ją z siebie, okulary spadają w kąt.

Osiadam – w rwanym, niezgrabnym podejściu, uderzając o podłoże i gniotąc poszycie – na jakimś dachu. Otwieram właz kopniakiem. Helen zostaje w środku, płacze.

– Kim ona jest?...

– Słucham!?

– Kim ona jest, Janie? Dla kogo się starzejesz? Z kim masz dziecko?

– Skąd o tym wiesz? Powiedział ci, tak!? Twój Erich!?

Patrzy na mnie ze swojego zniszczonego turbolotu jak wilczyca z legowiska.

– Połowa twoich włosów jest siwa, Janie.

– Daj spokój! Zresztą, jaką ci to robi różnicę!?

– To niesprawiedliwe – mówi cicho, jej oczy lśnią. – To takie niesprawiedliwe.

– Przestań, Helen, starczy! Jestem ci wdzięczny za to, że...

– Nic nie mów. Nic nie mów. Uciekaj.

– Dlaczego tak mówisz? Naprawdę nie jest mi wszystko jedno, co się z tobą stanie, ty...

– Nic się nie stanie! Nic się nigdy ze mną nie stanie! Będę tkwić w swoim wspaniałym penthousie, pod szklanym dachem, wiecznie młoda i piękna, jak mucha w bursztynie, i nic, kurwa, nic nigdy się ze mną nie stanie! Wynoś się stąd, słyszysz!? Wynocha!!!

Wzruszam ramionami jak tchórzliwy idiota, słucham rozkazu i odchodzę.

– Nie zaproponowałeś, żebyśmy uciekli razem... – szepcze w ślad za mną, ale ja już tego nie słyszę.

Wybacz mi, Helen. Nie mogę cię uratować. Ty mnie uratowałaś – ale ja nie mam ci jak odpłacić. To była taka zabawa. Razem złościliśmy twojego męża. Ty się nudziłaś, ja cię bawiłem. Nie mamy dokąd razem uciekać.

Zjeżdżam windą. Znowu obliczam: piętnaście plus jedenaście. Dwadzieścia sześć. Tyle lat minęło od zniknięcia pierwszej żony senatora Schreyera. I tyle samo od dnia, w którym zabrali mnie do internatu. Zgadza się?

Moja matka była pierwszą żoną Ericha Schreyera? Odeszła od niego, znalazł ją – i... i zaginęła bez wieści? Jeśli jest bezpłodny, to dlaczego nazywał mnie swoim synem?

Nie, nic się nie zgadza: mam przecież dwadzieścia dziewięć lat. Chyba.

Nie mam siły o tym myśleć. Nie mam siły dochodzić prawdy, natychmiast szukać Schreyera i przebić mu serce świętą włócznią. Wstrzyknęli mi jakiś stymulator, ale nie oczyścił mnie z całego tego świństwa, którym faszerowali mnie w więzieniu. Środki uspokajające i nasenne zmieszały się na dobre ze wszystkimi płynami w moim organizmie.

Jestem zmęczony. Potrzebna mi chwila odpoczynku; żeby choć na moment znów poczuć się człowiekiem.

Nie sądzę, żeby mój dom był ciągle mój: nie płaciłem czynszu przez siedem miesięcy, z pewnością mieszka tam już jakiś inny koleś w masce. A tacy sami kolesie stoją na progu i nie mogą się mnie doczekać. Zresztą z tym draństwem na nodze mogą mnie dorwać gdziekolwiek.

Nie mam pojęcia, gdzie mogę szukać schronienia.

A nogi same prowadzą mnie tam, gdzie kiedyś odnajdywałem samego siebie. Do Źródła. Po prostu chcę zanurzyć się w tych wodach, po prostu chcę zamknąć oczy, zobaczyć śmiejących się ludzi, chcę, żeby puściły ściskające moje wnętrzności kleszcze.

Tak, do Źródła. Innego miejsca nie ma.

Choć mam teraz brodę, ludzi to nie zwodzi; patrzą na mnie zdumionym wzrokiem – widocznie wspominają jeszcze mój występ na zjeździe Partii. Ktoś chce dotknąć swoim komunikatorem mojego, raptownie odsuwam rękę. Zdarzają się przecież różni naciągacze.

Mój rachunek bankowy jeszcze do końca nie opustoszał i mogę sobie pozwolić zarówno na wejście do Źródła, jak i na dobry obiad. Docieram do parku wodnego; czuję dziki głód. Najpierw coś przegryzę, później odpocznę.

Wybieram miejsce przy okrągłym stoliku u samego podnóża słynnego kryształowego baobabu, wielkiego drzewa cielesnych rozkoszy. Po jego gałęziach ściekają lepkie soki chuci i podziwu, pożądania i zaspokojenia; baseny kwiaty pulsują, wabiąc do siebie ludzi.

Mam pustkę w głowie, plusk wody wypełnia ją po brzegi. Mrużę oczy do wyrenderowanego górskiego słońca. Chłodny wietrzyk mierzwi moje kudły.

Mieniący się kolorami ekran: „Witamy w Źródle! Dziś jest 24 sierpnia 2455 roku"... Jest tu tak samo jak rok temu – czy ile to czasu minęło? – i tak samo jak będzie tu za dziesięć lat i za sto, i za trzysta. W poszukiwaniu zbytków, przyjemności, zabawy będą tu przychodzić te same bożki co teraz.

Zamawiam stek – przynoszą mi go i jest doskonały; kiedyś bym sobie na taki nie pozwolił, ale teraz odkładanie tego na przyszłość nie ma chyba żadnego sensu. Mięso rozpływa mi się w ustach, jest idealnie przyprawione, maczam kąski w sosie chili i nigdzie się nie śpieszę. Skończę jeść, wjadę na sam wierzchołek szklanego drzewa i ruszę w dół, od misy do misy. Będę po prostu rozglądał się dookoła.

Dlaczego tu jestem?

Przyszedłem, żeby się od wszystkiego oderwać. Poudawać, że jestem taki sam; żeby pogapić się na tych beztroskich chłopców, szczególnie na dziewczyny, na ich piękne młode ciała. Żeby powspominać, co kiedyś czułem na ich widok. Pożywić się ich młodością. I żeby wybić sobie z głowy tamten pocałunek z topielcem.

Kształtni, zgrabni, opaleni, rozpostarci w przeźroczystych chrzcielnicach – pływają w miejscu, dotykają się nawzajem, stykają ustami i powietrze pachnie słodkim ciałem. To jest tu wszędzie: młodość i przyciąganie.

Patrzę na nich – i oni też patrzą na mnie z ciekawością.

Wszystko z tym sprawami w porządku, głupiec był z tego studenta, brata Raja, który chciał sprzedawać w Europie transmisje z barcelońskimi lafiryndami... Jak mu było? Chwileczkę... Przypominam sobie coś i w kieszeni na piersi znajduję jego wizytówkę. „Hemu Tirak. Król porno". Dziwne uczucie. Zupełnie jakbym siedział przy ich stole i stary Devendra żył i upijał mnie swoją palącą *eau de vie*, a babka Chahna już któryś raz rozkazywała mu przestać, a Raj mrużył oczy – czy nie trzymamy z Arabami, czy nie popieramy Paków, a okularnik Hemu zasypywał mnie opowieściami o tym, jak zorganizujemy nasz wspólny biznes.

Nic z tego już nie istnieje.

I niczego już nie będzie.

W miejscu tamtego miasta stoi sterylna Barcelona, czysta, pusta i zdezynfekowana, Latający Holender wyrzucony na brzeg.

– Przepraszam bardzo – ktoś kładzie mi rękę na ramieniu.

– Nie macie może *eau de vie*? – Nie odwracam się; nie mam ochoty wynurzać się ze świata wspomnień.

– Przepraszam, będzie pan musiał zapłacić rachunek i opuścić nasz park wodny.

– Słucham?

Ochrona w białym stroju plażowym, na piersi naszywka z logo Źródła.

– Proszę zapłacić rachunek i opuścić nasz park wodny.

– O co chodzi?

– Peszy pan naszych klientów. Pański wygląd... – Ochroniarz kaszle.

– Mój wygląd?

– Nie mieści się pan w grupie wiekowej, którą chcielibyśmy tu widzieć. Będziemy jeszcze musieli wyjaśnić, jakim sposobem tu pana wpuszczono.

– Co u licha? Mam dwadzieścia dziewięć...

Wtedy sobie uświadamiam: teraz jest sierpień, moje urodziny są w czerwcu. A więc mam już trzydzieści lat. Tylko trzydzieści.

– Starzejącym się osobom do Źródła wstęp jest wzbroniony. Żeby nie narażać uczuć naszych klientów. Czy mam wezwać kolegów?

– Nie.

Odpycham go, nie zatrzymując się, płacę kelnerowi i próbuję wypatrzeć wśród kąpiących się tę łajzę, która na mnie doniosła. W czym ja im przeszkadzałem!?

– Niech pan chociaż pozwoli mi skorzystać z ubikacji! Nawiasem mówiąc, zapłaciłem całą opłatę za wejście!

– Bardzo mi przykro, ale taka jest polityka parku wodnego...

Mimo to przedzieram się jakoś do toalety. Stoję przed lustrem, patrzę na swoje odbicie – po raz pierwszy od siedmiu miesięcy, refleksy w peryskopie więziennego ekranu się nie liczą. Nie poznaję sam siebie! Łapię się za włosy, za grzywkę, za brodę – po raz pierwszy od wielu miesięcy czuję, jak zarosłem. Nie wierzę. Przysuwam kosmyk do oczu – jest szary, straszny. Helen nie chciała mnie przestraszyć. Nie wyolbrzymiała. Skronie mi wypłowiały, postarzały się, jak ciasna obręcz ściskają mi głowę; w splątanej brodzie mam przyprawy.

Dlaczego tak szybko osiwiałem!? Minęło przecież tylko pół roku – no, trochę więcej...

Budzi się i nagle ściska mi tył głowy nieznajome uczucie, jakby ktoś włożył mi prosto na mózg rozpalony klosz. Ból głowy? Od kiedy to?

Odkręcam kran, myję twarz w zimnej wodzie, nic to nie pomaga. Nie budzę się ze snu, ból głowy też nie odpuszcza i brodę wciąż mam poprzetykaną siwizną, niechlujną. Trzeba się ogolić na zero, myślę. Trzeba zgolić z siebie całe to paskudztwo, wszystkie te spleśniałe wodorosty.

To dlatego ludzie w tubie tak na mnie patrzyli. A ta sytuacja z komunikatorem... Czyżby chcieli dać mi jałmużnę?

– Ej! Długo pan tam jeszcze będzie?

Nie mogę się ogolić. Z taką czupryną i brodą aż po oczy system rozpoznawania twarzy może się na mnie wyłożyć, a jeśli będę miał gołą czaszkę, od razu mnie wypatrzą. Mam oczywiście opaskę na nodze, ale są też spece, którzy nauczyli się je usuwać. Jeśli do tej pory mnie nie złapali, być może jeszcze zdążę takich znaleźć.

– Ej! Niech pan mnie nie zmusza, żebym ściągał pana z sedesu!

Wychodzę, przyczesany tak pięknie, jak tylko potrafiłem. Pluję mu pod nogi.

– Spieprzaj!

Przy wyjściu ta gnida mimo wszystko popycha mnie w plecy.

Wyszukuję w komunikatorze najbliższe salony fryzjerskie. Trzy piętra niżej mieści się salon piękności. Doskonale. Jeśli piękno ma zbawić świat, to pomoże i mnie.

Wieżowiec Prestige Plaza, w którym znajduje się Źródło, to jedno wielkie centrum rozrywki. Tysiąc pięter sklepów, spa, nail barów, automatów do gier z bezpośrednim neuropołączeniem, salonów tajskiego masażu z pełną satysfakcją, kawiarń z sokami molekularnymi, stref dla palaczy, oceanariów z żywymi rekinami, wirtualnych biur podróży i skoków na bungee z wysokości dwustu pięter. Wszystko to wibruje, świeci promieniami laserów, migocze wszystkimi kolorami widzialnego spektrum, świergocze, histerycznie śpiewa głosami odwiecznych gwiazd estrady i bohaterów gier wideo. Tłum – jaskrawe letnie bluzeczki, bicepsy-tricepsy, mikrospódniczki, pstrokaty żel do włosów, przeraźliwy makijaż, jędrne dziewczęce piersi rysujące się pod obcisłym materiałem – przechadza się bezczynnie. Brnę między nimi, kłuty ich spojrzeniami jak Święty Sebastian strzałami pogan. Wyczuwają we mnie obcego.

Sam rozumiem, że jestem tu nie na miejscu. Ci ludzie przypominają mi o innym tłumie, tym, przez który przeciskaliśmy się z Annelie na bulwarach Ramblas, pod niskim wymalowanym dachem. Brzęczały ociężałe wentylatory, wszystko było zadymione, przesycone swądem spalenizny, dookoła znajdowali się sami nędzarze, ale z jakiegoś powodu odbierałem ich jako prawdziwych ludzi; tymczasem ta neonowa młodzież jest wytłoczona od sztancy, odlana z kompozytu. W czym rzecz?

Salon piękności mieści się obok kliniki zmiany płci, omal nie mylę drzwi. Przy wejściu stoi kilku tęczowych transwestytów o proporcjach zapaśników sumo. Zapraszają do siebie, obiecują zniżkę, potem dociera do nich, że mój kolor włosów to nie kaprys, i zaczynają coś między sobą szeptać, gdakać, kokieteryjnie zasłaniać szerokie uszminkowane usta pięściami jak dynie. W naszym niestarzejącym się i znudzonym kraju oni są normalniejsi ode mnie; pociągam nosem, przeciskam się między tymi dziwadłami i wchodzę do salonu.

– Można się ufarbować?

Wszystkie kobiety, którym robią właśnie koki wysokości trzydziestu centymetrów, którym nakładają paznokcie z hologramem, którym przekłuwają języki magnetycznym piercingiem, którym na plecach tatuują olbrzymie skrzydlate penisy – wszystkie spoglądają na mnie szeroko otwartymi oczami.

– Tak!

– On mnie oszukał! On mnie oszukał! Chłopaki! Po co wam taka gnida!? Zostawcie go mnie! Tutaj! Dziewięćsetny! Dziewięćset Szósty! No? Jedno wasze słowo! Zostawcie tę kurwę tutaj, rozerwę go na strzępy! Nie chcę tu zdychać sam!

– Cisza! – nakazuje naczelny wychowawca i Pięćset Trzeciemu zatykają gębę.

Krąg został zerwany. Wyciągam ręce do Dziewięćsetnego i Pięćset Osiemdziesiątego Czwartego – wahają się, nie są pewni, czy można mnie teraz dotykać, czy nie złapią ode mnie zdrady jak trądu.

I stoję tak z rozłożonymi rękami, sam.

Hipokryci! Wiem, że tak naprawdę oni wszyscy poczuli teraz ulgę – który z nich chciałby dzielić wieczność i kobiety z tym potworem!? Nikt! Do diabła z dżentelmeńskimi umowami! Zrobiłem to za was, wziąłem ten grzech na siebie!

Lecz oni odwracają się ode mnie. Nasz krąg ostatecznie się nie zrasta.

Nie próbuję się bronić: wypowiem to wszystko na głos i nastawię ich do reszty przeciwko sobie.

Pięćset Trzeci wije się, ale wychowawców nie pokona. Niczego już nie zmieni: niedługo, niczym diabły, zabiorą go do siebie, do najniższych kręgów piekieł, skąd nigdy już nie wyjdzie na powierzchnię. Rzuca się, ale wszystko już postanowione.

Teraz widzę, jaki ten Pięćset Trzeci jest żałosny.

Trudno jest pałać nienawiścią do ludzi żałosnych i muszę się wysilić.

Zrobiłem to, co powinienem był zrobić! To, o czym zawsze marzyłem! Zemściłem się na tej kreaturze!

Zwycięstwo jest słodkie!

Ale coś ciąży mi w środku – jakoś tak w jelitach, a może w żołądku – kiedy patrzę na niego – przegranego. Dobrze by było, gdyby okazało się, że to wyrzuty sumienia; wtedy po wyjściu stąd od razu bym się z nich wypróżnił.

– Dziewięć-Zero-Zero – ciągnie Zeus po kilku kaszlnięciach. – Czy w twojej drużynie jest ktoś...

Dziewięćsetny mamrocze coś ponuro. Zakneblowany Pięćset Trzeci patrzy na niego z nadzieją. A Dziewięćsetny powtarza dla niego i dla mnie, głośno i wyraźnie:

– Nie ma u nas takich osób.

Koniec! Koniec! Pozostało, żeby zagłosował na mnie Dziewięćset Szósty, i będzie po wszystkim. Wyjdę stąd i w życiu nie wspomnę tego miejsca i tej nieludzkiej kreatury, którą właśnie zniszczyłem.

Nie wspomnę! Nie wspomnę!

– Dziewięć-Zero-Sześć – mówi naczelny na koniec, nie zwracając uwagi na to, jak wychowawcy wykręcają ręce i przygniatają do podłogi szalejącego Pięćset Trzeciego. – Czy w twojej drużynie jest ktoś, kto nie powinien opuścić internatu, kto nie jest godzien, by zasilić szeregi wielkiej Falangi?

– Tak – niespodziewanie wymierza cios Dziewięćset Szósty.

Patrzy na mnie – spokojnie, pewnie. Na mnie!?

Nie! Już prawie stąd wyszedłem! Po co ci to!? Nie zdradzaj mnie – nie ty! Nie zostawiaj mnie tej bestii! Dlaczego? Dlaczego!? Zmowa? Zemsta!?

Milczę.

– Kto to? Podaj numer – pyta przymilnie stary kompozytowy bóg.

Dziewięćset Szósty uśmiecha się do mnie tak, jak ja uśmiechałem się przed chwilą do Pięćset Trzeciego.

Nie możesz mi tego zrobić. Razem oglądaliśmy „Głuchych", razem leżeliśmy w metalowych skrzyniach, uczyłeś mnie kłamać, uczyłeś mnie przebaczać, chciałem być twoim przyjacielem, chciałem być tobą!

Przecież nie zostawisz mnie tutaj, żeby mnie tak po prostu ukarać! Owszem, zdradziłem – ale wroga! Nie potrafiłem przebaczyć – ale komuś, kto się nie pokajał!

Czyżby oni wszyscy w tajemnicy wydali na mnie wyrok – i on po prostu odwleka jego ogłoszenie?

Minęła sekunda.

– Kto to? – napomina go naczelny wychowawca.

– Pięć-Zero-Trzy – ogłasza Dziewięćset Szósty.

Pięćset Trzeci! Nie ja! Pięćset Trzeci!

Dopiero teraz to czuję.

Zaraz wzlecę pod sufit. Zaraz rozsadzi mi klatkę piersiową. Zaraz się rozpłaczę. Nie rozumiem Dziewięćset Szóstego, ale jestem mu wdzięczny – przejmująco, oszałamiająco wdzięczny.

– Niech tak będzie – przyjmuje nasz werdykt naczelny wychowawca. – Wyprowadźcie numer Pięć-Zero-Trzy.

I Pięćset Trzeciego wywlekają z mojego lśniącego milionem ogni nowego życia – w mrok, w przeszłość – na zawsze.

Na jednym brzegu basenu zostawiamy nasze szkolne stroje i numery porządkowe. Na drugim czekają nas słowa przysięgi na wierność Falandze, czarne umundurowanie i maski Apollina. Wewnątrz każdej maski jest jakiś napis. Biorę sobie tę, na której widnieje „Jan Nachtigall". Zwracają mi moje imię i na pożegnanie dają nazwisko.

Reszta mojej drużyny popatruje na mnie z ukosa, ale wiem, że w głębi ducha są mi wdzięczni, że nie będą mi wypominać tego, co dzisiaj zrobiłem; w końcu mają u mnie dług. Rozumiem ich – a oni mnie. I teraz, kiedy razem ze mną, Judaszem, stanął Dziewięćset Szósty, nie będę odszczepieńcem. Wszystko pójdzie w niepamięć.

Nie rozumiem tylko Dziewięćset Szóstego. Nie rozumiem – i ubóstwiam.

– Coś ty zrobił? – piszczę do niego spod swojej nowej maski, przymilnie merdając ogonkiem. – Dlaczego to zrobiłeś?

– To nic takiego. – Patrzy na mnie uważnie przez szczeliny. – Przebaczyłem ci.

W końcu udaje mi się podnieść z podłogi, wyprostować – siadam na łóżku i zaczynam zdzierać taśmę klejącą ze swoich nadgarstków. Widzę swoje odbicie w ekranie z Toskanią.

Potargane włosy, wytrzeszczone oczy. Usta mam zaklejone szerokim pasem taśmy, na której brązową, zaschniętą już krwią narysowano niedawno szeroki uśmiech.

Rozdział 24

CZAS

Zdzieram taśmę, która krępuje mi nogi. Już się uspokoiłem. W mojej głowie pojawił się plan. Znalazłem furtkę. Nie poddam się starości, nie pozwolę, żeby to zwyrodnienie zamieniło mi wnętrzności w próchno i przeżarło mi twarz.

– Ustawa o wyborze, punkt dziesiąty – mówię do siebie ożywionym głosem; narysowany uśmiech odkleił się z jednego końca i zwisa, wpadając mi do ust. – Punkt dziesiąty. „Jeśli przed końcem dwudziestego tygodnia zarejestrowanej ciąży oboje rodziców zdecyduje się na aborcję i przerwie ciążę w Centrum Planowania Rodziny w Brukseli w obecności przedstawicieli wymiaru sprawiedliwości, Ministerstwa Zdrowia i Falangi, można im przepisać terapię antywirusową wstrzymującą działanie akceleratora starzenia".

Trzeba po prostu ją znaleźć. Znaleźć Annelie, namówić ją, żeby zrobiła aborcję. Zawieźć do Brukseli, do tego cholernego Centrum. Przedstawiciel Falangi pewnie się zdziwi, ale przecież teraz jestem chiliarchą i bohaterem wiadomości, więc może uda nam się dojść do porozumienia... Ale to wszystko później, teraz trzeba ją dorwać; znów będę jej szukał.

Jedna na sto dwadzieścia miliardów. Jak ją znaleźć?

Dlaczego zapisała płód na mnie? Dlaczego to ja muszę za to płacić?

Nawet jeśli to nie pomyłka, jeśli wydarzył się pieprzony cud i naprawdę wpadła, to dlaczego ja mam za to odpowiadać? Dlaczego skazała mnie zaocznie, nie próbując nawet do mnie napisać albo zadzwonić!? Jakim prawem?

A więc zamierza wydać na świat małego pomarszczonego Jana, a duży Jan niech zdycha? Niech się schowa w mysiej dziurze, w rezerwacie, niech siedzi z cuchnącymi moczem dziadkami, czeka tam na egzekucję? Dlaczego? Dlaczego ja? Za co!?

Potem pierwsza fala opada i przypominam sobie Annelie, tę prawdziwą. Jej uśmiech, naszą przejażdżkę do Toskanii, koniki polne, bieg przez rzekę wśród rozpryskującej się wody, bulwary i krewetki w kubełku. Nie mogę pojąć, dlaczego to zrobiłaś. Może to Pięćset Trzeci cię zmusił. Tak, to musiał być on. Sama byś tego nie zrobiła. Wiesz, co dla ciebie ryzykowałem. Będę cię prosił, Annelie. Błagał. Nie będziesz chciała mnie zgubić. Nie jesteśmy wrogami. Zgodzisz się na tę aborcję, żeby mnie uratować.

Pięćset Trzeci. W końcu zdołał ją odszukać, może wie, gdzie ona teraz jest. Przycisnę go i wszystko się rozstrzygnie. Zaraz wybiorę numer Schreyera i...

Dzwonek do drzwi.

– Policja.

Głupio otwierać im w takim stanie. Będą pytania, na które nie miałbym ochoty odpowiadać. Gorączkowo zaczepiam paznokciami przyklejone końce taśmy; muszę się ogarnąć, zanim ich przywitam, czegokolwiek ode mnie chcą.

– Słyszymy, że pan tam jest! – informują mnie zza drzwi. – Użyjemy klucza uniwersalnego!

– Minutę!

Ale włamują się do środka na długo przed jej upływem.

– Co u diabła!? – Zrywam się ze skrępowanymi nogami, z ust wciąż jeszcze zwisa mi skocz z uśmieszkiem. – Na co sobie pozwalacie!?

– Jan Nachtigall 2T? Jest pan aresztowany pod zarzutem zabójstwa Magnusa Jansena 31A.

– Kogo!?

Jest ich trzech i wszyscy celują we mnie z prawdziwych pistoletów. Zdaje się, że jestem groźnym przestępcą. Co to za idiotyczna gra!?

Panowie, półtora miesiąca temu oblałem płonącą naftą dwustu ludzi, ale żaden z nich nie wyglądał mi na Magnusa Jansena. I wątpię, żeby ich krewni donieśli na mnie policji – co najwyżej afrykańskiej. A poza tym nikogo nie zabijałem.

– Pójdzie pan z nami.

To nie jest zaproszenie. Rozcinają mi taśmę na nogach, zakładają mi na nadgarstki plastikowe kajdanki i wypychają mnie na korytarz. Cały blok się na mnie gapi – znów dostarczyłem im rozrywki.

Ktoś wytyka mnie palcem, filmują mnie komunikatorami: w końcu jestem gwiazdą ekranu.

– Nie macie prawa! Jestem Nieśmiertelnym, chiliarchą Falangi!

Poganiają mnie kuksańcami w kierunku śluzy powietrznej.

– Nie wiecie, z kim zadarliście! W moim komunikatorze jest numer do senatora. Jeden telefon do ministra. Wyzwalałem Barcelonę...

– Skonfiskuj komunikator – mówi jeden policjant do drugiego. – Załączymy do akt sprawy.

I zwijają mi moją bransoletkę.

– Wykończę was wszystkich! Wszystkich! – Rzucam się. – Kiedy dowie się o tym Bering...

– W Europie wszyscy są równi. – Jeden z policjantów macha ręką, śluza się zamyka, turbolot leci w przepaść.

– Chociaż waszych to w Barcelonie nawet nie ranili, nie to co naszych – przypomina mi na ucho ten, który wykręca mi ręce. – Wasi walczyli ze śpiącymi.

Mięknę.

– Kto to taki ten Magnus Jansen? Kiedy niby zdążyłem go zabić?

– W parku wodnym Źródło. Naszukaliśmy się ciebie, Nikolasie Ortner 21K.

– Fred? – mówię na głos.

Absurd! Nie zrzucą przecież na mnie tej idiotycznej śmierci! Sądźcie mnie za to, że spaliłem żywcem dwustu rozwrzeszczanych małpoludów, i uniewinnijcie, ponieważ broniłem kobiet i dzieci – ale skazać mnie za to, że próbowałem ocucić tamtego grubasa? Za to, że robiłem sztuczne oddychanie martwemu Fredowi!?

– On utonął, chciałem go uratować!

– Wszystko nam jedno, chłopie. Aresztowaliśmy cię, teraz sprawa należy do sądu.

Nie mogę teraz mieć sprawy w sądzie. Nie mogę iść do celi. Zegar mi tyka, przez trzy miesiące muszę przesiać sto dwadzieścia miliardów ludzi, nie mam nawet sekundy!

Za to oni czasu mają aż nadto.

Turbolot przykleja się do śluzy śnieżnobiałego ślepego wieżowca. Znajomy widok: więzienie i areszt tymczasowy.

Prowadzą mnie korytarzem, sadzają w pokoiku bez ekranów, jakaś szara myszka ledwie słyszalnie mamrocze oskarżenie: zabójstwo; paragraf; możliwy wyrok; potem zostaję poinformowany, że rozprawa będzie cholera wie kiedy, że w związku z ciężarem przedstawionych mi zarzutów będę musiał oczekiwać w areszcie, że jeśli będę współpracował ze śledczymi, będzie to wzięte pod uwagę, że nie interesuje jej, dlaczego znaleziono mnie w domu całego w taśmie izolacyjnej, że życie prywatne obywateli to życie prywatne obywateli, że mogą mnie pokazywać w wiadomościach i nagradzać, ile chcą, że wszystkie te moje świecidełka nie mają znaczenia dla sprawy, że mogę dzwonić choćby do papieża, według prawa przysługują mi trzy telefony, ale jeśli nadal będę się zachowywał agresywnie, będą zmuszeni umieścić mnie w celi jednoosobowej i podać mi środki uspokajające, że ona to mówi śmiertelnie poważnie, że jej cierpliwość jest na wyczerpaniu, że uprzedzała mnie, że więcej nie będą się ze mną cackać i że sam jestem wszystkiemu winien.

Rzeczywiście, więcej się ze mną nie cackają.

Rozbierają mnie do naga, oblewają płynem do dezynfekcji jak jakiegoś zawszonego barcelońskiego żula, a potem dźwig podnosi mnie wzdłuż gładkiej ściany o wysokości kilometra, z milionem drzwi wychodzących prosto w przepaść. Dźwig dowozi mnie do jednej komórki z miliona, wysadza mnie w mojej jednoosobowej celi, ostrożnie, drzwi się zamykają, i już siedzę w jaskółczym gnieździe na skraju kilometrowego urwiska; stąd to już na pewno nie da się uciec.

Cela ma rozmiary mojego prywatnego kubika. Żeby zabić nie wiadomo ile czasu aż do wyznaczenia terminu rozpatrzenia mojej sprawy, mogę się gapić w maleńki ekranik z wiadomościami – i przysiadam się do niego, żeby nie myśleć o tym, jak mi tu ciasno.

Ale nie zamierzam czekać na ten ich głupi sąd; każdego dnia, który tu spędzam, starzeję się o tydzień, a czas, aby znaleźć Annelie i ubłagać ją, żeby pozbyła się żywiącego się moim życiem zarodka, ucieka.

Natychmiast korzystam z prawa do pieprzonych telefonów i wybieram numer Schreyera. Nie mam jego osobistego identyfikatora i muszę przebijać się przez sekretariat. Pytają tam o moje nazwisko literka po literce, jakby słyszeli je pierwszy raz, i obiecują, że na pewno zameldują panu senatorowi.

Siadam na podłodze po turecku i czekam na telefon. Zostały mi tylko dwa – być może na całą wieczność – więc powinienem oszczędzać. No, dawaj, mówię do Schreyera. Wiem, był czas, że próbowałeś się do mnie dodzwonić, a ja nie odbierałem – ale miałem ważne powody. No, dalej, zapytaj swojego ciotowatego sekretarza, czy nikt się z tobą nie łączył, powściągliwie okaż zdziwienie i oddzwoń. Przecież jestem twoim przybranym synem, przecież dziś awansowałeś mnie na chiliarchę, przecież obcałowywałeś mnie na oczach całej kuli ziemskiej! Tak, zaraz potem wyruchałem twoją żonę, ale przecież jeszcze nie zdążyłeś się o tym dowiedzieć!

Rozmawiam z nim w duchu, potem szeptem, na końcu krzykiem – ale Schreyer nie odpowiada. Ma sprawy wagi państwowej albo kłóci się z żoną, albo zdechł, ale tego dnia do mnie nie dzwoni.

I następnego też.

Dwa dni później znów dzwonię i znów rozmawiam z jego sekretarzem. Ten znowu zapisuje literka po literce moje nazwisko, znowu grzecznie się dziwi, przeprasza, mówi, że chyba zapomniał powiadomić, że dzwoniłem, i że tym razem z pewnością przekaże wszystko panu senatorowi, wysłuchuje moich przekleństw do samego końca i daje mi nadzieję, że po prostu doszło do nieporozumienia.

Pan senator nie oddzwania do mnie przez tydzień. Zostaje mi tylko jeden telefon i muszę bardzo ostrożnie rozstrzygnąć, z kim chcę rozmawiać ostatni raz. Z Beringiem? Z Alem? Z Pięćset Trzecim? Z Annelie? Z Fredem? Z samym sobą, tym sprzed dwudziestu lat, z internatu?

Przychodzi do mnie mówiący chomik w krawacie: powiadomiono mnie, że chciał pan porozmawiać z pełnomocnikiem procesowym? Niestety, na razie termin rozpoczęcia postępowania sądowego nie został jeszcze wyznaczony. Przykro mi, nie mogę nic więcej panu powiedzieć. Jest pan na liście oczekujących, jesteśmy zawaleni sprawami, nie dajemy już rady, wszystko przez redukcję etatów, wie pan, Bering dopiero co uzyskał zwiększenie budżetu swojego ministerstwa, teraz za utrzymanie Falangi płacą podatnicy, za zasługi dla ludu Europy, no a obciąć postanowili nam, tak, zwolnienia już się zaczęły, kompletny chaos, tak więc proszę nam wybaczyć...

Obliczam, ile czasu mi zostało, żeby znaleźć Annelie: dni topnieją. Oczywiście nie wolno im odwlekać procesu w nieskończoność, będę miał jeszcze parę miesięcy – oczywiście udowodnię tym kretynom, że cuciłem, a nie topiłem Freda – powinni mieć zapisy z monitoringu, to pewnie to cholerne Źródło knuje jakąś intrygę, nie chce się przyznać, że ludzie się u nich topią, a ratownicy potrafią tylko holować trupy, ale przed sądem wszystko się wyjaśni, co jak co, ale w tej sprawie jestem niewinny. Dwa miesiące. Przycisnąć Pięćset Trzeciego, ten zaprowadzi mnie do Annelie, a potem – potem już będę potrafił ją przekonać.

Z jakiejś przyczyny wciąż jeszcze jestem pewien, że będę; chociaż pamiętam, jak podcięła jej skrzydła diagnoza klątwa, jak buntowała się przeciwko matce. Nie, było jej przykro, że nie będzie mogła zajść w ciążę kiedyś w przyszłości, w ogóle – a nie tu i teraz, nie z tym typem z Falangi, którego znała tydzień, który dowodził jej gwałtem i miał zlikwidować jej ukochanego. Nie ze mną.

Mam przebłysk nadziei: a może już zrobiła aborcję? Wskazała mnie po prostu, żeby się ubezpieczyć, a sama pojechała do Brukseli, wszystko tam sobie wyczyściła – i zmiłowała się nade mną? Ma tylko dwadzieścia pięć lat, po co jej teraz dziecko, czerwony wrzeszczący karzełek, po co ma zamieniać swój brzuch w brzuszysko, piersi w wymiona? Nie zrobiłem ci nic złego, Annelie, zlituj się nade mną!

Wysyłam jej kosmiczny sygnał – proszę, opamiętaj się, przecież ty też wiesz o dziesiątym punkcie, Rocamora-Zwiebel recytował go nam przy tobie, powinnaś pamiętać! Niczego nawet nie poczujesz, Annelie – zrobią wszystko pod narkozą, uśniesz, a kiedy się obudzisz, nie będzie już porannych mdłości ani wiecznie przepełnionego pęcherza moczowego, ani rosnącego z każdym dniem brzucha z tkwiącym w nim stworzeniem, które tyranizuje cię już teraz i będzie to robić zawsze!

Żebym tak wyszedł stąd na wolność i od razu mi oznajmili, że ciąża, którą mnie obarczyłaś, została usunięta! Że nie zabierają mi mojej młodości!

Mijają kolejne dwa tygodnie: Schreyer zapadł się pod ziemię, terminu rozprawy wciąż jeszcze nie wyznaczono, golą mnie siłą, przepisują mi środki nasenne, bo nie mogę spać. Każdy dzień mnożę przez siedem, każdego dnia ubywa mi życia, nie udaje mi się o tym nie pamiętać. Czy to możliwe, żeby życie się kiedyś kończyło?

Którejś nocy budzi mnie myśl o tym, że umrę. Że Schreyer nie zamierza mi pomagać, że wie o moich kontaktach z jego żoną, że w ten sposób mnie karze – nie brudząc sobie rąk, jest w końcu dygnitarzem państwowym i zrobi to za niego państwo, opłacani z budżetu oprawcy, spowolniona tysiąckroć gilotyna pogrążonego w marazmie sądownictwa.

Jeden telefon. Jak go wykorzystać?

W wiadomościach mówią, że Liga Narodów rozpatrzy projekt konwencji zabraniającej akceleracji starzenia: czyli Mendez dalej swoje. Tego dnia mieli mnie wyprowadzić na spacer po namalowanym lesie z ozonowanym powietrzem, ale odmawiam: chcę zobaczyć to wystąpienie. A nuż mu się uda? A nuż Mendez zdoła przekonać Azjatów, uzbiera potrzebne głosy i nagnie Ligę do swojej woli? Europa musiałaby wtedy stanąć na baczność i zasalutować, konwencje międzynarodowe są ponad prawem krajowym. Wtedy dostałbym szansę.

I słucham przemówienia Mendeza na żywo. Byłem w Barcelonie, mówi, i widziałem tam nieszczęsnych ludzi, którzy domagali się sprawiedliwości, a otrzymali wyrok śmierci. Ludzi, którzy chcieli pozostać na zawsze młodzi, a których ukarano za to starością. Wśród nich były osoby w podeszłym wieku, których akcelerator zabije w ciągu roku, i małe dzieci, które zginą za lat dziesięć, zamienione w pomarszczonych starców. Pięćset lat temu ludzkości, dopiero co przemielonej przez maszynkę pierwszej wojny światowej, starczyło mądrości, by na zawsze zakazać stosowania broni chemicznej i bakteriologicznej. Wtedy uświadomiliśmy sobie, że jeszcze trochę i stracimy prawo do nazywania się ludźmi. Dlaczego więc pięćset lat później znów używamy broni biologicznej – choćby nawet zabijała nie od razu, choćby raziła nie masowo, lecz selektywnie? Czyżbyśmy pięć stuleci temu byli mądrzejsi? Lepsi? Jak to się dzieje, że Europa, która określa się mianem twierdzy humanizmu, zabija własnych mieszkańców, dokonuje ludobójstwa na tych, którzy proszą ją o azyl? Akceleratorów starzenia trzeba zabronić już dziś, *ladies and gentlemen*. To decyzja, którą powinna podjąć nie Europa, nie Panameryka, nie Indochiny. To decyzja, którą podejmie cała ludzkość.

Biją mu brawo – oczywiście nie w lożach, w których siedzą europejskie palanty; potem na trybunę włażą jacyś Afrykanie, nadzwyczajny wysłannik Gwatemali w stroju narodowym, samuraj z Japońskiej Oceanii; każdy ma coś do powiedzenia. Rozdziawiają usta, a soundtrackiem do tego obrazka jest dla mnie ciche posapywanie, dziecięce oddechy i dzyń-dzyń mojego skanera, słyszę, jak oddychają uśpione dziewczynki w katolickim przytułku, jak pracują kobiety w maskach Pallas Ateny, przykładając iniektor do nadgarstka każdej z dziewczynek, jak dzieci śpią, niczego nie czują i niczego nie wiedzą, jak ich dzieciństwo i młodość rozpuszczają się w kwasie, jak z ich życia, pełnego głupich nadziei i marzeń, tworzy się koszmar, w którym się obudzą i z którego nie będzie ucieczki.

Kiedy mówi specjalny wysłannik Europy – zostaliśmy zaatakowani, to była trudna decyzja, byliśmy zmuszeni, nie mieliśmy alternatywy, nie ma związku między incydentem barcelońskim i tym, jak walczymy z przeludnieniem wewnątrz państwa – łapię się na tym, że szepczę jak nakręcony: „Zamknij się, zamknij się, zamknij się".

Oddaję swój głos na swawolnego Mendeza. Uratuj mnie, stary, i uratuj wszystkich tych, którzy przypadkiem zajdą w ciążę w naszym szczęśliwym kraju, i za jednym zamachem wszystkich, których sprzątnęliśmy w Barcelonie. Mam gdzieś przeludnienie, ja chcę żyć.

W Lidze rozpętuje się burza, debaty przypominają walkę wręcz, głosowanie dwa razy zrywają jacyś klauni, ale koniec końców Mendez przegrywa: po stronie Europy opowiadają się Indochiny i afrykańscy wodzowie w dodających im powagi okularach; pewnie ci, których Partia obsypała szklanymi paciorkami w zamian za rozmieszczenie na ich terytorium obozów dla ludzi po zastrzyku.

Mendez czuje się znieważony tym atakiem na ogólnoludzkie wartości, na filary cywilizacji, na uniwersalną moralność: Europa stacza się w pop-faszyzm, Hitler mógłby z powodzeniem rozwijać tu swoje talenty, przekrzykuje naszych tresowanych sojuszników. Cieszę się, że mieszkam w wielkiej Panameryce, państwie, gdzie nie ma nic ważniejszego od prawa człowieka do pozostania człowiekiem.

Napisy końcowe.

Oczywiście nasi komentatorzy polityczni natychmiast patroszą Mendeza i pokazują lekko już zasępionym Europejczykom jego gnijące wnętrzności: zostały mu dwa miesiące do wyborów prezydenckich, rywalizujący z nim demokrata popiera pogląd Europy na kontrolę populacji, uważa system przydziałów za przestarzały i niesprawiedliwy, Mendez wykorzystuje trybunę, jaką udostępnia mu Liga Narodów, salwa ze wszystkich armat jest wymierzona nie w Europę, lecz w panamerykańską Partię Demokratyczną...

Głupio było sobie nawet wyobrażać, że mu się uda. A jednak to sobie wyobrażałem.

Piszę petycję do Beringa, głównodowodzącego Falangi, Riccardo, domagam się, żeby dali mi bezpłatnego adwokata, zostaje mi tylko miesiąc na to, żeby znaleźć Annelie, a wciąż nie wyznaczają mi terminu rozprawy; zaczynam mylić dzień z nocą – kiedy jest się samemu, nie ma między nimi żadnej różnicy, całą dobę na okrągło oglądam wiadomości i nic nie rozumiem.

Przysyłają w końcu bezpłatnego obrońcę z urzędu. Leniwego zasrańca, w rodzaju tych, którzy marzyli, by uczynić świat lepszym, i poszli bronić za darmo różnych wyrzutków społecznych, ale szybko przedawkowali tragiczne historie, uodpornili się na nie i sami już nie wiedzą, po co w ogóle włóczą się po więzieniach i sądach. Ten tak zwany adwokat plecie jakieś farmazony o tym, że na nagraniu wideo rzekomo łamię żebra i zatrzymuję akcję serca ofiary poprzez liczne uderzenia, że oskarżenie ma podstawy sądzić, że po spłynięciu do mojego basenu ofiara jeszcze żyła i że urazy, które spowodowałem, są z chęcią ratowania życia absolutnie sprzeczne. Linia obrony będzie opierać się na tym, że zabójstwo zostało dokonane w afekcie, facet dłubie w nosie i rozsmarowuje smarki na moim łóżku. Potem dowiaduje się, że jestem chiliarchą Falangi, rzęzi, trzęsie się, pada na ziemię, wzywa strażników, wyklina mnie od faszystowskich drani i przyrzeka, że już nigdy nie wyjdę na wolność.

Odchodzi, a ja, bezsilny, patrzę na migające obrazki i myślę tępo o tym, że każdy przychodzi na ten świat, bo jest do czegoś przydatny i ma jakieś przeznaczenie; jeśli próbuje robić rzeczy, które nie są mu właściwe, nie wychodzi z tego nic sensownego. Jestem tu po to, by uśmiercać ludzi, wychodzi mi to wspaniale, dobrze też obchodzę się z ogniem. I nawet jeśli próbuję kogoś przywrócić do życia, i tak kończy się to jego śmiercią.

Podobnie personel, który śmiało można by było pokazywać w międzygalaktycznym zoo, gdyby tylko kosmos nie okazał się równie martwy jak te ziemie na Syberii – wszystkie te freaki też wybałuszają swoje umalowane oczy z dramatycznymi rzęsami, szkła kontaktowe o nienaturalnych kolorach, z pionowymi źrenicami jak u węża albo w ogóle bez źrenic. Istny bal u szatana – a ja okazuję się na nim potworem.

– No nieee wiem... – mówi przeciągle panienka z opaloną na czarno twarzą z białym wzorzystym tatuażem. – A to, to ze starości, nie? Jesteś po zastrzyku, nie?

– Jestem – odwarkuję.

– No nieee wiem... – powtarza. – Nie mamy jednorazowego sprzęta, nie? Jeszcze kogoś zarazisz.

– Idiotka! To nie jest zaraźliwe! I przestańcie się wszystkie na mnie gapić!

– Wezwij wogle policję! – radzi jej głośno koleżanka z jedną obnażoną piersią i przekłutym sutkiem.

– Dziwki! – Trzaskam drzwiami, odpycham grubego transa, wbijam się w tłum, przedzieram przez tę mięsną gęstwinę, głowa mi pęka.

Po kiego wała te kwoki mają robić ze mnie pośmiewisko! Nie jestem zadżumiony, nie jestem idiotą, nie jestem sentymentalnym mięczakiem, nie jestem zwierzęciem, które nie potrafi kontrolować swoich instynktów! Nie dokonałem tego pieprzonego wyboru, jasne!? Postanowiono za mnie, zostałem zdradzony i dowiedziałem się o tym dopiero po fakcie! Nie chcę żadnego dziecka, nigdy nie chciałem! Jest nas i tak za dużo; jeszcze tego by tylko brakowało, żeby rozmnażali się tacy jak ja!

Po prostu chcę ufarbować sobie siwiznę. Czy w tym mieście znajdzie się choćby jedno miejsce, gdzie zrobią mi to bez zbędnych pytań, gdzie nie będą się brzydzić mojego trądu, gdzie ośmielą się mnie dotknąć?

Rezerwaty. Rezerwaty.

Tam nikt nawet nie zwróci na mnie uwagi. Tam będę nieprzyzwoicie młody. Na pewno farbują tam włosy, usuwają zmarszczki i naciągają skórę. Na początek trzeba po prostu zamaskować tę ułomność, zalepić ją z wierzchu... Założyć maskę Apolla, wiecznie młodego i wiecznie pięknego. Być taki jak wszyscy. Znów być taki jak wszyscy.

Wyszukiwanie rezerwatów: do najbliższego mam pół godziny jazdy, za to wieżowiec jest znakomity: połowę pięter zajmują paserzy, chirurdzy plastyczni i etniczne burdele.

Kupuję bluzę z kapturem i ciemne okulary, oglądam się w lustrze przebieralni: zmarszczki wokół podpuchniętych oczu, bruzda na czole. Zakładam okulary, naciągam kaptur. Ale kiedy jadę tubą, nie mogę się wyzbyć uczucia, że pozostali pasażerowie chcą się ode mnie odsunąć, jakbym śmierdział. Może to kwestia rąk? Skóra mi zwiotczała? Chowam dłonie w kieszeniach na brzuchu.

Wieżowiec Sekwoja. Jesteśmy na miejscu.

Teraz trzeba zjechać trzysta pięter w dół, w stronę ziemi, tam gdzie jest taniej – rezerwaty zawsze mieszczą się tam, gdzie jest taniej, bo dziadkom trudno na cokolwiek zarobić.

W windzie jedzie ze mną mnóstwo osób: Murzyn z wybieloną twarzą, panienka o sztucznie powiększonych oczach, cycata pseudo-Brazylijka w wypchanych szortach, wystrzyżona staruszka z laseczką; potem wchodzi jeszcze dziesięciu facetów w bezkształtnych czarnych kitlach, z plecakami.

Trudno udawać, że ich tu nie ma; sami nie wiedzą, gdzie się wcisnąć, szperają spojrzeniami, pożerają wzrokiem staruszkę, oblizują się na mnie. Babcia sapie, spogląda na mnie przymilnie: jesteśmy przecież tej samej krwi, ale ja mam jeszcze trochę sił, więc wstawię się za nią jakby co, prawda?

Prawda?

Obcy oddział jedzie na to samo piętro co ja. Na to, na którym mieści się rezerwat. Zostaję razem ze staruszką w windzie, ich przepuszczamy przodem.

– Wychodzi pan? – pyta mnie staruszka.

– Nie. Jadę niżej – kłamię.

– Ja też – kłamie kobieta.

Wybieramy piętro na chybił trafił.

– Coś okropnego – skarży się babcia. – Codziennie przeszukania. Kiedyś takich rzeczy nie było. Spokojnie umrzeć człowiekowi nie dadzą.

– Czego szukają?

– Naszych chłopców. Z partii.

Zdecydowanie nie chodzi jej o naszą Partię. Ale mnie to już nie dotyczy, panie senatorze. To są pańskie łajdackie imprezy, pańskie i pańskiego panamerykańskiego koleżki. Wszystko zaczyna się jako kwestia zasad i problem przyszłości planety, a kończy się na budżetach i tekach ministerialnych. Chiliarcha Falangi Jan Nachtigall siedzi w areszcie pod kretyńskim zarzutem, czekając na rozprawę, która nigdy nie zostanie wyznaczona. A windami, w towarzystwie współczujących kryminalnemu elementowi staruszek, jeździ niezidentyfikowana osoba prywatna zarośnięta aż pod oczy siwiejącą brodą.

Nie zamierzam o panu zapominać, panie senatorze. Jest pan przecież moim przybranym ojcem, tak? Jakże mógłbym o panu zapomnieć! O panu – i o pańskiej pierwszej żonie. Niech pan mi tylko pozwoli znów rozpłynąć się w tłumie, stać się niezauważalnym i kiedyś na pewno klepnę pana w ramię. Nie będzie pan musiał długo czekać na ten dzień. Śpieszy mi się.

– Nie wie pani, gdzie tu się można ufarbować? – Dotykam swoich włosów.

– U nas w rezerwacie wszędzie farbują – uśmiecha się ze zrozumieniem staruszka. – Ale teraz lepiej tam nie iść… Pan od dawna tak?

– Od pół roku.

– Prawie po panu nie widać – komplementuje mnie. – Przykryje pan siwiznę i nikt panu nie da więcej niż trzydzieści lat. Na siedemdziesiątym szóstym poziomie są świetne gabinety. Chirurgia estetyczna i tak dalej. Chodziłam do nich, póki były pieniądze. Druga Młodość, proszę sobie zapisać.

I już naciskam cyfry 7 i 6 i pożegnawszy się z tą miłą staruszką, wysiadam na piętrze z sufitem na wysokości dwóch metrów, mijam bloki mieszkalne, warsztaty naprawy wirtualnych okularów, sklepiki handlujące używanymi komunikatorami, obskurne stoiska w ścianach, na których dla kolekcjonerów-fetyszystów trzyma się pod ladą papierowe komiksy i od czterystu lat niezłożone klocki Lego w nietkniętych pudełkach, ekopetshopy z pełnym wyborem najlepszych przyjaciół człowieka – elektronicznych psów, kotów, myszy, papużek z pluszu lub samego oprogramowania. Najlepsi przyjaciele patrzą z witryn i ekraników nieruchomymi oczami, za to nie żebrzą o jedzenie, nie paskudzą, gdzie popadnie, i nie trzeba za nich płacić drakońskiego podatku socjalnego.

Druga Młodość przylega do sklepu z laskami, wózkami inwalidzkimi i balkonikami dla staruszków. Teraz wiem, skąd to wszystko brać.

Recepcja. Kolejka: rozchodzący się w szwach, siwiejący, tyjący, łysiejący, z podwójnymi podbródkami, z rozciągającą się jak szmata skórą – takich ludzi kiedyś by nazwano osobami w średnim wieku. Starość, jak grzybnia, rozwija się w ich wnętrzu, przeciągnęła nitki do ich rąk i nóg, omotała narządy, żywi się nimi, przerabia ich ciała w zgniliznę, a oni siedzą tu i wydają wszystkie oszczędności na to, żeby uszminkować odleżyny i zakryć łyse placki.

Teraz jestem wśród swoich.

Bądź przeklęty, Pięćset Trzeci. Robię wszystko tak, jak powiedziałeś. Za to tutaj wreszcie ktoś cieszy się, że mnie widzi. Podczas gdy moje włosy są myte, zanurzane w farbie, trzymane w foliowej torebce, jeszcze raz myte i jeszcze raz farbowane, uprzejma paplanina fryzjera rozmasowuje mi ściśnięty skurczem mózg. Proponują mi lifting, zastrzyki z kolagenu, odmładzające inhalacje, solarium.

Nie jestem idiotą. Nie należę do tych, którzy sądzą, że kosmetyki leczą choroby. I to właśnie oznajmiam José – facetowi ze starannie przystrzyżonymi wąsikami i w zadziwiająco czystym białym kitlu.

– Oczywiście. Ma się rozumieć! – potakuje mi głową z powagą, potem nachyla mi się do ucha. – Ale są też inne środki, bardziej radykalne. Nie zewnętrzne – przechodzi do szeptu.

– O czym ty mówisz?

– Ale tutaj nie możemy... Nie przy wszystkich. – José skanuje salę w lustrze – czy nikt nie podsłuchuje? I proponuje: – Ma pan ochotę na kawę? Mamy tu małą kuchenkę...

Idę za nim, na głowie mam foliowy czepek przytrzymujący moje nowe włosy – ogniście rude, nie młodzieńcze nawet, ale dziecięce. Nalewają mi kawy – jest dobra, aromatyczna.

– To nie całkiem legalne, rozumie pan... Wszystko, co jest związane z terapią antywirusową, trzyma pod kloszem Partia Nieśmiertelności i te zbiry z Falangi... Chciałem się po prostu upewnić, czy jest pan naprawdę poważnie zainteresowany...

Słyszałem, rzecz jasna, o szarlatanach, którzy wciskają placebo zdesperowanym staruszkom, i o bioenergoterapeutach, którzy zarzekają się, że odwrócą bieg starzenia, łatając osłabione biopole, ale ten facet nie wygląda na oszusta.

– Poważnie zainteresowany? – powtarzam. – Siedem miesięcy temu byłem normalnym człowiekiem, a teraz w tubie wytykają mnie palcami. Nie miałem pojęcia, że mam głowę, a dzisiaj od rana puchnie mi z bólu.

– Naczynia krwionośne – wzdycha José. – Zmiany związane z wiekiem.

– Posłuchaj, ale nie zamierzasz sprzedać mi jakichś czarodziejskich tybetańskich pastylek, co?

– Oczywiście, że nie! – szepcze jeszcze ciszej. – Po prostu są pewni ludzie, którzy przetaczają krew. Wypompowują całą zakażoną i zastępują ją krwią dawcy. Z preparatami antywirusowymi. Prawdziwymi. Przemyconymi z Panamu. Zabieg oczywiście kosztuje... Ale jest tego wart. Mój ojciec... Krótko mówiąc, nadal żyje.

– Z Panamu?

– Wożą to w bagażu dyplomatycznym, tego nie sprawdzają.

Nie wierzę mu. Ale oglądam swoje dłonie – i dostrzegam na nich maleńkie żółte plamki, których wcześniej nie widziałem. Pigment. Jak u dziewięćdziesięcioletnich ludzi. Kiedyś każdy starzał się swoim tempem – niektórzy już w wieku sześćdziesięciu lat wyglądali na osiemdziesiąt i umierali na jakieś głupstwo. Cała rzecz w genach. Te, które dostałem w spadku, to, jak się zdaje, ostatni syf. Nie mam nawet dziesięciu lat. Dzięki, mamo. Dzięki, tato. Kimkolwiek jesteście.

– Za ile oni to robią? Jest jakaś gwarancja?

– Źle mnie pan zrozumiał. To nie mój biznes, po prostu widzę porządnego człowieka i daję panu radę.

– Zaprowadzisz mnie do nich? Chciałbym zerknąć.

José się zgadza.

Idziemy zaułkami – wąskimi korytarzami technicznymi, jeździmy windami serwisowymi, trafiamy nagle na stupiętrowe, kilometrowe pole ryżowe, gdzie od zielonych koniuszków roślin do halogenowego nieba jest całe pół metra, gdzie płaskie roboty uwijają się po szynach, zbierając, użyźniając, brzęcząc, gdzie jest tak wilgotno, że widoczność spada do trzech kroków, gdzie we mgle bzyczą miriady komarów, rozprzestrzeniając się przez wentylację po całym ogromnym wieżowcu – przechodzimy obok i schodzimy do studzienki kanalizacyjnej, leziemy po resztkach drabiny, wychodzimy w jakiejś dzielnicy przemysłowej, potem między liniami produkcyjnymi, gdzie odlewają coś z miliarda różnych odmian kompozytu – i w końcu natykamy się na czarne drzwi bez zamka, bez tabliczki, nawet bez wideofonu.

José puka do drzwi.

– Żadnych rozmów przez komunikator – wyjaśnia. – Ministerstwo wszystko podsłuchuje. – Potem macha ręką, patrząc gdzieś w kąt. Kamery.

Otwierają nam ponure osobniki z kaburami na białych podkoszulkach „cieciówkach", na ich wygolonych czaszkach sterczą szczotki irokezów. Poznają José, klepią się rytualnie po plecach.

– Można tu wejść tylko po znajomości – wyjaśnia mi cicho po minięciu ochrony. – Nieśmiertelni kompletnie się wściekli. Przyciskają Partię Życia. Chodzą słuchy, że wprowadzą dla nich karę śmierci.

– Niemożliwe!

– Może i niemożliwe, a może i możliwe – nie zgadza się José. – O, w Barcelonie wstrzyknęli akcelerator, komu popadło, i nic, naród to łyknął i żadne tam prawa człowieka ani nic.

Pomieszczenie przypomina korytarz jakiejś kliniki: bankietki dla oczekujących, na ścianach wiszą porady dotyczące zdrowego stylu życia, tyle że oświetlenie prawie nie działa: parę mikroskopijnych diod na całą tę norę, nie da się dojrzeć twarzy pacjentów, ale ci i tak chowają je pod kapeluszami, za tabletami i wideookularami.

– Tu wszystko jest anonimowe. – José potyka się o odłażący laminat. – A niech to!

Zostaję wprowadzony do gabinetu poza kolejką, zza tabletów rozlega się niezadowolone syczenie. W środku warunki są zupełnie cywilizowane. Sterylny gabinet zabiegowy, nowoczesny sprzęt, urządzenie do przetaczania krwi, przeźroczysty sejf z probówkami, inteligentne twarze. Matka Annelie umarłaby z zazdrości.

– Zrobiono panu zastrzyk mniej więcej rok temu, tak? – pyta rzeczowo lekarz z włosami z przedziałkiem i wypukłym włochatym pieprzykiem na policzku.

Siedzi przy biurku zawalonym zdjęciami, mapami genetycznymi wirusa, wydrukami z wynikami badań i licho wie czym jeszcze. Na małej tabliczce ma napisane „John". Ścianę za jego plecami pokrywają grafiki, żółte karteczki samoprzylepne i zdjęcia.

– Siedem miesięcy.

– A więc ma pan niską odporność na akcelerator. Jeśli nie będzie pan działał, zostało panu jakieś pięć, sześć lat.

– Pięć, sześć!?

– Jeśli nie będzie pan działał. Ale przecież przyszedł pan do nas, tak?

Jedna z fotografii przyciąga moją uwagę. Znajoma twarz, tylko... Tylko młoda.

– To Beatrice Fukuyama? – Podnoszę się.

– Tak, to ona. Jest pan na bieżąco z wiadomościami, co? Zaczynaliśmy razem. Ale miała mniej sukcesów.

– Pracował pan z nią?

– Przez piętnaście owocnych lat. Zna mnie oczywiście pod innym nazwiskiem, ale...

Gdybym tylko miał jakiekolwiek pojęcie, gdzie jej szukać! Oczywiście pojechałbym prosto do niej. Tyle lat badań; na pewno zostały jej materiały! Ale teraz jest z Rocamorą... Ukryje ją przede mną, tak jak ukrył Annelie, i nigdy jej nie zobaczę. Może by mnie poznała, szczerze bym ją przeprosił, odkupił jakoś swoją winę, pomógłbym jej, ochraniał ją. I czekałbym, aż opracuje swój cudowny środek. Właśnie ten, który przeszkodziłem jej stworzyć.

– Pan też jest noblistą na wygnaniu?

– Nie, wszystkie laury zebrała ona. Za to po mnie nie widać, ile mam lat – uśmiecha się John. – Przejdziemy do rzeczy?

Pojedynczy zabieg spustoszy moje konto; ale to nic, bo powinienem mieć otwarty debet. Cena zawiera pięć litrowych torebek z krwią dawcy, łapówki dla panamerykańskich służb kontroli populacji i celników, a także koszt wszystkich stosowanych tu środków bezpieczeństwa. Nie może gwarantować efektu, ale u większości pacjentów remisja trwa lata, a nawet dziesięciolecia.

– Niekiedy trzeba powtarzać zabieg, nie udaje się całkowite oczyszczenie z wirusa, nie będę pana okłamywał...

I wtedy jego wzrok pada na moją zadartą nogawkę. Pod nią widać zsuniętą na kostkę opaskę lokalizacyjną.

– Kim pan jest!? Co to!? – Zrywa się z krzesła, cała jego swoboda ulatnia się w mgnieniu oka. – Jak pan tu wszedł z tym czymś? Fernando! Raúl! Kogo ty tu przyprowadziłeś? – rzuca się na pobladłego José.

– Nie, nie, proszę posłuchać...

Do środka wpadają tamci dwaj z irokezami, celuje we mnie z broni, nie chcą niczego słuchać.

– Nie będziemy pana leczyć. Niczego tu nie mamy. To pomyłka – mówi dobitnie John, zwracając się do mojej łydki.

– Nie jestem prowokatorem! Przysięgam, nie jestem prowokatorem! Wypuścili mnie za kaucją, ta opaska po prostu pilnuje, żebym nie przekraczał granicy Europy!

Nagle czuję wielką potrzebę, żeby koniecznie przetoczyli mi tę swoją pieprzoną krew; może to moja jedyna szansa, choćby i znikoma.

– Zawiodłem się na panu. – José cofa się w stronę wyjścia. – Bardzo się na panu zawiodłem.

– Aresztowano mnie jako podejrzanego o zabójstwo, siedem miesięcy w izolatce, moja kobieta zapisała na mnie dziecko, nie pytając mnie o zgodę! Przez te siedem miesięcy postarzałem się o siedem lat, a pan nie chce mi pomóc!? Co z pana za lekarz!? Dokąd mam teraz iść!? Do leczących medycyną ludową? Do afrykańskich czarowników!? Do Fukuyamy!? Nie chcę zdychać, co w tym takiego dziwnego!?

Doktor John otwiera usta, żeby od razu mi przerwać, ale pozwala mi dokończyć; Fernando i Raúl chromolą mnie i moje problemy, wystarczy im jedno słowo, żeby podziurawić mnie jak sito albo wyrzucić na zbity pysk.

Ogłoszenie wyroku opóźnia się. José przestępuje z nogi na nogę w drzwiach, doktor szarpie swój włochaty pieprzyk.

– Dobrze. Zdejmiemy panu to urządzenie i je obejrzymy. Jeśli nie ma tam kamer ani podsłuchu, umowa stoi.

Raúl przynosi jakiś skomplikowany sprzęt, razi moją opaskę prądem, potem z fantastyczną zręcznością przecina ją laserowym ostrzem; pewnie były chirurg albo patomorfolog. Potem rozkręcają ją, obracają pod szkłem powiększającym – to dość nerwowy moment – aż w końcu odpuszczają mi grzechy.

– Zwykły moduł geolokalizacyjny.

– Sam pan to już sobie naprawi – uśmiecha się do mnie sucho doktor John. – Proszę na zabieg.

Z góry czyszczą mój rachunek bankowy, wyjmują z lodówki worki z krwią podobne do paczkowanego soku pomidorowego, szpikują mnie igłami i wysyłają w rejs, czuję kołysanie i usypiam: widzę uśmiechającą się do mnie Annelie, a z nią siebie – nie rudego, ale takiego jak wcześniej, zanim zacząłem się psuć. Idziemy nabrzeżem Barcelony i jemy smażone krewetki.

– Koniec, budzimy się! – Doktor klepie mnie po policzku. – Budzimy się!

Mrużę oczy, potrząsam głową – ile czasu minęło? – ręce i nogi mam już zaklejone plastrami, wszystko zakończone.

– No cóż, miejmy nadzieję, że już nigdy się nie zobaczymy! – żartuje John na pożegnanie, ściskając mi rękę. – Aha... Kiedy pan był pod narkozą, piszczał panu komunikator.

Pewnie Helen.

Trzeba do niej oddzwonić. Głupio wyszło, wstyd mi. Ona przecież rzeczywiście ryzykuje wszystkim, wyciągając mnie zza kratek, a ja uciekam od niej jak mały chłopiec, korzystając z jej ataku histerii...

Podnoszę komunikator do oczu, przykładam palec.

Identyfikator nieznany.

„Jesteś mi bardzo potrzebny. A."

– Wszystko w porządku? – niepokoi się lekarz. – Ma pan coś ze źrenicami. Nie kręci się panu w głowie? Proszę usiąść, proszę usiąść.

„Gdzie jesteś!? – wystukuję w odpowiedzi, nie trafiając w litery trzęsącymi się palcami. – W godzinę będę, gdzie zechcesz".

Rozdział 26

ANNELIE

Droga zajmuje mi dwie godziny i czterdzieści minut: wieżowiec Park Przemysłowy 4451 mieści się gdzieś na uboczu cywilizowanego świata. Stuprocentowo utylitarna konstrukcja – szaroniebieski prostopadłościan bez tarasów, bez tablic reklamowych, bez okien, dwadzieścia razy większy od wszystkich wieżowców mieszkalnych, jakie miałem okazję widzieć.

Zbliżając się do tego monstrum, pociąg daje nura pod ziemię i dalej mknie ciemnymi tunelami. Kursuje tu – rzadko – tylko jedna tuba, na ogół pusta: Park Przemysłowy 4451 jest niemal całkowicie zrobotyzowany. Najrozmaitsze przedsiębiorstwa wynajmują tu całe kondygnacje na swoje potrzeby – od produkcji turbin do tłoczenia pigułek szczęścia. Sektora mieszkalnego, jeśli w ogóle taki jest, nie oznaczono w windach w żaden szczególny sposób.

Idealne miejsce na zabójstwo, myślę. To z pewnością pułapka. Wabią mnie – Rocamora, Pięćset Trzeci, Schreyer – żeby ze mną skończyć. Wszystko rozumiem – lecę na spotkanie z Annelie, lecę na złamanie karku w płonącą żarówkę nocnej latarni.

Nie może rozmawiać ze mną przez komunikator i wszystkiego wyjaśnić. Oto adres, będzie czekała.

Tutejsze windy nie są dla ludzi: to ogromne industrialne dźwigi z dziesięciometrowymi sufitami, dookoła gruby, brudny kompozyt, trwalszy od jakiegokolwiek stopu, zamiast drzwi otwierają się prawdziwe grodzie, w których zmieściłaby się kopalniana wywrotka. Ale tutejsze automatyczne ciężarówki – z trąbiącym mamutem na masce – ledwo się w nich mieszczą. Aż dziwne, że znalazł się tu panel sterowania na wysokości dostosowanej do wzrostu człowieka.

Wewnątrz panuje niemal całkowita ciemność: roboty nie potrzebują światła, i tak są ślepe. Przyciskam się do ścian, żeby ciężarówki nie zmiażdżyły mnie kołami, z których każde jest dwa razy wyższe od de mnie.

Piętro trzysta dwudzieste.

Bizon Willy – jeden z mięsnych pododdziałów Ortega & Ortega Foods Co., spożywczego giganta, który żywi pół świata. Przypominam sobie ich logo – kreskówkowy włochaty byk puszczający oko do kamery. Za plecami Willy'ego widać pustą prerię i zachodzące słońce. Wytwarzają cały wachlarz produktów z mięsa bizona – pożywnego i dietetycznego. Wliczając w to pokrojone zawczasu steki dla restauracji. Mam nadzieję, że na trzysta dwudziestym piętrze nie mają rzeźni. Rzeźnie, po prawdzie, rzadko się teraz spotyka.

Chociaż wszystko mi jedno. Mogą być i rzeźnie. Żeby tylko nie było to żadne oszustwo.

Żeby tylko naprawdę czekała tam na mnie Annelie.

Puszczam przodem bezokiego olbrzyma i w ślad za nim ostrożnie wchodzę do jego jaskini. To nie korytarz, lecz szeroki trakt, po którym z ogłuszającym hukiem poruszają się czarne kolosy objuczone dziesiątkami ton nieznanych ładunków. Sufit ginie w ciemności, diody spotykam raz na pięćdziesiąt metrów, brnę w gęstym mroku wzdłuż ściany, krok po kroku przybliżając się do geolokalizacyjnego markera migającego na ekranie mojego komunikatora.

Wezwała mnie. Przypomniała sobie o mnie i mnie wezwała.

Pewnie Rocamora ją porzucił. Nie chciał wychowywać cudzego dziecka.

Idę wzdłuż ściany, punkt docelowy jest coraz bliżej, poruszam się coraz wolniej. Pod moimi żebrami pulsuje niepokój, z czoła ocieram pot. Jestem przestraszony. Speszony. Co ja jej powiem? Jak będę na nią krzyczał, domagając się wyjaśnień? Jak oskarżę ją o to, że zniszczyła mi życie, odebrała mi młodość?

A może nie było żadnego dziecka – Annelie wróciła do Rocamory i po prostu zrobiła aborcję, o którą błagałem ją ze swojej izolatki, pozbywając się dożywotniej pamiątki naszego upadku i swojej niewierności. Albo w ogóle nie było tej kwestii, tylko Schreyer zemścił się na mnie za romans z jego żoną, przysyłając do mnie Pięćset Trzeciego. Wszystko zaraz się rozstrzygnie. Otrzymam wszystkie odpowiedzi.

Potrzebuję ich, ale jeśli Annelie zmilczy i mnie wyrzuci, i tak będę zadowolony: zobaczyłem się z nią. Po prostu muszę na nią popatrzeć: tak długo tego pragnąłem.

Drogowskaz – „Bizon Willy. Ferma 72/40".

Skręcam za róg.

Przede sobą widzę drzwiczki w ludzkiej skali wycięte w ogromnych wrotach dla olbrzymów. Są otwarte, wewnątrz rozświetlonego prostokąta widać czyjąś sylwetkę.

Cień na podłodze rozciągnął się na długie metry od drzwi, jakby rozwalcowało go jakieś ogromne koło. Zdaje się, że ma na sobie sukienkę.

– Annelie!

– Proszę tutaj!

To nie Annelie; to jakiś mężczyzna. Nie mogę rozpoznać jego twarzy – światło bije mnie po oczach. Ogarnia mnie niepokój, zaczynam biec. Mężczyzna się nie boi, nie próbuje się przede mną ukryć. Zasadzka, stwierdzam. Trudno.

– Gdzie ona jest?...

Łapię go za kołnierz, wpycham do środka. Nie stawia oporu.

Młody chłopak, przystojny, o nieco kobiecych rysach, już ja mam wprawne oko. To, co wziąłem za sukienkę, jest prostą czarną sutanną. Duchowny!? Smagła skóra, przedziałek, starannie przystrzyżona bródka, duże smutne oczy. Jezusek po wizycie u fryzjera.

– Gdzie ją trzymacie!?

– Pan jest przyjacielem Annelie? Tym, którego wzywała? To z mojego komunikatora do pana pisała, ja...

– Gdzie jest Pięćset Trzeci!? – Ściskam mu szyję. – Czy to Rocamora!?

– Niech pan zaczeka! Nic z tego nie rozumiem, przysięgam! Jestem André, ojciec André. Annelie jest pod moją opieką.

– Twoją!? Co to za brednie!? Gdzie ona jest!?

– Proszę wyłączyć komunikator i iść ze mną. Zaprowadzę.

Rozluźniam palce, udaje mi się to nie od razu, tamten rozciera swoje gardziołko, chrząka boleśnie, uśmiecha się do mnie z paskudną uniżonością i zaprasza, bym szedł za nim. Wyłączam komunikator.

Rozglądam się dookoła.

To chyba najdziwniejsze miejsce ze wszystkich, w których miałem okazję przebywać.

Jesteśmy w hali wielkości boiska piłkarskiego, sufity są tak wysoko, że dałoby się pod nie wcisnąć z dziesięć pięter mieszkalnych. Jest tu jasno – lecz światło jest dziwne, niepokojące, nieprzyjemne. Całą salę wypełnia jedna zwielokrotniona rzecz: od góry do dołu, od ściany do ściany stoją tu wielkie przeźroczyste wanny pełne mętnej cieczy, w której kąpią się ogromne bezkształtne czerwone połcie mięsa. Jedne są długie na metr, inne na trzy – leżą nieruchomo w swoich baliach, obmywane półprzeźroczystym roztworem czy to limfy, czy to krwi. Pod sufitem i pomiędzy dziesiątkami poziomów tych szklanych balii wiszą białe lampy, ale ich światło babrze się w płynie surowiczym i dociera do podłogi i ścian ni to żółte, ni to szkarłatne – drżące i niepewne.

Unosi się tu ciężka, wilgotna i mocna woń.

Wanny są połączone rurkami, którymi sączą się płyny – czyste, brudne – zaopatrując czerwone kawały mięsa w składniki odżywcze i odbierając od nich przerobione substancje. Nawet jeśli nie przyglądać się procesowi, już od wejścia czuje się przez skórę: to żyje.

– Proszę się nie bać. To po prostu mięso – mówi mi łagodnie ojciec André.

No tak. To jest właśnie to mięso bizona. Nie będą przecież w naszym przeludnionym świecie hodować żywych bizonów. Żeby takie zwierzę dorosło, trzeba by zmarnować tysiąc razy więcej trawy, niż samo waży, do tego jeszcze woda i światło słoneczne. No i każde z nich może swoimi gazami wyżreć dziurę w warstwie ozonowej, a przecież pod tym względem już nie jest najlepiej. Nie, prawdziwe bydło hoduje się w kilku niedorozwiniętych krajach, w Ameryce Łacińskiej. Stary Świat żywi się czystą tkanką mięśniową, koloniami komórek. Ani rogów, ani kopyt, ani smutnych mądrych oczu, żadnych odchodów. Tylko mięso.

– Dlaczego spotykamy się w takim miejscu? Skąd ona się tu wzięła? Dlaczego sama do mnie nie wyszła?

Ciężkie czerwone plastry wypuszczają pęcherzyki, odżywczy płyn, w którym są zanurzone, faluje, szemrze, smugi światła załamują się w tych strumyczkach i mienią, tworząc na podłodze przerażające projekcje. Między rzędami balii są szczeliny, po których wte i wewte, w górę i w dół, jeżdżą automaty – dotykają mięsa sondami, mierzą coś. Na nas nie zwracają uwagi.

– Tu nikt nie będzie nas szukał – wyjaśnia ojciec André. – Wszystko jest automatyczne, a system antywłamaniowy jest zepsuty. Już długo tu mieszkamy, ładnych kilka lat.

– My?

– My. Mam tu misję. Katolicką.

– A więc to misja? – Dłonie zaciskają mi się w pięści.

– Pokażę. Potem. Ona ledwo się pana doczekała.

– O czym pan mówi?

Po przejściu przez halę znajdujemy drzwiczki jakby do mysiej nory, trafiamy do niewielkiego pomieszczenia technicznego, gdzie powinien odpoczywać sprzęt sprzątający. Przypomina to squat: między cienkimi plastikowymi przegrodami urządzono mikroskopijne mieszkanka, oberwańcy śpią wprost na ziemi na cienkich pryczach, słychać jakieś piski... Dzieci.

No właśnie, squat.

– Co z nią?...

– Jan!

Annelie jest blada i wynędzniała, włosy jej odrosły, ale nie utraciła nic ze swojej urody: moje oczy, moje cienkie brwi, moje wyraziste kości policzkowe, moje usta...

– Chwała Bogu!

Padam przed nią na kolana.

– Annelie. Annelie.

Ma ogromny, po prostu gigantyczny brzuch. Jeszcze nie urodziła, ale to się stanie już za chwilę. Obliczam: osiem i pół miesiąca.

Powinienem ją za to nienawidzić. Czułem to przecież, udawało mi się! Ale teraz nie potrafię: po prostu spoglądam na nią, patrzę i nie mogę się napatrzeć.

– Annelie.

Wydzielono jej tu własny kąt: podwójny materac, zmięta kołdra, krzesło, obok legowiska stoi jakieś pudło, na nim paruje filiżanka i świeci lampka biurkowa. Innego źródła światła brak.

– Zaczęły mi się skurcze.

– Annelie chciała, żeby był pan przy niej – objaśnia w jej imieniu ojczulek.

– Spieprzaj! – ryczę na niego.

Tamten ociera twarz i pokornie zabiera się z naszej klitki. Przysiadam się, ale nie wytrzymuję nawet pół minuty.

– Dziękuję, że przyjechałeś. Tak się boję...

– Głupstwo! – mówię stanowczo, zapominając, że zamierzałem zacząć od przesłuchania, że chciałem natychmiast zażądać, żeby usunęła to... – Dlaczego nie jesteś w szpitalu? Na oddziale położniczym?

– Z barcelońskim zameldowaniem? Jestem tu nielegalnie, Janie. Od razu wydaliby mnie policji albo twoim Nieśmiertelnym.

– Oni już nie są moi. Zwolniłem się... Zostałem zwolniony.

– Nie chciałam cię w to wszystko... wciągać. Wybacz mi. – Nie przestaje patrzeć mi w oczy. – Ale kiedy się dowiedziałam – od twoich byłych... – że jestem w ciąży... Po tym, co powiedziała mi mama i tamten lekarz... Pomyślałam, że to cud. Jeśli ten cud teraz wyskrobię, to już nigdy i nic...

Pamiętam, kiedy zobaczyłem ją po raz pierwszy, z takim małym, kształtnym, obcym brzuszkiem, to pomyślałem o tym, jak różni się od wszystkich innych kobiet w ciąży – niechlujnych, rozchełstanych, obrzmiałych. Teraz ma ogromny brzuch – i z jakiegoś powodu nie jest mi wstrętna. Wciąż jestem gotów jej wybaczyć, nawet tę jej zdradę.

– Ja... Dlaczego mnie... Dlaczego mnie nie zapytałaś? Trzeba było mnie zapytać. Ta decyzja... Ja czy ty. Oczywiście według reguł... Sam bym to zrobił. Ale... Znaleźli mnie, wstrzyknęli mi akcelerator, Annelie.

– Mnie też.

– Co!?

Nie mogę zrozumieć; jeśli otrzymała wcześniej zastrzyk, to ten drugi, mój, był bezprawny! A więc jedno z nas rzeczywiście miało prawo zachować młodość – ja... Albo ona.

– Tam jest dwójka, Jan.

– Gdzie? – W głowie mam styropian.

– Będę miała bliźnięta.

– Bliźnięta – powtarzam. Bliźnięta.

Po jednym życiu na każdego. Nie zdradziła mnie Pięćset Trzeciemu. Nie starała się na mnie zemścić. Nie zwalała na mnie całej odpowiedzialności – po prostu rozdzieliła ją po równo.

Nie wiedzieć czemu robi mi się lżej na duchu, chociaż ledwie minutę temu oznajmiono mi, że wydany na mnie wyrok jest ostateczny i nie podlega zaskarżeniu. Jej też zrobili zastrzyk. Jedziemy na tym samym wózku.

Przy takim oświetleniu nie widać, czy zaczęła już siwieć; ma nieco opuchniętą twarz, a pod oczami pojawiły się nabrzmiałe worki, ale to chyba skutek innej choroby – ciąży.

Tak czy inaczej, mamy jeszcze dziesięć lat. A może, jeśli zadziała przetaczanie krwi, nawet więcej.

Annelie do mnie zadzwoniła. Chce być ze mną. Wcale mnie nie wydała.

– Stęskniłem się za tobą.

– Twój identyfikator był zablokowany. Próbowałam znaleźć cię wcześniej.

– Siedziałem w więzieniu. Idiotyczna historia. Nieważne.

Dla niej też nie.

– A co... Co z Rocamorą? Z Wolfem? – Przyglądam się uważnie pudełku w funkcji szafki nocnej: jest po robocie kuchennym, ciekawe.

– Odeszłam od niego. – Siada wyżej, chwyta się za brzuch obiema rękami; jej rysy się wyostrzają, twardnieją.

– Rozumiem.

Znad parawanu, od sąsiadów, zagląda do nas chłopczyk, ma ze cztery lata. Widocznie wszedł na krzesło.

– Cześć! Kiedy rodzimy?

– Spadaj! – Robię ruch, jakbym czymś w niego rzucał; chłopiec piszczy z przestrachem i leci do tyłu, ale nie słychać żadnego łoskotu.

– To Georg, mój przyjaciel. – Annelie patrzy na mnie z wyrzutem.

– *Padre* też jest twoim przyjacielem? – pytam podejrzliwie: nagle jestem o wszystkich zazdrosny.

– Tak. On... Nie interesuje się kobietami – uśmiecha się blado. – To dobry człowiek.

Nagle dostrzegam, że spod kołnierzyka jej koszuli wygląda jednym okiem Jezus na malutkim srebrnym krzyżu.

– Doskonały! – mówię. – Ten twój *padre*. Sprzedawca dusz i własnej dupy.

– Nie mów tak. Mieszkam tu od pół roku, przyjęli mnie tak po prostu, tylko dlatego, że jestem w ciąży.

– Dlatego że odbieranie życia płodowi w łonie matki to straszny grzech, równy zabójstwu – kiwam sztywno głową.

Słyszałem już coś takiego od pewnej kobiety. Trafiłem do internatu właśnie dlatego, że bała się zgrzeszyć.

– Dlatego że nie miałam dokąd pójść.

Dobrze. Dobra, Annelie. Dla ciebie zawrę rozejm. Jeśli masz dzięki niemu spokój, będę go tolerował.

– Oprócz Rocamory nikogo tu nie znam.

Rocamora. Przestała nazywać go Wolfem.

– No i po zastrzyku... Dokąd miałam iść?

– Ja też cię szukałem. Tam, w Barcelonie. Szukałem cię przez dwa tygodnie.

– Siedzieliśmy w bunkrze. Na placu Katalonii. Okrągły miesiąc. Dopóki wszystko się nie skończyło.

– A więc byłaś gdzieś blisko. Mogłem cię znaleźć. Jeszcze wtedy. Od razu. Więc dlaczego cię nie znalazłem?

– Nie wiem. Może było jeszcze za wcześnie?

– A oni... Pięćset Trzeci? Nieśmiertelni? Jak cię złapali?

– Kiedy wszystko ucichło, wyszłam z bunkra, żeby sprawdzić. I nadziałam się na nich. Rocamora mnie odbił, jego ludzie, ale tamci i tak... Zdążyli. A potem przedostaliśmy się do Europy. Drogą morską.

– Dlaczego wtedy było za wcześnie? Co?

Annelie gładzi się po brzuchu, krzywi się, zagryza wargi.

– Kopią się. Biją się tam, urwisy. Chcesz dotknąć?

Kręcę głową. Nie mam w tym momencie najmniejszej ochoty dotykać tych stworzeń – nawet przez skórę Annelie.

– Słabo ci? – uśmiecha się do mnie łagodnie. – Jasne. Ludzie nie mogli oczywiście wymyślić bardziej idiotycznego sposobu rozmnażania. Ostatni raz widziałam coś takiego w filmie *Obcy*. Oglądałeś w internacie?

– Nie.

– Szkoda. Wiedziałbyś, jak się teraz czuję.

Robi mi się głupio i wstyd. Drgam już – może już jej dotknę, zrobię jej przyjemność? Lecz w żaden sposób nie potrafię się przemóc.

– Za wcześnie, dlatego że wtedy jeszcze chciałam z nim być. Z Rocamorą. Dlatego że jeszcze tego nie rozumiałam.

Chyba mogę już tego nie słuchać. Wystarczy mi, że się ze mną skontakowała – i że próbowała się skontaktować przez wszystkie te miesiące. Możemy już tego nie wyjaśniać. Wybaczyłem ci, Annelie. Bo jak inaczej?

– Jeszcze nie rozumiałam, jaka byłam głupia. Wróciłam do niego. Chciałam o wszystkim zapomnieć. O tym, jak mnie zdradził. Jak kłamał. Myślałam, że jesteśmy kwita: w końcu ja... no, z tobą. Wiedział przecież o... o dziecku. To oczywiście co innego, ale... Ogólnie rzecz biorąc, chciałam zacząć wszystko od nowa. Od czystej karty. Potrzebowałam po prostu, żeby powiedział mi: ty i tylko ty. Więcej nikt. Nigdy. Tak jak wtedy, z tych turbolotów. Jak to, może to powiedzieć przy dziesięciu milionach obcych ludzi, a nie może tego powtórzyć w cztery oczy?

Odwracam się: słuchanie tego jest dla mnie trudne, irytujące i nieprzyzwoite.

– A on... Kiedy uciekliśmy, mówi tak: chcę być z tobą szczery... Nie gniewam się na ciebie, Annelie. Wszystko ci wybaczam. To nic, że mnie zdradziłaś. Jesteś młoda. Masz gorącą krew. A ja jestem starcem. Wiesz, ile ja już przeżyłem...

Mam ochotę wydłubać oczy temu Rocamorze. A ona chce koniecznie dokończyć.

– Doszłam do wniosku, że użala się specjalnie po to, żebym go pocieszyła. Nie, coś ty, wcale nie jesteś stary. A on...

Annelie zmienia się na twarzy, wierci się na swoim materacu, łapie się za brzuch.

– Nie musisz mówić. Źle się czujesz? Zawołać kogoś?

– Muszę. Kiedyś dawno, kiedy byłem młody, mówi, miałem dziewczynę. Byłem w niej zakochany bez pamięci. Źle się to dla nas skończyło. Z mojej winy. Chciałem ją odzyskać, ale było za późno. To wszystko miało miejsce w bardzo dawnych czasach, ale wciąż nie mogę jej zapomnieć.

– Po co w ogóle mówić o czymś takim? – cmokam z rozdrażnieniem; jestem po stronie Annelie.

– Bingo. Nie chcę niczego wiedzieć o jego byłych kobietach, ich nie było! A on odpowiada: kłopot w tym, że ty i ona macie jakby tę samą twarz. Kiedy cię zobaczyłem, uznałem, że to ona wróciła na ziemię. Pieprzony romantyk. – Jej oczy lśnią gorączkowo; podnosi się na łóżku. – Zrozumiałam wtedy, dlaczego prosił mnie, żebym strzygła się według starej mody. Cały czas podkładał mi jakieś dziwne ciuchy. Bo kochał nie mnie, lecz wspomnienie innej kobiety! Właśnie to potrzebowałam od niego usłyszeć! Gotowa byłam zapomnieć o wszystkim – wszystkim! – ale on powinien był mi powiedzieć, że dla niego ważne jest, żeby być właśnie ze mną. Ze mną, a nie z czyimś klonem!

Kiwam głową. Język stanął mi kołkiem w ustach.

– Wybacz. To pewnie dla ciebie nieprzyjemne... Ale musiałam ci to wszystko powiedzieć. Tak: żałuję, że wtedy od ciebie uciekłam. Żałuję, że mu uwierzyłam. Żałuję, że nie uwierzyłam tobie. Proszę, wybacz mi.

– Nie... Nie. Jak mogłaś mi wtedy uwierzyć? Nieśmiertelnemu? Po tym wszystkim, co...

– Wiesz... – uśmiecha się do mnie, szuka mojej ręki. – Nigdy się ciebie nie bałam. Nawet wtedy, tamtego dnia. Kiedy... Kiedy byłeś jeszcze w masce. Wiedziałam, że nic mi nie zrobisz. I potem, kiedy zabrałeś mnie z mieszkania. Ja czuję takie rzeczy. I wydałeś mi się znajomy. Od samego początku. Może to przez twój głos. Masz taki głos... Bliski. Swój.

– A ja widywałem cię we snach. To głupie... We śnie... Tak w ogóle, to we śnie wyznałem ci miłość. Po tej historii... No... Tej pierwszej. Widzę cię we śnie... Hm. Dobra, wystarczy.

– Wyznałeś we śnie? A w życiu to co? Stchórzyłeś? – śmieje się i krzywi.

– Nie. No... Mam to powiedzieć już, teraz?

– Już, teraz.

– Tak. Dobrze. Dobra. W sumie to... kocham cię.

– I zawsze kochałeś? Powiedz, że zawsze. Niech będę idiotką, że wcześniej się nie domyśliłam.

– No... Kiedy się dowiedziałem... O tym, że zapisałaś je na mnie... Szczerze mówiąc, to chciałem cię zabić. Nie wiedziałem przecież, że jest ich dwoje...

– Dwoje – gładzi się po brzuchu. – Nie wiem tylko jakiej płci.

– Nie mam pojęcia, co z nimi robić – przyznaję.

– Ja też. To nic, spytamy chłopaków i dziewczyny. Tutaj wiele osób ma dzieci. Mówią, że trzeba je po prostu kochać.

– Po prostu?

– A ja też widziałam cię we snach. Często. Kiedy tu byłam. Co ty na to? – Śmieje się. – Mieszkaliśmy razem w tym rezerwacie przyrody z rzeką, do którego mnie zaciągnąłeś.

– To ty mnie tam zaciągnęłaś! – protestuję.

– Tylko nie było ściany z ekranami i można było pójść, dokąd się chciało. I mieliśmy dzieci.

– Chcesz, to urządzimy się tam, kiedy urodzisz? – Prawie sam wierzę, że to możliwe. – Albo gdzieś uciekniemy? Nie jestem już przecież Nieśmiertelnym, pewnie mnie puszczą.

– A dokąd?

– Nie wiem. Na jakąś wyspę w Oceanii? Albo – jeśli chcesz – do Panamu...

– Chciałabym do Barcelony – mówi cicho. – Tam było mi tak dobrze.

– Mnie też.

– Czy ty... Bo widziałam w wiadomościach... że otworzyłeś im bramę. To... prawda?

Kiwam głową. Zamierzałem skłamać – ale kiwam.

Chcę, żeby nic teraz między nami nie stało, żeby nic nie przeszkadzało się nam połączyć, zjednoczyć – a kłamstwo wcisnęłoby się między mnie i nią jak jakaś syntetyczna błona i nie pozwoliłoby nam się zrosnąć.

– Ja... Kiedy odeszłaś... Chciałem... Żeby zniknęła. Barcelona. Pokochałem ją, ale tylko dzięki tobie. I kiedy... To ja im otworzyłem. Ja. Jestem idiotą. Jestem złośliwym idiotą. Moglibyśmy tam teraz pojechać, gdybym im nie otworzył.

– Nie. – Annelie wzdycha. – To nie ty. Co za różnica? Weszliby od strony morza. To Jesús. To on. On i jego bajki. To on jest winien.

Odwracam się, przesuwam palcami po mokrych oczach.
– Dziękuję. Ja... Dziękuję.
Oto przebaczenie.
– Dziękuję ci – powtarzam. – To i tak moja wina. Ale...
– Kocham cię – mówi Annelie. – Chciałam zdążyć to powiedzieć.
– Zdążyć?
Ściska moje palce. Potem szepcze:
– Boję się. Tu nie ma położnych. Zdaje mi się, że umrę. – Jej palce błądzą po szyi, odnajdują krzyżyk, uspokajają się.
– Nonsens! – macham ręką. – Urodzisz te swoje bliźniaki, nie przejmuj się! Jak z karabinu maszynowego.
– Nasze – mówi.
No tak, nasze. Z tego wszystkiego wynika, że nasze. Ale w głowie mi się to nie mieści.
– Dziękuję, że przyjechałeś – powtarza Annelie. – Wiesz, jestem jak kotka w ciąży, co to łazi nie wiadomo gdzie, a rodzić przychodzi do swojego pana.
– Nie wiem – uśmiecham się. – U nas w internacie nie było takiego filmu.
Potem zamyka oczy, a ja po prostu siedzę i trzymam ją za rękę.
Dwie godziny później odchodzą jej wody; dookoła kręcą się wszystkie tutejsze kobiety, dają bezużyteczne rady, ledwie znajdują jakieś wyprane szmaty i wrzątek, nie wiem nawet, skąd oni to wszystko biorą. Ojciec André jest w centrum wydarzeń. Jestem gotów go spławić, jak tylko zacznie głosić kazania, ale obchodzi się bez pouczających przemów czy cytatów z Pisma Świętego, same konkrety. Tyle że niewiele może zrobić: nie ma warunków.
Uczyli nas, jak to jest urządzone u kobiet, bo jakkolwiekby na to popatrzeć, w naszej robocie jest co nieco z ginekologii. Ale kiedy Annelie się wygina i zaczyna krzyczeć, zapominam o wszystkim, czego się dowiedziałem.
Poród ciągnie się bez końca. Annelie poci się, leży na swoim przemoczonym materacu z rozstawionymi nogami, nabrzmiałe piersi wyzierają z rozdartej koszuli nocnej, ktoś siedzi na prześcieradle, dookoła szwendają się cudze dzieci, ojciec André wydaje polecenia: wody, wygotujcie nożyczki, suchy ręcznik, przyj, przyj! Płacze,

odrzuca głowę do tyłu i patrzy na mnie. Głaszczę ją po włosach, całuję słone czoło, opowiadam jej, jak wyjedziemy z tego pieprzonego kraju, kiedy tylko dojdzie do siebie. Ale to wszystko jest straszne i ja też się boję.

Pokazuje się główka: jakaś dziewczyna woła mnie, żebym popatrzył, ale nie mogę puścić jej ręki, Annelie wrzeszczy tak, jakby wypędzali z niej złego ducha, kobiety wpadają w prostrację, puszczam jej rękę i widzę, jak ono ją rozrywa, rozdziera moją Annelie, te same miejsca, maleńkie, ciasne, delikatne. „Nie ciągnij za ramiona! Nie za ramionka!" A jednak wychodzi – pąsowe, całe pokryte śluzem, dziwnie pachnące, nieruchome; przypominam sobie poród w domu Devendry, krzyczę: „Podwiąż pępowinę! Nitką!", i sam zawiązuję supełki – jeden pod nabrzmiałym czerwonym brzuchem, drugi dalej, a ksiądz tnie wężową pępowinę nożyczkami i leje się krew, taka jaskrawa, kobiety wyją, bezużyteczne kreatury, ojczulek odwraca to stworzonko do góry nogami, klepie je po mikroskopijnej pomarszczonej pupie, dziecko ożywa i wrzeszczy. Dopiero teraz widzę, że to dziewczynka. Okropna, ślepa, czerwona. Dlaczego myślałem, że to będzie chłopiec?

– Daj, daj mi ją!

Biorę ją na ręce: nic nie waży, głowę ma mniejszą od mojej pięści, cała, razem z nogami, mieści się między moimi dłońmi a łokciami.

– Dziewczynka! – pokazuję Annelie, lecz ona nie zdaje sobie z niczego sprawy.

Oddycha, oddycha – dziecko krzyczy i trzeba je komuś oddać. Annelie jest blada, pot ścieka jej z czoła, ktoś zabiera ode mnie bezimienną dziewczynkę, wynosi – czy to ksiądz? – teraz jestem potrzebny Annelie.

– No proszę. Widzisz, jedno już wyszło. Jeszcze trochę wysiłku i załatwione!

Ojciec André bezceremonialnie zagląda mojej kobiecie między nogi i mówi coś niezrozumiałego: „Jest nieprawidłowo ułożone!".

– Co znaczy nieprawidłowo!?

– Drugie dziecko. Jest nogami do przodu. Nie wyciągniemy go.

– Wyciągniemy! Samo wyjdzie!

Annelie płacze, jej pierś unosi się wysoko i opada, serce wali jej tak, jakby ciągnęła wagon towarowy, jakby wspięła się schodami na tysięczne piętro, drugie dziecko nijak nie chce wyjść, ktoś przychodzi pomóc, Annelie szuka mnie wzrokiem: „Janie, Janie, Janie, bądź ze mną, bądź ze mną, boję się, Janie...".

Znów biorę jej rozedrgane, ściągnięte skurczem ręce w swoje dłonie i mówię jej o tym, co mi się śniło: jak spacerujemy po Barcelonie, po żywej, pachnącej Barcelonie, po tym piekielnym jarmarku, jak wpatrujemy się w pusty horyzont, jak chrupiemy smażone krewetki; i niebo nad naszymi głowami nie ma końca, i morze jest pełne łodzi rybackich, a gdzieś w dole kipi Ramblas, które jeszcze nie śpi, z fakirami, tancerkami, grillami pełnymi wszelkich różności, z chińskimi pochodami karnawałowymi, z Hindusami i ich curry, i ich marzeniami, by powrócić na ziemie, na których stoi ich świątynia; będziemy tam mieszkać, z nimi, w tym mieście, i kąpać się w morzu, i tańczyć na ulicach, i opalać się na dachach cudzych domów, po jaką cholerę musimy się zachowywać porządnie, przecież oboje nie mamy nawet trzydziestu lat...

Mówię, szepczę, śmieję się, płaczę, głaszczę jej ręce, czoło, brzuch – i nie zauważam nawet, kiedy przestaje mnie słuchać, słyszeć mnie, kiedy nieruchomieje. Jako pierwszy dostrzega to ojczulek – odpycha mnie na bok, uderzam twarzą o ziemię, zrywam się, żeby się bić – a on na to: „Ona nie oddycha! Kretynie, jak uważałeś!?". Słucham jej serca: cisza, w brzuchu też żadnego ruchu.

– Jak to!? Co!? Dlaczego!?

– To serce! Serce się zatrzymało! Trzeba coś robić z dzieckiem! Dajcie nóż! Niech ktoś przyniesie nóż!

– Nie! Nie! Nie dam jej ciąć! Ona żyje! Posłuchaj lepiej! Po prostu słabo bije! Słabo!

Jakaś kobieta przynosi lusterko, przykładają je Annelie do ust – są sine – i nie ma na nim wilgoci, nie ma mgiełki, nie ma życia.

– Zjeżdżaj! Zjeżdżaj, dziwko! – odbieram jej lusterko, przykładam; bez skutku.

Ojciec André chce rozciąć Annelie brzuch, ale nie wie jak. Ja też nie wiem. Boimy się skaleczyć dziecko, ono już się tam nie rusza, już się uspokoiło, w czasie gdy my miotaliśmy się i darli na siebie nawzajem.

Potem, kiedy już się odwracam, jakoś je wyciągają. Chłopiec. Martwy.

– To serce. Serce jej stanęło – mamrocze mi do ucha ojczulek. – Bez lekarzy nic byśmy tu nie poradzili. Tak czy inaczej, nic byśmy nie poradzili.

Młócę go pięścią na oślep, patrzę na swoją kobietę, na Annelie – wypatroszoną, umazaną we krwi, opustoszałą. Padam przed nią na kolana, odgarniam jej włosy z czoła, układam wygodniej głowę – ciężką jak kula do kręgli, przerażająco uległą. Szepczę jej do ucha to, co mówiłem na głos: „Kocham cię. Nie rób tego, proszę. Ja cię kocham. Dopiero co cię znalazłem. Nie chcę cię stracić". Całuję ją w usta – minęła gorączka i nie ma już w nich życia, jej wargi są tak zimne jak nigdy u ludzi. Kładę głowę na jej piersiach – są jak zimna galareta, pot wysycha.

Nie rozumiem.

To ona? Ona czy jakiś manekin?

– Pan wziął jej duszę do siebie.

– Zamknijcie się! Zamknijcie się, bydlaki!

Ktoś przecina martwą pępowinę, zawija powykręcane malinowe ciałko w szmatki, ktoś przykrywa Annelie prześcieradłem razem z głową.

– Nie! – krzyczę. – Nie. Chcę na nią jeszcze chwilkę popatrzeć.

– Trzeba ją nakarmić! – rozlega mi się nad uchem.

– Ją? – Odwracam się w stronę głosu, niczego nie rozumiejąc, w oczach stoją mi łzy.

– Dziecko prosi, żeby dać mu jeść! Jedno urodziło się żywe!

– Tak?

– Ja ją nakarmię! – woła ktoś nieopodal. – Jeszcze mi zostało!

– Masz, masz, weź sobie macha – ktoś podaje mi skręta. – Zapal sobie, ulży ci.

Robię ustami dziurkę, wsuwają mi w nią papierosa, zaciągam się na rozkaz, wypełnia mnie świerkowy dym, cała klitka zaczyna płynąć, ściany się rozjeżdżają, twarz Annelie się wygładza, już jej nie boli i robię się spokojniejszy, ja też zamykam oczy.

Dlaczego łatwiej być szczerym z umarłymi?

Nie wiem. Nic tu nie wiemy o umarłych, zupełnie nic.

Noc spędzam razem z nią. Nie ośmielam się położyć na jej materacu – siedzę na krześle. Rano trzeba będzie coś zrobić z ciałem, mówi ojczulek. O jakim ciele on mówi? Wszystko mi jedno.

Gdzieś tam jest jej dziecko, które jest i moje, tak powiedziała Annelie, ale ja nie chcę go widzieć, boję się, że je uszkodzę. Kto jest winien temu, że umarła? Ja? Dziewczynka? Chłopczyk? Położne od siedmiu boleści? Na kim mam się mścić?

Zdejmuję prześcieradło z jej twarzy.

Patrzę: nie, to nie Annelie. Gdzie jest naprawdę?

Z góry, zza parawanu, podgląda mnie stojący na krześle sąsiad Georg.

Spędzam noc, nie śpiąc, w dziwnym odurzeniu, czasem zdaje mi się, że ona na mnie patrzy, podniosła powieki i błyska źrenicami, i jakby poruszały jej się usta, ale nie mogę zrozumieć słów. Czegoś nie zdążyła mi powiedzieć, rozstrzygam w tym zaczadzeniu. Niczego nie zdążyła.

Nazajutrz wokół nas zbiera się cały squat – dwadzieścia osób. Są tu jeszcze dwaj mężczyźni, pozostali to kobiety i dzieci.

– Chciałbym odprawić mszę żałobną – mówi ostrożnie ojciec André.

– Posłuchaj! – przyskakuję do niego, łapię go za gardło. – To przez ciebie umarła! Coś te twoje krzyżyki jej nie pomogły, co!? To po co teraz chcesz to robić!? Nie dotykaj jej, słyszysz!? Nie waż się!

Odpycham go, odpełza na bok. Ktoś mówi dalej za niego:

– Według chrześcijańskiego obyczaju zmarłego należy oddać ziemi. Ale tu nic nie ma. Nie ma ziemi.

Nie ma w Europie ziemi, tylko beton i kompozyt, wszystkie rośliny wegetują wyłącznie w płynie odżywczym. Co robić?

– Na dwieście piątym piętrze są rozdrabniacze. Do śmieci – przypominają sobie inni.

Rozdrabniacze. Spalanie to marnotrawstwo energii i substancji organicznych. Zostać przerobionym na nawóz – nie ma innego wyjścia dla tych, którzy zdecydowali się umrzeć. Czyli jednak rozdrabniacz.

Nie chcę. Co robić?

Wszyscy tam skończymy, wcześniej czy później.

Próbowałem cię przed nią ocalić, Annelie, ale udało mi się tylko odwlec jej dzień. Wywalczyłem dla ciebie dziewięciomiesięczne odroczenie, ale wszystko skończy się tak jak wtedy.

– Niech będzie – odpowiadam; ktoś inny decyduje za mnie.

Kobiety próbują pokazać mi moje dziecko – proszę, jaka milutka! – zawinięty w szmatki kręgiel przyklejony do cudzej wymęczonej piersi.

– Tak, tak.

Nie mogę do niej podejść.

Wynosimy Annelie we czwórkę na złożonych prześcieradłach, kobiety zrobiły to tak, że widać tylko twarz. Martwe dziecko położyły jej na brzuchu, przymocowały i zasłoniły. Idę z przodu, po mojej prawej jest ojciec André, nie chcę na niego patrzeć, z tyłu idą dwaj mężczyźni. Przechodzimy przez halę z bezmózgimi, puszczającymi bańki tuszami. Zniekształcone przez płyn surowiczy światło mieni się na czole mojej kobiety.

Idziemy korytarzem, naprzeciw nas pędzą ślepe olbrzymy, grożąc, że za moment nas zmiażdżą, gdzieś za ścianami dmuchają i obracają się niewidoczne potężne mechanizmy, coś tłoczą, odlewają, skręcają, produkują. Życie toczy się swoim rytmem.

Wsiadamy do gigantycznej windy, zjeżdżamy razem z obojętnymi robotami, aż docieramy na nasze piętro. Są tu zakłady utylizacji odpadów organicznych. Czuję się jak u siebie w domu: te urządzenia są mi znajome. Wyszukujemy wolny sarkofag – ukradkiem, póki śmieciarki są zajęte w drugim rogu hali.

Ojczulek po kryjomu robi nad nią znak krzyża, porusza usteczkami – ale jestem zajęty czym innym. Mówię Annelie: „Do widzenia". Tymczasem tamten przez chwilę włóczy się po hali – i wraca z kwiatami. Zwiędłymi, wymiętymi żółtymi kwiatami.

Kładziemy jej ten bukiet na piersiach i opuszczamy ciężką przeźroczystą pokrywę.

Potem uciekam: tchórz, mięczak.

Boję się, że będę pamiętał, jak obraca się w pył. Nie zapamiętam jej takiej jak wczoraj. Zachowam ją taką jak w Barcelonie. Jak na bulwarach, jak na nabrzeżu. Roześmianą, złą, żywą. Gdzie mam ją podziać, kiedy jest martwa? Jak mam ją nieść ze sobą?

Wychodzę na korytarz, kucam. Na to, jak nogi i ręce Annelie mieli rozdrabniacz, patrzą obcy ludzie.

– Gdzie ona jest? – pytam ojca André, kiedy wracam do squatu przez halę z wannami z mięsem.

– O czym pan mówi? – Zatrzymuje się.

– To, co nieśliśmy w tych prześcieradłach... to nie była ona. To, z czym przesiedziałem całą noc – to nie była ona. To, co było w rozdrabniaczu... To przecież nie ona? A gdzie ona teraz jest? Gdzie jest ten człowiek? Gdzie zniknął?

Dwaj pozostali wracają do swoich żon i dzieci.

Ojciec André nie śpieszy się z odpowiedzią.

– A to – gdzie to znika?

Podnosi rękę, zakreśla nią łuk, wskazując na ustawione w rzędy i bloki kadzie z ogromnymi czerwonymi połciami. Kawały mięsa, niezaistniałe mięśnie wielkiego nic: leżą ociężale, absorbują wodę, wydalają toksyny. Niczego nie czują, o niczym nie marzą, nigdzie się nie śpieszą i niczego nie boją, bez nerwów, bez ścięgien. Powietrze przenikają wszechobecne gęste mięsne wyziewy.

– Ty mi to powiedz.

– A skąd mam to wiedzieć? – kręci głową. – Pewnie je pokroją, usmażą i zeżrą, a potem się zesrają i podetrą.

– Chrzań się! – Łapię go za klapy. – Mówisz mi, śmieciu, że ona jest mięsem!? Że moja Annelie to po prostu mięso!?

Uwalnia się, odpycha mnie.

– Zostań tu! – nakazuje. – Zostań tu i patrz na nie! I sam sobie, kretynie, odpowiedz, gdzie ona jest. Jeśli nie dostrzegasz różnicy między tym a człowiekiem, między tym a młodą dziewczyną, która cię kochała, która kochała życie, która urodziła ci dziecko, jeśli nie dostrzegasz... To spieprzaj. Ja ci dziecka nie oddam.

Obraca się na pięcie i zamiatając sutanną podłogę, wybiega.

To niemożliwe, żebyśmy byli tacy sami, myślę. Te tusze to przecież padlina, nie ma w nich duszy, nie ma w nich niczego oprócz komórek, oprócz molekuł, oprócz reakcji chemicznych. Jeśli jesteśmy tacy sami, to jak mam się spotkać z Annelie?

Z głębi hali wyjeżdża z buczeniem ogromna para szczypiec, w nieodgadniony sposób, jak los, wybiera jeden z kawałów mięsa, wpija się w niego, wyciąga z pełnej przytulnej cieczy wanny jak z łona i zabiera w nicość, niczym szpony gigantycznego orła, jak śmierć.

Nie chcę tak.

Patrzę na swoje ręce pokryte plamami pigmentu, zmarszczkami. To po prostu niemożliwe, żeby to było wszystko.

Chowam ręce do kieszeni i idę tam, do ludzi – szybciej, szybciej, aż zaczynam biec. Widzę jeszcze kątem oka: jakiś połeć napina się w swojej szklanej kadzi, zwija się – ale niczego w końcu nie osiągnąwszy, opada i znów się rozluźnia.

– Tak nie może być! – zdyszany, pociągam ojca za rękaw. – Nie wierzę!

– Ja też nie wierzę – kiwa głową tamten. – A jak jest naprawdę – kto wie?

Okazuje się, że on też niczego nie rozumie.

Jak mam teraz żyć? Jak mam żyć sam?

– Pokażcie mi je. Chcę popatrzeć na dziecko.

Rozdział 27

ONA

– Nie wiem, co z nim robić.

– To nie ono, to ona. Dziewczynka! – mówi urażonym tonem piegowata Berta, ta, której po własnym osesku został nadmiar mleka.

– Nie wiem, co z nią robić. Muszę iść. Mam sprawy do załatwienia. Wrócę tu.

Muszę zobaczyć się ze Schreyerem. Z Pięćset Trzecim. Muszę się dowiedzieć...

– Jakie znowu sprawy? Co ty wymyślasz? Musisz ją zabrać, jasne? To twoja córka i nie ma co się wykręcać! Myślisz, że będę ją jeszcze kołysać do snu? Z własnym dzieckiem mam mnóstwo roboty!

I wtrynia mi ciasno owinięte coś w kształcie pocisku.

Moja córka składa się z samych ust. Oczy jej się nie otwierają, czoło i policzki ma porośnięte drobnymi ciemnymi włoskami, jakby spłodził ją szympans. Strasznie dziwne, że ludzie tak wyglądają na początku.

Pierwsze, co przychodzi mi do głowy: nie będę mógł nigdzie z nią wyjść. Nie dostanę się do Schreyera, nie wytrząsnę z niego prawdy, nie wyrównam rachunków z Pięćset Trzecim, nie przeproszę Helen. Siwizna w miejscach publicznych wywołuje zakłopotanie, ale wsiąść do tuby z niemowlęciem na rękach to tak, jakby zaciągnąć tam na smyczy żyrafę.

Po drugie, to już na całe życie. Na każdy dzień z tych, które mi pozostały. Jeśli nie porzucę jej tutaj, w przytułku, i nie ucieknę, wszystko pójdzie nie tak, jak miało iść. Nie będę mógł podjąć ani jednej decyzji – wszystkie decyzje będzie za mnie podejmować ono.

Po trzecie: naprawdę nie wiem, co z nim robić. Z nią. Kompletnie.

– Jak dasz jej na imię? – pyta mnie Berta.

– Nie wiem.

Mam tylko pół godziny, żeby przemyśleć sytuację. Po upływie tego czasu dziecko zaczyna kwilić. Rozdziawia swoje ogromne usta, mruży oczy i płacze, płacze. Próbuję położyć je na materacu – kwili jeszcze żałośniej, jeszcze głośniej. Zrobili mi trepanację czaszki i przypalają palnikiem zwoje mózgowe.

– Zabierz je! – wtykam je Bercie. – Ja nie mogę.

– Chrzań się! – Pokazuje mi środkowy palec.

– Kołyszę je, ale nie śpi. Nakarm je chociaż.

– Zrobiło kupę – mówi mi Berta. – Nie podoba mu się to. To całkiem zrozumiałe.

– No... Zrób coś!

– Sam zrób. Mojemu wyrzynają się ząbki, nie mam teraz do tego głowy.

– Jakie znowu ząbki?

– Potrzymaj! – Do moich rąk trafia nieco cięższe zawiniątko, niezadowolone z tego, że zostało tak opakowane, próbujące wyskoczyć i upaść. – Proszę, patrz. Bierzesz, podmywasz – kran mamy tam, sprawdź wodę łokciem, na dłoniach skóra jest gruba, jeszcze, nie daj Boże, poparzysz ją albo przeziębisz – jak podmyjesz, to zakładasz jej czystą pieluchę. A tę trzeba uprać. Dam ci na jeden dzień. Na razie.

– A ile dziennie potrzeba? – Oczywiście nie zapamiętałem, jak trzeba je przewijać.

– Ile razy zrobi, tyle potrzeba. Sześć. Siedem. Jak dobrze pójdzie.

– Jak dobrze pójdzie, to wcale nie zrobi – silę się na żart.

– Jak wcale nie zrobi, to zacznie tak się drzeć, że się powiesisz – oznajmia Berta. – Już, dawaj tu mojego.

– Twój nie jest taki... Puszysty – mówię. – Wszystko z nim... Wszystko z nią w porządku? To nie jest nienormalne? Dlaczego cały pysk ma zarośnięty?

– Urodziła się przed czasem – odpowiada Berta. – Niedługo wypadną. Pysk! Nawiasem mówiąc, podobna do taty. Kiedy chrzciny?

Zabieram je i wychodzę.

Ze swoją czerwoną, pomarszczoną twarzą, łuszczącą się skórą, krzywymi i cienkimi kończynami całymi w fałdkach, wydętym brzuszkiem i futerkiem na plecach i czole, niemowlę nie przypomina ani mnie, ani nikogo innego. Na próżno Berta się stara: wcale nie czuję, żeby to stworzenie było moje. Jest obce, niczyje.

Ale mimo wszystko nie zostawiam go i nie uciekam. Może dlatego, że ten potworek to wszystko, co zostało po Annelie. Po Annelie i mnie.

Nie zostawiam go samego nawet na materacu. I tak nic nie waży, łatwiej mi trzymać je na rękach.

– Masz je za godzinę nakarmić! – mówi Berta. – Przyjdź do mnie, odciągnę ci mleko.

Ale przychodzę do niej po półgodzinie, bo obudziło się i kwili, a ja ciągle nie umiem go podmywać.

Przyjęło się sądzić, że dzieci żywią się mlekiem. Ale tak naprawdę pożerają czas. Mleko, oczywiście, też – kiedy nie wiją się, próbując się wypróżnić, albo nie zmęczyły się pierwszymi dwiema czynnościami i nie zapadły w krótki, niespokojny sen. Pożerają też myśli – wszystkie oprócz myśli o samym sobie. Tym właśnie żyją.

Z początku myślę, że ono na mnie pasożytuje. Potem dochodzę do wniosku, że nie – to symbioza.

Kiedy tylko mam trochę czasu, myślę o Annelie, o tym, że nie była skazana na śmierć, że wszystko można było zrobić inaczej, naprawić, że jej słowa o śmierci nie były przeczuciem nieuniknionego, ale kokieteryjnym strachem, że można było znaleźć prywatnego lekarza, chirurga, gdybym miał chociaż dobę więcej, gdybym umiał sobie wyobrazić, jakie to będzie trudne i jakie groźne.

Ale zaraz budzi się ono i odrywa mnie od ducha Annelie. Połyka mój czas, przeznaczony na to, żeby gryzły mnie wspomnienia. Trawi moje okazje, by roztrząsać, wspominać, rozmyślać, zamienia wszystko w swój żółty rzadki kał o idiotycznym i niewinnym zapachu. Pozwala mi myśleć tylko o sobie, troszczy się tylko o siebie, nie chce się mną dzielić z nikim, nawet ze swoją martwą matką. Jest zazdrosne, kiedy myślę o niej, o Schreyerze, Pięćset Trzecim, Rocamorze. Mam myśleć tylko o nim – albo nie myśleć wcale. W ten sposób wybawia mnie od zwątpienia i smutku, a ja nie daję mu umrzeć.

Berta jeszcze raz proponuje mi, żebym je ochrzcił, ale nie biję jej, bo daje nam mleko.

Kiedy Berta nie ma mleka, dziecko szturcha swoją ssawką mnie – i muszę przytulać je do siebie, a głupie stworzenie przywiera do mojej suchej piersi, wbija się, gryzie ją bezzębnymi dziąsłami – nie rozumie, że nie ma tam życia, ale się nie poddaje. Ssie mnie jak smoczek – i na krótko się uspokaja.

– Wytrzymaj, wytrzymaj – proszę je, tak zaczynam z nim rozmawiać. Nikt nie chce go wziąć. A ja nie mam prawa porzucić go, żeby zdechło. Przecież jest nie tylko moje. To jest to dziecko, które miało nie przyjść na świat. Wszyscy lekarze odmówili Annelie jego narodzin – ale ono tak wściekle chciało istnieć, że wszystkim utarło nosa.

– Możesz tu na razie zostać – pozwala mi ojciec André.

Nie wybaczyłem mu tego, że Annelie umarła, ale nie mam się gdzie podziać. Duchownemu wystarcza przynajmniej wyczucia, żeby nie napomykać, że dziecko należy ochrzcić, i na razie zostaję.

W przedsionku pływających mięsnych tusz mieszka dwadzieścia osób. Żywią się tym, co ukradną z wanien, wodę pobierają z automatów czyszczących, urządzili sobie domy w składzikach. Któryś z wcześniejszych squatersów umiał sobie radzić z technologią, poprzestawiał maszyny, żeby nie zauważały ludzi, i tak misja ojca André żyje tu sobie szczęśliwie jak u Pana Boga za piecem. Jak szczurze gniazdo w pańskim domu. Jednym z tych szczurów jestem teraz ja.

Tyle że ja jestem im obcy.

Zbierają się na modlitwy, jest do tego specjalny kącik, spowiadają się ojczulkowi ze swoich myśli, bo będąc u wszystkich na widoku, żadnych czynów popełnić nie można, a on mamrocze im jakieś słowa pełne przebaczenia. Kilka razy zapraszają mnie, żebym pomodlił się z nimi, ale ja obnażam kły, tak że odczepiają się na dobre.

Czuję się tu nieswojo, ale nie umiem wymyślić dla siebie innego kąta. Dla nas.

Nawet gdyby ktoś przyjął podrzutka... Powierzyć go im? Pozwolić, żeby wyrosło na takiego jak oni? Jak ten grzesznik w sutannie?

Po kilku dniach otwiera oczy, ale patrzy obok, bezwładnie, błądzi wzrokiem – dziwne spojrzenie, widziałem takie w rezerwatach, u staruszków na łożu śmierci.

– Dlaczego ona na mnie nie patrzy? – pytam Bertę, wstydząc się mówić przy niej „ono". – Czy ona nie jest ślepa? Czy ona mnie w ogóle słyszy?

– Bo nie dałeś jej imienia – odpowiada poważnie tamta. – Daj jej imię i wszystko się ułoży.

Imię. Muszę nazwać drugiego człowieka. Człowieka, który mnie przeżyje. Dziwne. Przez ułamek sekundy mam uczucie, że to najbardziej odpowiedzialna decyzja ze wszystkich, które kiedykolwiek podjąłem. Przypominam sobie, jak noworodka w Barcelonie nazwali Devendra na cześć dopiero co zamordowanego Devendry, ale nie chcę, żeby miała na imię Annelie. Nie mogę się zdecydować.

– Dobra! – marszczy brwi Berta. – Ona i tak będzie na ciebie patrzeć. Przez pierwsze dni dzieci widzą wszystko do góry nogami i nieostro, jak w okularach plus pięć. Daj jej czas. I starczy tego nazywania jej „ono", wszystko słyszę!

– Dogadajmy się – szepczę do dziecka. – Ja przestaję nazywać cię „ono", a ty zaczynasz skupiać wzrok, tylko niedorozwoja mi brakowało!

I ona zaczyna nastawiać ostrość; i odwracać się, słysząc dźwięki, i łowić moje spojrzenie.

Po raz pierwszy patrzy mi prosto w oczy. Jej oczy są jasno-jasnopiwne, prawie żółte, dopiero teraz to dostrzegam i zapamiętuję. Prawie żółte, chociaż wszystkie niemowlęta powinny mieć granatowe, tak mówi mi Berta.

Ma oczy Annelie. I chociaż wiem, że istota, która przez nie patrzy, jest innym człowiekiem, a nawet jeszcze wcale nie człowiekiem, paraliżuje mnie to, przykuwa do niej, nie mogę się napatrzeć.

Dreszcz: myślałem, że kiedy przygnietliśmy Annelie pokrywą rozdrabniacza, kiedy została pokruszona na molekuły, na tym świecie nic już po niej nie pozostało. I nagle okazało się, że pod malutkimi zalepionymi powiekami, w najbardziej niewłaściwym miejscu na świecie, są oczy Annelie. Kopia zapasowa. Wykonana specjalnie dla mnie.

Ale to nie wszystko.

Jeszcze palce. Jej piąstki mają wielkość orzechów włoskich, a palce są tak maluteńkie, że nie wiem, jakim cudem same się nie łamią. I te palce to dokładna kopia moich. Zauważam to przypadkiem – kiedy całą dłonią łapie mój palec wskazujący i z trudem udaje jej się go objąć. Takie samo zgrubienie przy środkowym stawie, taki sam kształt przy paznokciach, no i paznokcie – też takie same, tyle że dziesięciokrotnie pomniejszone.

Jej twarz pozostaje niczyja, czerwień ustąpiła miejsca żółci, wydaje się śniada i w niczym niepodobna ani do mnie, ani do Annelie – ale za to palce ma jak u dorosłego.

Ten lemur uczepił się moich palców. Po co mu one?

Unieważnia mój rytm dnia i nocy, a sama żyje według jakiegoś dzikiego grafiku: budzi się, żeby jeść i robić kupę, co trzy godziny, i wymyta, znów zasypia, jakby nie była w ogóle z Ziemi, tylko z jakiejś asteroidy wykonującej osiem obrotów wokół własnej osi w ciągu jednej ziemskiej doby. Zresztą nawet wygląda jak kosmita.

I ja też tak żyję: śpię przez godzinę, potem nie śpię przez dwie: karmię, myję, usypiam, wycieram.

Złoszczę się na nią jak na dorosłego, kiedy nie pozwala się uśpić. Krzyczę, jeśli niepotrzebnie kaprysi.

Potem Berta albo Inga, albo Sara wyjaśniają mi: nie może się jej odbić, ma wzdęcie, ponoś ją w pozycji pionowej, źle się czuje, boli ją.

I tak rozszerzam swoją listę tego, od czego może źle się czuć i od czego może ją boleć. Uczę się robić tak, żeby od cudzego mleka nie bolały ją kocie, mikroskopijne wnętrzności: kładę ją na swoim gołym brzuchu, skurcz mija pod wpływem ciepła.

Po dwóch tygodniach po raz pierwszy staję przed lustrem. Spodziewam się, że zobaczę w nim wrak człowieka, aż boję się na siebie spojrzeć – widzę jednak, że moje zmarszczki wygładzają się, skóra młodnieje. To dziwne lekarstwo, czyjaś krew, którą we mnie wpompowali, działa.

Starość się cofa.

– Jeszcze powalczymy! – obiecuję jej. – Nie poddawaj się!

Nie odpowiada. Nie rozumie moich słów, ale kiedy do niej mówię, uspokaja się.

Uczę się ją podmywać – najpierw z przodu, objaśnia mi Inga albo Berta, albo Sara, inaczej bakterie jelitowe mogą dostać się do środka, będzie zapalenie; przestaję zwracać uwagę na to, że jest tam zbudowana jak dziewczynka, jak kobieta, a nie jak bezpłciowe stworzonko, którym tak naprawdę jest; przestaję brzydzić się jej żółtymi kupkami, jej kwaśnymi beknięciami, niekończącym się praniem. Robię wszystko, co powinienem.

Wystarczy rozwinąć ją z pieluszek, żeby próbowała pełzać – jak robak, nie umiejąc podnieść głowy, obracając ją na bok, przyciskając rączki do ciała i odpychając się obiema nogami jednocześnie, atakując przestrzeń swoją ogromną łysą głową. Odruch, mówi mi Sara.

– Szkoda, że mama cię nie widzi – mówię.

Nazywam Annelie „mamą". To niezręczne, nienormalne i nie na miejscu.

Przez cały ten czas nawet nie dotknąłem rzeczy Annelie. Leżą sobie dalej w pudełku po robocie kuchennym i nawet nie zaglądam do środka, może dlatego, że boję się tam znaleźć wspomnienia o Rocamorze, a może dlatego, że nie chcę się natknąć na swoje wspomnienia o niej. Obchodzę pudło z daleka, jakby go tam nie było, ale też nie pozwalam go dotknąć nikomu innemu.

Z ojcem André na jakiś czas zawarliśmy pakt o nieagresji, ale on któregoś dnia jednak go narusza.

– Byłoby dobrze ją ochrzcić – mówi mi. – Dziecko nie zostało przedstawione Bogu. Gdyby coś się stało...

Niepotrzebnie to zrobił; przecież prawie już do nich przywykłem.

– Słuchaj! – Staram się nie zmieniać intonacji: ona wyczuwa moją złość. – Słuchaj! Jestem u ciebie gościem, dlatego obędzie się bez rękoczynów. Ale ja twojego ubezpieczenia nie potrzebuję.

– Niech pan to zrobi dla dobra dziecka – nalega.

– Robię to właśnie dla dobra dziecka. Werbujesz od niemowlęctwa?

– Niech pan da spokój, ja...

– Po co ci to? Wyliczają wam za zwerbowanych jakieś bonusy?

– Po prostu chcę pomóc. Widzę, że panu ciężko...

– Pomóc? – Kładę ją na materacu, wypycham ojczulka z naszej klitki. – A więc chcesz pomóc. No tak, oczywiście. Moja dziewczyna umarła, twoje bajdy – żegnam się szyderczo, niezdarnie – wcale jej nie ocaliły. Ale ja jakbym tego nie zauważył, tak? Jestem pogrążony w bólu? Jestem kompletnie ogłuszony! I dostałem zastrzyk, też niedługo wyciągnę kopyta. Wedle wszelkich oznak należę do twojej klienteli, tak? Myślę o śmierci. A więc trzeba opchnąć mi duszę, tak? Żebym mógł w niej ocaleć. Tak!? Jesteś jak ścierwojad. Wyczuwasz śmierć i zbliżasz się, zbliżasz. Dziecko ci jeszcze dać, też łykniesz. Co, myślisz, że jestem taki jak ci twoi? – Kiwam na zatrwożoną Sarę-Ingę-Bertę. – Jak twoje zbłąkane owieczki, które naganiasz swojej bozi?

Ty też masz tu hodowlę, co? I też na mięso. Tyle że ja nie zamieniłem się w barana tylko dlatego, że wstrzyknęli mi akcelerator. Ja do twojej bozi nie pobiegnę tylko dlatego, że jutro będę musiał umrzeć.

– Myślisz, że jesteś silny? – Jezusek się broni: odpycham go, ale wraca, uparty jest. – Myślisz, że Bóg jest potrzebny tylko śmiertelnikom? Ależ nieśmiertelnym jest potrzebny jeszcze bardziej!

– A po co im on!? Im się jego zgniły towar do niczego nie nadał! Mają się świetnie i bez duszy! Idź, głoś kazania swoim owieczkom! Jeszcze raz podejdziesz do mojego dziecka...

– Co się tak do niego przyczepiłeś, co!? – przyskakuje do mnie Olga, sfiksowana flądra. – Odwal się od naszego proboszcza! Odwal się, powiedziałam, bo zawołam męża!

– Niby tak ci się spokojnie i dobrze żyło, kiedy nie wiedziałeś po co? – Ojciec André gestem ręki powstrzymuje rozjuszoną kobietę. – Tym bardziej że wiecznie! Bez sensu...

– Nieprzyjemnie się zdycha bez sensu! Annelie było nieprzyjemnie! Mnie nieszczególnie! A z życiem wszyscy sobie jakoś radzą! Żyje tak sobie sto dwadzieścia miliardów i nie narzeka!

– Tylko żre tabletki wagonami! – rozpala się, rumieńce zalewają od środka jego delikatną cerę i porzuca swoją manierę łagodności. – Po co ciągle żrą antydepresanty zamiast witamin? Bo im się tak dobrze żyje?

– A co, bozia im każe!?

– Bo człowiek nie potrafi żyć bez sensu, bez celu. Bo jest mu to potrzebne. A tamci co wymyślili? Pigułki powołania. Iluminat. Wyciągnęli jakieś świństwo z grzybów i macie! Bierzesz – zamyka ci się receptor w mózgu i wszystko dookoła nabiera sensu, we wszystkim widzisz palec opatrzności. Tyle że ludzie się do tego przyzwyczajają. Do sensu życia. Trzeba zwiększyć dawkę. Oto kto robi biznes! Koncerny farmaceutyczne!

– Aha! – krzyczę. – Czyli sam przyznajesz, że wystarczy wziąć tabletkę! I już: przychodzi oświecenie, sens, spokój! A więc to wszystko chemia! Zatem jaka to różnica, czy wpływasz na receptor hormonem, czy tabletką?

– Różnica polega na tym, że pigułki pobłażają lenistwu. Że zamieniają nas w leniwe bydło. Faszerują kombikarmą. Zresztą jaką karmą? Płynem odżywczym. Jak te bizony. – Pokazuje w stronę hali. – Dusza musi pracować. A wiara to praca. Ciągła praca nad sobą. Ćwiczenie. Żeby nie zbydlęcieć, nie zamienić się w mięso. Co byście zrobili bez swoich tabletek?

– A twoja bozia jest dla tych, którym tabletki nie pomagają! Dla beznadziejnych przypadków! Terminalnych! Dla tych, którzy muszą czegokolwiek się chwycić! Dla których nie ma ratunku! A ten spryciarz – rrraz i wtrynił im duszę. Że niby jest tak: twoje ciało zdechnie, ale to nic!

Ojczulek trąca mnie palcem w nos, jakby mnie na czymś przyłapał. Uspokaja się i ciągnie, teraz już zwycięsko:

– Owszem! On jest dla tych, którym tabletki nie pomagają. To właśnie jest pociecha.

– Jaka to pociecha? Rozdawanie pustych obietnic! Handel powietrzem!

– Pustych!?

– No to idź sprawdzić, czy jest tam coś, po śmierci. Jeszcze nikt stamtąd nie wrócił! I tak właśnie jest ze wszystkimi jego obietnicami. Niczego tam nie ma!

– Ale dlaczego się tak wściekasz? Czy on ci jest coś winien? – pyta ojciec André.

Co!? Ochronę! Ratunek! Opiekę! Że wszystko będzie tak, jak jest! Że zostanę z nią, ze swoją matką! Obiecał to, jej i mnie!

A Annelie? Mojej Annelie? Ocalenie? Zdrowe dzieci?

– Spadaj! – Mam ochotę władować mu się do tego jego wdzięcznego noska, żeby zalał się własną krwią. – Dla takiej cioty byłoby lepiej, żeby niczego po śmierci nie było. Będziesz tam przecież płonął, płonął za swoje słabości!

– Jak ty się odzywasz do naszego *padre*!? – wstaje z krzesła jeden z mężczyzn, Louis, rozmiarami i fryzurą podobny do bizona Willy'ego. – Nie tacy jak ty mogą go osądzać, rozumiesz!?

Mam ich gdzieś; jestem gotów rozszarpać tu wszystkich na strzępy. W moim kącie za parawanem kwili ona – słyszę to jednym uchem, ale werble bitewne są głośniejsze.

Ojciec André robi się bordowy, przyłożyłem mu poniżej pasa, ale ustał. Mówi cicho i z przekonaniem:

– Nie wybierałem. To on mnie takim stworzył. Stworzył mnie homoseksualistą.

– Po co!? Z nudów!?

– Żebym do niego przyszedł. Żebym mu służył.

– Przecież ty nawet nie masz prawa służyć! Jesteś grzesznikiem! Twój Bóg stworzył cię grzesznikiem? Po co!?

– Żebym zawsze był winny. Cokolwiek zrobię, zawsze jestem winny.

– Wspaniale!

– Dlatego że świat jest bezbożny – mówi stanowczo André. – Jak inaczej miał mnie przywołać? Jak inaczej miał zmusić mnie, żebym zrozumiał, na czym polega moja służba?

– No i niby na czym!?

– Na ratowaniu ludzi.

– I po co ci to? I tak nie spłacisz mu długu! Jedno drugiego nie wynagrodzi!

– Nie wynagrodzi – spokojnie kiwa głową ojczulek. – Wiem o tym. Niosę wielki ciężar. Wsadzili mi nogi do miednicy z cementem. I wrzucili do morza. I muszę wypłynąć. Żeby nabrać powietrza. Nie mogę wypłynąć, wiem o tym, ale i tak macham rękami. I będę machał, ile tylko zdołam.

– I gdzież ta jego miłość, o której piszecie we wszystkich folderach reklamowych!? Dlaczego uczynił cię pedziem? Dlaczego odebrał mi Annelie!?

– To próba. On wystawia mnie na próbę. Nas wszystkich. Ciągle. To właśnie jest sens. Jak masz poznać sam siebie, jeśli nie wystawiono cię na próbę? Jak masz się zmienić?

Biorę duży wdech, żeby wsadzić temu świętoszkowi twarz w jego własne gówno, ale krztuszę się. Dziecko płacze coraz głośniej: to ja je niepokoję. To nic, po prostu... Po prostu usłyszałem znajome słowo. Próba.

Być może każdy ma swoją.

– Wiem o tym: stworzono mnie takim dlatego, że miałem się stać narzędziem w jego rękach. Nie mogę zasłużyć na przebaczenie, nie mogę się uspokoić. A więc póki żyję, będę służył. Mogłem wpaść w rozpacz. Mogłem ukryć się przed nim. Ale to by znaczyło, że się poddałem. Dlatego będę wiosłował dalej.

– A wiosłuj sobie – wypuszczam powietrze. – I walcz. Chcesz być jego narzędziem – proszę bardzo. A ja takiego sensu nie potrzebuję. Nie jestem szczurem doświadczalnym. Nie jestem instrumentem. Niczyim, a już na pewno nie waszym i nie jego. Nie żyję po to, żeby ktoś mnie wykorzystywał. Jasne!? I nie mam już przed sobą pieprzonej wieczności, tak więc nie zdążę się znudzić!

Tu muszę już opuścić pole bitwy i uciec: dziewczynka płacze tak bardzo, że przez pół godziny nie mogę jej pocieszyć żadnym przysiadaniem ani kołysaniem.

Berta po mojej kłótni z *padre* nie chce ze mną rozmawiać. Trudno, doi się w milczeniu, a mleko od jej nienawiści do mnie na szczęście nie kwaśnieje.

To dziwne, ale po tym wypadku nie mam André już nic do powiedzenia. Wylałem z siebie wszystko, co we mnie było, i wyschłem.

Prawdę mówiąc, darzę go nawet pewnym szacunkiem. Jest jak Trzydziesty Ósmy, który nie przestraszył się i podczas swojej jedynej rozmowy z ojcem wyznał mu wszystko. Mięczaki tak nie potrafią.

Staram się egzystować w oderwaniu od nich, chociaż wielkodusznie przebaczają mnie – bluźniercy – i co wieczór wołają, żeby podzielić się ze mną ukradzionym mięsem latających bizonów. Zabieram swój kawałek i idę do siebie, żeby ją kołysać, lulać, podmywać i wycierać.

Ma chyba miesiąc, kiedy to się dzieje. Zaczyna podnosić głowę. Przedtem głowa była dla niej za ciężka, przygniatała ją do łóżka. I nagle z nadmiarowego mleka Berty, z mojego czasu i bezsennych nocy gromadzi dość sił, żeby oderwać głowę od ziemi – drżąc z wysiłku i na krótką chwilę.

I zdaje mi się to zwycięstwem: nie mam przecież teraz innych zwycięstw.

Chcę pochwalić się tym przed Annelie – i chwalę się, kiedy nikt nie słyszy.

Uświadamiam też sobie, że zacząłem zauważać cudze dzieci, a nawet znam je po imieniu. Berta ma dziesięciomiesięcznego Henrika. Sara – dziewczynkę w wieku dwóch lat, Nataszę. Georg to syn kudłatego Louisa. A samotna Inga wychowuje małego Xaviera, któremu cały czas opowiada, jak na jego miejscu postąpiłby jego tatuś.

Georg i Xavier łażą bez pytania po półkach z wannami z mięsem, maczają palce w czerwonym płynie i rysują na podłodze statki kosmiczne, które zabiorą wszystkich nadmiarowych ludzi z Ziemi, by mogli podbijać dalekie planety, i spierają się, czy można budować miasta na dnie morza; Georg uważa, że tlen można otrzymywać wprost z wody, i wymyśla urządzonko, z którym – zamiast akwalungu – będzie można wchodzić do morza. Xavier twierdzi, że gdyby ludzie latali w kosmos, to jego tata na pewno byłby astronautą i zabierałby go na Księżyc, żeby tam razem mieszkali. Potem przychodzi po niego Inga i zabiera syna na obiad.

– Coś nie najlepiej wyglądasz – patrzy na mnie Inga, marszcząc brwi. – To maluch tak cię wykończył. Popatrz, co ci się dzieje z twarzą. I z włosami.

– Nie śpię od miesiąca – wzruszam ramionami.

Ale kiedy podchodzę do lustra, przeraża mnie to, co widzę.

Nie chodzi o niewyspanie. Spod chłopięcych rudych włosów mojej udawanej młodości wyłażą martwe białe odrosty. Nie tylko na skroniach, jak to było jeszcze niedawno, ale i wyżej, nad czołem i na potylicy. Co gorsza, czoło zrobiło się większe, wędruje coraz wyżej, dwa rysujące się wyraźnie zakola podążają w stronę czubka głowy.

Między skrzydełkami nosa a ustami ktoś wyciął mi nożem dwie głębokie bruzdy, pokreślił czoło. Skórę mam poszarzałą i całą pokrytą szczeciną – nawet tam, gdzie nigdy nic mi nie rosło.

Bzdura, mówię sobie w duchu. Coś takiego nie może mieć miejsca. Mam jeszcze dziesięć lat. Minimum dziesięć – poddałem się przecież tej terapii, przecież płynie we mnie pożyczona młoda krew.

Żeby nie snuć żadnych przypuszczeń, zaczynam unikać luster – ale wszystkie moje myśli, choćby nie wiem jak tłukły mi się w głowie, dzwoniąc w końcu jak kulki we fliperach, i tak nieuchronnie staczają się do dołka nadciągającej starości.

Gdybym mógł znaleźć Beatrice Fukuyamę... Gdybym tylko miał pojęcie, gdzie jej szukać! Ludzie Rocamory uwolnili ją dlatego, że mieli na coś widoki. Dlatego że opracowywała lekarstwo, które mogło zneutralizować akcelerator, wyleczyć nieuleczalnie chorych. Na pewno znów teraz pracuje, przekonuję sam siebie po raz nie wiadomo który. Na pewno.

Ale jak mam wyjechać? Gdzie jej szukać?

I dalej żyję tak, jak żyłem: w wiecznej bezsenności, w półmroku.

Którejś nocy ona budzi mnie krzykami co pół godziny. Z początku sumiennie próbuję ją nakarmić, pozwolić jej beknąć, masuję jej brzuch, trzymam ją w rozkroku, żeby poczuła ulgę. Niby idzie ze mną na współpracę – ale oszukuje mnie i kiedy tylko opuszczam powieki, znów słyszę jej płacz. Raz, drugi, trzeci – tak się to powtarza. Nie mogę odpocząć, nie mogę dojść do siebie, nie mogę złapać tchu.

I kiedy dręczy mnie jakiś dziesiąty raz – dlaczego? bez powodu! – zrywam się, wściekły, biorę ją na ręce i zamiast łagodnie, delikatnie ją kołysać, potrząsam nią jak oszalały – niech się jej zakręci w głowie, niech ją zemdli, żeby w końcu była cicho! – i słyszę własny wrzask:

– Śpij! Śpij! Zamknij się!

Przybiega do mnie Berta – pomięta, senna, oburzona, w milczeniu zabiera mi dziecko, odpycha mnie na bok, tańczy z nią, podśpiewując coś cichutko, daje jej pierś i ona powoli, niechętnie, uspokaja się. Malutka, nieszczęśliwa, żałosna. Pochlipuje jeszcze ciężko, ze smutkiem – i jednak cichnie.

Patrzę na nie i zdaję sobie sprawę, że czuję wstyd.

Nie przed Bertą. Wstyd mi przed własnym dzieckiem. Wstyd mi, że zachowałem się jak niezrównoważony kretyn. Wstyd, że mogłem zrobić jej krzywdę. Mieć poczucie winy w stosunku do kawałka drewna: co może być głupszego? Ale kompletnie nie mogę się tego pozbyć.

– Ona czuje, kiedy ci odwala i kiedy się złościsz – stwierdza Berta. – Boi się, to i ryczy. Trzeba było mnie zawołać od razu.

– Co za bzdury! – odpowiadam.

Ale kiedy Berta zwraca mi mój kawałek drewna, szeptem go przepraszam.

Potem ojciec André przyprowadza do nas Anastasię. Przygarnął ją gdzieś na stacji przesiadkowej, kiedy jeździł po lekarstwa.

Anastasia jest przeżarta akceleratorem mniej więcej do połowy, ma rozbiegane oczy, plecie jakieś bzdury i usta jej się nie zamykają.

Trudno zrozumieć, co ona tam mamrocze, ale zdaje się, że pochodzi z wielkiego squatu, który znajdował się w nielegalnie zasiedlonych podziemiach jednego z wieżowców mieszkalnych w minus którymś kręgu piekieł. Był z nami Clausewitz, mówi, numer jeden w Partii Życia, jego rodzina i jego ochrona. Trzy dni temu squat wzięli szturmem Nieśmiertelni, pobili Clausewitza na śmierć, uciekły tylko cztery osoby, przedostały się przez kanalizację. Co z pozostałymi, nie wiadomo.

Anastasia zostawiła tam męża i dwoje dzieci, chłopca i dziewczynkę. Chłopiec ma na imię Luca, dziewczynka – Paola. Drugie dziecko jest nielegalne, nie zdecydowali się na rejestrację.

Kiedy wdarli się do nich Nieśmiertelni, mąż wziął dzieci na ręce i rzucił się przed siebie, ale został schwytany; Anastasia pomyliła korytarze i dlatego się uratowała. Teraz odchodzi od zmysłów.

Nie wiem, co tam się stało z jej dziećmi, ale w kwestii Clausewitza nie wierzę w ani jedno słowo: wiadomości docierają do nas bez przeszkód i dotąd nie było żadnych materiałów o jego likwidacji czy aresztowaniu, a przecież miały już niby minąć trzy dni.

Nie, takiego wydarzenia nie da się przemilczeć.

Anastasia nie chce mieszkać w naszym gnieździe, zostaje w hali z mięsem, nie odrywa wzroku od soczystych czerwonych połci i rozmawia z nimi bezgłośnie. Kiedy ją karmią – je; kiedy dają pić – pije, ale nie ma w sobie więcej woli niż te tusze.

Pewnej nocy dziecko ma kolkę, zamienia się w stalową sprężynę i drze się tak, że syczy na mnie wszystkich dwudziestu mieszkańców squatu. Wysyłam wszystkich po imieniu w cholerę i wynoszę ją do hali z mięsem. Kręcę się tam z nią, opowiadając jej podkoloryzowaną historię o tym, jak poznałem jej mamę. I tak natykam się na Anastasię.

Ta nie śpi: nie zmrużyła chyba w ogóle swoich zaczerwienionych oczu przez wszystkie spędzone tu dni. Wpatruje się we mnie jak urzeczona, słucha mojej nieudolnej improwizowanej kołysanki i uśmiecha się do mnie – rozczochrana, posiwiała, niestara jeszcze, ale cała już wysuszona. Chcę ją dokładniej wypytać o Clausewitza, ale ona mnie nie słyszy. Zaczyna podśpiewywać – nie trafiając w moje niezdarne nuty, śpiewa jakąś własną piosenkę, ckliwą i nudną.

Odwracam się i odchodzę, zostawiając ją, jak nuci do snu unoszącemu się w powietrzu stadu bizonów.

Następnego dnia ojciec André wraca z wypadu z paczką antybiotyków i środków nasennych; mówi, że w wiadomościach żona Clausewitza opowiada o jego samobójstwie: szeregowi członkowie Partii

Życia masowo oddają się w ręce władz, mój biedny Ulrich upadł na duchu, nie pomagały nawet antydepresanty, dzień i noc powtarzał, że nie ma siły ciągnąć tej walki, bla-bla-bla, mój biedny Ulrich. Bering okazuje wielkoduszność i puszczą ją wolno.

Teraz Rocamora będzie w ich organizacji drugim co do znaczenia, albo i pierwszym, rozmyślam. Jeśli, oczywiście, jego też nie zabili i nie zachowali jego skalpu na jakąś lepszą okazję: powiedzmy, na wybory.

Ale jeśli żyje, to jako numer jeden powinien wiedzieć wszystko o działaniach Partii. Powinien wiedzieć, gdzie jest Beatrice. Gdyby tak się do niego dostać...

Ale jak stąd odejść? I dokąd?

Wieczorem zostawiam dziecko pod opieką Ingi, skręca mnie w brzuchu, nie da się jeść samego mięsa, przez ostatni czas mój żołądek nie daje już rady.

Wracam po pięciu minutach: Inga próbuje pocieszyć własnego chłopczyka – upadł i rozbił kolano do krwi, wyje niemożliwie, a matka przywołuje mu jako przykład postać ojca, którego chłopiec w życiu nie widział; mój materac jest pusty.

Materac jest pusty!

Tam, gdzie zostawiłem dziecko, nie ma nic. Na prześcieradle pozostało maleńkie wgniecenie, lampa się zsunęła. Spadła!? Odpełzła!?

Łapię lampę, podnoszę ją nad głową jak idiota, świecę po wszystkich kątach, chociaż jest przecież jasne, że ona nie umie jeszcze tak raczkować, że zostawiłem ją zawiniętą w pieluszki – specjalnie po to, żeby nigdzie się nie zapodziała.

– Gdzie ona jest!? Gdzie ona jest!? – Przyskakuję do Ingi. – Gdzie moje dziecko!?

– No tam, na materacyku, Xavier mi się przewrócił, zobacz, jak sobie podrapał kolano, masz coś, żeby je przetrzeć? – Nawet na mnie nie patrzy.

– Gdzie!? Jest!? Moje!? Dziecko!?

Wyskakuję do wspólnego pomieszczenia i nagle czuję taki strach, jakiego do tej pory nie znałem. Nie bałem się tak, kiedy byłem bity przez Paków w Barcelonie ani kiedy Pięćset Trzeci wstrzykiwał mi akcelerator; teraz otworzył się we mnie wrzód jak przepaść, w którą spadają wszystkie moje flaki. Rzucam się na jedną z mamusiek – gdzie ona jest!? – na drugą, przyglądam się twarzy jej niemowlęcia, łapię za klapy oszalałego Louisa, włażę Bercie do kołyski, żądam odpowiedzi od André. Nikt niczego nie widział, nikt niczego nie wie, a gdzie mogło wyparować półtoramiesięczne niemowlę z zamkniętego pomieszczenia!?

Ona jest dla mnie jak ręka, jak obie nogi – obudziłem się i nagle ich nie ma, amputowali mi je: tak samo przerażające, a nawet bardziej.

Wypadam do hali, otoczony już przez współczującą świtę kwok – i znajduję.

Na krawędzi wanny z mięsem siedzi Anastasia.

Nie widzi mnie, nie dostrzega żadnego z nas. Patrzy tylko na leżące jej na rękach zawiniątko. To moja córka.

– Luli-laaaj, luli-laaaj, śpij, Paola, rano wstaaań...

Zbliżam się do niej ostrożnie, żeby jej nie spłoszyć, żeby nie wpadła do wanny, nie utopiła w płynie fizjologicznym mojego dziecka.

– Anastasia?

Podnosi na mnie wzrok – jej oczy lśnią. Anastasia płacze. Ze szczęścia.

– To ona! Jednak ją znalazłam! To cud! Znalazłam moje maleństwo!

– Dasz mi ją potrzymać? Jaka ona śliczna! – mówię głośno, sztucznie.

– Tylko na sekundkę! – Anastasia marszczy brwi i uśmiecha się, trochę nieufnie, a trochę przymilnie.

– Oczywiście. Oczywiście.

Odbieram zawiniątko – dziecko śpi. Chcę zepchnąć tę obłąkaną kobietę do kadzi z mięsem, zacisnąć jej rękę na twarzy i utopić ją w wannie, w płynie surowiczym, ale coś we mnie pęka i po prostu odchodzę.

Żal mi jej. Widać zaczynam rdzewieć.

Anastasia nawet nie rozumie, że ją oszukałem – patrzy w ślad za mną z obrażoną, zakłopotaną miną, gdacze: „Dokąd? Dokąd teraz?".

– Jeśli jej stąd nie zabierzesz, nie ręczę za siebie – ostrzegam ojca André.

I nazajutrz ksiądz umieszcza ją gdzieś indziej.

Nie wiem, kiedy to zawiniątko we mnie wrosło. Nie da się określić dnia. To się działo noc za nocą, płacz za płaczem, pielucha za pieluchą. Z boku zdaje się, że dziecko żywi się rodzicem, zużywa jego nerwy, jego siły, jego życie dla siebie, i jak tylko wszystko to wyssie, to po prostu wyrzuci pustego tatusia czy mamusię do zsypu i będzie po wszystkim.

Od środka wszystko wygląda inaczej: ono cię nie pożera, lecz wchłania. I każda chwila, którą z nim spędziłeś, nie zamienia się w żółte gówno ani w syf. Myliłem się. Każda godzina się w nim odkłada, staje się tysiącem komórek, które mu przyrastają. Widzisz w nim cały swój czas, wszystkie swoje wysiłki – to one, są tutaj, nigdzie nie zniknęły. Dziecko, jak się okazuje, składa się z ciebie – i im więcej siebie mu oddajesz, tym jest ci droższe.

Dziwne. W coś takiego nie da się uwierzyć, póki samemu się nie spróbuje.

Zaczęło się od tego, że pokochałem w niej Annelie. Ale teraz kocham w niej siebie.

Jej twarz zmienia się z każdym tygodniem i gdybym wyjechał na miesiąc, pewnie nie potrafiłbym jej poznać. Mija żółtaczka, którą wziąłem za ciemną karnację, skóra nabiera odcienia mlecznego różu, dawno już zniknęły włoski na czole, policzkach i plecach. Jej głowa przerosła moją pięść i zrobiła się dwa razy cięższa.

Ledwie dwa miesiące po śmierci Annelie.

Można powiedzieć, że współpracujemy: jeśli ja się wściekam, ona płacze, kołyszę ją – może usnąć; wydaje jakieś dźwięki i może patrzeć mi w oczy. Czasem patrzy długo – pięć, sześć sekund. Ale to nie człowiek. Raczej zwierzątko. Zwierzątko, które hoduję i próbuję oswoić. Kiedy sobie podje, uśmiecha się, ale to tylko odruch: kąciki ust podnoszą się do góry samorzutnie, ale nie ma w tym nic ludzkiego, po prostu wyraz sytości, zwierzęcego zadowolenia.

A potem następuje eksplozja.

Ona budzi mnie w nocy – przemoczyła pieluszki i chce jeść, budzę się od jej pierwszego szlochu, bo tak teraz jestem uwarunkowany, wyplątuję się z nieprzyjemnego, złego snu. Przewijam ją, wycieram do sucha, biorę na ręce.

Byłem w internacie, znów byłem w internacie; i znów próbowałem uciec. To widzę najczęściej: swoją idiotyczną ucieczkę przez wyrwaną w ekranie dziurę. Z wariacjami: czasem Dwieście Dwudziesty mnie

nie zdradza, czasem włóczę się po niekończących się białych korytarzach z tysiącami drzwi i klamek, szarpię za wszystkie – i wszystkie są zamknięte, czasem uciekam razem z Dziewięćset Szóstym – ale kończy się to zawsze tak samo: łapią mnie, moi wspólnicy głosują za moją śmiercią i wykonują na mnie egzekucję w izbie szpitalnej, przywiązują mnie szmatami do łóżka i duszą, a Pięćset Trzeci wciąga moje życie przez słomkę i dla wzmocnienia doznań maca się między nogami.

Przypominam sobie swój sen, zapominając, że muszę ją nakarmić, że pora wyżebrać buteleczkę z mlekiem od śpiącej Berty, że jeszcze chwila i dziecko się rozzłości, a wtedy nie będzie już tak łatwo ułożyć je do snu.

Wspominam go, Pięćset Trzeciego, jego pijany wzrok, jego sługusów, jego słowa. „Uśmiechaj się..." – pozwala mi przed śmiercią. Policzki chwyta mi skurcz. Uśmiecham się, uśmiecham na jawie, odkąd tylko się obudziłem, i mój zwykły grymas, moja odpowiedź na wszystkie pytania, wciąż tkwi na mojej twarzy.

A potem...

Coś mi przeszkadza. Coś odciąga mnie od koszmaru. Na dole. Na moich rękach. Ona patrzy mi w oczy, na moje usta. I też się uśmiecha.

Odpowiada swoim uśmiechem na mój. Po raz pierwszy dzieli ze mną to, co uważa za radość. Ona mnie rozumie – tak się jej wydaje. Obudził się w niej człowiek.

Ciarki przechodzą mi po karku, ciarki przechodzą po korze mózgowej.

Gaworzy coś cichutko, patrzy na mnie – i się uśmiecha. Zapomniała o swoim mleku. Uczy się ode mnie uśmiechać. Ode mnie.

Z tyłu głowy, z podstawy czaszki wyrwali mi kręgosłup, zatknęli mi mój brzydki łeb na tysiącwoltowym kablu, na rozpalonym żelaznym sworzniu – i wciskają, wciskają coraz głębiej.

Uśmiech ma pocieszny – niewyuczony, krzywy, bezzębny. Ale nie bierze się z uczucia sytości, nie jest mechaniczny, lecz prawdziwy. Wierzę, że poczuła to teraz po raz pierwszy: radość. Obudziła się w nocy mokra, zobaczyła mnie, wysuszyłem ją, zrobiłem jej dobrze, poznała mnie – i cieszy się, że tu jestem. Uśmiechnąłem się do niej – a ona do mnie.

Jaka ona śmieszna. I piękna.

Ja też odpowiadam jej uśmiechem.

A potem uświadamiam sobie, że mogę w końcu rozluźnić mięśnie ust. Skurcz minął.

Przez resztę nocy śni mi się Annelie, wspólna wycieczka do Toskanii, piknik na trawie, jakbyśmy mieszkali w stróżówce na szczycie wzgórza, przy sekretnym wejściu i zbitym z desek stole. Mieszkamy tam we troje – ja, ona i nasza córka, która we śnie ma jakieś piękne imię. Spacerujemy po dolinie, Annelie karmi ją piersią, obiecuję, że któregoś dnia zabiorę je na drugi brzeg rzeczki, pokażę im dom, w którym się wychowałem. Koszę też trawę – wysoką, soczystą, póki nie zaczyna mnie boleć w krzyżu, ale ratuje mnie Annelie, wołając na obiad. Jemy koniki polne, palce lizać, Annelie grucha z dzieckiem. Staram się zapamiętać, jak nasza córeczka ma na imię, ale do rana nic z tego nie zostaje, tylko duszne powietrze, tak jak po Annelie, tak jak po naszym szczęśliwym życiu w Toskanii.

Po przebudzeniu nie mogę pojąć, że to był sen: przecież bolą mnie plecy, ból jest prawdziwy! To dlatego, że kosiłem trawę, z żadnego innego powodu.

Z trudem się prostuję i jakoś podnoszę. Nie, nie kosiłem, nie jadłem obiadu, nie żyłem. Po prostu bolą mnie plecy. Po raz pierwszy bez powodu.

Na poduszce leżą włosy: wyblakłe, rude, matowosrebrne odrosty.

Idę się umyć, biorę ją ze sobą, patrzę na nas w przyćmionym lustrze. Zaklęte zwierciadło: dziecko pokazuje dokładnie takim, jakie je widzę, a z moim odbiciem dzieje się coś niedobrego.

Worki pod oczami, zakola wędrują coraz dalej, siwych włosów mam tyle, że wesoła dziecięca czapeczka już ich nie kryje. Przyczesuję je jedną ręką – między palcami tkwią martwe. I boli mnie brzuch od tego przeklętego mięsa.

Oszukali mnie.

Cokolwiek we mnie wlali zamiast mojej zardzewiałej krwi, to mnie zatruwa. Dało mi chwilę oddechu, fałszywą nadzieję i zdechło; a starość wzięła się za mnie z potrójną siłą.

A może przeprowadzają eksperymenty na ludziach, jak alchemicy. Mieszają rtęć z gównem i sokiem pomidorowym – i pompują w żyły tym, którzy stracili nadzieję. A nuż na kogoś zadziała. Albo na nikogo, no i co z tego – sprzedali przecież pięć worków soku pomidorowego za cenę złota.

Sypię się, łamię, degraduję. Plecy, żołądek, włosy. W starych filmach tak wyglądają ludzie po czterdziestce, a przecież od zastrzyku nie minął jeszcze nawet rok!

Ona płacze.

Kołyszę ją, kołyszę, szepczę jej jakieś bzdury, ale ona nie rozumie słów, tylko intonację – i zanosi się jeszcze rozpaczliwiej.

Wrócić do ich kliniki, rozwalić ją w drzazgi, udusić przylizanego doktora? On i tak nie wie, jak zwrócić mi moje lata. Będę niepotrzebnie ryzykował.

Nie. Muszę znaleźć ją. Beatrice.

Jeśli nie zdoła uczynić ze mną cudu, nie zrobi tego nikt.

Wlokę się przez halę z wannami z mięsem – idę do siebie. W największym gąszczu tusz wpadam na dwuletnią Nataszę, córeczkę Sary. Ma na sobie malutką żółtą sukienkę i w tej swojej sukieneczce wygląda jak prawdziwa mała dziewczynka, mimo że matka obcięła ją krzywo, jak chłopaka.

Natasza rozpostarła ręce na boki, zadarła głowę i wiruje, wiruje.

– Niebo-niebo-niebo-niebo. Niebo-niebo-niebo-niebo – śpiewa cienkim głosem i śmieje się.

Nie zdążę zobaczyć, jak moja córka uczy się mówić i tańczyć.

Jest tylko jedna możliwość.

Nie wiem, gdzie szukać Beatrice, ale mogę się dostać do Rocamory.

Annelie nie rozstała się z nim od razu. Jakiś czas spędzili jeszcze tu, w Europie. W jakimś konspiracyjnym mieszkaniu, w schronie... Może jest coś w jej rzeczach... Jakaś podpowiedź. Wskazówka.

– Niebo-niebo-niebo-niebo-niebo...

Wchodzę do naszej klitki, kładę ją, rozcieram palce, rozpieczętowuję pudełko. Tanie świecidełka, bielizna, jej komunikator. O właśnie.

Zapominam o wszystkim na świecie i włączam go. Przewijam połączenia, zdjęcia, odwiedzone miejsca. Sprawdzam daty.

Brzdęk. Wiadomość od Rocamory. Brzdęk. Jeszcze jedna. Brzdęk. I jeszcze. Brzdęk. Sypią się dziesiątkami, ze wszystkich ostatnich miesięcy. Wygląda na to, że komunikator był wyłączony od samej jej ucieczki. Brzdęk. Brzdęk.

Anuluj. Anuluj. Nie chcę czytać jego zasranych gróźb, zasranych żali, zasranych błagań. Usuń. Usuń wszystko.

Otwórz wideo i foto.

Trzy, pięć, dziesięć zdjęć zrobionych dokładnie w tamtym czasie w jednym i tym samym miejscu: zbita z desek chatka z wypaloną sylwetką kangura na drewnianej tabliczce. Morda Rocamory. Wieżowiec Vertigo, poziom osiemset. Wysyłam współrzędne do siebie.

Wyłączam jej komunikator. Wytrzymaj, Jesús.

Przyjadę, to porozmawiamy.

Rozdział 28

WYBAWIENIE

Stację Park Przemysłowy 4451 zagrzebano głęboko pod ziemią: jej perony przeznaczono dla ciężkich pociągów towarowych, a nie kruchych jak probówki pasażerskich tub; wszystkie trasy przewozu ładunków są ukryte przed wzrokiem mieszkańców.

Tu, na dole, detektory ludzi są sprawne. Wystarczy, że rozsuną się drzwi windy, żeby na wysokim suficie po kolei rozświetliły się diody, wydobywając z absolutnej kosmicznej ciemności bezkresną przestrzeń nagich ścian, pracujących bez zakłóceń automatycznych dźwigów i szerokich torów dla składów towarowych przypominających ponure gigantyczne stonogi. Od jednego wylotu tunelu do drugiego jest nie mniej niż kilometr, ale stonogi nie mieszczą się tu nawet w połowie. Napychają czym popadnie swoje liczne żołądki, odpełzają kawałek dalej – i dźwigi znów faszerują nie wiadomo czym ich puste segmenty. Wszystko to doskonale obywa się bez ludzi; trafiłem chyba do kolonialnej bazy Ziemian w innej galaktyce z niespełnionych filmowych proroctw. Ludzkość założyła tę wysuniętą placówkę, zamierzając rządzić wszechświatem, tyle że milion lat temu przypadkowo powyzdychała; maszynom to jednak nie szkodzi – działają jak gdyby nigdy nic, zresztą nie bardzo za nami tęsknią.

Siedzę sam na ciągnącej się nieprzerwanie przez kilometr ławce, na samym środku, twarzą do jedynego pustego toru: czekam na przybycie pociągu pasażerskiego. Nad moją głową przelatują wielotonowe kontenery, na zawieszonych pod sufitem szynach uwijają się kleszcze robotów i poza niekończącą się twardą ławką i napisem „Park Przemysłowy 4451" przed moim nosem dla człowieka nie przeznaczono tu niczego.

Do wieżowca Vertigo prowadzi stąd bezpośrednie połączenie; jedzie się godzinę, bez żadnych przesiadek. Pewnie Annelie wsiadła do pierwszego nadarzającego się pociągu i wyruszyła donikąd.

To miejsce wygląda zresztą jak cel podróży donikąd. Wyobrażam sobie, jak jej tuba zatrzymała się pośród czarnej pustki, jak zapaliło się światło – roboty wykryły obecność człowieka – i jak wyszła, trzymając się za brzuch, i usiadła na pustej półkilometrowej ławce pod wysokim betonowym niebem.

Nasze dziecko zostawiłem ojcu André. Obiecał popilnować go przez kilka godzin, póki nie załatwię swoich spraw. Niełatwo było mi go prosić, a jemu się zgodzić. Ale on wie, że jeśli będę mógł wrócić – zrobię to na pewno.

Teraz pewnie się obudziła – już czas, ile można spać. Kwęka, prosi, żebym zmienił jej pieluszki, a Berta nie ma teraz do niej głowy: jej mały przyssał się do cycka. Dobra, ojczulek zmusi kogoś innego, żeby to zrobił, a w najgorszym razie sam też sobie poradzi.

Ale mimo wszystko jestem niespokojny.

Z tunelu bez uprzedzenia wynurza się szklana tuba: pasażerska. Przypadkowy podróżny szeroko otwartymi oczyma lustruje pustą stację – beton, beton, beton – która nie ma przed kim udawać rajskiego zakątka.

Tuba wciąga mnie do środka i kiedy tylko moja noga przestaje naciskać na peron, diody w całej hali zaczynają gasnąć, aż cały terminal towarowy zupełnie znika, tak jakby nigdy nie istniał.

Teraz godzina bezprzesiadkowej jazdy. Mam godzinę, żeby przećwiczyć czułe przesłuchanie Rocamory i modlitwę do Beatrice oraz żeby po raz setny rozwiązać nieskomplikowane równanie – obliczyć, ile miałem lat, kiedy Erich Schreyer znalazł swoją żonę po ucieczce, żeby wyjaśnić sobie samemu, czy jestem gotów uwierzyć, że jego żona to moja matka, żeby odważyć się pomyśleć, że może żyć.

Godzinę, żeby w końcu ułożyć sobie w głowie wszystko, czego nie miałem czasu przemyśleć do końca, bo ktoś wiercił mi się na rękach albo pod bokiem, płacząc, gaworząc, rozpraszając mnie, domagając się, żebym poświęcał uwagę jemu i nikomu więcej.

Godzina ciszy! Nareszcie!

Natychmiast zasypiam.

Śni mi się, że znalazłem swoją matkę w Barcelonie, że przez cały ten czas pracowała w misji Czerwonego Krzyża i mieszkała w domu o czekoladowych ścianach, tym samym co zawsze, ze schodami na piętro i herbacianym kwiatkiem, i modelem Albatrosa. Śni mi się, że mam na sobie maskę Apollina i że jest ze mną cały mój oddział – też w pełnym rynsztunku, bez twarzy, ale ja wiem: to moi ludzie, niezawodni. Dostałem donos na matkę, moim obowiązkiem jest ją zeskanować, ustalić nielegalnie urodzone dzieci i wstrzyknąć jej akcelerator. Otwiera drzwi, zatykam jej usta, nasi przetrząsają oba piętra, a mnie pozwalają załatwić sprawę: to w końcu moja mama. Matka przypomina Annelie, te same żółte oczy, te same wydatne kości policzkowe, te same usta, tylko fryzurę ma całkiem inną – długie, zaczesane do tyłu włosy. Ding-dong! – ustalono pokrewieństwo z Janem Nachtigallem 2T, ciąża nie była zarejestrowana, przepisujemy pani małe ukłucie, wszystko zgodnie z ustawą, a pani syna będziemy musieli zabrać do internatu, takie są zasady. Zaczekaj, ale przecież to ty jesteś moim synem, czekałam tu na ciebie przez wszystkie te lata, czekałam na to, że mnie znajdziesz, że będziemy mogli porozmawiać, tyle mamy do omówienia, opowiedz, jak żyłeś sam, mój biedny synku, Boże, jak ja mogłam pozwolić, żeby nas rozłączyli, wybacz mi, wybacz. Chwileczkę, proszę pani, jeśli pani myśli, że mnie pani wzruszy swoimi lamentami, to może pani o tym zapomnieć, proszę podać mi rękę – pstryk! – o właśnie, teraz wszystko jest zgodnie z ustawą, teraz wszystko jest tak, jak należy. Pozostałe maski – Al, Viktor, Josef, Daniel – od razu rzucają się na mnie, wiążą mnie, dokądś wloką, zabierają mnie mojej mamie, ej, dokąd mnie ciągniecie, puszczajcie, no jak to, Janie, do internatu, z powrotem do internatu, przecież znasz ustawę, musisz teraz siedzieć w internacie, dopóki twoja matka nie umrze ze starości! Ale ja nie chcę, nie chcę tam być, nie chcę, żeby ona się starzała, nie chcę, żeby umarła, nie chcę, żebyśmy nigdy więcej nie mogli się zobaczyć, przecież tak długo jej szukałem. Ale wyprowadzają mnie tak czy inaczej i nie mam władzy tego zmienić. Jedyne, do czego okazuję się zdolny, żeby znów nie trafić do internatu, to się obudzić.

Na minutę przed tym, nim pociąg podjeżdża do wieżowca Vertigo.

Wagon okazuje się wypchany po brzegi – wszyscy są w ożywionym nastroju, niektórzy wstawieni – i wszyscy wysiadają właśnie tutaj, w Vertigo, razem ze mną.

Na stacji mieszamy się z tłumami wycieczkowiczów i grupkami imprezowiczów w modnych garniturkach. Sądząc z wszelkich oznak, mieści się tu jakieś kasyno i tropikalne hotele, pod nogami żółty piasek, już na peronie rosną rozłożyste palmy, na których siedzą nakręcane kakadu, a ściany zastępuje panorama seszelskiego raju. Wind w Vertigo jest mnóstwo, od wewnątrz wyglądają jak splecione z bambusa koszyki ze szklanym dachem albo jak domki na drzewach i w każdej z nich podają przy wejściu bezpłatnego drinka powitalnego o niewinnym owocowym smaku. Biorę łyk: wyrazistość na plus, jasność myślenia na minus. Parę przejażdżek taką windą i w kasynie od razu czujesz się znacznie swobodniej.

Osiemsetne piętro jest niedostępne. Przebudowa.

Punkt informacyjny odmawia pomocy, muszę szukać okrężnej drogi. Z dachu hotelu Riwiera – białe dwupiętrowe domki z jaskrawoniebieskimi okiennicami, stojące wzdłuż stumetrowego odcinka brukowanego nabrzeża z gazowymi latarniami i tłustymi mewami – do włazu w suficie prowadzi drabina: niebo jest w naprawie. Riwiera mieści się na siedemset dziewięćdziesiątej dziewiątej kondygnacji i też jest zamknięta, ale udaje mi się tam wejść z brygadą robotników w przemysłowych aparatach oddechowych. Z jednym z nich zostaję sam na sam w składziku, żeby pożyczyć od niego jego ubranie robocze.

Wdrapuję się po szczeblach, przedostaję na wyższy poziom, zamykam za sobą właz.

Wychodzę po przeciwnej stronie kuli ziemskiej – gdzieś na antypodach, w Australii: hostel z desek na brzegu oceanu, na ciągnącej się po horyzont plaży walają się porzucone obszarpane deski surfingowe, wielki nadmuchiwany żółw wbił się w mokry piasek pod apatyczną sztuczną falą przyboju. Niedaleko brzegu w zielonej wodzie tkwi rekinia płetwa, nieruchomo, jakby wrosła w dno.

Niebo jest włączone, ale zacina się i powtarza: po okręgach dryfują w pętli wciąż te same obłoki, jakby ktoś je pośrodku przywiązał, a słońce co dwie minuty chowa się za brzegiem morza i wyskakuje zza odległych czerwonych gór po przeciwnej stronie. Przepraszamy za usterki, przerwa techniczna.

Okna hostelu Kangur na Plaży są zasłonięte, na parterze jest zadaszony taras z przykrytym pokrowcem barem, ściany oklejono etykietkami po piwie, zakurzone szklanki stoją ułożone w piramidy. Słychać przytłumione dźwięki gitary z tanich głośniczków, coś wakacyjnego i romantycznego. Na moje spotkanie wychodzi jakiś typ w ciemnych okularach: ręce w kieszeniach, chwiejny krok, przeszczepiona skóra w plamach i szramach. Wygląda na to, że jestem na miejscu.

– Kleś, zgbiłeś tu coś?

Noszę kombinezon remontowca, usta i nos zasłania mi aparat oddechowy. Mówię coś niewyraźnie, macham rękami w stronę domu. Że niby muszę zerknąć.

Bardziej interesuje go właz, przez który dostałem się do nich, do Australii. Jeśli z tamtej strony Ziemi wyjdzie za mną ktoś jeszcze, będzie strzelał jako pierwszy. Jeśli nikogo tam nie ma, to rzeczywiście mogę być zabłąkanym robolem.

Zachowuję się tak, jakbym go nie dostrzegał, od razu przystępuję do oględzin chatki: mam tu robotę, facet, w wojenkę baw się sam ze sobą. Opukuję ściany z miną fachowca, odsłaniam jakieś zasłonki. Szarpię za klamkę drzwi wejściowych – poddaje się. Jak gdyby nigdy nic wchodzę do środka, a kiedy tamten wpycha się za mną, przetrącam mu drzwiami rękę, mały ciężki pistolet uderza głośno o podłogę, podnoszę go jako pierwszy i walę rękojeścią w szyję. Facet osuwa się na ziemię, czekam: czyżby był tylko jeden? Coś słabo.

Może Rocamory tu nie ma? Przecież to niemożliwe, żeby nie miał ochrony! Po tym, co się stało z Clausewitzem?

– Kto tam? – pyta jakaś staruszka na górze. – Jesús?

Poznaję Beatrice.

Nie poznaję Beatrice.

Głos, który wtedy słyszałem, włożyli jak kieliszek do worka i rozbili młotkiem: wcześniej dźwięczał, teraz zgrzyta i skrzypi.

– Wróciłeś już?

Rozpisałem całą partię szachów – i przekombinowałem. Rocamora nie pomyślał nawet, żeby ukryć Beatrice w innym miejscu. Brakuje teraz tylko jego – uciekł? – ale trudno, poczekam.

Starając się złapać oddech, wchodzę po schodach na piętro z przygotowaną do strzału bronią; unoszący się w powietrzu kurz zapala się i gaśnie w smugach słonecznej karuzeli, stopnie jęczą pod moimi obcasami, na ścianach wiszą fotografie surferów o białych zębach i żeglarskie mapy.

Jedyne drzwi są zamknięte. Pukam.

– Jesús?

– To ja, Beatrice, proszę otworzyć.

I ona daje się nabrać.

Kiedy tylko słyszę szczęknięcie zamka, pociągam klamkę do siebie i Beatrice pada w moje objęcia. Chce się wyrwać – przyciskam ją do siebie, obejmuję jak niedźwiedź.

– Ćśśś... Niech pani zaczeka... Nie zrobię pani krzywdy...

Krzyczy coś cicho w moją pierś, potem kończy jej się powietrze i poddaje się; wtedy ostrożnie rozluźniam chwyt, sadzam ją na plecionym fotelu.

Pokój zamieniono w laboratorium. Komputer, drukarka molekularna, lodówka z jakimiś flakonikami. Ona nadal pracuje! Miałem rację: Rocamora wykradł Beatrice, żeby doprowadziła swoje dzieło do końca – dla niego!

– Kim pan jest?

Przymykam drzwi, zdejmuję maskę i roboczą czapkę z daszkiem.

– Kto?... To... Olaf! Olaf! Na pomoc!

– Olaf śpi – mówię jej.

Solidnie się posunęła przez ten rok. Plecy ma zgarbione, twarz zasuszoną. Jej skóra zrobiła się cienka, ściągnięta: kiedyś Beatrice Fukuyama była cała z twardego suszonego mięsa, teraz ma w środku przejrzały miąższ. Chciałaby jeszcze trzymać się prosto, ale rdzeń ma przegniły. Wygolone skronie, jej bunt przeciw starości, są teraz niechlujnie zarośnięte. Oczy ma takie jak wcześniej – żywe, mądre, ale przysłaniają je zwiotczałe powieki.

– Niech pan się nawet nie waży mnie dotykać! – mówi tak, jakby te wargi – zmęczone, nieposłuszne – do niej nie należały. – Oni zaraz wrócą i wtedy pan...

– Nie zrobię pani nic złego! Potrzebuję pani pomocy... Tylko pani zdoła...

– Pomoc?... – Mruży podejrzliwie oczy. – W czym niby mogę ci pomóc?

– Starzeję się. Dostałem zastrzyk. Wiem, że pracuje pani nad środkiem... Lekarstwem przeciwko akceleratorowi... Przeciwko starości. Ja... Widziałem w wiadomościach i... ledwo panią odszukałem.

– Lekarstwo?

Beatrice kiwa głową. Jej oczy wpijają się we mnie jak haczyki wędkarskie, przebija się wzrokiem przez moją zmęczoną skórę, przez dwa centymetry szronu w moich rudych włosach, przekłuwa moje źrenice.

– Pamiętam cię.

Stoję nieruchomo. Miałem nadzieję, że rok, który liczy się za dziesięć, ogień i gryzący dym zatrą moje wspomnienie w jej pamięci, że pomyli mnie z kimś innym, tak jak pomyliła mój głos z głosem Rocamory.

– Jesteś tym bandytą. Tym bandytą w masce, który zniszczył moje laboratorium. To ty.

– Nie jestem bandytą. Nie jestem już Nieśmiertelnym...

– Tyle sama widzę – mówi ona. – Nawet dla mnie jest to widoczne.

– Proszę posłuchać... Bardzo żałuję, że tak się wtedy stało. Z laboratorium. Że musiałem panią aresztować. Że zginęli ci ludzie...

– Edward – przerywa mi. – Zabiliście Edwarda.

– Nie zabiliśmy. Miał zawał.

– Zabiłeś Edwarda – powtarza uparcie. – I wydałeś mnie tym sadystom.

– Oni... czy coś pani zrobili? Oglądałem wiadomości... Wydawało mi się...

Jej usta rozciągają się w krzywym, zmęczonym uśmiechu.

– W wiadomościach mówiła moja cyfrowa replika. Trójwymiarowy model. Zdjęli ze mnie miarę, kiedy byłam jeszcze czysta. Bez siniaków, oparzeń, bez śladów po zastrzykach. Animacja może teraz przyznać się za mnie do wszystkiego.

– Naprawdę żałuję. Myślałem o pani... Wspominałem...

Beatrice kiwa głową – ośmielając mnie, dopóki nie dociera do mnie, że nie kiwa mnie, lecz sobie.

– Ty rzeczywiście się starzejesz – uśmiecha się. – To nie charakteryzacja.

– Zrobili mi zastrzyk, powiedziałem pani!

– Dobrze – kiwa głową z satysfakcją. – A więc jest na świecie sprawiedliwość.

– Czy może mi pani pomóc? Proszę! Pracowała pani przecież nad formułą... Widzę przecież, że kontynuuje pani pracę... Cały ten sprzęt...

Beatrice wczepia się w poręcze fotela, z trudem wstaje, wyganiając mnie z mojego miejsca.

– Masz na imię Jacob, tak? Ja też cię wspominałam. Wiele mnie nauczyłeś.

– Jan. Tak naprawdę nazywam się Jan – przyznaję.

– Wszystko mi jedno, jak nazywasz się naprawdę. Dla mnie jesteś Jacob.

Wózek inwalidzki jest oparty o okiennicę. Beatrice z trudem może ustać, kolana jej drżą, ale stoi i patrzy na mnie nie z dołu, ale jak na równego sobie.

– Proszę panią. Przetoczyli mi jakieś świństwo. Jakiś pani kolega, z którym pani zaczynała, z pieprzykiem o tutaj. Starzenie przebiega teraz u mnie o wiele szybciej!

– Nie znam nikogo takiego. Jakiś oszust.

– Musi to pani zatrzymać.

– Muszę?

– Proszę! Może ma pani jakieś eksperymentalne próbki... Może potrzebuje pani ochotników, żeby je na sobie wypróbowali...

– Muszę ci pomóc, tak?

– Jeśli nie pani, nikt mi nie pomoże!

Beatrice trzyma głowę prosto, chociaż jest ciężka jak kula ziemska; jej słowa są niewyraźne, ale mówi twardo:

– Tak więc nikomu się to nie uda. Spaliłeś wszystko, co osiągnęłam. Zniszczyłeś, zmiażdżyłeś i spaliłeś. Nie ma żadnego lekarstwa. Nie ma i nie będzie.

– Mam dziecko. Dlatego zrobili mi zastrzyk. Nie jestem już z nimi, przysięgam. Nie jestem z Nieśmiertelnymi! Przeszedłem przez takie samo piekło jak pani! Wsadzili mnie do więzienia, ja...

– Nie sądzę... – powoli, ostrożnie kręci swoją tysiąctonową głową. – Przez takie samo piekło? Nie sądzę.

– To dziewczynka. Urodziła mi się córka. Jej matka – moja... Umarła przy porodzie. Jestem sam. Przez to przetaczanie wszystko przebiega znacznie szybciej. Nie mam dziesięciu lat. Nie mam jej komu zostawić. Nie mam komu zostawić swojego dziecka. Powinna pani zrozumieć! Powinna mnie pani zrozumieć!

Milczy. Podchodzi do okna – krok, jeszcze jeden, jeszcze jeden. Zatrzymuje się.

– Skontaktowałam się z Maurice'em. Połączyłam się ze swoim synem w internacie. To było to jedyne połączenie. Radziłeś mi tego nie robić, pamiętasz? A ja cię nie posłuchałam. Zobaczyłam go. Zobaczyłam, jak wyrósł. Niepotrzebnie to zrobiłam. Miałeś rację, Jacob.

A więc tak: usłyszała to wszystko od swojego Maurice'a. Trzeba jej to wyjaśnić, może zmięknie...

– Tak. Tak, wiem. Wiem, co pani powiedział. Wyrzekł się pani, tak? Ale to nic nie znaczy! To jest próba, poddają nas takiej próbie. Jeśli nie wypowie się tych słów, już nigdy się stamtąd nie wychodzi! Wszyscy je wypowiadają!

Beatrice Fukuyama wzrusza ramionami – i jak staruszka, i jak cesarzowa.

– Mniej więcej tak to sobie wyobrażałam. Ale to niczego nie zmienia. To obcy człowiek. Nie znam go, a on nie zna mnie. I nigdy nie będziemy mogli się poznać. Powiedziałeś mi wtedy, że kiedy go zabrali, był kawałkiem mięsa. Miał dwa miesiące. Ile ma teraz twoja córka?

– Dwa miesiące – mówię.

– Nie zapamięta cię – mówi głośno i wyraźnie. – Ty umrzesz, a twoja córka nie będzie cię pamiętać. Nic dla ciebie nie mam.

– Łżesz! – Przyskakuję do niej, zamachuję się na nią, ledwie zapanowuję nad ręką. – Łżesz!!!

– I co mi zrobisz? – nie mruga nawet okiem. – Zabijesz? To mnie zabij. Wszystko mi jedno. Nie ma lekarstwa. Wszystko zniszczyłeś.

– W takim razie co tu warzysz!? Co to jest!? – Przyskakuję do buteleczek, do probówek. – Nie chcesz się ze mną podzielić!? To sam sobie wezmę!

– Bierz – mówi.

– Co to!?

– To, na co zasługujesz. Tacy jak ty. To, na co zasługujemy my wszyscy! Masz! Weź! Pij! – Bierze ze stołu jakiś flakonik, wyciąga go do mnie; żyły na jej rękach przypominają padlinożerne robaki, które zawczasu urządziły sobie mieszkanie pod jej skórą. – No!?

– Co to jest?

– To, o czym myślałam, kiedy mnie tam trzymali. To, co tu... warzyłam. Śpieszyłam się. Myślałam, że nie zdążę, ale zdążyłam. To znów uczyni nas ludźmi. Ludźmi. To odtrutka.

Z początku nie rozumiem, o czym ona mówi, ale pierwszy domysł sprawia, że robi mi się duszno, a na czoło występuje tłusty pot.

– Nazwałam go „Jacob". Na twoją cześć. Przywraca wszystko na swoje miejsce. Niezauważalnie się w tobie rozmnaża. Wystarczy dzień i zaczynasz zarażać innych. Niedostrzegalnie. On umie się kryć. Nie ma objawów. Nic na niego nie pomaga. W ciągu miesiąca zabija w tobie wirusa wiecznej młodości. Wypiera go. Uodparnia na niego. Na zawsze. Leczy. Znów czyni cię śmiertelnikiem. Jeśli dodać go do wody, uzdrowi wszystkich, którzy się jej napiją. Znajdź główne ujęcie wody. Wlej go do wodociągu – wybawisz miliardy.

– Wiedźma... – siły starcza mi tylko na szept. – Wiedźma! To jest terroryzm... To... To jest masowe morderstwo! Zresztą... ściemniasz! Nie dasz rady! Znów blefujesz, blefujesz jak wtedy, z tą szanghajską grypą!

– Wypij i sprawdź – mówi twardo.

– Sprowadzę tu policję! Nieśmiertelnych...

– I tak niedługo tu będą. Jesúsowi zostało już mało czasu. Złamali opór i jego, i jego ludzi. – Jej głos jest zmęczony i obojętny. – Głupi, też prosił, żebym zrobiła mu środek przeciwko starzeniu. Ale to jest przecież znacznie lepsze. To prawdziwe panaceum.

Próbuje odkorkować probówkę, ale nie starcza jej sił i udaje mi się wyrwać ten diabelski specyfik z jej robaczywych rąk.

– Pij! – śmieje się ochryple. – Pij! Przecież chciałeś się wyleczyć! Pij!

– Zwariowałaś!

– Ja!? – Robi krok w moim kierunku i odrzuca mnie do tyłu. – Ja!? Ależ ja nareszcie przejrzałam na oczy! Dzięki tobie, Jacob! Dziękuję!

– To jest terroryzm. Zatruć wodociągi... Ty i Rocamora...

Nie wiem, gdzie to schować, żeby przypadkiem tego nie otworzyć, żeby nie wypuścić śmierci na wolność.

– Boisz się. Boisz się starości, boisz się śmierci. Jesteś po prostu szczeniakiem, głupim szczeniakiem. – Beatrice uśmiecha się drżącymi ustami. – Nie trzeba się jej bać. Widzę ją. Jest o dwa kroki ode mnie. Nie jest straszna.

Z dołu dobiegają ciche odgłosy – to pewnie Olaf resetuje sobie mózg po tym, jak omal nie złamałem mu karku.

– Mówię to jemu i mówię tobie: śmierć jest nam potrzebna! Nie powinniśmy żyć wiecznie! Nie takimi nas stworzono! Jesteśmy zbyt głupi na wieczność. Zbyt egoistyczni. Zbyt zadufani w sobie. Nie jesteśmy gotowi na życie bez końca. Potrzebujemy śmierci, Jacob. Bez śmierci nie potrafimy żyć. – Beatrice podchodzi do okna, rozsuwa zasłony i patrzy na krążące po niebie słońce.

– Jest pani po prostu zmęczona... To wiek... Starość... Gdyby czuła się pani młodo... Nie mówiłaby pani tak!

– A dla kogo miałabym żyć? Nie został mi już nikt. – Beatrice nie odrywa się od okna.

Zachód, wschód, zenit, zachód, wschód, zenit, zachód.

– Przestałam kurczowo trzymać się życia, to prawda. Śmierć uczyniła mnie wolną. Nie mam nic do stracenia. Nie jesteś w stanie mi nic zrobić. Ani ty, ani wasza partia, ani Jesús. Chciałabym tylko, żeby moje dziecko – odwraca się w stronę biurka – zobaczyło ten świat.

– Beatrice! – woła ktoś z dołu. – Beatrice, wszystko u pani w porządku!?

– Umrze sto dwadzieścia miliardów ludzi! Co pani w ten sposób zmieni!?

– Oni wszyscy powinni umrzeć. To, co żywe, umiera. Nie jesteśmy bogami. I nie możemy się nimi stać. Oparliśmy się głową o sufit. Nie możemy niczego zmienić, bo sami nie możemy zmienić siebie. Ewolucja się zatrzymała – na nas. Śmierć zapewniała nam odnowę. Reset. A my jej zakazaliśmy.

Zamykam drzwi na zamek.

Łoskot kroków na drewnianych schodach. Wschód, zachód, wschód. Zasłony wiszą jak sparaliżowane. Powietrze stoi nieruchomo. Głowa mi pęka.

– Nie robimy niczego ze swoją wiecznością – szemrze Beatrice. – Jaką wielką powieść napisano przez ostatnie sto lat? Jaki wielki film nakręcono? Jakiego wielkiego odkrycia dokonano? Przychodzą mi do głowy same starocie. Niczego nie zrobiliśmy ze swoją wiecznością. Śmierć nas popędzała, Jacob. Śmierć zmuszała nas do pośpiechu. Zmuszała nas do korzystania z życia. Śmierć była kiedyś wszędzie widoczna. Wszyscy o niej pamiętali. Nadawała strukturę: oto początek, oto koniec.

– Beatrice!? On tam jest!? Kto to!? – Szarpanie klamki, stukot.

– Pewien nieszczęsny idiota – odpowiada mi Beatrice. – Domaga się ode mnie lekarstwa przeciwko starości.

– Proszę odsunąć się od drzwi!

Ledwie zdążam odskoczyć na bok – wystrzał wyrywa zamek z korzeniami. Ale kiedy ten Olaf – świńskie oczka, połatana skóra, masywne czoło – wywala drzwi, jestem już za Beatrice, zasłoniłem się nią, wystawiając do przodu pistolet.

– Ani się waż!

– Nie mogłeś sobie znaleźć bardziej bezużytecznego zakładnika – śmieje się Beatrice; bije od niej starczy, kwaśny zapach. – Zabijcie mnie, i tyle. Sama chcę już znaleźć spokój.

Olaf przesuwa się tak, żeby wygodniej mu było do mnie strzelać. Patrzy na mnie przez celownik ciężkiego pistoletu maszynowego.

– Jeśli coś jej się stanie, Rocamora urwie ci łeb – mówię do niego. – Tak więc żadnych gwałtownych ruchów.

Zamiera, łypie oczkami, jakby zaczął się zastanawiać, ale ja mu nie wierzę.

– Jesús... To dobry człowiek. Rzucić wszystko i popędzić na koniec świata za swoją dziewczyną... Żywy człowiek. W tym jest jego słabość. Niewiele czasu mu zostało – mamrocze Beatrice. – Niczego nie zdąży zrobić. On przegrał.

– Dla jakiej dziewczyny? Gdzie on jest!?

– Jak ona ma na imię? Annelie? Powiedział, że w końcu ją znalazł...

Olaf strzela.

Zamiast osłonić się przed kulami ciałem Beatrice, zamiast dać jej ulgę, udaje mi się ją odepchnąć, ochronić – i biorę ogień na siebie. Lewe ramię. Znów to lewe ramię. Potem – raz! raz! raz! – pistolet drga, bolą bębenki, dźwięczy mi w uszach. Olaf chwieje się, pochyla, kładzie się spać twarzą do dołu.

Beatrice leci na biurko, flakoniki turlają się, spadają na ziemię, podnosi je, ciężko, bokiem, potem siada.

– Jesús ma duszę. Bezduszny człowiek nie odczuwa wyrzutów sumienia, niczego nie żałuje, a Jesús to chodząca skrucha.

Odwracam Olafa na plecy, podnoszę upuszczony przez niego pistolet. Żyje, chociaż brzuch ma już czerwonoczarny.

– Rocamora pojechał do Annelie!? Dokąd!? Mów!

Olaf milczy, tylko oddycha, oddycha szybko i płytko i z każdym oddechem jak z gumowej kaczuszki tryskają z niego słabe strumyczki krwi.

Rocamora tam pojechał. Schreyer mówił, że pracują dla niego hakerzy... Mógł namierzyć lokalizację, w której włączyłem komunikator Annelie. To dlatego go nie ma... Jego i jego ludzi.

Muszę dowiedzieć się od ojca André, czy wszystko w porządku. Czy wszystko w porządku z nią...

– Znasz ten dowcip? – mamrocze Beatrice. – Zmienna Efuniego... Mówił, że te same odcinki DNA, które odpowiadały za starzenie, miały też inną funkcję. Odpowiadały za istnienie duszy. A my je przekodowaliśmy. I nikt nie wie, co zamiast duszy tam wstawiliśmy.

Włączam komunikator, kontaktuję się z nim – identyfikator ojca André się zachował, Annelie pisała do mnie z jego urządzenia. Odbiera nie od razu.

– Janie! Janie! W budynku są Nieśmiertelni! Musimy... – Obraz się rwie, André załamuje się głos. – Twoje dziecko... Znaleźli nas! Gdzie jesteś!?

– Co!? Co się stało!?

Połączenie się urywa; ekran gaśnie.

– Trzeba zwrócić nam duszę... – szepcze Beatrice i pije z probówki. – Musimy ją odzyskać...

Pije z otwartej probówki!

Potykając się o Olafa, ślizgając się w gęstniejącej kałuży, która z niego wyciekła, wyrywam się z tego strasznego pokoju, zsuwam ze schodów, przelatuję kilka stopni, trzaskam drzwiami wejściowymi, grzęznę w piasku, dostaję zadyszki, rzucam ostatnie spojrzenie na chatkę na plaży.

Beatrice siedzi przy otwartym oknie, odprowadza mnie wzrokiem przepalonych oczu, na ustach ma uśmiech, słońce jak oszalałe krąży wokół nieruchomej Ziemi.

Nic z tego nie rozumiem. Serce wali mi tak, że aż bolą mnie żebra, pod czaszką rusza mi się jakiś kolczasty stwór, całe płuca zalewa mi strach i wściekłość, i ta wściekłość chluszcze mi przez usta na zewnątrz, starczy, że ktoś stanie mi na drodze.

Roztrącam, rozpycham tkwiących w jednym miejscu gapiów, wszystkich tych wymuskanych próżniaków, którzy przepuszczają swoją nieśmiertelność w kasynie i palą ją pod wyrenderowanym słońcem, wdzieram się do wind, jak oszalały walę w przyciski i zbyt powolne ekrany dotykowe, biegnę tak szybko, jak tylko mogę, na ile pozwala mi kłujący ścisk w piersiach, przepełnione płuca, dziura wypalona przez Olafa kilka centymetrów od mojego głównego wyłącznika.

Pociąg przyjeżdża od razu, moje jedyne spełnione życzenie, papieros ostatniego życzenia przed rozstrzelaniem.

Czapka robotnika została u Beatrice, ludzie w tubie gapią się na mnie, szyderczo chichoczą, odsuwają się z przestrachem i z obrzydzeniem. Wytrzeszczam wyschnięte oczy na przemykającą za oknem reklamę społeczną: „Wysokie podatki? To przez tych, którzy postanowili mieć dzieci!" – na obrazku widać ultranowoczesną szkolną klasę, splugawioną przez małych pryszczatych wandali.

Tylko spróbujcie.

Tylko spróbujcie, wy łajdackie kurwy.

Tylko spróbujcie jej dotknąć.

Myślę tylko o niej, o dwumiesięcznej dziewczynce bez imienia, którą chcą mi zabrać. Dzwonię do księdza raz, drugi, trzeci.

– Szturmują... Szarańcza... Do szarańczy... – woła do mnie poprzez zakłócenia i potem już ani razu nie odpowiada.

Wreszcie jest Park Przemysłowy, tuba hamuje wśród pustki. Drzwi rozsuwają się na boki – trzeba wysiąść w próżnię, w miejsce, którego nie ma. Tak właśnie przyjechała tu kiedyś Annelie z moimi dziećmi w brzuchu. Dlatego tu wysiadła.

Robię krok naprzód, na peron, hala dopiero zaczyna być widoczna, a ja już biegnę ile sił na granicy pustki i świata, w stronę wind towarowych. Rzucam się pod koła ślepym ciężarowym gigantom i te hamują z przestrachem jak słonie przed myszą; wrzeszczę do zachrypnięcia na ciężkie i powolne windy, wyklinam ich zardzewiałe mózgi, młócę pięścią po panelach kontrolnych, dźwig wlecze się do góry, przeciskam się przez ledwie rysującą się szczelinę w drzwiach. Na złamanie karku – po ciemnych korytarzach, tam, gdzie brama fermy, tam, gdzie ślepe i głuche bizony, tępe mięso, tam, gdzie mój dom, moje dziecko, tam, gdzie te łajdaki, gdzie mój biedny dzielny homoś, ojciec André, tam, gdzie Berta, tam, gdzie Boris, tam, gdzie mała Natasza, tam, gdzie moje dziecko, tam, gdzie moje dziecko.

Drzwi rozpruto laserem. Pomieszczenie jest puste.

– Gdzie jesteście!? Gdzie jesteście!?

Wyję ochryple, w ręku mam pistolet, prezent od Olafa, pierwszy, który się nadarzy, od razu dostanie kulkę między oczy; tylko że nikogo tu nie ma. Nasz squat jest zrujnowany i pusty, materace porozrzucano, zerwano ze ścian krzyże, na podłodze strzępy ubrań i czerwone plamy.

– Gdzie wy jesteeeście!?

Godzina. Jechałem tu godzinę. Przez ten czas wszystko się mogło wydarzyć, wszystko się mogło skończyć. Spóźniłem się, spóźniłem! Ale szukam dalej, zaglądam wszędzie. Znowu do hali z mięsem, do stada bizonów – to niemożliwe, żeby nie było żadnych śladów! Biegnę wzdłuż ścian, zatykam dłonią dziurę w swoim ciele. W rogu widzę właz dla automatów sprzątających, pokrywa jest oderwana. Opadam na czworaka, czołgam się przez rurę, natykam się na zgubiony dziecięcy smoczek, dostaję zastrzyk adrenaliny, nie czuję bólu, przeszkadza tylko pot spływający mi do oczu, leje się, sukinsyn, i leje!

Pierwsza hala – pokorne bizony Willy przesuwają się na ogromnej jak świat linii produkcyjnej, zamieniając się we wszelkie możliwe rodzaje produktów mięsnych, od kiełbasek po burgery, nadając sens swojemu życiu na ziemi.

Nie… Powiedział coś o szarańczy. O szarańczy.

Prę dalej, szybciej, szybciej! Mijam hale, w których produkują chleb, hale, w których tłoczy się pseudoowoce, dalej, dalej, tu i tam natykam się na ślady protektorów szturmowych butów, na strzępek pieluszki, na białe kropelki mleka.

Ale prowadzi mnie coś innego – narastający szum, dziwny, straszny, nieżywy i niemechaniczny, ni to warkot, ni to szept, ni to chrzęst. Komunikator zgłasza niski poziom naładowania, ja też już prawie padam. Bateria się wyczerpuje, ale ja idę dalej.

Właz prowadzi mnie do pomieszczenia, którego kilometrowej długości ściany są od góry i do dołu zaklejone fototapetami przedstawiającymi soczystą zieloną trawę. Sama trawa, trawa i nic poza nią. A wzdłuż tych zielonych ścian spoczywają szklane cysterny, szerokie u góry i zwężające się ku dołowi, dziesięć razy wyższe od człowieka. Takich stożkowatych zbiorników są tu setki i każdy z nich od góry do dołu wypełnia mętnozielony rój.

Koniki polne. Szarańcza. Najlepsze źródło protein.

Do górnej części tych lejów przylega zamknięty taśmociąg, z którego jak manna z nieba spada na owady jakaś zielona masa, niby trawa. Ta zielenina sypie się stale i bez końca, ale wewnątrz cystern nie zostaje po niej ślad – szarańcza ściera ją błyskawicznie na miazgę, unicestwia do ostatniej molekuły. Tak robią te, którym się udało, te bardziej z boku gapią się okrągłymi oczkami przez szybę na fototapety z trawą, mają korzystniejszy klimat psychologiczny, przelatuje mi przez głowę dziwaczna i przypadkowa myśl, podczas gdy pozostałe patrzą tylko na swoich sąsiadów. Od dołu do lejów podczepiony jest drugi taśmociąg – na niego spadają owady, które osiągnęły już odpowiednie rozmiary, giną tam rażone prądem i odjeżdżają, by smażyć się we wrzącym oleju.

Terkot ich istnienia i szelest umierania wypełniają do ostatka setki tysięcy metrów sześciennych tego mikrokosmosu. Nie słychać nic oprócz męczącego, wrzeszczącego mi prosto do uszu CZCHRSZCZCHRSZCZCHRSZCZCHRSZCZCHRSZCZCHRSZCZCHRSZ, nie widać nic poza przesypującą się stopniowo, jak piasek w klepsydrze, zwartą zieloną masą. I wtedy ich spostrzegam.

Wzdłuż ściany pną się chybotliwe schodki – na wypadek gdyby człowiek musiał dostać się na górę, do taśmociągu, do górnych wylotów zbiorników, i coś tam obejrzeć, skontrolować maszyny. Stopnie mają pół metra szerokości, zamiast poręczy – sznury. Niemal pod samym sufitem schodki kończą się wąską kładką przerzuconą w powietrzu nad szklanymi cysternami.

Kładka sięga ściany, kończy się zamkniętymi drzwiami, do których zagnano gromadkę oberwańców. Figurka w sutannie, kobiety z zawiniątkami kryjące się za plecami dwóch mężczyzn. Zbliżają się do nich zakapturzeni ludzie w czarnych płaszczach, z białymi plamami zamiast twarzy.

Chwytam się sznurkowej poręczy, wspinam po niestabilnych stopniach, nie boję się spaść, nie boję się, że się potłukę.

Trzej ludzie o białych twarzach zatrzymują się i idą w moim kierunku. Pozostali spychają księdza i resztę coraz głębiej i głębiej – w stronę zamkniętych drzwi i przepaści.

Gdzie moje dziecko!?

Gdzie ona jest!?

Ojczulek woła coś do mnie, ale szarańcza zagłusza jego krzyk.

Wychodzę na galerię, celuję w tych, którzy są najbliżej. Nieśmiertelni mają tylko paralizatory, starcie będzie krótkie i nie *fair*.

Jeden z nich ma ponad dwa metry, człowiek wieża, prawie równie potężny jak nasz Daniel. Zacznę od niego. Biorę na muszkę szerokie marmurowe czoło.

Pięć kroków ode mnie Nieśmiertelni nieruchomieją. Zdają sobie sprawę, że...

– Siedemset Siedemnasty?

– Jan!?

Wrzeszczą pewnie z całej siły – ale do mnie dociera tylko ledwie słyszalne chrypienie. Nie sposób rozpoznać głosów, szarańcza je zagłusza, zaciera intonację, tembr, pozostawia tylko puste łupiny słów.

Ten, który jest najbliżej, zdejmuje maskę. To Al.

Wychodzi na to, że ten gigant to naprawdę Daniel!

To mój oddział! Moja własna, rodzinna dziesiątka!

Co oni tu robią!? Jakie było prawdopodobieństwo, że to właśnie ich przyślą po moje dziecko!?

– Janie! Opuść broń, bracie! – szeleści Al.

Kto jest dziesiątym? Kim załatali dziurę? Kim mnie zastąpili!? Al robi krok w moim kierunku – a ja się cofam. Jak mam do niego strzelić? Jak zabić Daniela? Jak zabić brata?

Pozostałych siedmiu, widząc, że zwlekam, wbija się klinem w grupkę osaczonych uciekinierów.

– Stać! – Strzelam w powietrze, szarańcza zagłusza huk pistoletu. Al i jego dwójka przystaje, ale za ich plecami czarni w maskach nie oszczędzają paralizatorów. Ktoś prawie się ześlizguje, ledwie go przytrzymują na galerii. I kiedy jestem już gotów strzelać do swoich, ktoś do mnie macha.

Jedna z masek ma na rękach niemowlę.

Zawinięte w szmatkę, która kiedyś była sukienką Annelie.

Ta kanalia zdejmuje z niego pieluszki, łapie je gołe za nogę, za nóżkę, i wywiesza nad przepaścią. Moje dziecko! Moje! Moje dziecko!

Rozwieram palce: patrzcie! Pistolet leci w dół. Podnoszę ręce. Poddaję się! Czego ci jeszcze trzeba!? Nie waż się tego robić! Kimkolwiek jesteś! Josef? Viktor? Alex?

Tamten pokazuje gestem: do tyłu, powoli, bez gwałtownych ruchów.

I schodzimy – jeden za drugim: ja, Al, Daniel, pozostali Nieśmiertelni, nieszczęśni, przegrani squatersi, ten skurwiel, który ma na rękach moją córkę. To chyba on nimi wszystkimi dowodzi. On, nie Al.

Schodzimy na dół – tamten dyryguje; wskazuje mojej dziesiątce, co ma robić.

Mężczyzn potraktować paralizatorem, kobietom wykręcić ręce, dzieci posłać kopniakami na bok.

Patrzę na gołe dziecko, które było owinięte w szmatkę z sukienki Annelie. Nie ma niczego ani nikogo poza nim.

Al zbliża się do mnie, podaje mi plastikowe kajdanki, jakby mówił: masz, sam sobie załóż, bracie. Biorę je, nie spuszczając wzroku z tego w masce, który trzyma moją córkę. Wciąż jeszcze trzyma ją za jedną nogę, głową w dół, malutka jest cała malinowa, krew napłynęła jej do głowy, głośno krzyczy i słyszę wyraźnie jej płacz poprzez zagłuszające wszystko inne terkotanie.

Tamten udaje, że zamierza uderzyć jej główką o cysternę, zmiażdżyć ją – i zatrzymuje się w ostatniej chwili. Wyrywam się do niego – ale Daniel staje na mojej drodze, odrzuca mnie do tyłu, wyłamuje mi rękę.

Ten, który ją trzymał, znudzony zabawą, oddaje moje dziecko komu innemu.

Rozpiera mnie siła i wściekłość, nawet Daniel nie daje mi rady. Ogniskuję wszystkie swoje siły w jednym podbródkowym ciosie, łamią się moje palce, łamią się jego zęby – odrywa się od ziemi i upada, a ja jestem już przy tej gnidzie, przy tym zwyrodnialcu.

Zbijam go z nóg, walę swoim czołem o czoło Apollina, rzucam się na niego z góry, obijam mu twarz poharatanymi pięściami, rozmazuję na jego masce swoją krew – on próbuje się spode mnie wydostać, kopie mnie w pachwinę, wczepia mi palce w szyję, ale ja niczego nie czuję: ani bólu, ani braku tlenu. Z kieszeni wypada mi drugi pistolet, mały, ciężki, chwytam go – pierwszy przedmiot, jaki wpadł mi w ręce – i młócę rękojeścią jak kamieniem, młócę bez chwili przerwy po oczach, po głowie, po nosie, po szczelinie ust, wbijam, wgniatam mu w twarz jego maskę. Rzucają się na mnie pozostali, próbują mnie odciągnąć, a ja wciąż łupię, łupię, łupię. Potem zrywam z niego skorupę – białą, pękniętą, rozdartą.

Pod nią jest Pięćset Trzeci.

Już po nim. Ma rozłupane czoło, biała kość sterczy z czerwonej miazgi. Ale ja kompletnie nie mogę się zatrzymać. Nie mogę. Nie mogę. Pięćset Trzeci.

Niczego się nie da naprawić! Nie będzie zgody! Nie będzie przebaczenia! Nie ma i nie będzie! Zdychaj, śmieciu! Zdychaj!

Odrywają mnie od niego, rażą paralizatorem, przygniatają do ziemi.

Powinienem stracić przytomność, ale nie mogę; jestem tylko sparaliżowany – i patrzę w milczeniu na to, jak moje dziecko kładą obok pozostałych, jak Al wzywa brygadę specjalną, żeby wysłać wszystkie do internatu, jak kieruje na mnie komunikator, pokazując mnie komuś, meldując o sukcesie.

I w tej samej sekundzie jeden z tych, którzy siedzą na moich nogach, wali się twarzą do ziemi. Kobiety rzucają się do swoich dzieci, jedna z nich upada, Al wystawia przed siebie mój mały pistolecik, naciska spust.

Z końca hali biegnie trzech ludzi. W płaszczach; ich wyciągnięte ręce podrygują – od odrzutu. Jeden Apollo chwyta się za bok, drugi leci na ziemię, szarańcza pochłania ich odlatujące dusze, potem Al trafia – i człowiek w płaszczu potyka się zaledwie o kilkadziesiąt metrów od nas. Pozostałym kończą się naboje. Nieśmiertelni rzucają się naprzód, ja miotam się po podłodze, muszę wstać, dwaj ludzie w płaszczach na sześciu w maskach, rozpętuje się tornado.

– Annelie! Gdzie jesteś!? Annelie!

Miga mi jego twarz, znajoma i nieznajoma, o płynnych i nieuchwytnych rysach – ta sama, do której wystrzeliłem z zepsutego pistoletu, ta, na którą patrzyły miliony na barcelońskim placu wśród pięciuset wieżowców.

– Annelie!

Rocamora tu jest! Znalazł nas. Znalazł Annelie.

Niczego nie wie, myśli, że ona żyje, przyszedł po nią. I zaraz go zabiją. Ktoś już usiadł na nim okrakiem, pchnął go paralizatorem, dusi taśmą plastikowych kajdanek, jego towarzysz już się nie rusza.

Zbieram całą swoją złość i rozpacz – starcza tego tylko, żeby obrócić się na bok. I obserwuję, jak ojciec André podnosi zrzucony przeze mnie z kładki pistolet maszynowy. Mierzy obok walczących, niezdara, nie może sobie poradzić z odrzutem, strzela i strzela – gdzie? Nie drasnął nawet żadnego z Nieśmiertelnych, wszystko bez sensu...

Nagle jedna z przeźroczystych cystern pęka jak bańka mydlana, rozpada się na lśniące okruchy, eksploduje jak kropla deszczu spadająca na ziemię i całą widoczną przestrzeń okrywa cykający żywy dywan. Potężne insekty pokrywają ziemię i wypełniają powietrze, skaczą po raz pierwszy w swoim zawczasu rozpisanym życiu, rozprostowują skrzydła, szeleszczą, terkoczą, włażą do oczu, do ust, do uszu, chroboczą chityną o naszą skórę: plaga egipska, gniew pański.

Obok wali się jeszcze jedna cysterna i już nic więcej nie widać.

Pełznę – mogę pełznąć! – na oślep tam, gdzie było moje dziecko. Co się dzieje z Rocamorą, z ojcem André, z pozostałymi – tego nie wiem.

Znajduję ją, jakbym miał wbudowany nawigator, jakbyśmy oboje byli namagnesowani. Obejmuję ją, osłaniam przed gryzącą nas szarańczą i po omacku szukam schronienia, zataczając się na miękkich niczym z waty nogach.

Jakieś drzwi; popycham, chowam się do środka – ciasny składzik.

Odwijam zawiniątko: moja. Żyje.

Całuję ją, przytulam, ta piszczy, płacze, cała sina z wysiłku. Wciskam się w kąt, tulę ją, brudzę swoją i cudzą krwią. Na podłodze kłębią się oszalałe na wolności koniki polne – wskakują na ścianę, na sufit, na moją twarz.

Drzwi otwierają się szeroko, ktoś pojawia się na progu, otwór drzwiowy wypełnia szarańcza.

– Zamknij! Zamknij drzwi! – krzyczę do niego.

Ten wskakuje do środka, pociąga klamkę do siebie, zgniatając wciśnięte w szczelinę owady, manipuluje zamkiem, pada bezsilnie na ziemię, głośno oddycha, rozcierając sobie zasiniałą szyję.

To Rocamora.

Rozdział 29

ROCAMORA

– Była tam dziewczyna? Krótko ostrzyżona? – Rocamora kaszle po każdym słowie. – Annelie?

Powinienem natychmiast go udusić, ale zużyłem wszystkie siły na Pięćset Trzeciego. Za bardzo absorbuje mnie to, z czego z trudem, jakby coś we mnie zardzewiało, zdaję sobie sprawę: przed chwilą zabiłem Pięćset Trzeciego. Między nami wszystko skończone. Koniec historii, która ciągnęła się przez ćwierć wieku – i to koniec tak pośpieszny, stłamszony.

Dziecko płacze. Kołyszę je do snu. Rocamora musi mną szarpnąć, żeby zadać mi swoje durne pytania.

Nadal nosi ten swój płaszcz o dwa rozmiary za duży; jest wychudzony, podniszczony – zatarł się, spłynął z niego cały jego blask. Ale wciąż jest tak samo młody jak podczas naszego pierwszego spotkania. Nieomal chłopiec.

– Przecież była z wami w tym squacie, prawda? Wiem o tym. Może mi pan zaufać, jestem swój. Jestem jej mężem...

– Mężem? – dopytuję.

– Mężem – mówi stanowczo.

Nie mogę jej nigdzie położyć, nawet na sekundę. Wszędzie tylko goła zimna podłoga i oszalała szarańcza.

– Ona nie miała męża. Była sama.

– Rozstaliśmy się... na krótko. Przez głupotę. Gdzie ona jest!?

– Rozstaliście się – kiwam głową, uspokajając rozwrzeszczane dziecko; żeby tylko mnie ktoś teraz uspokoił. – Na krótko. A może ją porzuciłeś?

Powinienem to wykrzyczeć, powinienem rzucić mu oskarżeniami w twarz – ale całe swoje wzburzenie wylałem na Pięćset Trzeciego. Wychodzi cicho, obojętnie.

– Co to dla ciebie za różnica? – Podnosi się. – Sama odeszła. Gdzie ona jest? Wiesz czy nie!?

– Może ją porzuciłeś, kiedy gwałcili ją Nieśmiertelni? – pytam.

– Mówiła coś takiego?... Nie wierzę!

– Może uciekłeś, żeby uratować własną skórę? Może nigdy ci tego nie wybaczyła?

– Zamknij się! – Robi krok w moim kierunku; dziecko w moich rękach nie pozwala mu zrobić następnego, a mnie nie pozwala zadusić tej gnidy. – Gdzie ona jest!? Była tam!?

– A gdzie byłeś ty – przez cały rok?

– Nie minął rok! Dziesięć miesięcy, nawet mniej! Szukałem Annelie! Przez cały ten czas! Miała wyłączony komunikator! Jak inaczej miałem ją znaleźć!?

– Komunikator był wyłączony dlatego, że nie chciała, żebyś ją znalazł. Nie byłeś jej potrzebny.

– Kim ty jesteś, co!? – Włącza latarkę w swoim komunikatorze, świeci mi w twarz. – Kim jesteś!?

– I ona też nigdy nie była ci potrzebna, prawda? Po prostu bawiłeś się nią, może nie? Przypominała ci jakąś twoją starą przyjaciółkę, która od stu lat wącha kwiatki od spodu... Przecież to ona była ci potrzebna, a nie Annelie, zgadza się?

Nie widzę jego twarzy: w egipskich ciemnościach tego pokoiku komunikator w jego ręce świeci jasno jak jakieś ciało niebieskie. Na tę zimną gwiazdę z nudów skaczą koniki polne.

– Czy ja cię znam?... – zastanawia się Rocamora, opędzając się od owadów. – Gdzie ja cię widziałem? Z jakiej racji ci to opowiedziała!?

Krzyki na zewnątrz nie cichną. Ktoś wali w zamknięte drzwi; nie ruszamy się z miejsca. Są tam dwie dziesiątki squatersów, oddział Nieśmiertelnych i dwaj ledwo żywi bojownicy; prosić, by go wpuścić do pomieszczenia, może ktokolwiek. Ruletka.

– Ona potrzebuje pomocy! Zrobili jej zastrzyk! Jest w ciąży! – próbuje jeszcze raz Rocamora.

– I co, niby ty możesz jej pomóc? – pytam. – Masz może lekarstwo?

– Co się z nią stało!? Gdzie ona jest!?

– Co się tak o nią troszczysz? Może to było twoje dziecko? To z tobą była w ciąży?

– A co to cię obchodzi!? Co znaczy „była"!?

Wciąż jeszcze ktoś skrobie w drzwi – rozpaczliwie, histerycznie. Kobiecy głos, to chyba Berta.

– ...gam...pro...

– Kto tam!? – wykrzykuję w stronę drzwi.

– ...ja!...ert!...

Nasza rozmowa nie powinna mieć świadków. Ale Berta... to Berta.

– Co ty robisz!? Przecież tu zaraz...

Za późno. Zwalniam zasuwkę. Do środka wpada Berta, jak zbroja, jak jeż z wystawionymi na zewnątrz igłami, owinięta wokół swojego Henrika. Chłopczyk płacze: żyje.

– Jan! To ty... Chwała Bogu!

Trzeba się zamknąć – ale w szczelinę jak klin wbija się szturmowy bucior, wciska się i nie puszcza, a za nim pcha się czarne ramię.

– Drzwi. Drzwi! – krzyczę do odrętwiałego Rocamory. – Pomóż, kretynie!

Ale ten reaguje zbyt wolno – i postaci w czerni udaje się wedrzeć do naszego pokoiku trzy na trzy. Do twarzy przywarł Apollo, ale poznaję go po pistolecie – tym moim, małym. To Al.

Zatrzaskuję drzwi... Głośne trzaśnięcie... i są na swoim miejscu. Berta z chłopczykiem osuwa się pod ścianą na podłogę, Henrik krzyczy, moja mała wrzeszczy z wysiłkiem. Al od razu celuje w Rocamorę. Dobry refleks.

– Ręce! – I krzyczy do swojego komunikatora: – Jest tu Rocamora! Mam Rocamorę!

Ten robi krok do tyłu, potem jeszcze jeden – dochodzi do ściany, opiera się o nią plecami i rozpina szeroko swój płaszcz; pod nim ma szeroki czarny pas z kieszeniami, w których tkwią owinięte przewodami brykiety. Rocamora powoli podnosi ręce do góry – w palcach ma coś podobnego do ściskacza do ćwiczenia nadgarstków.

– No, dalej! – mówi. – Puszczę to i zostanie z ciebie mokra plama. Z nas wszystkich.

Jeśli to rzeczywiście materiał wybuchowy, starczy go, żeby wysadzić całą halę.

Nie widać tego po nim, ale jestem pewny, że Al mocno się teraz poci. Ja się pocę. Rocamora się poci.

– Nie waż się – mówię do niego.

– Nieeeee!... – zawodzi Berta. – Mam tu maleństwo! Nie rób tego!

– Ej, przyjacielu! – Al nie opuszcza lufy. – Nie denerwuj się. Nic ci nie zrobię. Takie szychy jak ty są potrzebne żywe.

– Żywcem mnie nie weźmiecie – kręci głową Rocamora.

– Nie rób tego! Nie trzeba! Proszę! – przekonuje go Berta.

– No co tam? Co się tam u ciebie dzieje? – burczy czyjś głos w komunikatorze Ala.

– Powiedz im, że znalazłem Rocamorę! I Nachtigall też tu jest! Tak, Jan! Z dzieckiem! Plus jakaś baba z niemowlakiem.

– Nachtigall? – dopytuje Rocamora. – Jan Nachtigall?

– Cześć, Al – mówię do Ala.

– Zameldowaliśmy dowództwu! Trzymaj się! – szumi komunikator.

– Połóż pistolet na ziemi! – przekrzykuje komunikator Rocamora. – Połóż go na ziemi, bydlaku, albo puszczam detonator! Raz...

– Za małe masz jaja!

Moje dziecko zanosi się płaczem.

– Oni i tak mnie zabiją, jak tylko mnie zdigitalizują! Więc lepiej już tak! Dwa!

– Dobra. Dobra. Tyle że to ci nie pomoże... – Al kuca i kładzie pistolet na podłodze.

– I powiedz swoim, powiedz! No, dalej! – Rocamora bawi się detonatorem, jakby to naprawdę był jakiś przyrząd do ćwiczeń.

– Przystopujcie tam! – krzyczy Al do komunikatora. – Ten świr cały jest owinięty materiałem wybuchowym! Zaczekajcie ze szturmem!

– Pięcioro zakładników, w tym dwoje dzieci, Rocamora ma bombę, przyjąłem – mówi przez nos komunikator.

– Potrzymaj i moją. – Siadam obok jęczącej Berty. – Kompletnie nie mogę jej uspokoić. No, no, nie denerwuj się. Wszystko będzie dobrze.

Al gra z Rocamorą w „kto pierwszy mrugnie". Obejmuję go stalowym uchwytem, odciągam do tyłu, kładę na ziemi. Wierzga nogami, Berta ryczy, dzieci kwilą, szarańcza miota się tam i z powrotem, Rocamora mruga oczami ze zdziwieniem, znajduję pistolet – lepki, czymś umazany – i jednym ciosem uspokajam Ala. Potem znajduję w jego kieszeni plastikowe kajdanki, ściągam mu nadgarstki, sadzam go w kącie, bezwładnego jak worek.

– Nachtigall... – powtarza Rocamora, obserwując moje ruchy tępym wzrokiem. – Słynny Nachtigall. Bohater wyzwolenia Barcelony. Chiliarcha. Zwyrodnialec.

– Słuchaj, ty!... – celuję bronią w jego czoło; pół metra odległości, ale ryzyko i tak jest za duże. – Tak. Byłem tam. Byłem w Barsie. Wszystko widziałem. Słyszałem. Ja otworzyłem bramę, to prawda. Ale zabiłeś ich ty. Całe pięćdziesiąt milionów. Wystawiłeś ich. Wykorzystałeś. Wydałeś na rzeź. Byłem tam, kiedy ich podjudzałeś...

– Kłamstwo! Chciałem ich uwolnić! Zasługiwali na sprawiedliwość! Ja tylko...

– Byłem tam, kiedy łgałeś o Annelie.

– Co!?

– Kiedy przysięgałeś jej miłość, mówiłeś, że marzysz o tym, żeby ją odzyskać...

– Nie kłamałem! Co ci w ogóle do tego!? Kim jesteś!? Gdzie ona jest!?

Milczę.

– Gdzie ona jest!?

– To o naszej Annelie mowa? – pomaga spokojniejsza już Berta. – Zmarła. Przy porodzie, będzie już trzeci miesiąc.

Rocamora wzdycha, śmieje się, szlocha.

– Co?

– Tylko się uspokój, nie wysadzaj nas, dobrze? Nie żyje. O, jego zapytaj, dzieciaczek jest przecież jej. Kochałeś Annelie? Nie zabijesz chyba jej dziecka?

– Nie żyje?

– Nie żyje – przyznaję.

Al rusza się w kącie, coś mamrocze.

– Dlaczego jej dziecko jest z tobą? – Rocamora przenosi na mnie wybałuszone czerwone gałki oczne. – Skąd to wszystko o niej wiesz?... To ty, tak? To ty tam z nią?... To z tobą ona?...

Jego palce ześlizgują się ze sprężynowej rączki detonatora i ledwie ją łapie. Cały czas trzymam jego czoło na muszcze.

– Z Nieśmiertelnym. Z nikczemnikiem. Z zabójcą.

– A powinna była z kim? Z tchórzem? Ze zdrajcą? Z mięczakiem? – pytam go. – Spójrz! Może mnie poznasz!? – Zrywam maskę z Ala, który mruga jak pijany, i przykładam ją do własnej twarzy. – Pamiętasz, jak mi opowiadałeś, że porządny ze mnie facet, tam, pod maską, że nie chcę cię zabijać? Twoją żonę posuwali Nieśmiertelni, a ty podkuliłeś ogon i uciekłeś, kiedy tylko cię puściłem! Pamiętasz!? To właśnie ja! – Zdejmuję maskę. – To właśnie ja, porządny facet! Powinienem był cię stuknąć rok temu, od razu tam!

– Ty? To ty?

– Czemu ją wtedy zostawiłeś!? Dlaczego jej nie zabrałeś, skoro tak ją kochałeś!? Dlaczego pozwoliłeś mi ją zabić!? Dwa razy! Porzuciłeś ją tam i czekałeś! Na co?

– Wysłałem po nią ludzi!

– Gdybyś przyszedł sam, nie zdołałbym jej wyciągnąć! Ale ty za bardzo się troszczysz o własną skórę. Kochasz siebie, nie ją! Nie masz do niej prawa!

– Zamknij się, rozumiesz!? – Podchodzi do mnie, zapominając o bombie, o pistolecie. – Kochałem ją! Kocham!

– Nie! Nie ją! Jakąś inną kobietę! Wyznałeś jej to przecież! Przyznałeś się! Była po prostu do kogoś podobna! Używałeś jej jako erzacu!

– Co ty tam rozumiesz, szczeniaku!? – ryczy tamten.

Berta daje małej pierś i ta wreszcie cichnie. Szarańcza cyka. Al jęczy i bełkocze. Jego komunikator znów budzi się do życia.

– Zameldowaliśmy dowództwu. Proszą o połączenie. Senator Schreyer na linii. Odbierz!

– Odrzuć połączenie! – przesuwam broń na Ala; ale ten niczego jeszcze nie kojarzy.

– Jesús! Jesteś tam? – mówi Schreyer z ręki Ala.

– Schreyer!? Dlaczego Schreyer!? – Rocamora oblizuje usta, ręką, w której trzyma detonator, ociera pot z czoła. – Po co tu Schreyer!?

– Jesteś tam, Jesús? – ciągnie senator. – Ależ mam fart! Szukałem Jana, a znalazłem ciebie. Cóż za prezent od losu! Po tylu latach! Co ty tam robisz? Spotkaliście się, żeby omówić wasze uczucia do tej biedaczki? Jak jej tam... Annelie?

– Skąd on wie? Skąd on to wszystko wie!?

– Słyszałem, że zamierzasz wysadzić się w powietrze? – W głosie Schreyera jest uprzejme zainteresowanie: kolejna pogaduszka, i tyle.

– Wyłącz! Wyłącz go! – domaga się Rocamora.

– Nie tak szybko – mówi senator. – Mam dla ciebie tyle wiadomości! I dla ciebie, Janie. Przy okazji: wybacz, że nie oddzwoniłem wcześniej, miałem wypełniony grafik.

Za drzwiami słychać jakiś rwetes; potem – próbne uderzenie czegoś ciężkiego.

– Co oni tam robią? Odwołaj ich! Odwołaj swoje psy, Schreyer! – krzyczy Rocamora. – Zaraz wszystko wyleci w powietrze! Słyszałeś!? Nie odpowiadam za siebie!

– Nie trzeba, nie trzeba... – przekonuje sama siebie Berta.

– I chyba nigdy nie odpowiadałeś, co? – zauważa Schreyer i dodaje gdzieś na stronie: – Riccardo, powiedz swoim chłopakom, żeby zaczekali. Spróbuję ponegocjować z terrorystą.

– Z terrorystą!?

– No tak. Włącz wiadomości. Jesús Rocamora wziął pięciu zakładników i grozi wysadzeniem się razem z nimi. Wśród porwanych jest kobieta i dwoje małych dzieci. Pięknie, czyż nie? Przywódca Partii Życia zabija dwoje niemowląt. Godny finał.

Uderzenia ustają, ale teraz zza drzwi dobiega głuchy zgrzyt, jakby ciągnęli po ziemi coś ciężkiego.

– To kłamstwo! Nikt w to nie uwierzy!

– Myślisz, że ktoś pozwoli ci wystąpić ze sprostowaniem? To koniec, Jesús, i w tę ślepą uliczkę zapędziłeś się sam. Pytanie jest tylko takie, czy chcesz odejść jak terrorysta, czy poddać się i wyrazić skruchę.

– Skruchę!? Bo co!? Bo przez trzydzieści lat ratowałem ludziom życie!? Bo walczyłem z odczłowieczonymi kreaturami!? Bo próbowałem chronić dzieci przed waszymi kruszarkami do kości!?

– Jeśli tak trudno ci to przychodzi, twój trójwymiarowy model może się pokajać za ciebie. W tym celu pożądane byłoby uzyskanie ciebie w całości, żeby było co digitalizować.

– Tak jak myślałem. – Rocamora oblizuje usta. – Pokazać w wiadomościach moją nakręcaną kukłę. Żeby lizała wam tyłki i wzywała naszych do poddania się. Jak z Fukuyamą. Jak z żoną Clausewitza.

– Nie ma już żadnych waszych, Jesús. Czyżby nikt ci nie doniósł? Ach, pewnie nie działa ci komunikator. A tymczasem właśnie teraz trwa szturm waszej kryjówki w Vertigo, to też było w wiadomościach. Zostałeś tylko ty.

Szturm? Czy Beatrice i Olaf mogą stawiać jakikolwiek opór? Jak oni znaleźli to miejsce tak szybko? Namierzyli mnie, kiedy dzwoniłem do ojca André?

– Więc mojej skóry nie zobaczycie. Zeskrobiecie ją sobie ze ścian. – Pot spływa z czoła Rocamory strumieniami. – Nie dam z siebie zrobić wypchanej kukły, jasne!?

– Riccardo, czy mógłby pan poprosić wszystkich, żeby opuścili pomieszczenie? – mówi Schreyer gdzieś na stronie. – I niech pan będzie tak dobry, i przełączy mnie na bezpieczną linię. Chciałbym pogawędzić z terrorystą sam na sam. Psychologia w działaniu, że tak powiem. Ostatnia próba ocalenia życia dzieci.

– Nie chcę śmierci tych ludzi! – krzyczy Rocamora. – Nie wierzcie mu! I nie jestem samobójcą! Wszyscy jeszcze możemy się uratować! Jeśli ktoś mnie słyszy... Walczę i zawsze walczyłem o prawo ludzi do bycia ludźmi, o nasze prawo do przedłużenia rodu, o to, żeby nie zabierano nam dzieci, żeby nie zmuszano nas do dokonywania tego nieludzkiego wyboru...

Bokiem wycofuję się w stronę drzwi. Rocamora nie zwraca na mnie najmniejszej uwagi; może uda nam się stąd wydostać, kiedy... Sprawdzam zamek. Pcham powoli, cicho... Drzwi się nie poddają. Zastawili je czymś od zewnątrz.

– Koniec. Możesz już nie gardłować, wyłączyli cię – przerywa mu Schreyer. – Teraz możemy pogadać sami. Ty i ja. No i oczywiście twoi zakładnicy, ale oni się nie liczą. Przecież w końcu ich zabijesz.

– Łajdak! Kłamca!

Rocamora spogląda z nienawiścią na Ala, który siedzi bezwładnie w kącie ze związanymi rękami i krwawiącym czołem. I stamtąd, jakby z Ala, wydobywa się obcy głos, jakby ten był pogrążonym w otępieniu medium, przez które łączy się z naszym światem jakiś demon.

– Trzydzieści lat, Jesús! Trzydzieści lat odkładałeś naszą rozmowę, co? Byłeś bardzo zajęty, ja to rozumiem. Walczyłeś przecież z systemem! Trzydzieści lat cię szukałem. W ukrywaniu się jesteś mistrzem. Trzydzieści lat ratowałeś przede mną, kanibalem, miluchne różowiutkie dzieciaczki. Obce. Ze swoimi jakoś ci się nie złożyło, co?

– Ja...

– I przez trzydzieści lat domagałeś się zniesienia ustawy o wyborze. Może dlatego, że sam nie zdołałeś wybrać prawidłowo, ot i cała przyczyna?

– Nie powinienem być zmuszany... Nikt nie powinien...

– Bo po prostu stchórzyłeś? Zachowałeś się w stosunku do niej jak zwykła świnia?

– Wyłącz go! Wyłącz! – krzyczy Rocamora do Ala.

– Nie zachowuj się jak rozhisteryzowana baba – mówi Schreyer. – Trzydzieści lat uciekałeś przed tą rozmową. Łatwiej ci zdechnąć, niż ze mną pomówić? Wiesz, co mnie boli? To, że zdradziła mnie z takim tchórzem. Mam gdzieś, że byłeś żigolakiem i darmozjadem. Przykro mi, że chciała ode mnie odejść do takiej miernoty jak ty.

Pokoik zaczyna się rozpuszczać i osiadać, mały zły pistolet pływa w moich wilgotnych palcach – i odsuwam go od Rocamory, żeby nie przerwać mu, zanim nie dosłucham do końca.

– A ona na ciebie czekała, Jesús. Czekała przez wszystkie te cztery lata, kiedy jej szukałem. Zjawiłeś się tam choć raz? Próbowałeś się z nią skontaktować?

Cztery lata, powtarzam sobie w duchu. Czekała cztery lata, aż...

– Nie chcę o tym rozmawiać! – Rocamora ogląda się na mnie, na Ala, na Bertę.

– Może bałeś się zasadzki? Ale przecież wtedy wcale nie byłeś terrorystą numer jeden! Byłeś zwykłym striptizerem, uwodzicielem bogatych znudzonych dam, śmierdzącym nędznym kundlem. Kundlem, który zerżnął cudzą sukę.

– Sam byłeś temu winien, Schreyer! Sam byłeś winien! To ty ją do tego doprowadziłeś!

– Wszyscy wokół są winni, tylko nie ty.

– Kochałem ją!

– I dlatego zostawiłeś ją samą. Uciekła do ciebie od męża – a ty?

– Co z nią zrobiłeś?

– Jakie nagłe zainteresowanie! Trzydzieści lat udawało ci się powściągać ciekawość, a tu proszę – mam ci teraz wszystko podać na srebrnej tacy!

– Szukałem jej! Starałem się ich znaleźć!

– I nie znalazłeś. Ty, ze swoimi możliwościami, z twoim kumplem hakerem – nie znalazłeś. Słyszysz, Janie? A to pech!

Słyszę. Wszystko słyszę i niczego nie rozumiem.

Moja twarz jest mokra, zdaje mi się, że to krew sączy mi się z uszu. Berta gapi się na mnie w milczeniu, do jednej piersi przyssał jej się Henrik, do drugiej – moja córka. Konik polny skacze na Rocamorę, trafia go w policzek. Ten drga, ręka z detonatorem się zaciska, mrużę oczy.

– Co z nią zrobiłeś!?

– Nic. Po prostu zabrałem ją z powrotem do domu, Jesús. Całą resztę zrobiłeś z nią ty.

– A dziecko!?

– Dziecko?

– Przecież urodziła!?

– Urodziła, Jesús. Chociaż bardzo jej to odradzałem. Byłem gotów jej wybaczyć, wiesz? Głupio przecież być zazdrosnym w stosunku do żony, z którą przeżyło się pięćdziesiąt lat, o jakiegoś żigolo, dziwkę w spodniach. Pozbądź się tego embrionu, prosiłem. Usuń go z siebie, oczyść się i o wszystkim zapomnimy. I będziemy żyć jak dawniej. Chyba nie myślałeś, że uciekła dla ciebie? Nie, chciała koniecznie zachować ten cholerny embrion.

Zachować ten cholerny embrion.

Koniecznie zachować ten cholerny embrion.

Pozbądź się tego embrionu, prosiłem.

Ruchem ust powtarzam te słowa za Schreyerem.

– Trzymałeś ją na łańcuchu przez pięćdziesiąt lat i chciałeś ją trzymać drugie tyle! Nie mogłeś jej niczego dać, Schreyer! Ona była z tobą nieszczęśliwa! Nie chciałaby...

– Za to ty, rzecz jasna, dałeś jej wszystko.

– Anna marzyła o dziecku!

– Więc zafundowałeś jej brzuch i uciekłeś. Dobroczyńca. Dziękuję ci bardzo.

– Ile lat próbowała zajść w ciążę – z tobą!? Opowiadała mi, wszystko mi mówiła... I wciąż jej się nie udawało!

– I oto cud! Istny cud! Zstąpił na nią Duch Święty! Dokonało się niepokalane poczęcie! To, o co błagała Boga, kiedy myślała, że nie słyszę. Dzieciątko!

– Myślała, że problem tkwi w niej! Myślała, że to ona jest bezpłodna, dlatego modliła się i... Przecież ty to wiesz! Ty to wszystko wiesz!

– Problem? Nie widzę żadnego problemu! Nie widziałem wtedy i nie widzę teraz! Problem jest wtedy, kiedy ulegasz swoim zwierzęcym instynktom! Problem jest wtedy, kiedy nie wiesz, co robić ze swoją rują, i rzucasz się na pierwszego napotkanego faceta! Kiedy wyobrażasz sobie cholera wie co i bierzesz banalny szybki numerek za boską interwencję! To nazywam problemem!

– To ty ją do tego doprowadziłeś! Ty! Do tego obłędu! Ona taka nie była!

– Jaka? Nie rozmawiała ze swoim Jezusem tak, jakby on jej odpowiadał? Tak, to się z nią stało później. Przez te lata, kiedy jej szukałem. Przypomnę ci – ja jej szukałem, ja, a nie ty, Jesús. I ty śmiesz mówić, że jej nie kochałem? Czy można się tak starać dla kobiety, której się nie kocha?

– Co z nią zrobiłeś!?

– To, co powinien był zrobić kochający mężczyzna i porządny mąż. Nie zostawiłem jej tak jak ty. Nie wyrzuciłem jej z domu. Troszczyłem się o nią do końca, Jesús.

Słucham ich, zmartwiały, oniemiały, nie wtrącając się do rozmowy. Patrzę na Jesúsa Rocamorę.

Ten wzrok, który kiedyś dawno, rok temu, wydał mi się znajomy. Oczy.

Za całą jego charakteryzacją, doklejanym brwiami, policzkami, nosem... Gdzieś tam jestem ja.

– Do końca!? Zabiłeś ją! – chrypi Rocamora.

– Zrobiliśmy wszystko, co nakazuje prawo, Jesús. Sama zdecydowała. Zdecydowała, że nie usunie twojego dziecka, zdecydowała, że zapłaci za nie swoją urodą, swoją młodością i swoim życiem. Radziłem jej, żeby zmieniła zdanie.

Ale ona wybrała starość i śmierć. Postanowiła nie usuwać dziecka.

Moja krew zrobiła się tłusta i gęsta, jak ta, która wyciekła z biednego Olafa. Sercu trudno jest ją pompować, przez ostatni rok mocno zniedołężniało. Ledwie wyciąga tę krew jak skondensowane mleko z dalekich, ciężkich nóg, ledwie wtłacza ją w kruche naczynia mojego skamieniałego mózgu, jęczy z wysiłku, nie radzi sobie. Nie radzę sobie.

– Co zrobiłeś z moim dzieckiem!?

– O! Podszedłem do tej sprawy z pełną odpowiedzialnością, Jesús. Wychowałem je. Ukształtowałem. To w końcu syn mojej ukochanej żony.

– Syn?...

Wszystkie moje lata w internacie. Wszystkie te lata, kiedy marzyłem, by wyrwać się, uciec, i waliłem głową w ekrany. Wszystkie te lata, przez które czekałem na połączenie od matki.

To wszystko nie było przypadkowe. Moje pierwsze spotkanie ze Schreyerem. Zadanie, które dał mi do wykonania. Jego cierpliwość. Jego gotowość, by nie zwracać uwagi na moje błędy. Kolacje i koktajle. Wychował i ukształtował.

– Masz jakieś inne dzieci, Jesús?

– Nie! Co cię to obchodzi!?

– Ty przecież tak kochasz dzieci, Jesús. Poświęciłeś całe życie, żeby chronić biedaków, którzy koniecznie chcieli się rozmnożyć. A jak stoisz z własnymi?

– Milcz!

– Kontaktujesz się z nimi? Wątpię. Przecież uciekasz przed swoimi kobietami, kiedy tylko zachodzą w ciążę! To nie sprzyja przyjaznym stosunkom z dziećmi. Czy ty je w ogóle znasz?

– Nie... – mówię cicho.

– Może poznam cię z twoim synem! Tym bardziej że i tak już prawie się poznaliście. Janie, to jest Jesús, Jesús, to jest Jan.

Mam pistolet. Ale do kogo mam strzelić? Do Schreyera? Do Rocamory? Do siebie?

– No ładnie... – mówi Berta.

– To on!? On!?

– Proszę, jaki ciekawy przypadek – mówi Erich Schreyer. – Ponieważ ani ty, ani twój syn nie mogliście sobie poradzić ze swoimi samczymi instynktami, zebrała się wam tam teraz cała szczęśliwa rodzina. Trzy pokolenia w jednym pokoju. Tak więc jeśli zdetonujesz swoją bombę, za jednym zamachem zabijesz syna i wnuczkę.

– Co!? – Rocamora kompletnie nie może tego przyswoić. – Ty... potworze...

– Zabawne, co? Trzydzieści lat walczyłeś o prawo ludzi do przedłużenia rodu, Jesús! Zamiast wychowywać swojego własnego syna. Zamiast być obok kobiety, która ci go urodziła. Trzydzieści lat demagogii i tchórzostwa! I oto moment prawdy. Okazuje się, że masz i dzieci, i wnuki. I co? Wysadzisz je razem z sobą w imię swojej świętej wojny!

– To nieprawda! To kłamstwo!

– Pouczająca historia, co, Jesús? Człowiek, który z takim zapałem bronił prawa do przedłużenia rodu, zabija swoich potomków razem z sobą!

– Uknułeś to...

– Może jednak nie warto było płodzić dzieci?

Rocamora ociera pot z czoła, bierze detonator w drugą rękę, daje odpocząć zdrętwiałym palcom. Mruga, ogląda się na mnie.

– On!?

– Właśnie on, Jesús. Odzyskałeś syna! Próbowałem was poznać wcześniej, ale...

– Wcześniej? Kiedy... Kiedy miał mnie zabić? Bo to ty go posłałeś!? Ty to wszystko uknułeś! Szczułeś go na mnie...

– Wyszłoby zabawnie, czyż nie? I też całkiem pouczająco. Spotkałem się z czymś takim w jakimś głupim filmie fantastycznonaukowym. Jakby w sam raz o tobie.

– Wszystko to tylko po to, żeby się na mnie zemścić?

Wszystko, co mi się przydarzyło przez ostatni rok, wszystkie te dziwne, niepowiązane ze sobą wydarzenia zaczynają zyskiwać sens. Moje życie zaczyna zyskiwać nowy sens. Tylko jaki?

– Zemścić? Zemścić się na dziwce, tchórzu i miernocie? Nie, raczej dać ci nauczkę.

– Zabrałeś mojego syna... Syna Anny... Wyhodowałeś z niego potwora... Przygotowywałeś go do tego przez trzydzieści lat... Jesteś obłąkany! Jesteś chorym człowiekiem!

– Potwora? On jest sympatyczny. Troszkę mu tylko pomagałem wspinać się po drabinie służbowej. Jan jest teraz przecież chiliarchą Falangi, bohaterem wyzwolenia Barcelony! Czyżbyś nie czuł dumy z syna? Syna, którego tak pragnęła moja biedna żona?

Moja biedna żona. Zabrałem ją z powrotem do domu. Troszczyłem się do końca.

Mały drewniany krucyfiks z moich koszmarnych wspomnień. Krucyfiks na ścianie w zamku-bungalowie, w zaczarowanym domu na wyspie pośrodku nieba. Ten właśnie krucyfiks, do którego zawsze zwracała się moja matka. Ten, który prosiła o ochronę i opiekę.

Wisi dokładnie naprzeciwko dziwnego małego pokoju, którego tak się boi Helen Schreyer. Pokoju z wąskim łóżkiem, z drzwiami bez klamki i z oknem z bankową, kuloodporną szybą, które można zasłonić albo odsłonić z korytarza – z zewnątrz, ale nie od środka.

– Ty... – W gardle mi zaschło. – Ty...

Ale Schreyer mnie nie słyszy. Straciłem głos.

– Ty! – krzyczę w końcu do niego. – Ty ją tam trzymałeś! W tym pokoju! To więzienie! Izolatka!

Bez okien, bez ekranów, bez możliwości ukrycia się, jeśli gospodarz postanowi odsłonić zasłonę. To była cela. Klatka, w której Anna Schreyer odsiadywała dożywotni wyrok, z której nie można było uciec. A widać z niej było tylko wiszący na przeciwległej ścianie krucyfiks. Ten sam, z którym uczyła mnie rozmawiać, kiedy było mi źle albo czułem strach.

Troszczyłem się o nią do końca.

Spędziła wszystkie te lata, wszystkie te dziesięć lat spędziła w pieprzonej klatce!? Moja matka!?

– Ty gnido... Śmieciu... Ty sadysto...

– Ja? – Śmieje się sucho z głośnika. – Czyżby? Mieliśmy być razem. Ona i ja. Zawsze. Prawdziwa wieczna miłość. Czysta, bez domieszek. A co dostałem? Zdradę. Okazałem wielkoduszność. Błagałem, żeby zrezygnowała z dziecka. A ona je zachowała mnie na złość. Niby że bozia jej tak kazała. Myślała, że mnie oszuka. Że uda jej się uciec. Że on jej pomoże, ten drewniany opiekun. Sama wybrała starość. Więc dałem jej starość. Ale nie była sama. Każdego dnia podchodziłem do szyby i robiłem zdjęcie. To było proste. Przez cały czas sterczała pod oknem, czekała, aż odsłonię. Chciała się zobaczyć ze swoim Jezusem. A ja pokazywałem jej, jak się starzeje.

– Za co jej to robiłeś!? Takie męczarnie – za co!? – szepcze Rocamora. – Nie wiedziałem... Boże, gdybym o tym wiedział... Dlaczego nie mogłeś po prostu się z nią rozwieść!?

– Byłem bardzo wiernym mężem. Nie szukałem innych kobiet, dopóki Anna żyła. I nie jestem sadystą. Nie męczyłem jej! Zawsze była w dobrym nastroju, Jesús. Nie chciałem, żeby zmarniała przedwcześnie, dlatego w wodzie, którą piła, zawsze były rozpuszczone pigułki szczęścia. Szkoda, że nie mogę pokazać ci któregoś z jej zdjęć. Na wszystkich jest uśmiechnięta.

– Nie daruję ci tego! Zwyrodnialec!

– Potwór! – podpowiada Rocamorze Schreyer. – Ale co możesz zrobić? Nacisnąć przycisk? Wszystko skończone, Jesús. Nie na darmo czekałem trzydzieści lat. Masz oczywiście wolny wybór – czy twoje dzieci sprawią, że zostaniesz cyfrową kukłą i dołączysz do trupy pozostałych wypchanych rewolucjonistów, czy zrobisz z nich zwęglone kotlety. Opowiadam się za tym pierwszym wariantem. Jan mi się spodobał. Trochę się już do niego przyzwyczaiłem. Ale decyzja należy do ciebie.

– Wykorzystałeś mnie – mówię. – Jak narzędzie. Jak instrument. Wykorzystałeś i porzuciłeś na śmierć.

– Taki sobie ten instrument – odpowiada Schreyer. – Niczego nie umiałeś zrobić, jak należy. Wdałeś się w romans z panienką, którą miałeś sprzątnąć, do tego jeszcze ta historia z Helen. Niedaleko pada jabłko od jabłoni, co, Janie?

– Wiedziałeś?

– Przeglądam nagrania z kamer bezpieczeństwa. Czyżbyście nie po to przyszli do nas w gości?

– Nie waż się jej dotykać!

– Jeszcze jeden amator pustych gróźb. Nie martw się, Janie. To przecież ja was poznałem, zapomniałeś? Helen jest uparta, nie chce brać pigułek. Trzeba było znaleźć jej chwilową rozrywkę. Imitatora.

Al siedzi w kącie – czerwony jak rak, męczy się, dając głos szatanowi. Ale nie ma odwagi przerwać senatorowi Erichowi Schreyerowi. Za drzwiami ktoś się krząta, krzyczą coś niewyraźnie, słychać jakiś brzęk.

– To bardzo miłe, że troszczysz się o Helen, ale, doprawdy, nie warto. Ona jest moja, Janie. Nigdy nigdzie nie ucieknie. Zawsze będzie przy mnie. Wie, co się stało z Anną, i nie chce siedzieć w tamtym pokoju, wiecznie młoda i piękna. To, że kilka razy ją pokryłeś, nie daje ci prawa, żeby cokolwiek sobie wyobrażać. Nie bądź taki jak twój ojciec. Jak bezmózgie zwierzę. Tak bardzo liczyłem, że zdołasz być lepszy. Że wyhoduję z jego brudnego nasienia wyższą istotę, nauczkę dla tej małpy i pamiątkę o swojej ukochanej żonie. Tak bardzo liczyłem, że zdołasz zasłużyć na wieczność, Janie!

– Myślisz, że ty na nią zasługujesz!? I możesz bawić się ludźmi? Czy ty myślisz, że jesteś bogiem? Myślisz, że jesteś bogiem!? – wrzeszczę do niego.

– Jeśli nie ja, to kto? – śmieje się Erich Schreyer. – O, chwileczkę... Są wiadomości z Vertigo. Jesús, twoi przyjaciele właśnie wysadzili trzy kondygnacje wieżowca. Kto tam był? Ulrich? Peneda? Został po nich tylko popiół.

Rocamora milczy. Ręka drży mu ze zmęczenia. Patrzy na Ala, patrzy na mnie – i milczy.

– No, Jesús? Co tak umilkłeś? No, naciśnij guzik! Prawdziwy rewolucjonista powinien umieć pięknie odejść, żeby przejść do wieczności! Naciśnij guzik, zostań Che Guevarą!

Czarne kropki na betonowej posadzce. Rocamora ciężko dyszy.

Przydymione spojrzenie Beatrice z okna na piętrze. Krążące jak oszalałe słońce. Nadmuchiwany żółw w przyciętym oceanie. Laboratorium. Wszystko zniknęło. Olaf z dziurami w brzuchu. On nie miał już nic do stracenia.

– Chcesz, żebym ci pomógł? Tam, na zewnątrz, wszystko jest już zaminowane. Paski kanałów informacyjnych są już przygotowane, Jesús. Ty już tego aktu terroryzmu dokonałeś. Nikt się nie zdziwi.

Moja córka, która tak pięknie milczała, ssąc pierś Berty, znów zaczyna kwilić, płacze coraz głośniej i głośniej.

– Zrobiła kupkę – oznajmia Berta. – Potrzymaj no mojego, spróbuję ją jakoś przewinąć.

– Wyłącz komunikator, Al – mówię, pomagając sobie pistoletem. – Tyle informacji, że głowa puchnie. No, wyłącz.

I Al mnie słucha.

– Daj ją tutaj – mówię do Berty, wkładam pistolet do kieszeni. – Sam wszystko zrobię. Masz suchą szmatkę?

– Lepiej już byście się poddali – chrypi Al. – Niepotrzebnie zdechniemy.

Rocamora oblizuje usta, opuszcza detonator, przekłada go ostrożnie z zesztywniałych palców jednej ręki do drugiej.

Nie odrywa ode mnie wzroku. Wycieram małej pupę. Cholera, przydałaby się woda. Poznała mnie, uspokoiła się, obserwuje moją twarz.

Czas mija. Za drzwiami cisza. Al poci się bezgłośnie, potrząsa tylko głową, żeby strącić konika polnego, który usiadł mu na włosach.

Wszechświat się zapada. W stronę ziemi leci ogromny meteoryt i za kilka minut nic z niej nie zostanie. Ja wycieram dziecku pupę.

– Nie wiedziałem – mówi mi Rocamora. – Nie wiedziałem, że zrobił jej coś takiego. I tobie.

Czy ten człowiek to naprawdę mój ojciec? Ten sam, którym zawsze pogardzałem i którego zawsze nienawidziłem? Przecież nigdy go nie szukałem. Więc dlaczego znalazłem?

To wszystko przez Annelie. To ona sprawiła, że zacząłem myśleć, że moja matka żyje. To ona mi pokazała własnym przykładem, jak przebaczać. Oszukała mnie. Oszukała mnie i też umarła.

Mojej matki nie ma. Niepotrzebnie jej szukałem i niepotrzebnie nie szukałem.

Pięknie: myślisz, że świat jest płaski i bezkresny, a on okazuje się kulką unoszącą się w pustce i dokądkolwiek byś popłynął, i tak zawsze wrócisz do punktu wyjścia. Wszystko o nim wiadomo. Nie ma żadnych tajemnic.

– Obie umarły – mówię Rocamorze. – Nie pozostał już nikt.

– Nikt. – Oblizuje usta; jego oczy robią się szklane i zaczynają się rozpuszczać.

– Wychodzi na to, że to pańska wnuczka! – wskazuje Berta na małą nagą dziewczynkę, którą zawijam w kawałek cudzej sukienki.

– Nie rozumiem – mówi Rocamora.

Ja też nie rozumiem.

Patrzy na dziecko na moich rękach.

– Jak jej daliście na imię?

– Nijak.

– To jej dziecko – tłumaczy sobie. – Jej, Annelie.

– Ale nie twoje – przypominam mu. – Poprosiłeś mnie wtedy, żebym zrobił Annelie aborcję. Twoje dziecko zostało tam, na ręcznikach. Nie zdążyłem im przeszkodzić. Byłem zajęty. Rozmawiałem z tobą.

– Nie można. Tak nie można.

– Zrobiłeś z nią to samo co z moją matką. Po prostu miałem trochę więcej szczęścia.

– Pokaż mi ją – prosi.

– Spadaj.

Mruga.

– Mogłeś umrzeć zamiast niej? – pytam swojego ojca. – Zamiast nich?

– Trzeba było – odpowiada. – Lepiej by było, żebym wtedy umarł.

Chwytam ją wygodniej. Chociaż jej mogę się teraz do czegoś przydać. Patrzy na mnie poważnie, ponuro. Pewnie zbiera jej się na spanie.

– Opowiedz mi o niej. O mojej matce.

Rocamora kaszle. Wolną ręką pociera ciemny pas na szyi. Nie wiedzieć czemu dotyka paczek z materiałem wybuchowym na swoim pasie – ostrożnie, z zadumą. Trzyma je, jakby ładował akumulatory.

– Zostawiłem ją – mówi.

– Nie to...

– Tak, zostawiłem ją. Tak, obleciał mnie strach. Kiedy powiedziała mi o ciąży. Wziąć wszystko na siebie. Zacząć się starzeć. Utrata zdrowia. Impotencja. Marazm. To jak śmiertelna choroba, jak trąd, jak wyrok. Za co!? Dlaczego ja!?

– A-a-a. Luli-laj.

– Po prostu nie chciałem się starzeć! Co w tym takiego dziwnego!? Nie pożyłem jeszcze wystarczająco długo! Niczego nie zdążyłem zobaczyć! Poczuć! Zrobić! Nie spróbowałem wszystkich kobiet! Nie wyjeżdżałem z Europy! Dlaczego miałbym postawić na sobie krzyżyk? Ja nie chciałem dziecka! To nie był mój kaprys! Nie wiedziałem, że ona się nie zabezpiecza! Rezygnować ze swojego życia, z siebie, z przyszłości, tylko po to, żeby jej dogodzić? Tylko po to, żeby miała kogo poniańczyć? Dlaczego!? Gdzie jest sprawiedliwość!? Gdzie jest sens!? Jestem za młody! Muszę jeszcze pożyć! Dla siebie! Umiem delektować się życiem! Jedzeniem! Winem. Kobietami. Przygodami. Kocham swoje ciało! – Ściska i rozwiera palce swobodnej ręki. – Nie mamy nic poza tym. Ja nie mam. Jak mogę zamienić to wszystko na dziecko? Na krzyczące małe zwierzątko? Po co?...

– Bydlę z ciebie, tyle ci powiem! – rzuca mu Berta.

– Pewnie, że uciekłem. Postanowiłem nie myśleć, co z nią będzie. Z Anną. Ten jej obłęd... Bóg się zmiłował. To cud, że zaszła w ciążę po pięćdziesięciu latach. I tak dalej. Była taka szczęśliwa. Nawet się nie zająknąłem o aborcji. Po prostu uciekłem i zmieniłem identyfikator.

Kiwam głową. Bolą mnie moje siwe włosy, zmarszczki bolą mnie od najmniejszego ruchu, kiedy kiwam głową.

– Jasne.

– Ona... Mówiła ci, kim jestem? Wspominała o mnie?

– Nie.

– Nigdy? Ani razu?

– Nie.

– A ja wspominałem ją każdego dnia. Z początku bałem się, że wskaże mnie Nieśmiertelnym. Potem zrozumiałem – okazała się lepsza ode mnie. Śmielsza, szlachetniejsza. Liczyłem dni: teraz pewnie rodzi. Teraz dziecko ma miesiąc. Teraz rok. Nie mogłem się z nią skontaktować. I im dalej, tym gorzej. Jak to zrobić? Jeśli nie udało się od razu, potem jest coraz trudniej. W wypadku innych nie pamiętałem nawet imion, ciągle je myliłem, twarze migotały mi przed oczami. A jej... Nie mogłem wyrzucić jej z głowy. Wiesz, jak z nią było?

Al pociąga nosem, wierci się, nie bardzo ma ochotę słuchać cudzych wynurzeń. Al to przecież porządny facet. Tylko trochę tępy: nijak do niego nie dociera, że na świecie nie ma ani dobra, ani zła.

– Miała taki mocny smak, że po niej wszystkie inne zdawały się mdłe. Przecież dla mnie wyrzuciła całe swoje życie na śmietnik. Penthouse, przyjęcia i bale, podróże dookoła świata. Urodę. Była bardzo piękna.

– Pamiętam.

– Potem wszystko było łatwe, puste, przypadkowe, po prostu, żeby zabić czas. Coś takiego jak z Anną już się nie powtórzyło. Jak w wieczorowej sukni od Schreyera jechała tubą do mojej klitki prosto z balu w Operze Wiedeńskiej. Jak uczyłem ją pić wódkę. Jak ona uczyła mnie na Sardynii skakać na główkę z klifu do morza. Jak zaprowadziła mnie do chrześcijan, do podziemi jakiegoś wieżowca i jak staruszek ksiądz udzielił nam tam ślubu. Pamiętam to wszystko, jakby to było wczoraj. To, co było rok temu, rozpływa się, a tamto widzę wyraźnie, jasno.

Komunikator Ala zaczyna świergotać i świecić. Ale Jesús Rocamora zahipnotyzował mnie, wprowadził w trans; słucham jego głosu jak kobra fletu.

– Schreyer. – Al wykręca w moim kierunku związane nadgarstki.

– Nie odbieraj – odpowiadam.

– I popatrz teraz na mnie – jestem młody. Młodszy od własnego syna. Chłopiec. A w środku próchno. Wciąż próbuję, próbuję poczuć to samo co wtedy... I nic. Wszystko to jakieś głupstwa, wydmuszki. Dusza się starzeje. Ciało młode, może wszystko, a dusza się wytarła. Nie potrafię tak czuć, tak patrzeć na świat, tak się cieszyć jak wtedy. Kolory wyblakły. Nie przypominają prawdziwych. To nie to. To wszystko nie to. Uciekałem... niepotrzebnie? Nic lepszego niż Anna mi się nie przytrafiło. Tylko Annelie.

Gdyby to był tylko Jesús Rocamora, przerwałbym mu. Ale powiedziano mi, że to mój ojciec. I nagle zyskuje nade mną jakąś władzę. Po prostu to usłyszałem, nie dotknąłem go nawet skanerem. Dlaczego tak się dzieje?

– Annelie. Jest niewiarygodnie podobna do twojej matki. Zupełnie jakby Anna ożyła. I jeszcze to jej imię... Jak reinkarnacja. Rozumiesz? Jakbym ją znalazł.

– Panowie... Może dokończycie beze mnie? – pyta Al.

– Chrzanić to – odpowiada z roztargnieniem Rocamora. – Stąd nie ma wyjścia. Nie rozumiesz?

Znów dzwoni komunikator.

– Chciałbym jeszcze pożyć – mówi Al.

– On nas nie wysadzi – przekonuje Berta. – Nie stracił jeszcze do końca sumienia.

– Zamknijcie się – prosi Rocamora.

– Annelie to nie moja matka.

– Wiem. Próbowałem ją dopasować, zmienić w Annę. Fryzura... Ubrania... Wynająłem dla nas mieszkanie. Jakbym przeżywał z nią to, czego nie przeżyłem z Anną. Jakbym nie uciekł wtedy od niej, od twojej matki. Jakby nie było tych trzydziestu lat.

– A potem uciekłeś od Annelie.

– Nie od Annelie! Od dziecka. Od starości!

– Nie uratujesz się przed starością.

– Annelie mnie ratowała. Czułem się z nią inaczej... Dopiero kiedy zniknęła, zrozumiałem: to jej potrzebuję, nie reinkarnacji. Znowu się zakochałem. Próbowałem jej to powiedzieć... Po Barcelonie. Ale byłem pijany. Zacząłem wyjaśniać całą historię... Nie chciała mnie słuchać. Odeszła. I tak... Raz za razem. Coś jest ze mną nie tak.

– Po prostu jesteś tchórzem – mówię do niego. – Tchórzem i kretynem.

– Zdałem sobie później sprawę, co jej powiedziałem. Próbowałem ją znaleźć przez dziesięć miesięcy. Dzwoniłem codziennie. Obszedłem wszystkie znane mi squaty. I kiedy włączył się jej komunikator... Dzisiaj... Pierwsze, o czym pomyślałem, to, że to pułapka. I od razu: a co za różnica? Jeśli znów wypuszczę ją z rąk, jak mam potem spędzić całe życie w pustce? Wziąłem wszystkich ze sobą, ostatnich – i przyjechałem tutaj. No i... Zabezpieczyłem się. – Gładzi swój pas z krzywym uśmiechem.

– Tak – kiwam mu głową. – Ja też pomyślałem, że to pułapka. I też przyjechałem.

– Przepraszam. – Jego palce drżą z napięcia. – Przepraszam, że zepsułem ci życie. Przepraszam, że doprowadziłem do śmierci twoją matkę. I za Annelie... Kocham ją. Jeśli ty też ją kochasz, zrozumiesz. Czym mamy się teraz dzielić? Chciałem wszystko naprawić. Ale nic nie mogę zrobić.

Nie mam siły go nienawidzić. Nie mam nawet siły nim gardzić. On jest idiotą, ja jestem idiotą. Jesteśmy dwoma nieszczęsnymi idiotami, którzy nie mogą się podzielić dwiema martwymi kobietami.

– Chcesz ją potrzymać? – Kołyszę zawiniątko.

– Dziękuję. Nie mogę – mówi. – Mam zajętą rękę.

– Faktycznie. Zapomniałem.

Uśmiecham się. On też się uśmiecha. Śmiejemy się.

– Psychole z was – kręci głową Berta.

– Słuchaj no – Rocamora odwraca się do Ala – połącz mnie z nim.

Schreyer wraca do naszego pokoiku.

– No, co tam u was?

– Potrzebuję gwarancji. Chcę mieć pewność, że ich wypuścisz. Żywych. Mojego syna i moją wnuczkę. Inaczej to nie ma żadnego sensu.

– Obiecuję – mówi Erich Schreyer. – Poddajesz się z nietkniętą skórą, Jan zabiera dziecko i może iść, dokąd go oczy poniosą.

– I ta kobieta, która siedzi tu z nami – dodaję. – Czy ona też może odejść? Razem z dzieckiem?

– To sprzeczne z ustawą – burczy Al. – Trzeba ją sprzątnąć.

– Ależ z ciebie menda! – pluje na niego Berta. – Milcz, kiedy ludzie rozmawiają!

– Wszystko mi jedno – mówi Schreyer. – Daleko nie zajdzie.

– To nie w porządku – nalega Al. – Ustawa to ustawa.

– Dajcie mi jeszcze pięć minut z rodziną – prosi Rocamora. – A potem możecie wchodzić.

Lewą ręką podwija prawy rękaw i ostrożnie wyciąga z detonatora cienkie jak włos przewody. Potem mruga i powoli rozluźnia palce.

– Cholera, zdrętwiały. – Potrząsa nimi. – Dasz potrzymać?

Ostrożnie bierze ją na ręce, zagląda jej w twarz.

– Śliczna.

– Teraz nie widać. Ale ma oczy Annelie. I matki.

– Uśmiecha się.

– Śni jej się coś przyjemnego.

– Zaraz mnie od was zemdli – mówi Al.

Za drzwiami zgrzyt: rozbierają barykady, rozminowują drzwi. Idą po Rocamorę. Po nas wszystkich. Wkładam rękę do kieszeni.

Rozdział 30

KLĘSKA

Ociężali wojskowi saperzy, podobni do kosmonautów, powoli, jakby unosząc się w stanie nieważkości, rozbierają Rocamorę. Ten stoi z podniesionymi rękami, z uśmiechem na połowie twarzy, jak po wylewie. Zostajemy na razie tutaj, obok niego – saperzy boją się, że się rozmyśli.

Dwaj antyterroryści w pancerzach i kominiarkach ładują na nosze Ala, zapinają go razem z głową w czarnym worku, wycierają ręce. Biedny Al.

Stoimy i czekamy, póki nie skończą.

Wyprowadzają Rocamorę. Odwraca się, rzuca ostatnie spojrzenie przez ramię, kiwa mi głową. Zostaję z Bertą pośrodku hali zasypanej śniętą szarańczą – widocznie załatwili owady gazem. Roboty zamiatają zatrute swoją wolnością koniki polne, jadą zutylizować je w sarkofagach; insekty nie nadają się już do spożycia.

Nie ma tu nikogo ze squatu ojca André. Wszystkich zgarnęli: Louisa, Sarę, Ingę – pod igłę; Georga i Borisa, fantastów wymyślających, jak wszystko poprawić w naszym zacinającym i wieszającym się świecie – do internatu, reformatować ich od zera. Nataszę, która śpiewała „Niebo-niebo-niebo" – do internatu, uczyć ją zabierać dzieci rodzicom i wstrzykiwać śpiącym starość.

A ja trzymam swoją córkę na rękach. Nikt do mnie nie podchodzi, nikt mi jej nie odbiera. Robię krok w stronę wyjścia, potem jeszcze jeden i jeszcze – nikt nie próbuje mnie zatrzymać; tak jakby w ogóle mnie nie zauważali.

I mimo wszystko idę powoli, boję się, żeby zbyt gwałtownym ruchem nie rozerwać tej bańki mydlanej, która czyni mnie niewidocznym i nie do powstrzymania. Mijam Nieśmiertelnych w maskach, którzy stoją w szeregu przed czarnym workiem i odwracają ode mnie oczy ukryte w otworach, mijam śmiesznych grubych saperów szturchających się w swojej nieważkości, mijam nieznanych ludzi po cywilnemu, którzy fotografują zdemolowaną halę malutkimi szpiegowskimi aparatami, mijam szarańczę, która miała szczęście, że nikt jej nie uwolnił i teraz gapi się zza szkła na mural.

Berta drepcze za mną małymi krokami, jak piesek na smyczy: pewnie nie ma gdzie się podziać albo myśli, że obietnica wolności, którą złożył jej Schreyer, jest w pakiecie z obietnicą daną mnie.

– Musisz się ukryć – mówię do niej. – Uciekaj.

Ale ona mimo to nadal idzie za mną.

Winda przyjeżdża pusta, Berta i ja jesteśmy jej jedynymi pasażerami i wspólnie zajmujemy jej jedną tysięczną część. Jedziemy spokojnie, jak gdyby w Parku Przemysłowym nic się nie wydarzyło, jak gdyby nikt nie wiedział o naszym istnieniu. Żadnych reporterów, żadnego kordonu. Mój komunikator jest wyłączony, nikt nie może się ze mną połączyć. Zresztą kto miałby to robić?

Przyjeżdżamy do terminalu towarowego – jest ciemno jak zawsze. Niesiemy światło ze sobą, siadamy w milczeniu na półkilometrowej ławce. Czekamy na pociąg. Dźwigi i pasy transmisyjne nadal pracują. Pewnie i na minutę przed końcem świata będą działać zwykłym trybem.

Moja córeczka śpi, nie słyszy huku kontenerów i wycia silników elektrycznych. Ciekawe, jak ma na imię?

Berta i ja siedzimy niemal plecami do siebie, odwróciła się, wyciągnęła jedną pierś i ugniata ją, ściąga mi mleko na drogę.

Wpada lśniąca tuba pełna ludzi, wypróżnia wszystkich prosto na nas. Oto oni: dziennikarze, gapie, policjanci. Tabun przebiega obok nas, nam się udaje pochylić, ukryć dzieci. Przemycamy je do opustoszałych wagonów. Odjeżdżamy z Parku Przemysłowego.

Berta oddaje mi buteleczkę z mlekiem. Chowam ją do kieszeni. Moje kieszenie puchną od ważnych rzeczy. Jedziemy w milczeniu.

Na następnym przystanku Berta wysiada. Nikt jej nie ściga. Macha do mnie ręką z oddalającej się stacji, odmachuję jej.

Człowiek, który drzemał naprzeciw mnie, chłopak z sympatyczną, pełną otwartości twarzą, budzi się. Uśmiecha się do mnie.

– Połączenie do pana – oznajmia, po czym zdejmuje i podaje mi swój komunikator.

– Co takiego?

– Pan Schreyer chce z panem porozmawiać.

Biorę jego komunikator palcami, które parzą i swędzą tak, jakby zdrętwiała mi ręka, jakby przez godzinę bez przerwy ściskały przyrząd do ćwiczenia nadgarstków i krew dopiero zaczyna wracać w wyschnięte koryta.

– Cześć! – Głos Ericha Schreyera jest energiczny i pogodny. – Jak tam?

– Czego ode mnie chcesz? Przecież obiecałeś dać nam spokój!

– Jesteś wolny, Janie! – śmieje się. – Jestem człowiekiem honoru! Przepraszam, jeśli odciągam cię od czegoś ważnego. Po prostu chciałem złożyć ci jeszcze jedną propozycję...

– Nie. – Zwracam komunikator uśmiechniętemu chłopakowi. Ten kręci głową, odmawia przyjęcia.

– Rozumiem, jesteś na mnie zły. Ta historia z Pięćset Trzecim, twoje połączenia z więzienia... Te szopki, które urządzał twój ojciec. Po prostu chciałem dać ci lekcję, Janie. Czegoś cię nauczyć. Zdaje mi się, że wyciągnąłeś już wnioski.

– Wnioski!?

– Pewnie ci się zdaje, że jesteś w rozpaczliwym położeniu, co? Z dzieckiem na ręku, bez domu, bez pieniędzy, starzejesz się... Ale to wszystko nie tak, Janie. To zupełnie nie tak. Przecież nie sądziłeś, że cię w tej sytuacji zostawię?

Mówi do mnie z mojej wyciągniętej ręki, niewygodnie mi tak ją trzymać i upuszczam komunikator na podłogę. Schreyera to ani trochę nie peszy.

– A może zapomnimy o wszystkim, co ci się przytrafiło? Uznamy, że to był jakiś koszmar. Że tego wszystkiego nie było, co? Ani twojego romansu z moją żoną, ani twoich naruszeń kodeksu, ani spapranych misji, ani tej ohydnej historii z żoną twojego ojca, ani twojej starości?

– Zapomnimy!?

– Zapomnimy. Od każdej zasady są wyjątki! Wiesz, mam znajomości w tym centrum w Brukseli. Możemy załatwić ci tę ich kurację. Jest oczywiście droga i skomplikowana, ale... Choćby jutro. Zatrzymać starzenie, odwrócić jego bieg. I nie będziesz nawet musiał rezygnować z kariery. Przywrócimy ci stanowisko w Falandze. Nikt tam przecież nie wiedział, co się z tobą działo.

– Odbiło ci!?

Ale wbrew woli czuję: obraca mi się w środku jakiś wałek, puszczają jakieś strunki, gra jakaś drżąca melodyjka – tchórzliwa, przytłumiona. Czy to naprawdę możliwe!? Czy coś takiego jest naprawdę możliwe!? Zabraniam sobie jej słuchać; jego też.

– To prawda. I uwierz mi, nie ma w tym nic skomplikowanego. Chcę po prostu, żebyś udowodnił mi, że przerobiłeś moją lekcję. Że przeszedłeś próbę.

Kołyszę ją, żeby się nie obudziła. Kołyszę. Kołyszę. Kołyszę. Staram się uspokoić.

– Próbę!?

– Tak.

– I napuściłeś na mnie mój własny oddział!? I wypuściłeś Pięćset Trzeciego, żeby przegryzł mi gardło!? To też!?

– Próby nie kończą się wraz z wyjściem z internatu, Janie. Nie kończą się nigdy. Nie powinno się ich bać. Próby czynią nas silniejszymi. Zahartowałem cię.

Aha. Więc to tak. To wszystko to było hartowanie. Po prostu hartowanie.

– I co mam zrobić, żeby ją przejść?

– Oddać dziecko.

– Dziecko? Moje dziecko?

– Właśnie tak.

– Komu? Tobie?

– Nie! Po co mi ono? Myślisz, że naprawdę je jem? – Śmieje się. – Umieścimy ją w internacie. Oczywiście anonimowo, tak że nie będziesz mógł jej więcej zobaczyć, za to będzie miała zapewnioną przyszłość.

– Przyszłość?

– Przecież nie masz co z nią zrobić, Janie! Nie masz czym jej karmić, nie masz gdzie z nią mieszkać, nie masz za co jej wychowywać, kształcić, a i ciebie samego czeka jeszcze mnóstwo wydatków – zdrowie, sam rozumiesz... Co ty możesz jej dać? Życie w kombinacie mięsnym? W slumsach?

– To znaczy po prostu oddam ci swoją córkę i wszystko wróci na swoje tory? Wszystko będzie tak, jak było?

– Tak! Właśnie tak.

Kładę ją starannie na siedzeniu, nieśpiesznie pochylam się i podnoszę walający się na podłodze komunikator. Chłopak uśmiecha się do mnie zachęcająco: tak jest, wszystko robisz prawidłowo.

– Muszę to przemyśleć.

– Myśl. Myśl, Janie. Jeden dzień ci wystarczy?

– Powinien wystarczyć – odpowiadam nie od razu.

– No i pięknie. Wiesz co? Zostaw sobie ten komunikator. A nuż namyślisz się wcześniej? Albo ja będę chciał z tobą pogadać. Albo po prostu dowiedzieć się, gdzie jesteś, co u ciebie. Weź go.

– Mam jeden warunek.

– Wciąż mi stawiasz warunki, Janie, co? Jesteś na skraju przepaści, wyciągam do ciebie rękę, a ty stawiasz mi swoje warunki! Dobra. Mów.

– Powiesz mi, gdzie ona jest. Gdzie jest teraz moja matka.

– O! Nie ma problemu. Podeślę ci adres. To wszystko?

– Wszystko.

Zakładam bransoletkę na rękę, zapinam pasek. Biorę dziecko.

– Jednego nie rozumiem – pytam go po chwili milczenia. – Po co ci to? Co jest warta obietnica, którą składasz wrogowi? Mogłeś po prostu nas tam rozdeptać. Wszystkich. Po co ci te gierki?

– Gierki? – Teraz, kiedy jestem zaobrączkowany, wygląda to tak, jakby Schreyer mówił prosto do ucha mojego dziecka. – To nie są żadne gierki! Wszystko jest na poważnie. Jeśli nie dokonasz tego wyboru sam, nigdy nie będziesz po mojej stronie. Myślisz, że twoje ciało – albo ciało twojego biologicznego ojca – ma jakąkolwiek wartość? Daj spokój, moi ludzie mogliby świetnie odrysować jego model na podstawie kadrów z jego barcelońskiego koncertu. Chciałem, żeby to on sam się na to zdecydował. I ważne jest dla mnie, żebyś ty też sam postanowił. Nie potrzebuję ciał, nie potrzebuję niewolników, Janie.

– Czyli co, kolekcjonujesz dusze? – uśmiecham się.

– A to ciekawostka! A ktoś mi mówił, że nie wierzysz w dusze – odpowiada mi ze śmiechem.

Ktoś? Ja sam. Tyle że nie jemu, tylko Annelie.

– Wszystko jest uczciwe, Janie. Wszystkie karty są odkryte. Moja propozycja jest aktualna przez jeden dzień. Potem na zawsze zapominam o twoim istnieniu. – Dopiero na końcu przestaje grać i jego głos zaczyna przypominać prawdziwy: pusty, kompozytowy. – Zaraz prześlę ci adres. Wierzę w ciebie, Janie. Nie zawiedź mnie.

Chłopak salutuje mi i wysiada na najbliższej stacji.

Moja córka budzi się – nie przez głos Schreyera, ale dlatego, że milknie.

Zaczyna zawodzić, mruga żółtymi oczami. Prosi o jedzenie. I trzeba przebrać ją w coś suchego.

Wysiadam na następnej stacji, licho wie, co to za wieżowiec. Idąc za drogowskazem, znajduję sklepomaty, cudzym komunikatorem kupuję jakieś tanie szmatki, nie widzę obcych spojrzeń, kołyszę dziecko, szukam toalety. Zamykam się w kabinie dla inwalidów – białe ściany, poręcze, idealna czystość: inwalidów w Europie prawie już nie ma i wkrótce nie będzie ich wcale.

Zatrzaskuję sedes, rozkładam szmatki na pokrywie, podmywam niemowlę, przewijam – automatycznie, wszystkie ruchy już od dawna mam wypracowane. Uśmiecha się do mnie z wdzięcznością, coś gaworzy. Wsuwam rękę do kieszeni.

Żebyś sam postanowił. Żebyś ty też sam postanowił.

W sąsiedniej kabinie ktoś kaszle.

W komunikatorze, z nogą założoną na nogę, siedzi Erich Schreyer i słucha, czy nie zagadam na głos sam do siebie – albo do niej. Uprzejmie pozostawia mi wybór – ale tak naprawdę żadnego wyboru nie mam.

Nakarmiwszy ją – nie, nie do końca, jeszcze przez cały dzień musimy coś jeść! – chowam z powrotem buteleczkę i wychodzę ze swojej kryjówki. Brzdęk! – przychodzi wiadomość od senatora Ericha Schreyera.

Cmentarz Pax, wieżowiec Centuria. Pod nazwiskiem Anna Aminska 1K.

Cmentarz.

Nie wiem, na co liczyłem. Wyjaśniali mi raz za razem: ona umarła. Umarła. Umarła. A mnie po cichutku, w tajemnicy, wydawało się, że nie, pępowina nie została przecięta, ciągnie się, skręcona jak stary kabel telefoniczny, gdzieś na przeciwległy koniec galaktyki, jak kroplówka, i kapie z niej w moje żyły krew, płynie ciepło.

Cóż. Po prostu mi się wydawało.

W wieżowcu Centuria nie ma niczego godnego uwagi. Jakieś banalne aluzje do stylu rzymskiego, strzegące wind niezgrabne posągi legionistów z krótkimi mieczami. Peron jest przepełniony, tłumy ścierają się jak wojska piechoty w walce wręcz.

Kiedy wybieram piętro, na którym mieści się cmentarz, cała setka ludzi, którzy wcisnęli się do kabiny, zaczyna szeptać; kulą się, odsuwają się ode mnie. Tak jakby nie był to cmentarz, ale rów, do którego zwalono rozkładające się trupy po epidemii dżumy.

Żaden z nich z pewnością nigdy nie był na cmentarzu.

Nie jestem wyjątkiem.

W całej Europie cmentarze wyglądają jednakowo. To prawo, które ma pewnie ze dwieście lat, mówi o ujednoliceniu standardów miejsc wiecznego spoczynku. Logika jest maksymalnie jasna: w naszym świecie nie starcza miejsca nawet dla żywych, trwonić je dla martwych – to zbrodnia. Dlatego na każdego zmarłego człowieka na cmentarzach przypada dokładnie tyle miejsca, ile jest konieczne, żeby zachować jego informację genetyczną i zostawić po nim jakąś widzialną pamiątkę – dla tych, którzy zechcą go odwiedzić. Żadnych pomników, żadnych nagrobków: wszystko to trąciłoby apoteozą śmierci. Nekrofilią. Cmentarze to getto dla nieboszczyków, i nic więcej.

Wszystkie sto osób aż odskakuje od drzwi, kiedy winda zatrzymuje się na właściwym piętrze. Za drzwiami jest biała ściana i samotny napis bez wyjaśnień: „PAX" – wyraźne, poważne czarne litery na podświetlonej żółtej tabliczce, jakie na dworcach kierują do toalet. Cmentarze mają zakaz reklamy swoich usług w miejscach publicznych, ale pasażerowie windy wiedzą o tym sąsiedztwie.

Zostajemy w tym korytarzu we dwoje: ja i ona.

Mała nie śpi, utkwiła we mnie oczka, a kiedy to zauważam, zaczyna gaworzyć coś po swojemu. Uśmiecham się do niej – a ona uśmiecha się do mnie.

Idę pustym białym korytarzem do drzwi z mlecznego szkła. Jest tu terminal: trzeba podać swoje nazwisko i nazwisko osoby, którą się odwiedza. Wszystkie wizyty są rejestrowane, gapiom i czcicielom śmierci wstęp wzbroniony.

Anna Aminska 1K. Jan Nachtigall 2T.

Akceptacja. Erich Schreyer jest człowiekiem honoru.

Drzwi bezszelestnie rozsuwają się na boki; za nimi panuje półmrok. Robię krok do przodu i zapiera mi dech. Zdaje mi się, że zaraz się przewrócę. Potem rozumiem – idę po nawierzchni z grubego przeźroczystego kompozytu w rodzaju tego, za którym siedziała moja nafaszerowana antydepresantami matka. Pod przejrzystą podłogą zieje pustka, fosa, wąwóz. Pod nim na samym skraju znieruchomiały małe chromowane urządzenia, podobne do instrumentów chirurgicznych. Grabarze.

Droga zawieszona w powietrzu.

Skuta lodem rzeka.

Wijąc się leniwie, prowadzi i w prawo, i w lewo od wejścia. Świecą tylko słabe diody – na dnie; sufit i ściany są czarne i nagie.

Nie ma ani muzyki, ani żadnych innych dźwięków: wejście zamknęło się szczelnie i nie słychać nawet zgrzytania wind w szybach. Jeśli na tym świecie jest jakieś miejsce, w którym panuje cisza – oto i ono.

Mała się niepokoi: wierci się, wykręca pyszczek, jakby męczyła się albo coś ją bolało; stęka, budzi się. Nie podoba się jej tutaj.

Kroczę powoli, głośno, po lodo-szkle, skręcam za pierwszym zaokrąglonym rogiem i wejście zostaje gdzieś z tyłu. Patrzę pod nogi: rzadko ktoś tu bywa, na lodzie nie ma nawet jednego zadrapania.

I oto zaczynają się one.

Jeden, drugi, trzeci – z początku niemal niedostrzegalne, niemal rozpuszczone w świetle lampek, potem coraz gęstsze i gęstsze... Włosy.

Po jednym na każdego martwego człowieka. Wszystko, na co możemy sobie pozwolić. Wszystko, na co zostało nam miejsce.

Każdy włos jest nośnikiem DNA. W ten sposób uspokajaliśmy kiedyś umierających: któregoś dnia ludzkość nauczy się odtwarzać ludzi na podstawie kodu genetycznego i wtedy wszyscy umarli zmartwychwstaną, wrócą do żywych i od tej pory zawsze już będziemy razem.

Było to, rzecz jasna, oszustwo: nawet swoich nie ma gdzie pomieścić.

Po jednym włosie każdego z milionów umarłych. Cały cmentarz jest niewielki, ale włosom nie jest ciasno. Rude, jasne, ciemne giną w srebrzystej masie.

Pod szkłem wieje lekki wietrzyk: wentylacja. Głaszcze, stroszy włosy dawno zutylizowanych ludzi.

Pokrywają całe dno niczym podwodna trawa. Pod lodem płynie strumień widmo, mierzwi stare, wyblakłe wodorosty swoim powietrznym nurtem i po śmierci pojawia się jakieś dziwne ciche życie.

Wydobywając się z dna, światło jest równe i białe. Promienie przeciskają się przez rozkołysaną podwodną trawę, padają na zaokrąglony sufit tunelu, a tam, na górze, płynie druga rzeka, ze światła i cieni.

Idę ostrożnie, jakbym bał się zapaść pod lód, potem zatrzymuję się w przypadkowym miejscu.

Jeden z tych włosów należy do mojej matki. Anny Aminskiej 1K. Dziwne nazwisko. Dziwne imię. Jaki to wszystko ma związek ze strzępami wspomnień w mojej pamięci?

Każdy włos tkwi w swoim gnieździe, każdy ma swój numerek. Można poprosić terminal, żeby pokazał, który jest twój, a manipulator pokieruje was w odpowiednie miejsce, podświetli, przedstawi. Ale nie proszę. Nie chcę. Poza tym, jak długo można go trzymać, wyodrębniać spośród tego podwodnego pola? W tym też tkwi wyrachowanie: czym umarli różnią się od siebie?

Siadam na podłodze. Kładę ją na lodzie obok siebie. Dotykam przeźroczystego kompozytu – nicość nie przepuszcza mojej ręki. Cześć, mamo. To ja. Znalazłem cię.

Nie chciałem cię znaleźć. Bałem się, że nasze spotkanie będzie wyglądało właśnie tak, dlatego odwlekałem je, ile mogłem.

Nie mam pojęcia, o czym mówić z umarłymi – ani jak.

Zróbmy tak, że niby do ciebie dzwonię. Że niby rozmawiamy przez telefon.

Cześć. Sto lat cię nie słyszałem. Co u ciebie? U mnie całkiem nieźle. Urządziłem się, zarabiałem na życie, miałem wszelkie szanse zrobić karierę. Potem się zakochałem. W dobrej dziewczynie. Ot i całe moje życie. Jak ma na imię? Annelie. Wiesz co, jednak nie chcę teraz o tym mówić. Może innym razem.

Dobrze, że wreszcie się zdzwoniliśmy. Myślałem, oczywiście, że stanie się to wcześniej. Ale przecież nie połączyłaś się w końcu ze mną w internacie. Nie pozwoliłaś mi wyrzec się ciebie. Nie uwolniłaś mnie. Nie przerywaj mi. To ważne.

Nie miałem możliwości powiedzieć ci, jak bardzo cię nienawidzę za wszystko, co zrobiłaś. Za to, jak zepsułaś, zmarnowałaś, przekreśliłaś mi życie. Jak tobą gardzę z powodu twojego przelotnego kurewstwa, które kosztowało mnie dwanaście lat upokorzeń. Jaka byłaś głupia, że ufałaś swojemu drewnianemu bożkowi, że namawiałaś głuchego bałwana o zmiłowanie, ochronę i ratunek.

Nie połączyłaś się ze mną – i nie dowiedziałem się, czy umarłaś, czy miałaś mnie po prostu gdzieś. Ze wszystkimi kontaktowali się rodzice, z ostatnimi bydlakami, tylko nie ze mną.

Oczywiście doszedłem do wniosku, że masz mnie gdzieś. Że pozbyłaś się mnie i z radością o mnie zapomniałaś. W to łatwiej mi było uwierzyć, i przyjemniej, i boleśniej. Kiedy jest się małym, łatwiej jest cierpieć przez brak miłości, niż wiedzieć, że kochać cię nie ma komu.

Rosłem i czekałem na twoje połączenie, mamo, czekałem na szansę, żeby z tobą porozmawiać, zobaczyć cię, przekląć i wyrwać się na wolność. Ale ty nie dzwoniłaś.

Siedziałaś za kuloodpornym szkłem, za aksamitną zasłoną w swoim własnym domu, opierając się o tę szybę czołem, i czekałaś, aż twój mąż rozsunie portierę, żebyś mogła porozmawiać ze swoim Bogiem, którego ukrzyżował ponownie – specjalnie dla ciebie.

Pewnie ze mną też rozmawiałaś, mamo – tak jak ja rozmawiam teraz z tobą. Pewnie rozmawiałaś ze mną bez przerwy przez wszystkie te dziesięć lat, póki nie zestarzałaś się i nie umarłaś. Ale ja nie słyszałem twojego głosu, tak jak ty nie słyszysz teraz mojego: szkło jest zbyt grube.

Gdzieś za mną syczą drzwi, rozsuwając się, wpuszczając do środka jeszcze jednego gościa. Podeszwy stukają po kompozycie, oglądam się – ale tamten drugi znika gdzieś za zakrętem, nie chce do mnie wyjść. A ja nie pójdę do niego.

Dziecko wierci się niespokojnie, niewygodnie mu na twardym lodzie, więc biorę je na ręce. Zobacz, mamo. To twoja wnuczka. Ma dwa miesiące i nie ma żadnego imienia. Umie podnosić główkę, uśmiechać się i wydawać dźwięki, dla których nikt nie wymyślił liter. Nic więcej na razie nie potrafi. I nigdy nie zobaczę, jak siada, jak wstaje, jak robi pierwszy krok; nie usłyszę, jak mówi do mnie „tata", a mamy nie ma.

Pamiętam, że nazywałem cię suką i zdzirą i przeklinałem cię za to, że nie wyskrobałaś mnie łyżką, że poczęłaś mnie jak bękarta i tak samo mnie urodziłaś – w tajemnicy, w brudzie, w pośpiechu. Wyklinałem cię za to, że nie chciałaś mnie zarejestrować i uchronić przed internatem. Przecież w ten sposób mielibyśmy pełne dziesięć lat razem.

To moja córka, mamo, nie umie mówić, ale co nieco mi wyjaśniła.

Okazuje się, że to straszne wyznaczyć sobie dzień, w którym się umrze. W którym rozstanie się ze swoim dzieckiem na zawsze. Strasznie jest myśleć, że nie będzie się z nim, kiedy zacznie się uczyć chodzić i biegać, niezdarnie tańczyć i śpiewać, sepleniąc i fałszując. Nie wysłuchasz jego pierwszych refleksji. Nie będzie ci dane go wycierać, karmić, chronić. Ma tylko dwa miesiące i dopiero zacząłem zdawać sobie z tego sprawę. Nie wyobrażam sobie, co bym czuł, gdyby twój mąż złożył mi tę propozycję za rok.

Nie mogłaś mnie wyskrobać, bo mnie kochałaś i chciałaś.

Nie mogłaś mnie zarejestrować, tak jak trzeba, bo bałaś się nawet myśleć o tym, że kiedyś się rozstaniemy.

Byłem dla ciebie cudem. Ja, mokry złośliwy szczurek, byłem dla kogoś cudem.

Czekałem na twoje połączenie dwanaście lat. Bałem się, że poprosisz mnie o wybaczenie, a ja się nie spostrzegę i ci przebaczę. Okażę się mięczakiem i nigdy nie wykluję się z tego piekielnego jajka. Było mi bardzo przykro, że nawet nie spróbowałaś mnie przeprosić – to dlatego, że w tajemnicy byłem gotów ci przebaczyć. Wbrew wszelkim zakazom, rozumiesz? A ty nie zadzwoniłaś.

Na mojej ręce coś świergocze, miga i świergocze.

Komunikator.

Schreyer.

Umyślnie dzwoni, odciąga moją uwagę, niepokoi mnie. Umyślnie. Muszę mówić do siebie po cichu, bo jego komunikator z pewnością działa jak podsłuch – choć zdaje się, że ten człowiek potrafi czytać mi w myślach.

Nie odbieram. Umie czekać, niech jeszcze chwilę poczeka. Niewiele zostało mi do powiedzenia.

Wybacz mi, mamo.

To nie ty mnie powinnaś przepraszać, ale ja ciebie. Za to, że chciałem, żebyś mnie wyskrobała. Za to, że cię przeklinałem. Za to, że marzyłem o tym, żeby wyprzeć się ciebie i uciec, że chciałem sprawić ci ból, że byłem na ciebie zły, że byłem bezmózgim idiotą, że byłem chamem, draniem, gówniarzem. Proszę, wybacz mi.

Dopiero teraz zaczynam cię rozumieć – zaczynam rozumieć, co znaczy oddać dziecko. Rozpruć sobie brzuch, przeciąć przeponę, wyciągnąć z siebie bijące serce – i oddać. Komuś. Na zawsze. Ty nie zdołałaś. A więc nie zdołasz mnie tego nauczyć. A ja muszę wiedzieć, jak to zrobić.

Wybacz mi.

Wybaczysz?

Dotykam kompozytu, stukam do ciebie, chcę pogładzić cię po głowie i nie mogę przebić się przez szkło. Pod lodem faluje sucha trawa, bezkresna siwa grzywa. Włosy, wszędzie tylko włosy, i nigdzie nie ma skrytej w nich twarzy. Jakbyś się ode mnie odwróciła. Miotam się wśród nich i miotam – i nie mogę jej znaleźć.

Które z tych źdźbeł należy do niej? Wszystkie.

– Mamo!

Cisza. Trawa faluje bezgłośnie. Nic mi nie odpowiada. Nie może mi wybaczyć.

Długi sygnał. Brak połączenia.

Całuję lód na pożegnanie. Nie topnieje od dotyku moich ust.

Trudno znaleźć mi siłę, by się podnieść – ślizgam się, ale wstaję. Biorę na ręce swoją córkę, jej wnuczkę. Idę chwiejnie po łuku, z prądem dwóch strumieni, jednego pod nogami, drugiego nad głową, i ktoś pośpiesznie wybiega przede mną, usłyszawszy moje ciężkie kroki. Schreyer ich przysłał – mają być blisko mnie, śledzić mnie i kontrolować.

Idę korytarzem jak rzeka w to samo miejsce, do matowych szklanych drzwi, wychodzę i nie oglądam się już za siebie.

On znowu dzwoni. Odbieram.

– Długo tam siedziałeś – mówi z troską Erich Schreyer. – Wiesz, to po prostu jej włos. Taki sobie ten symbol. Kilka takich mogło przeleżeć w moim odkurzaczu.

– Możemy się spotkać?

– Nie teraz, Janie. I nie wcześniej niż po tym, jak twoje dziecko znajdzie się w internacie. Jestem skłonny ufać ludziom, ale jesteś teraz w trudnym położeniu. Podjąłeś decyzję?

– Potrzebuję jeszcze czasu. Chcę wsłuchać się w siebie.

Przyjeżdża winda; dwóch albo trzech pasażerów patrzy na mnie tak, jakby wiedzieli już o wszystkim, co robiłem na cmentarzu. Próbuję się ukryć, przemieszać z ludzkimi ciałami, ale Erich Schreyer patrzy na mnie przez wszystkie kamery monitoringu, jego ucho jest przyklejone do mojego nadgarstka, śledzi każdy mój krok.

Nie zdołam mu odmówić. Nie mam żadnego wyboru.

Całuję ją w czoło.

– Fu! – krzywi się długonoga dziewczyna z wyskubanymi brwiami.

– Zamknij się – mówię do niej. – Zamknij się, dziwko.

Przytulam ją do siebie mocniej. Bardzo mocno.

A potem jedziemy tam, gdzie wcześniej było miasto Strasburg. Jest jeszcze coś, co muszę zrobić, dopóki jesteśmy razem.

Nie spałem przez całą dobę, oprócz tej krótkiej drzemki po drodze do Beatrice, kiedy śniło mi się spotkanie z matką. Ale sen nie przychodzi. Siedzę, obejmując ją, szczebioczę jakieś androny, co jej się bardzo podoba, znów przelewają mi jałmużnę albo syczą za moimi plecami, że nie mam prawa ciągać dzieci po komunikacji publicznej, ale mnie jest już wszystko jedno.

Zanim docieram do wieżowca Lewiatan, zużywam czwartą część czasu, który dał mi Schreyer. Wysiadam – i w moją twarz zaglądają kamery, ktoś stuka za mną butami, szepcze coś do komunikatora, w tłumie widać przebierańców, Erich Schreyer bębni palcami o biurko w swoim gabinecie udekorowanym pustą przestrzenią.

Zjeżdżam na poziom zero.

Trzaskam drewnianym drzwiami klatki schodowej, skaczę po ociosanych kamieniach brukowych jezdni. Czarne lustro nieba nad Strasburgiem jest jak zwykle wyłączone, ślepe i głuche. Wieczna noc: tym jaśniej płoną czerwone latarnie, tym cieplejsze jest światło w oknach domków z piernika. Ale nawet gdyby panowały tu egipskie ciemności, drogę do Liebfrauenmünster odszukałbym w minutę, na ślepo.

Katedra Najświętszej Marii Panny w Strasburgu wznosi się nad całym kwartałem jak Guliwer nad lilipucią makietą miasta, musi się schylić, żeby zmieścić się pod dachem nieba. Tutaj znajduje się mój ulubiony burdel; idę tam z przyzwyczajenia, nie zastanawiając się nawet nad tym, że z dzieckiem mogą mnie nie wpuścić. Dziś nie jestem tu po to, by z tej katedry korzystać, potrzeba mi od niej czego innego.

Kołaczę do bramy; czekam na szefa sali w liberii, czekam na zaproszenie do klubu Fetysz. Ale nikt nie zwraca na moje pukanie uwagi. Münster zdaje się martwym monolitem, skałą – jakby nie było w nim żadnych pustych przestrzeni, w których można by ulokować świętych albo poprzebierane zdziry.

Popycham ciężkie drewniane skrzydło, wchodzę do środka. Katedra została spustoszona; pulpit, przy którym witał gości szef sali, leży wywrócony, na ziemi rozsypano wizytówki kurtyzan, oświetlenia brak i nie słychać nawet dalekiego echa muzyki, śmiechu czy jęków. Wszędzie tylko kurz i szczurze łajno.

W ciszy słyszysz samego siebie znacznie lepiej.

Brnę, kołysząc na rękach swoją córkę, między wypolerowanymi przez wieki drewnianymi ławami. Wnęki, w których prostytutki ożywiały sceny z Biblii, są porzucone. Ogromny okrągły witraż nad wejściem w nocy zdaje się czarną plamą – tak pewnie wygląda zamknięte oko Boga.

Odgłos każdego mojego kroku wzlatuje pod sklepienie, echo szura po suficie, sam wypełniam swoimi drobnymi dźwiękami – pokasływaniem, śpiewem pozbawionej słów kołysanki, pytaniami: „Jest tu kto?" – całą ogromną katedrę.

– Światło! – nakazuję.

– Światło! – nakazuje echo.

I nic. I nikogo.

Ani jednego klienta, którego interesowałaby profanacja świętego miejsca. Ani jednej sprzedajnej kobiety, która handlowałaby sobą w świątyni. Ani upartych sekciarzy, ani obłąkanych wojowników, którzy rwaliby się tu do piętnowania bluźnierców.

Podświetlam sobie drogę komunikatorem Ericha Schreyera. Na posadzce znajduję zawiadomienie od komornika: lokal zamknięto za długi.

Klub Fetysz zbankrutował. Nie uratował go nawet serial o życiu Chrystusa. Nie zdołał opłacić czynszu, rachunków za prąd, remontu. Bezczelny mały raczek wlazł do skamieniałej muszli gigantycznego prehistorycznego mięczaka, pokręcił się, pokręcił i uciekł.

Jestem tu sam. Ostatni i najwierniejszy klient.

Ona znów wierci się, płacze – i ktoś w niebie odpowiada jej szlochem. Przebiera nóżkami: znów zgłodniała. To nic, to nic, cicho, cicho, cicho, mamy jeszcze mleczko, ciocia Berta nam przygotowała. Jedną trzecią już wypiłaś, więc nie bądź zachłanna, musimy oszczędzać.

Nie chce wypuszczać smoczka, grymasi, marudzi; zabieram jej na siłę. Lepiej trochę teraz i trochę potem. Odbieram jej mleko, podnoszę ją, noszę ją pionowo, żeby wypuściła powietrze, którego nałykała się z zachłanności.

Chodzę tam i z powrotem po spustoszonej nawie, klepię ją w plecki, dopóki nie wypuszcza ze śmiesznym odgłosem nadmiaru powietrza i nie przestaje cierpiętniczo zawodzić. Dopiero wtedy opuszcza mi na ramię ciężką głowę na cienkiej, słabej szyi.

Ale nie zasypia, tylko wpatruje się w ciemność, gaworzy, potrząsa łapkami: żyje. Z jakiegoś powodu nie czuje tu strachu. Gładzę ją po głowie, po rzadkich przeźroczystych loczkach, ostrożnie, żeby nie nacisnąć na pulsujące ciemiączko. Ona milczy, pozwalając mi po prostu pobyć ze sobą.

Jak dwudziestometrowa góra lodowa w nocnym oceanie wypływa przede mną stary zegar astronomiczny, duma klubu Fetysz i wszystkich wcześniejszych mieszkańców tej skamieliny. Ten sam, przed którym zawsze się zatrzymywałem, kiedy przychodziłem tu wcześniej. Dwa okrągłe cyferblaty: na dolnym cyfry rzymskie, na górnym – sześć pozłacanych planetek Układu Słonecznego na sześciu czarnych wskazówkach. I jeszcze jedna część: ta, która pokazuje precesję osi ziemskiej. Ta, której pełen obrót zajmuje dwadzieścia sześć tysięcy lat. Pamiętam, jak ciągle łamałem sobie głowę nad zagadką: po co zegarmistrz miał tworzyć mechanizm, który tak go poniżał, który pokazywał mu wartość i długość całego jego życia – jeden żałosny stopień, jedna z trzystu sześćdziesięciu kresek cyferblatu.

Przychodziłem tu, będąc wiecznie młodym. Wtedy sądziłem, że zegarmistrz ręcznie obracał planetami, przewijał dziesiątki tysięcy lat, tak jak mu się podobało – żeby wadzić się w ten sposób ze swoją ulotnością, z bezsensem swoich ziemskich chwil.

I oto patrzę na ten zegar ponownie. Stoi. Nie ma komu go nakręcić, a ja nie potrafię.

W Liebfrauenmünster czas się zatrzymał. Zastygły minuty, ugrzęzły planety.

A moje własne słońce pędzi dookoła Ziemi jak to, które szalało w oknach Beatrice Fukuyamy: za każdy dzień nalicza mi sto. I jeśli nie przyjmę propozycji od Ericha Schreyera, zostanie mi już tylko odrobinę tych przemykających za oknem lat.

Teraz inaczej rozumiem zegarmistrza. Zamachnął się na czas, ale nie tak.

Obracanie wskazówek, zabawa kółkami zębatymi – to wszystko dziecinada. Ciągle przecież pamiętasz, że po prostu wlazłeś zegarowi w bebechy; że oszukujesz, i to głupio. Tylko trzylatki mogą wierzyć, że wskazówki rządzą czasem.

Ale stworzyć mechanizm, którego tylko jeden cykl trwa trzysta sześćdziesiąt razy dłużej niż ty sam! Wyobrazić sobie własnym umysłem, gasnącym węgielkiem, iskrą z ogniska – i własnymi nieposłusznymi, delikatnymi rękami z gnijącego, słabego mięsa złożyć z metalu coś, co targnie się jeśli nie na wieczność, to chociaż na dwadzieścia sześć tysięcy lat! Sto pokoleń twoich potomków urodzi się i umrze, a wskazówka, którą uruchomiłeś, nie skończy jeszcze nawet jednej trzeciej obrotu!

Więc było tak: zegarmistrz wszedł w swój zegar i przeczekał w nim śmierć. A ja, kiedy umrę, nie zostawię po sobie nic.

Tylko ją.

Gdzieś nad sparaliżowanymi planetami powinien być nakręcany teatrzyk kukiełkowy: na dolnym balkoniku Śmierć z kosą likwiduje wymalowane ludziki, na górnym figurka Jezusa wspiera figurki swoich apostołów.

Cienką smużką światła wycinam Chrystusa z mroku. Mruży oczy – odzwyczaił się od jasności. Jak ci tu jest samemu? Kiedy ostatni raz ktoś z tobą rozmawiał? Pomów ze mną – ja też nie mam z kim.

Nie, nie znamy się.

Ale moja matka dużo mi o tobie opowiadała, kiedy byłem mały: Nie bój się, On cię obroni. Kiedyś On też był niemowlęciem i Jego też próbowali odnaleźć żołnierze potężnego i złego króla, który bał się, że dziecko urośnie i strąci go kiedyś z tronu. Jezus urodził się w cudowny sposób i czekała Go wielka przyszłość, i Bóg ochronił Go przed złymi ludźmi. Tak samo On ochroni i ciebie i źli ludzie, którzy chcą cię znaleźć i mi ciebie odebrać, zostaną zmyleni i nie trafią do nas. On cię ochroni i Jego Ojciec będzie zawsze cię strzegł, dlatego że ty też przyszedłeś na świat w cudowny sposób i ty też jesteś przeznaczony do wielkich rzeczy. Będziesz panował nad umysłami i dawał natchnienie ludziom, i wybawisz nas. Nie rozumiałem nawet połowy z tych słów, ale zapamiętałem wszystkie, tak często mi je powtarzała.

I co?

Znaleźli nas, mnie wsadzili do internatu, a matka mnie zostawiła i nigdy więcej nie pojawiła się w moim życiu.

Zawsze byłeś dla mnie jak brat – starszy brat, któremu wszystko wychodziło. Nie zabrali cię źli ludzie, dorosłeś i zostałeś Bogiem; a mnie, jak widzisz, wciąż nic nie wychodzi. Jedyne, co udało mi się osiągnąć, to uchronić swój tyłek. Za to z mojej duszy korzystali do woli wszyscy, którzy mieli na to ochotę, tak że uznałem po prostu, że jej nie mam, czyli szkoda żadna.

Nie wiedziałem przecież, że jesteś po prostu pomalowaną figurką w zmyślnej mechanicznej szopce i że bez nakręcania się zatrzymasz. Chciałbyś mi pewnie pomóc, chciałeś pomóc mojej matce, która wołała do Ciebie zza szyby – ale co Ty mogłeś zrobić?

Dzwoni komunikator.

– Jan? – potrząsa mną Schreyer. – Co ty tam robisz?

– Przyszedłem do burdelu.

„Do burdelu" – konstatuje mój głos pod sklepieniem.

– Wiem, gdzie jesteś. Pytam, co ty tam robisz. Przecież jest zamknięty.

Wzruszam ramionami.

– Zbankrutował! Nie jest nikomu potrzebny nawet jako dom publiczny – mówi Erich Schreyer. – Kiedy oszukuje się ludzi przez tyle stuleci, kiedyś w końcu cię rozgryzą!

Milczę.

– Jednak udało jej się nafaszerować cię wszystkimi tymi farmazonami, co, Janie? Dawno to zauważyłem. Wiecznie wirują ci pod czaszką jakieś zdanka, jakieś obrazki z Biblii dla najmłodszych, co? Pewnie tobie też wpajała, że twoje narodziny to cud nad cudy? Że bozia ją pocałowała? To nie bozia. Nie było żadnego cudu, Janie. Nie mogę mieć dzieci. Sześćset milionów plemników przy każdej ejakulacji – i wszystkie martwe, i tak było zawsze. I zawsze uważałem to za błogosławieństwo. A Rocamora zrobił twojej matce dziecko bez specjalnego wysiłku. Taki sobie ten cud, prawda? Ale ten łgarz na krzyżu, ten pieprzony męczennik, nie jest przecież zdolny do żadnych innych. Choćby głowę sobie rozbiła o tamtą szybę – myślisz, że to by go ruszyło?

Mówi tak szybko, że echo nie nadąża z odczytywaniem wszystkich jego słów i z ciemnych kątów, spod zakopconego sklepienia, wraca do mnie jako odbicie niezrozumiałe, bezsensowne mamrotanie.

– On ma gdzieś ją, ciebie, nas wszystkich! Cholera, gdybyś wiedział, jak ona mnie wymęczyła tymi swoimi modlitwami! Każdego ranka, każdego wieczora, ciągle, z dowolnego powodu! Ona zwariowała, Janie. Była obłąkana! I to on, handlarz duszami, to przez niego oszalała! Powinienem był wysłać ją do domu wariatów, żeby dożyła swoich dni między innymi chorymi psychicznie, w kaftanie bezpieczeństwa, przywiązana do łóżka! Ale ja ją kochałem. Nie mogłem jej zostawić. Myślisz, że byłem dla niej okrutny?

Handlarz duszami. Męczennik. Łgarz na krzyżu.

Poznaję swoje słowa. I nie poznaję. Kto je we mnie włożył?

Nakierowuję smugę światła na figurę Jezusa – i nie chcę Go wypuszczać. Wyciągnij do mnie rękę, podciągnij mnie do siebie. Albo, jeśli wolisz, wyciągnę do Ciebie swoją – i zejdź stamtąd.

Może rzecz w tym, że osłabłem? Może, tak jak Annelie, dopiero teraz coś zrozumiałem?

Schreyer krzyczy coś jeszcze, wścieka się, jakby było mu niedobrze w tej budowli, domaga się, żebym natychmiast stąd wyszedł. A ja, jak echo, nie rozumiem już jego słów. Myślę o swoich sprawach.

Wspominam słowa ojca André. Biedaka, który urodził się grzeszny, winny – po to, by przez całe swoje niekończące się życie odkupywać swoją winę poprzez służbę. Czy to sprawiedliwe? Nie, ale jemu nie była potrzebna sprawiedliwość. Narzędzie w rękach Boga. Oto za kogo się uważał. Najbardziej niezdarne narzędzie, jakie można sobie wyobrazić. Co to za człowiek, który jest zadowolony z bycia instrumentem? Ja nie jestem instrumentem, powiedziałem mu wtedy. I okazało się, że jednak jestem.

Środkiem do wyrównania rachunków. Aktorem jednej roli. Narzędziem i instrumentem.

Ale nie w twardych drewnianych rękach Boga, lecz w delikatnych uperfumowanych dłoniach Ericha Shreyera. Człowieka, który zamęczył na śmierć moją matkę, który wypycha teraz skórę mojego ojca i któremu będę musiał oddać swoje dziecko. To on nadał mojemu życiu sens. To dla niego tańczyłem, w jego osobistej nakręcanej szopce się kręciłem, żeby senatorowi nie było nudno spędzać wieczność.

To on może mi tę wieczność zwrócić. A Jezus nie może niczego.

– Jan!? Czy ty mnie słyszysz!?

– Tak. Już wychodzę.

„Już wychodzę".

– Nie zawiedź mnie, Janie.

Schreyer się wyłącza, a ja zostaję. Ona usnęła i układam ją wygodniej. Teraz. Teraz. Już czas.

Wśród ikon jest jedna, główna: z Matką Boską. Ukochana i znienawidzona. Do niej tu wtedy przychodziłem. Do niej, a nie do dziwek, nie do biednego Chrystusa, którego wciąż o coś proszą, zapominając, że On jest po prostu człowieczkiem z drewna.

Oto ona.

Patrzę na Matkę, na Syna.

Podobnie jak Erich Schreyer nie wierzę w cuda.

Ale to ona ocaliła moją Annelie. Ocaliła Annelie przede mną i ocaliła mnie przed sobą samym.

W bezbożnym świecie można powoływać grzeszników, żeby służyli, i można zmuszać ludzi do grzechu, żeby ich powołać, tak mówił ojciec André. Na wojnie wszystkie środki są dozwolone.

Nie wierzę w cuda, ale lekarze nie dawali Annelie szans na zajście w ciążę, a ona poczęła.

Odsuwam córkę od piersi i wyciągam w stronę Matki Boskiej.

– O – mówię. – Wymyśliłem dla niej imię. Przecież potrzebujecie tam imion, tak? Niech będzie Anna.

„Niech będzie Anna".

– Jak moja mama.

„Jak moja mama".

Mówię do nich, zapominając, że jest tu pusto, że wszystkich wypędziliśmy; mówię tak, jak gdyby właściciel tej gigantycznej muszli nie wyginął sto milionów lat temu. Oni mnie nie słyszą, za to Erich Schreyer słyszy wszystko. W internacie odbierają nam nazwiska, ale imiona pozwalają zostawić.

Czekają na mnie przy wyjściu z Münster, udają klientów; ale jestem akurat pewien, że nie potrzebują ani kobiet, ani mężczyzn – podobnie jak ich pan biorą pigułki błogości, żeby zawsze zachować trzeźwość.

Patrzę na zegarek: jeszcze mam czas.

Idę, potykając się o kocie łby, w stronę drzwi w jednej z trzypiętrowych kamienic; skręcam w złym miejscu i natykam się na siebie samego odbitego w czarnym lustrze, w wyłączonym ekranie. Niechlujna broda, splątane włosy, worki pod oczami, na rękach niemowlę; jestem czarny i świat jest czarny: czerń w czerni.

W windzie są ekrany z wiadomościami. Przelatując, pasek informuje o tym, że ostatni z liderów i ideolog Partii Życia Jesús Rocamora postanowił zaprzestać walki i poddał się władzom.

– Nie przegap jego wieczornego wystąpienia telewizyjnego! – dzwoni do mnie Schreyer.

– Co z nim zrobiliście?

– Masz na myśli oryginał? A czy to ważne? – pyta. – Mówię ci, ciała nie mają szczególnej wartości.

– On... On nie żyje?

– Jeśli ktoś nagle zatęskni za Rocamorą, może się do mnie zgłosić. Moi chłopcy wszystko temu komuś dokładnie przedstawią. Nawet to, do czego sam Jesús nigdy nie był zdolny. Od skruchy do ojcowskiej miłości. – Śmieje się. – Jakie masz plany, Janie?

– Chciałbym pobyć jeszcze trochę ze swoim dzieckiem.

– Jeszcze trochę – podkreśla za mnie Schreyer i znika.

Chciałbym zawieźć małą Annę do Barcelony, jeszcze raz opowiedzieć jej tam o jej matce, pokazać, gdzie razem spacerowaliśmy, ale tamtej Barcelony, której nam trzeba, już nie ma. Teraz jest tam czysto i pachnie różami albo świeżą miętą; nie ma zadymionych bulwarów, nie ma krewetek na syntetycznym oleju, nie ma ulicznych tancerek, żonglerów i połykaczy mieczy, pochodów karnawałowych, rodzinnych kolacji, na których jedna waza z ryżem curry starcza na trzydzieści głów, nie ma dzieci siedzących dziadkom na kolanach, nie ma na ścianach graffiti domagających się sprawiedliwości, nie ma narodzin i nie ma śmierci. Nie ma babci Anny, młodej Margo, nie ma Raja, który obiecał, że przyjmie nas jak rodzinę. Tego wszystkiego nie ma. Zeskrobali sadzę, uprzątnęli gówna, dzieci deportowali. Ja sam unicestwiłem Barcelonę, zdradziłem ją i unicestwiłem; dzięki moim modlitwom spadły na nią potoki wrzącej siarki. Ale zostałem tam i siarka lała się na moją głowę, i spłonąłem tam, i na zawsze tam zostałem, duch w mieście duchów.

I niczego, co mogę ci opowiedzieć, mała Anno, nie mam prawa mówić na głos. Mogę tylko o tym myśleć, inaczej ten człowiek, który mi cię odbiera, wszystko usłyszy. Będę mówił z tobą bezgłośnie, Anno; nie zauważysz różnicy – przecież i tak mnie nie zapamiętasz, nie zapamiętasz ani jednego z moich słów. Może zostaną ci pewne odczucia: ciepło mojego ciała, dźwięk mojego głosu, cudze mleko, którym cię karmiłem ostatniego dnia. Kocham cię i postaram się spędzić z tobą tyle czasu, ile to tylko możliwe, zanim oddam cię na zawsze.

W kawiarni nie chcą nas obsłużyć, zresztą niech spadają; jedziemy do Ogrodów Eschera i robimy sobie piknik na trawie. Jem kanapki ze sklepomatów, pozwalam sobie na troszkę tequili – oczywiście Cartel. Cześć, Basile. Cholera, bardzo mi teraz trzeba odrobiny tequili. Kanapki z masą odżywczą, trawa, której nie da się zgnieść – niech będzie; to zawsze lepiej niż nic. Nie zwracam uwagi na młodzież, która gapi się na nas, robi nam zdjęcia – szkaradom – swoimi komunikatorami.

Nie zwracam uwagi na to, że wokół nas – w pewnej odległości – siedzi na trawie kilku takich, którym Schreyer może śmiało powierzać swoje specjalne zadania: skóra jak garbowana, plastikowe oczy.

Oczywiście nikt nas nie wypuści.

Rozkładam swoją bluzę z kapturem, przewijam ją... Annę, wycieram, zostawiam, żeby odetchnęła: wybacz mi, przez ostatnią dobę cały czas byłaś unieruchomiona.

Ona patrzy na fruwające w powietrzu frisbee, uśmiecha się do zawieszonych w powietrzu drzewek pomarańczowych, macha swoimi śmiesznymi malutkimi rękami i nogami, próbuje przekręcić się z brzucha na plecy. To dla niej dobry dzień: tyle żywych kolorów.

A przecież – uświadamiam sobie – dzisiaj jest pierwszy raz, kiedy opuściła halę z mięsem. Jej życie dopiero się zaczyna.

Daję jej jeszcze trochę mleka – ale nie całe. Rozdzielam je, jak mogę, tak jakby wszystko zależało właśnie od niego.

Ktoś wzywa policję, żeby wyrzucić mnie i moje śmierdzące dziecko z tego pięknie pachnącego raju, ale patrolu nie dopuszczają do mnie ludzie ze stwardniałą skórą: pokazują jakieś dokumenty, wysyłają na drzewo. Jesteśmy pod ochroną, Anno.

Potem zasypiamy – ona przy moim boku, pod moją ręką. Nie, nie boję się, że wysłannicy Schreyera mi ją ukradną: przecież ciała nie mają szczególnej wartości, powinienem oddać ją sam. Po prostu tak nam wygodniej.

Mam nadzieję, że przyśni mi się Annelie – w ten sposób jeszcze raz pobylibyśmy we troje, zanim się rozstaniemy. Ale Annelie nie chce się z nią żegnać i w ogóle nic mi się nie śni. Tobie jest łatwiej, Annelie: ty nie żyjesz.

Budzę się – wciąż jeszcze jest dzień; ale przecież tu zawsze jest dzień.

Nasz czas się kończy; płyną minuty, siedzimy przytuleni. Jak jeszcze mogę je spędzić, na co zmarnować? Nie wiem. Mam słabą wyobraźnię.

Wstaję, starając się nie obudzić małej Anny. Ludzie z zaskorupiałymi twarzami podnoszą się w ślad za nami.

Wsiadamy do tuby na stacji Oktaeder i mkniemy z prędkością czterystu kilometrów na godzinę do głównego terminalu transportowego, powtarzając, tyle że w przeciwną stronę, moją drugą przejażdżkę – tę, która miała się zakończyć śmiercią Rocamory i Annelie. Widzi pan, panie senatorze, wszystko pięknie się udało, chociaż z pewnym poślizgiem, polecam się na przyszłość. Podjeżdżamy pod siedemdziesiątą drugą bramkę, tę samą, którą poprzednim razem wybrałem przez pomyłkę: lęk przed tłumem, zawroty głowy, panika.

Podjeżdżamy akurat tak, żeby zdążyć na początek przemówienia telewizyjnego Jesúsa Rocamory na największym ekranie kopułowym Europy. Ojciec jest ogromny, zajmuje cały nieboskłon, i oddano go z wielką pieczołowitością. Nie dostrzegam absolutnie żadnego fałszu: to on, mój ojciec, mąż mojej żony, mój wróg i mój sojusznik; mówi mnie i światu, że działalność Partii Życia zabrnęła w ślepą uliczkę, że Partia zbyt długo nie chciała pogodzić się z rzeczywistością, przyznać, że ustawa o wyborze to jedyny sposób na uniknięcie katastrofy demograficznej. To było oszukiwanie się – i oszukiwanie wszystkich, którzy nam wierzyli, mówi. Ale nie da się oszukiwać ludzi bez końca – kłamstwo zawsze po pewnym czasie wyjdzie na jaw. Ludzie się od nas odwracają, squaty są likwidowane, wyczerpały się też źródła finansowania. Nie mam już sił ciągnąć działalności, która nikomu nie jest potrzebna. Dlatego, jako lider Partii Życia, ogłaszam dzisiaj jej rozwiązanie. Wszystkim naszym aktywistom nakazuję nawiązać współpracę z władzami: zagwarantowano wam nietykalność. Czas walki minął, nadchodzi czas konstruktywnego współdziałania dla dobra naszej przyszłości. Przyszłości Europy.

Koniec. Ostatni akt został odegrany.

Wielomilionowy, żujący gumę tłum, który przycichł na czas spowiedzi szatana, znów zaczyna się ruszać; kapitulacja *online* tylko utrwaliła stan rzeczy – Europa się odrodziła. Nie ma w niej więcej miejsca dla Jesúsa Rocamory, dla Raja i Devendry, dla Annelie Wallin i jej matki, nie ma miejsca dla mnie i mojej córki. I wszystkich to urządza. Wszyscy są za.

Stoję pośród dziesięciu milionów ludzi; wszyscy dokądś pędzą, tylko nie ja. Oddychają moim oddechem, ocierają się o mnie, dotykają moich rąk, nóg, mojej twarzy, oblepili mnie całego – ale podoba mi się to. Żadnych zawrotów głowy, żadnych mdłości. Wyleczyłem się ze strachu przed tłumem. Chcę być w tłumie, powinienem być w tłumie. Żyję nim, jestem jego częścią, oddaję mu swoją duszę. Niech zabierają ze sobą mój pot i powietrze, które wydycham, niech ścierają ze mnie drobinki skóry i unoszą dalej – do Paryża, do Berlina, do Londynu, Lizbony, Madrytu, Warszawy.

Niech rozłożą mnie całego na najmniejsze części. Kąpię się w was. Oddycham wami. Kocham was.

Gdzieś nieopodal pływają też pewnie agenci Schreyera – w tym tłumie nie jest mi łatwo ich zobaczyć i złapać.

Co sekundę z głównego terminalu odjeżdżają lśniące szklane strzykawki – pociągi do wszystkich zakątków Europy. Wskoczyć do jednego z nich – któregokolwiek – i zniknąć na zawsze?

Ale ile to jest zawsze? Kilka krótkich nędznych lat.

Mocno przyciskam do siebie Annę.

Pozostało mi wykonać jedno połączenie. Wybieram jego identyfikator.

Schreyer zwleka; milczenie się przeciąga, oczekiwanie wypełnia reklama Iluminatu, tabletek powołania. Wreszcie odbiera – kiedy już tracę nadzieję, że się dodzwonię.

– Oglądałem wystąpienie Rocamory – zawiadamiam go. – Gratuluję.

– Helen nie żyje – odpowiada tamten.

– Helen? Co?

– Nie żyje.

Nasze wiraże w małym czarnym turbolocie; wczepiła się w stery i pędzi na ścianę; ta ściana zasłania nam całą Ziemię.

Pogięta maszyna, którą z trudem i niezgrabnie wylądowałem. Otwarty właz jak do jaskini. Helen, zaszczuta, szczerzy kły.

– Jak? Jak umarła?

– Skoczyła. Wyszła na otwarty sektor dachu i zeskoczyła. – Opowiada mi o tym, jakby zeznawał śledczemu. – W naszym domu. Roztrzaskała się na śmierć – dodaje nie wiadomo po co.

„Będę tkwiła w swoim penthousie, pod szklanym dachem, młoda i piękna, wiecznie, jak mucha w bursztynie..."

„Ona jest moja, Janie. Nigdy nigdzie nie ucieknie. Zawsze będzie przy mnie. Wie, co się stało z Anną, i nie chce siedzieć w tamtym pokoju..."

Przecież to moja wina, uświadamiam sobie tępo.

„Nie zaproponowałeś, żebyśmy uciekli razem..."

Ludzie mnie popychają, przeciskają się obok, pytają ze złością, po jaką cholerę stoję tu jak kołek. Osłaniam tylko rękami Annę, oplatam ją twardym szkieletem i dryfuję z nią bezwolnie jak urwana przez sztorm boja na mętnych wodach.

– Jaki to głupie – mówi kompozytowym głosem Erich Schreyer. – Jakie głupie. Jakie głupie.

Zdarta płyta, przeskakująca igła, niekończąca się pętla.

Helen.

Okazałaś się silniejsza od mojej matki. Rozłupałaś bursztyn od środka. Rozbiłaś go i uciekłaś. Uciekłaś tam, skąd Erich Schreyer nie zdoła przyprowadzić cię z powrotem.

– Zostawiła mnie samego – mówi. – Samego.

Szmer, a nie głos. Chrobot, a nie głos.

– Ty się boisz – zdaję sobie nagle sprawę. – Ty też się boisz nieskończoności. Boisz się zostać sam, na zawsze.

– Bzdura! – krzyczy. – Brednie!

I rozłącza się.

Helen nie jest gotowa na wieczność. Erich nie jest gotowy na wieczność. Jan nie jest gotowy na wieczność.

Biedna Helen. Biedna, waleczna Helen.

Spustoszenie.

Nie mam w środku niczego: siły, kości, mięśni, nie mam jak znosić ciosów. Nie jestem nawet kukłą wypchaną wypełniaczem ani skórą ściągniętą przez taksydermistę, jestem pusty jak powłoka wirtualnego trójwymiarowego modelu.

Moja mała Anna płacze niesłyszalnie: znów zgłodniała. Zostało mi jeszcze mleko, odrobina, to, co zaoszczędziłem, odrywając ją od smoczka. Wyciągam z kieszeni buteleczkę, zębami zdejmuję nakrętkę, podnoszę smoczek, mała rozciąga usteczka, cmoka w oczekiwaniu. Bierze łyk – i dąsa się, marszczy, odwraca. Wącham smoczek: mleko skwaśniało.

Nie mam czym jej nakarmić.

To tyle. Mój czas się skończył.

Dzwoni Erich Schreyer.

– No i co? – mówi twardo, stanowczo. – Co postanowiłeś, Janie?

– Nie zostawiła niczego? – pytam go. – Listu?

– Nie chcę mówić o tej suce – cedzi Schreyer. – Zdradziła mnie. Myślała, że w ten sposób zrobi mi przykrość. Że czegoś mnie nauczy.

Ale wiesz co? Nie pociągnie mnie za sobą. Prawie niczego nie czuję, Janie. W końcu to przerosłem.

Kiwam mu głową.

– W końcu stałeś się godny nieśmiertelności?

– Czas podjąć decyzję, Janie. Ty też musisz ją podjąć. Czego ty szukasz na tym dworcu? Nie sądzisz przecież, że zdołasz uciec? I co ta ucieczka zmieni? Już wystarczy. I tak byłem dla ciebie zbyt cierpliwy.

– Jaki mam wybór? Rozstrzygnąłeś przecież wszystko za mnie, nieprawdaż? Twoi ludzie włóczą się za mną cały dzień. Nie dasz mi odejść tak czy inaczej. Wczepiłeś się we mnie jak w Helen, jak w moją matkę. Co będzie, jeśli powiem ci „nie"?

Pytam o to ot tak sobie. Erichowi Schreyerowi nie można powiedzieć „nie" i doskonale mi o tym wiadomo.

W tłumie, jak reklama podprogowa, miga mi zaskorupiała twarz z wstawionymi plastikowymi oczami; jeszcze chwila i znów nas znajdą.

Czas się pożegnać, moja mała Anno.

Nie dyskutuję już z Erichem Schreyerem. Po prostu rozłączam się z nim i dzwonię pod umówiony numer. Nikt nie odbiera – ale tak właśnie powinno być. Po sekundzie przychodzi wiadomość: „48".

– Nie uda ci się uciec, Janie. – Mój komunikator włącza się samoczynnie: tak jak i ja należy do Schreyera. – Ile razy już próbowałeś, co? Nie uda ci się. Teraz ani nigdy. Nie ma już kto was ukryć. Jesteś mój, Janie. Po prostu chcę, żebyś sam to zrozumiał. Chcę, żebyś ty też przerósł człowieka. Wieczność, Janie! Daję ci wieczność, młodość, nieśmiertelność, w zamian proszę tylko o...

Odpinam komunikator i rzucam go na ziemię, a dziesięć milionów ludzi depcze po nim, dławi głos Ericha Schreyera, ściera go w pył, w drzazgi.

Chowam Annę pod bluzą, naciągam kaptur, wchodzę między ludzi, ale nie walczę z tłumem, nie rozcinam go „lodołamaczem"; tłum jest moim żywiołem, pozwalam mu unosić się raz w jedną, raz w drugą stronę – a jednak zbliżam się do dwunastej bramki.

Kiedy wreszcie tam docieram, ludzie zaczynają już wsiadać do pociągu do wieżowca Tarifa w Andaluzji, z którego odchodzą promy przez Cieśninę Gibraltarską do Maroka. A więc Afryka.

Ktoś klepie mnie po ramieniu – „Od Jesúsa" – kucamy, nurkujemy w tłumie i tam, wśród ciał i nóg, kładę Annę w podłużnej torbie sportowej. To piękna dziewczyna, na oko Arabka, jej oczy są skryte za lustrzanymi okularami, sztywne włosy ma zaplecione w setkę warkoczyków. Dziwne, z jakiegoś powodu myślałem, że haker Rocamory okaże się mężczyzną i Azjatą.

– Jest z wami? – pytam.

– Berta? Wsiądzie w Paryżu. Trudno było zgubić ogon.

– Ma na imię Anna – oznajmiam jej, zanim przykryję twarz córki gazą. – Macie chyba kontakty w obozach dla deportowanych, tak? Znajdźcie tam Margo Wallin 14O. To jej babcia. Mała nie ma nikogo innego.

– W żadnym wypadku jej nie zostawię – kiwa mi głową tamta. – To w końcu dziecko Jesúsa.

Największy ekran kopułowy Europy ogłasza nową wiadomość: senator Erich Schreyer planuje wziąć udział w wyborach prezydenckich.

Czarną torbę unoszą podwodne prądy; wynurzam się i widzę te twarze jak maski, te szperające oczy; szukają mnie, szukają Anny. Chcę ostrzec dziewczynę w lustrzankach, ale ta wszystko już widzi. Podnosi do ust komunikator, szepcze coś i w całym terminalu momentalnie gasną światła, wyłącza się zhakowany ekran. W ciemności słychać, jak zasuwają się synchronicznie dziesiątki drzwi długiego pociągu i tuba wyjeżdża z ciemnych wnętrzności terminalu – do światła, do życia.

Oto on, prezent Jesúsa Rocamory na chrzciny jego wnuczki.

Sekretny.

Wybacz mi, Al.

Porządny był z ciebie facet. Tyle że świat nie dzieli się na czerń i biel, nie dzieli się na dobro i zło. Gdybyś tylko mógł to zrozumieć. Zastrzelić człowieka, którego znasz przez ćwierć wieku, tylko dlatego, że może zdradzić plan ocalenia twojego dziecka, które poznałeś ledwie dwa miesiące temu – to właściwe czy niewłaściwe? Nie wiem, Al. Nie jestem pewien.

Niczego nie jestem pewien.

Wokół mnie słychać niespokojne szepty, kobiece piski.

Ale po paru minutach ekran znów się zapala, mrugają zaspane lampy i spokojny baryton oznajmia z nieba, że drobny defekt techniczny został usunięty, że nie ma podstaw do paniki, że wszystkie te dziesięć milionów ludzi może żyć tak jak wcześniej i jechać, dokąd ma ochotę.

I oni wierzą, robią się spokojni i pędzą do swoich podjeżdżających do bramek pociągów, wpychają się do nich i mkną z prędkością pół tysiąca kilometrów na godzinę we wszystkie strony kontynentu, do Warszawy, do Madrytu, do Lizbony, do Amsterdamu, do Sofii, Nantes, Rzymu i Mediolanu, do Hamburga, do Pragi, do Sztokholmu i do Helsinek, wszędzie.

Tylko ja zostaję na miejscu.

Tylu odjeżdżających, powinienem ich wszystkich odprowadzić. Szczęśliwej drogi!

Komunikator dawno już zadeptano i mogę mówić na głos wszystko, co myślę. W tym ścisku, w tej wieży Babel, i tak nikt mnie nie usłyszy i nikt nie zrozumie – ale tych, z którymi muszę porozmawiać, tu nie ma.

Erich Schreyer.

Gratuluję ci, Erich. Wsadziłeś mojemu ojcu w tyłek ogromny klucz do nakręcania, zamorzyłeś w izolatce moją matkę, doprowadziłeś do samobójstwa kobietę, która była gotowa ci ją zastąpić, zniszczyłeś wszystkich, którzy stawali ci na drodze, obróciłeś cudze błędy w swoje zwycięstwa, zostaniesz prezydentem Europy, a truchła twoich wrogów będą śpiewać ci „hosanna".

Będziesz mądrym prezydentem, będziesz niezmiennym prezydentem, nigdy nie porzucisz swojego stanowiska, a twoja Partia nie odda już władzy; będziecie rządzić bez końca, jak potwory rządzące bajkowymi królestwami, jak rządzący Rosją Wielki Smok.

Jesteś niepodatny na emocje. Nie da się ciebie przechytrzyć, nie można z tobą wygrać. To zaszczyt być twoim narzędziem i wielkie szczęście być twoim sojusznikiem.

Jestem ci wdzięczny za twoją propozycję, ale mówię pas.

Zaproponowałeś, żebym zapomniał o wszystkim, co się stało, przewinął wszystko do tyłu. Ale nie mogę zapomnieć niczego, co mi się przydarzyło, i nie chcę tego zapominać: Annelie, naszej przejażdżki do krainy mojego nieziszczonego szczęścia i naszej szczęśliwej nocy w burdelu, gdzie każdą minutę pożyczałem na procent, którego nie zdołałbym nigdy spłacić, naszych przechadzek po śmierdzących i pachnących bulwarach i naszej wizyty u jej ciężarnej matki – bez której nie zdołałbym przebaczyć swojemu ojcu; mojej własnej matki i tego pokoju w twoim domu, Erich, pokoju za tak grubym szkłem, że nie mogła się przez nie dokrzyczeć ani do mnie, ani do Rocamory, ani do Jezusa Chrystusa; mojego ojca, z którego żywcem zdarłeś skórę, z którym poznałeś mnie na godzinę przed egzekucją, którego próbowałeś zlikwidować moimi rękami; internatu, w którym wychowywali mnie i hartowali; mojej służby w Falandze; ciemnych mlecznych plam na granatowej sukience; śpiących dziewczynek w katolickim przytułku w Barcelonie; całego miasta zasypanego trupami z odroczeniem.

Którą z tych rzeczy mógłbym zapomnieć? Żadnej. Oni wszyscy umarli – i nigdzie nie zniknęli. A jak mam żyć wiecznie, pamiętając, że ich zdradziłem?

Albo swoją córkę? Jak mam ją zapomnieć? I jak zapomnę siebie, tego, który ją sprzedał?

Nie da się niczego przewinąć do tyłu.

Nie przyjmą mnie do grona bogów. Nie zasłużyłem i nie będę się nawet starał. Ja? Gdzie tam. Jestem wilczurem, zwierzęciem. Kazałeś mi wytępić w sobie zwierzę, ale najlepsze ze wszystkiego, co zrobiłem, zrobiłem dlatego, że tak nakazywał mi instynkt.

Ty też nie jesteś lepszy: myślisz, że twoje pragnienie wieczności to chęć bycia równym bogom? Nie, Erich. To przecież tylko instynkt samozachowawczy, rozdęty, przerośnięty, spotworniały – i najprostszy, najwulgarniejszy ze wszystkich instynktów. Po prostu nie pozwalasz innym żyć zamiast siebie, Erich. Jest w tym coś z gada, z bakterii i z grzyba. Ale co w tym jest z boga?

Mogłem ci to powiedzieć wcześniej, ale oszczędzałem się, by wygłosić inne ostatnie słowo.

A teraz wybacz – muszę powiedzieć kilka słów komuś jeszcze.

Swojej córce.

Anno.

Choćbym nie wiem ile razy przypominał sobie, że jesteś moim dzieckiem, wciąż kompletnie nie mogę w to uwierzyć. Mała Anna

Rocamora. Rocamora – w końcu to moje prawdziwe nazwisko, tak? A więc i twoje.

Będziesz dorastać sama. Nie powinienem był cię oddawać i nie chciałem, ale oddałem cię, bo musiałem. Być może był to błąd; najprawdopodobniej tak. Przez całe życie popełniałem jeden błąd po drugim i nigdy nie umiałem się do nich przyznać. Nie wiem, jakim zostałbym ojcem, gdyby mi pozwolono. Mam mało talentów. Jakby się zastanowić, to tylko jeden: umiem niszczyć, i nic więcej. Nie pójdą za mną miliony, nie zdołam rozpalić ich serc i pokazać im wizji przyszłości, w której imię będą gotowi poświęcić teraźniejszość. Niczego nie stworzyłem – oprócz ciebie, a nawet ciebie spłodziłem przypadkiem.

Przeżyłem krótkie, niezgrabne i idiotyczne życie, Anno. Nikogo za to nie winię, nawet Schreyera, strasznego starca, który zatopił swoje delikatne kościste palce w moich bebechach, nadział mnie na swoją rękę jak kukiełkę i żył za mnie. Już i tak za długo winiłem za swoją mierność innych i wszyscy oni okazali się niewinni.

Niczego już nie naprawię.

Ci, których chciałem przeprosić, już umarli albo nigdy nie istnieli. Tych, którym chciałem przebaczyć, zabiłem. Próbowałem ocalić dziewczynę, którą kochałem – i nie zdołałem. Nie udało mi się przeżyć z nią długiego, szczęśliwego życia.

Jestem zakochany w nieboszczyku, przyjaźnię się z nieboszczykiem i nie żyją moi rodzice. Sam też jestem już w trzech czwartych martwy, Anno, a ty dopiero zaczynasz żyć. Chciałbym, żebyś swoje pierwsze kroki postawiła, idąc od mamy do mnie, chciałbym usłyszeć, jak mówisz te słowa – „tata", „mama", chciałbym z tobą rozmawiać, a ty żebyś wszystko rozumiała; ale żadnej z tych rzeczy nie doświadczę. Będziesz dorastać beze mnie.

Będziesz musiała zacząć wszystko od czystej karty. Ty i twoje pokolenie.

To wy macie za zadanie zburzyć mury, których my już nawet nie widzimy. Kiedyś świat był inny: lasy nie były podzielone na piksele, bizony miały wolę, a starzy ludzie nie zdychali samotnie jak zadżumieni. My takiego świata nie znamy, a wam przyjdzie budować go na nowo. To wy będziecie kreować, wy będziecie szukać, wy będziecie próbować zrozumieć, jak ludzkość ma iść naprzód i zachować w sobie to, co najważniejsze. To wy będziecie żyć, bo my zamieniliśmy się już w kamień.

Ziemia się zatrzymała, Anno. I właśnie ty musisz popchnąć ją do przodu.

Jestem pewien, że wszystko zrobisz dobrze. Zrobisz wszystko inaczej, niż zrobiłbym to ja.

Być może będziesz mnie przeklinać, ale chciałem, żebyś miała wybór.

Może wam się uda – w kosmosie albo pod wodą – stworzyć świat, w którym nie będziemy musieli wybierać między sobą i swoimi dziećmi. I nie będziesz musiała umierać, żeby żyły twoje wnuki.

W terminalu panuje potworny zamęt; ludzie Schreyera nijak nie mogą mnie znaleźć. To nic, nigdzie mi się nie śpieszy. Będę sterczeć w tym ścisku tyle, ile będę mógł ustać na nogach. Oczywiście w końcu mnie znajdą, na wszelki wypadek wypchają mnie i zrobią uśmiechniętą cyfrową kukłę, a potem zastrzelą. A może od razu zastrzelą – wprost tutaj, jak tylko się zorientują, że ich oszukałem. I nie ma w tym niczego strasznego. Można powiedzieć, że do tego zmierzałem.

W takim razie trzeba zrobić jeszcze jedną rzecz; wywołać pewnego ducha.

Dziewięćset Szósty. Basile.

Zawsze byłeś lepszy ode mnie, Basile. Wystarczało ci bezczelności, żeby robić to, o czym ja bałem się myśleć. Chciałem być taki jak ty. Gdyby nie ty, nigdy bym się nie zdecydował. Zazdrościłem ci tego, jaki byłeś żywy, nawet kiedy umarłeś. Niepotrzebnie umierałeś, Dziewięćset Szósty. Chciałbym, żebyś był teraz obok mnie. Żebyś mnie teraz wspierał – albo chociaż mi przebaczył.

Pamiętasz, jak się pokłóciliśmy? Mówiłem ci, że przed nimi nie da się uciec, a ty cały czas się ode mnie opędzałeś, mówiłeś, że wszystko się uda, że nie trzeba tego wszystko brać zbyt poważnie. Pamiętasz? Ale mnie nigdy nie wychodziło tak jak tobie – udawać, nie dbać, mówić sobie: to wszystko gierki, nie będę w nie grał, ukryć prawdziwego siebie w sobie z numerkiem. Jestem tylko jeden ja. Zbyt tępy, żeby kombinować, i zbyt poważny, żeby grać. I wiesz, ja do tej pory uważam, że ucieczka nie ma sensu.

Stoję w głównym terminalu, można stąd pojechać w dowolne miejsce. Ale nie będę przed nimi uciekał. Kompletnie nie mam sił i już nie chcę się przed nimi kryć. Wymyśliłem coś lepszego, Basile. Gotowy? Posłuchaj.

Kiedy mnie tu szukają, każdy, kto przypadkiem mnie dotyka, kto przypadkiem dzieli ze mną haust powietrza, każdy z tych tysięcy, unosząc ze sobą część mnie, unosi mój dar. Zabiera go do Bukaresztu, do Londynu, Bremy, Lizbony, Oslo.

Ta probówka, którą zabrałem Beatrice.

Jej wirus. Nie wyrzuciłem go. Trzymałem go w kieszeni. A potem we własnym wnętrzu. Karmiłem mlekiem Berty swoje dziecko, a sam ssałem zatrute mleko Beatrice.

Minął dzień. Ten właśnie dzień, który Schreyer dał mi na podjęcie decyzji. Podjąłem ją od razu. Już w pierwszej minucie. Za siebie i za nas wszystkich.

Poczekałem jeden dzień, tak jak kazała Beatrice, i teraz wydycham śmierć; śmierć jest w każdej kropli potu na moim czole, w każdym przypadkowym dotknięciu moich palców, w moim moczu i w moich pocałunkach.

Śmierć – i życie.

Dlatego jestem tutaj; nie potrafię wymyślić lepszego miejsca. Schreyer niepotrzebnie się niepokoił – ani myślałem się ukrywać. Wirus zostanie stąd rozwieziony po całym kontynencie, a po upływie jednego dnia ci, którzy oddychali ze mną tym samym powietrzem, będą rozprzestrzeniać go dalej, u siebie w domu.

Za tydzień wszystko będzie takie, jak było pięćset lat temu. A za kolejne pół wieku sto dwadzieścia miliardów ludzi umrze ze starości – jeśli niczego w końcu nie zrozumieją.

Nazwą mnie terrorystą. Ale przecież pierwszą ingerencją w nasze DNA była właśnie szczepionka przeciwko śmierci. To ona była pierwotną chorobą, a ja staram się ją wyleczyć.

Zabrnęliśmy w ślepą uliczkę.

System pokazuje błąd krytyczny.

Nie mamy rozwiązania – a więc trzeba ustąpić miejsca tym, którzy je znajdą.

Ja po prostu wyzerowuję ludzkość. Restartuję ją.

Chciałbym myśleć, że jestem narzędziem w twardych drewnianych rękach tego, który rozumie, że ludzie zbłądzili. Trzeba nas obudzić, trzeba nas usadzić, trzeba nam przypomnieć, kim jesteśmy i skąd przychodzimy. Przypomnieć to tobie, Erichu Schreyerze, ty gnido.

Chciałbym myśleć, że w mojej historii nic nie było przypadkiem – moje narodziny, słowa, które szeptała mi matka, ingerencja, która nie pozwoliła mi dokonać zabójstwa, poczęcie, do którego doszło wbrew nauce, dziecko, na które nie zasłużyłem i którym nigdy nie powinienem był się opiekować. Że taki był zamysł tego, którego przywykłem nienawidzić i odrzucać.

Lecz biorę całą odpowiedzialność na siebie.

Być może się pomyliłem.

Ale przecież mylić się jest rzeczą ludzką.

POCZĄTEK

DMITRY GLUKHOVSKY

WITAJCIE
W ROSJI

Prowokacja. Skandal. Nowa literatura.
Być może pierwsza od wielu lat próba uczciwego opowiedzenia o Rosji widzianej oczami nowego pokolenia.

W kilkunastu błyskotliwych opowiadaniach Glukhovsky wprawną ręką kreśli alegoryczny portret swojej ojczyzny: państwa, w którym korupcja sięga szczytów władz, kraju współrządzonego przez oligarchów i podporządkowanego ich interesom.

Witajcie w Rosji to iście wybuchowa mieszanka: fikcja miesza się tu z rzeczywistością, satyra i ironia sprawiają, że nie wiadomo, czy śmiać się, czy płakać, a wszystko to w ulubionej przez Glukhovsky'ego konwencji *science fiction*.

To wyjątkowa książka, dotykająca ważnych problemów współczesnej Rosji w sposób niezwykle oryginalny, dosadny i nad wyraz trafny.

PROJEKT DMITRIJA GLUKHOVSKY'EGO

UNIWERSUM METRO 2033

PORTAL MIŁOŚNIKÓW KSIĄŻEK Z SERII METRO 2033

**Dołącz do społeczności portalu,
publikuj swoje teksty i grafiki,
oceniaj i komentuj twórczość innych
i bądź na bieżąco z wydarzeniami
związanymi z postapokaliptycznym światem
Dmitrija Glukhovsky'ego.**

WWW.METRO2033.PL

FACEBOOK.COM/METRO2033PL

TWITTER.COM/METRO2033PL (@METRO2033PL)